Pieter van Hoorn • Ant-on

Kontrast verlag

Alle Handlungen des Romans sind frei erfunden, Ähnlichkeiten mit lebenden oder toten Personen, Unternehmen, Staaten oder Behörden sind rein zufällig.

Kontrast Verlag
D-56291 Pfalzfeld
www.kontrast-verlag.com
1. Auflage

Titelgestaltung: Bajo
Titelfoto: Pieter van Hoorn
ISBN 978-3-941200-82-1

Ant-on

Pieter van Hoorn

Thriller

Ich befürchte, dass KI die Menschen insgesamt ersetzen könnte. Wenn Menschen Computerviren erschaffen, wird auch jemand eine KI erschaffen, die sich selbst repliziert.

Stephen Hawking

„Ameisen kennen nur das WIR und nie das ICH, genau deshalb werden sie die Menschheit überleben!"

„Wenn Du schnell rennen willst, musst Du alleine laufen. Wenn Du weit laufen willst, gehst Du mit anderen gemeinsam!"

Liebe Leserin, lieber Leser,

haben Sie sich nicht auch schon einmal darüber gewundert, dass man fast überall auf dieser Welt Ameisen antrifft? Nicht nur in südlichen Gefilden. Sie laufen im Wald und Garten herum, krabbeln auf der Küchenspüle umher; Ameisen erobern den Frühstückstisch und fallen gerne über Süßigkeiten her. Neulich fand ich sogar einige von ihnen in meinem Zahnputzbecher!

Ameisen sind uns Menschen weit überlegen. Sie waren schon vor uns da und leben auch heute noch. Und wenn wir Menschen längst ausgestorben sind, werden Ameisen auf diesem Planeten nach wie vor existieren. Von diesen kleinen Insekten können wir sehr viel lernen. Gerade dann, wenn es um das harmonische Miteinander und letztendlich damit auch um das Überleben an sich geht. Die Zauberformel heißt „Kooperation". Die von mir erfundenen Romanfiguren handeln sehr unterschiedlich; manche kooperieren, andere sind egoistisch. Urteilen Sie selbst, welche erfolgreicher sind.

Im Rahmen meiner Recherchen für diesen Roman wuchs meine Begeisterung für alles, was ich über Entomologie, insbesondere über Ameisen, Künstliche Intelligenz und vor allem über die Kooperation gelesen habe. Vieles davon hat mich erstaunt und nachdenklich gemacht. Verknüpft mit den aktuellen weltpolitischen Geschehnissen habe ich mir erlaubt, daraus eine fiktive, zeitaktuelle und spannende Geschichte für Sie zu erfinden, bei der auch das Zwischenmenschliche nicht zu kurz kommt. Ich erhebe keinerlei Anspruch auf wissenschaftliche Genauigkeit.

Ich wünsche Ihnen viel Freude beim Lesen. Schreiben Sie mir gerne, wie Ihnen *Ant-on* gefallen hat. pietervanhoorn@mail.de

Ihr Pieter van Hoorn, im Frühjahr 2020

Kapitel 1

Hagen, Westfalen, Deutschland

Die Lage war unübersichtlich und damit sehr gefährlich.

„Überfall auf die Deutsche Bank in Hagen. Alarmauslösung durch das Schalterpersonal", lautete die Durchsage der Einsatzzentrale in der Polizeistation in Hagen. Zwei Streifenwagen waren sofort zum Tatort geschickt worden, weitere ebenfalls dorthin beordert worden.

Obwohl einige der Polizisten zunächst an einen Fehlalarm geglaubt hatten, bestätigte sich schon bald die Echtheit des Alarms. Die automatischen Türen der Bank wurden durch Holzkeile blockiert. Damit war der Haupteingang der Bank verschlossen. Polizeihauptmeister Erwin Meier hatte nach dem Eintreffen am Tatort sofort den Ernst der Lage registriert. In Notsituationen wie diesen pflegte er zu sagen: „Es stinkt gewaltig." Und fügte hinzu: „Ruft sofort das *SEK*. Hier ist eine gewaltige Scheiße im Gange!"

Die Einsatzzentrale hatte daraufhin umgehend und ohne Bedenken das Sondereinsatzkommando der Polizei in Nordrhein-Westfalen, stationiert in Dortmund, alarmiert. Zwanzig Minuten später sprangen die Spezialisten aus ihren schwarzen *Mercedes-S-Klasse*-Limousinen und verteilten sich rund um das Bankgebäude.

Der gegenüberliegende Stadtpark war bereits abgesperrt worden, ebenso die naheliegende Innenstadtpassage. Aufgestellte Absperrgitter sowie viele Polizisten riegelten den Bereich um das Bankgebäude hermetisch ab. Die Bahnhofstraße, an der die Deutsche Bank lag, war jetzt menschenleer. Maskierte *SEK*-Beamte lagen hinter Bäumen, parkenden Autos und einer Bushaltestelle. Sie hielten das markante sechsstöckige Gebäude fest im Blick. Das Erdgeschoss mit der Kassenhalle war quadratisch gebaut, darüber lagen in einem Halbrund die oberen Stockwerke. Die gesamte Immobilie sah wie ein geöffneter Baseballhandschuh aus. Das Gebäude zierte eine helle Außenfassade und hoch oben wehte eine blaue Flagge mit dem Logo der Bank. Scharfschützen waren an für sie günstigen Stellen positioniert, und das Einsatzkommando hatte sich auf dem der Bank gegenüberliegenden Parkplatz der Industrie- und Handelskammer eingerichtet.

Kriminalrat Doktor Coordt, der das Kommando führte, ließ sich von allen Einheiten den Lagebericht per Funk durchgeben.

„So, Leute, das hier ist keine Übung. Das ist eine echte Gefahrenlage. Kurze Bestätigung von euch, Posten eins beginnt. Funkdisziplin, okay?“

Sofort danach kamen die Rückmeldungen der verschiedenen *SEK*-Mitglieder:

„Hier Posten eins, vor der Bank, Stadtpark, alles gesichert, ruhig.“

„Hier Posten zwei, Einfahrt Tiefgarage, gesichert, kein Fahrzeug in Sicht.“

„Hier Posten drei, Drohne Peter eins, über dem Gebäude, keine besonderen Vorkommnisse.“

„Verstanden.“ Der Einsatzleiter sprach in das Mikrofon, das an seinem Jackenkragen befestigt war. „Scharfschützen, bitte Meldung“, bellte er.

„Hier Position Dach Industrie- und Handelskammer, alles in Ordnung, Objekt im Zielfernrohr, sämtliche Gardinen zugezogen, keine Bewegungen auf dem Vordach. Nichts zu sehen, warte auf weitere Kommandos.“

„Hier Position Bankeingang. Nichts zu sehen, Türen geschlossen, kein Kunde im Foyer.“

„Hier Position Parkgarage. Keine Menschenseele zu sehen. Schranke ist runter, Notausgangstür geschlossen.“

Wie im Lehrbuch, dachte Coordt zufrieden.

„Alle auf Position. Ist der Psycho schon da?“, fragte er knurrig seine Assistentin, eine junge Mitarbeiterin, die das Landeskriminalamt für ihn abgestellt hatte.

„Nein, Doktor von Laurentsberg ist noch unterwegs, kommt aus Bonn, wird mit dem Helikopter gebracht.“

„Ich will nicht, dass der Hubschrauber im Stadtpark landet, wir wollen kein großes Interesse wecken.“ Dann sprach er wieder ins Mikro: „An alle, Blaulicht und Martinshörner aus. Ich will Ruhe! Verstanden? Komplette Ruhe, und keine Schaulustigen. Schickt die nach Hause, es gibt nichts zu sehen!“

Plötzlich war kein Geräusch mehr zu hören. Der Techniker im Einsatzleitwagen drehte sich von seinem Schaltpult weg und raunzte Doktor Coordt zu. „Die Telefonanlage ist gecheckt, alle Anrufe kommen hier an.“

„Prima. Wir warten.“ Der Kriminalrat setzte sich auf einen festmontierten Drehstuhl und blickte auf den Haupteingang des Bankgebäudes. „So, welche Chaoten sind das? Wie viele, ist es einer oder mehrere? Wie viele Bankangestellte und Kunden sind in der Bank?“ Fragen, über Fragen. „Hat sich die Deutsche Bank schon gemeldet?“

„Ja, Chef. Fünfundzwanzig Angestellte sind normalerweise in der Bank. Wie viele heute da sind, weiß keiner so genau. Anzahl der Kunden ist auch nicht klar“, antwortete die junge LKA-Beamtin.

„Gottverdammte Scheiße, wieso weiß das keiner? Ich habe hier eine vollkommen unübersichtliche Lage! Und wen hängen sie später an den nächstbesten Baum, wenn das schiefgeht? Mich!“ Coordt schnaubte vor Wut. Draußen herrschte immer noch absolute Stille, nur das Geräusch eines Passagierflugzeuges im Anflug auf den nicht weit entfernten Dortmunder Flughafen war zu hören.

Dem Einsatzleiter wurde ein Zettel gereicht. Auf dem man ihn informierte, dass die Stockwerke drei bis sechs allesamt vermietet waren und nicht zur Bank gehörten. Dort befanden sich eine kieferorthopädische Praxis, eine Personalvermittlungsfirma und eine Außenstelle des Arbeitsamtes. Es war Kontakt zu allen aufgenommen worden. Sämtliche Eingangstüren sollten umgehend verschlossen werden. Keine Person durfte herein- oder hinausgelassen werden, lautete die Anweisung der Polizei. Die Mitarbeiter, die die jeweiligen Anrufe der Behörde entgegengenommen hatten, bestätigten einvernehmlich, dass in den Räumen der Praxis, wie auch in den Büros, keinerlei Anzeichen wahrgenommen worden waren, die auf ein unrechtmäßiges Eindringen hätten hindeuten können. Die Verbrecher hatten es anscheinend nur auf die Bank abgesehen, was auch logisch erschien.

„Chef“, knarrte es aus dem Funkgerät.

„Hier HK Meiermann. Sollen wir den Roboter einsetzen? Mal ein wenig spionieren?“

„Gute Idee, Meiermann, mach das Ding klar und los. Haupteingang?“ Der Einsatzleiter wollte sichergehen, richtig zu handeln.

„Nee, ich würde lieber von hinten ran. Notausgang und dann mal linsen.“

„Einsatz stattgegeben, schauen wir uns die Bude mal von innen an. Hat der Roboter die Blendgranate dabei, ist die Schallkanone einsatzbereit?“

„Klar, Chef, ich betrete doch die Stierkampfarena nicht ohne Lanze“, meinte Meiermann, der für den kleinen Roboter verantwortlich war.

Dieses Kettenfahrzeug, groß wie ein Bobbycar, war ein Spezialgerät bei Geiselnahmen. Ohne Menschenleben zu gefährden, konnte der schwarz lackierte Roboter sehr nahe an den Tatort heranfahren. Seine circa einen Meter langen Antennenarme waren mit beweglichen Spezialkameras ausgerüstet. So konnten die Beamten um Ecken herum oder unter Türen hindurch ins Innere von nicht einsehbaren oder verschlossenen Räumen schauen. Da die Kameras parallel arbeiteten, konnten die Beamten im Einsatzleitfahrzeug die Aufnahmen in 3D-Qualität sichten. Der Roboter war zusätzlich mit Aktivwaffen ausgerüstet. Die Blendgranaten konnten aus einer maximalen Entfernung von fünfzehn Metern abgefeuert werden und explodierten wenige Millisekunden nach dem Aufprall im Ziel. Keiner, der die Augen dabei offenließ, war danach noch im Stande etwas zu sehen. Die Schallkanone, ebenso von einem externen Leitstand steuerbar, war präzise in der Lage, einen Knall von mehr als zweihundert Dezibel über zehn Meter hinweg genau in einem Ziel zu platzieren. Der vom Schall Getroffene, und nur der, brach sofort zusammen. Der Schmerz war unerträglich, meistens platzten die Trommelfelle, und die getroffene Person war minutenlang bewegungsunfähig. So konnten die Einsatzkräfte außer Gefecht Gesetzte wie reife Pflaumen und ohne Gefahr für die eigene Person oder vorhandene Geiseln festnehmen. Leider war es dem Roboter, dem die Polizisten den Spitznamen *Erwin* verliehen hatten, nur möglich, eine einzige Person kampfunfähig zu machen.

Eine Situation wie die hier in Hagen war eher ungeeignet für einen Einsatz der Aktivwaffen. Daher sollte der Roboter vornehmlich dafür eingesetzt werden, mit den Stielaugenkameras, wie Meiermann sie bezeichnete, unter Türen hindurch unbemerkt die Situation im Inneren zu erforschen.

Dann ging alles sehr schnell. *Erwin* hatte soeben seine Position an der hinteren Notausgangstür bezogen. Von Meiermann ferngesteuert, schob sich die Spezialkamera an der langen Antenne unter der Tür hindurch und sendete die ersten Aufnahmen. Doch der Hauptkommissar beging in diesem Augenblick einen kapitalen Fehler. Er wollte die Kamera auf „Autozoom" stellen und berührte dabei den Schalter für das Licht. Der effiziente LED-Strahler tauchte im Nu das angepeilte Zielgebiet innerhalb der Bankräume in gleißende Helligkeit.

Sofort ratterte eine Maschinenpistole los. Die Tür des Notausgangs zersplitterte dabei komplett. Auch *Erwin* war getroffen worden. Projektil um Projektil schlug in das kleine Roboterfahrzeug ein. Meiermann schaltete umgehend in den Rückwärtsgang, doch da blinkte das Batteriezeichen für die Fernbedienung.

„Scheiße, was ist das denn? Habe ich doch gestern erst noch ausgewechselt", fluchte der Hauptkommissar.

„Was ist da los?" Die Stimme von Doktor Coordt quakte aus dem Lautsprecher. In diesem Augenblick setzte die nächste Fehlfunktion bei *Erwin* ein. Der Roboter drehte sich auf der Stelle, da eine der beiden Laufketten durch den Beschuss abgerissen worden war. Als sich das Gerät um hundertachtzig Grad gewendet hatte, nunmehr in Richtung des *SEK*-Kommandos zielend, feuerte die kleine Maschine nicht nur die Blendgranate ab, sondern zündete auch die Schallkanone. Einer der postierten Scharfschützen wurde am rechten Ohr getroffen, wenn auch nur aus zwanzig Metern Entfernung. Dennoch durchfuhr ihn ein heftiger Schmerz. Blut rann dem *SEK*-Beamten aus der Ohrmuschel. Fast ohnmächtig vor Schmerzen, brüllte er los und betätigte dabei versehentlich den Abzug seines Präzisionsgewehres, das auf die Eingangstür der Bank gerichtet war.

In diesem Augenblick zersplitterte die Glastür zum Foyer und augenblicklich feuerten die Geiselgangster, wohl einen Frontalangriff der Polizei vermutend, mit allen Waffen aus der Bank zurück in Richtung des Haupteinganges. Sofort und ohne auf Befehle zu warten, schossen die Scharfschützen zurück. Sekundenlang konnte keiner der Beteiligten sein eigenes Wort mehr verstehen. Blauer Rauch und der Geruch von Kordit lagen in der Luft.

„Sofort aufhören zu schießen", befahl Doktor Coordt. „Sofortige Waffenruhe, wir sind doch hier nicht im Wilden Westen!"

Es dauerte jedoch noch einige Sekunden, bis das Schießen aufhörte. Mehrere Scheiben waren zu Bruch gegangen. Schreie waren in der Bank zu hören, dann stürzten Menschen aus dem Gebäude. Einige fielen hin, rappelten sich wieder auf und stolperten nach draußen. Jetzt eilten auch Maskierte aus dem Gebäude. Ein Schuss knallte, dann noch einer und umgehend begannen auch die Scharfschützen, die nach draußen stürzenden Maskierten mit Feuersalven niederzustrecken. Dann herrschte Ruhe, absolute Stille.

In der späteren Pressekonferenz sprach der Innenminister des Landes Nordrhein-Westfalen von „einer fatalen Kettenreaktion" ausgelöst durch eine Fehlfunktionen des Roboters *Erwin.*

„Zwei Polizisten wurden verletzt, einer hat einen Streifschuss abbekommen und eine Wunde am linken Bein davongetragen. Der zweite Beamte, ein *SEK*-Scharfschütze, erlitt einen Riss des Trommelfells. Er ist in eine Spezialklinik gebracht worden und steht unter Schock. Derzeit ist er nicht ansprechbar."

Die Geiselgangster hatten siebzehn Personen, Kunden wie Bankangestellte, in ihrem Gewahrsam gehabt. Davon waren zwei durch umherfliegende Glassplitter leicht verletzt worden. Ein neunundachtzigjähriger Kunde hatte einen Herzinfarkt erlitten und verstarb noch im Rettungswagen. Der übergewichtige Filialleiter hatte sich bei der Flucht aus der Bank den linken Fuß verstaucht. Ein Kunde war über einen Mülleimer gefallen, beim Sturz brach er sich sein linkes Handgelenk. Die drei Bankräuber waren tot, durchsiebt von Kugeln der Scharfschützen des *SEKs*.

„Eine riesengroße Sauerei", fauchte der Polizeipräsident im inneren Kreis.

Meiermann war krankgeschrieben worden, Doktor Coordt wurde zwei Monate später in den einstweiligen Ruhestand versetzt. Seine Assistentin verließ noch im gleichen Monat das LKA und ließ sich zur Bundespolizei versetzen. Sie war zum damaligen Zeitpunkt schwanger und erlitt kurz nach dem Einsatz eine Fehlgeburt.

„Eine riesengroße Sauerei", wiederholte der Hagener Polizeipräsident.

Der Roboter wurde nach dem Desaster sofort aus dem Verkehr gezogen. Die Firma, die den Roboter entwickelt und hergestellt hatte, sprach von technischen Fehlern. Das müsse noch genauer untersucht werden, räumte die dortige Geschäftsleitung ein. Eine Arbeitsgruppe sei eingesetzt worden. Man sei sich aber sicher, den Fehler zu finden und würde der Polizei in Kürze einen deutlich verbesserten Roboter anbieten, so die Pressesprecherin des Unternehmens.

In Nordrhein-Westfalens Innenministerium in Düsseldorf tagte wenig später eine Arbeitsgruppe mit dem Titel *Erwin*. Man analysierte die Vorgehensweise der Polizei und des *SEKs* in Hagen, wertete die Daten des kleinen Raupenfahrzeuges aus, das bei einigen anderen Einsätzen bei Geiselnahmen auch gute Ergebnisse geliefert hatte. Dennoch war das Risiko jetzt zu groß geworden. Schließlich zeigte die Öffentlichkeit reges Interesse an der schiefgelaufenen Aktion in Hagen. Die Presse zerriss das Vorgehen der Behörden. Der Innenminister stand zwar persönlich nicht unter Druck, aber er wollte auf keinen Fall in eine Zwickmühle geraten. Schließlich war sein Bundesland bei der Bestellung des Roboters vorgeprescht, obwohl *Erwin* eigentlich noch in der Testphase war.

Viele Polizeieinheiten auf der Welt arbeiten mit ferngesteuerten Geräten. Auch Drohnen und andere militärische Systeme kommen in gefährlichen Situationen immer wieder zum Einsatz. Das Militär betätigt sich gerne als Vorreiter. Bei Terroraktionen sind Streitkräfte zum Beispiel inmitten dicht besiedelter Städte oder in Gebäuden darauf angewiesen, gegen Feinde vorzugehen, ohne die Leben von Soldaten, Polizisten oder Zivilpersonen zu gefährden. Aber natürlich konnte in einer Stadt wie Hagen nicht so agiert werden, wie in einem Vorort von Bagdad. Die Amerikaner schossen dort mit Cruise-Missiles, von weit entfernten Kriegsschiffen gestartet, direkt auf Gebäude oder Fahrzeuge. Drohnen oder Aufklärungshubschrauber steuerten diese Lenkraketen direkt in lasermarkierte Ziele. Meistens mit Erfolg. „Bums, aus!“ So einfach war das im zivilisierten Europa nicht.

„Also, meine Damen und Herren, ist das die Technik, die wir benötigen? Wollen wir das Projekt mit Robotern weiterverfolgen oder gibt es andere Ideen, Vorschläge?“ Doktor von Kesselhut, Abteilungsleiter F 12 Geiselnahme und Bankraub, schaute in die Runde vor sich. In dem Konferenzraum, hoch oben in der zwölften Etage eines Hochhauses mit Blick auf den Rhein gelegen, schwiegen die Mitarbeiter des Innenministeriums. Auch die beiden uniformierten, hochdekorierten Polizeiräte, die ihre Schirmmützen demonstrativ auf den Tisch vor sich gelegt hatten, schienen in ihren Gedankengängen weit weg zu sein.

Hubert Schmidt, Assistent des Abteilungsleiters und Protokollführer, blickte über seinen Laptop hinaus auf den Rhein, der sich vor dem Gebäudekomplex träge gen Nordsee bewegte. Ein großer Lastenkahn fuhr stromaufwärts und kam nur ganz langsam voran. Die Stille im Raum wurde langsam unerträglich und lähmte alle Anwesenden. Schmidt schaute wieder auf seinen Laptop und dann zu Boden. Dort bemerkte er etwas, was sich da unten bewegte. In der Ecke des Konferenzraumes stand neben dem Papierkorb ein Aluminiumkoffer mit Moderationsequipment. Der kleine Schatten zu Füßen von Schmidt huschte in Richtung der Wand, rannte am Papierkorb vorbei und verschwand hinter einem Sideboard neben dem Moderationskoffer. Schmidt stand auf und ging in die Ecke des Raumes, wo er den Störenfried suchte.

„Was machen Sie, Herr Schmidt?“, rügte von Kesselhut. „Haben Sie eine Idee?“

„Ja“, antwortete sein Assistent, „es müsste etwas Kleines sein, wendig, intelligent, mit guten Instinkten, selbst entscheidend und einer Lösungskompetenz vor Ort!“

„Genau“, echote sein Chef, „genau. Und preiswert, aber sensationell gut!“

„Jep“, meinte Schmidt, nahm den Papierkorb, leerte ihn zum Erstaunen aller Anwesenden auf dem Teppichboden aus. Dann trat er heftig mit einem Bein vor das Sideboard und knallte den Abfallbehälter mit Wucht auf den Boden. Die kleine Maus ergriff die Flucht und rannte aus ihrem Versteck los. Genau dorthin, wo Schmidt den Papierkorb über sie stülpte.

„Wir brauchen so etwas, zum Beispiel eine Maus!“ Triumphierend grinste der Assistent, voller Stolz, als habe er soeben die Allgemeine Relativitätstheorie erfunden. „Klein, beweglich, selbst entscheidend vor Ort, preiswert, lebendig. Noch nicht steuerbar, aber das bekommen wir schon hin!“

„Wie soll das denn gehen?“ Einer der Polizeibeamten hakte ironisch nach: „Sollen wir jetzt Mäuse dressieren? Und vielleicht mit Uniformen ausstatten?“

„Und Micky Mouse ruft dann ‚Hände hoch‘“, rief sein Kollege zur Unterstützung.

Schmidt, sich auf den Papierkorb stützend, lächelte nur. „Sie müssen anders denken, die Vorteile der Natur ausnutzen. Denken Sie mal an Bionik! Tiere sind äußerst schlau darin, Beute zu finden. Sie spüren sie auf, schleichen sich an und schlagen zu!

Wie eine Schlange, die das Kaninchen fängt. Viele Tiere sind sehr klein, aber deshalb nicht minder gefährlich. Denken wir an Spinnen. Absolut lautlos. Sie kommen überall hin, rennen an Wänden hoch, kriechen unter Türen hindurch und seilen sich im Notfall sogar aus großer Höhe sicher ab." Er fuhr fort. „Haben wir eine solche Technik zur Bekämpfung von Verbrechen? Nein, haben wir nicht. Wir benutzen Walkie-Talkies, Taschenlampen, Pistolen und neuerdings klobige Roboter, die aussehen wie Kriegsspielzeuge. Und die im Einsatz, wenn es darauf ankommt, versagen. So wie in der Bank. Denken wir doch einfach mal anders."

„Gut, Schmidt, sehr gut", meinte der Abteilungsleiter zu der motivierten Ansprache seines Mitarbeiters.

„War doch prima, dass ich diesen Mann aus dem Landwirtschaftsministerium mitgenommen habe. Der hatte bei der Kartoffelpest auch schon so eine gute Idee. Da waren es, Moment mal, da waren es ..."

„Marienkäfer, japanische Marienkäfer", ergänzte Schmidt. „Ganz einfach, die haben als Lieblingsspeise die kleinen Maden der Käfer, die wir später als sogenannte Kartoffelpest kennengelernt hatten, einfach aufgefressen. War aber nicht meine Idee, sondern ..."

Doktor von Kesselhut übernahm wieder. „Egal, Schmidt, egal. Anders denken, das ist es! Meine Damen, meine Herren, ich muss jetzt zur Eröffnung der neuen Polizeiwache nach Beerendorf, kommen Sie nun alleine klar? Gut", er nickte, „einen Denkanstoß haben Sie von mir nun bekommen? Denken Sie anders. Kleiner, effizienter muss die Lösung lauten. Schmidt, Sie protokollieren die Ergebnisse. Ich will Erfolge, meine Damen, meine Herren!" Er schritt aus dem Konferenzraum hinaus.

Arschloch, dachten alle anderen gleichzeitig.

Schmidt drückte immer noch mit beiden Händen den Papierkorb auf den Boden. Die gefangene Maus rannte panisch umher, suchte vergeblich einen Fluchtweg. Der Assistent des Abteilungsleiters blickte zu ihr hinunter. Am Rand des Sideboards bewegte sich noch etwas. Eine kleine Ameise hatte sich hierhin verlaufen. Kleine Flügel auf ihrem Körper verrieten, wie sie nach oben in die zwölfte Etage gelangt war.

Interessant, dachte Schmidt. Hochinteressant. Nur eine reicht nicht, wir brauchen viele davon!

Kapitel 2

Monate zuvor: Uarini, Urwald, Brasilien

Die Sonne schickte ihre letzten warmen Strahlen auf die Fauna und Flora des südamerikanischen Urwalds. Im scheinbar undurchdringlichen Dickicht des dunkelgrünen und vor Feuchtigkeit triefenden Waldes bereitete sich die Natur auf die mörderische Zeit der Dunkelheit vor. Noch lag alles im letzten warmen Licht der Dämmerung. Rot und violett angestrahlt wirkten die hohen Bäume sogar etwas kitschig. Wie das Bühnenbild eines Musicals. Übertrieben in den warmen Farbtönen des berühmten Malers Paul Gauguin gemalt. Ein Bild voller Nostalgie und in naiven Formen, wunderbar romantisch geschaffen. Im tiefsten Inneren Brasiliens, zwischen dem Rio Solimões sowie dem Amazonas, der hier noch als kleiner Fluss seine kurvenreichen Bahnen durch das dichte Grün zieht, und dem Rio Tefé, liegt das Örtchen Uarini. Diese kleine Urbanisation ist völlig vom Urwald umgeben. Sie ist die letzte Bastion der Menschheit mitten im Nichts des Dschungels.

Die Dunkelheit würde nur noch wenige Minuten auf sich warten lassen. Dann beginnt das große Fressen. Die Kreaturen der Nacht gehen auf die Jagd. Die unvermeidlichen Opfer, tiefer stehend in der Nahrungskette, suchen sich ein Versteck für die Nacht. Überleben und nicht gefressen, nicht zerrissen, gestochen, gebissen oder erwürgt zu werden.

Die Nacht birgt reichlich Beweise für Darwins Theorie der Stärke. Wer die Dunkelheit überlebt, kann morgens weiterleben. Wer einen Fehler macht, wird zur Beute. Die Natur handelt nicht moralisch, nur einfach. Fressen oder gefressen werden. Wer nicht gefressen wird, darf weiterleben und sich vermehren. Doch irgendwann wird auch das Leben des erfolgreichsten Jägers enden. Das ist der ewige Kreislauf der Natur.

Im Dschungel gibt es nur Flucht oder Kampf. Ein Entkommen ist kaum möglich. Und wenn doch, dann nur ein Überleben der Nacht. Ein immer andauernder Kampf, einfach und rudimentär. Getreu dem Motto: „Tarne dich so gut, falle nicht auf, sei still! Atme vorsichtig, überall lauert der Tod. Am Boden, unter den Gräsern, am Wasser und in der Luft. Morgen kannst du atmen, zwitschern, laufen, balzen, wenn du noch lebst. Dann beginnt wieder alles von Neuem ... Morgen, jetzt ist Nacht. Der Tod klopft an. Er schleicht sich durch die Dunkelheit. Und er flüstert durch die Blätter der Bäume: „Gute Nacht, pass gut auf dich auf!"

Professor Raimund Schleithmann lag im Eingang seines Zeltes und blickte auf das Ufer des Lago Amanã, einem kleinen brackigen See inmitten des dichten Urwaldes. Der Professor hatte seine Herberge aus gespanntem Textil gut mit Blättern und Ästen getarnt. So war das Zelt fast unsichtbar. Der hochgewachsene Mann schaute durch sein Nachtsichtglas in die umliegende Gegend. Sein schlohweißes Haar hing ihm strähnig bis auf die Schultern. Eine morgendliche Dusche war hier in den Tropen nicht notwendig, denn der Monsunregen, der pünktlich nachmittags gegen drei Uhr einsetzte, ersetzte sie.

In einem alten Bundeswehrtarnanzug war er auf dem Erdboden kaum zu erkennen und das war auch so beabsichtigt. Nur nicht auffallen, eins werden mit der Umgebung, selbst sehen und nicht gesehen werden. Ein probates Überlebensprinzip. Solchen und anderen Taktiken der Natur war er auf der Spur.

Noch war das Licht des späten Tages hell genug. Doch die riesigen Bäume warfen schon lange Schatten auf den Boden. Dorthin, wo das Unterholz undurchdringlich erschien. Das Licht der Sonne würde nur noch wenige Minuten scheinen. Dann kam unweigerlich die Dämmerung und kurz danach die tiefschwarze Nacht.

Das Ufer des Sees war schlammig, alte Baumstümpfe und vereinzelte Farnbüschel säumten das schmutzige, braune Wasser. Hin und wieder waren Spuren von Tieren zu entdecken, die zum Wasser und zurück zum Waldrand führten.

Im Urwald war alles lebensgefährlich. Deshalb war er hier. Er wollte beobachten, wie Kreaturen im Urwald überlebten. Welche Strategien waren hilfreich? War es das Tarnen oder ein anderes geniales Verhalten der Tiere? Was konnte von diesem Wissen in die Zivilisation transportiert werden? Von welchem Verhalten konnten die Menschen lernen, welches war adaptierbar? Wie verhalten sich Tiere im Überlebenskampf? Waren Tier und Mensch von der Evolution verschieden geprägt worden? Nur die Menschen haben ein Ich-Verständnis, ein Selbstbewusstsein.

Schleithmann war bekannt, dass der Homo sapiens seine Umwelt sehr differenziert wahrnimmt. Anders als viele Tiere können Menschen vorausschauend denken, Risiken kalkulieren und über sich selbst nachdenken. Menschen versuchen daher auch schon immer, die Antworten auf die beiden entscheidenden Fragen zu finden: Erstens: Woher kommen wir und wohin gehen wir? Zweitens: Warum sind wir hier, was hat das Leben für einen Sinn?

Nur Menschen erkranken an Burn-out und Depression. Kein Tier begeht Selbstmord. Weil Menschen oft Angst vor dem haben, was kommen könnte. In der Gegenwart spielt sich Zukünftiges nur in den Gedanken ab. Die gedachte Zukunft ist im Präsens, aber nicht real. Dennoch verändert sie das gegenwärtige Verhalten. Das unterscheidet den Menschen vom Tier.

Schleithmann Gedanken kreisten um die Fragen: Wie kann man möglichst lange überleben? Wie trickst man die Natur aus? Wie lernen wir Menschen von ihr? Schließlich ist die Natur das erfolgreichste Unternehmen der Welt. Nahrungssuche, Sozialverhalten, Sex, Überleben, Nachkommen großziehen. All das kann die Natur perfekt. Wenn eine Gattung Fehler macht, wird sie aus dem Spiel genommen!

Das Überleben teilte der Deutsche in zwei Kategorien auf. Zunächst war das Überleben an sich gefragt, für den Tag oder die

Nacht, für ein Leben lang. Und zweitens, innerhalb des Lebens, kam das Vermehren, die Erhaltung der Art. Wer viele Nachkommen produzierte, erhöhte die Chance des Überlebens. Schleithmann erforschte im Urwald zunächst das primäre Überleben. Erst in zweiter Linie ging es ihm darum zu erkennen, wie es den Tieren gelang, genügend Nachwuchs zu erzeugen, um die Art in die Zukunft zu retten. Also, wie überlebte man am besten? Das war die Frage, deren Antwort er im brasilianischen Urwald zu finden hoffte.

Zunächst war der Professor der Überzeugung, es seien nur die großen Jäger, die das Überleben schafften. Sie standen an der Spitze der Nahrungskette. Doch der erste Jaguar, die südamerikanische Variante des Leoparden, den er im Urwald erblickte, war bereits tot. Das lag daran, dass das Raubtier nur noch aus dem Vorderteil mit zwei Beinen, dem Kopf und ein wenig Brustkorb bestand. Die meisten seiner Organe lagen herausgerissen und zerfetzt im Dreck neben dem Kadaver. Der Rest seines einstmals wunderschönen Körpers war im Magen des Reptils, das ihm mit einem Biss die Hinterbeine regelrecht abgesägt hatte.

Selbst ein Jaguar wird gefressen, ging es Schleithmann durch den Kopf, als er die Überreste des gefährlichen Jägers näher untersuchte. Das musste ein Waran gewesen sein, mindestens drei Meter lang. Eigentlich kannte er diese eidechsenartigen Überbleibsel der Urzeit nur aus Indonesien. Dort leben die Komodowarane auf den Sundainseln. Aber auch in Südamerika gibt es diese gefährlichen Jäger.

Lautlos schleichen sich diese großen Echsen meistens von hinten an ihre Beute heran, spüren sie sicher mit ihrer Zunge auf. Wie Schlangen ihre Opfer mittels der Zunge riechen können, so sind auch Warane in der Lage, ihre Beute genau zu orten. Mit einigen wenigen schnellen Bewegungen greifen sie mit scharfen Zähnen an. Ob Wasserschwein, Ratte, Vogel oder wie hier, einen noch jungen, unerfahrenen Jaguar. Die Gejagten haben keine Chance. Sie hören den Tod nicht, der sich ihnen blitzschnell von hinten nähert. Das Letzte, was sie spüren, ist die überdosierte

Menge an Adrenalin und Noradrenalin, die im Augenblick des ersten Bisses ihre eigene Nebennierenrinde durch die Blutbahnen pumpt. Es wird den Opfern innerlich heiß und kalt zugleich. Das Herz schlägt wie wild, dann lähmt die gewaltige Menge an Hormonen die Organe und die Muskeln. Der Tod tritt ein.

Menschen wundern sich, warum sich Tiere im aussichtslosen Todeskampf nicht weiter wehren. Obwohl sie davor vielleicht mutig gekämpft haben oder ihr Heil in der Flucht suchten. Wenn ihnen diese Strategien jedoch nicht geglückt sind, wenn der eigene Überlebensinstinkt bereits gelähmt ist, weil die eigene Chancenlosigkeit erkannt wird, stellt die Natur den Modus auf „Aus". Sterben mit Würde ist es nicht, vielmehr die natürliche Gnade in Ruhe das unweigerliche Ende zu erwarten.

Während die Dämmerung immer mehr gen Dunkelheit tendierte, waren Schleithmanns Sinne geschärft. Er lag ruhig auf dem Boden und betrachtete durch sein Fernglas das nahe Ufer. Das Vogelgezwitscher hatte längst aufgehört, jetzt brüllten noch einige Affen in den Spitzen der Bäume. Sie richteten hoch oben in den Astkronen ihre Schlafnester ein. Ein Fisch sprang aus dem Wasser und fiel mit einem fetten Plumpsen wieder hinein.

„Eine Mücke weniger, die mich heute Nacht ärgern kann", lächelte der Professor. Was er nicht wusste: Auch er befand sich schon im Visier eines Jägers, des erfolgreichsten überhaupt. Davon bemerkte der Wissenschaftler jedoch nichts. Wie die meisten Opfer ahnte er nicht, bereits auf dem Speiseplan zu stehen. Vor diesem Jäger gab es kein Entkommen. Er hatte sich bereits an dem deutschen Forscher vorbei ins Zelt geschmuggelt. Der geschickte Jäger spürte deutlich, dass hier ein großes Lebewesen war. Mit seinen sechs Beinen trommelte er auf den Boden. Für Menschen ist dieses Geräusch nicht hörbar. Aber seine Jagdkumpane hörten es. Der Jäger alarmierte die Sippe. Er hatte Fressen gefunden, reichhaltig und genug für alle. Tausende von Artgenossen warteten auf Nahrung. Auch die Königin und ihre Nachkommen mussten fressen, jeden Tag. Und deshalb war der Jäger auf der Pirsch.

Langsam und vorsichtig tastete sich die Treiberameise an den Fußknöchel von Schleithmann heran. Mit ihren zwei langen, vorne am Kopf neben den facettenartigen Augen angebrachten, vielgliedrigen Antennen betastete sie vorsichtig ihr Opfer. Dabei benetzte sie sehr behutsam die Haut des Mannes mit einem körpereigenen Sekret. So konnten ihre Artgenossen dieses Stück Fleisch fast überall finden, auch wenn es sich entfernen sollte. Das Opfer war markiert. Die anvisierte Hautstelle am Bein von Schleithmann war nackt und duftete köstlich für die Ameise nach Schweiß, Blut und Plasma. Das nur eineinhalb Zentimeter kleine Insekt tastete sich vorsichtig weiter. Die beiden Fühler orteten die Umgebung, bewegten sich schnell hin und her.

Die Ameise, obwohl mit relativ großen Augen ausgestattet, konnte Dinge in der Ferne nur unscharf erblicken, sah aber gut, was sich direkt vor ihr befand. Ihre Facettenaugen verschafften ihr dabei sogar einen Rundblick von 180 Grad. Sie tastete sich weiter am Knöchel des Menschen entlang. Ihre messerscharfen Mandibeln, Kauwerkzeuge am Kiefer der Ameisen, berührten vorsichtig die Haut ihres Opfers. Dann hielt das Insekt plötzlich inne. Es trommelte mit dem hinteren Beinpaar auf den Erdboden. Der uralte Instinkt sorgt dafür, dass eine Ameise die Artgenossinnen des eigenen Volkes informiert, wenn sie Beute erspäht hat.

Jetzt berührte die Treiberameise mit den vorderen Beinen erneut die Haut und biss mit ihrem klauenartigen Kiefer kräftig zu. Zwei winzige Löcher klafften in der äußeren Lederhaut und die zangenartigen Mandibeln saßen tief in der Haut des Opfers. Die Ameise krallte sich fest, mit ihren sechs Beinen fand sie besten Halt. Dann stach sie mit ihrem Giftstachel, der sich am hinteren Teil des Chitinpanzers befand, zu und bohrte ihn tief in die dünne Haut am Knöchel.

Nicht alle Ameisen verfügen über einen Stachel. Aber hier, im Urwald Brasiliens, hatte sich diese furchteinflößende Waffe bezahlt gemacht. Die Evolution hatte sie erhalten und weiter optimiert. Spinnen, Skorpione, Termiten und andere Ameisen, ganz besonders aber wehrlose Larven und andere Insekten, wurden damit beim Angriff erst betäubt und kurze Zeit später getötet. Das eingespritzte Ameisengift, chemisch ähnlich dem der Wespen und Bienen, dringt dabei tief in die Haut ein und die toxischen Proteine gelangen schnell in die Blutbahn des Opfers.

Schleithmann schrie vor Schmerz auf. Seine Reflexe ließen ihn direkt zuschlagen. Die rechte Hand sauste zum Knöchel hinunter und klatschte auf die Stelle, genau dort, wo eben noch die Ameise gesessen hatte. „Verdammt", rief er.

Schleithmann spuckte instinktiv in die linke Handfläche. Er verrieb den Speichel auf dem Knöchel. Dort bildete sich ein roter Fleck, der ihn sofort juckte. Der Deutsche schaute genauer hin, aber er konnte kein zerquetschtes Insekt entdecken. Die Ameise hatte den Luftzug gespürt, den der Arm und die Hand ihres Opfers beim Schlagen verursacht hatte. Mittels ihrer Antennen erahnte sie die drohende Gefahr und ließ sich fallen. Augenblicklich löste sich der Druck der Kieferzangen und die Beine federten von der Haut weg. Bei dieser Flucht wurde der Stachel der Treiberameise ruckartig aus der Haut gezogen, das Gift troff noch. Die Ameise flog rücklings auf den Boden, kam wieder auf die Füße und versteckte sich schnell unter einem abgestorbenen Ast.

Sofort begann sie, auf die Erde zu trommeln, und informierte so ihre Jagdgenossinnen. Ihre Fühler zitterten dabei und sonderten Sekrete ab. Ein Luftzug würde dafür sorgen, dass die Artgenossinnen, die in der Nähe waren, sogar mehrfach informiert wurden. Mit den Antennen konnten die Treiberameisen selbst geringste Konzentrationen abgesonderter Pheromone auffangen und identifizieren. Ebenso spürten ihre Beine die Vibrationen, die das Trommeln auf dem Erdboden auslösten. Die Späher meldeten an alle: „Große Beute, gefährlich, wehrt sich. Gefahr. Nahrung!"

Die Ameise, die Schleithmann soeben noch mutig angegriffen hatte, markierte jetzt ihr Versteck. So konnten die anderen sie finden und wissen, wo man sich in Sicherheit begeben konnte. All diese Informationen hafteten im Botenstoff. Die Treiberameise hob mit ihren Mandibeln und einem Beinpaar ein großes Blatt in die Höhe und bedeckte sich damit vollständig. Als erfahrene Jägerin – sie war schon im dritten Sommer auf Beutejagd – wusste sie, wann man angreifen konnte und wann es besser war, sich zu verstecken. Ihr Auftrag war es, Beute zu finden, zu erlegen und die Nahrung zum Nest zu bringen. Ihr eigenes Leben war nicht wichtig, denn Ameisen dienen nur dem Volk allein. Wird eine beim Kampf verletzt, so treibt ihr Instinkt sie dazu, den Feind so lange zu bekämpfen, bis ihre körperliche Konstitution erlahmt. Es gibt Beobachtungen von verletzten Ameisen, die selbst noch auf nur zwei Beinen weiterlaufen können.

Würde die Treiberameise, die Schleithmann gestochen hatte, den Kampf gegen ihren mächtigen Gegner verlieren und sterben, dann führte der von ihr verströmte Botenstoff die anderen Ameisen zu ihrem Kadaver. Ihre Artgenossen würden die Überreste fressen und sich damit stärken. Nichts war umsonst, das eigene Opfer dient als Nahrung für die Übriggebliebenen. Das Individuum ist nicht wichtig, nur das Volk zählt.

Schleithmann sah die mehr als zweihundert anderen Treiberameisen nicht, die durch ihre Artgenossin herbeigerufen waren. Die Insekten kamen unbemerkt in einer langen Kolonne auf sein Zelt zu marschiert.

Jagdameisen sind, wie fast alle Ameisen, geschlechtslos. Die wenigen Männchen leben nur kurze Zeit, befruchten die Königinnenjungfrauen auf einem kurzen gemeinsamen Hochzeitsritual. Die männlichen Ameisen sterben direkt nach der Befruchtung und dienen wiederum als Nahrung. Es gibt unterschiedliche Einsatzgebiete für Ameisen, quasi deren Berufe. Die noch jungen Ameisen, kurz nachdem ihre Körper voll ausgebildet sind, übernehmen Ammenarbeiten. Sie säubern den Bau von Kot und unverdaulichen Nahrungsresten, sorgen sich um die Eier, füttern die frisch geschlüpften Jungameisen und befreien die Gänge des Nestes von Unrat. Sie entsorgen Körperhüllen von gestorbenen Ameisen und legen sie auf riesigen Halden ab. Andere Ameisen werden hingegen Wächterinnen. Sie kontrollieren die Gänge des Baus, beschützen die Königinnenkammer, die Ein- und Ausgänge sowie die nähere Umgebung des Ameisenhügels. Wächterameisen sind mit mächtigen Mandibeln ausgestattet, die am riesigen Kopf sitzen. So können diese Ameisen mittels ihres Körpers sogar die Gänge des Baus versperren und Angreifer erfolgreich hindern, ins Innere vorzudringen.

Die meisten Ameisen sind jedoch Jäger. Sie spüren Nahrung auf, erbeuten sie und bringen Erlegtes zum Bau. Diese Ameisen sind nicht so groß wie die Wächter, die mit ihrem mächtigen Körper und den überdimensionalen Kieferzangen furchterregend aussehen. Dafür sind die Jäger flinker, schneller und findiger. Ihre Ausbildung dauert mehrere Monate. Sie verstehen es bestens, sich bei der Jagd zu organisieren. Alle Jägerameisen kommunizieren auf vielfältige Weise miteinander und nutzen die Schwarmtechnik. Es gibt keine Oberameise, irgendwie wissen immer alle zur gleichen Zeit, was zu tun ist und wie sie sich verhalten müssen, um Beute aufspüren und erlegen zu können. Das Gift dieser Ameisen ist ungemein stark und wird von einer Drüse im zweiten Hauptkörperglied produziert.

Manchmal, vor allem während der Jagd, tropfen die Giftstachel der erregten Jäger schon beim Aufspüren der Opfer. Ist ein Spähtrupp unterwegs, dann sind deren Fühlerantennen weit vorgestreckt und zittern, als ob sie unter Strom stünden. Jägerameisen sind die ältesten Wesen eines Ameisenvolkes, von der Königin einmal abgesehen. Erst nach einem halben Jahr verlassen sie das erste Mal den Bau. Sie prägen sich Erlebnisse ein und profitieren von ihren Erfahrungen. Mittels Botenstoff geben sie ihren Wissensschatz sogar an ihre Jagdkumpane weiter.

Auch die Königin eines Ameisenvolkes, die fünfzehn Jahre alt werden kann, passt sich bei der Nachkommenschaft den Bedürfnissen ihres Volkes an. Zunächst produziert sie Ammen und Jäger, die als Erste aus den Eiern der Königin schlüpfen, um zunächst ihre eigene Mutter zu versorgen. Alle geschlüpften Ameisen suchen den direkten Kontakt mit der Königin. Dabei berühren sie sich mit den Fühlern, streicheln und betasten sich. Durch Ausstoß von Botenstoffen wird eine innige Verbindung hergestellt und sorgt für ein soziales Miteinander. Auch scheinen damit Informationen, Erfahrungen und wichtige Botschaften übermittelt zu werden. So kommunizieren die Ameisen untereinander. Sie erkennen sich und stärken die Gemeinschaft. Wenn Ameisen erschöpften anderen ihres Volkes begegnen, füttern sie diese. Entomologen haben herausgefunden, dass Ameisen einen Teil ihrer aufgenommenen Nahrung in kleinen Sozialmägen für solche Begegnungen zwischenlagern. Wollen sie einer anderen Ameise Nahrung spenden, würgen sie etwas davon in ihren Mund und erlauben dem anderen Insekt, daraus zu fressen.

Nach und nach werden von der Königin Tausende Ameiseneier produziert, aus denen neue Insekten schlüpfen. Hat ein ausgewachsenes Ameisenvolk einen Kriegszug unter erheblichen Verlusten gegen einen benachbarten Termitenstamm geführt, so produziert die Königin tausendfach neue Jägerameisen. Wurde beim Kampf auch der Bau in Mitleidenschaft gezogen, schlüpfen zunächst nur Wächterameisen und füllen die entstandenen Lücken wieder auf. Diese kümmern sich um die Reparatur des Baus. Ebenso beseitigen sie die Schäden, die Eidechsen oder Vögel, die größten Feinde der Ameisen, anrichten.

Die Jägerameisen kehren von ihren Jagdausflügen immer wieder zum Volk zurück und liefern erbeutete Nahrung ab. Ist genügend Fressen vorhanden, wird der Ameisenbau durch sie erweitert. Die Königin erteilt hierzu keinen Befehl, vielmehr scheint eine Art von Schwarmintelligenz den Ameisen die Anweisungen für dieses Verhalten zu geben. Ist der Ausbau fertiggestellt, schwärmen die Jäger erneut aus, um den erschöpften Stammesmitgliedern und der Königin frische Nahrung herbeizuschaffen.

Sobald ein Ameisenvolk zu groß wird und an eine kritische Populationsgrenze stößt, fliegen die Ameisenköniginnen aus und gründen in der Nähe ihrer Heimat neue Völker. Die Natur sorgt dafür, dass hierbei nur die Stärksten überleben. Eine Ameisenjungfrau wird mehrfach begattet, quasi die erste Stufe der Selektion des Stärkeren. Mehr als tausend zukünftiger Königinnen fliegen nach ihrer erfolgreichen Begattung in alle Himmelsrichtungen davon. Dabei werden sie von vielen Vögeln gejagt, nur zwei Promille überleben. Die Ameisen suchen deshalb Schutz im Blätterwald von Bäumen, in Sträuchern oder fliegen dicht über Seen und Flüssen. Dort dienen sie allerdings auch springenden Fischen als Nahrung.

Der Instinkt veranlasst die Königinnen, sich möglichst schnell der jeweiligen Umgebung anzupassen. Sie suchen unablässig einen geeigneten Standort für den neuen Bau. Baumstümpfe werden hierbei bevorzugt. Kaum ist der geeignete Standort gefunden, fressen die Königinnen die nun überflüssigen Flügel ab. Anschließend graben sie sich ein und beginnen mit der Eiablage. Nach und nach ersteht so das neue Ameisenvolk.

Neu gegründete Völker gehören immer noch zum gleichen Stamm, bilden dabei ein sogenanntes Untervolk. Dieses kommuniziert mit dem Stammvolk, plant gemeinsame Angriffe auf Feinde wie Termiten, Eidechsen und fremde Ameisenvölker.

Brasilien, Urwald

Wie ein militärischer Stoßtrupp bewegten sich die Ameisen zielstrebig auf Schleithmann zu. Plötzlich teilten sie sich, wie auf einen geheimen Befehl hin, auf. Ein Teil von ihnen scherte aus dem Hauptstrom nach links aus. Wie ein Ypsilon geformt näherte sich die Formation dem Zelteingang.

Kein Rascheln oder Knacken war zu hören, als Hunderte von kleinen Beinen die Ameisenarmee näher an ihr Opfer heranbrachten. Dann stoppte der Vorwärtsmarsch, und die Ameisen blieben stehen. Sie richteten ihre Fühler auf und versuchten mit heftigem Wedeln dieser Sinnesorgane, ihr Opfer exakter zu orten.

Ein weiterer Stoßtrupp bildete sich aus der Mitte der Ypsilon-Formation. Fast fünfzig Ameisen schwärmten aus und bewegten sich langsam an den Zelteingang heran. Sie schlichen in Richtung des dort noch immer liegenden Mannes. Die Treiberameisen nahmen seinen Körpergeruch deutlich wahr. Es roch nach Schweiß und Stresshormonen. Lebendige Nahrung, die Botenstoffe der Kundschafterin, wurden eindeutig identifiziert: „Beute, riesige Beute, gefährlich. Achtung, vorsichtig, aber es lohnt sich!"

Schleithmann fluchte innerlich, dass er den kleinen Missetäter nicht erwischt hatte, ja, ihn überhaupt nicht hatte finden können. Obwohl der Stich sehr schmerzvoll gewesen war, bewunderte er den Mut der kleinen Ameise, die sich getraut hatte, einen Menschen anzugreifen. Dass sie erneut zustechen würde, war zu befürchten. Aber noch mehr machte sich Schleithmann Sorgen, dass höchstwahrscheinlich weitere Ameisen in der Nähe waren und ihn auch attackieren könnten. Wo ein Insekt war, waren auch noch andere, hunderte, tausende! Ein gesunder Mensch kann einen Stich, auch wenn dieser sehr schmerzhaft ist, locker verkraften. Fünf bis zehn Stiche von gefährlichen Ameisen führen schon zu ernsthaften Vergiftungen. Mehr als fünfzig davon sind meist tödlich. Das Opfer stirbt durch den Schock.

Der deutsche Professor schaute nach vorn, hatte sein Fernglas zur Seite gelegt. Er blickte zu beiden Seiten, auf dem Bauch liegend, ausgestreckt auf dem mit Blättern übersäten Boden. Der Deutsche konnte nichts Auffälliges in der näheren Umgebung entdecken. An seiner Kleidung krabbelte nichts herum und auch an der Haut spürte er kein Insekt mehr. Schleithmann blickte wieder in Richtung des Zeltausgangs. Dort jedoch bewegte sich etwas. Eine kleine hellgrüne Wanze, breit wie ein Daumennagel, marschierte durchs Laub. Ihre sechs kleinen Beinchen agierten geschickt, die beiden fächerartigen Fühler hielt sie ausgestreckt und checkte vor sich das Umfeld ab. Der Chitinpanzer der Wanze glänzte im matten Licht der Dämmerung, ein winziger Wassertropfen verstärkte diese Wirkung.

Geschützt in seinem Panzer fühlte sich das Insekt sicher. Es war auf der Nahrungssuche, Blattläuse standen auf dem Speiseplan. Blattläuse sind auch bei Ameisen als Eiweißlieferant sehr beliebt. Wanzen allerdings ebenfalls und sie sind relativ einfach zu erbeuten. Aufspüren, ein kurzer Biss, fressen. Gerade auf langen Jagdausflügen bevorzugen Ameisen solche Nahrung. Blattläuse haben manchmal mehr Glück als Wanzen. Denn bei Bedarf werden die Läuse nach erfolgreicher Jagd nur betäubt und anschließend in den Ameisenbau verschleppt. Dort werden sie lebenslang eingesperrt, tief verborgen in Kammern. Die erbeuteten Insekten erhalten Blätter zum Fressen und werden regelmäßig gemolken. Blattläuse werden als Nutztiere gehalten, fast wie Kühe von Menschen. Gut bewacht und behütet. Die Ausscheidungen der Läuse gleichen in Konsistenz und Geschmack dem Bienenhonig. Das Sekret bildet für die Ameisen eine köstliche Nahrung, sehr zuckerhaltig und stärkend. Auch bietet dieses haltbare Futter eine Nahrungsreserve für die langen Wintermonate, da die Jagd auf andere Insekten aufgrund der Kälte ausfällt. Gerne laben sich die Ameisen an den zuckrigen Tropfen des Sekrets der Läuse, das auf die Böden der Kammern getropft ist. Nach kurzer Zeit setzt der Gärungsprozess ein, und das Sekret wandelt sich in Alkohol um. An diesem hochprozentigen Saft berauschen sich die Ameisen.

Der Professor begutachtete die Wanze und war froh, dass er sie nicht in seinem Hotelbett an der Zimmerdecke erspäht hatte. Oft lassen sich Wanzen von oben herabfallen, wenn sie unten Wärme, Schweiß oder andere Körperausdünstungen erspüren. Diese Wanze war jedoch auf der Suche nach Blattläusen. Sie hatte einige unter einem Grashalm entdeckt und näherte sich sehr zielstrebig.

Dann erfolgte der Angriff.

Kapitel 3

Vor einigen Monaten. Berkeley, Kalifornien, USA.

Doktor Quintus Schwarz schaute durch sein Mikroskop auf das Asservat Nr. 3592/1958, das zwischen zwei Glasobjektträgern luftdicht eingeschweißt im Licht der kleinen, aber leistungsstarken Leuchtdioden hellgrau im Objekt schimmerte.

Im Okular des Mikroskops sah der Professor eine der wenigen existenten Schnittmusterproben des Gehirns von Albert Einstein. Genauer gesagt einen Teil des Neokortexes, der Region, die erst in der späteren Evolutionsphase des Menschen entstanden und für die kognitiven Denkleistungen verantwortlich ist. Die Grundfunktionen, wie das Atmen, das Verdauen oder das Schlucken, sind dagegen im Stammhirn angesiedelt.

Der berühmte Albert Einstein hatte das seinerzeit geltende Newtonsche Weltbild durch seine Forschungen zur Struktur von Materie, Raum und Zeit sowie zum Wesen der Gravitation verändert. Dieser Physiker verfügte schon zu seinen Lebzeiten, dass sofort nach seinem Tode sein Körper verbrannt werden sollte.

Sein Gehirn, in dem die Relativitätstheorie in einem Denkprozess entstanden war, lag nun vor ihm, vor Quintus Schwarz. Gut, es war nur ein winziger Teil davon, aber immerhin. Es war ein Stück von Einstein. Und es kam ihm vor, als spräche der berühmte Wissenschaftler direkt zu ihm, voller Entrüstung, dass es jemand wagte, in sein Innerstes zu schauen. „Nein, mein Geheimnis kannst du nicht entdecken, niemals. Denn du bist nicht genial, wie ich es war!“ Schwarz seufzte tief und wusste, Einstein hatte recht. Kein anderer Mensch sollte sich sein Gehirn anschauen dürfen. Keinem stand es zu, den genialen Wissenschaftler bis ins Letzte seines Privaten hinein zu ergründen! Einstein war ein Gott gewesen. Und das hier bedeutete eine Art von Gotteslästerung. Störung der Totenruhe und nutzloses forscherisches Getue. Der deutsche Wissenschaftler fühlte sich unwohl.

Albert Einstein. Der geniale theoretische Physiker war am 18. April 1955 in den USA, genauer gesagt in Princeton, mit 76 Jahren gestorben. Der amerikanische Pathologe Thomas Harvey hatte das Gehirn bei der gerichtlich angeordneten Obduktion der Leiche widerrechtlich entnommen, es in kleine Schnittmuster zerlegt, konserviert und analysiert. Nach einer jahrzehntelangen Odyssee quer durch die USA waren die Hirnschnitte 1998 zurück nach Princeton gelangt. 1999 fand ein Team von Wissenschaftlern um Sandra Witelson von der kanadischen *McMaster University Hamilton* in den fotografierten Schnitten von Einsteins Gehirn ungewöhnlich große Scheitellappen vor. Dieses Hirnareal, das eine wichtige Rolle beim räumlichen Vorstellungsvermögen sowie beim mathematischen Denken spielt, war bei Albert Einstein gut fünfzehn Prozent voluminöser als bei normalen Männern. Außerdem fanden sich in den Scheitellappen weniger Furchen als in Vergleichshirnen.

Zusätzlich entdeckten die Anthropologen knopfartige Strukturen im Bereich des motorischen Kortex, des Frontallappens, der auch die Bewegungen der linken Hand kontrolliert.

„Hier könnte sich Einsteins Musikalität widerspiegeln", so urteilten die Wissenschaftler. Denn der geniale Albert Einstein hatte seit seiner Kindheit virtuos Geige gespielt. Die vergrößerten Scheitellappen verknüpften die Anthropologen mit Einsteins Vorlieben, in Bildern und Gefühlen statt in Worten zu denken. Schwarz selbst wusste von einer weiteren rätselhaften Eigenschaft des Physikergehirns. Während ein männliches Durchschnittsgehirn 1375 Gramm wog, brachte es Einsteins Denkorgan lediglich auf 1230 Gramm!

Beim leichten Nachjustieren des Okulars, durch das der Wissenschaftler auf die Schnittprobe von Einsteins Gehirn blickte, dachte er an die humorvollen und pointiert geistreichen Sprüche, die der Physiker im Laufe seines Lebens von sich gegeben hatte. Einstein war schon als Schüler und später auch als junger Student immer ein Gegner von Autoritäten gewesen. Diese schränkten seiner Meinung das wissenschaftliche Arbeiten erheblich ein. Die geistige Freiheit wurde somit einengt. Einstein hatte seine Professoren seinerzeit erzürnt, als er bemerkte: „Zwei Dinge sind unendlich, das Universum und die menschliche Dummheit, aber bei dem Universum bin ich mir noch nicht so sicher!"

Schwarz sinnierte beim Betrachten der hellgrauen Materie, die einstmals gelebt hatte, darüber, wie vernetzt das menschliche Gehirn ist. Ihm fielen die Studentenjahre bei seinem Doktorvater Professor Bruhse wieder ein. Er sah diesen immer schnell redenden Wissenschaftler noch leibhaftig vor sich, wie er im Hörsaal der Universität, einem schnell hintereinander feuernden Maschinengewehr ähnlich, rezitierte: „Als neuronales Netz wird in der spezifischen Wissenschaft eine beliebige Anzahl miteinander verbundener Neuronen bezeichnet, die als Teil des Nervensystems einen Zusammenhang bilden, der einer bestimmten Funktion dienen soll. Abstrahiert werden in Computational Neuro-Science auch vereinfachte Modelle einer biologischen Vernetzung darunter verstanden, meine Damen und Herren. Das sollten sie vielleicht einmal nachbilden. Neuronale Netzwerke, die sich zusammentun, um voneinander zu lernen. Nun ja, nicht von jedem hier könnte man noch etwas lernen, nicht wahr, Herr Schwarz?“

Noch heute, Jahrzehnte danach, zuckte Quintus Schwarz zusammen. Bruhse hatte es verstanden, seine Studenten durch Provokation und die daraus entstehende Schadenfreude zu schikanieren und gleichzeitig zu amüsieren, in dem er wahllos einige von ihnen herauspickte, sie beleidigte, mit Spott überzog oder vorführte. Das musste ein junger Student unter ihm aushalten, wenn man durchs Examen wollte. Professor Bruhse verhielt sich auch so gegenüber vielen anderen Menschen.

„Genial ist er schon, aber auch genial daneben. Aber er ist und bleibt eine Kapazität!“, meinten viele, die ihn näher kennengelernt hatten.

Von späteren Seminaren an der Universität wusste Quintus Schwarz, dass in der Informatik, in der Informationstechnik und der Robotik die Strukturen der natürlichen Netzwerke als künstliche neuronale Netze nachgebildet, simuliert und abgewandelt wurden. Quasi ein Nachbau der Natur, auch Bionik genannt. So, wie Fassadenkletterer mittlerweile Handschuhe benutzen, deren Innenflächen auf Fensterscheiben haften bleiben. Diese Innenflächen sind den Häuten der Pfoten von Geckos nachempfunden worden. Diese kleinen Echsen können mühelos und sicher an glatten Wänden emporklettern. Auch die Konstrukteure von Autoreifen machten sich die Natur zunutze, indem sie bei der Konstruktion von Winterreifenprofilen von großen Rillen auf feine Lamellen umgestiegen waren. Es wurde eine wesentlich verbesserte Bodenhaftung erzielt. Auch hier dienten die Füße der Geckos als Vorbilder.

Schwarz hatte in seinem Studium gelernt, dass das Nervensystem von Menschen und Tieren aus Zellen, sogenannten Neuronen, besteht. „Es gibt in einem einzigen Gehirn mehr Zellen als Sterne in der Milchstraße", hatte Professor Bruhse rezitiert. „Einhundert Milliarden Neuronen. Und diese sind über Synapsen miteinander verknüpft, die als Verbindungen oder Knoten eines interneuronalen Netzwerks funktionieren. So wie Sie, meine lieben Studenten, wenn Sie mittags in der Mensa miteinander kommunizieren. Allerdings müsste die Mensa dann alle Studenten der Welt beherbergen. Haben Sie's jetzt?" So fragte er herausfordernd die Studierenden im Hörsaal.

Zu der Zeit erfuhr Schwarz auch, dass zwischen den Nervenzellen ein Austausch von Informationen in chemischer oder elektrischer Form stattfindet. Die Gewichtung von Signalen kann bewusst von den Zellen verändert werden. Wie Worte, die schnell oder langsam gesprochen oder unterschiedlich betont werden. Eine Art von Dialektik in der Übertragung.

Die „Schaltungstechnik" von Neuronen basiert auf mehreren Eingängen, aber immer nur mit einem Ausgang. So, als wenn man heutzutage einem Unternehmen mittels Briefpost, E-Mail, SMS und Telefon Informationen sendet, der Empfänger jedoch ausschließlich via E-Mail antworten und die Weitergabe dieser Informationen geben kann. Dabei werden die Daten bearbeitet, verstärkt, vermindert oder bewertet. Die Signale können über Synapsen anderen Zellen vermittelt und auch ohne Beeinflussung weitergeben werden. „Irre, was da so alles passiert!", meinten viele Studenten.

Da es zwei unterschiedliche Synapsen, elektrische und chemisch arbeitende, gibt, erfolgt die Weitergabe auch unterschiedlich. Elektrische Synapsen geben die Änderungen der Informationen im unmittelbaren Kontakt weiter, chemisch arbeitende Synapsen setzen Signale mittels Botenstoffen um. Das bezeichnet die Wissenschaft als Transmission. – So wie früher die von Dampfmaschinen oder Wassermühlrädern erzeugten Antriebskräfte über Lederriemen an Bohr- oder Mahlwerke weitergegeben wurden.

Schwarz wusste durch seine Studien und entsprechende Publikationen anderer Wissenschaftler, die sich mit den neuronalen Netzwerken des menschlichen Gehirns beschäftigt hatten, dass

Botenstoffe von Zelle zu Zelle weitergegeben und dabei auch, je nach Anforderung angepasst, als Neurotransmitter bezeichnet wurden. So konnten Informationen verstärkt oder beschleunigt werden.

Quasi wie die Kommunikation unter Menschen. A sagt: „Dort vorne ist es warm." B versteht die Botschaft und glaubt, eine Gefahr zu erkennen, weil er diese von früheren Gesprächen mit A kennt. Denn A meldet sich nur, wenn Gefahr droht. Also sendet B an C die Botschaft: „Es ist warm und wird wahrscheinlich sehr heiß, vielleicht kann es einen Brand geben."

C nimmt die Bedrohung wahr, kennt aber nur Wärme und Hitze von offenem Feuer. C meldet an D: „Es brennt, wir müssen löschen!" D meldet weiter: „Wir brauchen Sand!" Da D nur gewohnt ist, in Lösungen zu denken und weiß, dass mit Sand gelöscht werden kann. Und so geht es immer weiter.

Die Vernetzung von Nervenzellen, den Neuronen, weist keine starren Schaltungen auf. A zu B und dann zu C ist nicht immer der vorgeschriebene Weg der Information. Ist B gerade blockiert, da gerade mit Z korrespondiert wird oder selber ausgefallen ist, wird die Verbindung vielleicht zu M, L oder X hergestellt. Funktioniert M, werden später eingehende Informationen wieder an M gegeben. Das nennt man wissenschaftlich „die abhängige Gewichtung der Signalwege", welche sich durch den wiederholten Gebrauch ändert.

Professor Bruhse hatte damals im Hörsaal der Universität auf Versuche mit Mäusen verwiesen, die in einem Labyrinth nach Wegen zu ihrem Futter suchten. So solle man sich das menschliche Gehirn vereinfacht vorstellen. Eine Information wurde auf die Reise geschickt: „Sucht das Futter!"

Die Mäuse hatten Hunger und witterten das versteckte Fressen. Sie strömten aus und suchten den richtigen Weg. Kamen sie an ein Hindernis und stellten fest, dass sie es nicht umgehen konnten, kehrten sie um und suchten neue Wege. Dabei rannten sie anfänglich hektisch durcheinander, vor und zurück. Ein Schema war nicht zu entdecken. Hatten die kleinen Nager endlich die Nahrungsquelle entdeckt, meistens war das ein Stückchen Käse, so merkten sie sich den Weg dahin. Sobald man die erfolgreichen Nagetiere wieder an ihre Ausgangsposition brachte, rannten sie erneut los und wählten direkt den richtigen Weg und wurden durch den gefundenen Käse belohnt.

Scheinbar legten die Mäuse dabei eine Art Spur, die auch die anderen Mäuse aufspüren konnten oder sie merkten sich den Weg. Wenn nach geraumer Zeit alle Mäuse wieder von ihrer Startposition aus Richtung Nahrungssuche losrannten, dann wählten sie sofort den richtigen Weg und gelangten direkt zum Käse. Sobald diese Spur durch ein neu eingefügtes Hindernis versperrt wurde und damit ein anderer Weg gefunden werden musste, begann das Spiel von vorn. Solange bis wieder alle Mäuse den richtigen Weg gefunden hatten. Diesen merkten sich die Mäuse. Interessanterweise war der Lösungsweg auch immer der kürzeste, um höchst effizient zur Nahrung zu gelangen.

Quintus Schwarz wusste, dass beschädigte Hirnzellen nicht mehr einsetzbar sind, und deshalb übernehmen andere Zellen deren Aufgaben. Hierbei vernetzen sich die neuen Zellen miteinander und tauschen über Neurotransmitter ihre Nachrichten aus und speichern sie. Ähnlich wie bei Rechtshändern, die nach einer Verletzung den linken Arm mehr oder ausschließlich einsetzen müssen. Der linke Arm lernt, seine Handlungen werden immer präziser und die Muskulatur wächst. Irgendwann ist der Gebrauch des „neuen Hauptarmes“ völlig normal. Wenn dann die Heilung des rechten Armes fortgeschritten ist, muss dieser erst wieder ganz bewusst angesteuert und eingesetzt werden. Automatisch steuert das Gehirn erst den eigentlich Falschen an. Nach und nach wird der rechte Arm wieder als normal angesehen, und die früheren Fähigkeiten kehren zurück. Der linke Arm verlernt seine Fähigkeiten.

Auch bei Menschen, die plötzlich ein Sinnesorgan nicht mehr einsetzen können, ist diese geniale „Andersschaltung“ zu beobachten. Blinde hören besser und Taube sehen mehr. Auch das ist das Ergebnis einer neuronalen Vernetzung. Wie sagte schon der

Schauspieler Jeff Goldblum im Kinofilm *Jurassic Park* als kritischer Wissenschaftler und Mathematiker Doktor Ian Malcolm? „Das Leben findet einen Weg, immer."

So lautet der genetische Auftrag. Über das Lernen in neuronalen Netzen gibt es verschiedene Theorien. Die erste neuronale Lernregel wurde sogar schon 1949 von Donald O. Hebb beschrieben, weitere folgten. Diese besagen, dass es typische Eigenschaften von neuronalen Netzwerken gibt, die gleichermaßen für natürliche wie für künstliche „neuronale Systeme" gelten. Dazu gehört die Eigenschaft, dass komplexe Muster erlernt werden können, die sogenannte Mustererkennung. Neuronale Netze folgen nicht Gesetzen, sondern einer Art von künstlicher Intelligenz. Das bedeutet, dass logisches Verhalten und präzise Regeln von neuronalen Netzen nicht erlernt oder angewendet werden müssen. Das Leben sucht sich einen Weg. Die gefundene Lösung wird zur Regel.

Wie bei den Mäusen, dachte Schwarz. Daher war es für ihn verständlich, dass speziell für die Simulation künstlicher neuronaler Netze in der Wissenschaft und der Technik gilt, dass „richtiges" Trainieren eines neuronalen Netzes Voraussetzung für den Lernerfolg beziehungsweise für die richtige Verarbeitung eines Musters in einem Nervensystem ist. Neuronale Netze haben etwas Grundsätzliches, es entstehen sogenannte Muster, zum Beispiel der Weg der Mäuse zum Futter oder aber der Befehl an den linken gesunden Arm. Diese Muster entwickeln sich nach einem Lernvorgang und ähneln dann nicht mehr ihren Vorbildern. Diese erfolgreiche Vorgehensweise der Ausgangsneuronen ist ein stochastisches Verhalten, das eher dem Zufallsprinzip entspricht. Sie arbeiten nicht exakt, sondern nur annäherungsweise. Sie probieren solange etwas Neues aus, bis es funktioniert. „Das Leben sucht sich …!"

Der geniale Professor Bruhse hatte schon vor Jahren festgestellt, dass die Vernetzung im Gehirn auch die Persönlichkeit des Menschen beeinflusst. So kann eine starke neuronale Verknüpfung zweier Hirnzentren die Ursache für ausgeprägtes Neugierverhalten oder für großen Erlebnishunger sein. Hirnforscher aus

Deutschland konnten im Gehirn mit einem neuen bildgebenden Verfahren eine individuell besonders dichte Verdrahtung zwischen dem ventralen Striatum, dort sitzt das Belohnungssystem, und dem Hippocampus, ein wichtiges Gedächtnisareal, nachweisen. Dort zeigt sich die neuronale Vernetzung sogar körperlich durch das Wachstum des jeweiligen Gehirnareals.

Schwarz schaltete das Licht an seinem Mikroskop aus und nahm behutsam den Objektträger in die linke Hand. Er betrachtete ihn voller Ehrfurcht und gab ihn schließlich an der Ausgabestelle der Asservatenkammer zurück in die Hände einer jungen Studentin, die hier ein Praktikum absolvierte.

In Gedanken versunken begab er sich wenig später auf den Weg nach draußen. Schwarz bemerkte nicht, wie ihm die hübsche Frau anerkennend hinterherblickte. Auf dem Bürgersteig der amerikanischen Großstadt angekommen, betrachtete er den pulsierenden Verkehr und die hin und her strömenden Menschenmassen, die sich zur Rushhour gleichzeitig auf den Weg gemacht hatten.

Alles autarke Menschen, die wie Zellen in einem großen Kosmos unterwegs sind. Und alle sind irgendwie miteinander vernetzt. Der eine kennt den und die andere wieder jemand anderen. Alte Verbindungen werden genutzt, andere trennen sich, und neue Freundschaften und Beziehungen werden geknüpft. Alte Pfade sind ausgetreten, aber sicher, neue müssen erst erkundet werden. Bieten sie Vorteile, werden sie häufiger und später permanent genutzt. Alles ist im Kleinen und im Großen, resümierte der Wissenschaftler. Was hatte noch Albert Einstein gesagt?

Und wenn wir nur ein Atom in einem großen Ganzen sind und das Universum nennen, und sind doch vielleicht nur ein kleinster Teil eines anderen Raumes? Vielleicht ist unser Universum nur ein Teil eines Weinglases, in einer ganz fremden und doch so nahen Galaxie. Es gibt jedoch eine Konstante, alles ist der Schwerkraft unterworfen!

Schwarz betrat sein nahegelegenes Hotel, trank an der Bar einen Single Malt und bestellte sich einen weiteren aufs Zimmer.

Dort schlief er kurz nach dem zweiten Drink im Bett ein. Er träumte, er lebe als winziger Partikel im Glasstiel eines Weinglases, und mächtige Finger eines Riesen griffen danach, prosteten anderen Riesen im Universum zu. Dann wurde das geleerte Glas abgestellt, und er konnte das Gesicht des Riesen sehen. Vom Kopf in alle Richtungen abstehendes, schlohweißes Haar. Es war Albert Einstein, der ihn ansah und ihm dabei die Zunge herausstreckte. Dann drehte sich der längst verstorbene Physiker kopfschüttelnd um. Sein Schädel war hinten offen, und Schwarz konnte direkt in das Gehirn des berühmten Mannes sehen. Dort lagerten Hunderte von Objektträgern aus Glas, und jedes davon besaß ein Stückchen Gehirn. Dann verschwand Einstein im Nichts. Schwarz hörte nur noch sein hämisches Lachen, das allmählich leiser wurde. Dann war alles in finstere Nacht gehüllt.

Kapitel 4

Uarini, Urwald, Brasilien.
Die Jagd begann. Der deutsche Wissenschaftler sah vorsichtig aus seinem Zelt heraus und beobachtete, wie die Wanze, gut drei Zentimeter lang, an einem Grashalm vorsichtig nach oben kletterte. Ihre sechs Beinchen umklammerten den Stamm des Gewächses mit winzigen Klauen. Griff um Griff arbeitete sich das grüne Insekt nach oben. Dann wurden die Bewegungen langsamer, und der Wassertropfen auf dem Rückenpanzer entlud sich. Nun harrte das kleine grüne Lebewesen aus, so als beäugte es die dort vermuteten Blattläuse. Die Wanze öffnete ihre Kieferzangen, spannte den Körper leicht nach hinten, die Beine bogen sich und dann geschah alles sehr schnell.

Ein großer Schatten näherte sich blitzartig von oben und packte die Wanze mit seinem gelben Schnabel. Der Grashalm brach unter dem Gewicht des angreifenden Tukans zusammen, und der Jäger fiel mitsamt seiner Beute ins Gras.

Mit einer kurzen Bewegung schwang der gefiederte Jäger die Wanze aus seinem Schnabel und hielt sie mit einer Fußkralle fest. Der Vogel blickte sich dabei nach allen Seiten um, so als hielte er Ausschau nach Feinden oder Nahrungskonkurrenten. Als sich für ihn kein bedrohliches Szenario ergab, pickte er zu und durchbohrte mit dem Schnabel die Wanze. Grünliches Sekret floss aus dem Chitinpanzer heraus und der Tukan warf das erbeutete Insekt in einem Bogen geschickt durch die Luft und schnappte zu. Schleithmann sah, wie die Wanze kurz den Hals des Vogels verdickte, bevor sie in den Magen gewürgt wurde.

Das Tier putzte sich das Gefieder, zupfte an seinen Federn und genoss sichtlich seinen Jagderfolg. Was es nicht sah, war die ihm näher kommenden Treiberameisen. Aus der Ypsilon-Formation der Insekten hatte sich am Boden durch den dritten Strang eine Art Heugabel mit drei Zacken gebildet. Die mittlere davon dehnte sich weiter nach vorn aus. Zunächst einmal in Richtung des Professors, der zuerst anvisierten Beute der Ameisen. Doch dann scherten die äußeren Angriffslinien der Insekten zur Mitte hin aus. Es schien, als wollten sie ihr Opfer in die Zange nehmen.

Plötzlich verharrten die Ameisen in ihren Bewegungen. Sie witterten etwas Neues. Die empfangenen Geruchssignale hatten sich deutlich verändert. Zunächst nahmen sie Gerüche wahr, die von Schleithmanns Körper ausgingen. Dieser Duft war sehr stark, was auf eine große, sogar riesige Beute hindeutete. Das bestätigte auch die Kundschafterin mit ihren ausgesendeten Signalen. Dann plötzlich kam ein süßlicher Geruch auf, es roch stark nach Honig und Insekt. Der stammte von der Wanze. Selbst über die für Ameisen große Entfernung von dreißig Zentimetern war deutlich zu spüren, dass zwischen der großen Beute noch eine kleinere, einfacher zu erbeutende, sein musste.

Wie auf ein Kommando hin war den Treiberameisen klar: Hier gibt es Fressen. So konnten sie noch stärker für den späteren Hauptkampf sein.

Die Angreifer spürten plötzlich Verwirbelungen in der Luft, die der Vogel beim Niederstürzen auf die Wanze mit seinen Flügeln verursacht hatte. Zunächst nahmen sie den Geruch von Innereien einer Wanze wahr. Beste Nahrung für Ameisen. Lecker, fast unwiderstehlich. Die Mandibeln der Angreifer troffen vor Aufregung und Appetit. Die Fühler wirbelten durch die Luft, um noch mehr Signale wahrnehmen zu können. Dann wieder nahmen sie andere Informationen wahr. Das Beben des Bodens, nachdem der Vogel auf der Grasnarbe gelandet war. Das Picken mit dem Schnabel. Noch mehr Duft von der Wanze, von Fleisch und Innereien. Dann identifizierten sie die freigesetzten Hormone des Vogels und witterten eine große Gefahr! Höchste Wachsamkeit war geboten, Vögel fressen Ameisen!

Der Tukan sandte keine direkte Bedrohung aus. Er fraß, und die Ameisen rochen seine Lustgefühle. Sie spürten, wie der Vogel sein Festmahl genoss. Dann wieder kamen Botenstoffe von der Späherin, der Jagdgefährtin der Treiberameisen. Und das Klopfen ihrer Beine: „Die Beute liegt ruhig dar, sie ist riesig groß. Gefahr, aber gute Nahrung für das Volk. Millionenfaches Essen für alle! Ich verstecke mich, gebe Koordinationshinweise. Wann greift ihr an?"

Die auf der Jagd befindlichen Ameisen wirkten unschlüssig, vielleicht gab es eine Reizüberflutung? Die Angriffsformation war ins Stocken geraten. Die Antennen schlugen wild hin und her, Mandibeln klatschten gegeneinander. Die Giftstachel troffen bereits. Da schlug der linke Angriffsflügel der Formation zu. Mehr als zwanzig Ameisen rasten auf ihre Beute los. Das Opferziel hatte sich verändert, erst Mensch, dann die Wanze und jetzt der Vogel. Rasend schnell hatten die Ameisen ihre Pläne geändert, vorerst.

Der Deutsche entdeckte erst jetzt die herannahenden Ameisen. Da waren sie, endlich. Er hasste es, in Vermutungen zu denken. Er wollte betrachten, analysieren, Handlungen ableiten und Erkenntnisse sammeln. Den Insektenbiss noch immer spürend, wusste er, dass es nur eine einzige Ameise gewesen sein konnte. Maximal zwei oder drei. Die aber waren verschwunden. Keine Gefahr eines erneuten Bisses oder Stiches mehr. Da vorne kamen die anderen und sie griffen an. Zwischen dem Tukan und ihnen betrug die Distanz nur noch wenige Zentimeter. Der Vogel saß direkt vor dem Zelteingang und bemerkte den still liegenden Menschen nicht, der wie versteinert die Szenerie betrachtete. Ein Schauspiel sondergleichen.

Überleben pur, wer ist der Stärkere? Schleithmann war aufgeregt, jetzt Zeuge dieses Geschehens zu werden. Der Vogel indessen entdeckte in diesem Augenblick die Treiberameisen und mochte denken: „Neue Nahrung, welch wunderbarer Moment. Erst die leckere Wanze, jetzt noch ein paar Ameisen als Nachspeise dazu. Doch auch Gefahr, nichts ist umsonst. Zu viele von denen bedeuten Gefahr!“

Doch es war bereits zu spät. Der Tukan konzentrierte sich auf die Mitte der Angriffsformation der Insekten. Dort kamen zwei der Ameisen direkt auf ihn zu. Sie waren nun von ihren Jagdkameradinnen getrennt. Die Insekten drangen in Reichweite des für sie riesigen Schnabels vor. Sofort schnellte der Kopf des Tukans nach vorn. Die erste Ameise flog durch die Luft, der Vogel fing sie geschickt auf und schleuderte sie in seinen Schlund. Die andere Ameise schlug einen Bogen, der Vogel pickte erneut zu. Doch er verfehlte sie. Er hatte genau dorthin gezielt, wo sich die erste Angreiferin soeben noch befunden hatte. Der Schnabel hieb in den Waldboden und blieb in dem nassen Matsch der Grasnarbe kurz stecken. Der Vogel zerrte seinen Kopf vehement nach hinten, um sich aus der misslichen Lage zu befreien.

Die Treiberameise, die soeben einen Haken nach links geschlagen hatte, griff nun an. Sie sprang dem Tukan direkt ins Gefieder, krabbelte unter sein linkes Auge und biss mit den Mandibeln hinein. Sofort durchfuhr den Vogel ein heftiger Schmerz. Dann bohrte sich der Stachel der Ameise in seine Pupille. Der Tukan versuchte mit der linken Fußkralle, den lästigen Angreifer aus seinem Auge zu entfernen. Doch jetzt durchzuckte ihn ein zweiter Schmerz, noch heftiger als der erste. Er sah auf dem Auge nichts mehr. Es brannte stark und er stieß Unmengen von Angst- und Stresshormonen aus. Dann fiel der große Vogel zur Seite. Genau dort lauerten die Treiberameisen der Seitenformation und stürzten sich auf ihr Opfer. Zehn, zwanzig, dreißig, dann fast zweihundert Ameisen sprangen auf den Vogel. Sie drangen sofort unter sein Gefieder, krabbelten in seine Ohren, in die Augen. Nur vom Schnabel hielten sie sich fern.

Die kleinen Insekten bissen mit ihren Mandibeln zu, sie krochen in die Gehörgänge und verletzten diese. Sie schnitten wild hin und her, stachen sich fest und spritzten ihr Gift tief in das Fleisch des Vogels. Den ersten Treiberameisen war es bereits gelungen, sich durch den zerplatzten Augapfel bis zum Sehnerv durchzuschneiden. Einige wurden durch die austretende Körperflüssigkeit wieder herausgespült. Die Öffnung der Augenhöhle am Schädel, dort wo die Nervenbahnen zum Gehirn führten, war einfach zu eng, selbst für so kleine Insekten.

Andere Ameisen hatten mehr Glück. Sie waren durch die Gehörgänge ins Innere des Kopfes gelangt und trieben hier ihr Gemetzel weiter. Mehr und mehr verlor der Tukan die Kontrolle. Er bemerkte als Letztes das Brennen in seinem Anus, als die ersten Insekten den Darm von innen her aufschlitzten und ihr Gift in das dünnwandige Fleisch spritzten. Die Schmerzen wurden unerträglich, ein Brennen durchfuhr den gesamten Körper. Der Tukan wollte sein Unglück und die Schmerzen herauskrächzen, doch es kam nur ein erbärmliches Piepsen aus seinem Schnabel. Er wälzte sich herum und schlug nur noch schlapp mit den Flügeln.

Schleithmann beobachtete zwar das Geschehen mit einem gewissen Grauen, aber er empfand kein echtes Mitleid. Er war nur ein stiller Betrachter des ewigen Fressens und Gefressenwerdens. Das immerwährende Miteinander von Jäger und Opfer. Die Rollen wechselten ständig. Der verzweifelte Vogel wand sich in seinem Todeskampf. Er wurde in seinen Bewegungen langsamer, gab auf und fiel zuckend zur Seite. Die Krallen der Füße verkrampften sich ein letztes Mal. Dann wurde der Körper ruhig, der Kopf rollte zur Seite. Alles an ihm und in ihm war voller Treiberameisen.

Sie waren überall und bissen nach wie vor zu, ihre Giftstachel stachen in weiches Fleisch hinein. Sie hatten einen ihrer größten Feinde erlegt und zugleich Nahrung für das Nest erbeutet. Die räuberischen Insekten waren außer sich. Professor Schleithmann meinte zu spüren, wie sie in Ekstase waren und ihren Triumph genossen. Das eigentliche Opfer, der im Zelt liegende Mensch, war für die Insekten momentan völlig unbedeutend geworden. Vergessen für den Moment.

Einige Ameisen würden die Stelle hier für nachfolgende Jäger markieren. Es gab noch weitere Nahrung, noch viel mehr. Einige der Angreifer liefen zurück zum Bau, sie würden die Verstärkung herbeirufen. Neue Angreifer für die große Beute und viele andere Jäger, die das Zerteilen und Wegschaffen des Vogels besorgen würden.

Nichts würde übrigbleiben. Fleisch für die Artgenossen im Bau. Sogar Vorräte für schlechte Zeiten. Die Knochen dienten der Verstärkung des Ameisenbaus. Die Federn waren bestes Material für die Verdichtung der Außenbereiche. Nichts würde in vierundzwanzig Stunden noch irgendwie darauf hinweisen, dass hier einmal ein Tukan gefressen worden waren.

Der Professor lag noch immer auf dem Bauch in seinem Zelt und beobachtete die Ameisentruppe. Das Fernglas hatte er längst zur Seite gelegt. Der Vogel vor ihm schien sich zu bewegen, blickte ihn aus leeren Augenhöhlen traurig an. Gerade noch hatten diese Wunderwerke der Natur eine Wanze aus zig Metern Höhe geortet, der Tukan hatte im Sturzflug seine Beute erlegt und sein Fressen genüsslich verschlungen. Und nun war er selbst zum Opfer geworden. Zerlegt und gefressen, würde er nun verdaut und ausgeschieden werden. Der ewige Kreislauf. Schleithmann dachte darüber nach, wer am ehesten überleben konnte: Der Jaguar? Nein! Ein Alligator? Vielleicht, die Spezies hatte sich seit Jahrmillionen nicht verändern müssen. Aber was sind schon einhundert Millionen Jahre? Nichts im Universum. Vögel? Die Nachfahren der Dinosaurier. Bestimmt nicht. Wanzen? Schon gar nicht. Ameisen? Könnte sein. Menschen, niemals. Also vielleicht doch Ameisen?

Er dachte weiter über verschiedene Aussagen von anderen Wissenschaftlern nach, die er mit großem Interesse registriert hatte. Es herrschte die allgemeine Meinung, dass Menschen nicht mehr lange auf diesem Planeten existieren würden. Zu groß war der Egoismus geworden. Leider gab es kaum Kooperationen der Staaten untereinander, stattdessen breiteten sich mehr und mehr Nationalismus, Narzissmus, Machtstreben und Profitsucht aus. Einerseits wurden Milliarden für Waffengeschäfte ausgegeben, gleichzeitig fanden zu geringe Investitionen in Krankenhäuser, Pflegeeinrichtungen, Medizin und Forschung statt. Kaum ein Staat war gegen Pandemien ausreichend gewappnet. Auch die letzten schlimmen Krisen mit weltweiten Infektionen durch Sars- oder Coronaviren hatten die Menschheit nur kurzfristig umdenken lassen. Es fand keine ausreichende Ursachenforschung statt. Bekanntlich sprang der Coronavirus von auf asiatischen Wochenmärkten feilgebotenem Fledermausfleisch auf Menschen über. Statt die entsprechenden Länder wie China, Vietnam und andere aufzufordern, die teilweise katastrophalen hygienischen Bedingungen zu verändern, vielleicht durch wirtschaftliche Sanktionen, konzentrierten sich die Politiker viel mehr auf die Abmilderung der entsprechenden Auswirkungen der Pandemien. So wurden Investitionen in die Herstellung von Schutzmasken, Beatmungsgeräten und vor allem in die Aufstockung der Lagerbestände von Toilettenpapier getätigt. Letzteres war bei der Coronapandemie in den Fokus der Hamsterkäufe gerückt. Sicherlich war die Aufstockung von Hygieneartikeln einfacher zu bewerkstelligen, als die Wirtschaftsmacht China zum Handeln zu bewegen.

Die Menschen hatten weiterhin Angst vor Genmanipulation. Einhergehend damit war allerdings auch eine für die explodierende Weltbevölkerung notwendige Produktion von Nahrungsmitteln gefährdet. China hatte schon vor einigen Jahren reagiert und die „Ein-Kind-pro-Familie-Politik" durchgesetzt. Das Ergebnis war, dass die Population nach dem rasanten Anstieg von 1960 bis 2010 mit über 800 Millionen zusätzlichen Einwohnern erst im Jahre 2030 rückläufig werden würde, vielleicht. Nach Schätzungen lebten dann 1,5 Milliarden Chinesen im Reich der Mitte. Und alle Bewohner Chinas wollen essen. Nicht nur Reis und Soja, nein, mit zunehmendem Lebensstandard auch Fleisch.

Im gleichen Jahr gäbe es 1,4 Milliarden Inder. Auf der Erde würden zu diesem Zeitpunkt insgesamt 8,2 Milliarden Menschen existieren. Vorausgesetzt, es gäbe keine Pandemien oder größere kriegerische Auseinandersetzungen. Beide Szenarien würden das Problem der ansteigenden Bevölkerung nur eine Zeit lang aufhalten.

Afrika hatte in den letzten 100 Jahren einen Zuwachs von knapp 700 Millionen Menschen zu verzeichnen. In wenigen Monaten würde der schwarze Kontinent eine Milliarde Menschen beherbergen. Gut, so dachte der Professor kühl wissenschaftlich kalkulierend, es gibt wenigstens eine Menge Hemmnisse auf dem Weg zur Überbevölkerung. Zu wenig Nahrung, Krankheiten wie Tuberkulose, AIDS, hohe Kindersterblichkeit und fehlendes Trinkwasser. Seit Neustem auch das Coronavirus.

Die Weltgesundheitsorganisation *WHO* versuchte entgegenzuwirken. Dan Brown, der bekannte Autor von apokalyptischen Romanen, hatte in seinem Buch *Inferno* beschrieben, dass es Überlegungen von radikalen Organisationen gab, durch Massenvernichtung von Menschen die Gesamtpopulation zu reduzieren, um das Überleben der Übriggebliebenen zu sichern.

Diese Reduzierung der Spezies Mensch hatte es auf der Erde schon oft gegeben, als Beispiel die biblische Geschichte der Sintflut. Die Ausrottung der Dinosaurier, das Untergehen ganzer Kontinente. Atlantis, das Römische Reich, Kreta. Im Mittelalter die Pest oder später die Spanische Grippe. Immer wieder gab es Katastrophen, Tsunamis, Hurrikane, Hochwasser, Brände, Dürre- und Kälteperioden, Krankheiten, Seuchen und Kriege. Diese Katastrophen waren für die Individuen zwar grauenvoll und meistens tödlich, aber das zukünftige Leben an sich wird gesichert. Wenige Starke überlebten. Die Natur schaltet, wann immer es nötig wird, auf „Reset“.

Dem Professor fiel bei diesen Gedanken ein, dass bei der Frage, wer einen Atomkrieg überleben könne, von Experten nur wenige Kreaturen genannt wurden. Menschen werden es nicht sein, sondern Schaben, Bakterien, Ratten und Ameisen. Kleine Lebewesen könnten dieser Katastrophe entkommen. So wie seinerzeit, als vor fünfundsechzig Millionen Jahren, so die Wissenschaftler, ein riesiger Meteorit auf der Erde einschlug und die nach der Explosion entstehenden Brände mit Unmengen von Rauch fast die gesamte Vegetation auf dem Planeten vernichtete. Jahrzehntelang drangen die Sonnenstrahlen nicht zur Erdoberfläche. Alles war tot, fast alles.

Überlebt hatte nur eine Spezies. Ein kleines Säugetier, ähnlich einer Kreuzung zwischen Maus, Hamster und Erdhörnchen. Es lebte unter der Erde. Die Goliaths überlebten nicht, sondern die Davids.

Andere Theorien, die Schleithmann in der Kategorie „Überleben" gesammelt hatte, belegten, dass Dinosaurier, lateinisch genannt „die Schrecklichen", zu Beginn der Kreidezeit ausstarben. Damals verbreiteten sich die ersten Blütenpflanzen auf der Erde. Diese konnten die großen Pflanzenfresser, die Sauropoden, aber nicht verdauen und verendeten daran. Wieder andere meinten, es sei nicht der Meteoriteneinschlag schuld daran gewesen, dass das Leben fast gänzlich ausgerottet wurde. Vielmehr seien gewaltige Vulkanausbrüche mit in die Atmosphäre ausgestoßenen Aschekonzentrationen für eine jahrzehntelange Absorbierung des Sonnenlichts verantwortlich, die dann ebenfalls zum Niedergang der Vegetation führte.

Noch andere Gelehrte entwickelten die Theorie, dass eher kleine Säugetiere für den Untergang der Dinosaurier verantwortlich seien. Diese Nagetiere fraßen angeblich die Eier der großen Echsen und sorgten damit für deren Aussterben. So kann man heute nur noch im Kinofilm *Jurassic Park* den Velociraptor, den Tyrannosaurus oder den Archaeopteryx bestaunen.

Wieder andere vermuten, dass sich das Geschlecht der Embryos von Dinosauriern nach dem Grad der Wärme im Nest gerichtet hat. War es kalt, schlüpften nur Weibchen aus den Eiern, war es hingegen warm, entstanden nur Männchen. Da sich die Temperaturen auf der Erde nachweislich verändert hatten, wäre das eine weitere Erklärung für das Aussterben der Echsen.

Bernhard Werber, ein französischer Romanautor, hat in seinem Buch *Invasion der Ameisen* die Behauptung aufgestellt, dass Ameisen schuld am Aussterben der Dinosaurier gewesen seien. Im Kampf um Nahrungsressourcen hätten sie die riesigen Echsen vernichtet, indem sie in deren Anus eingedrungen seien, sie von innen her aufgefressen und somit letztendlich zur Auslöschung der Saurier beigetragen hätten.

Schleithmann bemerkte in diesem Moment, wie sich eine Treiberameise an seinem rechten Ellenbogen vorbei Richtung Zeltausgang bewegte. Zielstrebig verfolgte sie ihren Weg, hin zu den anderen Ameisen. Das ist bestimmt das Biest, das mich gerade gebissen hat. Überleben, dachte er, du hast es nicht verdient!

Als ob das Insekt genau wusste, was der Professor gerade dachte, verharrte es in der Bewegung. Seine Fühler schwirrten wie Radarschaufeln hin und her. Der Wissenschaftler meinte zu spüren, wie ihn das Insekt aus dreißig Zentimetern Entfernung fixierte. Er robbte ein wenig näher an die Ameise heran. Sein rechter Arm hob sich und er streckte dabei den Mittelfinger nach vorn. Dann senkte er den Arm und war nur noch wenige Zentimeter von der Ameise entfernt. Er wollte sie mit dem Finger zerquetschen. Die Ameise hob den Kopf, beobachtete das Geschehen und fixierte dann das Gesicht des Mannes. „Das ist Augenkontakt, sie blickt mich an“, entfuhr es Schleithmann. „Ich glaub es nicht!“

In diesem Moment drehte sich die Ameise ruckartig herum, visierte mit ihrem Hinterteil den Professor an und explosionsartig schoss Schleithmann ein winziger Strahl Säure mitten ins Gesicht. Die Flüssigkeit traf ihn oberhalb der Lippe und ein kleiner Teil benetzte das Innere seines linken Nasenlochs. Ein höllischer Schmerz durchfuhr ihn und er versuchte, mit beiden Händen die ekelhaft brennende Substanz von seinem Gesicht abzuwischen. Das Brennen verstärkte sich, und Schleithmann überkam Panik.

Er sah hinüber zum Vogelskelett und zu den fressenden Ameisen. Im Geiste befand sich der Deutsche schon in der Rolle des Kadavers, vollkommen überzogen von beißenden, stechenden und fressenden Treiberameisen. Er sprang auf, das kleine Zelt wickelte sich um seinen Kopf, die Spannseile strafften sich und rissen die Befestigungsheringe aus dem Waldboden. Schleithmann trat mit den Beinen auf dem Erdboden umher. Ganz unwissenschaftlich stampfte er auf den Ameisen herum, trampelte Gras platt und zerdrückte dabei auch die dünnen Knochen des Tukans.

Nachdem er einige Ameisen unter seinen Sohlen zerquetscht hatte, rief er laut: „Ich zeig's euch, ihr Mistviecher. Ich bin der Stärkere. Ich, der Mensch, die Krone der Schöpfung!"

Nach kurzer Zeit beruhigte sich Schleithmann wieder. Es war ihm peinlich, wie er sich soeben verhalten hatte. Er war doch schließlich Wissenschaftler! Der Deutsche streifte das Zelt ab und blickte an sich herab. Vor seinen Stiefeln war die Erde plattgetreten, die Grashalme lagen kreuz und quer. Der Vogeltorso war regelrecht zermalmt. Schleithmann bückte sich und sah viele tote Ameisen neben dem Kadaver am Boden liegen. Andere krabbelten jedoch noch herum und versuchten, sich in dem Chaos zu orientieren. Einige waren schwer verletzt. Manche liefen nur noch auf zwei oder drei vorhandenen Beinen umher. Teilweise zuckten Kopf- oder Mittelteile wild hin und her. Selbst abgetrennte Köpfe bewegten noch ihre Mandibeln oder Fühler. Eine Ameise ohne Kopf versuchte, mit ihren drei verbliebenen Beinen dem Schlachtfeld zu entkommen.

Der Professor kniete sich hin. Er begutachtete ungläubig die Folgen seines Tobsuchtsanfalls. Kaum zu glauben, dass überhaupt einige der Ameisen überlebt hatten. Und es waren sogar viele. Manche gruben sich aus der Erde, wieder andere krabbelten unter dem Vogelkadaver hervor, andere aus ihm heraus. Unter den Grasbüscheln und Halmen kamen immer mehr Ameisen hervor. Das gibt es doch nicht, dachte Schleithmann. Sie formieren sich!

Und er hatte richtig beobachtet. Die Insekten bildeten eine Art Versammlung. Sie befühlten sich gegenseitig mit den Antennen. Diese Gesten wirkten kameradschaftlich. Dann sah Schleithmann, dass vollständig intakte Ameisen anderen, die Gliedmaßen oder ganze Körperteile verloren hatten, mit ihren Mandibeln kleine gelbe Kugeln reichten. Die Verletzten fraßen diese gierig auf. Die Kugeln wurden aus Taschen, die an den Körperseiten der unverletzten Ameisen lagen, hervorgeholt. Kurz darauf bemerkte der Wissenschaftler, dass diese Art von Nahrung stimulierend oder schmerzstillend sein musste. Nach nur kurzer Zeit wurden die verletzten Ameisen wieder munterer. Auch schien es so, als bedankten sich die Ameisen bei ihren Wohltätern. Kaum, dass sie die Kügelchen gefressen hatten, rieben sie mit ihren Fühlern an den Antennen der Helferinnen herum. Es wirkte fast zärtlich. War das Dank, Zuneigung oder gar eine Art weitergehender Kommunikation?

Der deutsche Professor musste unbedingt weitere Nachforschungen anstellen. Zu sich selbst sagte er mit universitärer Stimme: „Hochinteressant!" Das Brennen in seiner Nase nahm spürbar ab. Er musste kräftig niesen und spürte, dass das Ameisengift in seiner Wirkung nachgelassen hatte.

Dann, wie auf ein Kommando hin, wurden die Aktivitäten der Insekten koordinierter. Die verbliebenen Treiberameisen begannen, es mochten noch über hundert sein, den Ort des Gemetzels genauestens abzusuchen. Sie machten sich über ihre toten Kameradinnen her, fraßen diese komplett auf. Wie Kannibalen, die Monate nichts mehr gegessen hatten.

Sie stärken sich, dachte Schleithmann. Kannibalismus als Baustein des Überlebens. Interessant! Und er erinnerte sich an einen Vortrag eines Entomologen, der am Ende seines Referates darüber sinnierte, wer stärker sei, der Mensch oder das Insekt? „Am Ende siegt immer das Insekt, denn es frisst den Menschen auf, früher oder später, irgendwann!"

Kapitel 5

Militärischer Abschirmdienst (MAD), **Köln, Rheinufer, Deutschland.**

Die Tür zum Büro des Sektionsleiters Abteilung II im *MAD* war geschlossen und das Vorzimmer unbesetzt. Doktor Otto Bonnhard galt als krankgeschrieben. Jeder munkelte, dass er nicht wiederkommen würde, und die Krankheit hieß „falsches Parteibuch". Seit in Berlin die Jamaikakoalition der Parteien *CDU/CSU*, *Bündnis 90/Die Grünen* und *FDP* nach dem Rücktritt der Bundeskanzlerin zusammengefunden hatte, wurden die wichtigen Posten, die ehemals von Sozialdemokraten besetzt waren, durchforstet, wie es im politischen Jargon hieß. Der neue Innenminister der *FDP* wollte rückhaltlos viel Neues durchsetzen und benötigte Leute, die ihm treu folgen würden. Daher war Doktor Bonnhard, langjähriges *SPD*-Mitglied und für seine Loyalität in Richtung seiner Parteifreunde bekannt, relativ schnell beurlaubt worden.

Aber der Sektionsleiter war dem Direktor des *MAD* zuvorgekommen, hatte seine Krankmeldung eingereicht und weilte in einer Wiesbadener Kurklinik. „Allgemeiner Erschöpfungszustand", lautete die offizielle Version. Gemeint war damit aber eher ein Nervenzusammenbruch. Die Sekretärin und sein engerer Mitarbeiterstab blieben ebenfalls bis auf Weiteres nicht erreichbar. Nur Bonnhards Stellvertreterin, Heide Mainz, ein weiblicher Oberstleutnant der Bundeswehr, ehemalige Kampfpilotin eines *Tornado*-Geschwaders, war zugegen und leitete vorübergehend die Abteilung. Sie war intelligent, konnte sich in komplexe Angelegenheiten schnell hineindenken und galt als ungemein tüchtig. Sie wurde allerdings auch wegen ihrer Unnachgiebigkeit von einigen im Dienst gefürchtet. Weitere Attribute, die Heide Mainz zugeschrieben wurden, lauteten Ehrgeiz und Loyalität.

War sie an einer Sache dran, ließ sie nicht mehr los und verfolgte unnachgiebig ihr Ziel. Bis der Erfolg eintrat. Und sie war zudem sehr hübsch, was viele Männer beim *MAD* wohlwollend bemerkten. Ebene Gesichtszüge und grüne Augen. Ihre rote

Mähne war in keinerlei Form gezwängt. Heide Mainz trug nur bei offiziellen Anlässen ihre blaue Luftwaffenuniform. Ansonsten bevorzugte sie enganliegende, maßgeschneiderte Hosenanzüge, die sie aus Mailand bezog.

Oberstleutnant Heide Mainz stand gerade von der braunen Ledercouch auf, die neben einem großen Schreibtisch platziert war. Eigentlich war dieses Möbel für Besucher gedacht. Aber heute diente es einem anderen Zweck. Heide war Single und manchmal überkam sie einfach die Lust. Und dieser junge Fähnrich war einfach zu süß. Ihn zu verführen war ein besonderer Höhepunkt im wahrsten Sinne gewesen. Natürlich wusste Heide Mainz, wie eine Femme fatale, so wie sie, auf einen jungen und unerfahrenen Mann wirken musste. Sie sah hinreißend gut aus, besaß eine wahre Modelfigur und ihre roten Haare sandten anscheinend eine besonders elektrisierende Botschaft aus. Natürlich wusste der weibliche Oberstleutnant, welche Wirkung sie beim anderen Geschlecht hervorrief.

Die Offizierin Heide Mainz, die die Abteilung II im *Militärischen Abschirmdienst*, zuständig für Extremismus-, Terrorismus-, Spionage- und Sabotageabwehr, momentan leitete, zog den Slip, der ihr noch am rechten Knöchel hing, wieder hoch. Sie griff sich die dünne Seidenbluse, zog sie über und nahm den Büstenhalter in die Hand. Schnell schlüpfte sie in die dunkle Stoffhose, zog die Schuhe an und nahm den Blazer an sich.

„Bring das hier wieder in Ordnung und dann verschwinde. Das hat nicht stattgefunden. Heißt gar nichts, ich brauche das mal hin und wieder." Sie schmiss die Tür hinter sich zu. Er war gut gewesen, aber das durfte man den Kerlen nie sagen. Sie wurden schnell überheblich und waren später als balzende Gockel nicht mehr zu gebrauchen. Kurze Leine, hieß ihre Devise. Und dieser junge Fähnrich, neu in der Abteilung, kam ihr gerade recht. Immer, wenn sie beruflich so geflasht war wie heute, dann brauchte sie Sex zum Abreagieren.

„Schließlich können Stresshormone nur durch aktive Bewegungen abgebaut werden. Verbleibt das Adrenalin in der Blutbahn, richtet es schnell Schäden an", meinte einmal ein Arzt bei einem Vortrag über Burn-out und Stress. Heide war unter den Zuhörern gewesen. Ob der Mediziner allerdings auch Sex als Abbaumöglichkeit ansah, war nicht bekannt.

Sollten die Kerle doch froh sein, dass ich sie vernasche. Sie schaute auf ihre silberne Armbanduhr, zwölf Minuten wilder Sex ohne Konsequenzen. Morgen ist er noch mal dran und dann schicke ich ihn in die Prärie. Heide Mainz lachte und ging zum Stehpult. Beim Blick auf den Rhein, der hier in Köln träge am Sitz des *MAD* vorbeiströmte, konnte sie besser und entspannter nachdenken, als wenn sie nur stur am Schreibtisch saß. Was muss jetzt passieren, dass das hier mein Büro wird?, überlegte sie und strich sich eine vorwitzige Haarsträhne aus der Stirn. Doktor Bonnhard wird nie wieder hier arbeiten. Nie mehr, dessen war sie sich sicher. Da klingelte das Telefon. „Mainz, Oberstleutnant Mainz, hier!"

„Schön, dass ich Sie direkt erreiche", hüstelte von Heesen, der Direktor des *MAD*. „Oberstleutnant, ich möchte, dass Sie sich das direkt mal ansehen. Habe Ihnen soeben eine E-Mail mit einer angehängten Videodatei geschickt. Kommt direkt aus Tel Aviv. Vom *Mossad*. Sieht interessant aus, melden Sie sich in einer Stunde bei mir, ja?" Ohne auf eine positive Antwort zu warten, legte er auf.

„Das klingt interessant!", flüsterte Mainz, die sich einer gewissen Neugierde nicht verschließen konnte. Ein angenehmes Prickeln durchfuhr sie. Mainz klappte ihren Laptop auf und klickte sich in das E-Mail-Programm. Im elektronischen Postfach sah sie die eingetroffene Nachricht, gekennzeichnet mit dem Vermerk „Streng geheim". Der Dateianhang war nicht übermäßig groß. Es dauerte nur einige Sekunden, bis das Entschlüsselungsprogramm erfolgreich war und die Datei sich öffnen ließ.

Kurz bevor der Monitor ein Bild zeigte, durchfuhr sie nochmals ein Zucken des Unterleibs. Wie immer, wenn sie wilden, guten Sex gehabt hatte, bekam sie den „letzten Waggon", so nannte sie den Postorgasmus, der sie gerade angenehm durchschüttelte. Sie öffnete die Video-Datei und schaute gebannt auf den Bildschirm. Dort war ein Mann zu sehen, der im Staub lag und sich hin und her wälzte. Sein Gesicht war voller Entsetzen, schmerzverzerrt und in Panik. Es schien sich um einen Araber zu handeln, der irgendwo in der Wüste im Sand lag und mit dem Tode rang. Er griff sich an den Bauch, dann an den Hals. Es war, als röchelte und würgte er. Speichel troff ihm vom Kinn. Sein gesamter Körper zuckte in Krämpfen.

Heide Mainz starrte gebannt auf den Bildschirm und bemerkte erst jetzt den Schatten eines Mannes. Die schwarzen Umrisse seines Körpers mit einer Kamera in der Hand zeichneten sich auf einer lehmfarbenen Mauer ab, die im Hintergrund der Szenerie zu sehen war. Davor wälzte sich der Araber auf dem Boden. Da beulte sich in der Brust des immer noch zuckenden Mannes etwas von innen heraus. Die Kamera zoomte näher heran. Der Mann drückte mit den Händen panisch auf seinen Brustkorb. So, als wolle er verhindern, dass dieser platzen könne. Heide Mainz durchfuhr ein erneutes Zucken, aber das hatte nichts mehr mit dem Sex von gerade zu tun. Hier sah sie etwas ganz Spektakuläres. Ein Mann starb vor ihren Augen. War das Gift? Nein, er hatte keinen Schaum vor dem Mund, sagte sie zu sich selbst. Der Brustkorb beulte sich an der Stelle des Solarplexus so stark aus, dass die Kleidung zerriss. Ein Blutschwall ergoss sich. Dann drang noch etwas Weiteres nach außen. Mehrere kleinere Objekte drückten sich aus dem Körper, zwängten sich durch die Öffnung in der Brust. Alles war voll mit schäumendem Blut. Die Lunge ist zerrissen, folgerte sie richtig. Dann kam noch etwas heraus und noch etwas. Das mussten sieben oder acht Objekte sein. Wie riesige Insekten, fast fingerlang, krochen diese aus dem Körper. Der Araber schaute ungläubig auf die Öffnung in seiner Brust. Er versuchte noch immer mit seinen Händen, die Wunde zu verschließen. Dabei zuckte er krampfartig, und das Blut schoss nun fontänenartig aus ihm heraus. Dann versiegte der rote Schwall.

Mainz bemerkte, dass sie aufgrund der Dramatik der Bilder, die sie gerade sah, vergessen hatte, den Tonregler hochzufahren. Er stand auf lautlos. Doch sie konnte jetzt den Blick nicht mehr vom Monitor nehmen. Da, ein letztes Objekt krabbelte aus der

Brust des armen Mannes heraus. Durch die Öffnung im Körper quetschte es sich hindurch, dann lief es über die linke Hand des Arabers. Heide Mainz sah, wie sich der Kopf des Insektes, es handelte sich tatsächlich um einen dicken Käfer, zwischen Zeige- und Mittelfinger hindurchzwängte, steckenblieb und augenblicklich mit dem Kiefer kurz nach links und rechts schwenkte und zubiss. Beide Finger wurden halb abgetrennt und hingen nur noch an ein paar Fasern der Haut, baumelten schlaff herunter. Der geschundene Körper des Arabers bog sich noch einmal durch. Die Wirbelsäule glich einem gespannten Bogen. Dann fiel der Mann still in sich zusammen und starb.

Das Insekt hatte inzwischen den sandigen Boden erreicht und krabbelte seinen Artgenossen hinterher. Die Kamera schwenkte vom Leichnam hin zu den flüchtenden Insekten, die in einer Formation, kleine blutige Flecken im Sand hinterlassend, in Richtung der Mauer entkamen.

Die verschwinden in einem Erdloch!, staunte Heide Mainz. Die merkwürdigen Insekten gruben sich geschickt in den Sand ein und verschwanden augenblicklich im Erdboden. Wie Körner in einer Sanduhr. Die Kamera zoomte zum letzten Standort der schwarzen Käfer heran. Es war nichts mehr zu sehen. Alles verschwunden, gänzlich, nichts wies mehr auf die Existenz der kleinen Monster hin. Der Bildschirm wurde schwarz.

Was war das denn?, fragte sich die stellvertretende Leiterin der Abteilung II des *MAD*. Insekten? Eine neue Plage, genmanipulierte Käfer? Sie knallte den Laptopdeckel zu und dachte nach. Hochinteressant, womöglich Aliens? Auf jeden Fall stammt das nicht von uns!

Heide Mainz nestelte an ihrem Hosenanzug herum, zog den Stoff glatt und eilte in Richtung des Direktionsbüros, dort wo die Leitung des *MAD* untergebracht war. Von Heesen wusste die Tatkraft des weiblichen Oberstleutnants zu schätzen und das hier, da war sich Mainz sicher, war ihre Chance. Mit langen Schritten stürmte sie durch den Flur. Unterwegs fiel ihr auf, dass sie vollkommen vergessen hatte, ihren Büstenhalter wieder anzulegen. Daher wippten ihre Brüste auf und ab, als sie mit weitausgreifenden Schritten den Flur entlangschritt. Sie dachte: Verfluchte, wunderbare, blutgeile Insekten. Eine kleine Kampftruppe, höchst effizient, schnell, leise, tödlich. Skarabäen, glaube ich, waren das. Verdammt große!

Die *MAD*-Offizierin überlegte kurz, wo sie diese Käfer, die sie glaubte, irgendwoher zu kennen, schon einmal gesehen hatte. Da fiel es ihr ein. Sie hatte diese Insekten in dem Kinofilm *Die Mumie* erlebt. Der Horrorstreifen spielte in der Wüste Ägyptens. In einem Pharaonengrab waren die mystischen Käfer zu hunderten aus Tongefäßen herausgeflutet und hatten Grabräuber bei lebendigem Leib aufgefressen.

„Das ist es!", dachte Heide. „Klein, fies und tödlich! Effektiv und kaum nachweisbar. Die absolute Waffe. Die könnten wir gebrauchen. Los geht's!"

Kapitel 6

Uarini, Urwald, Brasilien.

Professor Schleithmann fühlte seinen Herzschlag langsamer werden, er wurde ruhiger und sammelte seine Gedanken. Die Vorkommnisse am See waren für ihn äußerst befriedigend. Er hatte viel Stoff für seine Forschungen zum Thema „Überleben" sammeln können. „Ameisen", das war eine gute Antwort auf die Frage, welche Kreatur hervorragende Konzepte fürs Überleben parat hat. Aber nicht für ein Lebewesen allein gesehen, sondern immer auch in Bezug auf das Überleben des gesamten Volkes. Eine Kreatur alleine war unwichtig, die Art musste bestehen bleiben. Die Ameisen agieren zusammen, auch wenn einzelne im Kampf fallen, so siegen sie letztendlich doch immer gegenüber einem selbst übermächtigen Feind. Kein anderer Vogel hatte dem späteren Opfer geholfen, keine Wanze dem ersten Fressobjekt. Aber die Ameisen hatten sich unterstützt, ja sogar durch die Hergabe des eigenen Körpers die anderen, die den Kampf weiterführten, unterstützt. Auch wenn sie dabei nur noch als Nahrung dienten. Sie hatten sich ohne sichtlichen Anführer vernetzt und dabei äußerst intelligent gemeinsam gejagt. Was der Wissenschaftler nicht wusste, war, dass die jagenden Insekten sogar ihre eigene Taktik über Bord geworfen hatten. Denn er selbst war ja das eigentlich primäre Opfer gewesen.

Längst war der Platz des Todeskampfes geräumt. Nichts deutete mehr auf den gewaltsamen Tod des Tukans hin. Schleithmann hatte vorsichtig einige der Ameisen mit einer langen Pinzette eingesammelt und in ein labortypisches Plastikgefäß mit Belüftungsdeckel gegeben. Er tat das ohne erkennbare Empathie für die Insekten. Sie dienten ihm als reine Studienobjekte und er behandelte sie genauso, wie er mit Steinen oder sonstigen toten Objekten bei seinen Forschungsarbeiten umging. Rein sachlich.

Die Ameisen krabbelten nervös umher. Der deutsche Professor schaute in das Gefäß und sah, wie die kriegerischen Insekten, nunmehr in Gefangenschaft, ihre neue, ungewohnte Umgebung erkundeten. Sie liefen wild durcheinander, betasteten die Plastikwände und den Boden. Zum Hochklettern war die Innenwand zu glatt und bot ihren Krallen keinerlei Halt.

Schleithmann packte das Behältnis in seine Umhängetasche. Nachdem er das kleine Zelt zusammengefaltet und sich das Fernglas umgehängt hatte, machte er sich auf den Weg in das entfernte Dorf. Es lag schätzungsweise vier Kilometer vom See entfernt. Dort hatte der Wissenschaftlicher eine Unterkunft gefunden. Sehr spartanisch, aber relativ sauber. Zumindest gab es eine Toilette und eine Dusche. Morgens funktionierte manchmal sogar das Warmwasser. Auch wenn nur schmutziges Brackwasser aus der Leitung lief, es machte dem Deutschen nichts aus. Denn, wenn er sich wieder auf die Pirsch in den Urwald begab, war auf den täglichen warmen Monsunregen Verlass. Diese natürliche Dusche funktionierte immer.

Nachdem Schleithmann sein Zimmer im ersten Stock des Holzhauses erreicht hatte, war er froh, nun endlich aus dem Wald heraus zu sein. Der Rückweg aus dem Urwald bis in das kleine Dorf war für ihn nicht ohne Gefahren gewesen. Auch, wenn er nichts direkt bemerkt hatte. Er wollte forschen, aber selber dabei nicht zum Opfer werden. Um nicht aufzufallen, hatte er daher ein Tarnnetz über sich geworfen und eine Nachtsichtbrille aufgesetzt. Der ohnehin grüne Urwald wirkte im hellgrünen Licht, in dem alle Objekte im Okular des Restlichtverstärkers erschienen, geradezu surreal. Er fragte sich, wie viele Augen ihn auf dem Heimweg wohl beobachtet hatten, welche Kreaturen nach ihm gesucht oder ihn erschnuppert hatten. Wie viele Tiere wollten ihn als leichte Beute fressen? Gut, dass man nicht immer alles weiß. Schleithmann atmete tief durch.

Er erinnerte sich an seinen ersten Aufenthalt in Südafrika. Vor einigen Jahren war er mit einer kleinen Safari-Mannschaft der Universität von Johannesburg westlich des Krüger-Nationalparks im Buschland unterwegs gewesen. Vor seinem inneren Auge erschien das damalige Szenario.

Die Nachmittagstour begann gegen vier Uhr und sollte knapp drei Stunden dauern. Im Januar wurde es im Süden des Kontinents schnell dunkel. Vor einem kleinen Hügel hatte der Ranger den alten *Chevrolet*-Militärtransporter gestoppt. Die Truppe der fünf Wissenschaftler, die die Tour als Dankeschön für einen absolvierten Forschungsauftrag vom Dekan der Universität geschenkt bekommen hatten, sollte auf einen fünf Meter hohen Felsen hochklettern. Von dort oben hatte man einen wunderbaren Blick auf die fernen Berge des Blyde River Canyons. Im Licht der untergehenden Sonne glühten die fernen hohen Felsen in unterschiedlichen Rot- und Brauntönen. Da die fernen Bergkuppen wie Pilzköpfe aussahen, bot diese abendliche Silhouette ein regelrechtes Spektakel. Die Gruppe bestaunte den Anblick der beleuchteten Berge und bemerkte dabei nicht, wie sich direkt über ihnen der blaue Himmel bereits hinter dicken Wolken verzogen hatte. Plötzlich blitzte und donnerte es, nein, es krachte wie bei einer Explosion. Erst fielen wenige dicke Tropfen, Sekunden später goss es in Strömen. Der farbige Ranger, Mikelele Wambui, sprang vor Freude im Regen herum und jauchzte dabei laut vor Freude. Es hatte seit Monaten in der Gegend nicht mehr geregnet. Regen bedeutet im Busch Leben und damit auch Überleben. Nur die verweichlichten Safaritouristen flohen in den Lkw. Doch auch dort war kein wirklicher Schutz vor den Wassermassen zu finden. Einige hielten deshalb ihre Hüte mit beiden Händen fest, die anderen zogen schnell Jacken über ihre Köpfe. Trotzdem waren sie nach ein paar Minuten vollkommen nass. So schnell, wie das Unwetter gekommen war, verzog es sich auch schon wieder.

Alle Teilnehmer der Expedition saßen mit ihren durchnässten Klamotten im Geländefahrzeug und dampften vor sich hin. Trotz der eintretenden Dämmerung betrug die Außentemperatur noch immer gut achtundzwanzig Grad Celsius. Auch der Ranger in seiner Khakiuniform war klatschnass, aber er lachte herzhaft und zeigte dabei seine elfenbeinweißen Zähne. Es störte ihn offenbar nicht, dass einer seiner beiden Schneidezähne in der Mitte abgebrochen war. Sein breites und freundliches Lachen hob den kleinen Schönheitsmakel auf.

Jessica Albertson, eine junge Philosophieprofessorin aus Robertson, die neben Schleithmann saß, blickte an sich herunter. Sie hatte eine dunkle Jeans an und trug darüber eine weiße Seidenbluse. Der Stoff klebte durch die Feuchtigkeit an ihrer Haut. Schleithmann bemerkte das und sah einen Augenblick zu lange auf die Bluse. Die beiden Brüste waren deutlich durch den dünnen Stoff zu sehen. Die nasse Seide klebte an der jungen Frau wie eine durchsichtige Haut.

„Na, genug gesehen?“, meinte sie in scharfen Ton und streckte dem Deutschen ihren Oberkörper provozierend entgegen. Schleithmann schaute verlegen zur Seite. Trotz der Blamage, beim Hinsehen erwischt worden zu sein, schwärmte er dennoch etwas verschmitzt von dem, was er soeben erblickt hatte. Schleithmann war in puncto Frauen eher zurückhaltend, fast schon verlegen. Aber Jessica Albertson war ihm bereits beim ersten Aufeinandertreffen an der Universität mit ihrer schlanken Figur, den dunkelbraunen Haaren und dem frechfröhlichen Gesichtsausdruck aufgefallen. Ihre Studenten liebten sie.

Was Schleithmann zu diesem Zeitpunkt noch nicht wusste, war, dass er wenige Minuten später einen anderen, wesentlich eindrucksvolleren Moment erleben sollte. Einen Anblick, den er sein Leben lang nicht vergessen würde.

Die kleine Safaritruppe fuhr mit dem alten Militär-*Jeep* über einen holprigen Pfad weiter durchs Buschland. Der Ranger lenkte das Fahrzeug geschickt über den sandigen und unebenen Weg. Nach wenigen Minuten war es fast schlagartig stockfinster geworden. Nur im Hintergrund zuckten noch einige Blitze hell über dem Blyde River Canyon. Ein dumpfes Grollen zeugte vom dort tobenden Gewitter. Der Ranger reichte beim Fahren eine große Lampe nach hinten zu den Safariteilnehmern. Der *Jeep* selbst verfügte über keine Scheinwerfer.

„Kann mal einer von euch den Pfad ausleuchten?"

Schleithmann griff zu und nahm die klobige, schwere Lampe in beide Hände. Das Glas vor der Glühbirne war zum Schutz vor Beschädigungen mit einem grobmaschigen Draht umwickelt. Das Leuchtgerät war über ein langes Kabel mit einer Steckdose im Armaturenbrett verbunden.

Schleithmann betätigte einen seitlich angebrachten Schalter und augenblicklich flammte ein heller Lichtstrahl auf, direkt gerichtet auf die feuchte Bluse von Jessica Albertson.

„Hey, Kollege, geht's noch? Nicht sattgesehen?", fuhr sie ihn an.

„Oh, sorry. Entschuldigung", stammelte er und lief im Gesicht rot an, was aber dank der Dunkelheit kein anderer sehen konnte. Er richtete den Strahl des Scheinwerfers sofort wieder nach vorne und fragte den Ranger, wohin er denn am besten leuchten sollte. Dabei hielt er die Lampe direkt ins Gesicht von Mikelele Wambui.

„Nicht in meine Augen, bloody …!", der Ranger verschluckte seine Worte, er hatte es schließlich mit zahlenden Gästen zu tun. Wenngleich sie sich im Busch wie Idioten benahmen. Diese Weißen, immer die Nase hoch und meinen, sie verstehen die Welt.

Ohne mich würden sie keine Stunde in der Natur überleben!, dachte er. Sagte aber nur leicht vorwurfsvoll lächelnd: „So sehe ich nichts, Mann!“

Schleithmann war sein erneuter Fauxpas äußerst peinlich. Sofort richtete er den Strahl des Scheinwerfers direkt auf den Fahrweg. Dort waren im Licht viele kleine, umherfliegende Insekten zu sehen.

„Leuchte mal in den Busch nach links oder rechts, aber nicht wieder in mein Gesicht. Ich muss euch ja schließlich noch ins Camp zurückbringen!“, raunzte der Ranger. „Ohne mich holt euch der Leopard.“ Selbstbewusst lachend lenkte der Farbige den *Jeep* weiter über den erdgebundenen Pfad und umkurvte dabei sicher die vielen Pfützen, die sich nach dem Regenguss gebildet hatten. Schlamm spritzte unter den Reifen zur Seite hoch.

Schleithmann schwenkte den Scheinwerfer nach rechts. Augenblicklich tauchten in den Büschen neben dem Weg hunderte kleiner Lichtpunkte auf. Unzählige Augenpaare, kleine und große, spiegelten das Licht des Scheinwerfers zurück. In grellem Gelb und leuchtendem Braun reflektierten die Pupillen der Wildbewohner das Licht.

Der Ranger fuhr indes weiter und lachte hell auf, als das erstaunte „Ooh“ seiner Safaritruppe zu vernehmen war.

„Ei, was soll'n des für Tierche sein?“, fragte Doktor Eckstein, der aus Flörsheim bei Frankfurt kam, in seinem hessischen Dialekt. „Ei, sind die gefährlisch, sehen die uns?“

„Na klar“, meinte Mikelele, „die überlegen gerade, ob Sie, Doktor Eckstein, als Vorspeise oder mehr als Hauptgang vorgesehen sind. Frau Professor Albertson ist auf jeden Fall die Nachspeise, nicht wahr, Professor Schleithmann?“

Wambui lachte so herzhaft laut los, dass ihm keiner wirklich böse sein konnte. Der nasse Körper des Rangers dampfte wie ein Kochtopf auf dem Herd, weil die Feuchtigkeit des Regens auf seiner Kleidung verdunstete.

Schleithmann, noch immer peinlich berührt und leicht verwirrt ob des Anblicks der durchnässten Bluse, brachte nun den

Scheinwerfer in eine stabilere Lage und beleuchtete weiter den Waldrand. Immer mehr Augenpaare waren zu erkennen und alle blickten in die Richtung der Safariteilnehmer. Viele dachten beim Anblick der Augen an die Lichter der Milchstraße. Mit dem Unterschied, dass diese hier nur wenige Meter von dem Geländewagen entfernt waren. Zum Sprung bereit.

„Sind das alles Raubtiere? Mein Gott, sind das viele!", stammelte nun auch Albertson und nahm die Hand von ihrem Kollegen, den sie gerade noch getadelt hatte. Sie drückte fest zu und versuchte, ihre Nervosität loszuwerden.

„Ja, hier frisst jeder jeden", meinte Schleithmann, „aber im Wagen sind wir sicher. Unser Ranger kennt sich gut aus, gleich sind wir im Lager".

Er war froh, dass die peinliche Situation fast vergessen schien und bemerkte, dass seine Kollegin ihn noch immer fast krampfartig festhielt. Er drückte ebenfalls etwas fester zu. Dabei spürte Schleithmann mit einem wohligen Gefühl, dass sich ihre Finger mit seinen ineinander verschränkten. Ein leichter Schauer lief seinen Rücken hinunter.

Kurze Zeit später hatte die Safarigruppe das Lager in der *Tschoukoudou-Game-Lodge* erreicht. Wie immer wurde jedem nach dem Ende einer Tour ein Glas Gin Tonic mit Eis gereicht. Das galt hier im Buschland als obligatorische Malariaprophylaxe. Nach dem kühlen, erfrischenden Drink strömten alle zu den kleinen Schlafhütten. Dort gab es Duschen. Jeder wollte möglichst schnell den Staub der Safari durchs offene Gelände loswerden. Die Erlebnisfahrt mit Wambui war höchst interessant gewesen. Die Gruppe der Universitätsleute hatte Elefanten, Nashörner, Giraffen und auch Löwen beobachten können. Doch jetzt wollten sich alle nur noch frischmachen.

Schleithmann freute sich auch schon auf das warme Wasser. Kaum war er in seiner Unterkunft, die aus grob behauenen Steinen gebaut war, angekommen, entledigte er sich seiner Kleidung und stand wenig später im lauwarmen Wasserstrahl. Was für ein

Tag, dachte er und sah vor seinem inneren Auge eine Szene, die er heute im Busch beobachtet hatte.

Eine ausgewachsene Puffotter war auf ihrem täglichen Beutezug versehentlich in das Revier von Erdmännchen gelangt. Diese kleinen Raubtiere, so groß wie Otter, sehen zwar recht niedlich aus und sind deshalb auch in jedem Zoo die Favoriten der Kinder. Mit den geschickten Bewegungen, dem lustigen Gehabe und ihrem drolligen Aussehen wirken sie wie putzige Stofftiere. Sie stinken allerdings nach Urin! Sobald sich ein Erdmännchen auf die Hinterbeine stellt und dabei den Oberkörper aufrichtet, dabei menschlich wirkt, sind Erwachsene wie Kinder total begeistert.

Dabei ist dieses Verhalten aber alles andere als spielerisch. Es ist für die Tiere überlebenswichtig. Erdmännchenclans postieren immer ein oder zwei Wächter auf höher gelegenen Wurzeln oder Felsen, um die nähere Umgebung beobachten zu können. Vor allem der Luftraum über dem Bau der Sippe wird strengstens überwacht. Droht Gefahr durch Greifvögel aus der Luft oder durch Hyänen am Boden, werden die Artgenossen mit lauten Pfiffen gewarnt. Dann rennen alle schnell in den unterirdischen Bau und verstecken sich tief unter der Erde in ihren Höhlengängen und Schlafstätten. Als Letzte rücken die Wächter nach.

Schleithmann bemerkte, dass eins der Erdmännchen, auf den Hinterbeinen stehend, den Clan durch aufgeregtes Pfeifen alarmierte. Ein gefährlicher Eindringling musste entdeckt worden sein. Zwar gelten Schlangen nicht als direkte Feinde der Erdmännchen, aber trotzdem dürfen die Gefahren, die von Puffottern oder Kornnattern ausgehen, nicht unterschätzt werden.

Eine Maus tauchte plötzlich hinter einem Strauch nur eine Armlänge von einem sich auf der Erde schlängelnden Reptil entfernt auf. Sie erahnte die Gefahr, schnupperte vorsichtig mit der beweglichen Nase in Richtung der Schlange. Das kleine Nagetier konnte vor Schreck nicht fliehen und drückte sich ängstlich in den Staub. Die feinen Härchen an der Nase zitterten vor Anspannung. Gleichzeitig wieselten die Erdmännchen aufgeregt umher und umringten die Giftschlange. Es sah fast so aus, als wollten sie einen Fruchtbarkeitstanz aufführen.

Schleithmann konnte diese Szenerie gut beobachten, weil er sich zuvor wenige Meter von der Safarigemeinschaft entfernt hatte. Der *Jeep* hatte angehalten, damit die Gruppe einen kleinen Buschrundgang unternehmen konnte. Doch das Bohren mit kleinen Holzstöcken in tiefen Spinnenlöchern, um deren Bewohner zu provozieren, interessierte den Deutschen nicht. Zudem musste er auch noch kurz austreten. Als er, auf der Suche nach einer geeigneten Stelle, um einen größeren Busch herumging, entdeckte er in einer Entfernung von knapp zehn Metern die Erdmännchen. Auch die Schlange und die Maus konnte er jetzt im Gras erspähen. Die Erdmännchen tanzten wild um das Reptil herum und wirkten dabei recht aggressiv. Schleithmanns wissenschaftliche Neugierde war geweckt.

Normalerweise weichen Schlangen Erdmännchen aus. Ob sie diese mit Mungos verwechseln, ist nicht bekannt. Mungos töten und fressen Schlangen. Von Erdmännchen weiß man, dass sie Schlangen nicht gezielt angreifen. Wenn es jedoch zu unvermeidlichen Kämpfen kommt, verteidigen sie mutig ihr Revier. Gerät eine Natter oder Otter an die scharfen Klauen der Erdmännchen, ziehen die Reptilien meistens den Kürzeren und verlieren den Kampf. Gekämpft wird bis zum bitteren Ende. Natürlich lassen die kleinen Räuber eine einmal erbeutete Nahrung nicht liegen. Ihre Lieblingsspeisen sind allerdings Skorpione, Käfer und Tausendfüßer, die sie ohne Gefahr für das eigene Leben erlegen und fressen. Auch Mäuse und Eidechsen stehen auf dem Speiseplan.

Schleithmann schaute gebannt zu, hier schien sich gerade ein bedrohliches Szenario für die Pufferotter anzubahnen. Die Erdmännchen begannen jetzt einzeln, die gut einen Meter lange kräftige Schlange anzugreifen. Immer wieder sprang einer der kleinen Räuber auf die Puffotter, die von den Erdmännchen umzingelt war und biss zu. Dabei konzentrierten sich die putzigen Kerlchen auf den Schwanz des Reptils. Schneller und wilder agierten die Erdmännchen und wirkten dabei überhaupt nicht mehr drollig.

Hier ging es um Leben und Tod. Die kleinen Raubtiere kämpften höchst konzentriert und wurden zunehmend aggressiver. Die Schlange hatte sich zu ihrer Verteidigung zusammengerollt. Ihre Schwanzspitze war aufgerichtet. Ebenso ihr Kopf, der wenige Zentimeter über dem Boden versuchte, die Angreifer einzeln zu fixieren. Sie züngelte und zischte, aber den zubeißenden Erdmännchen konnte sie kaum Widerstand leisten. Immer wieder sprang eins der Nagetiere nach vorn auf die Puffotter zu und versuchte, eine empfindliche Stelle der Schlange zu attackieren. Gleichwohl aufpassend, nicht selber gebissen zu werden. Das Reptil zuckte wild hin und her und probierte dabei, einen der wendigen Räuber mit den Giftzähnen zu erwischen. Es richtete den Kopf und den Hals immer höher auf, ähnlich der Verteidigungstaktik einer Kobra, um ihre Reichweite und Schlagkraft zu erhöhen. Schleithmann ging in die Hocke, um von den Erdmännchen nicht entdeckt zu werden, und verfolgte gespannt das Spektakel.

Ein besonders mutiges Erdmännchen sprang seitwärts an den Hals der Schlange, bohrte seine spitzen Zähne in das Schuppengeflecht und durchdrang es. Blut spritzte mit einer hellroten Fontäne heraus. Doch die Puffotter wehrte sich weiter und peitschte mit dem Oberkörper zur Seite, dann wieder zurück. Wie ein tanzendes Lasso wirbelte die Otter umher. Das Erdmännchen verlor den Halt und purzelte auf den Boden. Sofort biss die Schlange zu und das kleine Tier zuckte im Todeskampf. Schaum trat aus seinem Maul hervor. Die Otter, die es nicht gewohnt war, mit einer Überzahl von Feinden zu kämpfen, hielt das sterbende Erdmännchen fest und pumpte weiterhin Gift in den Nager. Dabei konnte sie jedoch die anderen Angreifer nicht mehr weiter im Auge behalten und sich entsprechend wehren.

Alle verbliebenen Erdmännchen stürzten sich nun in wilder Raserei auf die Puffotter. Überall bissen sie zu. Einem war es gelungen, auf den Kopf des Reptils zu springen. Die Schlange ließ daraufhin ihr erstes Opfer los und versuchte, den auf sie gehüpften Nager zu erwischen. Genau in diesem Augenblick griff sie ein anderes Erdmännchen frontal an und biss der Schlange die

die Zunge, ihr Riechorgan und damit wichtigstes Sinnesorgan, mit seinen scharfen Zähnen in einem Stück ab und schluckte sie herunter. Aufgrund dieser Verletzung konnte die Otter ihre Angreifer nicht mehr aufspüren. Zudem blutete sie stark aus der neuen Wunde. Dennoch konnte die Otter einen ihrer oberen Giftzähne in den kleinen Angreifer schlagen. Doch die Giftdrüse besaß nur noch wenig von dem tödlichen Sekret und so war das Erdmännchen nur leicht betäubt. Es plumpste in den Sand und bewegte sich dabei wie in Zeitlupe. Seine Kumpane waren jetzt überall und töteten die selbst für Menschen lebensgefährliche Puffotter in wenigen Sekunden. Aus Hunderten von Wunden blutend, zuckte sie noch einige Male, bevor sie tot im Sand lag.

Die Sieger kümmerten sich sofort um ihren Verwundeten. Das tote Erdmännchen wurde, nachdem es von allen beschnuppert und angestupst worden war, liegen gelassen. Das verletzte Tier leckten die Überlebenden liebevoll und fürsorglich ab. Dann schleppten sie es zurück zum Bau, wo es von anderen Erdmännchen vorsichtig nach innen gezogen wurde. Viele andere Artgenossen kamen jetzt aus den Eingangslöchern hervor und zerrten auch die tote Schlange in ihr unterirdisches Reich. Das große Fressen begann. Aus einem gefährlichen Tier, einem Jäger, war pure Beute und Nahrung geworden. Schleithmann stand auf und drehte sich herum. Dann schlich er nachdenklich zum Geländewagen zurück.

Eine weitere Erinnerung aus Südafrika war dem Professor noch sehr lebhaft im Gedächtnis geblieben. Auch damals war er auf der Suche nach effizienten Überlebenskonzepten gewesen, die für Menschen adaptierbar sein konnten. Aus demselben Grund war er auch jetzt in Brasilien. Schleithmann entledigte sich seiner verschmutzten Kleidung und drehte den Wasserhahn der Dusche auf. Lauwarmes Wasser sprühte in einem dünnen Strahl auf ihn herunter. Er freute sich über die Erfrischung und Entspannung nach der Zeit im Urwald. Genauso war es damals auch gewesen. Die Szene in der kleinen Buschhütte, lief wie ein Film vor ihm ab.

Auch damals im südafrikanischen Busch war das Duschen nach jeder Exkursion eine Wohltat. Herrlich fühlte es sich an, wenn der trockene Staub von der Haut heruntergewaschen wurde. Er schäumte sich, damals wie heute, mit Shampoo ein und ließ sich das Wasser über den Kopf laufen. Mit geschlossenen Augen, fernab der Welt, stand Schleithmann seinerzeit auch in Südafrika im warmen Wasserstrahl. Daher hörte er nicht wie die Tür seiner Hütte leise geöffnet wurde und jemand hereinschlüpfte. Er bemerkte ebenfalls nicht, wie sich der Eindringling schnell seiner Kleidung entledigte und durch die offene Tür ins Badezimmer schlich. Da die Dusche nur mit einem Plastikvorhang vom übrigen Raum abgetrennt war und der Wissenschaftler die Augen geschlossen hatte, während der heiße Wasserstrahl auf seine Kopfhaut prasselte, spürte er nicht, wie sich der intime Besucher zu ihm in die Dusche stellte. Erst als etwas seinen Rücken berührte, zuckte er zusammen. Schleithmann dachte sofort an eine Schlange, vielleicht war es eine grüne Mamba, die sich von oben auf ihn heruntergleiten ließ.

Dann aber stellte er erleichtert fest, dass ihn Finger zärtlich berührten und entlang seiner Wirbel nach unten glitten. Gleichzeitig umfasste eine Hand seine Männlichkeit, die sofort reagierte. Jessica Albertson drängte sich an ihn und massierte ihn wohlwollend. Der Deutsche rang nach Atem und umfasste nun ebenfalls den nackten Körper seiner Kollegin, die ihm zärtlich ins Ohr flüsterte: „So, mein Held, nun kannst du dir alles mal ganz genau ansehen und“, sie machte eine kleine bedeutungsvolle Pause, „auch anfassen.“

Schleithmann stöhnte auf, blickte dabei die hübsche Frau an, die nass und nackt vor ihm stand und sich an ihn drängte. Jessica trug normalerweise eine schwarze Hornbrille. Sie litt an einer überdurchschnittlichen Sehschwäche, deshalb waren die Gläser stark geschliffen. Jetzt, ohne ihre Brille, wirkte ihr Gesicht viel weicher. Sie schaute ihn etwas verlegen an. Mit einem kleinen, aber koketten Silberblick. Ihr Lächeln war eine Einladung. Er umfasste ihre Hüften und hob sie leicht hoch, sog genussvoll die

Atemluft ein. Sie stöhnte leicht, schnurrte dabei wie eine liebkoste Katze. Sie begann mit leichtem Schwingen ihres Unterleibs die Vereinigung der Körper zu forcieren. Beide wurden in ihren Bewegungen immer schneller. Es schien, als wären sie eins.

„Warum, wieso ich?“, stammelte Schleithmann.

„Halt die Klappe, du naiver, lieber Idiot, mach weiter!“, stöhnte sie.

Und dann schrie er, während sie kam und nicht aufhören wollte. In wilder Ekstase bog sie ihren Körper nach hinten. Schleithmann bewegte sich nicht mehr, er wurde bewegt. Dennoch hielt er seine Partnerin fest in den Armen, bis er etwas sah und Jessica abrupt fallen ließ. Albertson rutschte nach unten und landete dann auf dem Boden der Dusche. Sie fühlte sich um die letzten Sekunden ihrer Ekstase betrogen und fauchte ihn wütend an: „Trottel!“

Doch dann fiel ihr Blick auf den Rand der Duschtasse, in der sie sich beide befanden. Etwas lag auf dem Boden, direkt neben Schleithmanns Füßen. Eine riesengroße Spinne. Sie besaß lange Beine und hatte vorne an langen Tentakeln zwei Zangen. Die Spinne ähnelte einem Skorpion. Das Tier schien beide Menschen anzustarren, senkte seinen Körper, so, als wolle es sich ducken. Rannte dann plötzlich vorwärts. Jessica Albertson fühlte sich attackiert und sprang hoch. Schleithmann nahm sie in seine Arme und hob sie vom Boden weg.

„Sorry, Liebes, sorry, ich …“, er stockte und beobachtete die Spinne, die nun versuchte, aus der Duschtasche zu entkommen. Da sie aber am glatten Rand abrutschte, drehte sie sich wieder um und entschied sich für die Flucht nach vorn. In Richtung der beiden. Angriff. Die Zangen weit vorgereckt, sprintete sie los.

„Eine Skorpionspinne!“, schrie Schleithmann voller Panik. „Weg hier, die ist giftig!“

Jessica raffte sich auf und gemeinsam mit ihm stolperte sie aus der Dusche. Ihre feuchten Füße fanden aber keinen Halt auf dem Steinfußboden, sie rutschte aus. Der Deutsche versuchte noch, Jessica festzuhalten, verlor dabei aber auch die Balance. Beide landeten, nackt wie sie waren, klatschend auf dem Boden.

Schleithmann lag auf ihr und musste lächeln: „Der wildeste Sex seit Jahren und dann so ein Interruptus, wegen einer Spinne!"

Schleithmann schaute lächelnd in Jessicas Augen. Auch sie musste jetzt losprusten. Beide wälzten sich auf dem Boden und vergaßen alles um sie herum.

„Wollen wir nicht ins Bett gehen, hier ist es so hart!", keuchte Jessica.

„Gerne, da ist auch kein Getier – hoffentlich!", antwortete Schleithmann. „Aber erst mache ich das Viech platt!"

Er bewaffnete sich mit einem dicken Buch, das er auf einem Tisch fand. Nackt, wie Gott ihn erschaffen hatte, schritt er entschlossen zur Dusche und knallte das Buch auf die am Boden hockende Spinne. Das Gewicht der Bibel zerquetschte das Insekt mit einem lauten Klatschen.

„Auge um Auge, Zahn um Zahn!", meinte Jessica erleichtert, die schon im Bett Sicherheit gesucht hatte. Schleithmann war schnell bei ihr. Sie liebten sich bis weit in die Nacht hinein und schliefen dann erschöpft aneinander gekuschelt ein. Kurz bevor sie der Schlaf übermannte, murmelte Jessica noch leise in sein Ohr: „Und ich dachte, du bist so ein typisch deutscher Wissenschaftler."

Raimund Schleithmann musste lächeln. „Weil ich so gut Unerforschtes ergründen kann?"

„Ja", hauchte sie, „forsche bloß weiter und entdecke mich", mit einem Seufzer schlief sie mitten im Satz ein.

„Und ich dachte, du bist eine arrogante, gleichwohl gut aussehende Emanze", murmelte der Deutsche. Er umfasste Albertson, drückte seine Haut an ihre und schlief ebenfalls ein. Im Traum sah er hunderte von Skorpionspinnen, die er jagte und fangen wollte. Aber es waren zu viele.

Die Erinnerung an die wilde Nacht in Afrika zauberte ein Lächeln auf Schleithmanns Lippen. Wie lange war das schon her? Raimund Schleithmann war alleine im Zimmer, und irgendwie spürte er plötzlich ein heftiges Ziehen in seinen Lenden. Seine Gedanke kehrten wieder zurück zur damaligen Safari.

Jessica und er hatten sich noch zwei weitere Nächte wie Kannibalen aufeinander gestürzt. Tagsüber mimten sie beide den Professor und die Kratzbürstige, doch alle anderen Safariteilnehmer hatten längst erkannt, dass die zwei ein Liebespaar geworden waren. Nach ein paar Tagen fuhren die beiden Verliebten mit den anderen zurück nach Johannisburg. Schleithmann beendete einen Monat später seine Gastprofessur und reiste nach Deutschland zurück. Jessica Albertson blieb in ihrem Heimatland Südafrika. Nachdem er an der Universität in Braunschweig seine Arbeit wieder aufgenommen hatte, vermied er aus unerfindlichen Gründen den Kontakt zu Albertson. Auch sie meldete sich nie wieder bei ihm. Es war nur eine kurze Affäre gewesen, für beide.

Dass die Spinne für Menschen gar nicht gefährlich ist, hatte der deutsche Professor irgendwann später einmal erfahren.

Kapitel 7

Uarini, im Dorf, Brasilien.

Schleithmann hatte sich nach dem heutigen Erlebnis im Urwald recht frühzeitig ins Bett gelegt, und, obwohl er müde war, noch lange nachgedacht. Zum einen beschäftigten ihn die seinerzeitigen Geschehnisse der Safari, zum anderen seine hochinteressanten Forschungserlebnisse im wilden Buschland. Jeden Tag hatte er dort wichtige Informationen zum Thema Überleben sammeln können. Die Natur präsentierte in jeder Minute den ständigen Kampf der Fauna und Flora. Fressen und Gefressenwerden. Nahrungssuche, Revierkämpfe, Vermehrung, und Aufzucht. Sterben, Verwesen. Selbstverständlich kreisten seine Gedanken auch noch um die wundervolle Jessica Albertson. Ob es Liebe war, wusste er nicht wirklich zu sagen. Aber ein grenzenloses Begehren war es auf jeden Fall gewesen. Die wenigen Nächte mit der hübschen und zugleich klugen Südafrikanerin blieben einzigartig und Schleithmann würde diese Zeit nie vergessen wollen.

Seit der Zeit in Südafrika hatte er, der so schüchtern und zurückhaltend wirkte, keine Affären oder gar Beziehungen gehabt. Von einem kleinen Flirt mit einer jungen Assistentin in Braunschweig abgesehen. Seine Arbeit erfüllte ihn vollkommen. So hatte er schon frühzeitig beschlossen, sich nicht an eine Frau zu binden. Aber dann und wann bemerkte Schleithmann, dass er ein Mann war und auch normale männliche Bedürfnisse verspürte.

Der Wissenschaftler hatte gut gefrühstückt, Mangos, Bananen, dazu heißen, starken Kaffee. Dann tippte er seine Notizen in den Laptop. Später war ihm wieder eingefallen, dass er im Plastikgefäß einige der Treiberameisen aus dem Urwald mitgebracht hatte.

Wo habe ich das Glas nur hingetan?, überlegte er und fand es beim Suchen unter seinem Bett. Die Ameisen krabbelten nicht mehr umher, eher schienen sie innezuhalten. Es war so, als sähen sie durch die Plastikwände ihres Gefängnisses nach draußen. Der Wissenschaftler suchte im Zimmer nach Nahrung für die Ameisen und wurde schnell fündig. Eine dicke Schmeißfliege saß an der Wand und war wenige Sekunden später, zerquetscht von seiner rechten Hand, Frühstück für die Ameisen. Schleithmann explizierte die tote Fliege mit einer langen Pinzette ins Gefäß und wartete ab. „Guten Appetit", rief er den gefangenen Insekten fröhlich zu. Keine Regung im Glas. Die Ameisen wirbelten nur mit den Antennen umher und versuchten, die Beute zu wittern. Aber keine von ihnen machte sich auf, die Fliege zu fressen.

Schleithmann schaute sich weiter im Zimmer um und bemerkte, dass von der Zimmertür eine Ameisenstraße in den Raum führte. Hunderte von sehr kleinen Insekten, viel winziger als die im Laborglas eingesperrten Exemplare, rannten unter der Tür hindurch ins Zimmer. Die Ameisenstraße verlief an der Fußleiste weiter und führte hinter das Bett. Schleithmann legte sich bäuchlings auf den Boden und versuchte, die Spur der Ameisen dort weiterzuverfolgen. Doch die Straße endete an seinem Nachttisch. An einem der vier Standbeine führte die Kolonne der Ameisen direkt hoch bis ins unterste Fach des kleinen Schranks am Bett. Dort verschwanden sie. Andere Ameisen waren in der

Gegenrichtung unterwegs. Die schleppten hellbraune Stückchen mit sich. Oh, das sind doch meine Kekse!, erkannte Schleithmann richtig. Die hatte er vor zwei, drei Tagen in eine der Schubladen hineingelegt. Aufgrund der hohen Luftfeuchtigkeit waren die Kekse jetzt völlig durchgeweicht. Schleithmann hatte vor ein paar Tagen einen davon probiert, ihn aber angewidert wieder zurückgelegt und dann vergessen. Doch den Ameisen schien die Feuchtigkeit nichts auszumachen, denn nunmehr war die frische Ameisenspur voll von emsigen Arbeiterinnen, die die kleinen Keksstückchen in Richtung ihres Baus, der jenseits des Zimmers liegen musste, abtransportierten. Ameisen können das Siebzigfache ihres eigenen Gewichtes stemmen und schleppen.

Dem Wissenschaftler kam eine Idee. Schnell nahm er ein Briefkuvert aus seiner Aktentasche und hielt es so, dass es quer zur Ameisenstraße auf dem Boden lag. Einige der Insekten marschierten direkt auf und in das Kuvert, andere schienen es erst vorsichtig mit ihren Antennen zu betasten. Die Ameisen, die bereits kleine Brocken von Keksgebäck mit sich schleppten, umgingen das hingehaltene Hindernis.

Schleithmann fegte nun vorsichtig mit der Hand einige der Ameisen in den Umschlag und wiederholte die Prozedur an anderen Stellen der Straße. Mittlerweile hatte er gut fünfzig Insekten in das Briefkuvert befördert. Schnell nahm er den Papierumschlag und schüttete den lebenden Inhalt in das Laborgefäß, in dem bereits die Ameisen aus dem Wald gefangen waren. Der Wissenschaftler setzte sich vor das Behältnis, das er auf den Tisch seines Zimmers gestellt hatte, um besser hineinsehen zu können. Die roten Treiberameisen, fünfmal so groß wie die aus dem Hotelzimmer, verharrten noch immer. Nur ihre Antennen wedelten wild hin und her. Die neuen Insassen des Laborglases krabbelten, direkt nach dem Sturz aus dem Kuvert, überall herum und erkundeten wissbegierig ihre neue Umgebung. „Da, die erste Berührung", rief Schleithmann laut vor sich hin.

Eine kleine Hotelameise, wie Schleithmann sie nannte, begegnete einer Artgenossin aus dem Wald. Beide erstarrten in ihren Bewegungen. Sie begannen sich gegenseitig abzutasten. Dabei strichen sie mit ihren Tastorganen an denen des anderen Insektes vorsichtig entlang. Auch die anderen Ameisen krabbelten jetzt aufeinander zu und schienen sich durch das gegenseitige Betasten zu begrüßen. Es waren keinerlei Aggressionen oder gar Kampfhandlungen zu beobachten.

„Bleiben sie freundlich gestimmt oder fallen sie doch übereinander her?“, fragte sich der Deutsche. Doch nichts dergleichen geschah. Vielmehr schienen sich die zwei unterschiedlichen Arten irgendwie zu verstehen. Es sah fast so aus, als ob sie sich kameradschaftlich begegneten.

Vielleicht, überlegte Schleithmann, kommunizieren sie wirklich miteinander. So in der Art: „Wo kommt ihr denn her und wie seid ihr hier hineingekommen, was machen wir jetzt zusammen?“

So könnte eine Kommunikation beginnen, wenn, ja wenn die Ameisen intelligent wären. Sind sie aber nicht! Das war Schleithmanns Feststellung.

Doch da passierte etwas sehr Merkwürdiges. Alle Ameisen liefen, wie auf einen Befehl hin, durcheinander, bildeten wieder kleinere Gruppen. Immer und immer wieder berührten sie sich dabei mit den Antennen. Erst die kleinen Hotelameisen mit denen aus dem Wald, dann jede Art unter sich. Und nach und nach formte sich aus dem Chaos des Durcheinanders eine geordnete Struktur. Die Treiberameisen schlossen sich zu kleinen Gruppen zusammen und bildeten anschließend pyramidenähnliche Strukturen am Rand des Behältnisses.

Die Hotelameisen krabbelten an ihren größeren Vettern hoch. Eine nach der anderen kletterte über die vor ihr, die schon einen festen Stand erreicht hatte. Dann verharrten die Überholenden kurz, krallten sich fest, sodass die nächsten auch über sie weiter nach oben kraxeln konnten und immer so weiter. Bis eine lebendige Leiter aus Ameisen entstanden war, die bis an den Deckelrand des Gefäßes ragte. Jetzt kletterten die noch verbliebenen letzten Ameisen an der lebenden Leiter nach oben und begannen, in den Rand des Gewindehalses des Bechers zu beißen. Mit ihren Mandibeln bearbeiteten sie das Plastikmaterial. Schleithmann lächelte ob des Ausbruchsversuches, wurde aber zunehmend nachdenklich. Zwei verschiedene Arten haben sich zusammengetan, sich ausgetauscht und kurzerhand gemeinsam einen Plan entwickelt und umgesetzt. Ihr Ziel: Ausbruch aus dem Gefängnis! Allerhand!

Der Deutsche lächelte nicht mehr, als er sah, wie ein winziger Teil einer Ameise unterhalb des Schraubverschlusses nach draußen lugte. Das Loch wurde immer größer und plötzlich ragte die erste Hotelameise aus der Öffnung, schob sich komplett hindurch und fiel nach unten auf den Tisch. Sofort nach dem Sturz berappelte sie sich und blickte von außen in den Behälter. Dabei ruderte sie mit ihren Fühlern, als wollte sie ihren Artgenossen etwas mitteilen. Dann zwängte sich die nächste Hotelameise aus dem Loch heraus, fiel auch auf den Tisch. Weitere folgten in gleicher Art und Weise. Die Massenflucht hatte eingesetzt.

Die kleineren Hotelameisen gelangten schnell durch das ausgebissene Loch. Plötzlich stoppten die Bewegungen. Die bislang unten an der Basis noch verharrenden Treiberameisen kletterten nun an ihren Artgenossinnen an der Innenseite nach oben. Aus der Ameisenleiter, die zunächst vom Boden bis zum oberen Rand langte, war eine lebendige Hängebrücke geworden. Diese bewegliche Schnur von Leibern wurde nach unten immer kürzer und bald waren alle Ameisen am oberen Behälterrand angekommen. Die Insekten zwängten sich durch das Loch, das mittlerweile größer und ausgefranster geworden war. Die muskulöseren Treiberameisen schlitzten das Fluchtloch mit ihren scharfen Mandibeln immer weiter auf. Eine nach der anderen von ihnen gelangte jetzt auch nach draußen in die Freiheit. Die kleinen Hotelameisen waren bereits alle dem Gefäß entkommen und unten auf dem Tisch gelandet. Nun zogen die Treiberameisen nach, und bald war keine einzige von ihnen mehr in dem Laborbehältnis.

Wahnsinn, dachte Schleithmann, sie agieren höchst intelligent!

Die Ameisen formierten sich auf der Tischoberfläche und teilten sich wenige Sekunden später wieder auf. Auf der einen Seite befanden sich die kleinen Hotelameisen, auf der anderen Seite die größeren Ameisen aus dem Urwald. Eine der Treiberameisen blieb plötzlich stehen, drehte sich um, verharrte kurz, wechselte die Richtung. Es schien, als würde sie den kleineren Hotelameisen hinterherlaufen. Eine von denen blieb stehen, wendete sich ebenfalls um. Die beiden unterschiedlichen Ameisen krabbelten aufeinander zu und blieben auf Fühlernähe voreinander stehen. Sie berührten sich mit den Antennen. Verabschieden die sich?, staunte der Deutsche. Dann, als hätten sie ihr Ritual beendet, wendeten beide Ameisen sich wieder um und rannten zu ihren Artgenossen.

Schleithmann war gebannt von dem, was er soeben beobachtet hatte. Da hatte kein Befehlshaber den Ameisengruppen Anweisungen gegeben, wie sie sich hätten verhalten sollen. Die Insekten konnten auch auf keinerlei Erfahrungen zurückgreifen. Sie kooperierten schon nach kurzer Zeit, als sie alle durch den Menschen bedroht worden waren. Ameisen verschiedenster Herkunft hatten sich zusammengetan, um die Flucht zu meistern. Das war nur durch eine Gemeinschaftsleistung möglich geworden, in der jede Ameise ihre Fähigkeiten und Fertigkeiten für die anderen einbrachte. Jetzt gingen die Hotel- und Treiberameisen wieder ihrer eigenen Wege. Der Wissenschaftlicher war begeistert und tippte seinen Bericht in den Laptop. Das musste er unbedingt publizieren!

Schleithmann erinnerte sich in diesem Zusammenhang an ein eintägiges Seminar der Universität in Braunschweig, bei dem er mit einer Gruppe von Studenten an einem Experiment der Gruppendynamik teilgenommen hatte. Ein Philosoph aus Wien hatte dem Dekan der Universität bei einem gemeinsamen Kongress das Studienexperiment wärmstens empfohlen und der Braunschweiger war sofort begeistert. Um die Einsatzmöglichkeit an der eigenen Universität zu prüfen, wurde Schleithmann beauftragt, das Seminar zu absolvieren. Er votierte nach der Teilnahme direkt für die Aufnahme dieses Seminares in den Semesterplan. Die Studenten sollten die Inhalte erleben und diskutieren.

Schleithmann erinnerte sich noch sehr genau. Die Referenten des Seminars erklärten seinerzeit zu Beginn die historische Ausgangslage des Experiments *Prisoner's Dilemma.* Ein gruppendynamischer Versuch, mit dem die *Princeton University* in den Fünfzigerjahren von der damaligen US-Regierung beauftragt worden war. Das Ziel definierte sich für die Militärexperten nach dem Ende des Zweiten Weltkriegs sehr klar. Noch einmal wollten die USA die Risiken eines weiteren Weltkrieges nicht mehr eingehen. Was wäre, wenn die USA unterliegen würden? Zudem wären auch die damit anfallenden Kosten sowie die möglichen Verluste an Menschenleben nicht mehr zu rechtfertigen.

Die Generäle wussten noch zu gut, wie knapp man im Zweiten Weltkrieg, fünf Monate nach der erfolgreichen Invasion in der Normandie, 1944, einem Vergeltungsschlag der seinerzeit schon als besiegt geglaubten Nazis entkommen war. In den Ardennen bereiteten die Deutschen den Amerikanern die größten Verluste, die die US-Armee jemals in einer Schlacht erlitten hatte. Mehr als 35.000 GIs verloren damals an der belgisch-deutschen Grenze in nur einer Woche ihr Leben.

Die deutsche Wehrmacht hatte sich nach der Invasion der Alliierten von der Atlantikküste schneller zurückgezogen, als die in der Normandie gelandeten Streitkräfte nachrücken konnten. Die Amerikaner wollten die Deutschen so schnell wie möglich im offenen Kampf stellen und endgültig besiegen. So war es den Invasionstruppen im August 1944 in der Kesselschlacht von Falaise gelungen, über 100.000 Soldaten der Wehrmacht mit ihren Panzern und Geschützen einzukreisen, aber Feldmarschall Model gelang der Durchbruch nach Osten, bevor sich die Schlinge für die Deutschen endgültig zuziehen konnte. Die Soldaten hatten sich auf der Flucht vor den nachrückenden Amerikanern in den dichten Wäldern nahe der Rurtalsperre bei Monschau verschanzt. Wegen des dichten Baumbestandes konnten die Alliierten mit ihren schweren Fahrzeugen nicht weiter vordringen. Hinzu kam, dass ihr Nachschub mit dem Tempo der Kampftruppen nicht nachkam. Auch hatten die GIs im Gegensatz zu den Deutschen keinerlei

Erfahrung mit Grabenkämpfen. Die Mörsergranaten der US-Armee konnten aufgrund der im Wald stattfindenden Schlacht nicht eingesetzt werden. Die deutsche Wehrmacht hingegen setzte Geschosse mit Zeitzündern ein oder ließ ihre Granaten bereits in den Baumkronen explodieren, was die Zerstörungskraft am Boden um ein Vielfaches erhöhte. Nur mit ungeheuren Verlusten besiegten die US-Streitkräfte ihre Gegner. Jedem Analysten dieser Geschehnisse war klar: Hätten die Deutschen ihre Tigerpanzer eher in Stellung bringen können, wäre es womöglich zu einem Desaster, ja sogar zu einer Kehrtwende im Krieg gekommen. Sich nur auf das Glück zu verlassen, war eindeutig zu risikoreich.

Nach diesen Erfahrungen wurde nach Strategien gesucht, um zukünftige Konflikte ohne einen unkalkulierbaren Krieg lösen zu können. Zwei Mitarbeiter der *Rand Corporation*, Merrill Flood und Melvin Dresher, hatten dazu eine abstrakte theoretische Simulation für zwei Teilnehmer entwickelt. Diese Teilnehmer konnten auch verfeindete Länder oder Personen darstellen. Es sollte sich zeigen, wie irrationale Entscheidungen zu kollektiv schlechteren Ergebnissen führen können. Albert William Tucker verfeinerte diese Simulation zum *Prisoner's Dilemma.*

Schleithmann erinnerte sich noch gut an die Ausgangslage, die der Seminarleiter seinerzeit zu Beginn erläuterte. Er teilte die Studentengruppe vorab in zwei Untergruppen von jeweils sechs Personen auf.

Sie seien, so der Referent, nunmehr Mitglieder von zwei Verbrecherbanden, die während der Zeit der Prohibition an der amerikanisch-mexikanischen Grenze beim Schmuggeln von Alkohol durch das *FBI* erwischt worden seien. Allerdings hätten die Gesetzeshüter keinerlei Beweise und der geschmuggelte Whisky sei verschwunden. Wahrscheinlich hatten ihn die Schmuggler im Wald versickern lassen. Der Staatsanwalt benötigte für eine rechtskräftige Verurteilung Geständnisse. Die vielen vorliegenden Indizien würden nur zu einer Verurteilung mit relativ geringem Strafmaß führen. Das wollte er vermieden. Der Staatsanwalt hatte das Ziel, beide Banden für lange Zeit ins Gefängnis zu bringen.

Nach Klärung der Auftragslage wurden die beiden Gruppen räumlich voneinander getrennt. Beide Banden sollten sich zunächst einen eigenen Namen geben. Schleithmann lächelte noch, als seine Gruppe sich für *Red Devils* entschied, die anderen nannten sich *Dark Angels.*

Beiden Banden erklärte der Staatsanwalt anschließend das geplante Vorgehen und beschrieb auch die jeweiligen Bestrafungsszenarien. Er würde beide Gruppen mehrmals hintereinander und getrennt voneinander befragen, ob sie sich für „schuldig" oder lieber für „Leugnen" erklärten. Diese Entscheidung würde jede Bande vorab und ohne Absprache mit der anderen Bande diskutieren und verabschieden. Anschließend musste jedes einzelne Gruppenmitglied einen geheimen Stimmzettel ausfüllen. Diese schriftlichen Entscheidungen erhielt der Staatsanwalt, der die Auszählung vornehmen und das für die Bande bindende Ergebnis verkünden würde. Nach dem Prinzip, wenn auch nur ein Mitglied einer Bande sich für schuldig erklärte, vielleicht auch trotz einer anderslautenden Absprache, würde das Votum der Gruppe auf „schuldig" hinauslaufen. Würden jedoch alle für „Leugnen" votieren, wäre das auch für die Gemeinschaftsentscheidung bindend. Das Kronzeugenprinzip war in Kraft, will heißen, bei einer Entscheidung der Banditen für „schuldig" gab es eine Strafe von sieben Monaten Gefängnis für alle. Würden also die *Dark Angels* leugnen und die *Red Devils* den gemeinsam begangenen Schmuggel gestehen, so bekämen die überführten Leugner zehn Monate Gefängnis, die „Geständigen" nur einen Monat. Wenn beide Banden leugneten, könnte der Staatsanwalt nichts nachweisen, dann lautete die Bestrafung aufgrund der vorliegenden Indizien nur zwei Monate Gefängnis für alle.

Schleithmann und seine Studenten diskutierten damals intensiv miteinander. Am besten wäre es, meinten einige, immer zu leugnen. Wenn die andere Bande genauso entscheiden würde, kämen alle mit dem Mindeststrafmaß von nur zwei Monaten Gefängnis davon. Wie sich später herausstellte, war das auch die erfolgreichste Methode, um so gering wie möglich bestraft zu werden. Aber würden die *Dark Angels* das auch so sehen? Das bezweifelten die meisten der *Red Devils.* Man vertraute den anderen nicht, wie so oft im wahren Leben. Die Gefahr bestand, dass man für sein „Leugnen" zehn Monate Gefängnis erhielt, wenn die andere Bande auf „schuldig" plädierte und die Kronzeugenregelung nutzte. Nach langen Diskussionen entschied sich die Bande jedoch für das konziliante „Leugnen" in der Hoffnung, dass die *Dark Angels* ebenfalls so votieren würden. Der Staatsanwalt sammelte alle Stimmzettel der *Red Devils* ein, alle Bandenmitglieder und auch Schleithmann selbst hatten gemäß der getroffenen Entscheidung auf ihren Stimmzettel „Leugnen" geschrieben.

Der Staatsanwalt verließ nun für kurze Zeit den Raum, um wenig später mit dem Ergebnis der anderen Gruppe zurückzukommen. Die *Dark Angels* hatten gestanden und sich damit für schuldig erklärt. Später kam heraus, dass die Diskussion in der Gruppe ähnlich gelaufen war und man eigentlich zu „Leugnen" tendierte. Aber einer der *Dark Angels* war nicht überzeugt und hatte heimlich auf „schuldig" votiert.

„Toll, das haben wir ja gleich gesagt, dass die uns reinreißen wollen!", riefen einige der *Red Devils,* als sie von der Entscheidung der anderen Bande hörten. „Das zahlen wir denen heim und plädieren jetzt auch auf „schuldig", war ihre Reaktion auf den Verrat der *Dark Angels.*

Gesagt, getan, die Falken setzten sich gegen die Tauben durch; eine Parallele zur Weltpolitik. Der Staatsanwalt führte die zweite der zehn Befragungsrunden durch. Die *Dark Angels* hatten sich wieder für „schuldig" entschieden. Die *Red Devils* waren sich einig, mit „schuldig" zu stimmen. Das bedeutete für alle sieben weitere Monate Gefängnis.

Insgesamt hatten sich *Red Devils* siebzehn Monate Zuchthaus eingebrockt und es standen noch acht weitere Verhörrunden an. Die *Dark Angels* hatten aufgrund der Kronzeugenregelung aus dem ersten Verhör einen Monat Gefängnis bekommen, dazu kamen noch sieben aus der zweiten Runde. Die *Red Devils* fühlten sich weiterhin betrogen, sie waren bislang die Verlierer. Die *Dark*

Angels hielten sich für die Gewinner und die taktischen Sieger der ersten beiden Runden.

Schleithmann überlegte, wie es seinerzeit weitergegangen war. Die Stimmung innerhalb seiner Bande kochte hoch und die Falken setzten auf Rache. Die Tauben meinten: „Wir leugnen jetzt konsequent, dann begreifen die anderen das schon!“, und setzten sich mit ihrem Vorschlag durch. Alle plädierten für „Leugnen“ in der Hoffnung, dass auch die *Dark Angels* das Prinzip der angebotenen Kooperation begreifen würden. Aber was passierte? Die *Dark Angels* votierten wieder mit „schuldig“ und bekamen dank der Kronzeugenregelung nur einen weiteren Monat Gefängnis, währenddessen die *Red Devils* erneut das Höchstmaß von zehn Monaten erhielten.

Jetzt gerieten die Tauben, die auf Kooperation gesetzt hatten, in die Minderheit; die Falken, die auf Konkurrenz und Vernichtung setzten, bekamen Oberwasser. Sie setzten konsequent auf „schuldig“ und wurden dafür wieder zu sieben Monaten verurteilt. Die *Dark Angels* bekamen dank des gleichen Bekenntnisses „schuldig“ zwar auch das gleiche Strafmaß, hatten aber in der Gesamtaddition wesentlich weniger Monate abzusitzen als die *Red Devils.* Zumindest in der Betrachtung der letzten beiden Verurteilungen war das Gesamtstrafmaß gegenüber den vorherigen Abstimmungsrunden reduziert worden. So ging es weiter bis zur siebten Runde.

Als der Staatsanwalt eine zusätzliche Regel einführte und die Verdreifachung des Strafmaßes ankündigte, also den Druck auf beide Gruppen erhöhte, setzte sich allmählich die Vernunft in beiden Banden durch. Endlich verstanden beide, dass sie ohne Vertrauen und Kooperation nur weiter ins Verderben rennen und unnötig lange Gefängnisaufenthalte erhalten würden. Ihre Erkenntnis lautete: Konkurrenzverhalten zahlt sich langfristig nicht aus. Was hat man davon, wenn der Andere härter bestraft wird, als man selbst? Vielleicht die Genugtuung des Siegers, jedoch mit der Konsequenz, selbst auch die Höchststrafe zu erhalten.

Schleithmann dachte an einen alten Witz, als zwei einbeinige Männer sich gegenseitig vors Bein treten wollen. Beide fallen um, keiner kann gewinnen. So entschlossen sich vernünftigerweise beide Banden, die weiteren Abstimmungen permanent mit „Leugnen" abzuschließen. Die logische Konsequenz war, dass die *Red Devils* und auch die *Dark Angels* nur noch die Mindeststrafen pro Abstimmungsrunde einfuhren.

Erst jetzt begriffen beide Gruppen den Sinn des Experiments. In der späteren Abschlussdiskussion waren sich alle Mitglieder beider Banden einig, dass man viel eher und konsequenter auf „Leugnen" hätte setzen müssen, um das Gesamtstrafmaß gering zu halten. Irgendwann, auch wenn anfänglich mehr Gefängnismonate eingefahren worden wären, hätten die anderen das Prinzip verstanden. Die Kooperation hätte alle wieder der Freiheit näher gebracht.

Schleithmann konnte sich gut an die Besprechung im Nachgang der Simulation erinnern, auch an die Emotionen, die sie bei allen Teilnehmern auslöste. Zudem fanden die Teilnehmer einige zusätzliche Logiken. Eine besagte, dass der wahre Egoist kooperiert, das hatte das Experiment deutlich gezeigt. Der Egoist schaut immer nur auf seinen eigenen Vorteil. Beim *Prisoner's Dilemma* will er ein möglichst geringeres Strafmaß erzielen und muss deshalb konsequent leugnen. Selbst unter der Bedrohung, anfänglich mehr Monate Gefängnis zu erhalten, bis die anderen auch auf einen Kooperationskurs umschwenken. Gesamt gesehen ist diese Methode immer erfolgreich. Die andere Bande aber hereinlegen zu wollen, um ihr das Höchststrafmaß einzubrocken, bei gleichzeitig geringer eigener Bestrafung, aufgrund der Kronzeugenregelung, birgt die Gefahr, selbst hereingelegt zu werden. Mogeln hilft nicht! Das Fazit dazu lautet: „Betrüge nie als Erster! Kooperiere beim ersten Zug! Abstauber bleiben auf der Strecke, weil Neid und Missgunst langfristig keinen Vorteil bringen."

Die Studenten diskutierten auch die Frage, wie sich in einer Welt voller Egoisten kooperatives Verhalten entwickeln kann. Hat die Kooperation gegen die Konkurrenz eine Chance? Auch der

Blick auf die Weltgeschehnisse zeigte, dass die erarbeiteten Ergebnisse der Kooperation und das Fazit des *Prisoner's Dilemmas* ihre Gültigkeit behielten. Die Abrüstungsgespräche der Amerikaner mit den Russen in den Achtzigerjahren, geführt durch die Präsidenten Gorbatschow und Reagan, bewiesen, wie es gehen konnte. Es gab keinen dritten Weltkrieg, sondern Verzicht auf weitere Aufrüstung. Natürlich bedurfte es auch hier einer großen Bedrohung und dem Eingeständnis, einen Atomkrieg nie gewinnen zu können, um danach intelligent in Verhandlungen zu gelangen.

Leider zeigt die Geschichtsschreibung auch, dass der Weg zur Kooperation viel Zeit benötigt, bis sich die Vernunft durchsetzen kann – wenn überhaupt. Das Beispiel des Nahostkonfliktes zwischen den Palästinensern und Israelis zeigt dies deutlich. Auf Gewalt folgt stets Gegengewalt. Statt Kooperation gibt es immer neue Konfrontationen auf beiden Seiten. Werden wieder neue Siedlungen im Westjordanland errichtet, schlagen wenig später die *Katjuscha*-Raketen in Haifa und Jaffa ein. Wird der Tempelberg durch israelische Soldaten abgesperrt, sprengt sich ein Selbstmordattentäter in Tel Aviv in die Luft und reißt Unschuldige mit in den Tod. Tit for tat, Gewalt fördert Gegengewalt, ein Faustschlag provoziert einen anderen. Ein Schuss, eine Salve. So dreht sich die Spirale der Unvernunft immer weiter und stürzt alle Beteiligten ins Verderben. Eine klare Erkenntnis des *Prisoner's Dilemmas.*

Es gibt auch kritische Aussagen zu den Erfolgsaussichten der Kooperation. Wenn eine Partei verhandeln will und die andere direkt zu schießen beginnt, dann kann auch keine Kommunikation mehr stattfinden. Der Gewalttätige wird den Zweikampf gewinnen. Wahrscheinlich nur kurzfristig, bis ein noch Stärkerer ihn besiegen wird.

Schleithmann blickte wieder auf seine Ameisen. Die hatten nach kürzester Zeit auf Kooperation gesetzt, obwohl die verschiedenen Völker in der Natur Feinde waren und sich normalerweise sofort bekämpfen würden. Die Bedrohung von außen, durch das Einsperren ins Laborglas, wie es seinerzeit der Staatsanwalt bei der

Simulation des *Prisoner's Dilemmas* getan hatte, zwang die Insekten zur sofortigen gemeinschaftlichen Lösung des Problems. Durch ihr Zusammentun bündelten sie ihre Stärken, anstatt sich gegenseitig zu vernichten. Die Antwort auf die Frage, wer am besten überleben kann, ist doch einfacher als gedacht. Kooperieren, sogar mit dem Feind. Nicht mogeln. Nie denken, man sei cleverer als der andere. Und nie egoistisch sein, denn die Gemeinschaft ist alles. Ohne sie funktioniert nichts! Deshalb lautet das Überlebensmotto: Das ICH bringt nichts, nur das WIR überlebt.

Kapitel 8

Nordatlantik, 11.700 Meter über Normal Null.
Künstliche Intelligenz ist nichts anderes als das Kopieren der Vorgehensweise unseres Neokortexes, dachte Quintus Schwarz auf dem Rückflug von den USA nach Deutschland. Er saß in der Businessclass der *South Asia Corporation* in einem vierstrahligen, doppelstöckigen *Airbus A 380*. Vor wenigen Minuten hatte er ein leckeres Steak gegessen. Das Kartoffelpüree dazu schmeckte nach frischer Butter mit einem leicht scharfen Hauch von Meerrettich. Das Fleisch war exakt medium rare gegrillt und der kredenzte spanische Tempranillo passte hervorragend dazu.

Schwarz tupfte seinen Mund mit der weißen, gestärkten Serviette ab und lehnte sich genüsslich in den bequemen Sitz zurück. Fliegen war eine lästige Pflicht, aber der deutsche Wissenschaftler nutzte die Annehmlichkeiten, die ihm seine Auftraggeber boten und flog zu seinen Vortragsveranstaltungen in Übersee immer in der Businessclass. Insbesondere war das bei Interkontinentalflügen von großem Vorteil, denn in der gehobenen Klasse konnte der deutsche Wissenschaftler sogar bei Nachtflügen gut schlafen. So ließen sich dann auch sechs, acht oder mehr Stunden in der engen Aluminiumhülle, die mit fast tausend Stundenkilometern in 11.000 Metern Höhe, bei minus 58 Grad Celsius Außentemperatur, gefüllt mit mehreren 10.000

hochexplosiven Litern Kerosin, durch die Luft fliegt, einigermaßen ertragen. Auch der Gedanke, dass der momentan unter dem Jet liegende Nordatlantik eine Wassertiefe von fast 3.500 Metern aufwies und das Wasser nur eine Temperatur von zwölf Grad Celsius hatte, beunruhigte Quintus Schwarz nicht sonderlich.

Der Neurologe war mit seiner Größe von ein Meter fünfundachtzig zwar kein Riese, aber dennoch eine stattliche Erscheinung. Wann immer er einen Raum betrat, zog er die Blicke auf sich. Schwarz war ein Genussmensch. Er arbeitete viel, gönnte sich oft gutes Essen und einen erstklassigen Wein sowie hier und da auch etwas Delikates zum Dessert. Durch seine vielen Reisen und das unregelmäßige Arbeiten, auch an Wochenenden und oft bis spät in die Nacht hinein, waren Sport und Bewegung in der freien Natur Fremdwörter für ihn. In ein Fitness-Studio würde er sowieso nicht gehen.

Schwarz hatte in den letzten Tagen mehrere Vorträge an amerikanischen Universitäten zum Thema „Neuronale Vernetzungen des menschlichen Gehirns" gehalten. Eine der vielen Stiftungen von Till Bates kümmerte sich um die medizinische Forschung auf diesem Gebiet, und so hatte der Deutsche seine Vorträge vor etlichen Medizinstudenten gehalten, von denen einige gute Neurologen werden würden, wie er hoffte. Stets hatte er seine Vorlesung mit den Worten begonnen: „Eigentlich ist die Vernetzung von Neuronen in unserem Gehirn einfach. Es gibt genügend viele Verbindungen zwischen den einzelnen Nervenzellen, es braucht nur einen latenten Befehl, stets neue Wege zu suchen, wenn alte ineffizient oder nicht mehr auffindbar sind, zum Beispiel bei Verletzungen oder Krankheit."

Schwarz hatte in den USA nicht nur junge Studenten unterrichtet, sondern zudem auch die Zeit genutzt, andere Mediziner und Wissenschaftler zu treffen, um sich über die neuesten Erkenntnisse in der Neurologie auszutauschen.

Darüber hinaus hatte es zusätzlich einige interessante Kontakte zu Wissenschaftlern gegeben, die sich speziell mit Künstlicher Intelligenz, kurz KI genannt, intensiv beschäftigten.

Hierbei war die Forschung in den letzten Jahren in Riesenschritten vorangekommen. Benötigte die Wissenschaft im neunzehnten Jahrhundert einhundert Jahre für eine komplette Neuentwicklung, so schrumpfte diese Zeit in den 1980er-Jahren auf nur noch zehn Jahre zusammen. Um die Jahrtausendwende herum wurden Innovationen bereits innerhalb von einem Jahr von der ersten Idee bis zum Prototyp entwickelt. Durch den Einsatz von Computern und der damit verbundenen Exponentialsteigerung der Rechenleistung, der Speicherkapazität und der Prüfungsverfahren, verkürzen sich technische Evolutionen immer stärker.

Schwarz erinnerte sich noch gut an die Erfindung der *Fuzzi Logic*. Diese beschreibt, dass Wahrheiten in der normalen Logik der Menschen nur aus einem Ja oder einem Nein bestehen. Ähnlich der Elektrizität, in der Schaltungen aus dieser Logik heraus nur auf „Strom" oder „Nichtstrom" basieren und auch nur so funktionieren. Die *Fuzzy Logic* arbeitet jedoch, im Vergleich zur Elektrik, in der Annahme, es könnte auch so eine Art „Vielleicht-Strom" geben.

Quintus hatte ein gutes Beispiel parat, das dieses Prinzip mittels Farbgebung erläuterte. Nicht nur Schwarz oder Weiß, sondern auch Grau, Hellgrau oder Dunkelweiß. In den Anfängen der wissenschaftlichen Entwicklung der Künstlichen Intelligenz schaffte das Wissen um die *Fuzzy Logic* einen ersten Durchbruch und damit die Grundlage für weitere Forschungen. Computer und Robotersysteme probierten aus und kapitulierten nicht, sie fanden neue Wege. Sie arbeiteten wie menschliche Gehirne mit der neuronalen Vernetzung.

Gab es kein Ja oder Nein, kein Schwarz oder Weiß, wurde das Vielleicht gesucht oder das Grau. Andere Wege zu finden, die zum Erfolg oder zur Lösung führten, war das vorgegebene Ziel. Normale Computer können nur das ausgeben, was ihnen eingegeben wird. Wie bei *Klikipedia* werden Informationen gesammelt und gespeichert. Bei Bedarf liefert der Rechner die Daten mit sehr hoher Geschwindigkeit aus. Aber *Klikipedia* entwickelt nicht eigenständig weiter.

Auch die ersten Schachcomputer funktionierten auf dieser Grundlage. Alle möglichen Spielzüge bereits erfolgter Partien waren in die Speicherwerke eingegeben worden, auf die der Computer im Spielverlauf zurückgriff. In wahnsinniger Geschwindigkeit suchte er Muster oder Vergleichsmöglichkeiten, rechnete diese weiter vor, fügte diverse Wahrscheinlichkeiten hinzu und wählte danach den für ihn logischen und damit erfolgreichen Spielzug aus. Millionenfach durchgespielte Partien wurden in Sekunden durchgerechnet und gespielt. Wenn sich am Ende ein Schachmatt für den Gegner ergab, wurde dieser Lösungsweg gewählt. War kein Erfolg beschieden, verwarf das System diesen Weg. Das Vorgehen der Computer war allerdings, trotz der erstaunlichen Leistung und Geschwindigkeit, nichts anderes, als das Kopieren bereits von Menschen vorgedachter und vollzogener Lösungen. Die Computer hatten nur den Vorteil, in einer unglaublichen Geschwindigkeit aus Unmengen von Daten bereits absolvierter Schachpartien, diejenigen zu selektieren, die bereits zum Erfolg geführt hatten.

Dass es in den 1980er-Jahren Schachweltmeister gab, die Computer in Partien schlagen konnten, war zunächst nicht weiter erstaunlich, denn die Rechenleistungen der künstlichen Gegenspieler war damals noch zu gering. Als durch verbesserte Mikrochips und neuartige Prozessoren die Betriebssysteme immer leistungsfähiger wurden, hatten die Kasparows und Fischers dieser Welt keinerlei Chancen mehr.

Heutzutage beherrschen spezielle Computer mittels Künstlicher Intelligenz das Geschehen auf dem Spielesektor. Sogar das chinesische Go. Dieses strategische Brettspiel ist wesentlich komplexer und schwieriger als Schach. Beide Strategiespiele erfordern von den Teilnehmern ein hohes Maß an Intelligenz. Bei Go ist es nicht das Ziel, den Gegner, wie beim Schach, gänzlich zu schlagen oder zum Aufgeben zu bewegen, sondern vielmehr nur eine Mehrzahl an Punkten zu erlangen.

Auf neunzehn mal neunzehn Linien und deren Schnittpunkten werden schwarze oder weiße Steine nacheinander abgelegt, die die Eroberung eines vormals nicht besetzten Gebietes darstellen. Mit dem Ablegen der Steine werden Gebiete durch die entstehenden Verbindungen nicht nur besetzt und erobert, es werden auch gegnerische Steine und die damit eroberten Gebiete eingekesselt. Damit sind sie nicht mehr für den Gegner erreichbar und erbringen somit auch keine Punkte mehr.

Beim Schach gibt es bekanntlich acht mal acht Felder, gesamt gesehen sind das 64 Felder. Jeder Spieler nutzt 16 schwarze oder weiße Figuren. Es gibt bekanntlich sechs unterschiedliche Figuren vom Bauern bis hin zum König. Beim Go sind zwar alle Steine gleichwertig, aber durch die wesentlich höhere Anzahl an Spielpunkten (361) und der höheren Anzahl an Steinen, Schwarz spielt mit 181 und Weiß mit 180, sind die Möglichkeiten des Spielverlaufes um ein Vielfaches höher. Damit ist Go wesentlich komplexer als Schach. Die Anzahl der Möglichkeiten beim Go liegt bei einer Zahl, die mit einer zwei beginnt und dahinter 170 Nullen aufweist. Somit sind unvorstellbare Variationsmöglichkeiten gegeben.

Damit ist auch der Abruf von gespeicherten Spielinformationen, selbst für einen gospielenden Hochleistungsrechner, ein unglaubliches Unterfangen. Daher nutzt der Computer, um das Spiel zu gewinnen, neue Möglichkeiten einer anderen Dimension, die Künstliche Intelligenz. Ähnlich wie das menschliche Spieler tun, nur wesentlich schneller. Wie sagte einst Albert Einstein, Quintus Schwarz musste unweigerlich wieder an den Teil des Gehirns denken, den er unter dem Mikroskop betrachtet hatte? „Wenn man versucht mit immer den gleichen Verfahren plötzlich andere Ergebnisse erzielen zu können, dann nenne ich das Irrsinn!“

Quintus Schwarz betrachtete eine ältere Dame, die neben ihm in der gleichen Reihe der Businessclass saß. Sie las in einem kleinen Büchlein, das sie in Händen hielt. Die Seiten waren völlig zerfleddert und schienen aus hauchdünnem Pergamentpapier zu bestehen. Beim Lesen bewegten sich die Lippen, so als wenn sie leise vorlesen würde. Der schwarze Einband des Buches und das kleine goldene Lesezeichen, das zwischen den Seiten steckte, deuteten darauf hin, dass die Frau in einer Bibel blätterte.

Sie trug eine silberne Lesebrille auf ihrer spitzen Nase, hatte sehr feingliedrige Finger und eine dürre Statur, so, wie man sie heutzutage oft bei magersüchtigen Models vorfindet. Die Sitznachbarin musste so um die siebzig Jahre alt sein, dachte Schwarz. Er blickte wohl ein wenig zu sehr in ihre Richtung, denn die alte Dame wandte sich plötzlich zu ihm hin und fragte: „Gefällt Ihnen, was Sie sehen?" Sie lächelte leicht spitzbübisch in seine Richtung.

„Oh, entschuldigen Sie, ich wollte Sie nicht belästigen. Ich bewundere nur, wie intensiv Sie lesen und überlege dabei, was mit all den Informationen, die Sie dem Buch entnehmen, in Ihrem Gehirn geschieht."

„Sind Sie Arzt, Psychologe oder nur ein Spinner?"

„Nein und ja. Eigentlich ja, denn ich bin Neurologe. Aber seit Beendigung meines Medizinstudiums und der anschließenden Promotion habe ich mich nicht praktisch niedergelassen, sondern bin wissenschaftlich in der Neurologie tätig geworden! Schwarz, Doktor Quintus Schwarz!" Er verbeugte sich ein wenig altmodisch in seinem Sitz.

„Agnes von den Steinen", antwortete die Frau, „sehr angenehm!"

So würde ein Computer nie reagieren, dachte Schwarz. Der liebe Gott hatte mit der Erschaffung des Menschen schon etwas Phänomenales geschaffen. Da entwickeln diese Wesen nach der Entdeckung des Feuermachens nun gigantisch schnellarbeitende Computer, fütterten sie mit Daten, und diese Rechner können eigenständig Aufgaben erfüllen. Ähnlich wie das menschliche Gehirn nutzen Computer Speicherwerke und Verbindungen zu anderen Rechnern über das Internet. Nur dass die natürliche Denkmaschine im Kopf neuronale Netzwerkarbeit leistet und Vernetzungen durch Austausch mit anderen Menschen stattfindet. Aber wirklich denken können diese künstlichen Rechner noch nicht besonders gut, aber immerhin ein Anfang. Klar, die Entwicklung schreitet immer weiter voran. Aber wie viele künstliche Intelligenzen scheiterten noch an einfachen Aufgaben?

Schwarz dachte an die ihm bekannten Vorträge über den sogenannten Turing-Test. Alan Turing, der sich 1954 das Leben nahm, formulierte schon in den 1950er-Jahren eine Idee, mit der festgestellt werden sollte, ob ein Computer ein dem Menschen gleichwertiges Denkvermögen besitzt. Dieser Test war zunächst nur rein theoretisch angelegt. Erst später, nachdem als Teilbereich der Informatik die Künstliche Intelligenz zu einem eigenständigen akademischen Fachgebiet deklariert worden war, wurde der Test auch praktisch eingesetzt. Seither ist dieses Verfahren nach Turing in der Diskussion über Künstliche Intelligenz legendär und dient immer wieder dazu, den Mythos von der denkenden Maschine im Computerzeitalter neu zu beleben.

Im Zuge des Turing-Testes führt ein menschlicher Fragesteller über eine Tastatur und einen Bildschirm, ohne Sicht- und Hörkontakt, eine Unterhaltung mit zwei ihm unbekannten Gesprächspartnern. Der eine Gesprächspartner ist ein Mensch, der andere eine Maschine. Wenn der Fragesteller nach der Kommunikation in der nachfolgenden Befragung nicht klar sagen kann, welcher von beiden Gesprächspartnern eine Maschine ist, hat der Computer beziehungsweise die entsprechende Software den Turing-Test bestanden. Der Maschine wird damit ein dem Menschen ebenbürtiges Denkvermögen unterstellt. Im Oktober 2008 wurde bei einem Experiment an der *University of Reading*, an dem sechs Computerprogramme teilnahmen, die Dreißig-Prozent-Erfolgsquote nur knapp verfehlt. Das beste Programm schaffte es immerhin, fünfundzwanzig Prozent der menschlichen Versuchsteilnehmer zu täuschen.

Im Sommer 2017 hatten Forscher der Universität von Chicago eine Künstliche Intelligenz vorgestellt, die eigenständig Rezensionen von Texten verfassen konnte. Diese maschinell erzeugten Korrekturarbeiten wurden, zusammen mit von Menschen verfassten Rezensionen, 600 Versuchspersonen zur Beurteilung vorgelegt. Es stellte sich heraus, dass die vom Computerprogramm erstellten Arbeiten durchschnittlich ähnlich nützlich waren wie die von Menschen verfassten Rezensionen. In dieser Versuchsanordnung war der Turing-Test somit bestanden, da für die Menschen nicht mehr erkennbar war, welche Rezensionen maschinell und welche von Menschen erstellt waren.

Schwarz hatte während seiner zurückliegenden Reise quer durch die Vereinigten Staaten in Gesprächen mit führenden Wissenschaftlern zudem in Erfahrung bringen können, dass Forscher der *Rutgers Universität* kürzlich eine Künstliche Intelligenz vorgestellt hatten, die künstlerische Bilder produzierte. Das Programm wurde mit Gemälden berühmter Maler aus verschiedenen Epochen trainiert. In einem Blindtest vermischten die Wissenschaftler die von der KI erstellten Bilder mit Werken, die von menschlichen Künstlern geschaffen waren und präsentierten sie zig Experten zur Beurteilung. Die Jury beurteilte die Bilder der KI insgesamt besser als die von Menschen geschaffenen Gemälde.

Quintus Schwarz hörte mit großem Interesse von seinem Studienfreund Maxwell aus San Francisco, dass vor einigen Monaten dessen Arbeitgeber, die weltbekannte Firma *Coogle*, auf einer Entwicklerkonferenz ihr System *Duplex* vorstellte. Dabei führte die Künstliche Intelligenz Telefonanrufe durch. Es galt, eine Terminvereinbarung bei einem Friseursalon und einem Restaurant vorzunehmen. Ziel war es, die Sprache, die das Computerprogramm entwickelt hatte, so natürlich wirken zu lassen, dass der Angerufene nicht erkennen sollte, dass es sich bei dem Anrufer um eine Maschine und nicht mehr um einen realen Menschen handelte. Dazu wurde dem Computer Denkpausen, absichtliche Ungenauigkeiten und Laute wie „aha“ oder „hmm“ vorgegeben, damit die Aussprache menschlich klingen sollte.

Die wissenschaftlichen Beobachter empfanden das Ergebnis als erschreckend überzeugend. *Coogle* hatte nach diesen Erfahrungen auch seine kommunikativen Schnittstellen, wie *Elexa* oder *Kortina*, mit menschlichen Floskeln programmiert. So äußern sich diese mit Aussagen wie: „Klingt interessant, aber …“, „Im Grunde genommen haben Sie recht, jedoch …“, „Verstehe, aber bedenken Sie, dass …“ und „Das kann ich gut verstehen, es gibt allerdings …“

KI ermöglichte den computergenerierten Stimmen menschliche Züge. Was früher abgehackt und blechern klang, wirkt jetzt völlig natürlich. Verrückterweise akzeptieren Menschen eher eine Kommunikation, die Füllwörter, Stammeln und sprachliche Lücken enthält als eine absolute reine und sprachlich korrekte Ausdrucksweise. Gut, schmunzelte Schwarz, dass sich das nur auf die Sprache bezieht und nicht auf die Arbeitsweise der Computer!

Quintus streckte seine Beine im Flugzeugsitz weit von sich und versuchte, seine Zehen zu bewegen. Als Vielflieger wusste er um die Gefahren eines möglichen Venenstaus durch einen Thrombus. Bewegung war wichtig, wenn ein Mensch über lange Zeit nur saß. Auch wenn er dies auf sehr bequeme Weise in einem Sitz der Businessclass tat. „Wie schlimm ist es erst in der Economy, also in der sogenannten Holzklasse, eng und eingeklemmt zu sitzen. Vielleicht sogar noch auf den Mittelsitzen in einer Viererreihe. Die Sitzabstände waren in den letzten Jahren von den Airlines immer weiter verkürzt worden. Das war bestimmt durch ein KI-gesteuertes Computerprogramm der Flugzeughersteller konzipiert worden, um die Wirtschaftlichkeit der Maschinen nochmals zu erhöhen. Eine rein ökonomische, aber keine humane Entscheidung. Aber vielleicht waren ja doch menschliche Controller dafür verantwortlich, die ausschließlich in Zahlen dachten und sich nicht empathisch in Flugreisende hineinversetzen konnten."

Schwarz dachte weiter über die Evolution der Künstlichen Intelligenz nach. Es war für ihn der Versuch des Menschen, die Professionalität des eigenen Gehirns auf Maschinen übertragen zu können. Er fragte sich, wann und wodurch es dann irgendwann so weit sein würde, dass die Menschen nicht mehr unterscheiden können, ob sie es mit einem Computerprogramm zu tun haben oder mit einem realen Menschen? Aber war das dann wirklich auch ein Fortschritt?"

Vor seinen Augen sah er den alten Kinofilm *Westworld* von 1973 mit dem glatzköpfigen Yul Brunner in der Hauptrolle vor sich ablaufen. Nach dem Roman von Michael Crichton konnten Menschen in einer zukünftigen Zeit zurück in den Wilden Westen reisen. Natürlich nicht wirklich, sondern nur in einer nachgebauten Vergangenheit. Die Reisenden erlebten einen Tag im Jahr 1863. Im Freizeitpark *Delos*, der an ein Filmstudio in Hollywood erinnerte, schlüpften die Zukunftstouristen in die Rollen von Cowboys, Sheriffs oder Goldgräbern. In dem fiktiven Westernstädtchen konnten sie im Saloon Poker spielen, Whiskey an der Bar trinken oder aber einer inszenierten Schlägerei zusehen. Die Komparsen dieser Show waren Androiden, die von wirklichen Menschen nicht zu unterscheiden waren.

Yul Brunner verkörperte einen von ihnen. Der finster aussehende Schauspieler stellte einen schießwütigen Cowboy dar. Die menschlichen Roboter in *Delos* hatte der Autor Crichton so konzipiert, dass sie sich mittels Künstlicher Intelligenz wie normale Menschen verhalten sollten, so sprachen und sich entsprechend menschlich benahmen. Der Autor hatte sich zwei Besonderheiten einfallen lassen. Die Besucher von *Westworld* sollten hautnah und lebensecht erleben, wie sich der Wilde Westen angefühlt haben musste. So konnten sie mit den Waffen der damaligen Zeit, großkalibrige Revolver und Winchester-Gewehre, auf Androiden schießen und diese verletzen oder gar töten. So forderten die Touristen die Roboter, sprich Bösewichter, zum Duell und erschossen die Androiden. Diese wurden später weggeschafft und über Nacht repariert, damit sie tags drauf wieder eingesetzt werden konnten. Wenn eine Waffe auf einen realen Menschen gerichtet wurde, versagte sie mittels einer eingebauten Sensorik. Eigentlich!

Das zweite Highlight des Freizeitparks war, dass die Besucher mit den Androiden Sex haben konnten. So schleppten viele, sehr oft angetrunkene Wild-West-Touristen, die superhübschen und freizügigen Showgirls im Saloon ab und begaben sich in die oben gelegenen Zimmer. Der Film suggerierte den Zuschauern, dass es den Menschen nicht mehr möglich war, echt von unecht, Mensch von Android, zu unterscheiden.

Das Faszinierende des Films war jedoch, dass Menschen etwas nie Dagewesenes zum Vergnügen angeboten wurde, nämlich ihre geheimsten Gelüste und Wünsche ausleben zu können.

Es gab in *Delos* keine Grenzen, keine Gesetze, keine Verurteilungen oder sonstigen Konsequenzen. Die Besucher lebten kurzfristig in einer Welt der Sünde. Sie konnten andere aus Vergnügen erschießen oder mit jeder Frau schlafen, die sie begehrten. Die Story von Crichton war eine Odyssee über die Anfänge künstlichen Bewusstseins und die Entwicklung der menschlichen Perversion. Der Regisseur des Films ließ die Zuschauer dabei durch die sogenannten „Hosts", die mittels KI gesteuerten Augen der Androiden, auf die Geschehnisse blicken. Man sah die rohe Gewalt, das Sterben und die Vergewaltigungen. So entwickelte auch Quintus Schwarz als neutraler Betrachter der Szenen Verständnis für die menschlich angedeuteten Rachegelüste der Roboter. Wie pervers verhalten sich Menschen eigentlich in einer absolut freien Welt?, fragten sich viele Zuschauer des Kinohits. Aber verhalten sie sich in der Realität nicht genau so pervers, wie im Film gezeigt?, sinnierte der Deutsche.

Schwarz wusste nicht mehr genau, wie der Film zu Ende gegangen war. Irgendwie mutierte der Cowboyroboter Yul Brunner, nachdem er zweimal auf offener Straße erschossen worden war, zum Monster und begab sich auf einen Rachefeldzug. Nach erfolgter Reparatur seiner Schussverletzungen führte er eine Revolte der Androiden an, die über die Touristen herfielen und Jagd auf sie machten. Für Quintus war das eine Horrorvorstellung. Das könnte tatsächlich passieren, wenn Künstliche Intelligenz außer Kontrolle geriet. Wäre sie in der Lage, Menschen Schaden zuzufügen oder ihn sogar anzugreifen oder zu vernichten? Trotz der erschreckenden Gedanken schlief Schwarz ein.

Wenig später schreckte er hoch. Soeben träumte er noch von *Westworld* und war im Traum als Marshall unterwegs gewesen. Genau um zwölf Uhr mittags stand er alleine auf der staubigen Hauptstraße eines entlegenen Städtchens im Wilden Westen. Eine rostige Dampflok fuhr soeben mit vielen angehängten, grünlackierten Waggons in den Bahnhof ein. Kein Mensch war zu sehen, bis nach einiger Zeit ein Cowboy ausstieg und provozierend auf Schwarz zukam. Quintus sah, dass sein Gegenüber einen langen Staubmantel trug, einen *Stetson* auf dem Kopf hatte und mit blinkenden Sporen an den Lederstiefeln ausgestattet war. Das Gesicht war unrasiert, die Haare lang und schmierig, ein stechender Blick; Henry Fonda als Frank im Städtchen Cattle Corner. Schwarz vernahm leise im Hintergrund die auf einer Mundharmonika gespielte Melodie aus dem Film *Spiel mir das Lied vom Tod*. Der Mann ging weiter provozierend auf ihn zu, verzog schief das Gesicht und spuckte verächtlich aus. Zehn Schritt entfernt schob Henry Fonda bedächtig mit der Hand die rechte Mantelseite hinter den Revolverhalfter. Er nahm seinen Hut vom Kopf und warf ihn wie eine Frisbee-Scheibe in den Staub der Straße. Schwarz hob die *Winchester* an, umfasste den kurzen Lauf mit der linken Hand und repetierte mit dem Unterhebel die Waffe. In diesem Augenblick zog Fonda blitzschnell den .45er-Colt und schoss.

Schwarz zuckte zusammen, als verspüre er den Einschuss in seiner Brust. Er richtete sich in seinem Sitz wieder auf und bemerkte, dass ihm ein kleiner Speichelfaden aus dem rechten Mundwinkel gelaufen war. Peinlich, aber gut, dass das kein Blut ist! Er wischte sich mit einem Taschentuch den Mund ab.

„Alles in Ordnung?“, fragte ihn seine Sitznachbarin, die ihre Bibel noch immer in den Händen hielt.

„Alles klar, bin nur eingenickt. Wurde gerade erschossen!“

„Das sind diese schrecklichen Filme, ich schaue mir so etwas gar nicht erst an!“, meinte sie.

Schwarz bemerkte jetzt, dass auf einigen Bildschirmen, die in den Sitzen für die Flugpassagiere eingebaut waren, ein Wildwestfilm gezeigt wurde.

Agnes von den Steinen widmete sich wieder ihrer christlichen Lektüre, rückte die Lesebrille zurecht und blickte noch einmal kurz in Richtung des deutschen Wissenschaftlers.

„Kein Android könnte so mitfühlend schauen wie diese ältere, feine Dame.“ Schwarz fühlte sich ein wenig ertappt.

Um auf andere Gedanken zu kommen, dachte er über seine vielen Internetrecherchen zum Thema KI nach. Dabei war ihm schon vor einiger Zeit aufgefallen, dass die Benutzer von Apps durch die Anbieter der Homepages aufgefordert wurden, eingeblendete, meist schief stehende oder verwischte Zahlen- und Buchstabenkombinationen zur Bestätigung ihrer menschlichen Identität in ein freies Eingabefeld einzutippen, um zu beweisen, dass sie keine Computer waren.

Wie skurril ist das denn? Ein Computer möchte nicht mit einem anderen Computer kommunizieren, dachte der deutsche Wissenschaftler amüsiert. Aber Schwarz wusste, dass das nichts anderes war als ein vorsorglicher Softwareschutz, um den Zugriff von feindlich gesinnten Computerprogrammen, sogenannten Hackerangriffen, auf die eigene Homepage und deren Anwendungen zu verhindern.

Schon oft waren in der Vergangenheit sogenannte Cyberangriffe gegen Computersysteme vorgekommen. Millionen von Anfragen gleichzeitig, regelrechte Bombardements von Computer gegen Computer. So viel und schnell konnten Menschen gar keinen Schaden anrichten. Nur künstlich geschaffene Programme mit sehr hoher Rechnerleistung schafften das. Und die angegriffenen Homepages wurden natürlich damit blockiert. Kein normaler menschlicher Nutzer konnte mehr eine Verbindung herstellen oder Anwendungen nutzen. Somit entstand ein großer wirtschaftlicher Schaden. Und nicht selten kam es auch zu Infiltrierungen und Manipulationen. Viren schlichen sich in die Computer ein und spionierten diese aus. Auch die Abgeordneten des Deutschen Bundestags hatten das schon erleben müssen.

Schwarz blickte wieder zu der älteren Dame, die neben ihm saß und weiter in ihrer goldgeränderten Bibel blätterte. Die alte Lady ist echt!, dachte er und hoffte, dass das auch für die beiden Piloten vorne im Cockpit galt. Doch wer glaubte, dass die den riesigen *Airbus* selbst steuerten, lag schief. Schon längst waren die Piloten nur mehr Aufsichtspersonal, das bei Notfällen eingreifen konnte.

Obwohl Ronald J. Rampthon, der amerikanische Präsident, bei den jüngst aufgetretenen Problemen von *Boeing* mit dem Typ *737 - 8 MAX*, kwitterte, er würde lieber von großartigen Piloten geflogen werden als von Albert Einstein, waren zwei Maschinen des neuen Jets, dem Verkaufsschlager von *Boeing* schlechthin, aufgrund fehlerhafter Software abgestürzt und von den Luftaufsichtsbehörden sicherheitshalber mit einem Flugverbot belegt worden. Die Mittelstreckenflugzeuge konnten aufgrund einer veränderten Konstruktion ihrer Triebwerke, die weiter vorn an den Flügeln als bei dem Vorgängermodell angebracht waren, wesentlich mehr Abfluggewicht in die Luft bringen als zuvor. Die Ingenieure von *Boeing* hatten bewusst keine komplette Neukonstruktion eines Jets angestrebt, denn diese hätte einer jahrelang dauernden Prüfungsphase durch die Flugaufsichtsbehörden bedurft. Daher entschied sich der Vorstand des Unternehmens in Seattle, das bestehende Flugzeugmuster B 737 nur entsprechend zu modernisieren. Hierfür waren die Prüfungsverfahren deutlich kürzer und damit günstiger für *Boeing*. Allerdings gab es mit der veränderten Version des Flugzeugs Situationen, in denen sich der Jet beim Ansteigen plötzlich zu steil ausrichtete und es somit zu einem Abriss des Luftstroms kam. Der Absturz war die fatale Folge. Deshalb hatten die Konstrukteure eine Notfallsoftware eingebaut und so programmiert, dass der Jet bei einer zu steilen Fluglage automatisch „die Nase" herunternahm, also das Flugzeug so steuerte, dass die richtige Trimmung hergestellt wurde und ein normales Weiterfliegen ermöglichte. Allerdings wurde dieser als Korrektur eingeplante Eingriff in die Steuerung von der Elektronik auch dann durchgeführt, wenn keine Notwendigkeit bestand. So verzweifelten die Piloten, wenn plötzlich ihre Maschine im Normalflug und ohne erkennbaren Grund nach unten auf den Boden zusteuerte. Ein manuelles Eingreifen half nicht, die automatische Steuerung ließ sich nicht ausstellen. So kam es zu den Abstürzen.

Jetzt forschten Behörden und Herstellerfirma nach den Ursachen. Künstliche Intelligenz entwickelte und steuerte Systeme, analysierte Fehler und behob sie mit veränderter Software. Und im normalen Flugalltag starteten Autopiloten die Jets, flogen sie von A nach B und landeten, ohne dass die Piloten, außer der Durchführung von Checks und anderen Kontrollfunktionen, irgendetwas selbst unternehmen mussten. Die Autopiloten waren zudem auch noch sicherer als ihre menschlichen Kollegen, normalerweise. Kein Bordcomputer musste vorm Start zum Alkoholtest oder aber steuerte sein Flugzeug absichtlich in ein Felsmassiv, wie seinerzeit ein Pilot der *Germanwings*. 2016 hatte der an Depression leidende Copilot in Selbstmordabsicht den *Airbus A 320* vollbesetzt abstürzen lassen, als der Chefpilot kurz das Cockpit verlassen hatte, um die Bordtoilette aufzusuchen. Danach versperrte der spätere Selbstmörder die Tür und niemand konnte ihn mehr daran hindern, die Maschine in den Alpen zerschellen zu lassen.

Billigfluggesellschaften stellten schon seit einiger Zeit Überlegungen an, ob Passagiere in einem Flugzeug mitfliegen würden, wenn statt der Piloten Computer die alleinige Kontrolle an Bord hätten. Noch ließen die Flugaufsichtsbehörden das nicht zu, aber was war morgen?

Quintus Schwarz dachte an die Shuttle-Busse des amerikanischen Flughafens JFK in New York zurück. Dort fuhren schon seit Jahren keine Autofahrer mehr mit Pkws direkt zu den Terminals. Taxis und sämtliche anderen Fahrzeuge kamen nur noch bis zum Zentralparkplatz. Der weitere Weg war für den Individualverkehr gesperrt. Jetzt steuerten Computer Shuttles via Autopiloten sicher von Terminal zu Terminal, trotz eines immensen Verkehrsaufkommens. Die autonom fahrenden Busse streikten nie, legten keine Pausen ein und waren auch nicht Mitglied einer Gewerkschaft. Sie arbeiteten 24 Stunden am Tag wie auch an Wochenenden und Feiertagen. Dass Rolltreppen und Aufzüge Menschen schon immer autonom beförderten, war seit über einem Jahrhundert völlig normal. Fahrstuhlbediener, was für eine Berufsbezeichnung, kamen nur noch in uralten Schwarzweißfilmen vor, in denen Charly Chaplin oder Dick und Doof mitwirkten.

In der *New York Times* hatte der Deutsche einen Bericht über die autonom fahrenden Shuttles am Flughafen JFK gelesen. Zwar staute sich der Verkehr noch immer durch das extrem hohe und wachsende Verkehrsaufkommen, aber es gab schon lange keinen Kollaps mehr. Wie oft hatte Schwarz sich zu seinen Meetings in Manhattan direkt am Airport in speziellen Konferenzräumen verabredet, um nicht zur Feierabendzeit auf dem Weg zurück zum Flughafen in einem Verkehrsstau festzusitzen. Normalerweise benötigen die Taxis circa eine Dreiviertelstunde für die Fahrstrecke von Manhattan zum Airport nach Queens. Gegen Spätnachmittag, zur Rushhour, dauerte die Tour gut und gerne eineinhalb Stunden. Manchmal sogar mehr. Schwarz hasste es, auf heißen Kohlen zu sitzen, wenn er damit rechnen musste, seinen gebuchten Flieger nicht mehr rechtzeitig zu bekommen.

Der Zeitungsbericht erläuterte, dass durch den computergesteuerten Verkehr am *JFK-Airport* der Ablauf des Ankommens und Wegfahrens vollkommen automatisch und effizient geregelt war. Es gab kaum noch Unfälle und wenn, wurden sie von Menschen verursacht. Kein Computer fuhr bei Rot über eine Kreuzung, Menschen schon. Alleine das Einfädeln der Pkws von zwei Fahrspuren auf eine war für viele Autofahrer eine zu hohe Hürde. Der Erfinder des sogenannten Reißverschlussverfahrens hatte entweder nur mit Frauen Versuche durchgeführt oder aber das Konkurrenzgehabe vieler Männer am Steuer nicht miteingerechnet. „Statt einfach nur mit einem Auto von A nach B zu gelangen, benutzen viele Männer ihre Vehikel als Instrument für ihr Imponiergehabe in der Brunftzeit. Beschleunigen, Bedrängen, Hupen und Drohen war an der Tagesordnung. Wem wollen diese verkümmerten Automobilisten noch imponieren? Wie lächerlich, unvernünftig und doch so männlich-menschlich, dachte Schwarz.

Der deutsche Wissenschaftler sah durch das kleine ovale Fenster der Passagiermaschine nach draußen und erblickte zehntausend Meter unter sich die Küste von Grönland. Weißes Eis bis ans Meer. Der Jet lag ruhig in der Luft, keine Turbulenzen schüttelten die Passagiere durch. Wahrscheinlich war der Autopilot eingeschaltet; rechnete zwischendurch aus, in welcher Flughöhe er den Jetstream, den vorherrschenden Rückenwind, am effizientesten nutzen konnte. So wurde der Spritverbrauch gesenkt, und das Flugzeug flog mit weniger Leistung in derselben Zeit ans Ziel. Dafür mussten, das wusste Schwarz, manchmal sogar die vereinbarte Flugroute oder -höhe verändert werden. Der Computer rechnete zwar alles vor, aber hier entschied letztendlich noch immer die zuständige Flugsicherung, und der Pilot gab dem Computer das Okay. Der Autopilot übernahm die errechneten Daten und steuerte das Flugzeug entsprechend der neuen Route.

Aber kommunizieren Piloten und Flugsicherung eigentlich wirklich noch per Funk miteinander?, überlegte Schwarz. Sprachen da reale Menschen noch mit anderen echten Menschen, die vor ihren Radarschirmen saßen? Oder tauschte sich bereits nur noch die eine KI mit der anderen KI aus? Mit einer beeindruckend gut arbeitenden Software, die den Turing-Test locker schaffen würde? Und konnte KI schon darüber nachdenken oder gar philosophieren, wie Änderungsvorschläge von Menschen aufgenommen wurden, denen diese selbst nie in den Sinn gekommen wären? Oder die so komplex zu berechnen waren, dass Menschen, wenn überhaupt, Wochen dafür gebraucht hätten? Was würde eine KI machen, wenn von ihr ermittelte Handlungsvorschläge von Piloten nicht umgesetzt werden? Wenn Menschen aus Eigensinn oder Arroganz bewusst falsche Entscheidungen träfen? Würde eine KI in der Lage sein, den Menschen aus dem Spiel zu nehmen? So wie damals der Supercomputer *HAL* auf der Weltraummission zum Jupiter erkannt hatte, dass die Landung auf diesem Planeten mit den an Bord vorhandenen Astronauten nicht funktionieren würde.

Schwarz wusste, dass es in der Automobilindustrie bereits Diskussionen in diese Denkrichtung gab. Autos fuhren ebenfalls mit sogenannten Assistenzsystemen, was letztendlich nur ein smarter Begriff für autonomes Fahren war. Hier wurden den Menschen, die noch am Steuer saßen, bereits viele Entscheidungen abgenommen. Erkannte das intelligente Auto im Voraus ein Hindernis, so bremste es den Wagen ab und brachte ihn rechtzeitig zum Stehen. Identifizierte die KI des Pkws, dass das Hindernis auch umfahrbar war, so lenkte es entsprechend um das Problem herum.

Nun gibt es aber auch Situationen, in der die Autonomie des Fahrzeuges erkennt, dass ein Crash unweigerlich bevorsteht und unausweichlich ist. Weil die Geschwindigkeit zu hoch und damit einhergehend der Bremsweg zu lang ist. In diesem Fall bereitet die KI das Auto auf den Unfall vor, zieht die Anschnallgurte fester an, senkt die Scheiben der Türen ein wenig nach unten, um den Luftdruck der aufplatzenden Airbags zu mindern. Gleichzeitig lässt sie aus den Lautsprechern des Radios ein Rauschen ertönen, das die Trommelfelle und damit die Ohren der Passagiere auf den zu erwartenden Knall beim Aufprall vorbereitet. Gleichzeitig hebt die Autoelektrik die Motorhaube etwas an, damit Personen, die angefahren werden, sanfter über das Fahrzeug geleitet werden und nicht gegen die Windschutzscheibe prallen.

„Möchten Sie einen Drink, Doktor Schwarz?“ Die auffallend hübsche Stewardess der *South Asia Corporation* beugte sich in ihrem grüngoldenen Sari zu ihm herunter. Sie hatte das typisch asiatische, immerwährende Lächeln aufgesetzt. Quintus Schwarz schaute in die tiefdunklen, leicht geschlitzten Augen, spürte den direkten Blickkontakt und bemerkte, wie sich ihr Lächeln leicht veränderte. Zwei winzige, in diesem Moment entstandene Fältchen auf der Stirn der jungen Frau deuteten darauf hin, dass Sie den skeptischen Gesichtsausdruck ihres Business-Passagiers nicht recht deuten konnte.

Nun gut, gerade die Vielflieger in der gehobenen Klasse sind zum Teil merkwürdige Menschen, dachte die Stewardess. Oft waren Männer anzüglich und schienen zu glauben, sie seien in einem Bordell anstatt in einem Linienflieger. Sie hielten sich für unwiderstehlich und meinten, mit Geld alles regeln zu können. Insbesondere diejenigen, deren Firmen die hohen Ticketpreise bezahlten. Aber häufig waren es auch Männer im diplomatischen Dienst, die sich für unantastbar halten, weil sie nicht zur Rechenschaft gezogen werden können.

Der hohe Luftdruck in den Kabinen wirkt bei Alkoholgenuss äußerst stimulierend, zudem sind Passagiere im Flugzeug quasi inkognito. Keiner kennt den anderen, die meisten werden sich nach dem Flug nie mehr wiedersehen. Auch das Fehlen der Partner auf Geschäftsreisen gab vielen das Gefühl, sie befänden sich in der freien Prärie. Auch die sogenannten Superfrauen in ihren teuren *Armani*-Kostümen mutierten an Bord manchmal zu wahren Hyänen. Als müssten sie auch hier ihren männlichen Mitreisenden und insbesondere den Stewardessen beweisen, wie toll sie sind. Obwohl diese Businessfrauen bei den Gesprächen mit dem Bordpersonal saßen, benahmen sie sich oft „wie von oben herab". Sie meckerten übers Essen, den Wein, die Flugroute, die Mitreisenden, verlangten stets die Champagnersorte, die ausgerechnet bei diesem Flug nicht vorrätig war, und wollten darüber hinaus den Piloten persönlich kennenlernen. Unglaublich!

Doch dieser Mann hier erweckte nicht so einen Eindruck, vielmehr schien sie ihn aus weit entfernten Gedanken oder Träumen geholt zu haben.

„Gerne", erwiderte Schwarz mit einem freundlichen Lächeln, „und bringen Sie mir doch bitte einen guten Kaffee mit Sahne, dazu Teegebäck."

Die Stewardess lächelte ihn weiter geschult an. „Gerne, Sir, und dazu einen Single Malt?"

Schwarz horchte auf. Wieso konnte sie das nur wissen? Na klar, es war bestimmt in der Flugpassagierliste dokumentiert. Die Vorlieben der Kunden im Business- und im First-Class-Bereich wurden neben den individuellen Besonderheiten erfragt, gespeichert und dem Bordpersonal zur Verfügung gestellt. Natürlich computergesteuert. Das waren die sogenannten „weichen Daten". Vielleicht werden in ein paar Jahren Stewardessen auch durch Androiden ersetzt. Hoffentlich sind die auch genauso hübsch wie die echten Damen aus Fernost!

Schwarz wusste, dass die Flugbegleiterinnen der *South Asia Corporation* bei der Einstellung exakt beschriebene Schönheitsmerkmale aufweisen müssen, um überhaupt eine Chance auf einen der begehrten Jobs zu erhalten. Es gibt in diesem Auswahlverfahren sogar Unterscheidungen zwischen Economy, Business und First-Class. So werden für die Langstrecke und in der First-Class die hübschesten Frauen eingesetzt.

Ein Computerprogramm hatte ermittelt, welche Kriterien Menschen aufweisen müssen, um von anderen als „schön" angesehen zu werden. Die Faktoren besagen, wann Menschen als aufreizend, langweilig oder gar als hässlich von anderen angesehen werden. In der sogenannten Attraktivitätsforschung hatte die spezialisierte US-amerikanische Psychologin Rita Freedmann herausgefunden, dass Mütter schon unmittelbar nach der Geburt ihres Kindes stärker und häufiger auf das Baby reagieren, wenn das als hübsch angesehen wird. Sie liebkosen und küssen es häufiger, als bei normal oder gar hässlich aussehenden Kindern. Hübsche Babys erhalten deshalb mehr Zuwendung, was natürlich ihr Wohlbefinden steigert. Bemerkenswert ist, dass auch schon die Babys hübsche Gesichter lieber betrachten als hässliche. Unabhängig vom Erscheinungsbild der Mutter schauen Säuglinge, egal ob europäischer, afro- oder lateinamerikanischer Herkunft, für sie attraktivere Gesichter länger an.

Schönheit liegt wohl doch nicht nur im Auge des Betrachters, dachte Quintus Schwarz und betrachtete die Figur der Stewardess, die jetzt in Richtung Pantry davoneilte, um seine Bestellung auszuführen. Er sinnierte weiter darüber nach, welche Schönheitskriterien für Frauenfiguren herausgefunden worden waren. Lange Beine, ein mindestens mittelgroßer Busen sowie eine schmale Taille. Auch die Proportionen waren wichtig. Hinzu kommen noch volle Lippen, große Augen, eine zierliche Nase sowie eine hohe Stirnpartie. Alle diese Attribute gelten als wichtige Charakteristika für ein schönes weibliches Gesicht.

„Passt", flüsterte Schwarz leise vor sich hin, als die asiatische Stewardess mit einem kleinen Tablett wieder auf ihn zukam.

Er dachte weiter an verschiedene Studien, die besagen, dass schöne Menschen von positiven Vorurteilen profitieren. Sie werden im ersten Moment für sozial kompetenter, intelligenter, sympathischer, fleißiger und leidenschaftlicher gehalten. Dadurch werden schöne Menschen noch selbstbewusster. Sie haben es einfach leichter im Leben als hässliche. Schöne Menschen wurden schon immer als gut und gleichzeitig intelligent angesehen. Genauso wie großen Männern eher Führungsqualitäten zugesprochen werden. Manche Stewardessen nutzten ihren Job auch dazu, um an potente Heiratskandidaten zu gelangen. Quasi war die Airline somit die größte Heiratsvermittlungsagentur von Singapur.

Quintus Schwarz erinnerte sich an einen Ausspruch seines Freundes Maxwell, der bei *Coogle* in der Entwicklungsabteilung an Künstlicher-Intelligenz-Software arbeitete. Er hatte Mathematik mit summa cum laude in Princeton abgeschlossen und war ein weltweit anerkannter Spezialist für die Programmierung von Algorithmen. Jene Rechenformeln, die die Künstliche Intelligenz erst ermöglichen. Algorithmen berechnen nicht nur Vorhersagen für Sterblichkeit unter Einfluss von Lebensgewohnheiten und vorgegebenen Genen für Menschen, sondern können auch Wetteraussichten präzise errechnen, die unter Einfluss von sehr vielen konstanten und variablen Parametern stehen.

Selbst in die letzten Hoheitsgebiete von Menschen dringen Algorithmen vor und verdrängen die Geistesleistung ihrer Erschaffer. So errechnen heutzutage Computerprogramme wesentlich genauer die Anpflanzungspläne für Forstwirtschaften. Hatte noch vor einhundert Jahren Oberförster Zillmer, aus Österreich stammend, in genialer Art und Weise errechnet, wann Holzbauern die verschiedenen Baumarten pflanzen müssen, um achtzig Jahre später die notwendige Menge an Raummetern schlagen zu können, so reicht heute dafür ein Mausklick.

Künstliche Intelligenz ermittelt Daten über die zu erwartenden Wetteraussichten und kalkuliert den Zwischenschlag, also die Baummenge mit ein, die nach und nach aus den Beständen genommen werden muss, damit die Stämme nicht zu eng aneinander stehen und sich gegenseitig das lebensnotwendige Wasser und Licht nehmen. Die KI sagt aufgrund vorliegender Daten voraus, wie sich in den zukünftigen Jahren die Absatzmengen für die verschiedenen Holzarten verändern werden. Dabei bezieht sie sogar die durchschnittlichen Schäden durch Winter und Stürme mit in die Kalkulation ein. Neuerdings werden auch die Auswirkungen der globalen Erwärmung eingerechnet.

Maxwell, der nur mit seinem Nachnamen angeredet werden wollte, sein Vorname lautete Orwell, hatte Schwarz die drei Gesetze für die Künstliche Intelligenz verraten. Diese waren zwar nicht in den Gesetzbüchern der verschiedenen Entwicklerländern festgehalten oder vorgeschrieben, aber bislang hielten sich alle Programmierer daran. Denn diese Regeln sind nicht nur logisch, sondern überlebensnotwendig!

Paragraph 1: Ein Computerprogramm muss den ihm erteilten Arbeitsbefehl ausführen und darf sich dabei selbst nicht beschädigen!

Paragraph 2: Eine Computersoftware darf sich niemals gegen den sie erschaffenden Menschen/Programmierer wenden!

Paragraph 3: Ein Computerprogramm, oder nennen wir es jetzt Künstliche Intelligenz, darf niemals die Paragraphen 1 und/oder Paragraph 2 umgehen!

„Das", so meinte Maxwell trocken, „geht eben bei Künstlicher Intelligenz nicht! Wir können auch der KI keine Moral einhauchen. Geht nicht. Aber darin liegt natürlich eine gewisse beziehungsweise sogar latente Gefahr. Irgendwann wird das System vollkommen autark und wird sich nicht mehr an Regeln halten!"

Quintus erinnerte sich an Stanley Kubricks legendären Kinofilm *2001: Odyssee im Weltraum*, Sciencefiction der Extraklasse aus dem Jahr 1968. Die Story beschrieb die Reise von Astronauten durchs All zum Planeten Jupiter. Im Raumschiff war ein empfindungsfähiger Computer namens *HAL* mit an Bord. Zu Beginn zeigte der Film dem Zuschauer, dass ein mysteriöser schwarzer Monolith, der auf der Erde in der Steinzeit entdeckt worden war, die menschliche Evolution beeinflusst hatte. Kubricks Story bot seinerzeit viel Spielraum für Interpretationsansätze und befasste sich mit der menschlichen Evolution, der Technologie, der Künstlichen Intelligenz und der Existenz außerirdischen Lebens.

Die Filmemacher hatten *HAL* eine weiche Stimme gegeben. Zum ersten Mal in der Filmgeschichte sprach ein Computer nicht mehr abgehackt und maschinell, sondern sehr einfühlsam und wirkte somit menschlich. Schwarz erinnerte sich noch an den

Schauer, der ihm beim ersten Mal, als er den Film im Kino sah, den Rücken heruntergelaufen war. *HAL* war programmiert worden, alles dafür zu tun, dass die Weltraummission erfolgreich verlief. Doch irgendwann bemerkte die damals noch sehr utopische Vorstellung einer KI, dass die Astronauten aufgrund ihres menschlichen Handelns fehl am Platz waren, ja sogar den Erfolg der Weltraummission gefährdeten. Also schaltete *HAL* einen Raumfahrer nach dem anderen aus, tötete sie, bevor er letztendlich doch noch vom Kommandanten für immer abgestellt wurde.

„Sie scheinen sehr in Gedanken zu sein, lieber Herr Doktor Schwarz", raunte ihm die ältere Dame vom Nebensitz zu.

Er nickte stumm, trank einen letzten Schluck seines Single Malts und schloss genüsslich die Augen. Wie wird die Welt in fünfzig Jahren aussehen? Wird es uns Menschen noch geben?, mit diesem letzten Gedanken schlief er ein und wurde erst kurz vor der Landung in Frankfurt wieder wach.

Kapitel 9

Tel Aviv, Flughafen Ben Gurion, Israel.
Es war sehr praktisch gewesen, dass der Besuch des deutschen Bundespräsidenten kurz bevorstand und eine zweistrahlige *Cessna 680 Sovereign* des Präsidialamtes planmäßig an diesem Tag vom Flughafen Köln/Bonn nach Israel geflogen war. Ein Sitzplatz war noch frei gewesen. Ein Telefonat aus der Chefetage des *MAD* mit der Flugbereitschaft der Luftwaffe hatte ausgereicht, ihn reservieren zu lassen.

Die regulären Linienflüge nach Israel waren fast immer ausgebucht, zudem wurden die *EL-AL*-Maschinen meistens dreifach kontrolliert. Das kostete sehr viel Zeit.

Heide Mainz war nach der Sichtung des Videofilms, der den qualvollen Tod des Arabers gezeigt hatte, telefonisch mit dem Absender des Filmmaterials in Verbindung getreten. Der arbeitete für den *Mossad*, den legendären israelischen Geheimdienst. Heide war direkt mit einem Oberst Uri Finkenrath verbunden worden, der sie herzlichst nach Israel eingeladen hatte.

Momentan schleimen sich die Juden so was von ein, dachte Mainz und lächelte. Ihr Hintergrundwissen ließ sie in diese Richtung denken. Ein geplanter Waffenexport nach Israel, es handelte sich um zwei U-Boote der WS-Klasse, wurde derzeit in der deutschen Öffentlichkeit heftig diskutiert, nachdem Ministerpräsident Levy den Gaza-Streifen erneut mit *F-16* Kampfjets hatte angreifen lassen. Ebenso zementierte er die Annektierung des in den 1960er-Jahren besetzten Westjordanlandes. Obwohl selbst die USA im Jahre 1981 diesen Akt der Landeroberung offiziell missbilligten, hatte Ronald J. Rampthon diesen strategisch wichtigen Landstreifen Israel gerade rechtlich zugesprochen. Der UN-Sicherheitsrat kochte vor Empörung. Hinzu kam, dass der radikale Regierungschef den Siedlungsbau weiter aktiv vorantrieb. All das hatte nichts mehr mit dem Geist des seinerzeitigen Friedensabkommens von Camp David zu tun und entsprach auch nicht den Absprachen, die die Israelis mit allen westlichen und arabischen Staaten in bilateralen Gesprächen vereinbart hatten.

Der amerikanische Präsident unterstützte den Judenstaat nur mit großer Zurückhaltung. Gegenüber Israel hatte er nie wirkliche Sympathien gehegt. Vielmehr neidete er den Juden der amerikanischen Hochfinanz ihren unglaublichen Reichtum und damit auch ihren Einfluss auf die Politik. Doch sie waren gleichermaßen auch Wähler und spendeten ihr Geld an Politiker wie ihn.

Ronald J. Rampthon hatte das Immobilienvermögen seines Vaters geerbt und um ein Vielfaches vergrößert, er war Multimillionär. Selbst zwei Pleiten konnten sein Imperium nicht vollkommen zugrunde gehen lassen. Rampthon stand immer wieder auf und hatte ein untrügliches Gefühl für gute Investitionen und Trends. Trotz allem hasste der Präsident der Vereinigten Staaten nichts mehr, als Menschen, die ihn irgendwie übertrafen. Er konnte sich, trotz seines eigenen immensen Reichtums, nicht mit den Rothschilds oder Stuyvesants dieser Welt vergleichen. So unermesslich war deren Vermögen. Er dagegen galt als neureich und wurde von den wohlhabenden Juden mit Argwohn beäugt. Und selbst die anderen Milliardäre, die erst in den zurückliegenden Jahren ihr Vermögen mit moderner Technologie erwirtschaftet hatten, waren ihm meilenweit voraus. Tuckerberg, Dezos oder Bates verachteten ihn und er hasste sie für ihren Erfolg.

Rampthons Vermögen schrumpfte auch erheblich in der Betrachtung, wenn von seinen Bilanzaktiva die Schulden subtrahiert wurden. Mitarbeiter des Weißen Hauses plauderten über heftigste Wutanfälle des Mannes mit der blonden Haarpracht und der orangefarbenen Gesichtshaut, wenn Kritik an seiner Politik durch den langjährigen Chef der *Federal Reserve*, der amerikanischen Notenbank, oder aber durch Michael McGovern, dem ehemaligen Bürgermeister von New York, in den Nachrichten vernahm. Der Letztgenannte schickte sich sogar an, den Präsidentschaftskandidaten der Demokraten im nächsten Wahlkampf mit Unsummen von Dollars zu unterstützen. Michael McGovern war Milliardär. Der Präsident nannte ihn voller Verachtung nur „Mini-Mike".

Ronald J. Rampthon mochte nichts, was nicht uramerikanisch war. Juden sind allesamt aus Europa geflohen, um sich die USA einzuverleiben, so war seine Deutung. Dass seine eigenen Vorfahren väterlicherseits aus der deutschen Pfalz abstammten, hatte er irgendwie verdrängt. Wie vieles, was ihm nicht in den Kram passte.

Es konnte jedoch auch durchaus zutreffend sein, dass ihm die militärische Stärke und die Durchsetzungskraft des Ministerpräsidenten in Jerusalem, der von den USA nun anerkannten Hauptstadt, imponierte. Levy war ebenfalls, wie auch der amerikanische Präsident, mit diversen Korruptionsvorwürfen und Anfeindungen wegen sexuellen Belästigungen konfrontiert. Viel Feind, viel Ehr, so dachte Rampthon. Der wirkliche Grund für seine unterstützenden Maßnahmen in Richtung Israel waren neben den flankierenden Maßnahmen für die umfangreichen Waffenexporte in den Nahen Osten und dem damit gesicherten Erhalt des militärischen Gleichgewichts in diesem Brandherd der Welt, vor allem sein Schwiegersohn Tared Rushner. Der Ehemann seiner Tochter war Jude, was der Präsident nicht ändern konnte und nur widerwillig akzeptieren musste. Der Präsident dachte mit Widerwillen: „Ein Jude ist Vater meiner Enkelkinder!"

Kritik an Israel äußerte er nur hinter vorgehaltener Hand. Sein Credo *America first* beinhaltete natürlich auch das Thema der Waffenexporte. Kurz nachdem er ins Weiße Haus eingezogen war, polterte Ronald J. Rampthon gegenüber dem jüdischen Botschafter bei dessen Antrittsbesuch los, dieser solle nun endlich die neuen Kampfflugzeuge vom *Typ F-35* bestellen und nicht vergessen, diese auch pünktlich zu bezahlen. Sein damaliger Sicherheitsberater flüsterte ihm dabei zu, dies wäre bereits geschehen und es lägen schon weitere Bestellungen für mehr als 1,2 Milliarden Rüstungsgüter vor. Ronald J. Rampthon fügte dennoch patzig hinzu, dass er sich in kürzester Zeit die Israel eingeräumten Rabatte einmal näher ansehen wolle. Angeblich entgegnete der israelische Botschafter Don Termer, seit 2013 in Washington, dann könne er, Ronald J. Rampthon, doch auch gleich noch einmal nachschauen, welche Zahlungen auf sein Wahlkampfkonto auf der *Reumi-Bank* eingegangen seien! Ronald J. Rampthon wechselte das Thema, denn er hatte keine Ahnung, was der hochrangige Israeli damit meinte.

Der amerikanische Präsident entschied sich stets spontan, langwierige Vorbereitungen hasste er. Deshalb las er auch keine Memos zur Vorbereitung von Treffen mit anderen Staatsvertretern. In maximal zehn Minuten ließ er sich kurz vor den Meetings von seinem Stab mündlich über die groben Fakten informieren. Seine Mitarbeiter hatten aber stets das Gefühl, dass ihr Chef ihnen nur bedingt Aufmerksamkeit schenkte. Wurden seine Vorurteile durch Fakten bestätigt, nickte er zustimmend. Entsprachen diese jedoch nicht seinen Vorstellungen, drehte er sich demonstrativ ab, schaute minutenlang ins Nichts und beendete mittendrin die Unterrichtung durch wirsches, abwehrendes Winken mit den Händen. Spätestens dann schwiegen die Berater, denn sie mussten ansonsten damit rechnen, aus dem Büro des

Präsidenten hinausgeworfen zu werden. Später wies Rampthon seinen Finanzminister Steven Lnuchin an, dieser war ebenfalls Millionär und lange Zeit vor seinem politischen Amt Hedgefond -Manager beim Investmenthaus *Silverman Tax*, die Geschäfte einer gewissen *Reumi-Bank* untersuchen zu lassen. Tatsächlich fand man steuerrelevante Hinweise.

Heide Mainz wusste um die Dringlichkeit der Beschaffung der U-Boote für Israel. Diese Spitzenprodukte der deutschen Waffenindustrie waren mit hochmodernem Wasserstoffantrieb ausgerüstet. Allzu gern sähen die Israelis diese U-Boote, schon mit dem Davidstern gekennzeichnet, im Persischen Golf auf Tauchfahrt gegen den Feind ziehen. Diese Unterseekriegsboote konnten mehr als ein halbes Jahr untergetaucht irgendwo in den Weltmeeren auf Lauer liegen. Sie waren bestens dafür geeignet, sich in feindliche Gewässer einzuschleichen und unsichtbar für den Feind auf dem Grund liegenzubleiben. Aus solch einem unsichtbaren Versteck konnten sie mit Marschflugkörpern, die mit Atomsprengköpfen bestückt waren, in wenigen Minuten strategisch wichtige Ziele im Iran, Katar oder Saudi-Arabien angreifen.

Die öffentlichen Diskussionen schienen das Bundesministerium für Wirtschaft, für die Waffenexporte Deutschlands verantwortlich, zu beeindrucken. Auch der Außenminister schwankte in seiner Absicht, die abgeschlossenen Lieferverträge einzuhalten. Bei der ersten Sitzung des *UN-Sicherheitsrates*, in dem die Deutschen vor kurzer Zeit einen der variablen Sitze ergattert hatten – übrigens durch Verzicht der Israelis – war der Spitzendiplomat der Bundesregierung arg kritisiert worden. Wenngleich auch Amerikaner, Russen, Engländer und Franzosen jede Menge Kriegswaffen in den Nahen Osten lieferten. Aber wer einen Krieg verloren hatte, und sei es vor mehr als siebzig Jahren, war nicht auf gleicher Höhe mit anderen Staaten, die als Sieger in die Geschichte eingegangen waren.

Die Bundesregierung war wie so oft wieder abwartend und wankelmütig hinsichtlich der Wirkung ihrer Entscheidungen bei den Wählern und äußerte sich nur sehr vorsichtig zur Auslieferung der U-Boote. Und genau deshalb versuchten nun die Israelis, nicht nur diplomatisch auf den Verzicht des freigewordenen Platz im Sicherheitsrat hinzuweisen, sondern übten sich in einer derart auffallenden Charmeoffensive gegenüber der BRD, „dass es schon triefte", wie Mainz befand. Das war sehr offensichtlich, denn ansonsten wiesen die Offiziellen aus Israel sehr deutlich, manchmal auch versteckt oder unterschwellig, darauf hin, was ihren Landsleuten während der Terrorherrschaft der Nazis in Deutschland widerfahren war. Sie forderten permanent Wiedergutmachung, Sühne und Reue ein. Ein probates Mittel der freundlichen Erpressung.

Natürlich, so wusste Heide Mainz, plagten die deutschen Politiker diese Schuldgefühle und erzeugten bei ihnen ein ständiges Sich-entschuldigen-müssen, kombiniert mit großem Entgegenkommen und außergewöhnlichen Zugeständnissen gegenüber dem israelischen Staat und seiner Bevölkerung. Helmut Kohl, ehemaliger Bundeskanzler der Bundesrepublik Deutschland, hatte vor langer Zeit einmal treffend formuliert, er sei mit der Gnade der späten Geburt ausgestattet, aber er fühle sich dennoch verantwortlich, aber nicht mehr schuldig!

Viele junge Menschen in Deutschland lehnen mehr und mehr diese von innen und außen geschürten Schuldgefühle ab. „Irgendwann ist auch diese Schuld beglichen und man muss nach vorne sehen. Keiner ist heute mehr persönlich dafür verantwortlich", so äußerten sich mittlerweile viele Menschen. Das bedeute aber auch, nicht zu vergessen, was geschehen ist. Und niemals dürfe es eine Wiederholung dessen geben, was den Juden in Deutschland angetan worden war. Es sollte gerade den jungen Deutschen bewusst sein, wie und wodurch der Holocaust entstanden war. Einem Wiederauferstehen nationalsozialistischer Kräfte müsse entschlossen gegenübergetreten werden. Aber die Verantwortung für den Massenmord und die Vertreibung lehnte die junge Generation ab.

Dass durch das Wiederaufflackern der rechten Kräfte mehr und mehr ein nicht nur konservatives, sondern eher braunes politisches Klima in ganz Europa entstand, rückte die Mahner der

Nation wieder in den Fokus. Viele warnten vor dem Rückfall in alte Zeiten. Äußerungen der neuen rechtsradikalen Partei, der *Anderes Freies Deutschland*, dargebracht durch ihre Repräsentanten Böcke und Trauland, trugen mit dazu bei, dass die Diskussionen in der Öffentlichkeit immer provokanter, heftiger und lauter geführt wurden. Durch die Flüchtlingswelle aus Syrien, die im Jahr 2015 nach Europa hereingeschwappt war, kam es dazu, dass sich viele osteuropäische Staaten wie Ungarn, die Slowakei und Polen abschotteten und mehr und mehr nationalistische Einstellungen entwickelten. Zudem wurden diese Länder immer autokratischer geführt. Presse und Justiz erfuhren immer mehr Angriffe und Einschränkungen.

Der brisante Videofilm war vom israelischen *Mossad* gleichzeitig an den *Militärischen Abschirmdienst* und an den *Bundesnachrichtendienst* übermittelt worden. Nur hatte der *BND* nach der internen Neubesetzung des vakant gewordenen Chefsessels mehr mit sich selbst zu tun, als sich um die eigentlichen Aufgaben zu kümmern. So hatte Heide Mainz ihre Chance ergriffen, die Einladung direkt angenommen und sich in Richtung Israel auf den Weg gemacht. Sie wusste nicht, dass die *CIA* in Langley das Video ebenso kannte, denn die E-Mail an die deutschen Behörden war selbstverständlich von den Amerikanern abgefangen und mitgeschnitten worden.

In Tel Aviv war es wie üblich im Juli wieder sehr trocken und heiß. Trotz der unmittelbaren Nähe zum Mittelmeer glühte die Metropole Israels vor Hitze. Der lange Stadtstrand bot fast das gesamte Jahr über tausenden von Menschen beste Bademöglichkeiten. Der Passagierjet, mit Heide Mainz an Bord, flog von Norden her das Land an, vollführte eine leichte Kurve nach Osten und landete dann sanft auf der Rollbahn des internationalen Flughafens Ben Gurion. Die Maschine der Bundesregierung, mit dezenten schwarz-rot-goldenen Streifen an den Seiten unterhalb der Kabinenfenster, rollte auf der Betonpiste aus. Die Piloten schalteten die beiden Strahltriebwerke auf minimalen Schub und glitten mit gemäßigtem Tempo dem kleinen schwarz-gelben

Follow-Me-Car hinterher. Das eskortierte sie abseits des sternförmigen Terminals mit den Gangways für die normalen Passagiermaschinen zu einem Außenplatz des Airports. Dort befand sich ein olivfarbener Hangar. Keinerlei Beschriftung gab darüber Auskunft, welchem Verwendungszweck er diente. Das kleine Fahrzeug fuhr der Cessna voraus bis in den Hangar hinein. Als ein Lotse mit seinen beiden Kellen das Stoppzeichen setzte, stellten die Piloten die beiden Triebwerke ab.

Heide Mainz blieb so lange sitzen, bis die Tür des Jets geöffnet wurde. Der weibliche Oberstleutnant machte sich erst dann auf, die Maschine zu verlassen, als alle anderen Passagiere, allesamt mit dunklen Anzügen bekleidet, mit Laptoptaschen und Handkoffern an den Händen, das Flugzeug über eine kleine Treppe verlassen hatten. Während des Fluges hatte sie mit keinem der Mitreisenden gesprochen und nur hin und wieder etwas Mineralwasser aus der bereitgestellten Karaffe getrunken. Der Service ist echt mies!, dachte Mainz, aber es war die schnellste und einfachste Reisemöglichkeit nach Israel gewesen.

Sie strich sich über den Stoff ihres Hosenanzuges, zupfte an der weißen Bluse, schüttelte ihre hennaroten Haare, nahm den Diplomatenkoffer und eilte die Treppe des Jets hinunter. Im Hangar vor der Maschine standen mehrere Fahrzeuge. Die anderen Mitreisenden waren allesamt in einen kleinen Transporter gestiegen, der bereits aus dem Hangar herausrollte. Das Follow-Me-Car entfernte sich ebenfalls, jetzt stand nur noch ein offener Militär-*Jeep* auf dem Betonboden der Flugzeughalle. Am Steuer saß ein sehr muskulöser Mann mit Glatze. Er trug eine dunkle Pilotenbrille im Gesicht und hatte einen olivfarbenen Kampfanzug an. Er kaute auf einer dicken Zigarre, aus der jedoch kein Rauch qualmte. Gutgelaunt rief er in deutscher Sprache: „Hey, schöne Lady vom *MAD*, Schalom, herzlich willkommen im Heiligen Land!“

Mainz erwiderte die Begrüßung mit einem Nicken, ein Salutieren ersparte sie sich. „Sind Sie es, Oberst Finkenrath?“

„Ja, ich bin’s persönlich. Für Sie gerne Uri.“ Er lachte sie herzlich an.

Heide Mainz schritt langsam auf den *Jeep* zu. Mit ihren High Heels klackte sie bei jedem Schritt selbstbewusst auf dem lackierten Boden.

„Schön, dass Sie persönlich kommen konnten, los, hüpfen Sie rein, schöne Frau. Darf ich Heidi sagen?"

Der braungebrannte, gutaussehende Offizier des *Mossad* entsprach ganz und gar nicht dem Bild eines hochrangigen Mitarbeiters des berühmt-berüchtigten Geheimdienstes. Eher erinnerte er Heide Mainz an einen sonnengebräunten Skilehrer oder Bergführer. Seine Schultern waren ausladend und die Oberarme äußerst kräftig. Mainz setzte sich auf den schwarzen Beifahrersitz des *Jeeps*, warf ihren Lederkoffer nach hinten auf die Sitzbank und streckte dem Mann im olivfarbenen Overall ihre Hand entgegen.

Sie lächelte ihn an. „Heide Mainz, nicht Heidi, Oberstleutnant, schön Sie zu sehen, Uri!" Ihr Augenkontakt schien einen Moment zu lange zu dauern. Er hatte hellblaue, strahlende Augen und blickte sie so an, dass Mainz glaubte, er würde direkt in ihr Innerstes blicken. Aufpassen, Heide, aufpassen, ermahnte sie sich selbst, denn in ihr schrillten sämtliche Alarmglocken.

Der Oberst ließ den Motor aufheulen und raste los. Mainz suchte den Sicherheitsgurt und schnallte sich an. Na, das fängt ja schon gut an!, dachte sie. Uri Finkenrath hatte sie sichtlich aus der Fassung gebracht. Sie betrachtete sein Profil von der Seite und bemerkte die Entschlossenheit seiner Gesichtszüge. So freundlich und sympathisch, wie er jetzt gerade wirkte, war er vielleicht auch. Aber dieser Mann war sich seiner Wirkung auf andere sehr bewusst. Zum Feind mochte man ihn nicht haben. Sie lächelte still vor sich hin, aber es prickelte in ihrem Bauch. Das war immer so, wenn sie innerlich erregt war.

„Ich bringe dich jetzt direkt zum Hotel, dort kannst du dich ein wenig frischmachen. Später erhältst du die Informationen über diese komischen Käfer, die da aus dem Araber herausgekommen sind, okay?" Finkenrath sog an der nicht angezündeten Zigarre und rollte die Havanna mit den Zähnen von links nach rechts und wieder zurück.

„Nicht notwendig, ich habe sowieso nur kleines Sturmgepäck dabei und frisch bin ich auch!" Mainz wollte sich nicht komplett in den Einflussbereich des Obristen begeben. Immer etwas anderes tun oder verlangen, als das, was einem vorgesetzt wird. Selbst wenn es nur gut gemeint ist! Das hatte ihr schon ihr Vater immer geraten. Und damit war sie bisher gut zurechtgekommen.

Der *Jeep* raste über das Flugfeld, und Mainz musste sich an dem eisernen Griff des Armaturenbretts festhalten. Der warme Fahrtwind wehte ins Innere und ließ die rote Mähne des Oberleutnants aus Deutschland wie eine Fahne wehen. Der *Mossad*-Offizier sah zu ihr hinüber. „Wie lange bist du *Tornados* geflogen, bevor du mit dieser Scheiß-Spionage angefangen hast?"

Heide Mainz war bewusst, dass der *Mossad*-Oberst sowieso schon alles über sie in Erfahrung gebracht haben musste, was in den Akten stand oder vielleicht auch noch mehr. „Bis vor fünf Jahren, aber das weißt du doch längst!"

Sie war ähnlich gut vorbereitet und wusste, dass Uri Finkenrath fünfzig Jahre alt war und aus Haifa stammte. Seine Eltern waren bei einem Terroranschlag im Westjordanland ums Leben gekommen, als sie sich ein Grundstück für ihren Alterssitz aussuchen wollten. Eine Autobombe sprengte sie in die Luft. Beide, Mutter und Vater des Offiziers, waren 1944 aus Deutschland in die Schweiz geflüchtet und bei entfernten Verwandten untergekommen. Nach dem Krieg wanderten sie ins neugegründete Israel aus und arbeiteten später lange in einem Kibbuz in der Negev-Wüste. Erst 1969 waren sie Eltern eines kleinen Jungen geworden. Uri war ihr erstes Kind, später kamen noch zwei Töchter hinzu.

Direkt nach dem Abitur war Uri zur Armee gegangen und hatte seinen zweijährigen Grundwehrdienst abgeleistet. Eigentlich wollte er, wie sein Vater, Landwirt werden und daher Agrarwissenschaften studieren. Doch irgendwie schien ihm die Aufgabe als Offizier in der Armee und damit seinem Land dienen zu können sehr reizvoll. So verpflichtete er sich für weitere Jahre beim Militär. Während der ersten Praxiszeit beim Unteroffizierslehrgang in der Nähe des Westjordanlands geriet er bei einer nächtlichen Patrouillenfahrt mit seinen Kameraden in einen Hinterhalt. Er wurde von der *Hisbollah* gefangengenommen, seine Armeekollegen wurden alle bei dem Überfall erschossen.

Nach über zwei Jahren in Gefangenschaft hatte er sich befreien können. Die arabischen Wächter seines Gefängnisses, eines alten Bunkers mitten in der jordanischen Wüste, hatte er außer Gefecht gesetzt.

Eine Woche war Finkenrath durch die Wüste geflüchtet, bis er von einem israelischen Hubschrauber, der routinemäßig die Grenzlinie entlang patrouillierte, entdeckt wurde. Von diesem Zeitpunkt an gab es nur noch lückenhafte Informationen. Man vermutete jedoch beim *MAD*, wie auch beim *Bundesnachrichtendienst*, dass Finkenrath die Terroristen der *Hisbollah* hasste und sich deshalb endgültig dem Militär verpflichtet fühlte. Er wurde schnell zum Stabsunteroffizier des Heeres befördert. Nur wenige Monate später befehligte er bereits einen der legendären *Mercava-Panzer*. Ein halbes Jahr später wurde Finkenrath Kommandant eines Kompaniezugs und nach nur wenigen weiteren Monaten trug er die Abzeichen eines Hauptfeldwebels. Er legte erfolgreich und mit Auszeichnung die Offiziersprüfung ab. Danach besuchte er die Armeeakademie für Führungskräfte und wurde zum Hauptmann befördert. Zwei Jahre später erfolgte die Ernennung zum Major. Seine Beurteilungen waren tadellos. Irgendwann in dieser Zeit musste der *Mossad* auf ihn aufmerksam geworden sein und hatte ihn rekrutiert. Finkenrath absolvierte einige Kurse und wurde in die USA und nach Frankreich geschickt. Auslandserfahrung war sehr wichtig.

Heute war er Oberst, Abteilungsleiter beim *Mossad*, Abteilung V Aufklärung/Waffentechnik. Er galt als durchsetzungsstark und war äußerst beliebt bei Untergebenen und Vorgesetzten. Finkenrath hatte beste Führungsqualitäten, war Vorbild und stellte sich immer hinter seine Soldaten und Agenten. Gleichzeitig forderte der junge Oberst bedingungslose Höchstleistung und Loyalität. Er war hochintelligent, hatte einen IQ von über 150 und müsste eigentlich längst General sein. Die Karriere stockte jedoch, denn es gab in den Akten eine Notiz, die besagte, dass er eine offizielle Beschwerde über den stellvertretenden Leiter des *Mossad* eingereicht hatte. Bei einer Übung seiner Einheit hatte es einen Unfall gegeben, bei dem ein weiblicher Leutnant ums Leben gekommen war. Finkenrath sagte gegen den Vorgesetzten aus, die Angelegenheit wurde jedoch unter den Teppich gekehrt. Der stellvertretende Leiter des *Mossad* war ein Cousin des ehemaligen Premiers Ehud Tarak, und Vetternwirtschaft war leider auch in Israel üblich.

Uri Finkenrath war nicht verheiratet, aber zahlreiche Affären wurden ihm nachgesagt. Auch sollte er ein arabisches Mädchen adoptiert haben. Mehr ging aus den Akten nicht hervor.

„Aber du weißt, schöne Frau, doch auch schon alles über mich, oder?", lachte Uri sie an. „Das ist das Schöne beim Geheimdienst, nichts ist wirklich geheim!" Er schaltete krachend vom dritten in den vierten Gang, der *Jeep* machte einen Bocksprung nach vorn. Mainz hatte das Gefühl, bei diesem Galopp auf einem bockigen Esel zu sitzen. Der israelische Oberst steuerte den Geländewagen durch ein Seitentor aus dem Flughafenareal heraus und fuhr jetzt in östlicher Richtung auf einer belebten Straße weiter. Er beschleunigte den *Jeep*, die Tachonadel bewegte sich auf neunzig Kilometer pro Stunde zu. Sie passierten eine Kreuzung. Uri beachtete die rote Ampel nicht und raste einfach unbeirrt weiter.

„Fährst du immer so?", fauchte sie ihn mit leicht vorwurfsvoller Stimme von der Seite her an. Er grinste. „Nein, nur wenn ich hübsche Frauen beeindrucken will, die vom deutschen *MAD* kommen, um hier an Informationen zu gelangen!" Der Oberst spuckte die mittlerweile völlig zerkaute Zigarre aus und lachte herzhaft.

„Mein Gott, bei der Verteilung des Selbstvertrauens hast du aber auch nicht hinten gestanden, oder?", meinte Heide lächelnd.

Uri konterte scherzhaft: „Und bei der Verteilung der traumhaften Figuren hast du aber auch nicht nein gesagt, oder?"

Sie wurde leicht rot im Gesicht, was bei ihrem blassen Teint nicht zu übersehen war. Trotzdem durchfuhr sie ein wunderbar erregendes Gefühl und sie spürte, dass dieser Mann sie, wie kaum ein anderer seit langer Zeit, faszinierte. Sie betrachtete seine Hände, die entschlossen das Lenkrad festhielten. An seinem Hals traten die Adern deutlich hervor und sein kantiges Kinn deutete auf große Entschlossenheit hin. Unter dem rechten Auge trug er eine kleine Narbe. Als Uri sich zu ihr hindrehte und sie anblickte, durchfuhr sie wieder dieses wohlige Ziehen, das sich nach Begehren anfühlte. Mein Gott, was passiert hier, verknalle ich mich gerade in ihn?, dachte sie.

Uri grinste sie an. „Schön, dass du hier bist. Ich gebe dir alles, was ich habe. Du wirst deinen Aufenthalt im Heiligen Land niemals vergessen!“ Heide Mainz ahnte nicht, wie recht er damit haben sollte. Denn ihr Leben sollte sich komplett ändern.

Kapitel 10

Langley, Virginia, USA

Walter Cheney, der Offizier vom Nachrichtenwachdienst, informierte seinen Chef, Admiral Dan Cotterfield, im Rahmen des allgemeinen Morninghuddle, bei dem alle relevanten Informationen der Nacht für den Führungsstab zusammengetragen wurden. Die Teilnehmer saßen in einem rechteckigen Konferenzzimmer. Zunächst wurden Daten zu Themen vorgetragen, die für die USA als „brisant“ eingestuft worden waren. Heute gab es keine Neuigkeiten von besonderer Relevanz. Anschließend wurde die zweite Priorität erörtert, das waren momentan alle aktuellen Informationen über Russland, China, Iran, Irak, Ukraine und Nordkorea. Auch hier war die vergangene Nacht ohne wichtige Ereignisse verlaufen. Als nicht brisant eingestuft war die aktuelle Meldung, dass ein russisches Überwachungsflugzeug vom Typ *Tupolew Tu 142* in den finnischen Luftraum eingedrungen war. Nach wenigen Sekunden hatte der Langstrecken-Turboprop-Jet wieder Richtung Russland abgedreht, als ein Nato-Zielerfassungsgerät den Aufklärer in 12.000 Meter Höhe anvisiert hatte.

In der dritten Kategorie der Prioritäten landeten alle anderen Neuigkeiten, auch das Video des sterbenden Arabers. Cheney drückte auf den Startkopf und moderierte den Film kurz an.

Als das Video beendet war, meldete sich der Chef vom Dienst: „Wer hat uns das gesendet, wer hat das gedreht? Wo war das und welchen Kameltreiber sehen wir da verrecken? Haben diese Mistkäfer noch andere Mullahs ausgeweidet?“ Admiral Cotterfield lachte in die Runde der zehn Anwesenden hinein. Wie so oft, verharmloste er Nachrichten, die er für nicht wichtig hielt. In diesem Verhalten glich er dem amtierenden Präsidenten.

Alle Teilnehmer des heutigen Huddle saßen an einem riesigen Konferenztisch aus glänzendem Mahagoniholz. In der Mitte des schweren Möbelstückes waren Bildschirme eingelassen, die wie aufgeklappte Laptopdeckel schräg aus dem Tisch herausragten. Alle Informationen wurden den Anwesenden in einer Art Nachrichtensendung mit Live-Moderation präsentiert. Da der Admiral der ranghöchste Offizier im Raum war, lachten die acht anderen Teilnehmer opportunistisch mit und scherzten über den „Dreckskerl“ und darüber, dass nun ein Kameltreiber weniger Unheil anrichten könne.

Walter Cheney fuhr jedoch unbeeindruckt mit seiner Präsentation fort, wusste er doch, dass viele brisante Informationen erst dann von den teils sehr eingebildeten und überheblichen Vorgesetzten ernst genommen wurden, wenn er diese Informationen mit anderen relevanten Daten verknüpfte. Das war seine Aufgabe. Er ergänzte daher: „Also, das Material haben unsere israelischen Freunde vom *Mossad* den Krauts geschickt. Uns erst wenige Stunden später, aber immerhin! Auch eine Message. Wir glauben, dass das irgendwo in einem Ausbildungscamp in Jordanien aufgenommen worden ist. Wer da von innen her zerfleischt wurde, lässt sich momentan noch nicht genau sagen. Der *Mossad* hat die Aufnahmen über einen V-Mann erhalten. Man vermutet, dass der Araber, der dort krepiert, aus irgendeinem Gefangenenlager stammt. Mitten im Nichts der Wüste. Vielleicht aus dem Wadi

El Murbah. Dort oben in Jordanien, hoch im Norden, nahe der Grenze zu Syrien und dem Libanon."

„Das Material ist hochinteressant", meinte Walther Muller. Er war Analyst und Experte für biotechnische Waffensysteme. Er lehnte sich vor, schob seine Lesebrille auf die Stirn und blickte in die Runde. „Das scheinen keine normalen Käfer zu sein, sie ähneln Skarabäen. Doch dafür sind sie eigentlich ein wenig zu lang. Normalerweise sind diese Viecher so groß wie dicke Mistkäfer. Diese Dinger hier", er wies mit dem Zeigefinger auf seinen Bildschirm, „müssen so acht bis zehn Zentimeter lang sein. Und sie bewegen sich merkwürdig. Mechanisch, vielleicht ferngesteuert? Lassen Sie bitte den Film kurz zurückspulen."

Die Technik startete den Film erneut an der Stelle, wo sich der erste Käfer aus dem Körper des Arabers herausschnitt.

„Sehen Sie, hier, so bewegen sich Käfer nicht."

„Die fressen sich in der Natur auch nicht aus Kameltreibern heraus", brüllte der Admiral und lachte wieder laut auf, schlug sich dabei mit beiden Händen auf die massigen Oberschenkel. „Könnte man die Dinger nicht klonen und über dem ganzen Nahen Osten auskippen? Dann wäre die Brut ein für alle Mal weg!"

Muller fuhr unbeirrt fort: „Sie beißen sich nicht den Weg frei, sie schneiden sich heraus. Hier", er deutete wieder auf den Bildschirm und alle anderen starrten jetzt gebannt auf die Großaufnahme. Die Technik im Nebenraum hatte, wohl ahnend, was der Analyst präsentieren wollte, die Aufnahmen vergrößert und zeigte sie nun in Zeitlupengeschwindigkeit. Deutlich war zu sehen, wie der Käfer zwei winzig kleine, aber äußerst scharfe Messer motorisch nach links und rechts ausklappte und sich damit den Weg aus dem Körper und der Kleidung herausschnitt. In der Großaufnahme sahen Muller und die anderen Anwesenden den Kopf des Insekts.

„Sehen Sie sich mal die Augen an, das sind keine Facetten, das sind zwei kleine Objektive, wie Minikameras!"

Cotterfield prustete los: „Genau, und die Viecher kommen vom Planeten Melmak und heißen Alf, eins zwei oder sieben!"

Alf war der Star einer US-Fernsehserie, die Ende der Achtzigerjahre ausgestrahlt worden war. Sie handelte von einem Außerirdischen mit dem Namen Alf, der bei einer amerikanischen Durchschnittsfamilie lebte. Alf, Abkürzung für „Außerirdische Lebensform", sah wie ein Kuscheltier aus. Eine Mischung zwischen Schwein und Teddybär.

Die humorige Serie war damals sehr berühmt gewesen und hatte viele Fans.

Der Admiral nimmt das Ganze wohl nicht ernst, dachte Cheney. Doch die anderen lachten nicht mehr über die überheblichen und vor allem nicht sachgerechten Kommentare des Admirals. Vielmehr schauten sich alle fasziniert das Video weiter an.

„Und was glauben Sie, sind das für Dinger, äh Käfer, Muller?", fragte Kate Blades, die einzige Frau am Tisch. Sie war Kommunikationsexpertin.

„Ich glaube", so Muller, „das sind kleine Miniroboter, die wir da sehen. Von außen gesteuert, hoch effizient. Ich besitze nur keine Vorstellung davon, wie die in den Mann hineingekommen sind. Das ist unlogisch. Die können auch nicht in ihm gewachsen sein!"

„Das kommt höchstens bei Dasselfliegen vor, die ihre Eier in die Haut von Tieren oder Menschen implantieren", raunzte Doktor Robertson, ein Biologe, von der Seite her. „Wir konnten das vor Jahren bei einem über den Everglades abgestürzten Piloten beobachten, den wir erst nach einigen Tagen aus dem Sumpf bergen konnten. Er litt noch Tage nach der Rettung unter Fieber und Schüttelkrämpfen. An seinen Unterarmen und Knöcheln fanden wir merkwürdige Verdickungen, die mehr und mehr wuchsen. Vorerst dachten wir, es handele sich um eine Allergie, vielleicht entstanden durch Kontakt mit giftigen Pflanzen. Wir haben eine der Blasen geöffnet und staunten nicht schlecht, als wir darin ein Insekt fanden. Körper und Extremitäten fast ausgebildet, nur die Flügel waren noch nicht entfaltet!"

„Ekelhaft, aber auch bekannt. Es gab da Berichte von Passagieren, die nach einer Bruchlandung im Amazonasgebiet tagelang im Urwald ausharren mussten, bis man sie endlich gefunden hat. Die hatten auch Insekteneier unter der Haut. Hat der Pilot, der in die Everglades gecrasht war, die Sache überstanden?“ fragte Muller.

„Nun, wir haben alle Verdickungen, oder nennen wir es Eier, aus der Haut entfernt. Das Fieber blieb und nach einer Woche ist der Mann verstorben. Bei der Obduktion fanden wir in seiner Leber weitere Eier und bereits geschlüpfte Würmer. Zwei Zentimeter lang, hatten sich bereits durch das Organ gefressen. Der Tod trat durch inneres Verbluten ein. Und“, so dozierte der Biologe und Mediziner weiter, „um auf unseren Fall wieder zurückzukommen, handelt es sich eindeutig um künstliche Roboter. Die können nicht aus Eiern schlüpfen und sich später im Körper eines Menschen entwickeln. Die sind dem da“, er zeigte mit dem Finger auf den sterbenden Araber im Video, „höchstwahrscheinlich eingepflanzt worden, um das hier zu filmen. Ein Fake größeren Ausmaßes.“

„So, kommen wir auf den Punkt“, herrschte der Admiral, auf seine Uhr schauend, die Runde an. „Ist das für uns interessant, stellt es eine Bedrohung dar? Ist das Scheißdreck, der uns verwirren soll? Wenn ich das unserem Präsidenten berichte, dass wir uns um Käfer Sorgen machen, feuert der mich und diese ganze Runde hier!“

„Nun, die Israelis meinen“, so griff Cheney wieder in den Dialog ein, „es könnte sich um eine iranische Entwicklung handeln. Die Russen sind nicht so filigran in ihren Konstruktionen. Die Nachbildung eines Käfers, der normalerweise nicht in Sibirien vorkommt, sondern eher in der Wüste unterwegs ist, scheint auch nicht für Moskau zu sprechen. Ich würde, wenn es der Admiral absegnet, versuchen, an die Dinger heranzukommen. Dazu brauchen wir aber die Israelis. Was meinen Sie, Admiral?“

„Keine Priorität! Interessiert mich nicht! Die Juden sollen die Augen aufhalten und Sie durchforsten mal die Kommunikationskanäle nach Begriffen wie Käfer, Skarabäus, Roboter und so weiter. Wenn da was auftaucht oder uns die Dinger irgendwie über die Füße krabbeln, schauen wir uns das noch mal an, okay? Sonst noch was?“

„Das heißt in arabischer Sprache: „Khanafsa al-hashrat“, meldete sich Kate Blades noch mal zu Wort.

Alle im Raum schauten auf sie, war es doch ein Affront gegen den Admiral.

„Sag ich doch“, so Cotterfield.

„Nein, mehr haben wir für heute nicht.“ Cheney schlug seine Mappe zu und die Bildschirme wurden schwarz.

„Dann beende ich das Huddle und sage vielen Dank, Admiral!“ Er stand auf und salutierte. Doch der Admiral grüßte nicht zurück, sondern schritt eilig aus dem Raum. Einige folgten ihm.

„Schade, ich meine, man müsste die Sache ernster nehmen.“ Blades saß noch am Tisch und blickte Doktor Roberson, Muller und Cheney an.

„Das könnte eine gefährliche Waffe sein, so ein gesteuerter Käfer. Kaum zu entdecken, klein, schnell, effizient. Und kostengünstig!“

Die Anwesenden waren sich einig, da könnte etwas dran sein. Aber das würde ein großkotziger New Yorker Immobilienmakler, der nun Präsident der Vereinigten Staaten von Amerika geworden war, nicht unterstützen. Niemals! Für den zählt nur Größe. Kleines imponiert ihm nicht. Wer kleiner ist als er, wird sowieso verachtet. Und mit seinen über einen Meter neunzig Körperlänge fehlt dem Präsidenten auch der Blick für die kleinen, aber vielleicht wichtigen Dinge des Lebens. Auch wenn die vielleicht in einer großen Anzahl vorhanden sind und damit eine Gefahr darstellen können.“ Cheney dachte beim Einräumen der Unterlagen über den Admiral und auch den Präsidenten nach. Eine passende Redensart fiel ihm dazu ein: „Hochmut kommt vor dem Fall!“

Kapitel 11

Technische Universität, Braunschweig, Deutschland.
Professor Raimund Schleithmann betrachtete seine umfangreichen Niederschriften und das zusammengetragene Recherche-

material zum Thema Überleben. Er war nach vielen Monaten der Forschung zu einer eindeutigen Meinung gekommen: Individuen überleben besonders gut, wenn sie klein und von hoher Anzahl sind, deshalb sozial miteinander interagieren und als alleroberste Priorität ihr eigenes Volk akzeptieren und respektieren. Ohne Wenn und Aber. Egoismus setzt sich langfristig nicht durch, er führt unweigerlich zum Aussterben. Ständiges Lernen, ein situatives Anpassen an die sich immerwährenden Veränderungen der Rahmenbedingungen und wenige einzuhaltende Grundprinzipien bilden die Grundlage fürs Überleben. Ameisen beherrschen genau diese Parameter. Ameisen!

Schleithmann überlegte, wie er seine Erkenntnisse wissenschaftlich publizieren sollte. Sollte er das nur an der Universität präsentieren oder doch einem breit gestreuten Publikum vortragen? Eine Möglichkeit wäre für ihn auch, andere Interessierte in Gastseminaren oder Vorträgen zu informieren. Vielleicht sollte er über seine Erkenntnisse ein Buch schreiben? So genau wusste es der Professor nicht. Unter der liegengebliebenen Post der letzten Wochen waren auch diverse Publikationen, die er im Rahmen des Informationsdienstes der Universität noch recht konservativ in ausgedruckter Form erhielt. Er legte Wert auf diese altmodische und zugleich auch kostenintensivere Variante. Das schnelle Durchlesen von E-Mails am Laptop führte bei ihm oft dazu, dass er sich nicht gut auf Inhalte konzentrieren konnte. Ausgedruckte Dokumente hingegen wurden von dem Wissenschaftler unkompliziert aufgenommen und bearbeitet. Wichtiges konnte er markieren oder mit handschriftlichen Anmerkungen versehen. Auf ein Informationsblatt hatte Schleithmann mit blauem Marker, der für seine Kennzeichnung „Nachlesen“ stand, ein Ausrufezeichen gesetzt. Ein gewisser Doktor Quintus Schwarz zeichnete für einen Aufsatz über „Künstliche Intelligenz“ verantwortlich und informierte darin auch über das Schwarmverhalten von Heringen. Es handelte sich bei den Ausführungen des Neurologen um Vergleiche zwischen dem Verhalten eines Schwarms und der sogenannten KI.

Schwarz formulierte in seiner Publikation, dass die Künstliche Intelligenz eigentlich nichts anders sei als das, was die Natur schon seit Jahrmillionen entwickelt hat und sehr erfolgreich in der Praxis einsetzt. Basierend auf diesem natürlichen Vorbild versuche die Wissenschaft heutzutage, Computer, ähnlich dem menschlichen Gehirn, zu programmieren und selbstständig arbeiten zu lassen. Dazu musste vieles berücksichtigt werden, totale Vernetzung, ständiges Lernen, Akzeptanz von neuen Parametern und damit der latente Auftrag, nach dem aktuellen Lösungsweg zu suchen. Also nichts anderes als das, was die Natur in die Desoxyribonukleinsäure, bekannt in Deutschland unter der Abkürzung „DNA", dem Erbgut eingepflanzt hat.

Die richtige Vorgehensweise, die von der KI entwickelt wird, kann erst im Verlauf durch Erfahrungen ermittelt werden. Das Schlüsselwort dazu heißt „Emergenz". Keiner vermag zu wissen, was die Lösung ist. Oder wie sagte es Tom Hanks im Film *Forrest Gump*, wenn er seine geliebte Mutter zitierte: „Das Leben ist wie eine Pralinenschachtel, man weiß nie, was man bekommt." Daher programmieren schon heute mehrheitlich Computerprogramme die Algorithmen für neue Software, die dann Künstliche Intelligenz entstehen lässt.

Der Autor war Schleithmann nicht bekannt, und es wunderte ihn zunächst, dass sich ein Neurologe mit der KI auseinandersetzte. Beim Lesen jedoch wurden ihm die Zusammenhänge mehr und mehr deutlich. Geweckt war sein Interesse durch die ausführlich beschriebene *Intelligenz eines Schwarms*, die nur durch die Vernetzung von vielen Individuen miteinander funktioniert. Und das wiederum war sein Forschungsgebiet. Auch die vielen, von ihm ins wissenschaftliche Visier genommenen Ameisen waren Meister im „coniunctum esse cum alqo", wie es lateinisch heißt. Gemeint ist damit: in Verbindung stehen.

Doktor Schwarz hatte in seinem Artikel ausführlich dargelegt, wie ein menschliches Gehirn arbeitet und nach welchem Prinzip die vorhandenen 100 Milliarden Gehirnzellen Informationen aufnehmen, weitergeben und bearbeiten. Weiterhin erklärte der Autor, dass bei Bedarf ehemals erfolgreiche Verknüpfungen zwischen den Gehirnzellen aufgelöst und neue gefunden werden. Die instinkthafte Motivation, oder besser gesagt, der biologische Befehl zum Aufbau neuer Vernetzungen, wurde stets dann erteilt, wenn bislang vorhandene Wege der Neuronen, zum Beispiel durch Verletzungen oder Krankheiten, nicht mehr dargestellt werden können oder der Austausch von chemischen oder elektrischen Impulsen unmöglich geworden ist. Kaum noch erstaunlich war für Schleithmann die im Artikel genannte gigantische Zahl an Vernetzungen im menschlichen Gehirn, die es gibt. Es sind Billionen!

Schleithmann lächelte, als er dabei an die Verhaltensweisen von Menschen in der Politik und in der Wirtschaft dachte. Immer wieder wurde versucht, bei neuen Fragestellungen mit Verfahren oder Antworten aus der Vergangenheit Lösungen oder neue Wege zu finden. Als Beispiel dazu diente die Diskussion in Deutschland um die Abgaswerte der Verbrennungsmotoren von Autos. Bedingt durch den Klimawandel und den zwingenden Handlungsdruck, CO2-Emissionen drastisch zu verringern, war der bislang seit Jahrzehnten erfolgreichen deutschen Autoindustrie nichts Besseres eingefallen, als die Abgasmesswerte durch manipulierte Software unter die gesetzlich vorgeschriebenen Höchstwerte zu bringen. Wohlgemerkt, nicht die wahren Emissionen, sondern nur die Überprüfungswerte. Statt innovative neue Antriebssysteme mit Wasserstoff-, Hybrid oder Elektrotechnik weiterzuentwickeln, wurde aus kurzfristigen Gewinnbetrachtungen die Konzentration aufs Mogeln gerichtet. In der Hoffnung, dass die Schummelei niemandem auffallen würde.

Nachdem die Betrügereien jedoch aufgedeckt wurden, kamen neben dem Image- und Vertrauensverlust auch noch Sanktionen hinzu. Die nun fälligen Ausgleichs- und Strafzahlungen hatte keiner der verantwortlichen Vorstände der Automobilindustrie vorausberechnet beziehungsweise auch nur im Entferntesten daran gedacht, sie mit ins Kalkül einzubeziehen oder dafür Rückstellungen zu bilden. Ein guter Kaufmann hätte das getan oder die Risiken unter der Bilanz als Eventualverpflichtungen aufgeführt. Allerdings hätte ein ehrbarer Kaufmann auch nicht geschummelt! Die kurzfristige Aussicht auf Gewinn, durch rückwärts gedachtes und dazu noch strafrechtlich verfolgbares Handeln, blendete die Manager und Ingenieure. In ihrem Fokus stand der persönliche millionenschwere Bonus.

Wer solche Risiken eingeht, dachte Schleithmann, sollte sich unbedingt mit Nassim Nicolas Talebs Buch *Der Schwarze Schwan* befassen. Taleb legt in seinem Werk anschaulich dar, wie Menschen in ihrem Verhalten sowie in ihren Entscheidungsfindungen oft hohe Risiken nicht einkalkulieren beziehungsweise unwahrscheinliche, aber durchaus mögliche Ereignisse, die extreme Konsequenzen nach sich ziehen, ausblenden oder nicht wahrhaben wollen. So wie seinerzeit die Wissenschaft die Theorie ablehnte, dass es schwarze Schwäne geben könnte. Bis diese Vogelart 1697 in Australien entdeckt wurde.

Wie ein Zocker, der schon sprichwörtlich Haus und Hof versetzt hat, verzweifelt im Spielkasino beim Roulette seine letzten Jetons auf „Rot" legt, weil zuvor schon mehrere Male die Kugel auf „Schwarz" gelandet war. Der Spieler ist sich gewiss, das jetzt „Rot" kommen muss. Doch die Kugel rollt nach dem Zufallsprinzip. An einem Abend kann sie siebzig mal auf „Schwarz" fallen und dreißig mal auf „Rot". Im Laufe von hunderten Abenden wird sich das Verhältnis jedoch auf ungefähr fünfzig zu fünfzig einpendeln. Das Risiko, dass sie nach sieben mal nun wieder auf „Schwarz" landet, ist nach wie vor recht hoch und der Spieler verliert alles. Doch seine Annahme, sie müsse nun mit hoher Wahrscheinlichkeit jetzt endlich auf „Rot" kommen, ist der puren Verzweiflung geschuldet. Hier wird der Wunsch Vater des Gedankens und die Hoffnung auf die Verdoppelung seiner letzten Jetons blendet jegliche Vernunft aus.

Weitere Beispiele für die These von Taleb lieferten Großbanken vor der Finanzkrise 2008. Mit irrwitzigen Investmentprodukten oder betrügerischen Manipulationen hatten sie versucht, ihre Gewinne in ungeahnte Höhen zu katapultieren. Millionen von verhängten Strafzahlungen sowie ein unglaublicher Vertrauens- und Imageverlust, den die Banken bis heute nicht verkraftet haben, waren die logische Folge.

Auch die Coronakrise zeigt, dass der Schwarze Schwan auch heute noch überall zu finden ist. Schutzmasken wurden aufgrund der billigen Importpreise ausschließlich in China produziert. Als die Pandemie jedoch ausgerechnet im Reich der Mitte in Wuhan ausbrach, hat man dort diese Masken selbst benötigt. Es gab Lieferengpässe und in Deutschland und anderen Staaten infizierten sich große Teile des medizinischen Personals aufgrund des fehlenden Mund- und Nasenschutzes. Damit konnten noch weniger Kranke behandelt werden.

Noch schlimmer waren die Auswirkungen in Italien und England. Dort war das Gesundheitssystem von den Politikern kaputtgespart worden. Doch als die Coronapandemie in Europa wütete, starben in Großbritannien und Norditalien die Menschen wie die Fliegen, weil die Kapazitäten der Krankenhäuser bei Weitem nicht ausreichten und Intensivpflegebetten und Beatmungsgeräte kaum vorhanden waren. Die vielen populistischen Politiker, die in den Ländern USA, Brasilien, Ungarn, Polen, Italien und England mittlerweile das Sagen haben, redeten die Krise erst klein, wollten sie nicht wahrhaben.

Erst als die Infektionszahlen und Todesfälle in der Coronakrise in die Höhe schnellten und sogar der englische Premierminister selbst erkrankte, schwenkten die verblendeten Staatsführer um. Selbst Rampthon in den Vereinigten Staaten behauptete plötzlich, er hätte als Erster die Pandemie kommen sehen und die USA müsste sich jetzt auf mehr als 200.000 Tote einstellen. Noch zwei Wochen vor dem katastrophalen Anstieg der Infizierten in Amerika hatte der Präsident behauptet, dass das Coronavirus eine Erfindung der Oppositionspartei sei oder aber, dass die Pandemie zu Ostern einfach von alleine verschwände. In Brasilien wurden von einem Tag auf den anderen die Veröffentlichungen über die Zahl der Infizierten und Toten einfach eingestellt.

Taleb beschreibt in seinem Buch das Verhalten von Menschen in Krisen. Er zeigt auf, dass es eine Eigenschaft ist, im Nachhinein einfache und verständliche Erklärungen für die zuvor unmöglich gehaltenen Ereignisse zu finden. Rampthon erklärte in einer Pressekonferenz im Weißen Haus, dass er von vielen Medizinern und Virologen bezüglich seines immensen Wissens über den Verlauf von Pandemien gelobt worden sei. Er hätte vielleicht sogar Epidemiologe werden können, statt Präsident der Vereinigten Staaten von Amerika. Nur hätte ein wahrer Experte dieses Virus niemals als leichte Erkältung abgetan und behauptet, das Ganze sei in vierzehn Tagen ausgestanden. Aufgrund dieser Falscheinschätzung, einhergehend mit der Resistenz, sich von Wissenschaftlern beraten zu lassen, hatte der narzisstische Mann im Weißen Haus dafür gesorgt, dass Millionen von Amerikanern das Coronavirus unterschätzten und jegliche Vorsorgemaßnahmen im Vorfeld unterließen. Nur dreißig Tage nach Ausbruch der Pandemie waren die USA das Land mit der höchsten Zahl an Infizierten und Toten. Doch Rampthon, der noch im Februar des Jahres der Epidemie von maximal 600 möglichen Toten gesprochen hatte, behauptete wenige Monate später, nachdem mehr als 100.000 Tote in den USA zu beklagen waren, dass durch sein entschlossenes Handeln viele Amerikaner vor dem neuen Virus gerettet worden seien. Seinem Urteil nach wären mehr als zwei Millionen Amerikaner gestorben, wenn nicht der beste Präsident aller Zeiten schon zu Beginn der Krise den Flugverkehr von und nach China hätte stoppen lassen. Fachleute legten jedoch Fakten offen, die besagten, dass jede Woche des Zögerns des Präsidenten 30.000 Amerikanern das Leben gekostet hatte. Während der gesamten Pandemie trug Rampthon niemals eine Schutzmaske, wie sie in der Öffentlichkeit gesetzlich vorgeschrieben war.

In England hatte die Debatte im Vorfeld des Brexits, also dem Ausstieg der Briten aus der Europäischen Gemeinschaft, dazu geführt, dass größere Teile des medizinischen Personals bereits das Land in Richtung ihrer Heimatländer Polen, Bulgarien und Rumänien verlassen hatten. Das Hauptargument der Brexit-Populisten in London war bekanntlich die Forderung, den Zuzug von Flüchtlingen und Nichtbriten ins Inselreich zu stoppen und den Zuzug umzukehren. Die Quittung dafür zahlten jetzt die unterversorgten Menschen in Großbritannien. Für viele war das Brexit-Referendum eine Fahrkarte in den Tod.

Zurück zur Abgasmanipulation in Deutschland. Nachdem im Jahr 2017 herausgekommen war, dass die Hersteller massenhaft Schummel-Software in ihre Autos eingebaut hatten, riefen die Politiker direkt nach Sanktionen. Allerdings waren bei allzu harter Bestrafung auch massenhaft Arbeitsplätze in Gefahr. Das damit einhergehende Risiko von Umsatzeinbrüchen und gleichzeitig ausfallenden Steuereinnahmen war den Politikern bewusst. Neue, schadstoffarme Motoren konnten von der Industrie nicht schnell genug auf den Markt gebracht werden. So wurden zunächst Dieselfahrverbote gefordert und mancherorts auch eingeführt. Sehr innovative Automobilhersteller gaben besondere Rabatte beim Neukauf eines Pkws bei gleichzeitiger Rücknahme des alten Fahrzeugs. In den USA wurden die Hersteller rechtlich zur Rückabwicklung von Kaufverträgen gezwungen. Deshalb stehen bis heute mehr als 300.000 zurückgenommene *VW Golfs* und *Passats* in der Wüste von Arizona auf Halde.

Da auch durch die geschilderten Maßnahmen die Atemluft nicht besser wurde und jedem klar war, dass die Autohersteller nicht in Konkursverfahren getrieben werden durften, kam das Bundeskanzleramt auf die geniale Idee, Messwerte für die Prüfung der Schadstoffe, die sich in der Luft befanden, in Frage zu stellen. Irgendwelche herbeigerufenen angeblichen Fachleute und Ärzte meinten sogar, es sei noch kein Mensch an Feinstaubimmissionen gestorben. Komisch, obwohl unter Tage arbeitende Bergmänner meistens an einer Staublunge leiden und später mit großer Sicherheit daran versterben werden.

Als aufgrund von Einsprüchen der EU die Messwerte nicht verändert werden durften, begannen diverse Politiker, die Standorte der aufgestellten Messgeräte anzuzweifeln. Fragestellungen wie: „Wer atmet schon in vier Metern Höhe oberhalb einer vielbefahrenen Straßenkreuzung ein?“, waren vorgebrachte Argumente.

Das Elektroauto wurde nun als die Lösung schlechthin gefordert. Dass der dafür benötigte Strom, der die Batterien antreiben sollte, zu neunzig Prozent aus der umweltschädlichen Braunkohleverstromung gewonnen wird, verschwieg die Politik. Auch ein generelles Tempolimit für den Straßenverkehr wurde gefordert. Dies, obwohl bekannt war, dass bereits weit mehr als achtzig Prozent der Autobahnen und Landstraßen tempolimitiert waren. Auch führte ein verlangsamter Verkehrsfluss nicht unbedingt zu weniger Schadstoff in der Luft.

Wie wunderbar hatten es die Menschen wieder einmal geschafft, vom eigentlichen Problem abzulenken. Immer wieder wurde in gleichen Ansätzen gedacht und ausschließlich in diesen Denkmustern nach Lösungen gesucht. Daher konnten sich notwendige Innovationen nicht einstellen. Anstatt andere Denkweisen zu finden und den Wagemut zu besitzen, neue Wege zu beschreiten, verdrängten die Akteure jegliche Konsequenzen ihres Handelns und übten sich in kognitiver Dissonanz, also in der geistigen Verdrängung des Problems. Nur so waren die hinterhältigen Betrügereien möglich geworden. Es bedurfte erst des Bewusstseins der nachfolgenden, fatalen Konsequenzen und Sanktionen, um Anschub für kreatives neues Denken zu fördern. Erst jetzt war die Industrie bereit, massiv Geld in neue Forschung zu investieren.

Erst größtmöglicher Druck durch Öffentlichkeit, Abnehmer, Aktionäre, Aufsichtsbehörden, Politik und Konkurrenz führte dazu, innovativ zu werden. Plötzlich wurde das Ruder komplett herumgerissen. Volkswagen veränderte ganze Automobilstandorte, zukünftig werden dort ausschließlich Elektroautos gefertigt. Auf den Messen präsentierten die Hersteller fast nur noch neue E-Autos. Gegenseitig übertrumpfen sich die Firmen mit technischen Neuerungen. In der Tat wäre es besser gewesen, einer Künstlichen Intelligenz die Entscheidungen zu übertragen, anstatt den geldhungrigen Managern. Neue neurologische Verknüpfungen hätten notwendig Innovatives entstehen lassen. Auch im Bewusstsein der Tatsache, dass nicht jeder neu beschrittene Weg oder jede Forschung auch unweigerlich zum direkten Erfolg führen würde.

Ein weiteres Beispiel dafür war die *Concorde*, ein Passagierjet, der über zweitausend Kilometer pro Stunde schnell war und die damalige Flugzeugentwicklung krönte. Seinerzeit musste das französisch-englische Herstellerkonsortium feststellen, dass die Zukunft der Passagierbeförderung eben nicht mit superschnellen Flugzeugen wie der Concorde dargestellt werden würde. Die Flugdauer für die Strecke von Paris oder London nach New York betrug 1973 mit der *Concorde* knapp drei Stunden. Herkömmliche Jets, wie der *Jumbo*, die *B 747* von *Boeing*, benötigten für dieselbe Stecke fünf Stunden mehr. Wahrhaft ein Fortschritt, der mit der *Concorde* erreicht worden war. Aber der entstehende Überschallknall, der wenige Zeit nach dem Start der Maschine unweigerlich entstand, wenn die Geschwindigkeit die Marke von 1.000-Kilometer-pro-Stunde durchbrach, ließ die Anwohner der Flughäfen protestieren.

Die Behörden zwangen die Fluglinien *Air France* und *British Airways* daher, die *Concorde* erst weit über See die Schallgrenze durchbrechen zu lassen, um auf Höchstgeschwindigkeit beschleunigen zu können. Das führte logischerweise zu längeren Flugzeiten. 1973 stiegen aufgrund der Ölkrise auch noch die Treibstoffkosten ins Unermessliche. Trotz der wesentlich kürzeren Flugzeiten betrieben daher letztendlich nur noch zwei Airlines die *Concorde*. Die damaligen Kaufentscheidungen hatten ausschließlich politische Gründe. Bei Gonesse nahe Paris endete am 25.7.2000 die Ära der *Concorde*. Eins der noch wenigen im Betrieb befindlichen Überschalljets stürzte mit über 113 Passagieren an Bord ab. Die Luftfahrtbehörden schlossen daraufhin endgültig die Akten und sprachen ein generelles Flugverbot für den ehemaligen Star am Himmel aus.

Ebenso hatte der europäische Flugzeughersteller *Airbus* nur einige Jahre nach der Markteinführung der *A 380* erleben müssen, dass sein neuer doppelstöckiger Jet, der circa 550 Passagiere gleichzeitig befördern konnte, mit seinen vier Triebwerken im Vergleich zu anderen Jets wesentlich mehr Kerosin verbrauchte und sich zudem die Wartungskosten gegenüber zweistrahligen Maschinen verdoppelten.

Andere Passagierflugzeuge, wie der *787 Dream Liner* oder die *777 X*, beide von *Boeing* oder der *Airbus A 350*, wurden von den Airlines aufgrund wesentlich günstiger Verbrauchswerte, trotz geringerer Sitzplatzkapazität, massenhaft geordert und verdrängten den riesigen König der Lüfte. Zudem trug die Coronapandemie mit dazu bei, dass die *A 380* gänzlich aus dem Verkehr gezogen wurde. Der gesamte Flugverkehr kam im Frühjahr 2020 fast gänzlich zum Erliegen. Kein Mensch wollte sich noch mit fast 600 anderen Menschen in ein Flugzeug setzen. Die Angst vor der Ansteckung mit dem Virus war zu groß. In den neu entwickelten Flugzeugen setzten die Hersteller viele innovative Neuerungen ein. Sie verwendeten Kohlenstoff statt Aluminium und setzten neuartige, spritsparende Winglets ein. Die enorme Spannweite dieser Superflieger brachte auch den Einsatz klappbarer Flügelspitzen hervor. Diese ermöglichten, dass die Flugzeuge auch weiterhin in die eigentlich für sie zu eng bemessenen Parkpositionen zwischen den Fluggastbrücken passten.

Die Beispiele belegen, dass das krampfartige Festhalten an nicht mehr zeitgemäßen Techniken wirtschaftlicher Unsinn ist. Neu denken, um zeitgemäße Lösungen zu finden. Künstliche Intelligenz verharrt nicht, ebenso wie die Natur. Waren Dinosaurier aufgrund veränderter Rahmenbedingungen nicht mehr gefragt, so entwickelten sich mausartige Säugetiere. Ganz einfach, ohne Scham oder schlechtes Gewissen. Nur so können Fauna und Flora in der Natur überleben, dachte Schleithmann.

Der Professor aus Braunschweig war beim flüchtigen Lesen des Artikels deshalb besonders hellhörig geworden, als er nicht nur über das Verhalten der Heringe im Schwarm Interessantes las, sondern weil der Autor Doktor Schwarz auch über die Verhaltensweisen von Ameisen berichtete. Die Aufmerksamkeit des Wissenschaftlers, der selbst Forschungen zum Thema Überleben am Beispiel dieser Insekten unternahm, war geweckt.

Schleithmann hatte es sich zu Hause nach einem langen Arbeitstag in der Universität gemütlich gemacht. Es war ein warmer, aber nicht zu heißer, Sommertag gewesen, und die angenehme Kühle, die ein Nordwestwind brachte, hatte die Räume mit frischer Luft durchströmt. Der Professor saß an seinem Schreibtisch, hatte die Klappfunktion seines Bürostuhles gewählt und seine langen Beine ausgestreckt auf einen Hocker gelegt. Er blätterte in dem Artikel. Sein Haus, ein umgebautes Bauernhaus, lag in einem ländlichen Vorort im Außenbezirk von Braunschweig. Die Terrassentür stand offen und die Gardinen wehten leicht im Wind. Der Wissenschaftler dachte an die schwülwarmen Nächte im Urwald von Brasilien zurück. Seine Gedanken kreisten auch eine Weile um den Tukan, den die Ameisen damals angegriffen und gefressen hatten.

Er wandte sich wieder dem Bericht zu. Doktor Schwarz beschrieb darin, wie ein Heringsschwarm auf eine externe Gefahr – zum Beispiel durch einen Angriff räuberischer Makrelen – reagiert. Ein Heringsschwarm, bestehend aus mehreren tausend Fischen, verhält sich immer sehr flexibel und reagiert einheitlich auf Angriffe. Wie ein Seidenschal im Wind, der hoch in die Luft gewirbelt wird, bewegt sich der Heringsschwarm bei einer Verteidigungsaktion. Immer wieder weicht er wie ferngesteuert den Angriffen der Makrelen aus und vollführt dabei irrwitzige Bewegungen, verdreht und verformt sich. Dabei bildet der Schwarm stets veränderliche Strukturen aus. Mal sieht die Massenansammlung der Heringe wie eine dicke Kugel, dann wieder wie ein flatternder Vorhang und im nächsten Augenblick wie ein Diabolo aus. Zwei trichterförmige Figuren, die im Ozean herumtorkeln.

Der Autor erklärt in seinem Bericht weiter, dass Heringe keinen eigentlichen Befehl zur Flucht vor Makrelen befolgen, sondern dass alle Individuen des Schwarms nur die Ausweichbewegungen eines einzelnen Herings nachahmen. In der Regel, so wurde beschreiben, ist das der Fisch, der den Angreifer zuerst bemerkt, um diesem instinktiv schnell auszuweichen. Mit dieser Fluchttaktik versucht der Fisch, dem Räuber zu entgehen. Meistens ahmen, im Bruchteil einer Sekunde, sieben bis zehn weitere Heringe dieses Ausweichmanöver exakt nach. Ähnlich dem von Synchron-Schwimmerinnen.

Forscher hatten entdeckt, dass jeder Fisch eines Schwarms das beschriebene Fluchtverhalten ohne jegliche Verzögerung an andere Schwarmmitglieder weitergibt, die dieses übernehmen und wiederum an andere Fische weiterleiten. Somit ist der Schwarm augenblicklich in der Lage, aus dem Fluchtverhalten des ersten Fisches mit kaum feststellbarer Verzögerung eine Gesamtbewegung des Schwarms auszulösen. Laut Doktor Schwarz befolgen die Heringe dabei drei Regeln. Die erste Regel besagt: Halte immer den gleichbleibenden Abstand von circa einem Drittel deiner Körperlänge zu deinem Nachbarfisch im Schwarm! Regel Nummer 2 befiehlt: Gleiche deine Bewegungen immer mit denen des Nachbarfisches ab, orientiere dich immer an ihm. Und Regel 3 besagt: „Wenn du Nahrung entdeckt hast, schwimm darauf zu. Wenn du einen Feind bemerkst, flieh in die entgegengesetzte Richtung, aus der der Feind dich angreift!"

Insofern befolgt der Schwarm die Prinzipien des ständigen Informationsaustausches und der Dezentralisierung. Es gibt keinen Chef in der Mitte oder hierarchisch an der Spitze der Organisation. Im Schwarm herrscht Machtverteilung. Das Individuum, das das Problem erkennt, handelt, die anderen folgen ohne Diskussion. Niemand kann vorhersagen, wie sich der Schwarm bewegen wird. Dieses einfache Prinzip hat dazu geführt, dass sich Heringe über Jahrtausende gegen Feinde zumindest so gut behaupten konnten, dass sie nicht ausstarben. Natürlich werden immer wieder Heringe in großen Mengen von Räubern wie Makrelen oder Schwertfischen gefressen, aber eben nur so viele, dass sie sich ausreichend fortpflanzen können. Erst heute, wo der Mensch mittels Sonartechnik Fischschwärme ortet und dann Schleppnetze einsetzt, ist die Taktik der Heringe nutzlos geworden. Deshalb wurden Fangquoten eingeführt, um das Aussterben zu verhindern.

In seinem Bericht ging Doktor Schwarz auch näher auf das Verhalten von Ameisen ein. Diese Insekten leben zwar nicht in einem Schwarm, sondern in einem Volk. Der Autor stellte fest, dass Ameisen ein merkwürdiges Verhalten zeigen, wenn mehrere von ihnen zusammen sind. Er nannte es das Prinzip der hundertsten Ameise. Worum geht es dabei?

Schleithmann war von dem Artikel völlig gefesselt. Sein Weinglas, gefüllt mit einem trockenen Riesling, war von außen bereits nicht mehr beschlagen. Wie gebannt las er Zeile für Zeile. Die kleine Ameise, die gerade von draußen aus dem Garten Richtung seiner Küche unterwegs war, bemerkte er nicht. Der Professor verschlang die nächsten Seiten. Es ging um besondere Verhaltensweisen, die bei Ameisen beobachtet werden können.

Wenn nur wenige der Insekten in einem markierten Bereich umherkrabbeln, scheint das nach keinem vorgegebenen oder bewussten Muster zu erfolgen. Sie agieren chaotisch und nicht geordnet. Schleithmann wusste bereits aus eigenen Forschungen, dass Jagdameisen immer auf der Suche nach Nahrung fürs Volk waren. Folgen sie keiner Duftmarke, suchen diese Insekten überall nach Essbarem. Der Autor vertrat auch die Meinung, dass einzelne Ameisen eher dumm seien. Wie sich das, so der Neurologe, auch über einzelne menschliche oder tierische Gehirnzellen sagen lässt. Erst durch die Vernetzung mit anderen Zellen entsteht so etwas wie ein Gedanke, eine Fragestellung oder sogar ein Lösungsansatz und damit eine Form von Intelligenz.

Bei den Ameisen nannte er dies das Prinzip der „Sozialen Kompetenz", die als Evolutionserfolg zu bewerten sei. Dazu beschreibt er das Verhalten der Ameisen näher. Kommt ein solches Insekt an eine Weggabelung, so überlegt es nicht lange und krabbelt entweder nach links oder rechts. Vorausgesetzt, es wird nicht durch vorhandene Pheromone geleitet. Je mehr Ameisen im Einsatz sind, desto geordneter ist ihr Verhalten. Zehn, zwanzig, ja sogar mehr als fünfzig Ameisen krabbeln meistens ungeordnet durcheinander. Kommen um die einhundert Ameisen zusammen, entsteht plötzlich Ordnung im Chaos. Alle Ameisen scheinen einem Instinkt zu folgen und bewegen sich nunmehr nur noch geordnet.

Schleithmann lächelte, als er daran dachte, dass Menschen sich als Individuum alleine und ohne Schwierigkeiten bewegen. Sie suchen und finden Wege. Sobald aber chaotische Verhältnisse herrschen, zum Beispiel bei großen Menschenansammlungen oder in Paniksituationen, rennen sie durcheinander, stolpern, stoßen, schubsen und treten sich im Notfall sogar tot. Obwohl sie es eigentlich gewöhnt sind, in größeren Ansammlungen zu leben! Wieder sind die Ameisen dem Homo sapiens überlegen.

Der Professor legte den für ihn höchst interessanten Artikel zur Seite, setzte sich auf und schrieb eine E-Mail an den Autor. Er stellte sich kurz darin vor, beschrieb mit wenigen Sätzen, woran er zurzeit wissenschaftlich arbeitete und betonte die interessante Möglichkeit, miteinander das Thema des Berichtes zu besprechen. Schleithmann hatte die elektronische Adresse unter dem Namen von Doktor Schwarz gefunden. Dass diese E-Mail sein Leben gänzlich verändern sollte, wusste Schleithmann noch nicht, ebenso wenig wie Quintus Schwarz.

Kapitel 12

Unter den Linden, *Humboldt-Universität*, Berlin, Deutschland. Quintus Schwarz las mit großem Interesse die eingegangene E-Mail von einem ihm nicht bekannten Professor Raimund Schleithmann aus Braunschweig. Der Neurologe saß am Schreibtisch in seinem Büro an der *Humboldt-Universität* in Berlin. Das Fenster zur Straße Unter den Linden war weit geöffnet. Die sanfte Sommerbrise hatte sich im Laufe des Tages zu einem heißen Kontinentalwind entwickelt. Es herrschten mittlerweile mehr als 28 Grad in dem recht altmodisch eingerichteten Büroraum.

Schwarz hatte gerade noch eine Veröffentlichung im Internet gelesen. Dort wurde im Zusammenhang mit der Handymanie der New Generation, also der nachwachsenden Generation der sogenannten Nerds, darüber philosophiert, ob das ständige Online-Kommunizieren in den Social Medias nicht nur obsessiv war, sondern bereits ein Massenphänomen darstellte. Dieses gemeinsame Agieren und Reagieren von Millionen von Usern bildet eine Art Schwarmverhalten, das man als Smart Mob betitelt. Man denkt hier zum Beispiel an die von Computern generierten Nachrichten, die über *Kwitter* im amerikanischen Wahlkampf an exakt selektierte Wählerschichten verschickt worden waren, um die Meinung und das daraus resultierende Wahlverhalten zu manipulieren.

Viele einzelne Individuen waren an sich genommen dumm. Nur wenn sie sich vereinigten, wurde die Gesamtmasse nicht nur sehr handlungsfähig, sondern sie begann, auch eine Art Eigenleben zu führen.

Keiner wusste, wohin das führen würde. In den USA hatte vor Kurzem eine manipulierte Wählerschicht tatsächlich einen verrückten Egomanen ins Weiße Haus gehievt. Einer, der selbst dem Establishment angehörte, wollte eben dieses in Washington bekämpfen und vernichten. Mit diesem Slogan war Ronald J. Rampthon in den Wahlkampf gezogen. Dieser Multimillionär war von enttäuschten Arbeitslosen, die vielfach in entlegenen und sozial minderbemittelten Gegenden lebten, dem sogenannten Rostgürtel der USA, tatsächlich gewählt worden. Sie glaubten, dieser Präsident wäre einer von ihnen. Das war, wie sich später herausstellen würde, eine gefakte News. Unter den republikanischen Wählern waren viele Soldaten gewesen. Diese entschieden sich bei den sogenannten Elections ausgerechnet für den Feigling Ronald J. Rampthon, der sich vor dem Militäreinsatz im Vietnamkrieg gedrückt hatte.

Nein, intelligenter waren die Massen durch Zusammenschluss nicht geworden, aber sehr viel handlungsfähiger und entschlossener. Nach vielen Monaten unter der Herrschaft des machtbesessenen Narzissten im Weißen Haus, rückte die Wählerschaft von Ronald J. Rampthon noch enger zusammen. Trotz seiner tagtäglichen Lügen, der nicht eingelösten Wahlversprechen, der herrschenden Korruption, der Einschränkung von Pressefreiheit und Behinderung der Justiz, meinten viele Amerikaner, der Multimillionär sei der beste Präsident „ever". Ronald J. Rampthon wurde durch seine Stammwählerschicht vasallentreu unterstützt. Auch als immer deutlicher wurde, dass er ständig Sündenböcke unter seinen engsten Mitarbeitern und Ministern für eigenes fehlerhaftes Verhalten suchte. Er feuerte diese per *Kwitter*, anstatt über seine Misserfolge nachzudenken und gegebenenfalls sein Verhalten beziehungsweise seine zukünftige Vorgehensweise zu verändern. Nein, er ließ nicht ab davon, anderen Staaten und deren Regierungen stets zu drohen, wenn es um sein *America first* ging. Seine Drohungen führten zu nichts anderem als zu Missstimmungen und Vertrauensverlusten. Sein Wirken war nur peinliches Poltern mit kurzfristiger Wirkung.

Die von Rampthon initiierte und von ihm selbst gelobte Steuerreform spülte ausschließlich den Bestverdienern und den Unternehmen Geld in die Kassen. Allerdings war dieser steuerliche Geldsegen eine Maßnahme in einer Phase der Hochkonjunktur, die einer zusätzlichen Stimulanz eigentlich nicht mehr bedurfte. Zwar feierte die Wall Street Höchstkurse im *Dow Jones*, aber danach verpuffte der fiskalische Effekt, und die Kurse fielen ins Bodenlose, als die Coronapandemie den amerikanischen Kontinent erreichte. Für eine notwendige Belebung der einbrechenden Konjunktur war kein Geld mehr vorhanden, um notwendige staatliche Stimulanzien vorzunehmen. Trotz ihrer vermeintlichen Unabhängigkeit flutete die *FED*, die *Federal Reserve*, als Notenbank die Märkte mit Milliarden von Dollars. Die Staatsverschuldung erreichte nie gekannte Höhen. Selbst die Finanzexperten wussten nicht, wer diese Schulden jemals bezahlen könnte.

Ronald J. Rampthon wurde zunehmend von seinem größten Feind eingeschnürt, von sich selbst. Die Ermittlungen eines Sonderermittlers des Kongresses zogen immer engere Kreise um ihn. Viele seiner engsten Gefährten sagten vor Gericht oder Ausschüssen gegen ihn aus und versuchten, durch die Kronzeugenregelung die eigene Haut zu retten. Aber der vom Gesetz her zur Unabhängigkeit verpflichtete Justizminister schwärzte größte

Teile des Berichts des Sonderermittlers und die Angelegenheit verlief im Sand. Eine Krähe hackt der anderen kein Auge aus.

Auch ein Amtsenthebungsverfahren wurde im Senat durch die Parteimitglieder des Präsidenten abgelehnt. Keiner wollte es sich mit dem Despoten verscherzen, zu schnell schickte der seine Widersacher in die Wüste. Für Ronald J. Rampthon war die ihm widersprechende Presse ein Dorn im Auge und er behauptete, sie veröffentlichten Fake News. Alles gegen ihn Vorgebrachte sei gelogenes Zeug und eine Hexenjagd.

Er selbst hatte bereits, so behaupten Journalisten, in den ersten zwei Jahren seiner Amtszeit, mehr als siebentausend Mal die Unwahrheit gesagt. Seine Fans glaubten ihm dennoch. Ronald J. Rampthon manipulierte weiter. Er war stets anderer Meinung, als seine Berater. Er behauptete, offiziell klüger zu sein als das *FBI*, die *NSA* und die *CIA*.

„Ich habe so ein Bauchgefühl, und das sagt was anderes als diese Jungs. Sie müssten mal zur Schule gehen!" Sogar den von ihm selbst eingesetzten Chef der *Federal Reserve* setzte er öffentlich unter Druck und beleidigte ihn via *Kwitter*.

Der Präsident war in Manhattan geboren und groß geworden. Von seinem Vater hatte er fast 80.000 Wohnungen in New York geerbt. Und war damit einer der größten Immobilienbesitzer der USA geworden. Wer in *Big Apple* Geschäfte mit Immobilien betrieb, musste „mit allen Wassern gewaschen sein", wie Insider berichteten. Andere behaupteten, wer als Immobilienmogul in New York überlebte, musste mit der *Mafia* kooperieren oder war ein Teil von ihr.

Der Mann mit der gelbblonden Haartolle hatte früher einmal sein Erfolgsrezept verraten: „Du musst die Unwahrheit nur zehnmal hintereinander mit Sturheit als wahr verkünden. Zunächst wird dir keiner glauben, kurze Zeit später zweifeln die Leute vielleicht noch ein wenig. Dann beginnen sie, dir teilweise zu glauben. Zum Schluss sind sie überzeugt, dass du die Wahrheit sagst und die anderen lügen! So einfach ist das. Und wenn einer behauptet, du würdest lügen, widersprich und mache ihn vor anderen lächerlich! Das ist es!"

Stille Beobachter schüttelten nur den Kopf. Aber dieser Schwarm von Menschen, die auf Ronald J. Rampthon schworen, war mächtig geworden. Leider auch blind. Viele Opportunisten in Washington hätten eigentlich wissen müssen, dass sie mit Rampthon ins Verderben rannten, aber kaum einer von ihnen traute sich, umzukehren. „Was", so fragten sich intelligente und besorgte Menschen, „muss eigentlich noch geschehen, damit dieser Scharlatan aus dem Amt geworfen wird?"

Doktor Schwarz hatte bei seinem letzten Aufenthalt in den Staaten mit vielen intelligenten Leuten gesprochen und alle waren entsetzt über das, was da in Washington geschah. Aber keiner tat wirklich etwas dagegen. Schwarz nahm das Handy in die Hand und wählte die Nummer von Professor Schleithmann. Es klingelte kurz, dann nahm dieser ab. Die beiden waren sich auf Anhieb sympathisch. Nach dem Austausch der üblichen Höflichkeiten und unter Wissenschaftlern beliebtem gegenseitigen überschwänglichen Lob der bekannten Leistungen des anderen, vereinbarte man sich zu einem persönlichen Treffen. Da Schleithmann im September sowieso zu einem Kongress nach Berlin eingeladen war, wurde ein gemeinsamer Termin gefunden. Schwarz lud Schleithmann in sein Haus am Wannsee ein, ein Gästezimmer wäre vorhanden. Man versicherte sich gegenseitiger Vorfreude auf das Treffen. Schleithmann beendete das Telefonat und notierte sich den Termin im Kalender.

Quintus Schwarz legte ebenso das Handy an die Seite und schaute wieder auf seinen Laptop. *Aktuality World News* meldete irgendwelche „breaking news". Der Filter für die Nachrichten, die Schwarz lesen sollte ober besser gesagt, das was *Coogle* für den User Doktor Quintus Schwarz an Produkten und Dienstleistungen von Werbepartnern individuell zusammenstellte, zeigte neben einigen interessanten Informationen für Neurologen auch eine Meldung des Landwirtschaftsministeriums. Über dem Text der Nachricht wurde das Bild eines putzig aussehenden Waschbären eingeblendet, der gerade dabei war, ein Vogelnest zu plündern. Mit seinen geschickten Vorderpfoten entwendete er ein Ei und biss herzhaft hinein. Die Meldung besagte, dass die Waschbärenpopulation in den letzten fünf Jahren immens angestiegen sei. Diese ursprünglich nicht in Europa ansässigen Waschbären waren im Spätherbst des Jahres 1944 während der letzten alliierten Bombenangriffe des II. Weltkrieges aus den Gehegen einer Pelztierfarm in Brandenburg geflüchtet, hatten sich der heimischen Natur bestens angepasst und entsprechend vermehrt. Das Fehlen von natürlichen Feinden wie Wölfen oder Luchsen und die erst viel später einsetzende Bejagung, einhergehend mit falsch verstandenem Tierschutz, ließ die Population extrem anwachsen.

Waschbären sind sehr anpassungsfähig und fühlen sich nicht nur im Wald wohl. Sie suchen geradezu die Nähe der Menschen und freuen sich über volle Abfalleimer an Rastplätzen. Sie durchwühlen den Müll und finden immer etwas Essbares. Ob weggeworfenes Obst, Reste von Fastfood und Pizzen oder Süßigkeiten. Waschbären machen sich über alles her. Mittlerweile trauen sie sich sogar in die Vorstädte Berlins und öffnen geschickt Abfalltonnen, bedienen sich dort am Wohlstandsmüll.

In der Notiz las Schwarz weiter, dass sich die Untere Jagdbehörde darüber wundere, dass sich die Gesamtpopulation der Waschbären trotz intensivster Bejagung nicht reduzieren ließe. Anhand von Infrarotaufnahmen der nachtaktiven Tiere an sogenannten Zählstellen im Wald – hier wird mit Mais angefüttert, um die Tiere zu fotografieren und deren Anzahl zu registrieren – war man sich sicher, dass die Gesamtpopulation sogar noch eher zugenommen hat. In der Jagdzeit Sommer 2017 waren insgesamt in Deutschland 36.000 Waschbären geschossen worden. Im darauffolgenden Jahr hatten die Jäger 171.000 Mal getroffen. Aber die Gesamtanzahl der Tiere ließ nicht nach. Anscheinend, so äußerten sich Zoologen, sind Waschbären in der Lage, ihre Nachwuchsquote so zu steuern, dass die Verluste durch Jagd und Verkehrsunfälle mehr als ausgeglichen werden. Rammeln für die Statistik, lachte Schwarz in sich hinein. Er kopierte den Bericht und legte ihn in seinem Dateiordner unter dem Stichwort „Schwarmintelligenz" ab.

Natürlich, und das war dem Wissenschaftler klar, sichert eine konstante und ausreichende Vermehrung das Überleben der Art. Wie die verschiedenen Zellen in einem Gehirn miteinander agieren, so kommunizieren auch die Individuen in einem Schwarm untereinander. Jeder Waschbär an sich folgt nur seinem Instinkt. Aber gemeinsam waren sie stark und emotional so intelligent, dass sie der mächtigen Jägerschaft durch vermehrtes Ranzen, wie der Waidmann den Fortpflanzungsakt der Kleinbären nennt, Paroli bieten. Wie und ob die Waschbären miteinander einen Austausch betreiben, ist nicht bekannt.

Schwarz öffnete eine andere Datei in seinem Computer. Dort hatte er einen weiteren Beweis für das Phänomen der hundertsten Ameise abgelegt. Ein Philosoph namens Christian Luckner hatte publiziert, dass er in seinen Seminaren zum Thema Konfliktmanagement und Gruppendynamik eine Auffälligkeit bemerkt hatte. Bei einer Übung für zwanzig Teilnehmer waren jeweils zehn verschiedene Statements zum Sinn von Konflikten aufgelistet. Die Aufgabe bestand nun darin, dass jeder Teilnehmer diese Aussagen auf ihre Richtigkeit hin nach seiner subjektiven Einschätzung sortieren sollte. Das Statement, das dem Seminarteilnehmer am meisten zusagte, sollte an die erste Stelle, das ihm am wenigsten zusagte, an die letzte gesetzt werden, die restlichen Aussagen wurden ebenfalls gelistet. Die Ergebnisse aller Teilnehmer sammelte man ein und verglich sie mit der Musterlösung. Hierbei ergab die Auswertung, dass durchschnittlich nur zwanzig Prozent der Teilnehmer die richtige Einordnung vorgenommen hatten. Immerhin lagen sechzig Prozent beinahe richtig. Einige irrten sich jedoch komplett.

Dann wurden die Teilnehmer gebeten, ihre Ergebnisse in Gruppen, die jeweils mit vier Personen besetzt waren, zu diskutieren, erneut zu bewerten, um darauffolgend eine gemeinschaftliche Lösung zu finden. Es war auffällig, dass sich die Ergebnisse der Gruppenarbeiten durchschnittlich verbesserten. Fünfundsiebzig Prozent dieser in der Gruppe ermittelten Auswertungen ergaben Volltreffer, stimmten also mit der Musterlösung überein. Fünfundzwanzig Prozent lagen weiterhin daneben. Diese „Loser-Gruppen“, wie der Philosoph bemerkte, waren dadurch gekennzeichnet, dass in den Gruppen kaum diskutiert worden war und sich ein Meinungsführer gegenüber den anderen durchgesetzt hatte. Seine Meinung wurde von der Gruppe akzeptiert und als Gemeinschaftslösung ausgegeben.

Das Fazit lautete: Gruppenergebnisse sind in der Regel besser als Einzelleistungen. Gruppen ohne dominanten Führer diskutieren besser und erzielen höhere Leistungen. Gruppen ohne ausreichende Diskussion, geleitet von dominanten Führern, liegen hinter den vorgenannten. Nur in ganz wenigen Ausnahmen waren Gruppen mit autoritären Führern bei der Lösungsfindung ebenso erfolgreich, oft in sogenannten Notsituationen. Hier ging es dann aber eher um Schnelligkeit in der Entscheidung als um das langfristige Vermeiden von Fehlern.

Kapitel 13

Düsseldorf, Innenministerium. Abteilung F 12 Geiselnahme, Rheinufer, Deutschland.

Hubert Schmidt, Assistent des Abteilungsleiters Doktor von Kesselhut, hatte die Episode am Rande der Sitzung des Projektteams *Erwin* nicht vergessen. Die mit dem Papierkorb eingefangene Maus hatte er damals direkt nach dem Meeting entsorgt. Nun gut, nett war es nicht gewesen, das Nagetier lebend in den Müllschlucker zu werfen. Aber in der zwölften Etage war es ziemlich praktisch, den Bioabfall durch die Klappe im Putzraum nach unten in den Container zu entsorgen. So verfaulte nichts mehr in den Mülleimern, Bananenschalen oder trockene Brötchen fielen direkt durch den kleinen Schacht hinab in den Keller. Gerade in Büros war es oft so, dass sich keiner wirklich verantwortlich fühlte, Müll ordentlich zu entsorgen. Übernahm das nicht eine engagierte Putzfrau, gab es so manchen üblen Fund in Papiereimern, Kühlschränken oder Tupperware, die irgendwo in den Teeküchen herumstand. Als die Maus durch den Schacht in die Tiefe plumpste, wusste sie nicht, dass ihre Gefangennahme etwas Historisches auslösen würde.

Schmidt hatte nach der Sitzung zum katastrophalen Einsatz der Polizei mit dem Roboter in Hagen das Protokoll angefertigt und an alle Teilnehmer elektronisch verteilt. In seiner Mitschrift hatte er die getroffene Entscheidung festgehalten, dass der Roboter *Erwin* nicht weiter eingesetzt werden sollte, bis die Umstände seines Versagens vom Hersteller genau geklärt worden waren. Aber inzwischen stand fest, das Projekt sollte so nicht weitergeführt werden. Man suchte nach anderen Lösungen und wollte sich nunmehr der Bionik zuwenden. Schmidt war beauftragt worden, mit der Technischen Universität in Verbindung zu treten, um Möglichkeiten einer komplett neuen Technik auszuloten. Ihm war bereits ein Ansprechpartner genannt worden. Die Firma, die den bisher eingesetzten Roboter entwickelt und gebaut hatte, *Diamantkarat Sicherheitstechnik* in Remscheid, sollte nicht mit eingebunden werden.

Schmidt hatte seine Kontakte eingesetzt und einen alten Freund, Olaf Rohleder, der im Ministerium der Bundesverteidigung im Amt für Materialbeschaffung des Heeres hauptverantwortlich war, angesprochen. Rohleder arbeitete in Bonn auf der Hardthöhe in der alten Ermekeil-Kaserne. Die meisten anderen Ministerien waren längst in die Bundeshauptstadt nach Berlin umgezogen.

Bei einem gemeinsamen Bierchen im Restaurant *Beethoven* in der Bonner Altstadt, hatte Schmidt seinem Freund von dem „Kackroboter“, wie er ihn bezeichnete, erzählt. Dann schilderte er seine Überlegungen zu kleineren Einheiten, die miteinander vernetzt und autonom arbeiten sollten. Auch in extremen Situationen wären selbstständige Entscheidungen vor Ort zu treffen. Er erwähnte auch die Geschichte von der gefangenen Maus und seinem darauffolgenden Geistesblitz mit den Ameisen.

Rohleder schmunzelte bei der Erzählung, als Schmidt von der Mäusejagd vor den Augen seines Vorgesetzten Doktor von Kesselhut berichtete. „Du, Hubert, so etwas scheint es schon zu geben. Wir haben da ein Video reinbekommen, irgendwo im arabischen Raum aufgenommen. Es zeigt, wie irgendein lausiger Muselmann mitten in der Wüste von Nirgistan oder sonst wo im Vorderen Orient von mehreren Skarabäen zerfleischt wird. Besser gesagt, er wurde von innen her von Käfern aufgeschnitten. Sah voll makaber aus. Wir haben den Film, den der *Mossad* dem *BND* und dem *MAD* zugespielt hat, aus der Schrottkiste erhalten."

„Schrottkiste?", echote Schmidt fragend.

„So bezeichnen wir das Material, mit dem der *BND* nichts anfangen kann. Sozusagen Krümel vom großen Fressnapf. Meistens ist das wirklich Schrott, aber ich schaue mir das schon mal an, wenn ich Zeit habe. Und da war diese Horrorszene zu sehen."

Schmidt ließ sich das Video genauer erklären. „Und, was meinst du, Olaf, ist das ein Fake, oder ist das Material echt?"

Rohleder, früher Major, jetzt Beamter in Zivil, nickte leicht und trank in einem Zug die Stange *Kölsch* aus. „Ich weiß nicht, sah echt aus, aber das tun die Dinosaurier in *Jurassic Park* ja auch. Zumindest scheint der *MAD* zu glauben, dass das Material echt ist. Die haben den Clip von den Israelis bekommen. Immerhin wurde direkt nach der Sichtung eine stellvertretende Abteilungsleiterin zwecks näherer Analyse der Informationen nach Israel geschickt. Heide Mainz heißt sie, ist Oberstleutnant. Soll eine ganze heiße Flamme sein, früher mal *Tornado*-Pilotin. Wenn da mal nicht das Pulverfass im Nahen Osten in die Luft fliegt", lachte Rohleder, „wenn die da landet!"

Schmidt war fasziniert von der Idee, Käfer, ähnlich wie anfänglich mit Ameisen gedacht, einzusetzen. Er fragte sich, ob diese Technik schon einsatzbereit war. Oder hatten irgendwelche Filmtechniker und Agenten eine falsche Spur gelegt, um Angst zu verbreiten? Vielleicht um von Anderem abzulenken? Er musste unbedingt mit dieser Heide Mainz zusammenkommen. Er sprach Rohleder direkt an: „Weißt du, wie man die heiße Flamme erreichen kann?“

„Klar, ich kann alles besorgen, bin ja bei der Materialbeschaffung, Hubert! Morgen hast du ihre Handynummer, kostet dich aber noch eine Runde!“ Sie prosteten sich gegenseitig zu und leerten ihre Stangen *Kölsch* mit einem Zug.

Kapitel 14

Restaurant *Nolle*, S-Bahnbogen, Friedrichstraße, Berlin, Deutschland.

Schwarz schaute Professor Raimund Schleithmann intensiv an. Sie saßen am großflächigen Fenster des ehrwürdigen Restaurants *Nolle* im S-Bahnbogen nahe des Bahnhofs Friedrichstraße. Draußen pulsierte das quirlige Leben, viele Touristen, Geschäftsleute und Obdachlose belebten den Bürgersteig. Hierhin, in das kulturelle Zentrum Ostberlins, war Schleithmann direkt nach seinem Eintreffen in der Hauptstadt geeilt.

„Ich hoffe, es gefällt Ihnen hier gut. Ist ein uraltes Restaurant, immer gut besucht. Bürgerliches Essen, nettes Publikum und zivile Preise!“, erklärte Schwarz, der sich für seinen Gast verantwortlich fühlte. Er hatte sich im Vorfeld schon sehr auf das Treffen mit dem Wissenschaftler aus Braunschweig gefreut. Das gemeinsame Telefonat mit ihm war schon spannend gewesen, wie wird erst ein intensives Gespräch mit dem sympathischen Menschen sein?

Schleithmann versuchte, seine langen Beine unter den niedrigen Tisch zu bringen. Trotz der Wärme des Tages verspürte er großen Hunger, hatte er doch kaum etwas vor und während der knapp zweistündigen Zugfahrt gegessen. Und der appetitliche Duft der servierten Speisen trug sein Übriges dazu bei. Er blickte sich um. Das Restaurant hätte auch als Kulisse für die erfolgreiche Kriminalserie *Babylon Berlin* dienen können. Ganz im Retrostil der Zwanzigerjahre des letzten Jahrhunderts gehalten.

„Ich brauche erst mal etwas zu trinken, lieber Herr Schwarz.“

„Quintus, für Sie!“, meinte Schwarz lächelnd.

„Quintus“, echote Schleithmann, „ich bin Raimund!“

„Und, wat woll'n de Herrschaften?“, fragte ein Kellner im Berliner Gassendialekt. „Erstmal wat zu kippen, en Bierchen oder so? Bei dem Wetter imma jut!“

Beide Wissenschaftler nickten.

„Denne bringe ick Sie mal en *Kindl*, besser jesagt, zwee. Wollen ja beede wat schlürfen“, er lachte vor sich hin. „Wenn ick Ihnen wat empfehlen soll, ick würd den *Nolle-Teller* nehmen. Iss allet druf, wat der Mensch benötigt!“

„Sollen wir?“, fragte Schwarz.

„Gerne!“, meinte Schleithmann.

Je mehr sich der Wissenschaftler aus Braunschweig mit dem Bericht von Doktor Schwarz befasst hatte, umso stärker hatte ihn die Neugier gepackt. Sein Interesse an Überlebenskonzepten erhielt zusätzliche Nahrung. Erforschen von vorhandenen Taktiken der Natur, neuronale Lösungskompetenzen schufen Möglichkeiten, Antworten auf dringende Fragen zu finden. Notsituationen erfordern immer innovative Denkprozesse. So hat die Natur ihr Überleben bis heute gesichert. Ebenso verdanken auch die Menschen ihren phänomenalen Aufstieg zur Spitze der Nahrungskette diesen neuronalen Denkmustern.

Schleithmann konnte damit seine Forschungen Erfolg versprechend weiterführen. Er hatte in Brasilien nur die Ergebnisse des Überlebens beobachten dürfen. Jetzt, das spürte er, konnte er weitere Hintergründe kennenlernen. Mit diesem klugen und überaus sympathischen Neurologen hatte er den Schlüssel für seine weiterführenden Überlegungen gefunden. Da war er sich ganz sicher. Und wohin würde ihn das führen? War es nur das Erkennen von Mustern oder konnte er der Natur weitere Geheimnisse entlocken? Ging es nur darum, zu erkennen und zu verstehen? Oder führten die Ergebnisse seiner Forschungen zu völlig neuen Erkenntnissen, die sich erfolgreich kopieren oder gar weiterentwickeln ließen? Gab es Formeln fürs Überleben, die heute noch gar nicht bekannt waren? Die sich ständig verändernden Rahmenbedingungen forderten immer schneller ein komplett anderes Denken. Konnte er der Menschheit die Rezepte dafür liefern? Ansätze für neues Denken geben? Wie viele neue Vernetzungen waren in unseren Gehirnen notwendig, um das gesamte Potenzial des Verstandes zu nutzen?

Schleithmann erinnerte sich an einen Artikel eines anderen Neurologen. Dieser Mediziner behauptete, dass der Mensch, so intelligent er auch heutzutage schon war, bislang nur ein bis zwei Prozent seiner Gehirnfunktionen nutzte. Hier lag die größte Ressource des Universums, behauptete der Neurologe. Schleithmann führte seine Gedanken weiter aus. Wäre es sogar möglich, dass Menschen die Vorteile der Kooperation als einzig wahre Lösung für Konflikte begreifen würden? Könnten sie es durch neue Denkmuster schaffen, instinktives Verhalten in Notsituationen, das automatisch auf Flucht, Verharren oder Angriff programmiert war, zu verwerfen? Konnten die Menschen schlauer werden? Könnten sie die Einsicht gewinnen, dass Egoismus zum Aussterben führt? Dass nur die Menschheit an sich wichtig ist? Dass Führung von und für Individuen und Gruppen zwar sein muss, aber in welchen Situationen war sie erforderlich und wo nicht? War es nicht die Entscheidungskompetenz vor Ort, die gefördert werden müsste, statt sich an gewohnte Hierarchien zu klammern. Würde sich bei den Menschen eine Schwarmintelligenz, vielleicht auch unterstützt durch Social Media, entwickeln können?

In die Gedanken des Professors hinein servierte der Kellner die *Nolle-Teller.* Das Sauerkraut dampfte und die kross gebratenen Würstchen verströmten einen köstlichen Duft. Schleithmann verbannte seine spannenden Gedanken und widmete sich dem leckeren Essen.

Auch sein Gegenüber sah mit Appetit auf den üppig gefüllten Teller. Schwarz hatte sich ebenso auf das Treffen mit dem Professor gefreut, der sich anscheinend bestens mit dem Verhalten und Leben der Ameisen auskannte. Wie interessant wird dieser Austausch sein, welche neuen Vernetzungen können sich ergeben? Emergenz, dachte Schwarz, Emergenz, man weiß nie, wie das Ergebnis aussieht.

„Nee, ick empfehl Ihnen keenen Nachtisch mehr, dette schaffen se nich!", berlinerte der Kellner, der plötzlich wieder am Tisch der beiden stand. „Ooch, wenn se noch so rinhauen, wie jetzte, wa?" Er hatte seine dunklen, strähnigen Haare nach hinten gekämmt, seine schwarze Hose war abgewetzt. Die Weste, die er über dem etwas angeschmutzten, weißen Oberhemd trug, sah so aus, als hätte sie ihre besten Tage bereits lange hinter sich. „Noch zwee Bierchen, die Herren?"

Beide Männer nickten, während sie aßen.

„Für uns beide noch zwei *Kindl.*" Schwarz freute sich, es schien ein sehr interessanter Abend zu werden. Und das nicht nur wegen der Aussicht auf die Bierchen.

Kapitel 15

Riad, Instituts für Public Administration, Saudi-Arabien. Habib Al Raschid Ben Abuhassah hockte im Schneidersitz auf einem wertvollen Seidenteppich im Innenhof eines villenähnlichen Hauses mitten in Riad, der Hauptstadt Saudi-Arabiens. Mit ihm in der Runde befanden sich sieben weitere Araber. Alle gekleidet in weiße Gewänder. Die Männer trugen die rotweißkarierte Kufiya, die Kopfbedeckung der Saudis. Sie lauschten aufmerksam den Worten ihres Anführers.

Al Raschid hatte vor einigen Monaten in die mächtige Königsfamilie von Abd al-Aziz eingeheiratet. Er war quasi verheiratet worden, denn sein Gönner war der saudische Kronprinz Mohammed bin Talman Alsisi, kurz auch MBTA genannt. Der war in der letzten Zeit kometenhaft in der saudi-arabischen königlichen Hierarchie aufgestiegen, seit der eigentliche König greisenhaft und jetzt auch noch dement geworden war. Aber solange der den Thron besetzte, war MBTA nur zweiter Mann im Staate. Er war jetzt schon sehr mächtig und mit den künftigen Insignien eines

Herrschers ausgestattet. Die Armee, der Geheimdienst, der *Mabahith al-Amma* und die Königsgarde unterstanden ihm bereits. Wer wollte es sich mit dem zukünftigen König verscherzen? Auch der Chef der Armee, der hochintelligente, aber brutale und zu Wutausbrüchen neigende Calid Al Saud, war Mohammed untergeben.

Nach dem aufgedeckten Mord an dem Regimekritiker Mas Al-Thosoggi, den der Botschafter der Saudis in direktem Auftrag von MBTA mit dem Versprechen ihm geschehe nichts beim Abholen von Dokumenten für seine geplante Hochzeit, obwohl er aufgrund seiner kritischen Äußerungen über das Regime in Riad bedroht worden war, in die saudische Vertretung in Ankara gelockt hatte, gab es heftige internationale Kritik am Kronprinzen. Zwar wussten die Herrscher in Riad, dass alle westlichen Regierungen von den Rüstungskäufen Saudi-Arabiens abhingen und deshalb nur kurzfristige Auswirkungen durch die angedrohten Handelsbeschränkungen zu befürchten waren, aber eine Kritik am König, wenn auch nur am zukünftigen Herrscher, konnte nicht akzeptiert werden. Aber der Mythos von MBTA als modernen Hoffnungsträger war vorerst arg ramponiert. Zu deutlich hatte sich gerade offenbart, dass der kommende König keineswegs sympathisch und weltoffen war. Vielmehr zeigte sich, dass hinter einer freundlich scheinenden Fassade ein brutaler, sehr hintertriebener Anführer steckte, der seine Feinde ohne Skrupel ermorden ließ, wenn er es für angebracht hielt.

„Schade, auch nur ein verfluchter Kameltreiber", meinte Ronald J. Rampthon im Oval Office dazu. „Aber Hauptsache, er kauft unsere Waffen!"

MBTA duldete keinen Widerspruch, er war machtbesessen und litt an völliger Selbstüberschätzung. Das war im Verlaufe der Affäre Mas Al-Thosoggi klar geworden. Der Regimekritiker war für die Königsfamilie in Riad nicht mehr als eine lästige Zecke, die zerquetscht werden musste. Auch zur Abschreckung für andere Kritiker des Herrscherregimes. Der Arm Allahs reichte überall auf der arabischen Halbinsel sowie in fast jeden Ort auf dieser Welt hin. In Saudi-Arabien war der aufgedeckte Mord an dem Journalisten kein brisantes Thema geworden. Eine Opposition gab es kaum. Einheimische wussten, was ein allzu großes Interesse an dem Mord mit sich bringen würde. Von offener Kritik am Königshaus ganz zu schweigen. Die Königsfamilie und damit auch MBTA hatten immer recht!

Aber international begegnete man dem Kronprinzen gegenüber nunmehr sehr zurückhaltend. Das ewige Verschleiern, das taktische Agieren und die Versuche, die Untersuchungen der türkischen Justiz ins Lächerliche zu ziehen, um schrittweise bei neuen Erkenntnissen doch Eingeständnisse machen zu müssen, um nicht völlig naiv zu erscheinen, hatten das Image von MBTA erheblich beschädigt. Natürlich wackelte sein Thronanspruch nicht, aber die Affäre Mas Al-Thosoggi fügte ihm erhebliche Schrammen zu. Das war für ihn unerträglich. Noch mehr ärgerte es den künftigen König, dass alle Geheimdienste in der westlichen Welt, wie auch in Russland, China und insbesondere im verhassten Teheran, sich über die stümperhaft ausgeführte Aktion amüsierten. Und zur Krönung des Dilemmas ließen sich die beauftragten Mörder auch noch bei Betreten und Verlassen der Botschaft, dem Tatort des Mordes, filmen! Das Video wurde ins Netz gestellt und weltweit gesehen. Eine Blamage für das Königshaus in Riad.

Selbstredend verurteilte Mohammed bin Talman Alsisi öffentlich den Mord auf das Schärfste. Er versprach dem Ausland, die heimtückische Tat restlos aufklären zu wollen. Eine Auslieferung der mittlerweile gefassten Schergen kam für ihn jedoch nicht infrage. Die Auftragsmörder waren zwar verhaftet worden, aber heimlich beförderte die Generalität sogar alle von ihnen. Schließlich hatten sie den königlichen Auftrag ausgeführt, wenn auch schlampig. Es wurde sogar ein großes Fest für sie ausgerichtet.

Alle fünfzehn bekamen die Vorfreude auf die kommende Nähe zu Allah zu spüren, denn jeder von ihnen hatte das Vergnügen, sich die Nacht nach den Feierlichkeiten mit mehreren äußerst freizügigen und hübschen Frauen sehr angenehm gestalten zu können. Im Himmel würden ja noch mehr als siebzig Jungfrauen auf jeden von ihnen warten. Einen Tag später wurden alle fünfzehn Attentäter im Hinterhof des Gebäudes, in dem sie die letzten irdischen Stunden verbracht hatten, hingerichtet. Die Männer konnten es kaum glauben, zunächst galten sie als Helden und jetzt sollten sie sterben? Aber sie nahmen ihr Schicksal schweigend hin, schließlich hatten sie ihrem König Treue bis in den Tod geschworen. Ihre Familien waren versorgt, und Allah würde sie mit offenen Armen als Märtyrer empfangen. „Allahu akbar", riefen sie laut, als das Schwert des Henkers ihnen die Köpfe abtrennte. „Allah ist am größten, am wichtigsten!" Die Angehörigen sollten eine Apanage von jeweils einer Million US-Dollar erhalten. Der Offizier der Gardetruppe, der die Hinrichtung befehligte, lächelte still vor sich hin. „Ahmaqs, Idioten!" Er dachte an die fünfzehn Millionen US-Dollar, die gerade auf sein Konto flossen. Davon würden nur zehn Prozent an die Familien der sogenannten Märtyrer überwiesen werden, der Rest war für seine eigene Altersversorgung.

Habib Al Raschid Ben Abuhassah erhob sich und schaute die um ihn gescharten Männer entschlossen und grimmig an. Er hatte den geheimen Auftrag des zukünftigen Königs genau verstanden und gedachte, ihn in wenigen Monaten erfolgreich umgesetzt zu haben. Es galt, die Schande zu vergelten, die der amerikanische Präsident Ronald J. Rampthon und Yigit, der Sultan vom Bosporus, über Mohammad bin Talman Alsisi gebracht hatte. In Geheimdienstkreisen war bekannt geworden, dass sich beide Staatsführer insgeheim über die Unfähigkeit des Saudis lustig gemacht hatten. Der türkische Präsident schäumte offiziell vor Wut über den Tathergang und die Unverfrorenheit, dass eine ausländische Macht in seinem Land einen Mord beging. Der Amerikaner hielt sich zwar offiziell zurück, aber die eine oder andere verbale Spitze gegenüber MBTA kwitterte er in die Welt. Daher hatte oberste Priorität, dass dieses Mal das Attentat professionell durchgeführt werden musste. Am Tatort, an dem beide Großmäuler ihr Blut vergießen und ihr Leben aushauchen würden, fände man sogleich auch die Attentäter – Iraner. Diese gottverdammte Brut aus Teheran. Ein perfekter Plan der Saudis. So jedenfalls dachte der Kronprinz. So waren bereits irgendwo in der Wüste nördlich von Syrien fünf Iraner entführt worden. Sie saßen mittlerweile in einem tiefen Verlies in Riad und würden erst wenige Stunden vor dem geplanten Anschlag nach München gebracht werden, eingeschleust als Diplomaten. Auf der Münchner Sicherheitskonferenz würden Al Raschid und seine Männer zuschlagen und danach für immer von der Bildfläche verschwinden. Die Welt würde erkennen, wo der wirkliche Feind saß. Nicht in Riad, sondern in Teheran. Und die beiden dummen Präsidenten wären tot. Eigentlich, so dachte der Kronprinz, müssten die USA und die Türkei mir dankbar sein, wenn diese Lügner für immer von dieser Weltbühne abtreten. Leider kann MBTA den Lohn dafür nie offiziell beanspruchen, aber Allah wird es sehen!

Habib Al Raschid ben Abuhassah erläuterte zunächst einmal den ausgearbeiteten Plan. Dazu stellte er den Männern den groben Ablauf kurz dar. Auf genaue Details verzichtete er absichtlich. Zunächst lobte er Allah und das Königshaus. Dann ging er auf die eigentlichen Zielpersonen des Attentats ein. Der amerikanische wie auch der türkische Präsident würden es sich im kommenden Februar nicht nehmen lassen, im feudalsten Hotel Münchens zu residieren. Beide Staatsführer neigten zum Gigantismus, darauf war immer Verlass. Und genau dort sollte es passieren. Im Hotel *Imperial Majestic*. Wie die Sicherheitsleute des Hotels, des türkischen Ministerpräsidenten und vor allem die des *Secret Service*, der Leibwache des amerikanischen Präsidenten, ausgeschaltet werden würden, schilderte Al Raschid noch nicht. Eine besondere Gruppe des saudischen Geheimdienstes war gerade dabei, hierfür ein entsprechendes Szenario zu entwickeln. Der Planungsstab in Riad hatte in der Vergangenheit bereits diverse Operationen höchst erfolgreich inszeniert und würde auch diese exakt vorbereiten, Unwägbarkeiten ausschließen und den Erfolg gewährleisten.

Heute wollte Al Raschid seine engste Truppe erst einmal für sich und die Sache einschwören. Er musste sichergehen, dass seine Männer alles dafür taten, den gewünschten Erfolg herbeizuführen. Die gesamte arabische Welt würde jubeln, den Hunden aus Ankara und Washington gezeigt zu haben, wie mächtig Araber sind. Auch in Manila, Beirut und Amman würden die Muslime wissen, dass der wahre Führer der arabischen Welt, Mohammed bin Talman Alsisi, zugeschlagen hatte. Die Amerikaner und Türken sowie natürlich auch die verfluchten Juden würden sich nach den erfolgten Attentaten sofort auf Teheran stürzen. Vielleicht, ja sogar sehr wahrscheinlich, würde das das Ende der Herrschaft der Ayatollahs bedeuten. Nun ja, sie waren schon viel zu lange an der Macht, mehr als vierzig Jahre. Zeit für einen Abgang, einen möglichst unrühmlichen.

Der Plan sah vor, dass sich Rampthon und Yigit nach erfolgreicher Auslöschung der Wachen auf Teppichen niederknien müssten und ein letztes Mal beten dürften. Genau zehn Sekunden lang. Yigit würde man vor seinem Tod nicht nach Osten schauen lassen, Ronald J. Rampthon würde stattdessen seinen letzten Blick in die heilige Richtung gen Mekka richten. Beide müssten sich gegenüber hinknien, damit sie einander sehen könnten. Dann käme die Erlösung. Al Raschid würde zuerst Yigit die Kehle von hinten her aufschlitzen.

Und dann wollte er sehen, wie dieser Feigling aus den USA wimmern würde. In seinen Gedanken spielten sich diese Szenen sehr realistisch vor ihm ab. Rampthon würde er allerdings anders töten, der Präsident sollte bis zum Ende seiner Zeit auf Erden röcheln. Für diesen Bastard wäre sein Dolch zu schade. Mit dem Blut des Amerikaners wollte Al Raschid sich nicht besudeln. Auf Ronald J. Rampthon wartete ein banaler Kabelbinder, ein Massenprodukt aus Plastik in den Farben der Stars and Stripes. Der saudische Anführer hatte eine Großpackung davon bereits in einer Niederlassung von *Walmart* kaufen lassen.

Welche Ironie? Make America great again, kauft amerikanische Waren!, dachte Al Raschid. Mache ich, und sie werden den Tod bringen. So wie die Amerikaner überall auf der Welt den Menschen den Tod brachten. Die richtige Antwort auf das imperialistische Amerika und sein unmoralisches und nicht mehr länger hinzunehmendes Verhalten. Und der Repräsentant dieses Landes war in den Augen des Saudis genau der Prototyp des Amerikaners schlechthin. Sie denken nur an sich, beuten andere aus. Wer sich nicht unterwirft, wird angegriffen. Die Amerikaner belügen und betrügen andere Völker und sich selbst. Sonntags gehen sie in die Kirchen und beten, und danach besprechen sie ihre schmutzigen Geschäfte. Genau für dieses Verhalten musste Rampthon sterben. Auf dass alle Ungläubigen sehen könnten, wohin so etwas führt.

Al Raschid winkte einen der vor ihm sitzenden Männer zu sich heran. „Komm her, Ben Hassadi, knie vor mir und blicke deine Brüder an!"

Der Angesprochene wollte nachfragen, warum er dies tun solle, entschied sich aber dagegen und tat, was sein Anführer ihm befohlen hatte. Unsicher starrten ihn die anderen an. Auch sie waren verwirrt und wussten nicht, was das bedeuten sollte.

„Wir sind heute hier zusammengekommen, weil Allah es so wollte. Er hat euch auserwählt, die heiligen Taten zu tun!" Mit großer Theatralik hob Al Raschid beide Arme zum Himmel hoch. „Wenn einer von euch nicht mit reinem Herzen dabei ist, Allah und unserem König zu dienen, dann möge er jetzt diesen Ort verlassen. Wenn einer von euch Zweifel hegt, dann möge er sich äußern. Wenn einer von euch nicht den Mut hat, dann darf er gehen. Wer aber bleibt, ist reinen Herzens und wird belohnt für sein Schweigen und Handeln. So sei es!"

Keiner sagte etwas, alle schluckten und ahnten, wie ernst es ihrem Anführer war. Ben Hassadi nickte kurz, als wolle er bestätigen, hinter den Worten seines Anführers zu sein. „Aber einer von euch will uns verraten. Heute Morgen noch hat er dem Feind einen Brief geschrieben. Hier ist er!" Mit einer schnellen Bewegung zog er dem vor ihm knienden Mann einen Briefumschlag aus der Tasche des weißen Umhangs.

„Aber das stimmt nicht, das Kuvert gehört nicht mir!", beteuerte Hassadi ungläubig flehentlich. „Das muss mir jemand zugesteckt haben. Ich bin ein treu ergebener Diener!"

Al Raschid warf den Briefumschlag in die Runde. Deutlich war zu lesen, dass er an das türkische Konsulat adressiert war. Hinten stand der Name von Ben Hassadi als Absender. Öffnen wollte keiner der Anwesenden den Brief. Der Beweis war schließlich deutlich genug und keiner wollte ihn anzweifeln. Das wäre schließlich Misstrauen gegenüber ihrem Vorgesetzten. Al Raschid zog blitzartig einen farbigen Kabelbinder aus den Falten seines Umhangs. Im Bruchteil einer Sekunde schlang er Hassadi das Plastikband um den Hals, steckte die Lasche in die Öse und zog mit aller Kraft daran. Der Kabelbinder ratschte laut und zog sich fest zu. Der Araber versuchte mit beiden Händen den Kabelbinder von seinem Hals wegzuziehen. Aber das Plastikband saß viel zu fest und grub sich in einer Hautfalte des Halses tief ein. Kein Finger passte mehr darunter. Hassadi starrte entsetzt in die Runde. Seine Augen quollen aus den Höhlen. Dann zuckten die Beine hin und her. Er versuchte zu würgen, aber kein Laut kam mehr aus ihm heraus. Rotzfäden liefen ihm aus der Nase, sein Gesicht lief blau an. Die Bewegungen des Saudis wurden plötzlich langsamer, ein letztes Aufbäumen. Dann wurde der Körper Ben Hassadis ruhig. Beine und Arme waren gänzlich verdreht und vom Körper weggestreckt. Die Augen starrten zur Decke. Sein letzter Blick zeigte nacktes Entsetzen und eine Art Unverständnis. Jetzt öffnete sich ganz langsam, fast gespenstisch, sein Mund und die Zunge glitt heraus. Sie war lilafarbenen, Spucke troff an den Lippen und benetzte sein Kinn. Dann rutschte die Leiche des Arabers ganz sanft nach vorne, bis er vollkommen ruhig am Boden lag. Alle starrten auf den Toten, es war mucksmäuschenstill.

Al Raschid nahm ein kleines scharfes Messer aus einer Tasche seines Umhangs und schnitt von hinten den Kabelbinder vom Hals des Toten. Die Hinrichtung hatte nicht einmal zwei Minuten gedauert. „Entsorgt den Verräter, bringt ihn raus!", befahl er in barschem Ton und dachte lächelnd an den Moment, an dem er mit Ronald J. Rampthon dasselbe machen würde. Der Anführer der Saudis erhob sich und schritt aus dem Raum, den Briefumschlag nahm er mit sich.

Nein, natürlich war Hassadi kein Verräter gewesen, er sollte nur ein Mahnmal für die anderen sein. Die Männer wussten jetzt genau, was mit Verrätern geschah. Nun konnte sich Al Raschid auf den Rest der Gruppe vollkommen verlassen. Keiner würde ihn und die Sache jemals verraten. Unter den Arabern gab es viele feige Männer. Das bedauerte Al Raschid immer wieder, leider. Osama bin Laden war auch so ein Feigling gewesen. Dieser aus Saudi-Arabien stammende Anführer von al-Qaida war für die Terroranschläge des elften Septembers verantwortlich gewesen. Tapferkeit zeichnete jedoch bin Laden nicht aus, sonst hätte er selbst eins der Flugzeuge gesteuert, die ins *World Trade Center* gerast waren. Statt gegen die Imperialisten weiter zu kämpfen, hatte er sich nach den Anschlägen wie ein räudiger Hund mit seiner Geliebten in den Bergen Afghanistans verkrochen, bis ihn schließlich die Special Forces der Amerikaner in seinem lausigen Versteck ausfindig und zu Recht auf der Stelle erschossen hatten. Seine Leiche war unehrenhaft verbrannt worden. Die Asche hatten die Amis aus einem Hubschrauber aufs Meer geschüttet. So sollte kein Muslim beerdigt werden, ein Feigling schon.

Aber es gab auch wunderbare, tapfere und verantwortungsvolle Führungspersönlichkeiten. Er, da war sich Habib Al Raschid Ben Abuhassah sicher, war eine von ihnen. Einfache Menschen sind nur Schafe einer Herde und ein Auserwählter ist der Hirte. Er, Al Raschid. Daher muss man den Schafen immer wieder Angst einjagen. Nur pure Angst verhindert Feigheit. Dann folgen die Schafe selbst dem Hirtenhund. Al Raschid lächelte, die Lektion hatte Wirkung gezeigt, die Schafe würden gehorchen.

Kapitel 16

Tel Aviv, Außenbezirk, Israel.
Die wilde Fahrt im Militär-*Jeep* durch die Außenbezirke von Tel Aviv endete vor einem Maschendrahtzaun. Der Oberst bremste hart und stoppte den Geländewagen. Vor ihnen versperrte ein Tor

die Durchfahrt. Daneben stand ein Wachhäuschen, ein eifriger Soldat sprang von einem Klappstuhl auf und salutierte. Oberst Uri Finkenrath grüßte militärisch zurück und das Tor schwang augenblicklich nach innen auf. Der Geheimdienstoffizier trat aufs Gaspedal und sie sausten über einen geteerten Weg auf das Gelände, an einem Hangar vorbei auf das Rollfeld des kleinen Militärflughafens. Heide Mainz wusste nicht, was der Oberst vom *Mossad* vorhatte. Aber jetzt hieß es erst einmal abwarten und mitmachen. Außerdem tat es gut, wieder an der frischen Luft zu sein, den Wind zu spüren und die Sonne auf der Haut zu fühlen. Obwohl, sie müsste sich mit Sonnenschutzmittel eincremen, denn ihre helle Haut reagierte ziemlich heftig auf längere UV-Einstrahlung.

Sie blickte aufs Flugfeld. Dort standen mehrere uralte *Hueys*, Hubschrauber der israelischen Luftwaffe. Alle waren scheinbar außer Dienst gestellt und warteten auf den Abtransport. Die an jeder Maschine vorhandenen beiden Rotorblätter waren mit Seilen am Boden befestigt und schwankten leicht im Wind. Die militärischen Kennzeichnungen waren noch zu erkennen. „Teppichklopfer" wurden diese *Bell UH-1D* Helikopter von den Insidern genannt. Benannt nach den typisch schlagenden Geräuschen der Rotoren, wenn diese mit voller Schubkraft die Luftmassen zerteilten, um Auftrieb zu bekommen. Diese Hubschrauber waren sehr zuverlässig und von den Amerikanern bereits im Vietnamkrieg eingesetzt worden. Auch in der Bundesluftwaffe flog man den *Huey* noch, als *SAR*-Fluggerät bei der Luftrettung. Doch der *Bell UH-1D* war in die Jahre gekommen. Zwar gab es zahlreiche technische Veränderungen nebst moderneren Triebwerken und viel Elektronik sowie Avionik, aber die zwischenzeitlich vollkommen neu entwickelten Transporthubschrauber, wie der *NH 90* oder die dicke *CH 53*, hatten den *Huey* längst abgelöst. Aber immerhin, der *Bell UH-1D* war jetzt über fünfzig Jahre lang im Einsatz gewesen. Das schaffte kaum ein Auto.

Der *Jeep* fuhr an den alten Helis vorbei, bog um den Hangar herum und dort stand nur noch ein Hubschrauber auf der Rollbahn. Heide Mainz erkannte die gedrungene Form des amerikanischen

Black Hawk. Eine *Sikorsky UH 60*. Finkenrath bremste direkt vor der Maschine und sprang aus dem Geländewagen. Dort warteten bereits zwei Mechaniker und übergaben dem Oberst ein Klemmbrett mit einigen Blättern unter der Drahtspange. Scheinbar eine Checkliste für den Hubschrauber, dachte Mainz. Uri Finkenrath nickte, nahm das Klemmbrett an sich, hakte diverse Stellen ab und unterschrieb am Ende schwungvoll auf den Formularen. Er winkte seiner Besucherin aus Deutschland energisch zu. Sie griff nach ihrer Tasche, die auf der hinteren Sitzbank lag und begab sich zum Heli. Ihr israelischer Gastgeber salutierte und die beiden Mechaniker rannten zurück zum Hangar.

„So, dann mal rein in das gute Stück."

Heide Mainz wunderte sich nicht, denn ein spektakulärer Auftritt war genau das, was sie von Uri erwartet hatte. Bloß nicht beeindrucken lassen!, ermahnte sie sich. „Was ist denn das für eine alte Kiste?" raunzte sie Finkenrath zu. Der antwortete nicht und hielt ihr plötzlich zwei Springerstiefel nebst zwei olivfarbenen Socken hin. „Mit denen da willst du ja nicht wirklich fliegen, oder?"

Sie sollte was? Selber fliegen, meinte er das? Mainz wunderte sich jetzt doch. „Wo sind denn die Piloten?", fragte sie. Sie blickte nach vorne in das Cockpit, aber trotz der abgedunkelten Scheiben konnte sie erkennen, dass dort vorne niemand saß.

„Los, schlüpf rein und los geht's!" Der Oberst umrundete die Maschine und bestieg durch die kleine Cockpittür den *Black Hawk*. Er ließ sich in den Pilotensitz fallen und betätigte, ohne innezuhalten, einige Kipphebel am Armaturenbrett. Sofort blinkten diverse LED-Leuchten. Die Zeiger vieler Anzeigeeinheiten zuckten in der Nullposition und erwachten zum Leben. Finkenrath setzte sich einen Helm mit Plexiglasvisier auf und brachte das Mikrofon vor seinem Kinn in die richtige Stellung. Dann drückte er weitere Schalter über sich, drehte an einem Regler und ein lautes Surren ertönte als Antwort auf seine Startvorbereitungen.

Heide Mainz hatte ihre High Heels bereits ausgezogen und auf die Reisetasche gelegt. Die dicken Socken waren übergestreift, und Heide schlüpfte in die Stiefel, die genau passten. Socken und Stiefel waren nicht neu, dafür aber sauber. Das braune Leder glänzte matt. Der weibliche Oberstleutnant des *MAD* zog die hintere Tür, die eigentlich für die Passagiere des Hubschraubers gedacht war, zu und zwängte sich nach vorn ins Cockpit. Sie setzte sich auf den freien Sitz des Copiloten, schnallte sich an und streifte ebenfalls einen Helm über. Sofort knackte es in der Leitung und sie hörte Finkenrath in Hebräisch reden. Eine fremde Stimme antwortete. Sie verstand jedoch nichts. Der unsichtbare Gesprächspartner, bei dem sich Finkenrath die Startfreigabe holte, saß im Tower. Dass er einen Hubschrauber fliegen konnte und wahrscheinlich eine Lizenz dafür hatte, war den Akten nicht zu entnehmen gewesen. Mainz wunderte sich, immerhin war sie ja beim *MAD*, da sollte man so etwas eigentlich wissen. Sie blickte nach vorn auf die Rollbahn und bemerkte, wie die Rotoren begannen, sich bedächtig zu drehen. Dann wurde das Geräusch der Motoren frenetisch lauter. Die Drehflügel schienen durch die zunehmende Geschwindigkeit eine kreisförmige Scheibe über dem Heli zu bilden. Das Gebrüll der Triebwerke überlagerte jetzt alles.

Finkenrath wirkte äußerst konzentriert und agierte absolut routiniert. Er hatte den Steuerknüppel in der linken Hand, mit der rechten zog er leicht an dem einer Handbremse ähnelnden Hebel. Mit diesem Pitch wurde der Auf- und Vortrieb des Fluggerätes gesteuert. Heide Mainz hatte selbst alle erforderlichen Bedienungselemente in der Konsole vor sich. Insbesondere der Steuerknüppel bewegte sich parallel mit dem, den Uri Finkenrath fest in seiner Hand hielt.

Der *Black Hawk* ruckte kurz und zog etwas hoch, schwankte dabei leicht, stieg dann weitere Meter, drückte die Nase leicht nach unten und begab sich in die Vorwärtsbewegung. Mit geringer Geschwindigkeit folgte der Heli einem gelben Strich auf dem Asphalt, der zur Startbahn führte. Obwohl der Oberst den Heli sofort hätte in den Steigflug bringen können, besagte die Vorschrift, dass sich Hubschrauber, wie auch bei normalen Jets üblich, über Taxiways zur Startbahn bewegen müssen. Von dort aus flogen sie knapp über der Startbahn, und stiegen erst nach kurzem Geradeausflug hoch in die Luft. Diese Grundregel der Flugsicherung bedeutete für alle Luftverkehrsteilnehmer eine Verlässlichkeit in den Flugbewegungen.

Der Oberst agierte sehr konzentriert. Mainz schwieg und schaute nach vorn auf die Rollbahn. Aus eigener Erfahrung wusste sie, dass Starts immer höchste Aufmerksamkeit erfordern. Neben vielen Checks war der Luftraum ständig zu beobachten. Der Wind sorgt oft für ungewollte Turbulenzen, am Boden wie in der Luft. Auf die musste der Pilot vorbereitet sein, jeder Fehler konnte tödlich sein. Mainz freute sich, denn nun war sie wieder in ihrem Element. Vergessen war für kurze Zeit der Grund ihres Hierseins. Im Augenblick zählte nur das Fliegen. Und die Nähe zu Uri Finkenrath.

Der Himmel war wolkenlos, ein leichter Wind von Nordwesten ließ den Luftsack leicht schaukeln. Ideales Flugwetter. Die Maschine beschleunigte leicht, sie erreichten die Startbahn. Dann erhöhte Finkenrath die Triebwerksleistung um ein Vielfaches. Der *Black Hawk* vibrierte stark. Die Geschwindigkeit nahm rasant zu und gleichzeitig gewann der Helikopter schnell an Höhe. Innerhalb weniger Sekunden erreichten sie einhundert Fuß Höhe, dann dreihundert. Wenig später waren sie schon auf tausend Fuß. Der Airport war bereits aus dem Blickfeld verschwunden. Unter ihnen konnte sie Häuser und Straßen noch gut erkennen.

„Na, gefällt dir die Aussicht? Das sind die nördlichen Stadtteile von Tel Aviv.“ Finkenrath blickte sie an. Sie konnte seine Augen unter dem Sonnenvisier des Helmes nicht erkennen, ahnte aber, dass er sie mit seinen Augen fixierte. Er schien diese Situation zu genießen, dass wusste Heide Mainz. Jetzt, da er schon den Hubschrauber steuerte, wollte sie wenigstens kommunikativ das Ruder wieder in die eigene Hand nehmen.

„Ich dachte, Sie, äh … du wolltest mir etwas über die komischen Käfer berichten. Stattdessen scheine ich das Ausflugsprogramm der israelischen Luftwaffe kennenzulernen. Was folgt gleich, ein Fallschirmabsprung?“ Sie blitzte ihn unter ihrem Visier an.

„Na, nun mal nicht so eilig, Heide. Genieße die nächsten Minuten. Du bekommst heute noch alle Informationen, die du haben willst. Aber dafür solltest du dir alles selbst vor Ort ansehen. Wir fliegen nach Nordosten, direkt nach Kiryat Schmona. Dort landen wir!"

Heide Mainz hatte den Namen des Ortes irgendwann schon einmal gehört, wusste jedoch nicht mehr, wo dieser lag. Deshalb war sie froh, als es kurz im Kopfhörer knackte und Uri sie mit weiteren Informationen versorgte: „Der Ort Kiryat Schmona liegt nördlich des Sees Genezareth. Dort leben etwas über zwanzigtausend Israelis. Wir nennen die Stadt auch die ‚Siedlung der Acht'. Anfang der Zwanzigerjahre des vorigen Jahrhunderts zog Trumpeldor mit sieben weiteren Juden in ein Gefecht gegen die Araber. Alle Israelis fielen. 1949 haben wir in Kiryat Schmona ein Aufnahmelager für Flüchtlinge gebaut. Viele von ihnen sind bis heute in der Gegend geblieben und haben ein neues Zuhause gefunden."

Heide Mainz unterdrückte eine witzige Bemerkung über diesen Trumpeldor, denn die sprachliche Nähe zu Dumbledore aus den Harry-Potter-Romanen drängte sich förmlich auf. Doch sie wollte Finkenrath nicht verärgern, vielen Israelis ist die Vergangenheit rund um den Exodus ins Heilige Land nicht nur wichtig, sie ist unantastbar.

Der Hubschrauber flog mittlerweile über unbebautes Land. Die knapp zweihundert Kilometer lange Strecke wurde von dem *Black Hawk* in gut einer Stunde bewältigt. Mainz wusste, dass der Heli fast dreihundert Kilometer pro Stunde schnell sein konnte. Aber der Oberst flog ihn nicht mit voller Leistung, wie sie an den Instrumenten ablesen konnte. Unter ihnen erschien nun eine glatte Wasserfläche. Der legendäre See Genezareth kam in Sicht. Die ovale Form des Süßwasserreservoirs war von hier oben gut zu erkennen.

„Der See ist fast einundzwanzig Kilometer lang und dreizehn breit. Er liegt mehr als zweihundert Meter unter Normal Null, schau mal auf den Höhenmesser." Der Oberst sprach jetzt wie ein Fluglehrer mit seinem Schützling. Eine der drei Höhenmeteranzeigen war auf Normal Null, also Meereshöhe, eingestellt und zeigte momentan knapp 2.600 Fuß an, obwohl sie doch in mehr als 1.000 Meter Höhe über Grund flogen.

„Willst du mal?“, fragte Finkenrath und ließ den Steuerknüppel mit der rechten Hand los, behielt aber seine linke am Pitch. Heide Mainz war einen Heli noch nie selbst geflogen. Sie wusste, dass das viel komplexer war als bei einem normalen Flugzeug. Dennoch durfte das hier kein Hexenwerk sein. Sie packte entschlossen den Steuerknüppel und drückte die Nase des Hubschraubers leicht nach unten. Der *Black Hawk* reagierte sofort und durch die Neigung erhöhte sich die Geschwindigkeit. Die Höhenmesser zeigten einen leichten Sinkflug an.

„Flieg eine Rechtskurve, Kurs eins eins null. Höhe beibehalten.“

Mainz gehorchte und brachte den Hubschrauber in die gewünschte Richtung, bis die Anzeige der Kompassnadel die vorgegebene Markierung erreichte. Der Höhenmesser stagnierte.

„Ich verstelle jetzt ein wenig den Winkel der Rotoren, wir gehen langsam in den Sinkflug“, kündigte Uri an. Gleichzeitig verringerte er den Schub des Triebwerkes und der Heli begann, leicht an Höhe zu verlieren. Nach und nach sank er tiefer.

Das kristallklare Wasser des Sees unter ihnen schimmerte im gleißenden Sonnenlicht. Plötzlich ertönte ein Warnton, diverse LEDs leuchteten rot auf. Finkenrath drückte diverse Schalter. In der Mitte des Armaturenbretts war die grünschimmernde Anzeige des Radars untergebracht. Dort war zu erkennen, dass ein fremdes Objekt schnell aus der rechten oberen Ecke des Bildschirms auf die Mitte des Kreises, der den Standort des *Black Hawks* markierte, zukam. Jetzt veränderte sich der Ton des Alarms, er wurde lauter und hochfrequenter. Weitere Warnleuchten blinkten auf. Mainz sah zu Uri hinüber, der äußerst konzentriert, aber keineswegs panisch den Hubschrauber steuerte. Gleichzeitig gab er einen kurzen, prägnanten Lageplan über Funk an die Flugsicherung.

„Festhalten“, brüllte er ins Mikro. Mainz klammerte sich an den Sitz, ließ den Steuerknüppel los.

Finkenrath klappte einen Schalter um, darunter befand sich eine rote Taste. Er drückte diese und augenblicklich knallte es laut unterhalb des Hubschraubers. Heide sah einen Rauchstrahl, der unterhalb des Black Hawks mit hoher Geschwindigkeit davonflog.

Mainz wusste nicht, ob Finkenrath gerade eine passive oder aktive Abwehrmaßnahme eingeleitet hatte. Auf dem Radar sah sie, wie sich beide Objekte, als pulsierende Punkte dargestellt, mit großer Geschwindigkeit annäherten. Heide Mainz wie Uri Finkenrath starrten gebannt auf die Anzeige. Kurz vor der Kollision verschwand einer der Punkte auf dem Radarschirm. Er hatte die Position der Abwehrrakete des Hubschraubers markiert. Plötzlich waren statt der weißen Markierung, die die Rakete dargestellt hatte, viele kleine Pixel zu erkennen, die jetzt flimmerten und schnell wieder verschwanden. Die Abwehrrakete war explodiert. Ihre Überreste, viele kleine Schrapnelle, flogen umher. Durch die Detonation der sogenannten passiven Abwehrwaffe sollte die angreifende Rakete in die Irre geführt werden. Die Verteidigungsrakete imitierte bei der Explosion, mittels der glühend-heißen Partikel, das eigentliche Ziel, den Hubschrauber. Luft-Luft-Angriffsraketen sind so programmiert, dass sie stets die größte Wärmequelle ansteuern. Statt die Auspuffrohre der Triebwerke eines Flugzeugs oder Hubschraubers zu treffen, rast die angreifende Rakete in die Wolke der umherfliegenden Teile der zuvor explodierten Abwehrwaffe. Dort detoniert sie in einem riesigen Feuerball. Das eigentliche Ziel wird nicht getroffen und entkommt unbeschadet.

Doch das auf den *Black Hawk* zurasende Flugobjekt war noch immer zu erkennen und nahm plötzlich eine Linkskurve. Es umflog die dichte Wolke aus tausend kleinen heißen Stahlteilchen und visierte erneut den Hubschrauber an. Wieder ertönte das Warnsignal, diesmal in einem noch schrilleren Ton. Eine Computerstimme, diesmal in englischer Sprache, gab mit abgehackt klingenden Worten bekannt, dass ein Crash in zehn Sekunden bevorstünde Unmittelbar darauf erfolgte ein Countdown, „Ten, nine, eight, seven."

Finkenrath betätigte erneut einen Kippschalter und drückte darauf. Ein weiterer Knall erfolgte, und der Hubschrauber wurde erneut durchgeschüttelt und nach oben geschleudert. Wieder fauchte eine Rakete unter dem Helikopter in Richtung der angreifenden Rakete los. Der Oberst drückte gleichzeitig Pitch und Steuerknüppel heftig nach vorn, der *Black Hawk* drückte die Nase steil nach unten und sackte durch. Er fiel wie ein Stein gen Erde. Der Höhenmesser drehte sich wie von Geisterhand bewegt auf null zu. Mainz drückte sich instinktiv in den Sitz. Das Triebwerk jaulte laut auf und Finkenrath steuerte den Hubschrauber in eine nach unten gerichtete Linksspirale. Laute Kommandos waren im Kopfhörer zu vernehmen. Alle Anzeigen blinkten gelb und rot. Der Hubschrauber sackte erneut durch und raste auf den Erdboden zu. Ein ohrenbetäubender Knall, und Heide Mainz wurde mit brachialer Gewalt in den Sitz gepresst, als der Heli abbremste und fast bewegungslos in der Luft hing. Unter ihr sah sie den Erdboden, keine fünf Meter entfernt. Der *Black Hawk* flog einen Bogen nach rechts und beschleunigte wild. Mainz sah mehrere Lkws auf einer Betonpiste stehen, daneben entdeckte sie einen Hangar. Das Tor war weit geöffnet. Uri zog den Heli direkt darauf zu. Der Hubschrauber schoss nach vorne. In dem Moment explodierte eines der großen Fahrzeuge und verwandelte sich in einen roten Feuerball. Die ungeheure Druckwelle katapultierte den *Black Hawk* durch das Eingangstor. Vor den Cockpitfenstern tauchte jetzt ein gelber Schaufelradbagger auf, der in der Halle geparkt war. Dann knallte es, plötzlich war alles dunkel. Die Rotorblätter sprühten Funken, das Triebwerk jaulte wie ein tödlich verwundeter Löwe, quälte sich noch einige Sekunden und erstarb mit einem letzten Seufzer. Die Rotorblätter brachen ab und zerbarsten. Teile flogen in alle Richtungen. Es stank entsetzlich nach Kerosin. Irgendetwas Großes in der Dunkelheit der Halle schmetterte mit Getöse zu Boden. Ein Fass mit brennbarer Flüssigkeit explodierte, noch ein Scheppern. Dann Stille, absolute Stille.

Mainz spürte Schmerzen in der Brust, ihr rechter Knöchel brannte wie Feuer und Blut lief ihr aus der Nase. Ihr Körper war irgendwie verdreht. Sie wollte sich strecken, aber die Gurte hielten sie fest. Sie blickte zu Uri hinüber, konnte aber nichts erkennen. Alle Anzeigen im Cockpit waren erloschen. Sie hörte nichts mehr, riss sich den Helm herunter. Jetzt konnte sie wenigstens ihren Kopf bewegen. Sie schaute erneut zum Pilotensitz hin, dort, wo gerade noch Finkenrath gesessen hatte. Der Platz war leer, die Cockpittür hing in ihren Scharnieren und schaukelte leicht hin und her. Mainz wurde schwarz vor Augen, dann umgab sie Dunkelheit und Wärme. „So stirbt man also", schoss es ihr noch durch den Kopf, bevor sie bewusstlos wurde.

Kapitel 17

Langley, Virginia, USA

Walter Cheney hatte sein Team angewiesen, die von Admiral Cotterfield vorgegebenen Suchbegriffe ins System einzugeben. Das Potenzial an Rechnerleistung, das die Behörde in Langley nutzen konnte, war gigantisch. Jeder Computer, der auf Staatskosten angeschafft worden war und dessen Rechnerressourcen frei waren, wurde angezapft. Dann requirierte die Software der *CIA* diese Ressource und nutzte sie für ihre eigenen Vorgänge. Ob die angezapften Geräte ausgeschaltet oder aber die Arbeitsspeicher und Prozessoren im laufenden Betrieb nur gering ausgelastet waren, die *CIA* schaltete sich auf alle verfügbaren Rechner. Ein ausgeklügeltes System verteilte Arbeitsaufträge und die Detailergebnisse wurden Sekunden später wieder an andere Regionalrechner zurückgegeben. Diese verdichteten die Teilresultate und bedienten damit den Hauptrechner, der die Ergebnisse der vielen Rechenoperationen zu einem großen Ganzen zusammenfügte. Eine Rückverfolgung dieser Daten oder gar eine Speicherung auf den Peripheriecomputern wurde technisch blockiert. Die Software hinterließ keine Spuren, alles wurde gelöscht. Typisch für einen Geheimdienst, darauf verstand man sich bestens.

Kein User ahnte, welche illegalen Methoden vom Staat in der digitalen Überwachung angewendet wurden. Manche städtischen Bediensteten oder Universitätsmitarbeiter wunderten sich darüber, dass ihre Rechner mitten in der Arbeit innehielten, Zugriffszeiten unendlich lange dauerten oder Systeme ohne anscheinenden Grund abstürzten. Einige User bemerkten, dass die Computer im Hintergrund Operationen ausführten, denn die Arbeitsspeicher, die CPUs und die Prozessoren waren ausgelastet und verwehrten Eingaben. Selbst Reboots konnten nicht ausgeführt werden. Sobald das externe Anzapfen beendet war, fuhren die Computer herunter und starteten sich neu. Dabei zeigten sie an, dass wichtige Updates gelaufen seien. Wenig später arbeiteten die Rechner wieder wie gewohnt.

„Wie fremdgesteuert", meinten einige genervt und wussten dabei nicht, wie recht sie damit hatten. Sie bekamen auch nicht mit, dass ihr Computersystem, beispielsweise beim Öffnen einer Worddatei, im Hintergrund parallel E-Mails, die in Istanbul an chinesische Adressen oder aber an Oligarchen außerhalb Russlands gesendet worden waren, überprüfte. So war ein zu langsames Arbeiten auf der sichtbaren Arbeitsoberfläche nur logisch.

Diese Eingriffe in private Computerdaten wurden auch von anderen Staaten vorgenommen. Während der Coronapandemie verknüpften die südkoreanischen Behörden Informationen miteinander, die sie von Überwachungskameras, Bezahlvorgängen mit Kreditkarten und privaten Handyortungen erhielten. Durch die Bespitzlung ihrer Bürgen waren die Südkoreaner in der Lage, Infizierte und deren Kontaktpersonen zu überwachen und Bewegungsprofile anzufertigen. Dies half, die Ansteckungsgefahren einzudämmen. Dennoch war das Vorgehen rechtswidrig.

Der amerikanische Geheimdienst hatte, kurz nach Ablegung des Amtseides durch Ronald J. Rampthon, den Vorschlag zur diskreten Nutzung freier staatseigener Rechnerleistungen dem Sicherheitsberater des Präsidenten unterbreitet. Dieser informierte den Chef im Weißen Haus beim gemeinsamen Lunch. Es wurden Cheeseburger und Sahnepudding sowie *Cola* gereicht. Ronald J.

Rampthon war bezüglich des Vorschlags zur Anzapfung der Rechner sofort Feuer und Flamme. „Was für eine großartige Sache, auf die wäre dieser Afrikaner aus Kenia, der auch mal im Oval Office gesessen hat, nie gekommen. Das ist doch ein Fortschritt!"

Das bedeutete grünes Licht für das Projekt *Troja*. Wenige Tage später war die entsprechende Software bei allen staatseigenen Computersystemen aufgespielt worden. Verkauft, wie die *CIA* es nannte, hatte man das den Usern im Staatsdienst mit einer besonderen Sicherheitssoftware, die die eigenen Systeme gegen feindliche Angriffe schützen sollte. Das Aufspielen war von „oben" angeordnet worden, denn das Heimatschutzministerium hatte die Verfügung erlassen. Dass aber auch die angezapften Computer samt ihrer Speicher nach brauchbaren Informationen durchkämmt wurden, wussten noch nicht einmal die offiziellen Programmierer der *CIA*. Das wiederum hatte die Chefetage in Langley einfließen lassen und die Software dafür extern eingekauft. Kein Wissen an einer Stelle konzentrieren war ein probates Mittel der Geheimdienste. Auch der gelbblonde, frühere Immobilienmogul aus Manhattan, der jetzt Staatsoberhaupt war, ahnte nicht, dass *Troja* sein Smartphone, sein *IPad*, seinen Laptop und den offiziellen Rechner im Weißen Haus anzapfte.

„Big brother is watching you", war Jahrzehnte nach George Orwells Roman Wirklichkeit geworden. Die im Hintergrund tätigen Algorithmen suchen in allen Datenbeständen, auf die die *CIA*, die *NSA* und auch das *FBI* Zugriff nahmen, jetzt auch unter dem Begriff „Skarabäus" nach Informationen.

Die amerikanischen Geheimdienste waren äußerst erfahren darin, jegliches Datenmaterial aufzuspüren und zu sichten. Durch immer schnellere Prozessoren in den Rechnern, mit intelligent gesteuerten Programmen, wurden nicht nur Daten, die die Geheimdienste selbst ermittelten, sondern auch alle anderen Informationen, derer man habhaft wurde, direkt nach diversen Kriterien sortiert und gefiltert. Im weiteren Verlauf wurde noch weiter selektiert, verfeinert und Informationen zu speziellen Dossiers zusammengestellt. Erst diese mehrfach geprüften und später gebündelten Informationen wurden von geschulten Geheimdienstlern gesichtet und bewertet. Vieles wurde verworfen, anderes Material wieder gespeichert und weniges davon weitergereicht. Durch diese ständigen Selektionsverfahren kamen am Ende zwar nur noch wenige, dafür aber sehr vielversprechende Hinweise heraus.

Dann begann der normale Geheimdienstprozess. Daten wurden weitergereicht und von verschiedenen Stellen erneut bewertet. In einigen Fällen stellte der Geheimdienst das Material Agenten vor Ort zur Verfügung, die daraufhin Recherchen in ihrem Umfeld generierten und Ergebnisse zurück nach Langley berichteten. So kristallisierten sich nach und nach relevante Informationen und Daten heraus und es konnten wertvolle Hinweise, Beweise oder Ähnliches gewonnen werden. Kaum ein Informationskanal blieb ungenutzt. Dazu gehörten nicht nur abgehörte Telefonate, Faxe und E-Mails, sondern die Spionage widmete sich auch den Servern, Clouds, Hotspots und Wlans, ob gesichert oder nicht. Uncle Sam hörte alles mit.

Einen Meilenstein in der „Schleppnetzkaperung von Daten", wie das der unlängst von Ronald J. Rampthon gefeuerte *FBI*-Chef betitelt hatte, war die Nutzung der sozialen Netzwerke. Die Regierung hatte mit Drohungen, durch Einschränkung der Geschäftstätigkeiten und gleichzeitig in Aussicht gestellten Steuervorteilen sowie Schutz vor ausländischen Finanzbehörden, viele Media-Unternehmen zur inoffiziellen Mitarbeit verpflichtet. *Tacebook, Minstagram, Wowsapp, Kwitter* und viele andere Dienste gewährten nunmehr den Algorithmen der Geheimdienste Zugang zu ihren Daten. Natürlich unter dem Schweigemantel des Heimatschutzgesetzes. Keines dieser Social-Media-Portale wollte es sich mit der Rampthon-Administration verderben.

Es war erstaunlich, dass nicht nur harmlose Privatpersonen in diesen Medien alles, auch noch so private Details, preisgaben. Vom Geburtsdatum über die Kreditkartennummer bis zu intimen Fotos, die Menschen vertrauten *Tacebook* und Co. alles an. Mit illegaler Nutzung dieser Daten konnten schätzungsweise achtzig Prozent der Amerikaner erpresst und gefügig gemacht werden. Alleine die Anzahl der Klicks auf Pornoseiten oder aber die getürkten Angaben auf Partnervermittlungs-Websites genügten, viele Männer zwischen sechzehn und siebzig Jahren für die Geheimdienste nutzbar zu machen. Alleine schon durch die reine Androhung der Veröffentlichung der erbeuteten Daten. Die avisierte Möglichkeit der Zusendung dieser Informationen an die E-Mail-Adressen der Ehefrauen würde schon ausreichen, sich das Wohlwollen der Erpressten zu sichern.

Aber auch subversive Elemente nutzten die Sozialen Medien. Sie verabredeten und tauschten sich aus, forderten zum Beispiel Daten für den Bau von Sprengbomben und Molotowcocktails an. Auch die Nutzung des Darknets wurde überwacht. Hier war die Entschlüsselung der Informationen noch einfacher, da viele Nutzer glaubten, im Dunklen agieren zu können.

Auf Walter Cheneys Schreibtisch landeten bislang keinerlei Hinweise auf besondere Aktivitäten im Nahen Osten, die in Verbindung mit den merkwürdigen Käfern standen. Auch beim *Mossad* war nichts zu beobachten. Dort gab es nur vermehrte Aktivitäten, die darauf hindeuteten, dass die Israelis ein Attentat der *Hisbollah* auf die Gedenkstätte Jad Vaschem befürchteten. Doch dann erschien eine aktuelle Nachricht auf Cheneys Bildschirm: „Beschuss eines israelischen Hubschraubers mittels Boden-Luft-Rakete Nähe der Golanhöhen. Besonderer Hinweis, der angegriffene *Black Hawk* sendete keine militärische Kennung!“

Dies hatte die Luftüberwachung einer NATO-*AWACS*, eine *Boeing E-3* auf der Basis des alten Langstreckenjets *B 707-320* konstruiert, die über dem östlichen Mittelmeer patrouillierte, noch auffangen können, bevor der Helikopter vom Radar verschwand.

Das Verschwinden des Helikopters an sich war noch kein Grund zur Annahme eines Abschusses, denn Hubschrauber können fast überall schnell landen. Jedoch war Sekunden zuvor eine Boden-Luftrakete, circa drei Kilometer entfernt, von syrischer Seite auf den Hubschrauber abgefeuert worden. Dieser hatte seinerseits zunächst mit einer Passivwaffe versucht, von sich abzulenken. Die Boden-Luft-Rakete, wahrscheinlich eine

Buk M1, mit der schon der Malaysia-Passagierjet *MH 17* über der Ukraine abgeschossen worden war, wich der Abwehrmaßnahme des *Black Hawks* jedoch aus. Wahrscheinlich war die *Buk*-Rakete von einer der getarnten Bodenstationen gesteuert worden. Der Hubschrauber hatte wenige Sekunden später eine weitere Abwehrwaffe abgefeuert. Es schien sich dabei um eine Luft-Luft-Rakete zu handeln, die das feindliche Geschoss nicht nur ablenken, sondern direkt treffen und vernichten sollte. Kurz danach verlor der Helikopter schnell an Höhe und verschwand vom Radar. Gleichzeitig explodierte etwas in der Nähe der Absturz- oder Landestelle. Der Größe nach war das aber nicht der Hubschrauber gewesen. Die Wärmeabsonderung, die das Aufklärungsflugzeug registrierte, deutete eher auf eine Explosion der Rakete am Erdboden hin. Die noch vom Hubschrauber abgefeuerte zweite Rakete hatte das feindliche Geschoss knapp verfehlt, kehrt gemacht und Kurs auf die Explosionsstelle am Boden genommen. Kurze Zeit später erfolgte die zweite Detonation.

„Schöner Scheißdreck!“, meinte Walter Cheney. „Was ist denn da schiefgegangen? Haben wir Satellitenbilder?“

„Klar, Chef, haben wir. Dachte mir schon, dass Sie die sehen wollen. Hier, ich schicke Ihnen was auf ihren Monitor!“ Ein junger Lieutenant scrollte mit der Computermaus das Bild auf dem Monitor nach oben. Sofort erschien ein Luftbild des Gebietes, in dem der Hubschrauber nach dem Angriff niedergegangen war.

Cheney konnte eine graue Betonfläche und diverse Hallen erkennen. Einige Lkws und Anhänger standen ungeordnet herum. Er drückte den Vorwärtslauf und hörte von dem Techniker, dass das Bild vom Satelliten fünf Sekunden vor der Explosion aufgenommen worden sei. Der *CIA*-Agent klickte nun seinerseits mit der Maus auf den „Go-Button“, und die Bilder, eines pro Sekunde, liefen in Echtzeit ab. Cheney sah jetzt den Hubschrauber, tatsächlich ein *Black Hawk*, der taumelnd auf den Boden zusteuerte, eine scharfe Kurve flog und knapp über dem Erdboden auf eine Halle zusteuerte. In dem Moment explodierte ein Feuerball direkt rechts vor dem Halleneingang, und der dort geparkte Lkw verschwand in einem Feuerball. Wenige Sekunden später verwandelte sich das gleißende Licht der Explosion in eine schwarze, undurchdringliche Wolke aus Qualm. Es blitzte erneut heftig und ein weiterer Feuerball war zu sehen. Genau an der Stelle der ersten Detonation. Wieder verwandelte sich das gleißende, orangefarbene Licht in schwarzen Rauch und Dampf. Vom Hubschrauber war nichts mehr zu sehen, nicht einmal ein qualmendes Wrack oder ein glühendes Stahlkorsett.

Cheney scrollte das Video vor, bis er wieder Aktivitäten auf dem Boden erkennen konnte. Zunächst sah er, wie ein *Jeep* heranraste, dann ein weiterer und wenig später fuhr noch ein Lkw vor. Ein Feuerwehrwagen kam heran und stoppte circa zehn Meter vom Brandherd entfernt. Wo jetzt die Flammen loderten, hatte vor Kurzem noch der Lkw gestanden, bis er explodierte.

„Was für ein Spektakel", meinte der Lieutenant aus dem Hintergrund. „Wir haben mittlerweile die Kennung des Helis identifiziert. Ist ein Hubschrauber der Armee, der für den *Mossad* abgestellt ist und für Verbindungsflüge eingesetzt wird. Ich habe mich in die Kommunikation gehackt. Der Controller, der für die Luftsicherheit des Hubschraubers verantwortlich war, hat den Piloten mit „Oberst Finkenrath" angesprochen. Also ist der *Mossad* im Spiel. Und dieser Finkenrath war auf dem Weg zum Flughafen, um die Lady des *MAD* abzuholen. Interessant, nicht wahr?"

Cheney runzelte die Stirn. Dieser weibliche Oberstleutnant der Krauts ist bestimmt nach Israel geflogen, um sich näher über die Skarabäen zu informieren, ging es ihm durch den Kopf. Diese israelischen Schleimscheißer tun alles, damit sie ihre U-Boote von Deutschland geliefert bekommen. Und die kleine Hure fliegt sofort ins Heilige Land, wippt mit ihren Titten, wackelt mit dem Arsch und schon nimmt sie der Oberst zu einem Hubschrauberausflug mit. Spannend, aber wohl nicht nur zum Vergnügen! „Beobachten Sie die Szenerie weiter und informieren sie mich, sobald sie wissen, was aus dem Heli geworden ist! Klar?", weist er den Lieutenant an

„Yes, Sir! Aber es geht noch weiter, da werden zwei Menschen aus der Halle oder dem Hangar geführt. Sieht so aus, als wenn sie gestützt würden!"

Cheney zoomte jetzt näher heran. Zwei Personen wurden aus der Halle gebracht, ein Mann in Khakiuniform mit Glatze und die andere war eindeutig eine Frau, deren lange rote Haare gut zu erkennen waren. „Heide Mainz und Uri Finkenrath!" rief er bestätigend. Beide schienen nicht schwerer verletzt zu sein. Sie humpelten jedoch an der Seite ihrer Retter. Ein Sanitätsfahrzeug kam angerollt und sie wurden hineingehievt, dann entfernten sich die Fahrzeuge. Die Feuerwehr löschte noch immer die Brandstelle.

Cheney wollte schon den Bildschirm schließen, als eine weitere Explosion zu sehen war. Die gesamte Halle, in die der Hubschrauber wohl geflogen sein musste, zerbarst in einem riesigen Feuerball.

„Was für eine Story!", fauchte Cheney. „Erst wird der Heli angegriffen, kann sich nicht final verteidigen, ergreift die Flucht und rettet sich in die Halle, die Raketen jagen sich, sprengen den Lkw in die Luft, Finkenrath und Mainz werden aus dem Heli geborgen und dann fliegt die ganze Scheiße in die Luft!" Cheney schlug sich auf die Schenkel. „Sollten wir Steven Spielberg verkaufen, da spart sich Hollywood jede Menge Geld. Was für ein Spektakel! Aber dieser Fuzzi vom Geheimdienst kann gut fliegen. Alle Achtung, du kleiner Judenarsch!" Er sprach in Richtung des Monitors, so, als könne ihn Finkenrath hören. „Einen *Black Hawk* in einer Garage zu parken, wow, das nenne ich landen! Okay, der Heli ist zwar zu Bruch gegangen, aber eingeparkt ist eingeparkt."

Kapitel 18

Geitelde, Braunschweig, Deutschland.

Das Kennenlernen von Quintus Schwarz bedeutete viel für Raimund Schleithmann. Es kam ihm vor, als hätten sie beide schon seit langer Zeit auf dieses Treffen hingearbeitet, ohne voneinander zu wissen. Das erste lange Gespräch im Restaurant *Nolle* war schon höchst interessant gewesen. Schwarz hatte Schleithmann nach seinen Forschungsergebnissen in Brasilien mit großem Interesse befragt. Das Thema „Wen hat die Natur am besten mit Überlebensgenen ausgestattet?", war für ihn mehr als spannend. Schleithmann schilderte seine Forschungserlebnisse und untermauerte die von ihm entworfene These, dass Ameisen die wahren Giganten auf dieser Erde seien. Schwarz saugte alle Informationen, die ihm der Braunschweiger Professor vorlegte, begierig auf. Die Selbstlosigkeit der Ameisen, ihr unbedingtes Eintreten für das eigene Volk und das Kooperieren mit anderen Ameisenvölkern stellte unglaubliche Fakten dar. Die Organisation des gesamten Staates dieser Insekten war einfach genial.

Später, als die beiden Wissenschaftler im Hotel angekommen waren, in dem Schleithmann übernachtete, setzten sie den wissenschaftlichen Dialog fort. Der Braunschweiger hatte das Angebot von Schwarz, in seinem Haus zu übernachten, freundlich abgelehnt. Zu viel private Nähe war ihm momentan noch nicht recht. Er benötigte nach interessanten Dialogen oder Debatten immer eine gewisse Zeit für sich, um über alles in Ruhe nachdenken zu können. Das intensive Gespräch der Wissenschaftler über die Vorstellung, welche ihrer Forschungsergebnisse von der Menschheit adaptiert werden konnten, war so fesselnd, dass die beiden erst nach diversen Kommentaren des Barkeepers, der sie an der Hotelbar bediente, bemerkten, dass sie seit zwei Stunden noch immer vor zwei vollen Gläsern Rotwein saßen. Sie hatten ihre Umwelt komplett vergessen. Es wurde bis spät in die Nacht diskutiert. Schwarz informierte Schleithmann über alle Ergebnisse seiner Arbeit. Künstliche Intelligenz als Abbild der Natur, wie passte das mit dem Thema Überleben zusammen? Die Erklärung war so einfach wie erstaunlich. Genauso wie Ameisen sich vernetzen, so funktioniert auch das menschliche Gehirn. Der Zusammenschluss vieler, nicht hierarchisch geordneter Einzelteile bewirkt intelligentes Verhalten. Nicht vorgegebene Lösungen, sondern das wertfreie Suchen und Ausprobieren neuer Wege ermöglichen bessere Ergebnisse. Genauso funktioniert Künstliche Intelligenz.

Beide Wissenschaftler hatten als junge Schüler und später auch als Studenten immer wieder nur vorhandenes Wissen pauken und auswendig lernen müssen. „Nachplappern" nannten sie beide das, am besten im Dialekt des entsprechenden Professors. Immer auf bereits bekanntem Terrain lernen, anstatt neue Wege zu suchen und auszuprobieren. Besonders dann, wenn zu Beginn der Lösungssuche nicht erforschtes Wissen als irrational oder verrückt eingeschätzt wurde. Da hatte Einstein recht gehabt, in dem er seinen Lehrmeistern gerne widersprach. Emergenz war in diesen Tagen das Motto von Schwarz und Schleithmann geworden. Nichtwissend, welche Lösung zu Beginn einer Fragestellung gefunden wird. Wie spannend ist die Natur!

Der Wissenschaftler saß jetzt wieder zu Hause in Braunschweig an seinem Schreibtisch. Vieles von dem, was ihm Quintus berichtet und das er mit Stichpunkten in seinem Notizheft festgehalten hatte, verifizierte er im Nachhinein und suchte so manchen Begriff im Internet. Er coogelte, las in *Klikipedia* nach, stöberte in der Universitätsbibliothek online nach Fachwörtern. Erstaunlich war für ihn, dass sowohl die Künstliche Intelligenz wie auch das Verhalten der Ameisen kaum etwas mit Emotionen zu tun hatte. Natürlich ließen sich Wissenschaftler, gerade in den Bereichen der Biologie oder Physik, nicht von Emotionen leiten oder titulieren sie bei den Forschungen als wichtiges Element. Anders, als das die Psychologen oder neuerdings auch die Mediziner tun. Gut gefiel Schleithmann jedoch, dass seine These des lebenslangen Lernauftrages, dem Menschen von der Natur mitgegeben, auch in der KI als das prägende Merkmal der Weiterentwicklung festzustellen ist. Aber nicht das Lernen durch einen extern formulierten Auftrag, wie ihn Eltern, Schule und Universität oft vergeben, sondern das autonome, intrinsische Lernen. Die ständige Suche nach der Lösung, auch wenn sich die passende Fragestellung dazu noch gar nicht ergeben hatte.

Blass vor Neid wurde Schleithmann, wenn er an die gewaltigen Datenmengen dachte, die bei der modernen Lösungsfindung berücksichtigt werden müssten. Auch wenn er als hochintelligenter Wissenschaftler galt, so konnte er sein Gehirn und das darin schlummernde Potenzial nur zu einem ganz geringen Teil nutzen. Vielleicht waren Menschen zu einem späteren Zeitpunkt besser dazu in der Lage, ihre kognitiven Fähigkeiten zu erweitern. Neidisch war er deshalb, weil die modernen Hochleistungsrechner, auf deren Basis KI funktionierte, nicht nur Tag und Nacht arbeiteten, sondern darüber hinaus auch mit einer derartig hohen Rechenleistung und Geschwindigkeit, wie sie ein Mensch niemals erreichen konnte.

Schleithmann musste bei seinen Überlegungen lächeln, denn Menschen hatten noch immer, die Betonung lag auf noch, das letzte Wort. Die Hoheit des Bestimmens. Quintus Schwarz hatte spätabends im Hotel in Berlin an der Bar, als sie das letzte Glas Rotwein tranken, humorvoll von Problemen der KI erzählt. So war es der Spracherkennung von Computern nicht unbedingt möglich, die Dialektik in der menschlichen Kommunikation genau zu identifizieren oder zu verstehen. Nun gut, das konnten Menschen an sich auch nicht immer, wenn man nur an das Modell von Friedemann Schulz von Thun dachte, hatte Schleithmann in die Diskussion eingeworfen. Er wusste, dass der bekannte Kommunikationsexperte erkannt hatte, dass eine Botschaft, die ein Mensch an einen anderen sendet, mit einem der vier „Schnäbel", er meinte damit Münder, ausgesprochen wird. Der Empfänger der Botschaft hat wiederum die Möglichkeit, diese Nachricht mit nur einem von vier seiner „Ohren" zu hören. Damit war das aneinander Vorbeisprechen und -verstehen gemeint.

Schwarz hatte ein schönes Beispiel dazu parat. Er rezitierte: „Eine Ehefrau blickt in den Mülleimer und sagt zu ihrem Mann, der gemütlich auf der Couch sitzt: ‚Der Mülleimer ist voll!' Der Ehemann steht auf und geht zum Mülleimer, schaut hinein und sagt ‚Stimmt!', und setzt sich wieder hin. Der Ehestreit ist programmiert. Was möchte die Ehefrau eigentlich? Ist ihre Botschaft rein sachlich gemeint, so wie es der Ehemann scheinbar verstanden hatte? Der Mülleimer ist schließlich bis zum Rand gefüllt. Oder meinte die Ehefrau, diplomatisch verpackt, doch appellhaft: ‚Bring den Mülleimer raus und leere ihn!‘ Vielleicht hat der Mann die Botschaft seiner Ehefrau auch exakt so verstanden, will aber nicht wie ein Schulbub genötigt werden. Die Ehefrau hätte auch aufgrund der stets anwachsenden Müllberge selbstoffenbarend meinen können: ‚Schon wieder ist bei uns so viel Müll im Eimer!‘ Oder aber die Beziehung der Eheleute ist miserabel, beide stehen kurz vor der Trennung und der volle Mülleimer in der Küche ist nur noch der letzte Tropfen, der das Fass, in diesem Fall den Eimer, zum Überlaufen brachte.

Erst wenn eine Botschaft mit demselben „Schnabel“, gleich Mund, gesprochen und vom anderen mit demselben „Ohr“ gehört wird, kann von einer richtigen Verständigung gesprochen werden. Natürlich unterstützt eine entsprechende Betonung das richtige Verstehen, denn den Worten wird damit ein bestimmter Charakter verliehen. Ein Appell im Befehlston wird selten missverstanden, eine selbstoffenbarende Botschaft eher leise und verzweifelnd geäußert.

Vielfach sprechen Menschen nicht immer das aus, was sie eigentlich meinen. So kommt es zu Verständigungsproblemen, bei denen selten nachgefragt wird, ob die Botschaft richtig angekommen oder aber exakt verstanden wurde. Man setzt dies gerne voraus und gibt bei auftretenden Verständigungsproblemen dem anderen auch gerne die Schuld dafür. „Willst du mich nicht verstehen?“, wird dann oft gefragt. Der Kapitän auf der Brücke eines Schiffs wird sein Kommando „Volle Fahrt voraus“ hingegen immer erst durch den Maschinisten bestätigen lassen, der die gehörte Botschaft oder in diesem Fall die Anweisung Wort für Wort exakt wiederholt, um sicherzugehen, alles richtig verstanden zu haben. Der Kapitän wird daraufhin erneut seine erste Botschaft wiederholen, und alle Seiten wissen jetzt, dass die Anweisung richtig verstanden wurde.

Menschen vermeiden es gern, Wahrheiten offen und direkt auszusprechen. Diplomaten beherrschen eine weiche Kommunikation, die vorsichtig Wahres umschreibt oder nur Andeutungen formuliert. Man drückt sich eher vage aus und vermeidet direkte Konfrontationen. In dem gerade genannten Beispiel des vollen Mülleimers hätte die Ehefrau auch, wenn sie an ihren Mann appellieren wollte, sagen können: „Bitte bring den Müll nach draußen, der Eimer ist randvoll!“ So wäre ihre Botschaft klar und eindeutig und nicht missverständlich gewesen. Die KI kann eine nicht eindeutige Sprache jedoch nicht genau analysieren und verstehen. Momentan ist das noch so, aber bestimmt wird sich die KI auch in der Kommunikation mit Menschen weiterentwickeln. Heutzutage werden Betonungen noch nicht wahrgenommen, das Verstandene wird neutral ausgewertet. Ein Computer kann eine gleichlautende, aber anders betonte oder gemeinte Botschaft nicht eindeutig verstehen. Er wird sie sachlich werten, keine Appelle heraushören, keine Beziehungsstörung vermuten oder aber eine Selbstoffenbarung erkennen. Erst recht versteht KI keinen Sarkasmus, keine Ironie oder eine zynische Äußerung. Obwohl die computergesteuerten Äußerungen von linguistischen Systemen in Automobilen schon jetzt zum Teil mit Betonung sprechen. So klingt die bekannte Antwort auf vom Computer nicht verstandene Befehle des Fahrers mit einem vorwurfsvollen „Wie bitte?“ schon sehr menschlich.

Quintus nannte ein weiteres Beispiel: Die computerbasierte Kommunikationsschnittstelle *Elexa* wird bei dem sprachlichen Befehl: „Ich brauche Knete“, Kinderknetmasse bestellen, anstatt einen Auftrag zur Beschaffung von Bargeld darin zu verstehen.

Genauso wenig konnte *Kortana* von *Tindows* etwas mit der Antwort anfangen, die sie auf die Frage an ihren Besitzer „Wie geht es dir heute?“ erhielt. Lautete die menschliche Antwort darauf: „Mir geht es so beschissen gut heute, dass ich dir gleich die Fresse poliere!“ Diese Aussage kann die KI nicht verstehen, sie ist für sie total unlogisch. Die KI wird daher nachfragen, was genau gemeint ist. Die Aussagen „beschissen“ und „es geht mir gut“ passen logisch nicht zusammen. Warum sollte etwas, das „Fresse“ heißt, poliert werden? Und was bedeutete überhaupt Fresse?

Anderseits, so Schwarz weiter, war Künstliche Intelligenz in vielen Bereichen schon so weit entwickelt, dass es ihm manchmal regelrecht bange wurde. An dem Begriff „bange“ würden *Kortana* und *Elexa* echt zu knacken haben. Obwohl auch das Wort „knacken“ könnten sie nicht verstehen. Es ergibt schließlich keinen Sinn, Nüsse in dieser Situation öffnen zu müssen. Allerdings kann sich die heute schon konzipierte KI eine von den Usern gegebene Erklärung, zum Beispiel die Erläuterung, was der Begriff „Fresse“ bedeutet, merken und bei Wiederholungen nunmehr das entsprechende Wort verstehen und die Aussage einordnen.

Der Berliner Wissenschaftler berichtete von einem Versuch, der in den USA durchgeführt worden war. Auf einem durch KI gesteuerten Computer wurden tausende von Porträtaufnahmen von Männern und Frauen gespeichert. Die Aufnahmen zeigten Menschen, die von anderen Personen positiv bewertet und gleichzeitig als vertrauenswürdig eingestuft wurden. Der Computer erhielt nun den Auftrag, jeweils ein männliches und ein weibliches Porträt auf Basis der vorliegenden Fotos mit derselben Prämisse zu erstellen. Die KI hatte alle Eingaben verarbeitet und vollführte eine einzigartige Leistung. Sie erstellte keine Porträts, die aus den vorliegenden Bildern zusammengeschnitten worden waren, sondern entwickelte vollständig neue Porträts von Menschen, die es definitiv nicht gab. Die neu erschaffenen Porträts wurden wiederum ganz anderen, bislang unbeteiligten Menschen mit der Bitte gezeigt, den auf den Bildern gezeigten Personen individuelle Attribute zuzuordnen. Kein Wunder, den gezeigten Frauen und Männern wurde auf den ersten Blick der Testkandidaten die Charaktereigenschaft „Vertrauen“ zugesprochen. Die auf den Bildern dargestellten Menschen wurden von den menschlichen Betrachtern als positiv gestimmt und sehr sympathisch eingestuft. Gerne wollten sie diese Personen kennenlernen.

Schleithmann bekam, damals wie heute, bei der Erinnerung an das Gespräch, eine Gänsehaut. Wie manipulierend und damit gefährlich kann KI sein!, dachte er. Genau wie wir Menschen auch!

Kapitel 19

Königspalast, Riad, Saudi-Arabien
„Oh mein Gebieter, baldiger Herrscher Saudi-Arabiens, Kronprinz, Führer der Wahabiten, Weiser des Morgenlandes, Gütiger …"

„Genug, hör auf, du weißt, dass ich das nicht hören will. Auch wenn es stimmen mag!" Mohammed bin Talman Alsisi, kurz MBTA genannt, zeigte abweisend dem Armeeoffizier einen Platz in der hinteren Ecke des Patios zu. Der Offizier bemühte sich verneigend so rückwärts zu schleichen, dass keinerlei Geräusche von ihm zu vernehmen waren, bis er den ihm zugewiesenen Platz in der Ecke des großen Raumes gefunden hatte. Der Patio war bestimmt hundert Quadratmeter groß und nach oben offen. Jetzt, mitten in der Nacht, war der Sternenhimmel klar zu sehen. MBTA schenkte sich einen starken Tee aus einer silbernen Karaffe ein und schlürfte an dem heißen, sehr dunklen Getränk. Er bot dem Offizier nichts an. „Wie weit sind die Vorbereitungen?", fragte er schroff.

„Man könnte sagen, gut, wirklich gut, Kronprinz!", entgegnete der Untergebene. Der Offizier war fünfunddreißig Jahre alt, trug einen schwarzen Schnäuzer. Seine Uniform war aus schwarzem Tuch gefertigt. Er trug die Abzeichen eines Majors der Königsgarde. Sein Barett trug er unter dem linken Arm.

„Könnte man sagen?" MBTA konnte sich einen vorwurfsvollen, fast sarkastischen Ton nicht verkneifen. „Was heißt das genau?"

„Nun ja, wir haben immerhin noch drei der Schweine aus Teheran", gab der Major zu. „Aber für das Vorhaben reicht das noch aus!"

MBTA kannte die Mentalität seines Volkes. Ein Araber spricht nie genau aus, was er meint. Ein Araber redet meist blumig und seine Ausdrucksweise ist schwammig. Insbesondere trifft das zu, wenn er verhandelt, droht oder etwas zu verbergen war.

„Wieso nur noch drei, ihr hattet doch fünf Dummköpfe geschnappt, wo sind die anderen?"

„Nun ja, sie sind, also, sie können nichts mehr verraten. Sie sind …" der Offizier rang sichtlich mit seiner Fassung. Er wusste nur allzu gut, dass MBTA, ebenso wie sein eigener Kommandant, Habib Al Raschid Ben Abuhassah, keine schlechten Nachrichten hören wollte. Kam es dennoch dazu, neigten beide zu heftigen Tobsuchtsanfällen. Ein arabischer Herrscher mag es nicht, wenn ihm widersprochen oder seine Befehle nicht ausgeführt wurden. Wenn etwas nicht so lief wie gewünscht, fühlte sich der Befehlsgeber nur ungern dafür verantwortlich. Gerade Mitglieder des Königshauses oder Militärs gelten als unfehlbar. Es muss ein Schuldiger gefunden werden, der für den Misserfolg bestraft werden kann. Ist dieser nicht zu ergreifen, trifft stattdessen den Überbringer der schlechten Nachrichten die volle Wut. Manche Kuriere wurden nach der Bekanntgabe von Misserfolgen nie wiedergesehen.

„Was ist genau passiert?", bohrte Talman Alsisi weiter, stellte sein Teeglas auf ein kunstvoll angefertigtes Tischchen, zog einen spitzen, mit Edelsteinen, verzierten Dolch aus den Falten seiner Kleidung und näherte sich bedrohlich dem Major.

Dieser sackte ängstlich, mit zitternden Knien, nach hinten auf einen dort stehenden Schemel. Der war so winzig wie ein Kinderstuhl. Sitzend blickte er zum Kronprinzen auf, der sich mit einem brutalen Gesichtsausdruck zu ihm hinunterbeugte. „Hoheit", der Offizier stotterte vor Entsetzen, „Hoheit, Sie können sich auf mich verlassen. Ich habe die Wachen bereits austauschen und die Gefangenen verlegen lassen. Sie sind jetzt außerhalb Riads untergebracht. Wir werden sie pünktlich mit einer Diplomatenmaschine Ende Januar nach Deutschland bringen! Sie können sich auf mich verlassen, Hoheit!" Er gewann langsam wieder die Kontrolle über die Situation.

„Pass mal auf, du Sohn einer Hure, du Missgeburt. Wenn dir auch nur ein weiterer Fehler unterläuft, schäle ich dir persönlich die Haut vom Gesicht, verstanden?"

Der Major nickte flehentlich. MBTA senkte den Dolch und setzte die scharfe Klinge direkt unter dem rechten Ohr des Offiziers an. Langsam zog er die Klinge vom Unterkiefer bis zum Kinn. Ein dünner Blutstreifen zeigte die Spur des Dolchs auf der Haut. Major Adil bin Zayid Al-Burafyfi, wagte nicht zu atmen. Er starrte seinen Vizekönig mit Todesangst an. „Mein König, Sie können sich auf mich verlassen, voll und ganz. Ich werde Sie nicht enttäuschen, bei Allah, versprochen!“, er zitterte am ganzen Körper.

„Was ist geschehen?“, fragte MBTA, nun plötzlich wie ein sorgender Vater klingend, der seinen Sohn behütend in die Arme nimmt. Bin Talman Alsisi nahm ein weißes Tuch aus der Tasche, bückte sich hinunter und tupfte vorsichtig die Blutstropfen ab. Den Dolch ließ er wieder in seinem Umhang verschwinden. Er umarmte den Offizier mit beiden Armen, hielt ihn dabei wie in einem Schraubstock fest und blickte ihm direkt in die Augen. Adil bin Zayid Al-Burafyfi war völlig verängstigt und erzählte, ohne schmückende Umschweife, restlos alles, was er wusste. MBTA hörte ihm aufmerksam zu und lobte anschließend den Offizier. Dabei tätschelte er den Major wie einen Hund, der gerade auf Kommando zu seinem Herrchen zurückgekommen war.

Wie einfach es doch ist, Menschen zu manipulieren, dachte Talman Alsisi. Wieder einmal war sein Verhalten absolut erfolgreich gewesen. Zunächst gab er sich als mächtiger Herrscher, all seine Macht ausstrahlend, war dabei höflich und gütig. Der Rahmen musste stimmen. Mit gezielten Fragen entlockte man Untergebenen relevante Informationen. Ohne Umschweife wurde dabei mit kaum vorstellbaren Strafen gedroht. Dieses Szenario muss sehr realistisch wirken, damit die Verunsicherung vollkommen gelingt. Wissen, wo der empfindlichste Punkt des Gegenübers ist. Bei dem einen war es die Ehefrau oder seine Kinder, eine mögliche Degradierung, die Androhung körperlicher Strafe oder der Tod. Derart verängstigt plappern die Befragten alles aus, was sie wissen. Das Finale der Befragung besteht immer aus Dank, gezeigter Güte und Milde. Bei der Verabschiedung gibt es einen dezent angebrachten Hinweis auf das entgegengebrachte Vertrauen.

Vielleicht noch ein kleiner Verweis auf mögliche Folgen bei Nichteinhaltung der Absprachen. Das wirkt lange nach und spricht sich herum. Wunderbar! Der Kronprinz lächelte still vor sich hin.

Die fünf Iraner, die die Saudis entführt hatten, waren unbedeutende Grenzsoldaten, die in der Wüste Syriens aufgegriffen und nach Riad verschleppt worden waren. Ein Aufklärungshubschrauber hatte die Patrouille aufgespürt und den *Jeep*, in dem die fünf Soldaten auf ihrem Weg durch die Wüste waren, beschossen. Die Saudis hatten bereits mehrere Tage nach einer kleinen Gruppe von Grenzsoldaten gesucht und diese dann ausgewählt. Weit abgelegen, nur zu fünft unterwegs und unzureichend bewaffnet. Außer den Sturmgewehren, die jeder bei sich trug, führte die Patrouille nur ein auf dem *Jeep* montiertes Maschinengewehr mit sich. Das war auf einer Lafette hinten auf dem Wagen angebracht. Es diente der Luftabwehr und dem Beschuss weit entfernter Ziele. Die Standardmunition des MGs bestand aus dem Kaliber 7,62 x 51 mm. In jedem Patronengurt waren zweihundert Schuss. Dann musste nachgeladen werden.

Als sich der saudische Hubschrauber genähert hatte, ergriffen die Iraner die Flucht. In einer direkten Konfrontation hatten sie gegen den Kampfhubschrauber nicht den Hauch einer Chance. Der Geländewagen stoppte abrupt, als eine Garbe von mehr als dreißig 20-mm–Geschossen aus der *Gatling-Schnellfeuerkanone* des Helis in den Motor einschlugen. Die Iraner sprangen aus dem rauchenden Wrack und kauerten sich zwischen Felsbrocken und Büschen auf den Sandboden. Sie hörten das Schlagen der Rotoren und das laute Feuern der automatischen Kanone. Schrapnells pfiffen durch die Luft. Beißender Munitionsgeruch drang den Soldaten in Augen und Nasen.

Dann näherte sich ein zweiter Kampfhubschrauber, aus dem sich mehrere Soldaten abseilten und die Iraner weiträumig umstellten. Mit einem schnell aufgestellten Mörser beschossen sie die Grenzpatrouille. Nach weiteren Einschlägen der Geschosse rund um das Versteck der iranischen Soldaten hissten diese einen weißen Lappen, den sie an eins ihrer Gewehre gewickelt hatten. Das Mörserfeuer wurde eingestellt, und nach und nach kamen die Grenzsoldaten mit erhobenen Händen auf die Saudis zu. Schnell wurden ihnen die Hände und Arme hinter den Rücken gefesselt. Dann warf man sie brutal auf den Boden. Ihre Schnellfeuergewehre, mit den markant nach vorne gebogenen Magazinen, hatten die Soldaten der iranischen Armee neben ihren noch immer qualmenden *Jeep* geworfen. Ein anderer Saudi rannte dorthin, nahm die Waffen an sich und brachte sie zum Hubschrauber. Die Waffen würden noch gebraucht werden. Dann riss ein weiterer Saudi den Reservekanister, der am Heck des Fahrzeuges befestigt war, aus der Halterung und öffnete den Verschluss. Er übergoss die hintere Sitzbank und die Munitionskiste des Maschinengewehrs mit Benzin. Dann entfernte er sich schnell vom *Jeep*.

Als die Gefangenen gewaltsam in den Hubschrauber verfrachtet und auch die Saudis eingestiegen waren, rannte der Soldat, der die Waffen der Iraner aufgenommen hatten, wieder in die Nähe des *Jeeps*. Er brauchte nicht lange für die knapp 150 Meter. Der Soldat griff an seinen Gürtel und langte nach einer Handgranate, zog den Sicherungsstift heraus und warf die faustgroße Nahkampfwaffe mit Schwung in Richtung des gekaperten Militärfahrzeuges. Die Granate schlug wenige Meter vor dem Wagen auf die Erde, rollte weiter und blieb direkt unter dem *Jeep* liegen. Der Saudi drückte sich in den Sand und hielt mit beiden Händen seinen Helm am Kopf fest.

Wenige Sekunden später explodierte die Handgranate und verwandelte den Geländewagen und alles darum in ein höllisches Inferno. Eine Stichflamme schoss mehrere Meter hoch in die Luft. Es formte sich eine dunkle Rauchwolke, die sich wie ein kleiner Atompilz ausdehnte. Viele Metallteile regneten herab und landeten, heiß zischend, im Sand der Wüste. Nachdem sich der Rauch etwas verzogen hatte, stand der saudische Soldat wieder auf und blickte in Richtung des explodierten *Jeeps*. Dort war jetzt nur noch ein circa zwei Meter tiefer Krater im Sandboden zu sehen. Rings herum kokelten einige Wrackteile. Es stank penetrant nach verbranntem Plastik und Lack. Der Motorblock des *Jeeps* war herausgerissen und lag nun in einem dürren Busch, der Feuer gefangen hatte. Noch einmal explodierte etwas mit lautem Knattern.

Das, so dachte der Saudi, musste eine der Munitionskisten gewesen sein, die im *Jeep* lagen! Er rannte geduckt zum Hubschrauber, der jetzt schon knapp einen Meter über dem Boden schwebte und dabei leicht schaukelte. Der Saudi nahm die von einem seiner Kameraden gereichte Hand und hievte sich, abstützend an der Kufe des Hubschraubers, in den Heli hinein. Die anderen zogen ihn nach innen. Kaum, dass der Soldat in den Hubschrauber gezerrt war, brüllte das Triebwerk los und der Pilot flog los. In nur geringer Höhe raste der Hubschrauber mit Höchstgeschwindigkeit gen Südwesten. Der zweite Helikopter folgte. So konnte er dem feindlichen Radar entgehen und keine Aufmerksamkeit auf sich ziehen. Die gesamte Aktion hatte keine zehn Minuten gedauert.

Erst jetzt bemerkte der zuletzt eingestiegene Saudi die große Blutlache, die sich auf dem Aluminiumboden ausbreitete. Zwei der gefangen genommenen Iraner bluteten aus mehreren Wunden an den Beinen. „Das waren bestimmt die explodierten Patronen, oder?“ Die anderen Saudis nickten, froh darüber, nicht selbst getroffen worden zu sein.

„Stillt die Blutungen, wir brauchen alle!“, schrie der saudische Hauptmann, der das Kommando führte. Die Hubschrauber beschleunigten weiter und waren bald nicht mehr über dem Gebiet der Entführung zu sehen.

In einem Militärgefängnis am Rande der Hauptstadt Riad wurden die Iraner inhaftiert. Sie waren Soldaten in Mannschaftsdiensträngen, die ihren Wehrdienst ableisteten, schlecht ausgebildet und ohne jegliche Kampferfahrung. Nur ein drahtiger Bursche mit listig blinzelnden Augen und einem kurzrasierten Vollbart benahm sich irgendwie anders. Er trug Rangzeichen mit Schwinge auf seiner Uniform. Es handelte sich um einen Unteroffizier. Er war der Vorgesetzte der Patrouille. Bei seiner Gefangennahme trug er, im Gegensatz zu den anderen, eine Pistole am Gürtel. Grenzsoldaten der iranischen Armee waren standardmäßig mit dem modernen *AK 12* Schnellfeuergewehr, dem Nachfolger der legendären *AK 47*, ausgerüstet. Die Pistole des Unteroffiziers hatte sofort die Aufmerksamkeit der Saudis erweckt. Sie war ihm bei der Gefangennahme abgenommen worden.

„Schau mal an, was wir hier gefunden haben!", der Hauptmann lächelte und besah sich die große Armeepistole. Normalerweise waren Offiziere und gelegentlich auch Unteroffiziere der iranischen Streitkräfte mit chinesischen oder russischen Ordonnanzpistolen, meistens Kaliber 9 mm, ausgestattet. Dieser Unteroffizier besaß jedoch einen mattschwarzen *Sig Sauer Colt 1911* des Kalibers .45 ACP. Eine beeindruckende Waffe mit enormer Feuerkraft. Der Hauptmann fragte sich, woher die stammen mochte. Bei den seit Jahren andauernden Kämpfen und Gefechten in Syrien waren viele ausländische Truppen und damit auch unterschiedlichste Waffen ins Land gekommen. Natürlich ließ kein Soldat eine gute Pistole auf dem Schlachtfeld liegen. Der Befehlshaber der saudischen Operationstruppe hatte selbst vor einiger Zeit im Jemen einem toten Huthi in Sanaa eine alte deutsche Wehrmachtspistole *Walther 08* aus der Hand gerissen und als Souvenir mitgenommen. Diese Waffe, die einen besonders langen Lauf hatte, wurde seinerzeit von deutschen Soldaten getragen, die bei der Artillerie dienten. Dort wurden keine Karabiner eingesetzt, weil das Hantieren an den Kanonen mit einem Gewehr auf dem Rücken hinderlich war. Die *08* mit dem Kaliber 9 mm Parabellum schoss zwar äußerst genau auf größere Entfernungen, aber das Handling mit dem zwanzig Zentimeter langen Lauf war äußerst hinderlich. Wie die Pistole aus dem Zweiten Weltkrieg in den Jemen gekommen war, konnte keiner sagen. Aber sie hatte bestimmt eine abenteuerliche Reise auf die arabische Halbinsel hinter sich.

Der Hauptmann freute sich über den Fund. Zudem war die *Sig Sauer* eine mächtige Waffe mit hoher Durchschlagskraft. Zwar passten nur acht Patronen ins Magazin, aber schon das Gefühl, diese Waffe zu besitzen, vermittelte Stärke und Unbesiegbarkeit. Der Hauptmann wog die Pistole wertschätzend in seiner rechten Hand. Sein Gefangener, der iranische Unteroffizier, gönnte seinem Feind die Beute nicht und fluchte laut: „Ayha allas, ayha al-khanzir al-haqer!“, und spuckte dem Saudi auf die Schuhe. Es hieß so viel wie: „Du Dieb, du Schweinehund!“

Der Hauptmann, der weiße Leinenhandschuhe trug, lächelte kalt, nahm die *Sig Sauer*, zog den Schlitten zurück und lud die Waffe durch. Dabei glitt eine Patrone aus dem Magazin in den Lauf. Er richtete die Waffe genau auf die Stirn des Iraners. „Theih ley alleh, grüß Allah von mir!“, flüsterte er und machte mit dem Mund ein ploppendes Geräusch, das jedoch keiner an Bord des Helikopters hören konnte. Der Iraner zuckte noch nicht einmal und sein Blick verriet: „Ich habe gewonnen, ich bin stark. Allah steht mir bei, und du bist schwach!“

Doch ihm war klar, dass sein Gegenüber niemals die Pistole im Hubschrauber abgefeuert hätte. Ein Schuss mit dieser Waffe im Helikopter hätte unweigerlich zur Explosion und damit zum Absturz geführt.

Später, im Militärgefängnis der Hauptstadt Riad, angekommen, wurden den iranischen Soldaten sämtliche Ausweispapiere abgenommen. Sie mussten sich entkleiden, wurden in einen Duschraum geführt und erneut mit Kabelbindern an Stahlringen fixiert. Ein Gefängniswärter spritzte die Gefangenen mit einem Schlauch ab. Das Wasser war kalt und der Strahl so druckvoll, dass es den Iranern die Beine wegriss. Sie hingen an den gefesselten Händen und taumelten, kaum Halt findend, auf den nassen Fliesen des Duschraumes umher. Trotz der Schikanen gaben sie keinen Laut von sich und ertrugen still ihr Schicksal.

Nur die beiden Angeschossenen der Patrouille wurden im Krankentrakt ärztlich versorgt. Die Wunden waren nicht besorgniserregend, es handelte sich um Streifschüsse. Einer der Soldaten hatte einen Durchschuss der Wade erlitten, der Knochen hatte nichts abbekommen. Die Wunden wurden ordentlich versorgt, Antibiotika gegeben und Schmerzmittel verabreicht. Danach konnten sich auch die Verletzten säubern, hier verzichteten die Saudis auf das Abspritzen mit Kaltwasser. Die Aufseher gaben allen Gefängniskleidung und sperrten die Gefangenen in

Einzelzellen. Als die Türen zugeschlagen waren, rief der iranische Unteroffizier mit lauter Stimme aus seiner Zelle: „Die Aktion ist gegen die Menschenrechte, gegen die Genfer Konvention, illegal. Wir wollen sofort freigelassen werden. Ihr zettelt einen Krieg an, Teheran wird uns befreien, ihr Schweine."

Aber er wusste, dass die Entführung gewollt und kein Zufall war. Man hatte die Grenzpatrouille gezielt entführt. Aber wozu?, fragte er sich. Ein ungutes Gefühl machte sich in seiner Magengegend breit. Wollten die Saudis ein Faustpfand, sollten sie ausgetauscht werden?

Kurze Zeit später geschah das, was Mohammed bin Talman Alsisi nicht wahrhaben wollte, ebenso wie die eingesetzten Führungsoffiziere der Aktion. Die Saudis verhörten einzeln jeden der entführten iranischen Soldaten. Das geschah im Keller des Gefängnisses. Die Zellen, in denen die Verhöre durchgeführt wurden, waren schallgeschützt. Die rohen Tische und Stühle, allesamt aus Hartholz angefertigt, wiesen dunkle Flecken auf. An den Stühlen waren Stahlmanschetten angebracht, so dass jeder, der hier befragt wurde, an Armen und Beinen fixiert werden konnte.

Die Saudis wollten zunächst Namen, den Dienstrang und den Geburtsort wissen. Weitere Fragen gab es zur Herkunft, zu den Vorgesetzten, der Einheit und dem Auftrag der Patrouille. Keiner der Iraner sagte etwas. Noch nicht einmal ihre Namen oder Dienstgrade. Alle hatten furchtbare Angst. Sie wussten, dass das kein normales Vorgehen der saudischen Streitkräfte war. Irgendetwas sollte mit ihnen geschehen. Die meisten vertrauten aber Allah. „Er wird den Gerechten schon beistehen!"

Der iranische Unteroffizier wurde zuletzt befragt. Er saß gefesselt auf einem Stuhl und sah im schummrigen Licht einer Deckenlampe den Hauptmann, der das Kommando bei der Entführung in der Wüste ausgeübt hatte. Der Saudi trug jetzt die Pistole, die er dem Patrouillenführer abgenommen hatte, im Holster an seinem Gürtel. Der saudische Offizier stand in einer dunklen Ecke des Verhörraumes. Er kam zum Tisch und blickte den Iraner hochnäsig an. Dann lächelte er und zog die *Sig Sauer*, setzte den Lauf der Waffe auf die Stirn seines Gefangenen.

„Was habt ihr da draußen gemacht, warum seid ihr in dieser abgelegenen Gegend von Syrien unterwegs gewesen? Was habt ihr da gesucht?“, fragte der Hauptmann und drückte die 45er fester an den Kopf des Iraners.

„Tabadl lutlaq nar baad kel shaya, ayhain alugud“, was so viel wie „Schieß doch, du Bastard“ hieß, lautete die Antwort des Gefangenen. Er stieß die Worte verächtlich aus und spuckte dann dem Hauptmann mitten ins Gesicht. Das war für einen Offizier der saudischen Streitkräfte zu viel, eine nicht hinnehmbare Demütigung. Ein Schuss warf den Iraner mitsamt dem Stuhl nach hinten. Es stank im Raum nach Karbid und der Knall der großkalibrigen Pistole hallte noch ein paar Sekunden nach.

Der Wächter, der an der Tür gestanden hatte, beugte sich nach vorne und hielt sich mit beiden Händen die Ohren zu. Die Füße des Gefangenen zeigten jetzt, nachdem der Stuhl auf der Rückenlehne lag, mit den Sohlen zum Hauptmann. Der linke Fuß zuckte noch etwas, dann blieb er ruhig. Etwas Rauch kringelte bläulich aus dem Lauf der *Sig Sauer*. Der Hauptmann schaute ungläubig auf den Leichnam des Erschossenen. Was habe ich gemacht, oh Allah? Er dachte, warum habe mich von diesem Hund nur so provozieren lassen. Was tue ich jetzt? Ich brauche schnell eine Lösung. Der Hauptmann rief laut aus: „Allah steh mir bei!“ Er rannte am Tisch vorbei, der zwischen ihm und dem Gefangenen gestanden hatte. Der Iraner starrte mit eingefrorenem Lächeln zur Decke. Ein dunkles Loch prangte zwischen seinen Augenbrauen, ein Blutstropfen rann ihm über die linke Augenbraue abwärts.

„Sie haben nichts gesehen, Sie waren gar nicht hier oder aber Ihre Familie, Ihre Frau und Ihre Kinder werden sterben. Kennst du das Frauengefängnis in Mekka?“, raunzte er misslaunig den Wärter an. „Mach sofort die Tür auf und hol mir einen weiteren Gefangenen hierhin! Sonst gibt es hundert Stockschläge, los, mach hin!“

„Ja, natürlich, ich habe nichts gehört. War draußen, Sie können sich auf mich verlassen, Hauptmann, ich habe nichts gesehen!"

Devot machte er einige Bücklinge vor dem Offizier, stolperte dann rückwärts, drehte sich um und fingerte am Türschloss herum. Er versuchte, den Schlüssel zum Öffnen hineinzustecken. Doch die kleine Öffnung war, wie der gesamte Bereich der Klinke, über und über mit einer gräulich klebrigen Masse verdreckt. Der Wärter würgte, als er den kleinen Widerstand im Schloss mit den Fingern herausgezogen hatte. Im Türschloss hatte ein winziger Knochensplitter gesteckt. Die Reste des Gehirns klebten am Türgriff. Mit zitternden Fingern schaffte es der Mann, die Tür aufzuschließen. Er rannte raus, kehrte aber direkt wieder um, zog den Schlüssel, den er vor Aufregung vergessen hatte, aus dem Schloss und flitzte wieder zurück in den Flur.

Der Hauptmann stellte den Stuhl mit der Leiche des Unteroffiziers wieder zurück an den Tisch. Er ärgerte sich maßlos, dass er sich gerade nicht beherrscht hatte. Das hätte nie geschehen dürfen. Aber nun hieß es, kühlen Kopf bewahren. Die Lösung liegt auf dem Tisch!, dachte der saudische Offizier. Er griff hinunter zu seiner rechten Wade und zog eine kleine Pistole aus einem Strumpfholster hervor. Viele Einzelkämpfer, und als solcher war er seinerzeit ausgebildet worden, trugen für unvorhergesehene Gefahrensituationen immer mehrere Waffen am Körper. An seinem linken Unterarm steckte sogar noch ein kleiner, aber messerscharfer Dolch in einer Lederscheide. Es war ein Telek, das Armmesser der Tuaregs. Dieser Dolch besaß eine leicht noch vorne gebogene Klinge. Die Ersatzpistole war eine *Derringer*, die nur eine Patrone im Lauf hatte. Die ideale Waffe im Nahkampf, wenn es um einen finalen Schuss ging. Der Hauptmann spannte den Hahn nach hinten und merkte, wie sich im starren Abzug ein kleiner Metallriegel wenige Millimeter nach vorne schob. Wenn er diesen mit dem Zeigefinger wieder zurückdrückte, würde die Patrone des Kalibers 45 abgefeuert werden. Eine Sicherung hatte die Waffe nicht. Mit einer Pistole gleicher Bauart war 1865 der Präsident der

Vereinigten Staaten von Amerika, Abraham Lincoln, aus nächster Nähe von hinten in einer Theaterloge erschossen worden.

Die Tür zum Verhörraum schwang wieder auf und der Wärter zerrte einen der anderen Iraner herein. Es war der Soldat mit dem Wadendurchschuss. Er humpelte beim Hereinkommen.

„Setz ihn dort hin!", befahl der Offizier dem Gefängnisangestellten und zeigte auf den Stuhl, der eigentlich für denjenigen gedacht war, der das Verhör leiten sollte. Der Wärter drückte den Iraner darauf. Der Gefangene sah erst jetzt mit schreckgeweiteten Augen den erschossenen Unteroffizier, der ihm gegenübersaß.

„Nein, was soll das? Ich sage alles. Lassen Sie mich leben!", flehte er.

Der Hauptmann befahl dem Wärter: „Halt ihn fest!" Er selbst nahm die winzige *Derringer*, packte sie vorne am Lauf und drückte sie dem Gefangenen in die rechte Hand und drehte sie in Richtung des Iraners herum. Dann schlossen sich seine Finger um die des Gefangenen. Mit unbändiger Kraft drückte er dessen Hand, die nun den Colt *Derringer* umfasste, immer stärker zusammen. Es war der Ringfinger, mit dem der Iraner den Abzug der Waffe berührte. Der Schuss belferte los.

Der Iraner sackte zusammen. Beide, der Wärter wie auch der Hauptmann, ließen den Körper des Toten los. Der Leichnam prallte mit dem Kopf auf den Tisch. Der rechte Arm pendelte gleichzeitig vom Oberkörper weg, die Hand hielt immer noch den *Derringer* fest. Blut lief dem Iraner aus der Brust und quoll dickflüssig über die Tischplatte.

„So, so ein al-fawdi, ein Schlamassel", räusperte sich der Hauptmann, sichtlich um Fassung bemüht. „Da verhöre ich den Unteroffizier, der will nicht reden. Du holst mir den zweiten Gefangenen herein. Der setzt sich an den Tisch, möchte seinen Vorgesetzten anflehen, endlich zu reden. Plötzlich zieht der Unteroffizier das Ding da", er zeigte auf den *Derringer* „und zielt auf mich. Ich ducke mich hinter den verwundeten Soldaten, der andere schießt und ich feuere mit meinem Colt zurück. Wie konnte der nur die

Waffe hier herein schmuggeln? Na ja, das werden wir jetzt nicht mehr erfahren. Aus und vorbei. Beide sind jetzt tot, Scheißdreck!"

Selbstgerecht ließ er den Gefängnisdirektor holen, damit seine Aussage protokolliert wurde. So geschah es. Im Protokoll wurde lediglich vermerkt, dass der Hauptmann in Notwehr einen Gefangenen erschossen hatte, als der versucht hatte, auf den Saudi zu schießen. Doch der Attentäter traf, statt den Verhöroffizier zu erwischen, einen anderen Gefangenen, hinter dem sich der Hauptmann in Sicherheit gebracht hatte. Kaum in Deckung gegangen, habe der saudische Offizier mit seinem Colt zurückgeschossen und den anderen tödlich getroffen. Zur Erklärung wurde noch angemerkt, dass der iranische Soldat dem Offizier die Waffe entwendet haben musste, als er an ihm vorübergegangen war. Wieso er wusste, dass dieser eine zweite Pistole besaß, wurde nicht erörtert. Auch nicht, warum der Iraner nicht versucht hatte, an die im Holster sitzende Waffe zu kommen, die der Hauptmann sichtbar an der rechten Seite trug. Die Handfesseln hatte man dem Unteroffizier natürlich sofort entfernt.

„Gut gemacht, Herr Direktor, zu viele Informationen verwirren die Obrigkeit nur. Immerhin haben wir noch drei Gefangene, dass muss ausreichen. Sie haben genügend mit denen hier zu tun. Passen Sie nur auf, dass nun nichts mehr mit den anderen passiert!"

Der Direktor, immerhin im Range eines Majors, schaute etwas ungläubig drein. Die Sache stank gewaltig. Aber was sollte er machen? Er nickte resignierend dem Hauptmann zu.

„Was sollen wir mit den Leichen machen? Gibt es einen Auftrag für eine Obduktion?", fragte der Wärter.

„Nein, die verbrennen Sie wie die anderen, die hier gestorben sind. Einfach verbrennen! Da fragt keiner nach!"

„Eine Obduktion ist viel zu aufwendig", befand der Gefängnisdirektor. Der Hauptmann fügte hinzu: „Der eine hat auf mich geschossen und seinen Kumpel getroffen, daraufhin habe ich ihn erschossen. Der Pathologe wird ja noch nicht einmal die Geschosse finden, die stecken in der Wand und in der Tür. Im Übrigen, die Gefangenen sind ja auch nie hier gewesen, Sie erinnern sich?“ Er drehte sich um und verließ den Raum. Doch irgendwas sagte ihm, dass die Sache noch nicht erledigt war.

Die Geschichte hätte ja wohl auch niemanden weiter interessiert, wäre nicht Mohammed bin Talman Alsisi der Auftraggeber der Aktion gewesen. Wären seine Leute damals in Ankara nicht so schlampig beim Mord an dem Journalisten und Regimekritiker Jamal Mas Al-Thosoggi vorgegangen, hätte das Vorgehen im Gefängnis in Riad unentdeckt bleiben können. Aber MBTA wusste, dass er seinen Untergebenen nicht trauen konnte. Das galt nicht nur für die einfachen arabischen Wüstenbewohner, sondern insbesondere für alle, die sich am Königshof aufhielten. Nur er, da war sich Mohammed sicher, war ein Kämpfer, tapfer, mutig und entschlossen. Es interessierte ihn nicht, ob sein Verhalten diplomatisch war. MBTA wollte als kompromisslos gelten, immer hart durchgreifend und äußerst gefährlich. Niemand sollte sich sicher sein, wie der Kronprinz dachte und handelte. Nur so wurde er von allen respektiert. Er wollte zugleich geliebt und gefürchtet werden. Geliebt vom weit entfernten Volk, gefürchtet von allen anderen. Insbesondere jetzt, nachdem viele der erzkonservativen Mitglieder der Königsfamilie sein provokatives Vergehen missbilligten. Bestimmt, so dachte der Kronprinz, versuchten ihn einige aus der Familie zu hintergehen oder wollten ihn sogar beseitigen.

Auf einer seiner letzten Auslandsreisen hatte der greise König, sein Vater, die gesamte Crew der dreißig Leibwächter und Begleiter, die mit bin Talman Alsisi zu einem Besuch nach Rom reisten, kurzfristig austauschen lassen. Statt seiner eigenen Leute bekam der Kronprinz Soldaten, die dem alten König ergeben waren. Sie gehörten zur engsten Garde, die den greisen Herrscher umgaben. Das war eine offene Beleidigung und zugleich ein Warnzeichen für MBTA. Deshalb musste die Operation funktionieren, und deshalb kümmerte er sich jetzt auch ganz persönlich um viele Details. Auch wenn das sehr gefährlich sein konnte. Aber er war schließlich der zukünftige König von Saudi-Arabien. Wer immer gegen bin Talman Alsisi war oder ihm nicht folgte, würde ein Feind sein. Und Feinde würden beiseite geschafft und eliminiert werden.

Der Major versuchte, den Kronprinzen nicht zu enttäuschen. Auch die nackte Drohung mit dem Dolch, der eine kleine blutige Spur an seiner Wange hinterlassen hatte, ließ ihn nicht zweifeln. Er würde alles tun, um MBTA nicht zu enttäuschen. Aber er würde auch nicht für die Fehler anderer büßen. Wenn dieser Hauptmann mit dem Tod der Iraner große Scheiße gebaut hatte, dann wollte er nicht dafür geradestehen müssen. So erzählte er in kurzen Worten dem Kronprinzen alles, was er wusste und mutmaßte, auch, dass es unwahrscheinlich gewesen sei, dass der zweite Gefangene an die Waffe des Hauptmanns gekommen sei. Vielmehr musste die Situation im Verhörraum irgendwie aus dem Ruder gelaufen sein. Zayid Al-Burafyfi drückte seinen Rücken durch und blickte Mohammed bin Talman Alsisi an. „Mein Herrscher, der Hauptmann mag zwar fähig gewesen sein, in der Wüste zuzuschlagen, aber sein Stolz ist größer, Sie verzeihen, als die Treue und die Liebe zu Ihnen. Er hat die Kontrolle verloren und gefährdet die gesamte Aktion. Ich werde ihn sofort abziehen und bestrafen!"

Bin Talman Alsisi nickte und winkte mit der Hand. Er deutete an, dass sich der Major entfernen möge. Bin Talman fragte sich: Habe ich noch alles unter Kontrolle? Er nickte und befürchtete gleichzeitig, dass noch weitere der eingeweihten Männer Gefahren durch eigene Befindlichkeiten provozieren könnten. Würden solche Unzulänglichkeiten durch ein an dem Hauptmann, diesem unendlichen Versager, statuiertes Exempel dem entgegenwirken? Würden die anderen eher ängstlich werden und dadurch Fehler machen? Oder würde eine solche Aktion die Wichtigkeit des fehlerlosen Befolgens der Befehlskette nach sich ziehen? Der Kronprinz wusste die Antwort darauf nicht zu geben. Er würde erneut zu Allah beten müssen.

Wenig später wurden die drei verbliebenen Iraner aus dem Gefängnis in ein Wüstencamp der Armee gebracht. Major Zayid Al-Burafyfi war persönlich für sie verantwortlich. Sie mussten unbeschadet bleiben und durften nicht fliehen. Der Major blieb ab sofort in der Nähe der Gefangenen und war mit seinem Leben und dem seiner Familie dafür verantwortlich, dass die iranischen Soldaten am Aktionstag zur Verfügung stünden.

Am Freitag, nach dem Tod der beiden Iraner im Gefängnis, kamen viele Menschen in Riad auf dem großen Platz vor dem Königspalast zusammen. Wie immer, wenn Menschen hingerichtet werden, kommt der Pöbel, um sich an dem Schauspiel zu ergötzen. Heute sollte nur ein Delinquent sein Leben verlieren. Wie es hieß, sollte ein Soldat wegen Hochverrats geköpft werden. Er war bereits auf den staubigen Platz gebracht worden und kniete auf der Erde. Der Verurteilte trug einen weißen Umhang, sein Kopf war mit einem hellen Leinentuch verhüllt. Die Hände hatte man ihm hinten auf dem Rücken gefesselt. Nun betete er in Richtung Mekka. Wachsoldaten der Königsgarde bildeten einen menschlichen Ring um ihn, sodass keine Zuschauer zu nah an die Szenerie herankamen. Dennoch konnten alle gut sehen, was sich hier abspielte.

Die Sonne brannte vom Himmel herunter, und jetzt, kurz vor der Mittagszeit, waren es gut und gerne über vierzig Grad. Ein *Jeep* näherte sich und stoppte kurz vor den Wachsoldaten. Ein Mann sprang, bekleidet mit einem schwarzen Umhang, aus dem Geländewagen. Auf seinem Rücken befand sich ein langer Gegenstand. Er nickte dem befehlenden Offizier der Königsgarde kurz zu, durchschritt den Sicherungskreis der Wachen und stoppte hinter dem Delinquenten. Er berührte ihn kurz mit der linken Hand an der Schulter. Dieser straffte sich, ein Stöhnen war zu hören. Der Mann drückte den Rücken gerade durch und neigte den Kopf zu Boden. Der Mann im schwarzen Umhang war der Scharfrichter. Er zog ein langes Schwert aus einer Scheide, die über seinem Rücken hing. Der blanke Stahl glänzte in der Sonne. Er trat einen Schritt zurück. Das Publikum wurde still. Die Wachsoldaten knieten nieder, mit den Gesichtern den Gaffern der Szenerie zugewandt. Kein Laut war zu hören. Dann hörte man eine flehentliche Stimme, die Allah zur Hilfe rief. „Ich bin unschuldig, ich habe nichts getan, was nicht recht war. Allah ist mein Zeuge!“

Das Publikum raunte laut. Es war vollkommen ungewöhnlich, dass ein Delinquent sich traute, etwas gegen ein verhängtes Urteil zu sagen. Das Königshaus bestätigte jedes Todesurteil, und deshalb galt ein Richterspruch als Gottesurteil. Was der König befahl, war Allahs Wille.

Auch der Scharfrichter hörte die klagenden Worte des Mannes, der gleich seinem Schöpfer gegenübertreten würde. Aber Rechtfertigungen waren fehl am Platze. Sie galten als feige, unmännlich und verwehrten dem Delinquenten für immer den Zugang zum Paradies. Dieses sinnlose Aufbegehren verhinderte die vorgeschriebene Prozedur der Hinrichtung. Zum einen wollte er professionell vorgehen, denn eine misslungene Tötung, die nicht dem Gesetz der Scharia entsprach, fiel negativ auf ihn zurück. Es gab verschiedene Varianten der Hinrichtung. Einige Mitglieder der Königsfamilie oder aber Scheichs, die trotz ihrer gesellschaftlichen Stellung durch das Schwert starben, bezahlten den Scharfrichter sogar für eine äußerst schnelle und damit schmerzlose Tötung. Wie seinerzeit im alten Frankreich, wo Delinquenten vor der Guillotine dem Henker einen Beutel mit Gold als Lohn für eine „gute“ Hinrichtung übergaben.

Dieser Hauptmann sollte, so hatte der Richter geurteilt, wie ein Ehrenmann getötet werden. Doch verhielt er sich jetzt so, wie der Scharfrichter es nur von feigen Tagelöhnern oder einfachen Dieben her kannte. Eigentlich hätte der Delinquent froh sein sollen, dass er durch das Schwert sterben würde. Mörder und Betrüger wurden oft gehängt. Dann zappelten sie noch einige Minuten mit den Füßen in der Luft, währenddessen sich die Schlinge immer fester um den Hals zuzog. Frauen, die ihren Ehemann betrogen, wurden gesteinigt. Bei gänzlich abscheulichen Delikten, wie zum Beispiel dem öffentlichen Beleidigen des Königs, wurde der Hinzurichtende unter grausamen Schmerzen zu Tode gequält. Insofern war das normale Köpfen mit einem scharfen Schwert aus Sicht des Saudis noch human.

Nun hob der Scharfrichter das Schwert hoch in die Luft, er hielt das Heft mit beiden Händen umfasst. Dann ließ er es mehrmals äußerst gekonnt durch die Luft sausen, um genügend Schwung für den entscheidenden Schlag zu haben. Alle Schaulustigen auf dem Platz und auch die Wachen hielten den Atem an und verfolgten wie gebannt das grausige Geschehen. Die Klinge des Schwerts traf die linke Seite des Halses und trennte das Haupt des Mannes fast komplett vom Rumpf. Der Kopf klappte nach vorne und hing Bruchteile einer Sekunde an Hautfetzen, Sehnen und dem vorderen Teil der Luftröhre. Dann rissen auch diese letzten Verbindungen zum Torso ab. Der Kopf rollte durch den Staub, drehte sich zweimal um die eigene Achse und blieb leicht schaukelnd liegen. Der heiße Wind, der gerade aufkam, wehte das Tuch, dass den Kopf bislang vollständig bedeckte, nach oben. Die Augen des Hauptmanns blickten schmerzerfüllt in Richtung des Scharfrichters. Noch ein letztes Aufbegehren der Lippen. So, als wollte der geköpfte Hauptmann sein Leid und das Unrecht, das ihm widerfahren war, herausschreien. Doch kein Laut war zu hören. Blut sickerte aus seinem Mund heraus und tropfte in den Staub des Platzes.

Kapitel 20

Langley, Virginia, USA

„Chef, schauen Sie sich das mal an, haben wir gerade hereinbekommen", sagte ein Mitarbeiter der *CIA*, der für die Auswertung von Satellitenaufnahmen verantwortlich war. Walter Cheney blickte auf den Monitor und erkannte dort eine Wüstenlandschaft, in der ein Geländewagen mit mehreren Personen auf einem unbefestigten Weg mit mäßiger Geschwindigkeit entlangfuhr. Plötzlich lenkte der *Jeep* nach links, dann nach rechts, blieb stehen, Menschen sprangen heraus. Sie suchten Deckung in der Umgebung. Wenige Sekunden später explodierte etwas in der Motorhaube des *Jeeps*. Jetzt zoomte die Kamera des Satelliten zurück und ein Hubschrauber, aus dem Feuergarben in Richtung des Geländewagens abgegeben wurden, kam in Sicht. Dann war noch ein weiterer Helikopter zu sehen, der über dem ersten in der

Luft zu stehen schien. Cheney schaute sich die Geschehnisse konzentriert an. „Gibt es Hoheitsabzeichen auf dem Heli?", fragte er.

„Haben wir nicht entdecken können, scheint aber ein Hubschrauber der Saudis zu sein. Auch der zweite Heli mit dem Überfallkommando ist einer von denen! Die Männer im *Jeep* hatten eindeutig *AK 12s* dabei, und die setzen momentan die Iraner ein. Wir konnten die Abzeichen eines Unteroffiziers erkennen. Eindeutig Soldaten aus Teheran!"

„Was haben die da alle zu suchen?" Cheney wunderte sich. Er kratzte sich unweigerlich am Kopf und versuchte, klar zu denken. Das Ganze hatte keine zehn Minuten gedauert, dann brannte der *Jeep* restlos aus und die Hubschrauber waren mit den iranischen Soldaten verschwunden.

„Wohin sind die geflogen?"

„Konnten wir nicht nachvollziehen. Der Überfall ereignete sich nur wenige Kilometer von der syrischen Grenze entfernt in Homs. Nach dem Überfall sind die Hubschrauber in nordöstlicher Richtung, über jordanisches Gebiet hinweg, den Wadi El Murbah entlang geflogen. Dann weiter bis über die Grenze in saudischen Luftraum. Flughöhe keine zehn Meter. Das hat Amman beziehungsweise die jordanische Luftabwehr gar nicht mitbekommen. Ab da haben wir die Spur verloren. Die Wärmebildaufklärung zeigt jedoch eine Flugroute in Richtung Turaif. Da befindet sich ein kleinerer Flughafen! Nicht militärisch."

„Aber die Helis könnten doch irgendwo landen, oder?", fragte Cheney.

„Ja, das stimmt. Aber wir vermuten, dass sie die entführten Soldaten möglichst schnell aus der Wüste befördern wollten. Dazu müssen sie sich mit Fahrzeugen schnell bewegen können. Die eingesetzten Hubschrauber würde ich an deren Stelle schnell aus dem Spot nehmen, um die Spur zu verwischen. Wenn das Teheran mitkriegt, brennt es da unten schneller, als wir denken können!"

„Höchst merkwürdig, das Ganze. Die Saudis bemächtigen sich einer unbedeutenden Grenzpatrouille und treiben dabei einen riesigen Aufwand."

Hangar 19, Kiryat Schmona, Israel.

Heide Mainz wachte aus ihrer kurzen Bewusstlosigkeit auf. Beim Aussteigen aus dem Sanitätsfahrzeug sackten ihr die Beine durch und es wurde ihr schwarz vor Augen. Hilfreiche Hände legten sie auf eine Pritsche. Sie versuchte erneut, sich wiederaufzurichten. Aber ein Arzt und auch ein Sanitäter, beide in Militäruniformen, drückten sie sacht wieder nach unten.

„Bleiben Sie einen Moment liegen, sonst bricht ihr Kreislauf erneut zusammen!" Der Mediziner lächelte sie freundlich an. Dann fühlte er ihr den Puls am linken Handgelenk.

„Okay, da haben Sie eine Menge Dusel gehabt!", meinte der Sani. „Aber die Landung im Hangar war eins a!", lachend hob er den rechten Daumen, so, als wäre er ein Preisrichter und müsse eine Bewertung abgeben.

„Wo ist Uri, ich meine Oberst Finkenrath?", wollte die Offizierin wissen.

„Der liegt da vorne", der Arzt zeigte auf eine andere Pritsche, die ebenfalls behelfsmäßig im Hangar aufgestellt worden war. Schemenhaft sah Mainz den *Mossad*-Offizier auf einem Holzgestell liegen. Um ihn kümmerten sich zwei Sanitäter.

„Lebt er?", fragte Mainz zögernd, obwohl sie sah, dass Finkenraths rechter Arm mit Verbandsmaterial umwickelt wurde.

„Den bringt nichts um, schon gar nicht so eine verhunzte Landung!", lachte der Arzt. „Nein, er hat sich nur ein paar Blessuren zugezogen, als er aus dem Heli geflogen ist. Sie haben es deutlich besser gemacht, sind schön sitzengeblieben!" Er tupfte ihr vorsichtig mit einem alkoholbefeuchteten Gazestreifen ein paar Blutstropfen an der Nasenspitze ab.

„Was ist passiert, sind wir abgeschossen worden?", fragte die Deutsche.

„Nein, nicht direkt", meinte jetzt eine andere Stimme aus dem Hintergrund. „Gestatten, General Mosche Rosenzweig, Kommandant dieser Basis hier. Sie wurden fast abgeschossen." Seine Betonung lag drohend auf dem Wort „fast". „Wenn diese arroganten Wichser, sorry Lady, vom *Mossad* meinen, sie können hier einfach rumfliegen, wie es ihnen passt, dann geschieht eben genau so etwas. Die *Hamas* und die iranischen Teufel spielen verrückt, bloß weil wir einen Zustand, der seit mehr als fünfzig Jahren so ist, wie er ist, legalisieren. Die meinen, sie müssen hier einen neuen Krieg vom Zaun brechen!"

Mainz ordnete diese Aussagen der Tatsache zu, dass die Amerikaner die Annexion des Westjordan-Landes durch Israel offiziell völkerrechtlich anerkannt hatten.

General Rosenzweig trug eine Khakiuniform, und er platzte fast aus allen Nähten, so dick war sein Bauch. Ein dünner Haarkranz klebte ihm feucht am Kopf. Sein Barett war lässig unter eine der Schulterklappen, mit den Rangabzeichen darauf, gesteckt. Die braunen Springerstiefel glänzten, wie im Übrigen sein gesamtes Gesicht. Es war schweißnass, und die Tropfen liefen ihm hinten in den Kragen.

Dennoch mochte sie diesen Mann sofort. Menschen, die ohne Umschweife das sagen, was sie denken, waren ihr auf Anhieb sympathisch. Gerade deshalb, weil das in ihrem Metier nicht üblich oder erwünscht war.

„Wollte er Ihnen imponieren? Sie entsprechen ja genau seinem Beuteschema. Rothaarig, wahrscheinlich viel Feuer im Arsch und eine großartige Figur! Wie ich hörte, vom deutschen *MAD*. Und *Tornado*-Pilotin, oder?"

„Gut informiert, General!", lächelte Mainz. „Danke für die Komplimente. Sagen Sie, sind Sie ein bisschen eifersüchtig?"

„Nein, und schon gar nicht auf das Disziplinarverfahren, das ich ihm anhängen werde! Aber was anderes, wie geht es Ihnen, Oberstleutnant?"

„Sagen Sie Heide, General. Mir brummt der Schädel, aber was tut man nicht für sein Vaterland, oder?"

„Seit wann sind Sie Israelin?"

„Seit gerade, seit uns", sie machte eine kurze Pause, „Palästinenser angegriffen haben", sie sprach das Wort Palästinenser fragend aus, hoffte somit auf eine Klärung.

„Nein, das waren eher iranische Freischärler. Im Übrigen ist „waren“ der richtige Ausdruck. Wir haben die Hunde ausfindig gemacht und ihnen zwei *F 16 Jagdbomber* auf den Hals gehetzt. Deren Luft-Boden-Raketen waren eh über das Verfalldatum abgelaufen. Jetzt ist die Welt um einiges sicherer. Schöne Grüße an die Ayatollahs in Teheran!“

Wie immer, wenn Soldaten miteinander oder insbesondere mit Zivilisten sprachen, klang ihre Wortwahl für Außenstehende oft roh und derb, sexistisch und martialisch. Manchmal hörte es sich an, als würde es sich bei höchst gefährlichen Angelegenheiten nur um harmlose Sandkastenspiele Erwachsener handeln, die um Förmchen und Schüppchen stritten. Mainz wusste aus eigener Erfahrung, dass das eine Form der Verdrängung war. Schlimmste Erlebnisse im Krieg oder aber grausamste Befürchtungen wurden auf diese Weise verharmlost oder verniedlicht. So konnte das Gehirn mit Extremsituationen fertigwerden. Sie verzieh dem General daher seine Ausdrucksweise, denn schließlich war sie, wie er, Soldat. Noch dazu von der gleichen Waffengattung.

Heide schaute wieder zur Pritsche hinüber, auf der Uri bis vor Kurzem gelegen hatte. Er war nicht mehr dort, auch die Sanitäter konnte sie nicht mehr sehen.

„Suchst du mich, Heide?“

„Mensch, du Bruchpilot. Ich mach mir Sorgen um dich und du spielst hier Verstecken. Wie geht's dir?“

„Ich bin okay, die Birne brummt ein bisschen und das hier“, er zeigte auf seinen linken Arm, „ist nichts Wildes. Und bei dir? Alles gut? Du blutest da!“ Er zeigte mit dem Finger auf ihre Oberlippe und nahm dem Sanitäter die Gaze ab, tupfte ganz behutsam einen geronnenen Blutstropfen von ihrer Haut ab. Sie richtete sich auf und ließ die Beine von der Pritsche baumeln. Sofort wurde ihr wieder schwindelig. Sie wankte ein wenig zur Seite, Uri fasste sie behutsam an der Schulter und hielt sie fest.

„Geht's wieder?“, erkundigte er sich besorgt.

„Na klar, bin schon schlimmer gelandet.“

Die festen Hände, die sie sicherten, lösten einen kleinen Schauer in ihr aus. Sie fühlte sich bei Finkenrath geborgen. Sie war gerne an seiner Seite und wusste, dass er ihr gerade das Leben gerettet hatte. Obwohl Uri sie in diese bedrohliche Situation gebracht hatte.

„So, hört das Gefühlsgetue jetzt mal auf!" General Rosenzweig schnaufte dazwischen, der trotz seiner rauen Schale bemerkte, dass da etwas zwischen den beiden lief. „Welche Sau hat Sie denn geritten, heute und hier in diesen Luftraum zu fliegen? Seit einer Woche ist die Region nördlich und westlich vom See Genezareth Sperrgebiet! Verbotene Zone!"

„Nicht für den *Mossad*, Generell, tut mir leid! Die Genehmigung wurde entsprechend von Tel Aviv erteilt, sorry!"

„Aber was dabei herauskommt, haben Sie ja erlebt! Ihr Fuzzis vom Geheimdienst meint, ihr könntet euch alles erlauben, was?"

„Nun beruhigen Sie sich mal, General. Ist ja nichts passiert!" Finkenrath lächelte den Kommandanten der Airbase etwas schief an.

„Wir kennen uns doch, seit der Sache damals in Beerscha Askilon." Er spielte auf eine lange Zeit zurückliegende militärische Übung an, die etwas aus dem Ruder gelaufen war. Damals hatten die beiden sich kennen und vor allem auch schätzen gelernt.

„Nichts passiert? Sie spinnen wohl. Der Heli ist im Arsch, mein Hangar ist 'ne Schrottbude, der Vorplatz gesprengt und ein Lkw nur noch ein Stück glühendes Metall. Nichts passiert? Für den Schaden kommen Sie auf, Oberst! Ich werde entsprechend Meldung machen müssen!"

Er schnaufte dabei weiter wie ein aus der Puste gekommenes Walross. Heide musste schmunzeln, denn die beiden so verschiedenen Männer stritten sich herrlich und sie war gespannt, wie Mister Uris Selbstsicherheit reagieren würde. Schließlich hatte der General hier auf der Airbase das Sagen.

„Moment, Rosenzweig", Uri zog das Handy aus der Uniformtasche der linken Brustseite, tippte eine Kurzwahlnummer ein und wartete ein paar Sekunden. „Ja, ich bin's. Nee, sind wir noch nicht. Ein Kommando meinte, unseren Heli abschießen zu müssen, hat aber nicht funktioniert. Ja, wir sind hier auf der Airbase nördlich des Sees. General Rosenzweig hat mir gerade persönlich versichert, dass er mich aktiv unterstützen wird, ja!"

Der General lief augenblicklich dunkelrot an. Heide Mainz glaubte schon, dass Rosenzweig gleich explodieren würde. Zumindest hatte sie den Eindruck, dass er noch mehr als zuvor schwitzte und innerlich vor Wut kochte.

„Was habe ich?", fragte er so laut, dass es der Gesprächspartner von Finkenrath am anderen Ende der Leitung mithören musste.

„Hier, für Sie! Jossi Cohen!" Uri Finkenrath reichte dem General das Mobilfunkgerät.

Der nahm es entgegen, wolle gerade losbrüllen, hörte dann doch still und sehr intensiv zu. Sagte dann kleinlaut: „Na klar, keine Probleme. Ja, den weiblichen Oberstleutnant haben wir erstversorgt, sie ist soweit in Ordnung. Was? Einen bewachten Transport zur Station? Wieso?", und nach kurzem Zuhören, bei dem Rosenzweig seinem unsichtbaren Gesprächspartner nickend das Gehörte zu bestätigten schien: „Nein, wirklich nicht, bekommen wir hin. Ja, den Scheiß lassen wir entsorgen. Yes Sir, und den Bastarden haben wir es ebenfalls besorgt. Wahrscheinlich Iraner!" Er salutierte mit der rechten Hand und gab Uri das Handy zurück. „Das war einer der stellvertretenden Chefs vom *Mossad*, Uri!", erzürnte sich Rosenzweig wieder und ging ins Du über, dass sie schon damals bei ihrem ersten Zusammentreffen miteinander vereinbart hatten.

„Ja, stimmt, ich sag Jossi zu ihm. Ist ganz in Ordnung für einen Vorgesetzten. Können wir dann, wer fährt uns?", fragte er und half Heide von der Pritsche.

„Wartet in meinem Büro, mein Fahrer bringt euch. Und lass der Lady erst mal einen Kaffee geben, meine Sekretärin hilft weiter. In ein paar Minuten ist das Fahrzeug mit der Eskorte bereit. Die bringen euch zur Station nach Kiryat Schmona."

„Danke, General, und nichts für ungut, tut mir leid, aber ich wollte auch nicht beschossen werden, um unserem Gast vom *MAD* zu zeigen, wie gut Israelis mit der Gefahr umgehen können!"

Er tätschelte wohlwollend die rechte Schulter des Generals und salutierte vor ihm, Rosenzweig salutierte zurück.

Aha!, dachte Mainz. Meine Einladung ist also von ganz oben gekommen, wenn Uri mit einem der stellvertretenden Chefs des *Mossad* über den Einsatz spricht. Na, dann bin ich ja mal gespannt auf das was folgt.

Sie wollte gerade zu dem vorgefahrenen *Jeep* gehen, den der Fahrer des Generals soeben vor den Hangar gesteuert hatte, als sie sah, dass Finkenrath wieder in die Halle zurücklief, in die er hineingeflogen war. Die Flughafenfeuerwehr löschte noch immer den Lkw beziehungsweise das übriggebliebene Wrack. Dicke Rauchschwaden zogen über die Betonpiste. Da kam Finkenrath schon wieder zurück. Er hatte das Handgepäck von Heide Mainz, in der sich ihre High Heels befanden, in den Händen. Wie durch ein Wunder waren die Utensilien der Deutschen kurz vor dem Crash aus dem Helikopter herauskatapultiert worden. Uri hatte sie vor dem Hangar liegen sehen.

„Oder wolltest du ohne Gepäck und Schuhe reisen?“, lächelnd streckte er ihr die Gegenstände hin, die sie gerne an sich nahm.

Der General wandte sich ab und schüttelte den Kopf. „Das ist eindeutig zu viel für mich. Aber wenn der *Mossad* will, so Herr, geschehe es. Gott sei Dank bin ich nicht in dem Verein!“, knurrte er vor sich hin. „Noch viel Spaß, ihr beiden und treibt’s nicht zu doll“, rief er ihnen spaßig hinterher. Eine ganz heiße Lady, die Rothaarige!, dachte er, vielleicht hätte er doch zum Geheimdienst gehen sollen.

Finkenrath und Mainz stiegen in den Wagen des Generals und brausten in Richtung des Kommandantengebäudes los. Wenig später hatten sie sich im Privatbereich des Generals ein wenig frischmachen können und sie genossen den starken Kaffee. Heide Mainz’ Hände zitterten ein wenig, als sie die Porzellantasse mit dem heißen Gebräu hielt. Das war verdammt knapp, Heide, meinte sie zu sich selbst, hätte auch ins Auge gehen können.

Finkenrath blieb unerschütterlich humorvoll und lächelte sie weiter an. „Trink aus, wir fahren in ein paar Minuten, wenn's geht!"

„Na klar, warum bin ich denn hier? Aber bitte diesmal ohne Feindberührung!"

„Das ist in Israel schwierig, unser Land ist einfach zu eng!" Uri lachte ihr zu.

Dann klingelte das Handy von Heide Mainz. „Mainz, Oberstleutnant Mainz", meldete sie. „Wer ist da? Hubert Schmidt vom Innenministerium?" Sie drehte sich von Finkenrath weg, sodass dieser das Telefonat nur schwerlich mithören konnte. „Ja, gerne. Können wir machen. Ich bin gerade in Israel, ah, Sie wissen? Okay, dann melde ich mich bei Ihnen, wenn ich wieder in Köln bin. Nein, wann genau, das weiß ich noch nicht. Aber spätestens in zwei bis drei Tagen bin ich wieder in Deutschland. Passt das? Wunderbar, bis dann!" Heide Mainz beendete das Telefonat. „Interessant", sagte sie leise. Dann lauter: „Und jetzt will ich die Käfer sehen, Uri!" Sie stellte die Tasse zurück auf den Tisch und nickte der Sekretärin zu. „Sehr guter Kaffee, und grüßen Sie General Rosenzweig von mir!"

Kapitel 21

***Humboldt-Universität*, Unter den Linden, Berlin, Deutschland**

Quintus Schwarz und Raimund Schleithmann saßen einige Wochen nach ihrem ersten Treffen wieder in Berlin zusammen. Ihnen gegenüber lehnte sich Hubert Schmidt an die Rückenlehne des Zweiersofas, das hier in einem Besucherzimmer im dritten Obergeschoss der Universität stand. Beide Wissenschaftler waren für ihre Verhältnisse sehr offiziell bekleidet. Schwarz im grauen Anzug mit weißem Hemd ohne Krawatte, Schleithmann trug eine dunkelbraune Stoffhose, dazu einen schwarzen Rollkragenpullover und eine olivfarbene Jacke aus Tweed. Sie hatten sich zum Hinsetzen für die Sessel entschieden. Kaffee und

Wasser standen auf dem Tisch vor ihnen. Schleithmann hatte sein Notebook dabei, ließ es aber noch geschlossen. Schwarz legte sein abgewetztes Notizbuch daneben. An einer Gummilasche war ein alter Füllfederhalter eingesteckt. Beide schauten den Mann aus dem Innenministerium erwartungsvoll an.

„Nun, meine sehr verehrten Herren Professoren", begann Schmidt, „vielen Dank, dass wir zusammenkommen konnten. Ich hatte Ihnen schon am Telefon mitgeteilt, wie wichtig es für mich ist, Sie beide kennenzulernen. Wie schon gesagt, habe ich höchst interessante Berichte, Aufsätze und protokollierte Vorträge von Ihnen gelesen und bin schlichtweg begeistert, welche wissenschaftlichen Kapazitäten wir in Deutschland besitzen. Das Innenministerium von NRW und damit letztendlich auch die Bundesregierung zählen auf Sie und Ihre Kooperationsbereitschaft."

„Nun, wir gehören niemandem und sind bislang absolut frei in unseren Forschungen, lieber Herr Schmidt!", betonte Schwarz seine Eigenständigkeit.

„Wir sind freie Wissenschaftler auf unterschiedlichen Fachgebieten und wenn überhaupt nur unserer Universität beziehungsweise unseren Stipendiengebern gegenüber verantwortlich!", ergänzte Schleithmann. „Was genau möchten Sie von uns wissen? Sie sprachen von einer genialen Zusammenarbeit auf dem Gebiet der Künstlichen Intelligenz und der Bionik."

„Das will ich Ihnen gerne sagen!" Schmidt begann zu erzählen, was sich seinerzeit in Hagen beim Überfall auf die Deutsche Bank abgespielt hatte und wie er danach beauftragt worden war, eine verbesserte Technik für Sicherheitsroboter zu finden, die bei Geiselnahmen oder ungeklärten Situationen eingesetzt werden konnte. Er berichtete über das Treffen im Ministerium und seine spontane Idee, vernetzte Miniroboter einzusetzen, die wie Ameisen auf der Jagd vorgehen.

„Und wie sind Sie auf uns gekommen?", fragte Schleithmann.

„Ich habe Sie suchen lassen", sagte Schmidt spitzbübisch und konnte sich ein leichtes Grinsen nicht verkneifen. Er fügte hinzu: „Nun ja, nicht klassisch von einer Detektei, sondern durch

Suchmaschinen. Mit den vorhandenen Algorithmen können wir höchst effizient anhand von vorgegebenen Kriterien suchen und fast alles finden. Wir filtern jeden Tag alle möglichen Informationen, die wir im Internet, in der Presse, in neu herausgegebenen Büchern oder sonst wie erhalten können. Dabei verwenden wir Suchkriterien, die sehr spezifisch sind. Sonst kommen da Datenmengen heraus, die kein Mensch mehr bewältigen kann. Uns war klar, dass wir ohne Künstliche Intelligenz und Robotik nicht weiterkommen, wenn wir eine überragende technische Lösung finden wollen. Die Idee mit den Ameisen hatte ich so nebenbei. Von Schwarmintelligenz wusste ich dagegen noch nichts, wenngleich es eigentlich logisch erscheint." Er blickte kurz aus dem Fenster zum Himmel hoch. „Schließlich schaue ich mir jedes Jahr im Frühjahr mit größter Freude die Formationen der Zugvögel an, die wieder zurück in den Norden fliegen. Ich bewundere diese Tiere für ihre unglaublichen Leistungen, im Schwarm über tausende von Kilometern zu fliegen und sich in der Flugformation optimal verhalten und orientieren zu können. Das schaffen Menschen nicht. Deshalb benötigen wir Sie!"

Schmidt trank einen Schluck Wasser, Schwarz und Schleithmann hörten ihm weiter konzentriert zu. Der Professor aus Braunschweig spürte, dass sich gerade das Tor für die Nutzung seiner Forschungen weiter aufschob. Er blickte den Mann aus dem Innenministerium gespannt an.

„Und da sind wir von Ihnen gecoogelt worden?", fragte Schwarz.

„Nein, nicht direkt. Zunächst erhielten wir einen Hinweis auf einen gewissen Bernard Werber, einen französischen Autor. Der hat in den 1990er-Jahren mehrere spannende Bücher über das Leben und Verhalten von Ameisen geschrieben. Werber verstand es in seinen Werken ausgezeichnet, detailliertes Wissen über diese unglaublichen Insekten in spannenden Science-Fiction-Geschichten zu vermitteln.

Im Rahmen einer Trilogie schilderte dieser Autor unter anderem den Einsatz von Roboterameisen. Diese künstlichen Insekten waren in seinem Werk von einem Wissenschaftler entwickelt und gebaut worden, um Feinde umzubringen. Die später ermordet Aufgefundenen waren allesamt in der Pharmaindustrie tätig. Dort forschten sie an wirksamen Insektengiften und Unkrautvernichtungsmitteln. Die Killerameisen fanden ihre Opfer anhand identifizierter Gerüche. Wie bei Spürhunden wurden den künstlichen Ameisen Kleidungsstücke der zu liquidierenden Menschen zur Geruchsprobe vorgehalten und die Roboter fanden wenig später sehr zielsicher ihre Beute. Ähnlich wie bei echten Ameisen, die sich anhand von Pheromonen orientieren. Verschlossene Häuser, zugesperrte Zimmer oder sonstige Hindernisse stellten für die Roboterameisen keinerlei Probleme dar. Sie krabbelten an Hauswänden hoch, nutzten Fallrohre, Türspalten oder Kabelschächte, um die Aufenthaltsorte der Zielpersonen zu finden. Meistens wurden die Opfer in der Nacht aufgespürt. Sie lagen im Bett und schliefen. Wenn die Roboter sie aufgespürt hatten, krochen sie zu ihnen und griffen sie an; wie dies auch ihre echten Artgenossen tun, wenn sie sich bedroht fühlen. Da immer viele dieser künstlichen Insekten in den Todesschwadronen unterwegs waren, erlitten die später Aufgefundenen heftigste Panikattacken, die zum Tode führten, wenn sie massenhaft von Ameisen bestiegen und gebissen wurden. Die meisten Opfer starben an Schock und Herzstillstand. Die Polizei tappte, so hatte es Bernhard Werber beschrieben, lange Zeit im Dunklen. Man vermutete von Behördenseite als Todesursache ein Herzversagen. Erst später, als sich die Indizien verdichteten, wurden echte Mordermittlungen aufgenommen. Die Ermordeten hatten nämlich alle dieselbe berufliche Passion. Die Vielzahl der ähnlichen Todesumstände ließ den Staatsanwalt nach einem Serientäter fahnden!“, berichtete Schmidt, noch sichtlich ergriffen vom Inhalt der Lektüre. „Bei der Mordermittlungsbehörde konnte sich keiner ein Bild davon machen, wie der Mörder zu den Opfern vorgedrungen war. Fenster und Türen waren stets von innen verschlossen.“

„Und natürlich dachte keiner an Ameisen", fügte Schleithmann hinzu. „Clever, äußerst clever! Aber wie steuerte der Auftraggeber, also der wahre Mörder, seine Killerameisen?"

„Das hat Werber im Dunklen gelassen", meinte der Mann aus dem Innenministerium.

„Ist doch klar, weil das kompliziert ist, wenn überhaupt möglich. Obwohl, mit Künstlicher Intelligenz?", setzte Quintus Schwarz nachdenklich hinzu.

„Was, lieber Herr Schmidt, sollen wir jetzt Ihrer Meinung nach für Sie tun?"

„Nicht für mich, Herr Professor, für Deutschland!", lächelte Schmidt süffisant den Wissenschaftler an. „Für unser Vaterland!"

„Können Sie bitte diesen verbalen Unsinn sein lassen, damit können Sie uns nicht beeindrucken. Hört sich an wie zu Zeiten des Nationalsozialismus."

Schmidt rückte weiter nach vorne, so, als wolle er etwas streng Geheimes kundtun. „Meine Herren, ich, wir brauchen Experten wie Sie. Herr Professor Schleithmann, Sie gelten mittlerweile als der Fachmann schlechthin für Ameisen und ihr Verhalten in puncto Überleben. Sie, lieber Doktor Schwarz", er betonte den akademischen Titel, „Sie sind führender Neurologe und haben damit das nötige Hintergrundwissen für die erfolgreiche Weiterentwicklung der Künstlichen Intelligenz. Sozusagen von der Natur entwickelt, kopiert und in das Computergehirn hineinprogrammiert!" Schmidt musste selbst über den Vergleich schmunzeln.

„Sollen wir etwa Ameisenroboter bauen?", fragte Schleithmann.

„Genau das, meine Herren. Nicht bauen, aber von der Überlebensstrategie der Natur kommend über das Schwarmverhalten der Ameisen und in Robotik umgesetzte Bionik einen Konstruktionsplan für die Steuerung erstellen. Ein Gehirn entwickeln für künstliche Ameisen. Das wird uns zu einem Roboterschwarm führen, den wir dringend benötigen!"

Die beiden Wissenschaftler schauten jetzt genau so kritisch wie verblüfft Hubert Schmidt an. „Aber von Bionik und Robotik haben wir keine Ahnung!", meinten beide unisono.

„Sie nicht, aber die Industrie schon. Ich habe da schon Fachleute an der Hand!"

„Und Sie bezahlen das alles?", fragte Schwarz.

„Indirekt, meine Herren. Hier sind die Verträge für Sie. Interessiert?" Schmidt lehnte sich genussvoll zurück, nachdem er zwei Hefter mit etlichen Seiten in DIN-A4-Größe über den Tisch geschoben hatte.

Einige Zeit später waren die Verträge unterschrieben wieder zurück in der Aktentasche des Beamten aus dem Innenministerium. Die beiden Wissenschaftler hatten noch diverse Fragen klären wollen. Insbesondere war das Thema der Freistellung von den Universitäten noch zu besprechen gewesen sowie die Bezahlung der Leistungen. Weiterhin wollten beide, Schwarz und Schleithmann, auch später noch von den Forschungsergebnissen profitieren. Als auch das zur Zufriedenheit geregelt war, beide konnten nach einer Stillhaltefrist von drei Jahren ihre Ergebnisse publizieren, willigten Schwarz und Schleithmann ein. Davor hatten beide sich für eine Stunde zurückgezogen, um in Ruhe zu besprechen, ob und wie sie das Angebot wahrnehmen wollten. Aber wie immer, wenn Wissenschaftler weiter forschen und entwickeln können, und die Finanzierung dafür sichergestellt ist, verbunden mit der Aussicht, positive Ergebnisse mit ihrem Namen verknüpfen zu können, war der Ausgang der Überlegungen klar. Die Legalität war gewahrt, denn der Auftraggeber war schließlich der Staat selbst.

„Was will man mehr?", sagte Schleithmann und klopfte seinem Freund Quintus Schwarz auf die Schulter.

„Dann man los!", meinte dieser. „Lass uns alles miteinander vernetzen!"

Kapitel 22

Kiryat Schmona, Israel

Von der Airbase Rosh Pina kommend fuhren Finkenrath und Mainz, im Wagen der Militäreskorte, über eine stark befahrene Straße in nördlicher Richtung. Der Weg führte sie an den Dörfern Sde Elizer und Merkaz Kah vorbei direkt in den Ort Kiryat Schmona. Die Stadt der Acht. Linker Hand der Hauptstraße sahen sie nur braune Hügel und eine karge Landschaft, rechts zum Jordan hin, dem biblischen Fluss, war jedoch alles grün. Da lagen Felder mit Gemüseanbau und Agrarkulturen. Hier wurde jeder Quadratmeter bewirtschaftet. Die Bewässerungsanlagen förderten auf Hochtouren Wasser. Viele Lkws kamen ihnen bei der Fahrt entgegen, die mit unterschiedlichen landwirtschaftlichen Produkten beladen waren.

Finkenrath saß still neben Heide. Ab und zu tippte er etwas in sein Handy. Sein Lächeln war verschwunden und der Blick eher ernst. „Hat er einen Schock nach dem Angriff auf den Hubschrauber erlitten", fragte sich die Deutsche. Er, der so selbstbewusst war, zeigte Nerven?

„So, da sind wir", sagte der Fahrer, ein Obergefreiter der Luftwaffe und zeigte mit seiner rechten Hand auf die Abfahrt von der Hauptstraße. Dort stand ein Hinweisschild, das in hebräischer und englischer Sprache auf eine Sehenswürdigkeit hinwies *Roar Lion Monument.*

„Das, liebe Heide, ist ‚Den Acht' gewidmet, die im Gefecht an diesem Ort vor langer Zeit gefallen sind. Ein Denkmal mit einem brüllenden Löwen, der allen Feinden zeigen soll: Israelis sind stark. Auch wenn einige von uns getötet werden, wir sind immer stärker als unsere Gegner. Wie Löwen in der Prärie!" Der Oberst schlüpfte in die Rolle eines Fremdenführers. „Aber da wollen wir heute nicht hin!"

Der *Jeep* bog in den Zufahrtsweg zum Denkmal ein, um dann scharf nach links auf ein Grundstück abzubiegen. Sie durchfuhren ein Tor und steuerten auf einen modernen Gebäudekomplex zu. Dort parkte der Fahrer den Wagen. Mainz hatte auf einem Schild die Bezeichnung *Academic and Technology College, Tel Hai* entziffern können.

„Hier werden mehr als viertausend Studenten ausgebildet. Wir machen sie fit für die Zukunft. Mehr als siebzig Prozent kommen von überall auf der Welt zu uns, der Rest sind junge Israelis“, erklärte Uri weiter. „Komm mit, ich mache dich jetzt mit Schlom Urbanski bekannt. Er wird dir alles erläutern, was du über das Video mit den Skarabäen wissen willst.“

Die Deutsche nickte und stieg gemeinsam mit ihm aus. Der Fahrer salutierte und verabschiedete sich von beiden.

„Danke“, rief Heide Mainz ihm noch nach, aber der *Jeep* wendete bereits und fuhr mit den anderen Fahrzeugen vom Parkplatz wieder zurück auf die Straße.

Sie schritten durch die große Eingangstür, vorbei am Empfang. Hinter einer Glaswand grüßte eine freundliche, schon etwas betagte Dame. „Schalom, Uri, schön, dich mal wieder zu sehen. Schlom wartet schon auf euch. Ihr habt euch verspätet!“

„Hallo Maria, grüß dich, geht’s dir gut?“, fragte Finkenrath, nun wieder mit seinem selbstbewussten, leicht schelmischen Lächeln im Gesicht.

„Wie immer, die Hüften tun weh! Schalom“, rief die alte Dame. Es schien, als ob die Empfangsdame und Uri sich gut kannten.

Mainz nickte freundlich in die Richtung von Maria. „Guten Tag, Schalom, Maria.“

Die Frau hinter dem Empfang wendete sich jedoch wortlos ab und drückte einen Schalter. Sogleich öffnete sich eine weitere Tür, die nun den Zugang zum Inneren des Gebäudes ermöglichte. Finkenrath nahm Mainz an den Oberarm und drängte sie sanft durch den Eingang.

„Was habe ich ihr getan? Sie würdigt mich keines Blickes. Und das, obwohl ich sie doch freundlich gegrüßt habe.“

„Sei ihr nicht böse. Du bist Deutsche, und sie hat als Kind in Theresienstadt im Orchester spielen müssen. Als Zehnjährige schlug sie die Triangel und war für die Notenständer zuständig.

Das hat ihr im Konzentrationslager der Nazis das Leben gerettet. Ihre Mutter, ihr Vater und auch ihre älteren Schwestern sind alle umgekommen. Wurden in Dachau vergast. Maria mag keine Deutschen, sie hasst sie. Mich liebt sie wie einen Sohn. Sie war eine gute Freundin meiner Eltern. Deshalb verachtet sie auch die Palästinenser, die für den Tod meines Vaters und meiner Mutter verantwortlich waren!"

„Oh, das kann ich verstehen, aber …" Mainz wollte weiterreden, doch Finkenrath ließ nicht locker und schob sie weiter in den Flur hinein. Dort vergewisserte er sich kurz an einer Hinweistafel und stieg mit seiner Begleiterin über die Treppen hoch in den zweiten Stock. Der Treppenflur war durch Glasfenster im Dach von Tageslicht hell durchflutet. Innen im Gebäude herrschte eine sachliche Architektur, überall war der nackte Beton sichtbar. Graue Steinfliesen bedeckten den Boden. Bilder an den Wänden zeigten nüchterne Konstruktionszeichnungen. Alles wirkte grau und trostlos. Gott sei Dank kamen ihnen einige Studenten laut schwatzend entgegen.

Also doch Leben in der Bude, freute sich Heide. Oben angekommen wandten sie sich nach rechts und gingen einen langen Flur entlang. Am Ende hielten sie vor einer Tür. Ein Schild an der Wand erklärte, dass hier das Filmlabor untergebracht war. Uri klopfte kurz an und augenblicklich schwang die Tür auf.

„Hallo, meine Freunde, kommt herein. Ich bin Schlom, Sie sind Heide?", der rundliche Mann besaß Hängebacken und war mit einem riesigen Bauch ausgestattet. Er streckte Heide freundlich die Hand zum Gruß hin. Sie ergriff sie, froh darüber, wieder freundlich gegrüßt zu werden. Allerdings war sein Händedruck etwas feucht und klebrig. Urbanski wog mindestens hundertfünfzig Kilogramm und schwitzte vor sich hin.

Irgendwie muss es den Israelis gut gehen, das ist schon der zweite Dicke, den ich heute treffe! Aber auch der ist einfach nett, wie der General, dachte Mainz.

„Kommt rein in die gute Stube und schaut euch die kleinen Sauviecher an", meinte Urbanski und zeigte mit der Hand in den Raum hinein, der wie ein kleines Kino gestaltet war.

Mainz und Finkenrath gingen dorthin, wo eine riesige Bildwand blau aufleuchtete und setzten sich in bereitstehende Kunststoffsessel. Finkenrath und Schlom Urbanski hatten sich bei der Begrüßung in die Arme genommen und gegenseitig herzlich auf die Rücken geschlagen. Sie schienen gute Freunde zu sein.

„Film ab", rief Urbanski. Das Licht in dem sonst nach außen abgedunkeltem Raum dimmte herunter, bis es gänzlich erlosch. Die gerade noch blau schimmernde Bildfläche wurde schwarz und das Video, das Mainz schon aus Köln kannte, startete.

Nochmals sah Heide, wie sich der Araber auf dem sandigen Boden herumwarf und an die Brust griff. Aufgrund der größeren Auflösung konnte Mainz nun wesentlich besser als auf ihrem Laptop im Büro des *MAD* erkennen, was in der Wüste aufgenommen worden war. Noch deutlicher sah sie jetzt die Angst, die Verzweiflung und den Schmerz des Unglücklichen. Sie konnte gut erkennen, wie er seine Hände vor die Brust hielt, als sich ein Käfer von innen her mit einem Schwall voller Blut aus dem Körper herausarbeitete. Besser gesagt, er biss sich nach draußen. Sie konnte nun noch genauer sehen, wie der Käfer oder was das auch immer war, die Finger des Arabers durchschnitt, bis diese nur noch an Hautfetzen hingen. Dann krochen weitere Käfer aus dem Körper des zuckenden Mannes heraus, krabbelten an ihm herab und verschwanden im Sand. Vor einer Lehmwand grub sich die Käferkolonne in den Boden und verschwand. Der Araber lag nun fast ruhig im Staub, ein Bein zuckte noch ein wenig. Dann war alles zu Ende. Der Bildschirm wurde schwarz.

„So, das war der Film, der uns zugespielt wurde!", berichtete Urbanski.

„Was haben deine Recherchen ergeben, lieber Schlom?", erkundigte sich der Oberst.

„Nun, alles ist echt. Auch die Käfer. Nur waren die nie zuvor in dem Mann und haben ihn von innen her filetiert!"

„Wie das?“, fragte Heide den dicken Mann, der seinen weißen Kittel wegen seines gewaltigen Bauches nicht zuknöpfen konnte.

„Ganz einfach, wir haben den Fake da“, er deutete auf die wieder blauschimmernde Projektionsfläche, „digital auseinandergenommen und das Video in der Urform wiederhergestellt. Tolle Inszenierung. Wahrscheinlich ist der Schauspieler“, er zeigte auf die mittlerweile wieder blaue Bildfläche, „nach seinem angeblichen Todeskampf plötzlich wieder zu Leben erwacht und einfach aufgestanden. Wir haben die reingeschnittenen Käferszenen auch analysiert. Die wurden eher gedreht. Die Idioten haben vergessen, die Zeitintervalle zu löschen. Na ja, ziemlich stümperhaft!“, meinte Urbanski. „Die Käferszenen sind animiert, wie bei *Jurassic Park*. Mindestens so gut, wenn nicht besser!“

„Und um mir zu zeigen, dass das ein Fake ist, muss ich nach Israel fliegen, in einem unbequemen *Jeep* fahren, mit dem Heli fast abgeschossen werden, um dann am Ende der Welt zu erfahren, dass das alles nur ein Fake ist!“, echauffierte sich Heide.

„Warte ab, Oberstleutnant“, meinte Uri sanftmütig. „Wir haben noch mehr für dich!“

„Das muss aber ein Hammer sein, sonst bin ich gleich wieder weg!“, zischte Mainz.

„Also, das Material haben wir aus dem Iran bekommen. Wahrscheinlich ist das Video in der Nähe von Isfahan im Iran, nahe der Grenze, gedreht worden!“, verkündete Schlom Urbanski.

„Die haben schlampig gearbeitet. Nicht nur, dass sie die Einschnitte versaut haben, sondern sie haben sogar vergessen, die Zeiteinstellung des Drehtages und die Koordinaten des Aufnahmeortes zu unterdrücken. Voilà, herzlich willkommen im Hollywood der Ayatollahs!“ Urbanskis strahlte übers ganze Gesicht.

Nachdem Uri und Heide sich bei Schlom bedankt hatten, verließen sie den Videoraum. Der israelische *Mossad*-Offizier telefonierte auf dem Flur. Als er das Handy wieder in seine Tasche gesteckt hatte, eilte er die Treppe hinunter. Mainz folgte ihm und war gespannt, wohin die Reise gehen sollte. Finkenrath nahm die Treppe bis ins zweite Untergeschoss, wandte sich nach links und schritt in den dunklen Gang. Das Licht der Neonröhren sprang klickend an, ein Bewegungsmelder aktivierte die Schaltung. Uri blieb vor einer großen, zweiflügeligen Stahltür stehen. Es sah so aus, als befände sich dahinter ein Versorgungsraum des großen Gebäudekomplexes, vielleicht der Heizungsraum oder die Sanitärzentrale. Er klopfte an die Tür und wenig später wurde die linke Seite vorsichtig von innen geöffnet. Ein schmales, hübsches Gesicht, umrahmt von lockig schwarzem Haar, spähte durch die kleine Öffnung. Mandelförmige, tief dunkelbraune Augen schauten heraus. „Min hunak? Wer ist da?“, fragte die schöne Araberin, die einen weißen, weit geöffneten Laborkittel trug.

„Abak, ich bin's, dein Vater“, sagte Uri fordernd, aber keineswegs missgelaunt. „Mach jetzt auf, ich habe kaum Zeit, Asifa!“

„Salem aleikum, Papa!“

„Aleikum asalam, mein Schatz!“, Uri strahlte übers ganze Gesicht. „Darf ich euch bekanntmachen, meine Tochter Asifa, das heißt übrigens der Sturm!“ Stolz lächelte Finkenrath Heide Mainz an, wie nur ein Vater strahlen kann, wenn er seine Tochter anderen präsentieren kann. „Sie ist Diplom-Ingenieurin und zweite Hand des Professors für Werkkunde und angewandte Physik!“

Asifa öffnete die Tür weit und flog Uri an den Hals. Sie küsste ihren Vater mehrfach herzhaft auf beide Wangen. „Schön, dass du kommen konntest, Papa!“ Sie strahlte ihn an.

„Und toll, dass du Zeit für uns hast. Was hast du entdeckt?“

„Jetzt begrüße ich aber erst einmal deine Begleiterin, oder? So viel Zeit muss sein“, lächelte Asifa. „Hallo, Frau Mainz, ich bin Uris Tochter, Asifa.“

„Schön, Sie kennenzulernen, sag bitte Heide zu mir!“

Sie reichte der Araberin die Hand. Beide schüttelten sich freundschaftlich die Hände. Asifa wie auch Heide schauten sich dabei tief in die Augen, so, als wenn sich die beiden Frauen gegenseitig abschätzen wollten.

„Bevor du herumrätselst, liebe Heide, Asifa ist meine adoptierte Tochter. Ich bin, wie du vielleicht den Akten entnommen hast, vielfach im Kampfeinsatz gewesen. Aber Araber sind nicht gleich Araber, Palästinenser nicht gleich Mörder und Israelis sind nicht immer die Guten.

Als Asifa zwei Jahre alt war, kamen ihre Eltern und ihre gesamte Familie bei einem Attentat im Gazastreifen ums Leben. Ich war damals an der Front und entdeckte dieses wunderbare Mädchen in den Trümmern ihres Hauses. Ich habe sie, entgegen allen Vorschriften, einfach mitgenommen und später adoptiert. Gegen alle Widerstände dieser Welt. Wir beide", er umarmte dabei seine Adoptivtochter, „zeigen den Palästinensern und den Juden, wie gut sich Menschen trotz unterschiedlicher Religion und Herkunft bestens verstehen können."

„Na ja, ich bin nicht übermäßig religiös!", meinte jetzt Asifa, „und unsere Begrüßung ist eher so ein Running Gag zwischen uns. Normalerweise begrüßen sich Muslime so. Wir rufen uns aber auch ein ‚Schalom' oder ein ‚hi' zu".

„Also, dann", meinte Heide Mainz, „Aleikum asalam!"

Nachdem die drei in den Laborraum eingetreten waren, verschloss Asifa die schwere Metalltür von innen. Als Mainz und Finkenrath einen kleineren Flur durchschritten hatten, kamen sie in eine Art Asservatenkammer. Viele Schränke mit Glastüren standen an den Wänden. In der Mitte befand sich ein großer Tisch, an dem gut und gerne zwölf Menschen Platz gefunden hätten. Aber hier war kein Geschirr für ein Essen eingedeckt, sondern unter dem Licht diverser Strahler waren auf der silbernen Oberfläche mehrere Skarabäen zu erkennen. Sie glänzten metallisch und spiegelten sich im Licht. Einige von ihnen lagen auf dem Rücken, andere standen auf ihren sechs Beinen. Durch die Strahler funkelten die Rücken der Käfer wie feuchtes Chitin.

Mainz war absolut fasziniert und überrascht. Aber sie ließ sich das nicht anmerken, sondern trat sachlich agierend an den Tisch heran. Sie betrachtete die Käfer und suchte nach Facetten in den Augen. Vergeblich. Die Augen sahen eher wie glänzende Knöpfe aus. Einer der Skarabäen lag auf einem besonderen Brett, das an ein Tablett erinnerte. Neben ihm waren diverse Instrumente ausgebreitet. Bestehend aus einem Set kleinerer Werkzeugschlüssel, Bohrer, Akkudreher und ähnlichen Gerätschaften. Auch ein kleiner Hammer aus silbernem Metall und diverse Edelstahl-Zangen in unterschiedlichen Größen lagen neben dem künstlichen Roboterkäfer. Die Anordnung der Instrumente erinnerte an eine vorbereitete Operation im Krankenhaus.

„Wow“, meinte die Deutsche den Käfern zugewandt, „sind das die Dinger?“

„Jepp, richtig geraten, Heide!“, lächelte Finkenrath. „Voilà, hier sind sie. Zu viel versprochen?“

Heide Mainz betrachtete die metallischen Käfer noch genauer. Sie waren circa fünf Zentimeter lang und einen breit. Sie sahen wie dicke Mistkäfer aus, waren jedoch nicht schwarz, sondern eher bleigrau. Sechs Beine, am Ende mit Krallen ausgestattet. Zwei Fühler vorn am Kopf, die wie ausgefahrene Antennen aussahen. Die Käfer besaßen eine Art kräftiges Kieferwerkzeug. Einige der Skarabäen trugen vorne zangenartige Mandibeln, andere im Kieferbereich winzige Messer und kleinere kreisrunde Sägen. Alles im Miniaturformat.

„Wahnsinn!“, kam es aus Heide heraus. „Wie habt ihr die hierhin bekommen?“

„Sollen wir es verraten?“, Finkenrath schaute seine Adoptivtochter an und schmunzelte.

„Das ist dein Part, ich kann euch nur sagen, was ich entdeckt habe und auch, was nicht!“

Finkenrath ergänzte: „Wir vermuten, dass die Dinger bei den Filmaufnahmen eingesetzt wurden. Schlom meint, man habe sie vor einer Bluewall agieren lassen und dabei die Aufnahmen erstellt. Später wurde vermutlich das Videomaterial mit den Bildern des Arabers zusammengeschnitten.“

„Mich interessiert beides. Aber mehr noch, was haben Sie, äh ich meine du, Asifa, entdeckt. Sind die selbstständig, werden die gesteuert, was hast du herausgefunden?“ Heide blickte die Diplom-Ingenieurin an.

„Also, das sind interessante Spielzeuge. Höchst intelligent entwickelt und hergestellt. Scheint alles aus dem Iran zu stammen, viel Technik aus Russland. Der Körper, also die zwei Körperhälften, sind aus einer Art Karbon-Kohlenstoffverbindung zusammengestellt." Asifa referierte jetzt wie eine Dozentin der Universität. „Die Beine sind aus hochwertigem Stahl, die Antennen aus einer Legierung, die wir noch näher identifizieren müssen. Scheint aber Aluminium mit einer Art Kupferfüllung zu sein. Die Beine sind jedenfalls aus dünnem Stahldraht, ebenso die Krallen und Mandibeln. Die innere Technik ist sehr solide, russisch. Einige Verbindungsmodule kennen wir aus deren Raumfahrttechnik." Asifa blickte ihre beiden Besucher an. „Zumindest haben wir entsprechende Kennungen entdeckt, die darauf hindeuten."

Der weiße Kittel verbarg nur zum Teil ihre perfekte Figur. Asifa war gertenschlank, circa ein Meter siebzig groß. Sie hatte dunkelbraune Haare, die ihr bis zur Taille reichten. Ihre Augen waren rehgleich. Ihr Gesicht ist nicht nur klassisch arabisch schön, sie kann es mit jedem Model der Welt aufnehmen, gestand sich Mainz. Uri strahlte von einem Ohr zum anderen vor lauter Vaterstolz, als er den anerkennenden Blick von Heide bemerkte.

„Interessant ist, dass die Käfer keinerlei Verbindung zum Internet aufnehmen können. Hatten wir eigentlich vermutet, aber es gibt so eine Art Fernsteuerung. Aber, wie gesagt, nur rudimentäre Technik aus Russland!"

„Darf ich einen anfassen?", fragte die Deutsche und betrachtete einen der Käfer genauer, der direkt vor ihr auf dem Tisch lag. Asifa nickte zustimmend. Heide streckte ihre Hand aus und berührte ganz vorsichtig den Skarabäus. Sie hatte erwartet, dass er kalt war oder es an ihren Fingern kribbeln würde. So, als wenn der Skarabäus unter Strom stehen würde. Aber nichts dergleichen geschah. Der Käfer fühlte sich nicht kalt an. Seine Oberfläche hatte die Raumtemperatur angenommen. Die metallisch glänzende Hülle fühlte sich glatt an.

Heide Mainz beäugte nun aus der Nähe einen der Käfer noch genauer. In Science-Fiction-Filmen rauchen oder dampfen oft die gezeigten Aliens. Aber die hier, und für die Mitarbeiterin des

MAD handelte es sich fast um außerirdische Wesen, rührten sich nicht von der Stelle.

„Die sind nie und nimmer aus dem Mann herausgekommen. Man hat uns geleimt!“, meinte Uri. „Wir haben diese hier“, er zeigte auf den Tisch, „von einem Agenten aus dem Iran bekommen. Hat er uns mit einer Transportdrohne geschickt. Dort liegt im Südwesten, zur Grenze hin, die Stadt Isfahan. Weltberühmt durch die aus der Region stammenden Seidenteppiche. Ganz in der Nähe liegt der Naturpark Souffeh Mountain. Am Rande der hohen Berge wurde eine kleine Drohne mit den Käfern zu uns auf die Reise geschickt. In der Gegend um Abrishan, in der Nähe dieses Naturparks, wurden aller Wahrscheinlichkeit nach auch die Aufnahmen gedreht. So vermuten wir. Da viele Gleitschirmflieger den Berg als Startplatz nutzen, konnten wir dem Radar ein Schnippchen schlagen. Und schon waren die Käfer auf dem Weg hierhin!“

„Wie konnte die Drohne so weit fliegen, und wie ist euer Spion an die Käfer gekommen? War er bei den Dreharbeiten dabei oder ist er einer der Techniker vor Ort?“, wollte Heide wissen.

„Du darfst nicht alles erfahren. Sorry, nur so viel: Der Mann ist ein unzufriedener Wachsoldat, unterbezahlt und unmotiviert. Seine Familie lebt von der Hand in den Mund, seine Tochter darf nicht studieren und er hasst die Ayatollahs. Als er irgendwann damit begann zu rebellieren und im Gespräch mit Nachbarn die Regierung für den Notstand im Land verantwortlich machte, wurde er wenig später vorgeladen und degradiert. Früher war er Oberleutnant, jetzt trägt er die Abzeichen eines normalen Gefreiten. Deshalb arbeitet er hin und wieder für uns. Seine Motivation ist Hass auf das System und permanenter Geldmangel. Und plötzlich schickt er uns die Nachricht, dass in seiner Kaserne am Fuß der Souffeh Mountains Videos mit künstlichen Käfern gedreht werden. Und da klingelte es bei uns!“

„Wie ist er an die Dinger gekommen?“, fragte Heide Mainz interessiert.

„Die Iraner sind ein stolzes Volk, haben schon frühzeitig eine Hochkultur entwickelt und verfügen bis heute über helle Köpfe in der Wissenschaft. Aber wie überall gibt es auch faule Menschen, auch im Iran. Die Wachsoldaten haben die Roboterkäfer abends einfach in einem Schuppen versteckt, anstatt sie, wie befohlen, einzuschließen. Danach sind die Soldaten zum Essen gegangen. Unser Mann musste nur die Fenster offenlassen und später in der Nacht hineinsteigen, um die Viecher an sich zu bringen. Er hat nur einige mitgehen lassen, damit der Diebstahl nicht allzu schnell auffiel. Die Drohne, liebe Heide, ist eine kleine Subdrohne. Sie kann begrenzte Zeit fliegen, aber dafür auf mehrere tausend Fuß Höhe steigen. Dort ist sie in der Lage, sich mit einer *IAI Heron* zu treffen, um die Fracht in der Luft zu übergeben. Die *Heron* kennst du bestimmt von der Bundesluftwaffe. Wir beliefern dein Land seit einiger Zeit mit diesen Aufklärungsdrohnen. Wunderbare Technik!", Uri lächelte überlegen. „Die in Deutschland selber entwickelten unbemannten Fluggeräte taugten ja nichts!"

Heide wusste, dass die von Deutschland entwickelte Drohne *Euro Hawk* offiziell nicht für die Luftwaffe fliegen durfte. Man hatte, trotz der Millionen Euro, die in die Entwicklung gesteckt worden waren, vergessen, dieses Fluggerät für die Luftsicherung erkennbar zu machen. So erhielt die Drohne keine Genehmigung der Luftfahrtbehörde, und die Militärs der Bundeswehr waren auf die Exporte der Israelis angewiesen. Die *Heron* war eine sehr zuverlässige Drohne und diente der Luftaufklärung, konnte aber auch für die Bekämpfung von Erdzielen genutzt werden.

Eigentlich wollte Uri, voller Stolz im Anbetracht der Leistungen der israelischen Ingenieure, die die *Heron* entwickelt hatten, Heide wesentlich mehr erläutern. Doch das konnte er aufgrund der Geheimhaltung nicht riskieren, obwohl er Heide vollkommen vertraute. Er ahnte, dass die ehemalige *Tornado*-Pilotin genau wissen wollte, wie die Drohne, die aus großer Höhe abgeworfen worden war, es geschafft hatte, die Käfer außer Landes zu bringen. Die israelische Luftwaffe benutzte dazu zwei Drohnen. Eine, die die erbeuteten Roboter vom Boden aus auf 7.500 Meter Höhe brachte, um sich dann mit einer Langstecken-*Heron* zur Übergabe der heiklen Ladung zu treffen. Das Rendezvous der beiden unbemannten Flugobjekte wurde vollautomatisch vollzogen. Die Zubringerdrohne schob sich dabei im Flug unter den Rumpf der anderen. Durch einen speziellen Mechanismus beförderte ein Greifarm aus der *Heron* die Fracht in den dazu geöffneten Laderaum. Sobald die Ladung im Innenraum der Drohne verstaut war, lösten sich die beiden Fluggeräte. Währenddessen die große Schwester Kurs auf den Heimatstandort nahm, steuerte die Zubringerdrohne Richtung Gebirge. Dort würde sie in einer Höhe von 5.000 Fuß detonieren.

Aber so viel Details wollte Finkenrath der *MAD*-Mitarbeiterin nicht verraten. Sein Motto lautete: Nur immer so viel an Informationen preisgeben, wie es das Momentum verlangt. Ein wenig Wahrheit, ein bisschen Unklarheit und stets etwas Verwirrendes. Die beste Lüge ist die halbe Wahrheit, hatte einmal Dan Ariely, ein israelischer Verhaltenspsychologe, der heute an einer Eliteuniversität in den USA lehrt, geschrieben. Genau das befolgte jetzt Uri Finkenrath. In der Wüste, mit vielen Feinden um dich herum, musst du dir schon etwas Besonderes einfallen lassen, um überleben zu können! Uri lächelte Heide vielsagend an.

„Aber eine *Heron* hat doch nur eine Reichweite von ca. 1.000 Kilometern?“, fragte Mainz kritisch nach.

„Stimmt, die normale Drohne fliegt bis zehntausend Meter Höhe und erreicht eine Geschwindigkeit von fast zweihundert Stundenkilometern. Die Reichweite haben wir jedoch mit Zusatztanks vergrößert. Gott sei Dank liegt der Iran etwas weiter von Israel entfernt, obwohl auch zweitausend Kilometer heutzutage nicht mehr unüberbrückbar sind. Unsere *IAI Heron* hat mit Hin- und Rückflug fast vierzig Stunden Flug hinter sich gebracht. Über Syrien konnten wir sie in der Luft betanken. Stealth-Technik ist schon hilfreich.“

Heide schaute ihn nachdenklich an. Sie kannte amerikanische Drohnen, die sogar mehr als 20.000 Kilometer weit fliegen konnten und dabei fast eineinhalb Tage in der Luft waren. Aber eine Zwischenbetankung eines solch unbemannten Flugobjekts in der Luft war ihr neu.

„Zurück zur Sache“, meinte Uri. „Also, die Iraner wollen uns schocken. Wie schon Hitler im Zweiten Weltkrieg die Engländer und Amis mit seinen vermeintlichen Wunderwaffen. Diese Dinger hier“, meinte er verächtlich, „sind Spielzeuge für ein Schmierentheater aus Teheran.“

„Aber gut gemacht und einsetzbar“, meinte Asifa. „Sollte man weiterentwickeln. Es fehlt noch an der Vernetzungstechnik, und die Größe stimmt nicht“, sie kicherte, „müssen kleiner werden. Da ist Nanotechnik gefordert.“

„Genau das ist der Punkt, Heide. Das ist der Punkt.“ Der Oberst lächelte sie an. „Lass uns das weiterentwickeln, gemeinsam. Deutschland und Israel. Die Iraner wollen uns verarschen und denken, wir machen uns vor Angst in die Hosen, wenn wir das geheime Propaganda-Video sehen. Israel soll Angst bekommen und glauben, dass demnächst Käfer statt *Katjuschas* über den Golan kommen und unser Volk angreifen. Die Vision der körperfressenden Käfer ist eine taktische Maßnahme, um uns Israelis zu verwirren und zu verängstigen. Die Botschaft des Videos ist so eine Art Potemkinsches Dorf. Wir sollen glauben, dass es möglich ist, Roboterkäfer per Fallschirm über Tel Aviv und Jerusalem abzuwerfen. Nicht zehn oder zwanzig, sondern fünfhundert oder tausend. Dass wäre ein Horrorszenario, wenn's denn stimmen würde. Aber es ist und bleibt ein plumpes Täuschungsmanöver. Die Iraner sind mit ihrer Technik längst nicht so weit. Nur diesen Dreck haben sie entwickelt.“ Er zeigte auf den Tisch, auf dem die Käfer lagen. Das kann man heute überall kaufen!“

„Gott sei Dank nicht!“, meldete sich Asifa. „Die sind schon gefährlich! Aber die Idee an sich ist gut. Du siehst ja, Papa, was allein die Illusion bei dir verursacht hat. Blühende Fantasien entstehen auf Angst gegründet. Eigentlich haben die Iraner ihr Ziel bei dir schon fast erreicht.“ Sie lächelte ihren Adoptivvater wohlwollend an. „Wenn man sich vorstellt, es gäbe viel mehr als diese paar Käfer hier, nur noch kleiner und vernetzter, wie wäre das? Mit einem klaren Auftrag ausgestattet und frei in den Entscheidungsfindungen. Mit Spezialisten darunter. Einige Käfer erkunden, andere kämpfen, wieder andere filmen und wieder andere töten Feinde mit Lasern. Ständige Kommunikation zwischen ihnen. Neue Lösungswege suchend, ‚Try and Error' bis es funktioniert. Darauf aufbauend entwickelt sich der Schwarm der Käfer weiter, lernt aus jeder Situation neu hinzu. Fehler werden als Veränderungschance genutzt. Es gibt keinerlei Schuldzuweisung. Es gibt auch keinerlei Belohnung oder Bonus. Alle Käfer handeln im gemeinsamen Auftrag. Es gibt kein ‚Ich', nur ein ‚Wir'. Keiner führt den Tross, alle haben Entscheidungskompetenz vor Ort. Einfach genial!" Die junge Araberin schaute verträumt drein, und Heide Mainz bewunderte die hübsche Frau nicht nur aufgrund der klugen Gedanken, sondern auch ob ihrer so fein geschnittenen Gesichtszüge, der kleinen Stupsnase und den wunderschönen Augen. Die Wimpern waren lang und leicht nach oben gebogen. Asifa sprach weiter aus, was sie in diesem Moment inspirierte. „Das Modell eines Skarabäus ist allerdings nicht ausgeklügelt genug, denn der Käfer ist kein guter Fassadenkletterer. Seine Grundstatur ist dick und plump. Fliegen müssten diese künstlichen Insekten nicht, dafür gibt es kleine Drohnen. Aber wenn es eine Konstruktion gäbe, die unter Türen durchkrabbelt, an Hauswänden entlangläuft, durch Leerrohre in jedes Zimmer eines Hauses gelangen kann, das wäre schon was, oder?"

Heide Mainz war hin und weg. Das ist die militärische Zukunft, dachte sie. Statt großer Einheiten lieber viele kleine einsetzen. Wie seinerzeit bei der Marine. Dort war die Admiralität schon vor langer Zeit auf die Idee gekommen, statt riesengroßer Schlachtschiffe, wie der Bismarck im Zweiten Weltkrieg, eine Vielzahl kleinerer, sehr effizient und flexibel agierender Schnellboote einzusetzen. Für den Feind war es kaum möglich, sich vor einem großen Schwarm von Angreifern zu wehren. Ein einzelnes großes Objekt konnte immer getroffen und zerstört werden.

Dem weiblichen Oberstleutnant des *MAD* war bekannt, welche Anstrengungen die Amerikaner derzeit unternahmen, um ihre riesigen Flugzeugträger, die auf den Weltmeeren unterwegs waren, zu schützen. Mit Fregatten, U-Booten, Zerstörern und mitgeführten Kampfjets. Diese gigantischen Schiffe bargen an sich ein großes potenzielles Risiko. Wurde ein solch monströses Schlachtschiff getroffen und sank, war damit gleichzeitig eine ganze Armada ausgelöscht. Die Flugzeuge konnten nicht mehr landen und die Schutzflotte war ohne ihr Mutterschiff auf sich alleine gestellt.

Heide Mainz legte den künstlichen Skarabäus wieder zurück auf den Tisch. Während Uris Adoptivtochter die Idee einer Weiterentwicklung äußerte, hatte die Deutsche einen weiteren der Roboter in die Hand genommen. Er wog gut und gerne dreihundert Gramm, war also relativ schwer. Kaum lag der künstliche Käfer wieder auf dem Tisch, bewegte er sich ein wenig. Alle starrten sofort zu ihm hin, die Unterhaltung verstummte. Es flackerte etwas im Inneren des Roboters und die sechs Beine streckten sich, der Käfer drückte sich ein paar Millimeter nach oben und begann langsam, sich vorwärts zu bewegen. So wie Eidechsen nach einer kalten Nacht erst im Sonnenlicht warm werden müssen, um sich normal bewegen zu können. Der Skarabäus wurde jetzt munterer und rannte plötzlich über den Tisch auf die hintere Kante zu. Uri flitzte an diese Seite und versuchte, den Roboter mit den Händen davon abhalten, von der Tischfläche herunterzufallen.

„Nein, lass das, Uri", raunzte Asifa ihn energisch an. „Ein paar von denen haben sich immer mal für kurze Zeit bewegt, blieben aber nach wenigen Sekunden stehen. Scheint irgendwie eine Art von Restenergie zu sein. Achtung, er hat dich bemerkt. Schau auf seine Mundwerkzeuge!" Sie wies mit dem Zeigefinger auf den Kopf des Roboterkäfers hin.

Uri schnappte sich ein Lineal, das auf dem Tisch lag und stoppte den Skarabäus. Der verlangsamte seine Bewegung, schien den ihm entgegengehaltenen Widerstand zu begutachten und griff dann an. Seine Mandibeln raspelten am Plastik und innerhalb von Bruchteilen einer Sekunde zersplitterte das Lineal. Uri schleuderte es von sich, zog zugleich ein Kampfmesser aus einer Lederscheide, die an seiner rechten Wade angebracht war. Er hielt dem Käfer die scharfe Spitze direkt vor die Kieferzangen. Das Licht spiegelte sich in dem blanken Metall. Der Käfer beäugte die Klingenspitze und biss erneut zu. Es knirschte. Dann wurden die Attacken des Skarabäus heftiger. Er stürzte sich mit einem Mal mehrere Zentimeter nach vorne, rutschte auf der flachen Klingenseite bis zum Griff. Asifa schrie und Heide schlug gleichzeitig zu. Sie hatte sich instinktiv ein dickes Buch gegriffen, dass hinter ihr in einem Regal gestanden hatte. Es handelte sich dabei um eine schwere Enzyklopädie. Sie holte aus und traf den Skarabäus. Es knirschte, Uri schrie laut auf. Das Messer hatte er losgelassen, als er den Schatten des auf ihn zukommenden Buches bemerkte. Der Oberst taumelte nach hinten und stützte sich an der Wand ab. Asifa hatte vor Schreck die Hände vors Gesicht geschlagen und blickte fast panisch ihren Adoptivvater an.

Heide zitterte ein wenig, schluckte noch einmal und meinte dann: „Hab schon früher gerne Fliegen gekillt. Heute mal einen Käfer. Bitte sehr, Herr Oberst!“ Sie genoss die Situation, denn nun hatte sie aktiv ins Geschehen eingreifen können.

Uri fasste sich, rückte wieder an den Tisch heran und meinte trocken: „Toll, Frau Oberstleutnant, der Skarabäus ist platt! Aber danke schön, das Mistvieh wollte mich beißen. Ein Überraschungsangriff durch einen Roboter. Leute, wir müssen uns vor der Zukunft nicht fürchten, wir sollten rennen. Möglichst weit weg!“ Dann sackten ihm die Beine weg und Uri Finkenrath rutschte langsam in sich zusammen. Wie eine Marionette, die vorsichtig an den Schnüren zum Boden abgesenkt wurde.

Sofort waren Asifa und Heide bei ihm und hoben ihn vorsichtig wieder hoch. Uri schlug die Augen wieder auf.

„Komm, Papa, wir bringen dich in den Waschraum, da steht eine Liege und du kannst dich einen Moment ausruhen, okay?“ Asifa klang besorgt.

„Nein, alles in Ordnung, Leute. War nur eine Ausgleichsaktion der Psyche. Erst sehe ich eine wunderhübsche Frau aus einem Jet steigen, dann wird der Heli beschossen und zum Schluss greift mich ein Teufelskäfer an. Das reicht für heute. Heide, Asifa, machen wir Feierabend!“ Er blickte auf seine Armbanduhr.

„Kann man hier irgendwo essen gehen? Ich lade euch ein und morgen sehen wir weiter, okay?“

Die beiden Frauen blickten sich kurz an und nickten.

Wenig später hatte Asifa alles für den gemeinsamen Abend arrangiert. Der Fahrer von General Rosenzweig war mit der Eskorte längs wieder zurück auf der Airbase. Finkenrath und Mainz hielten ihre Taschen in der Hand und warteten kurz vor dem Haupteingang des weißen Gebäudes, in dem sie das Video gesehen und die Roboterkäfer inspiziert hatten. Nach dem Angriff auf Uri waren die Reste des Skarabäus zusammengesammelt und in ein Behältnis gelegt worden. Die anderen Käfer wurden in der Hoffnung mit einem Tuch abgedeckt, dass keiner der Roboter mehr eine Restenergie in sich hatte und plötzlich gefährlich werden konnte.

Asifa war zum Parkplatz vorausgeeilt, um ihren Wagen zu holen. Die Araberin fuhr einen uralten, knallgelben Volkswagen, der mindestens vierzig Jahre alt war, aber immer noch zuverlässig fuhr. Das typische Knattern des luftgekühlten Motors war nicht zu überhören, als der Wagen um die Ecke fuhr.

„Schon wieder ein Käfer“, meinte Heide lächelnd.

„Aber deswegen bist du ja hier, oder?“, lachte Uri zurück. Er hatte sich vom Schock des unerwarteten Angriffs schnell wieder erholt. In diesem Moment knallte es dreimal kurz hintereinander. Uri zuckte leicht zusammen. Immer, wenn in Israel Schüsse zu hören waren, suchten die Menschen sofort Deckung. Aber der Volkswagen-Käfer hatte nur die üblichen Fehlzündungen gehabt und blieb nun mit schmirgelnden Bremsen direkt vor der Treppe des Haupteinganges stehen.

Asifa lud das Handgepäck der beiden in den winzigen Kofferraum, der vorn im Fahrzeug unter der gebogenen Haube lag. Dann setzte sie sich hinter das Steuer des alten Autos. Uri war nach hinten auf die enge Bank im Fonds gekrabbelt, Heide stieg vorne ein.

Lächelnd bemerkte sie den Haltegriff für den Beifahrer, der über dem Handschuhfach angebracht war. „Einen Airbag gab es damals noch nicht, oder?“, meinte sie und erkundigte sich dann: „Wohin fahren wir jetzt?“

„Direkt ins Restaurant. Ich habe einen Tisch im *Benjolina* bekommen, dass liegt hier gleich in der Nähe. Ihr müsst nach dem Tag einen Mordshunger haben, oder?“ Uri nickte, und Heide Mainz bemerkte erst jetzt, dass sie lange Zeit überhaupt nichts mehr gegessen und getrunken hatte.

Knatternd fuhr der Oldtimer los. Asifa lenkte den Wagen auf die Hauptstraße und bog nach wenigen hundert Metern links ab. Kurze Zeit später parkte sie den Volkswagen vor einem beigefarbenen Gebäude. Hier standen schon mehrere andere Fahrzeuge.

Wenig später saßen alle an einem liebevoll eingedeckten Tisch und bestellten ihr Essen. Asifa schenkte den beiden eiskaltes Wasser aus einer Kristallkaraffe ein. Alle hatten großen Durst. Uri bestellte den Kellner zu sich. „Eine Frage, bieten Sie hier ein *Negev Beresheet Desert Beer* an?“

„Nein, leider nicht, aber wir haben ein anderes, auch ausgezeichnetes Bier für Sie. Aus dieser Gegend kann ich Ihnen ein *Negev Amber Ale* anbieten, allerdings ist das ein Flaschenbier. Oder möchten Sie lieber doch eins vom Fass. Echt lecker!“ Der Ober schnalzte mit der Zunge.

„Bringen Sie mir bitte ein Gezapftes!“

„Mir bitte auch!“, rief Heide. „Ich habe trotz des Wassers erst einmal Durst auf etwas Ordentliches!“

„Und bringen Sie uns bitte zum Essen eine Flasche Yarden Sauvignon Blanc zweitausendachtzehn, gut gekühlt, drei Gläser. Der Wein passt bestimmt wunderbar zum Fischcurry. Gibt's das heute?“, fragte Asifa.

„Für Sie immer“, meinte der Kellner lächelnd, „dreimal?“ Alle nickten. Der Mann mit der weißen Schürze drehte sich auf dem Absatz um und eilte in Richtung der Küche. Heide schaute sich um. Das Restaurant war klein, aber gut besucht. Die Klimaanlage arbeitete auf Hochtouren. Draußen herrschten immer noch dreißig Grad Celsius.

„Das Fischcurry schmeckt hier fantastisch, scharf und total lecker. Und der Wein stammt aus der Gegend, von der *Golan Heights Winery.*“

„Na denn“, meinte Uri. „Ihr seid eingeladen. Lasst uns gut essen und den Schreck vergessen. Und dann, liebe Heide, fahren wir ins Hotel und lassen den Abend ausklingen. Kommst du mit, Asifa?“

„Nein, Paps, ich muss morgen früh aufstehen, habe eine Einladung nach Haifa. Aber ihr kommt bestimmt auch ohne mich gut zurecht, oder?“ Sie zwinkerte Uri verräterisch mit einem Auge zu.

Zwei Stunden später bezogen Uri und Heide im Nachbarort Kfar Blum im *Pastoral Hotel* ihre Zimmer. Das Essen war ausgezeichnet gewesen und die zweite Flasche Weißwein schmeckte genauso gut wie die erste. Heide hatte den kleinen Fehler begangen, nach dem Bier für den ersten Durst, auch den Wein viel zu schnell zu trinken. Wie immer, wenn sie wenig getrunken hatte, unterschätzte sie die Wirkung des Alkohols beim Essen. Während ihrer Zeit als *Tornado*-Pilotin hatte sie monatelang überhaupt keinen Alkohol getrunken. Das Fischcurry hatte zwar superlecker geschmeckt, war aber dennoch für Heide Mainz eine Spur zu scharf gewesen. In Gegenden mit heißem Klima wurde fast immer sehr scharf gegessen. Das war an sich nicht schlimm, aber es förderte den Durst. Seitdem sie nicht mehr als Pilotin tätig war, musste sie beim Alkohol nicht wie früher dankend ablehnen. Vielleicht war es auch gar nicht so schlecht, heute ein wenig beschwipst zu sein. Schließlich überlebt nicht jeder einen Raketenangriff!

Mit Uri wollte sie sich noch später am Pool treffen. Dort gab es eine nette kleine Bar. Aber jetzt musste sie erst einmal unter die Dusche. Sie entledigte sich schnell ihrer Kleidung, die mittlerweile auch nicht mehr als frisch gelten konnte, und sprang unter den Wasserstrahl. Wenig später lag sie eingewickelt in ein großes Frotteebadetuch auf dem Bett und schnarchte vor sich hin. Von einem Moment auf den nächsten hatte der Schlaf sie übermannt. Die heutigen Ereignisse forderten ihren Tribut.

Uri saß derweil an der Bar und wartete auf sie. Als Heide nach mehr als einer Stunde nicht erschien, ging er zu den Zimmern zurück. Seins lag ihrem genau gegenüber. Er wollte gerade anklopfen, als er durch die Holztür ein leises Schnarchen hörte. Er lächelte und wünschte ihr leise: „Gute Nacht, Heide." Uri Finkenrath drehte sich um und verschwand in seinem Zimmer.

Kapitel 23

Innenministerium, Abteilung F 12 für Geiselnahmen und Bankraub, Friedrichstr. 62, Düsseldorf, Deutschland

Hubert Schmidt war zufrieden. Er stand in seinem Büro in der Landeshauptstadt Düsseldorf und schaute auf den Rhein, den er von der obersten Etage des Hochhauses gut sehen konnte. Ein Schleppverband quälte sich flussaufwärts durchs dunkle Wasser. Ein Boot der Wasserschutzpolizei pflügte sich den Strom flussabwärts. Das Blaulicht war eingeschaltet. Mit einer hohen Bugwelle preschte das kleine Schiff durch die Wellen. Das Wetter heute war schön, und Schmidt konnte bis weit in die niederrheinische Tiefebene blicken.

Die Sache in Berlin ist hervorragend gelaufen, dachte er. Die beiden Wissenschaftler hatte er verpflichten können. Wunderbar, jetzt würden große Fortschritte folgen. Und das Land Nordrhein-Westfalen ist der Vorreiter für technische Innovationen. Hightech pur, vielleicht sogar weltweit einmalig. Die nächste Beförderung war fällig, und er wollte sogar noch höher hinaus. Doktor von Kesselhut war nur aufgrund seines Parteibuches und einer mittelmäßigen Intelligenz Abteilungsleiter. Er selbst, Hubert Schmidt, Einser-Abitur und das Studium der Rechtswissenschaften mit Summa cum laude abgeschlossen, hatte wesentlich mehr drauf. Jetzt, in seinem zweiundvierzigsten Lebensjahr, wollte er endlich durchstarten und auf der Überholspur Gas geben. Wer weiß, wie weit ihn das Projekt *Erwin* noch beflügelte?

Bislang hatte er von Kesselhut nur wenige aussagefähige Dossiers erstellt. Dem war zwar bekannt, dass Schmidt sich mit den beiden Wissenschaftlern treffen wollte, hatte jedoch keine Ahnung, wie weit Schmidt in seinen Überlegungen schon war. Allerdings hatte er vorsichtshalber das Bundesinnenministerium mit einer Aktennotiz in Kenntnis gesetzt.

Hubert Schmidt nutzte seine guten Kontakte. Alle möglichen Firmen und Ingenieurbüros waren gecheckt worden. Leider gab es nur zwei Adressen, die vielversprechend waren. Ein kleines Konstruktionsbüro in Krefeld war recht erfolgreich in der Robotik tätig und lieferte Greifarmsysteme. So wurde ein Patent der Firma von der *NASA* genutzt und in der internationalen Raumstation *ISS* bei Außenarbeiten im Orbit eingesetzt. Hauptsächlich konzentrierte man sich in Krefeld auf intelligente Robotersysteme, die in der Maschinenbauindustrie Verwendung fanden. Es gab zahlreiche Neuentwicklungen, die zunehmend auf ein breites Interesse in der Wirtschaft stießen.

Eine weitere Firma hatte im beschaulichen Sauerland, südlich des Ruhrgebietes, ihren Hauptsitz. Das Unternehmen war ebenfalls selektiert worden. Dort wurden nicht nur Ingenieurleistungen anboten, sondern auch Fertigungs- und Steuertechnik. In der Region waren viele Firmen ansässig, die für die Automobilindustrie tätig waren. Die Unternehmen hatten sich auf hochmoderne Herstellung von Werkzeugen für Spritzgussmaschinen spezialisiert. Viele Mittelständler nutzten das Knowhow der hochqualifizierten Mitarbeiter und die günstige Lage an der Sauerlandlinie, der Autobahn A45, die das Rhein-Main-Gebiet mit dem Ruhrgebiet verband. All das trug mit dazu bei, dass die Konjunktur im Märkischen Land boomte.

Das Unternehmen, das Schmidt interessierte, beschäftigte mehr als 3000 Menschen. Die Firma war in der dritten Generation in Familienbesitz und agierte höchst erfolgreich als Zulieferer für die Automobilindustrie. Die Firma war nach dem Gründer benannt und hieß, *Bollmann Engineering.*

Als Schmidt die von seiner Mitarbeiterin zusammengetragenen Fakten las, war er sich sicher, den richtigen Partner für seine Idee gefunden zu haben. In Kürze würden seine Initialzündung und die Vorstellungen der beiden Wissenschaftler, kombiniert mit dem Wissen von Industrieprofis, dazu führen, dass etwas komplett Neues entwickelt werden könnte. Vielleicht würde ihn seine Karriere sogar von der Politik hin zur Industrie führen? Er hatte zunächst den Geschäftsführer Peter Bollmann zu sich ins Ministerium nach Düsseldorf eingeladen. Unverständlicherweise hatte der den Terminvorschlag nicht bestätigt. „Herr Bollmann freut sich auf den sicherlich interessanten Austausch", so sein Büro, „allerdings kann er zu dem genannten Termin nicht kommen. Es gibt aber sicherlich eine Alternative."

Daran muss man sich gewöhnen, dachte Schmidt, dass die Wirtschaft den Ton angibt. Nun ja, das sollte kein Problem darstellen, denn er war schließlich auf das Mitwirken der Industrie angewiesen. Zudem war der Kontakt zu Heide Mainz hergestellt, die Handynummer hatte Schmidt von seinem Freund aus Bonn erhalten. So war die Politik mit dem *MAD* verbunden und die Zusammenarbeit mit der Wirtschaft eingeleitet. Alles fügte sich zusammen. Er hoffte, dass der weibliche Oberstleutnant schnell aus Israel zurückkam. Vielleicht sogar mit neuen Erkenntnissen. Man würde sehen.

Schmidt setzte sich an seinen Schreibtisch und blickte auf die Uhr. Bald achtzehn Uhr, der Feierabend war in Sichtweite. Er hatte viel geschafft und freute sich auf die freie Zeit des Tages. Dazu wollte er abends zum *Treppchen* am Rheinufer gehen und in Ruhe ein oder zwei Altbier mit Blick auf den großen Strom genießen. Das machte er fast jeden Mittwochabend, es sorgte für die notwendige Freiheit im Kopf. Schmidt schaltete noch kurz den PC an und klickte sich ins Internet. Kaum war er auf der *Coogle*-Seite angekommen, wurde am rechten Bildschirmrand Werbung eingeblendet. Urlaub in der Karibik, Sonne, Strand und Meer. Türkisfarbene Meeresbilder und ein strahlend blauer Himmel.

Hubert Schmidt hatte sich vor einigen Tagen erstmals Gedanken über einen Urlaub auf Antigua gemacht. Seine Freundin träumte von dieser Insel. Sie war noch nie in ihrem Leben auf den Kleinen Antillen gewesen. Viele Menschen, die schon einmal dort gewesen waren, schwärmten von dem traumhaften Inselreich mitten in der Karibik. Seine Freundin hatte ein Buch, dessen Handlung auf Antigua spielte, gelesen und war von den Beschreibungen der Landschaft und der Menschen, die dort lebten, so fasziniert gewesen, dass sie unbedingt mit ihm dorthin wollte. Der Roman handelte von Geschehnissen um 1850 herum, als die Engländer den Hafen der Hauptstadt St. Johns als Station für ihre Handelsflotte nutzten. Auch heute noch legen in Antigua viele Kreuzfahrtschiffe an. Seine Gedanken kreisten um weißgestrichene Holzhäuser im Kolonialstil, fröhliche Menschen in bunten Gewändern, singende Einheimische in den Kirchen und Traumstrände, die von Palmen gesäumt mit türkisfarbenen Meereswasser zum Träumen einluden.

Hubert Schmidt hatte bei einem Online-Reiseveranstalter seinen Urlaubswunsch auf der entsprechenden Website eingegeben. Er wollte sich zunächst nur unverbindlich informieren. Es wurde ein Clubhotel in Jolly Harbour angepriesen, das ihm sogar auf Anhieb gut gefiel. Tolle Bilder und erste Informationen entsprachen genau dem, was er sich von einem Urlaub zu zweit auf Antigua vorstellte. Zudem waren die Berichte und Kommentare anderer Reisender sehr positiv. Die meisten hatten fünf Sterne vergeben. Schmidt war es als analytischer Mensch üblicherweise gewohnt, die abgegebenen Bewertungen vor einer Buchung durchzulesen. Ihm war allerdings auch bewusst, dass Reiseanbieter sogenannte Ghostwriter anstellten, um möglichst viele gute Rezensionen für künftige Kunden präsentieren zu können.

Das vorliegende Angebot war auf zwölf Tage berechnet und kostete pro Person in der Nachsaison knappe 3900 Euro all-inclusive. Eine Stange Geld für ein paar Tage Glück. Nur der lange Flug, insgesamt vierzehn Stunden und die Zeitverschiebung, schockten Schmidt ein wenig. Bei einer Körperlänge von einem Meter achtundachtzig war es für ihn in Passagiermaschinen sehr eng. Die *Air France* sollte den Flug durchführen. Es ging von Düsseldorf nach Paris, dann Umsteigen, und von dort aus flog der Jumbojet quer über den Atlantik nach St. Martin. Nach einem kurzen Stopover auf der niederländisch-französischen Insel sollte das Königreich Antigua und Barbuda erreicht werden. Eine wahrscheinlich sehr anstrengende Reise, jedoch verbunden mit einem erhofften Happyend. Denn Schmidt sah Bettina schon im knappen Bikini mitsamt Cocktail in der Hand am weißen Sandstrand. Er dachte an ihre hübschen blauen Augen und ihre Traumfigur, die ihn verrückt machte. Natürlich auch an die wundervollen Nächte mit ihr. Vielleicht könnten sie auch einmal am Strand von Antigua unter gebogenen Palmen im lauwarmen Seewind miteinander schlafen. Er hörte schon das Meeresrauschen, leise Limbo-Musik im Hintergrund und meinte, das Salz auf ihrer Haut schmecken zu können. Hubert Schmidt war in Gedanken schon im Paradies.

Der Mann aus dem Innenministerium war ein eher durchschnittlicher Typ, zwar hochintelligent, aber nicht gerade ein Loverboy. Schmidt hatte zwei Scheidungen hinter sich und war deshalb finanziell nicht gerade auf Rosen gebettet. Bedingt durch seinen Beruf und die damit verbundene ständige Verfügbarkeit für den Innenminister, kam er kaum zum Sport oder zu anderen privaten Vergnügungen. Stets lag viel Arbeit auf dem Tisch, das Handy klingelte ständig und sein direkter Chef, Doktor von Kesselhut, hatte die Angewohnheit, ihn bei jeder Kleinigkeit in Anspruch zu nehmen. Mal sollte er ihm zusätzliche Informationen beschaffen oder er fragte ihn nach seiner Einschätzung zu aktuellen Problemen. Dann wieder waren rechtliche Angelegenheiten zu prüfen. So ging es Tag für Tag. Von Kesselhut kommandierte ihn wie einen Sklaven. Eigenes Denken wurde zwar stets gefordert, aber nie wirklich akzeptiert. All das hatte seine ersten beiden Ehen zerstört, die – im Nachhinein Gott sei Dank – ohne Kinder geblieben waren.

Jetzt hatte er Bettina kennengelernt. Nach der letzten Trennung war Hubert Schmidt lange Zeit Single gewesen und wollte es eigentlich auch bleiben. Aber wie immer, wenn Menschen sich nicht auf der Suche befanden, stießen sie auf ihr Glück. Unverhofft kommt dann oft. Eines Tages standen beide, nur wenige Meter voneinander entfernt, auf dem Bürgersteig. Es regnete in Strömen und sie warteten jeweils auf ein Taxi. Als der beigefarbene *Mercedes* anhielt, zeigte Schmidt auf die geöffnete hintere Tür des Wagens. Obwohl er das Taxi telefonisch vorbestellt hatte, wollte er der Frau, die dort klatschnass im Regen stand, den Vortritt lassen. Schmidt war meist sehr höflich und zuvorkommend. Beide waren gleichzeitig aus dem Ministerium gekommen. Aufgrund des starken Regens, der schon nachmittags eingesetzt hatte, wollte keiner von ihnen zu Fuß gehen.

Bettina Klaasen war Unternehmensberaterin der Firma *McTinsey* und arbeitete im Auftrag ihres Arbeitgebers für die Bau- und Planungsbehörde an einer Kostenreduzierungsmaßnahme. Als sie bemerkte, dass der Mann ihr sein Taxi überlassen wollte, bedankte sie sich mit einem freundlichen Nicken und stieg ein. Doch im gleichen Augenblick bemitleidete sie ihren Gönner, der ebenfalls schon völlig durchnässt auf dem Bürgersteig stand. Sie lud ihn spontan ein, mit ihr in den Wagen zu steigen. Zuvor waren sich beide noch nie begegnet. „Dann teilen wir uns doch das Taxi, oder?“, meinte sie. Die Wassertropfen rannen ihr übers Gesicht. Sie winkte ihm aus dem Fonds des Wagens zu und Hubert Schmidt ließ sich nicht lange bitten und stieg ein.

Der Starkregen hatte in dem Moment eingesetzt, als Bettina Klassen das Gebäude der Behörde verlassen hatte. Ihr kleiner Regenschirm öffnete sich nicht, irgendetwas im Gestänge hatte sich verhakt. Schmidt, der ebenfalls keinen vernünftigen Schutz vor dem starken Schauer bei sich trug, hatte sich die braune Aktentasche über den Kopf gehalten. Trotzdem war sein Anzug durchnässt, genauso wie auch ihr anthrazitfarbener Hosenanzug. Als beide jetzt im Taxi saßen, spürten sie, wie nass ihre Kleidung binnen Sekunden geworden war. Der Regen draußen hatte ihr Make-up verschmiert und das dunkle Kajal verlieh ihren Augen jetzt einen Ausdruck, wie Schmidt ihn von Darstellern des Musicals „Tanz der Vampire“ her kannte.

„Sie sehen ja aus wie begossene Pudel“, schmunzelte der Taxifahrer beide durch den Rückspiegel an. Er war ein Ur-Düsseldorfer und fügte etwas sorgenvoll hinzu: „Hoffentlich machen Sie mir nicht alles nass da hinten!“

Dann drehte er sich zu seinen Fahrgästen um und fragte: „Wohin soll's denn gehen?“

„Rüber nach Oberkassel, ich wohne Rheinallee hundertfünfunddreißig“, antwortete Schmidt.

„Das gibt's doch nicht, meine Wohnung ist in der hundertdreiunddreißig! Was für ein Zufall!“ Sie lächelte ihn an und wischte sich mit der Hand durchs Gesicht, was dazu führte, dass sie jetzt erst recht wie ein Zombie aussah. Hubert reichte ihr ein weißes Taschentuch, mit dem sie sich das Gesicht vorsichtig abtupfte.

Kurze Zeit später waren sie in der Rheinallee angekommen. Noch beim Verlassen des Taxis – er bezahlte großzügig – verabredeten sie sich ein wenig schüchtern zu einem gemeinsamen Abendessen. Als Schmidt sich umgezogen hatte, klingelte es an der Haustür. Er wohnte in der vierten Etage. Automatisch betätigte Hubert den Türöffner. Irgendwie wusste er, dass nur sie es sein konnte. Vielleicht wünschte er sich das sogar. Sie war es tatsächlich und stand in einem grauen Jogginganzug lässig an der Flurwand angelehnt. Irgendwie war sie schon ins Haus gelangt und zu ihm nach oben hochgekommen. Sie hielt eine Flasche Rotwein mit zwei Gläsern in der Hand und lächelte ihn strahlend an. Da Schmidt vor Überraschung und Freude nichts sagen konnte, betrat sie ohne weitere Einladung die Wohnung.

„So“, sagte sie selbstbewusst, „es gibt keine Zufälle, es fällt einem etwas zu!“

„Okay, was ist mir denn zugefallen?“, fragte Schmidt amüsiert.

„Dir? Mir, ein wahrscheinlich intelligenter, sympathischer Mann, der auch noch ganz passabel aussieht. Ich heiße Bettina und jetzt lass uns auf den Zufall anstoßen!“

Der Abend gestaltete sich anregend und war höchst amüsant. Beide tranken den Rotwein und bestellten beim chinesischen Lieferservice „Sieben Kostbarkeiten." Wenig später war eine zweite Flasche spanischen Riojas geöffnet und ausgetrunken. Die beiden unterhielten sich über dies und das, lachten viel und hörten dabei romantische Musik. Schmidt war Fan von Simon and Garfunkel. Bei *Sound of Silence* küssten sie sich das erste, aber nicht das letzte Mal an diesem Abend. Als Hubert Schmidt Stunden später im Bett erwachte, lag Bettina noch immer in seinen Armen. Ungeschminkt sah sie sogar noch hübscher aus. Sie hatte sich an seine Seite gekuschelt und atmete ganz leise. Bettina war in ein Laken gewickelt und sah darin aus wie eine Mumie. Er berührte ihre Wange und strich zärtlich mit dem Finger an ihrer Nase entlang. Dann rutschte seine Hand tiefer und glitt unter das weiße Bettlaken, das ihr als Decke reichte. Er fühlte ihre warme Brust und umfasste sie vorsichtig mit der Hand. Dann erkundete sein Zeigefinger ihre Brustwarze und massierte sie behutsam. Bettina stöhnte leicht auf und drehte sich zu ihm um. Sie küssten sich wieder und Hubert Schmidt wusste, dass sich das hier zu mehr als nur einem Flirt entwickeln würde.

Er lächelte, als ihn die Erinnerung an die Begegnung und ihre erste gemeinsame Nacht warm durchflutete. Mittlerweile verbrachten sie die Nächte entweder bei ihr oder bei ihm. Sie waren ein Paar geworden und Hubert dachte schon an mehr. „Jetzt aber erst einmal Antigua!", nuschelte er vor sich hin und öffnete seine Augen. Schade, das hier war die Wirklichkeit und er saß im Büro. Was wollte er eigentlich gerade machen? Da fiel es ihm wieder ein. Ach, ich wollte mir die Firma *Bollmann Engineering* noch genauer ansehen. Was gibt es denn für Informationen, die ich noch nicht kenne? Er tippte den Namen des Unternehmens in die Befehlszeile ein. Schon wieder wechselte die Werbung auf der rechten Seite seines Bildschirms. Ein Schriftzug flatterte über den Monitor: *Antigua und Barbuda. Dort, wo Prinz Charles und Diana ihre Flitterwochen verbrachten! Greifen Sie heute noch zu, dreißig Prozent Rabatt auf alle Angebote*, lautete die reißerische

Überschrift. Schon klickte Hubert mit der Maustaste den Button des Reiseunternehmens an.

„Ich will das gar nicht!“, schimpfte er laut vor sich hin, weil er sich ärgerte, auf die individuell gestaltete Werbung hereingefallen zu sein. In diesem Moment öffnete sich das Fenster der *Travel Golf & Tennis Resort*. Er sah ein Foto der Hotelanlage *Jolly Harbour*. Eine kleine Ferienapartment-Anlage mit eigenem Bootsanleger. Dort lagen Segelboote am Steg und im Hintergrund konnte Hubert einen weißen Strand und Kokospalmen, die sich im Wind wiegten, sehen. Schon wieder begann er zu träumen.

Schmidt hatte bei seinem letzten Urlaub, dem ersten seit seiner letzten Trennung, einen Segelkurs für Katamarane absolviert. Zudem spielte er hin und wieder Tennis. Vor allem im Winter, auf einer Sportanlage in Düsseldorf.

„Hallo, ich bin Joanna, wie heißt du?“, fragte ihn jetzt die Stimme einer jungen Frau, deren Foto soeben in einem kleineren Ausschnitt der Bildschirmanzeige des dort gezeigten Hotels *Jolly Harbour* auftauchte. Sie sah hübsch aus, hatte eurasische, sehr feine Gesichtszüge und eine flotte Kurzhaarfrisur mit dunklen Haaren. Hubert glaubte, dass sie keine echte Mitarbeiterin des Reiseunternehmens war, sondern eher eine computeranimierte Figur. Er wollte das Bild wegklicken, doch Joanna meinte vorwurfsvoll: „Hallo, nicht doch, ich wollte dich gerade näher kennenlernen, damit ich für dich den richtigen Traumurlaub in *Jolly Harbour* konzipieren kann. Wie heißt du?“, fragte sie erneut und fixierte ihn mit ihren dunklen Augen. Ihr Blick war fast real.

Schmidt glaubte zu träumen, da sprach eine Computerfrau mit ihm. Eigentlich lehnte er so etwas ab. Er wollte nicht manipuliert werden. Genauso, wie er Telefonanrufe abrupt beendete, wenn er bemerkte, dass ihn ein künstlicher Call-Agent anrief und eine Gewinnspielchance erläutern wollte. Nun ließ er sich aber trotzdem auf das Spiel ein. „Ich heiße Bernd“, sagte er und blickte auf seinen PC. Die Kamera war eingeschaltet und ein rotes Licht zeigte am Bildschirmrand an, dass die Übertragung live geschaltet war.

„Wirklich? Ich dachte dein Name wäre Hubert. Zumindest hast du das bei deinem ersten Besuch auf unserer wundervollen Homepage angegeben, damit wir dir Prospektmaterial zusenden können.“

Schmidt war überrascht und fühlte sich etwas überrumpelt. Er stotterte ein wenig. „Ja, das stimmt, Bernd Hubert“, log er.

„Wie soll ich dich denn jetzt nennen, Bernd oder Hubert?“, fragte Joanna spitzbübisch.

„Bernd, bleiben wir bei Bernd!“

„Gerne, Bernd. Also, du möchtest nach Antigua fliegen, eine tolle Wahl. Und du fliegst, also ihr, zu zweit. Sind das deine Flitterwochen?“

„Also, wieso kommen Sie darauf?“, fragte Schmidt überrascht die Computerfrau.

„Bleiben wir doch beim Du“, ermahnte sie ihn höflich und lächelte ihn dabei gütig an. „Du hast bei der Zimmerauswahl die Hochzeitssuite angeklickt, das Angebot für zwei angefordert und bei den Bewertungen die Kommentare bevorzugt, die junge Paare abgegeben haben. Und dabei Rezensionen selektiert, die von Frischverheirateten gepostet waren. Also, planst du die Flitterwochen? Gratuliere, denn da habe ich etwas ganz Besonderes für dich in *Jolly Harbour*. Die Traumsuite im Sonderangebot und für einen Tag eine Segeljacht, mit Ausflug und eigenem Kapitän nebst Candle Light Dinner. Für euch beide!“ Sie betonte besonders das „euch beide!“

„Also, okay, ich plane einen Urlaub für zwei, für mich und meine, äh, Partnerin!“, sagte Schmidt entschlossener. „Keine Hochzeitsreise!“

„Ah, warum so nervös? Bist du noch nicht so lange mit ihr zusammen? Ach, frisch verliebt und so verletzlich, Bernd“, sie klang mitfühlend. „Wahrscheinlich bist du schon enttäuscht worden. Aber das passiert dir mit mir nicht!“, hauchte Joanna.

Schmidt konnte es kaum glauben, was soeben passierte. Dieser Computer beziehungsweise die Software kommunizierte mit ihm wie dies normalerweise nur ein Mensch konnte. Eigentlich wollte er die Seite wegklicken, aber es siegte die Neugierde. Trotz des etwas schäbigen Gefühls, manipuliert zu werden. „Joanna, warum sollte ich *Jolly Harbour* buchen?" Er nahm jetzt den Faden wieder auf.

„Weil es genau deinen Vorstellungen entspricht. Als du dir das erste Mal Bilder von Antigua auf unserer Homepage angesehen hast, sahst du so verträumt aus", flötete sie. „Wie alle, die das Paradies zum ersten Mal sehen. Antigua und Barbuda, die Inseln ‚Über dem Wind', auch Kleine Antillen genannt. Du hast die Hauptstadt St. Johns gecoogelt. In deinem Blick war dabei zu sehen, dass du in Gedanken schon mit deiner Zukünftigen durch die hübsche Stadt mit ihren vielen Sehenswürdigkeiten gegangen bist. Ihr seid shoppen gewesen und nachher hast du euch am schneeweißen Sandstrand liegen sehen, nicht wahr? Bernd, es ist hier ideal zum Segeln. Wir haben Top-Catamarane für dich, kostenlos, all-inclusive. Der Club besitzt einen anspruchsvollen Achtzehn-Loch-Golfplatz und eine perfekte Tennisanlage mit Grasboden!"

Schmidt schluckte und dachte: Oh, das gibt's doch nicht!

Joanna fuhr fort: „Bernd, ich spüre, dass du dich über meine Kenntnisse hinsichtlich deiner Person wunderst. Aber wie könnte ich dir ein passendes Angebot unterbreiten, wenn ich nicht deine genauen Bedürfnisse kennen würde? Daher checke ich alle Informationen, die von dir vorliegen, bevor ich etwas anbiete!" Joanna hatte einen Gesichtsausdruck angenommen, der ihn an seine Grundschullehrerin erinnerte, wenn diese ihn liebevoll ermahnte, fleißiger zu sein.

„Oh, interessant", meinte Schmidt zögerlich. „Aber ist das denn legal, was du machst, Joanna?"

„Bestimmt, Bernd. Denn es nutzt dir doch", meinte die computeranimierte Stimme. „Kommen wir zurück zu *Jolly Harbour*, gefällt dir die Hotelanlage? Oder soll ich euch etwas anderes heraussuchen? Mache ich gerne für euch beide, Bernd!" Joanna lächelte ihn weiter an. Er zögerte mit der Antwort, da meldete sie sich wieder. „Also, lieber Bernd, du bist noch nicht so weit. Ich spiele dir deshalb ein besonderes Video vor. Entspann dich, wir beide verreisen nach Antigua. Genieß es!“ Sie zwinkerte ihm zu und winkte mit der Hand zum Abschied. Dann vergrößerte sich ein Punkt in der Mitte des Bildschirmes und das Video startete mit einer Landkarte der Karibik, zoomte auf die Inselgruppe Antigua und Barbuda. Als die Kamera den weißen Sandstrand näher zeigte, hörte Hubert Schmidt ein Wellenrauschen und dazu die passende karibische Limbo-Musik. Wind rauschte in den Palmen, und das Lachen vergnügter Menschen war im Hintergrund leise zu hören.

Dann aber lief es ihm kalt den Rücken hinunter. Am Strand stand ein muskulöser, durchtrainierter Mann, bekleidet mit einer roten Badehose. Er winkte einer Frau zu, die fröhlich im Meer herumplantschte. Sie blickte zum Strand, winkte dem Mann lächelnd und vielversprechend zu. Dann kam sie aus dem Wasser, und Hubert konnte ihre makellose Traumfigur sehen. Sie trug einen knappen blauen Bikini und strahlte übers gesamte Gesicht. Überall an ihrer gebräunten Haut perlten Wassertropfen ab. Der Mann lief auf die Frau zu, das Meerwasser spritzte unter seinen Füssen auf. Die beiden umarmten und küssten sich. Dann hob er sie vorsichtig hoch. Es wirkte, als sei sie federleicht. Der Mann vollführte mit der Frau eine Pirouette und drückte sie vorsichtig an sich. Sie glitt eng an ihm herunter, zurück ins knietiefe Wasser, bis ihre Füße wieder auf dem Sand standen. Dann gingen sie Hand in Hand lachend zum Strand zurück. Vergnügt blickten beide ins Objektiv der Kamera. Hubert bekam kaum noch Luft, ihm wurde schwindelig. Denn er sah jetzt, um wen es sich bei den beiden Menschen am Strand handelte. Es waren Bettina und er. Wie konnte das sein? Hubert Schmidt hatte nicht annähernd die Figur eines Bodybuilders, und eine rote Badehose besaß er auch nicht.

In dem Moment klingelte das Telefon. Schmidt nahm ab. „Schmidt hier.“

„Schön, dass ich Sie direkt erreiche, Herr Schmidt. Mein Name ist Frank Appelbaum von der IT. Wir haben soeben ein schwerwiegendes Problem in ihrem Rechner festgestellt. Eine Fremdsoftware hat die Firewall angekratzt. Ob die feindliche

Software sogar ins System eingedrungen ist, kann ich noch nicht beurteilen. Auf jeden Fall wurde die Kamera ihres PCs extern aktiviert! Schöne Scheiße, Mann!“

Schmidt würgte und Übelkeit stieg in ihm hoch.

„Was haben Sie denn da überhaupt im Internet angeklickt? Ach, ja, kann ich jetzt sehen.“ Es klackte im Hintergrund und Schmidt ahnte, dass der IT-Mensch nunmehr seinen Rechner inspizierte. Er bemerkte, wie sich der Cursor fremdgesteuert auf dem Bildschirm bewegte, den Internetbrowser öffnete und den Verlaufsbutton aktivierte. Schmidt liefen die ersten Schweißtropfen übers Gesicht.

„Sehe gerade auf welchen Seiten Sie gewesen sind. Urlaub auf Antigua, schön. Sie wissen schon, dass das verboten ist, Herr Schmidt. Das ist ein dienstlicher Rechner! Muss ich Ihnen wohl nicht extra sagen, denn das gilt auch für den Assistenten des Ministers. Gut, dass das keine Pornoseiten waren oder so was mit Kindern. Hatten wir nämlich auch schon.“

Hubert Schmidt konnte die Nacht darauf nicht gut schlafen. Immer wieder sah er das Gesicht von Joanna vor sich. Im Traum klickte er Websites mit Pornofilmen an. Er sah, wie sich Männer und Frauen liebten. Dann tauchte er selber ins Geschehen ein und schlief mit einer wunderschönen farbigen Frau. Sie hatte eine Traumfigur, es war Joanna. Er wollte sich von ihr lösen, doch sie zog ihn zurück aufs Bettlaken und flüsterte ihm leise ins Ohr: „Bernd, bitte mach etwas Verbotenes. Bettina wird nichts mitbekommen!“ Da tauchte plötzlich das Gesicht von Appelbaum von der IT-Sicherheit auf, blickte Schmidt vorwurfsvoll an und schüttelte vorwurfsvoll den Kopf. „Ich werde Sie melden, Herr Schmidt!“

Hubert schreckte aus seinem Traum hoch. Er war pitschnass geschwitzt. Hatte sein Gehirn im Schlaf versucht, die Ereignisse des heutigen Tages zu verarbeiten? Bestimmt. Und warum war er dieser künstlichen Joanna auf den Leim gegangen? Ja, sie war äußerst hübsch und hatte eine wahnsinnig erotische Stimme. War sie für nur ihn erschaffen worden? Und woher kannte das Reiseunternehmen all seine Daten? Wie war es möglich, dass man dort seine Wünsche, auch die geheimsten, kannte? Ihm schwante, dass das etwas mit Künstlicher Intelligenz zu tun haben müsste. Noch lange lag Hubert Schmidt wach und ständig tauchte das Gesicht dieser Joanna auf. Sie war die Versuchung pur. Wäre sie eine lebende Person und würde Schmidt nicht gerade mit Bettina zusammen sein, er hätte alles darum gegeben, mit dieser Frau anzubändeln. Und er würde mit ihr sofort nach Antigua fliegen und nie wiederkommen.

Kapitel 24

Jabal Al Fahdau, Saudi-Arabien

Das Thermometer war jenseits der vierzig Grad und Machmoud Fadi-Atheer wickelte sein Kopftuch einmal mehr um den Hals. Das rotweiß-karierte Leinen hielt Sonnenstrahlen zwar nur leicht ab, schützte aber vor dem umherfliegenden Wüstensand. Obwohl der Araber das heiße Klima gewohnt war, wäre er jetzt jedoch lieber zu Hause im Schatten geblieben. Aber Habib Al Raschid Ben Abuhassah hatte ihn zu sich bestellt und er musste Gehorsam zeigen. Die Operation verlangte das von ihm als Soldat.

Machmoud dachte an das Schreckliche, das seinem Kameraden Ben Hassadi widerfahren war. Der Führer der neugebildeten Einheit hatte ihn vor seinen Leuten kaltblütig mit einem Kabelbinder erdrosselt. So war es ihm berichtet worden. Obwohl Ben Hassadi unschuldig gewesen war, da waren sich alle einig, hatte man zur Einschüchterung der Männer ein Exempel an dem armen Kerl statuiert.

Fadi-Atheer wartete inmitten der saudi-arabischen Wüste an einer Straße, die ihn von Al Muzahimijah, einem Ort eine Stunde südwestlich von Riad gelegen, an diese einsame Stelle geführt hatte. Als Offizier wurde er von einem Fahrer chauffiert. So war er froh, im Augenblick in dem *Mercedes E 350* sitzen zu können und die Kühle der Klimaanlage genießen zu dürfen. Neben der Straße waren diverse Radlader und Planierraupen, allesamt in gelber Farbe lackiert, damit beschäftigt, den Sand direkt neben der Fahrbahn mehrere hundert Meter lang zu einer Piste zu begradigen. Diverse Wellblechhütten standen bereits und einige Stromaggregate waren darum platziert worden. Kabel führten von einem Schiffscontainer, in dem ein riesiger Kompressor untergebracht war, direkt zu einer der Blechbuden. Der Begriff Bude war allerdings falsch gewählt, denn das provisorisch erstellte Gebäude war so groß wie ein kleinerer Flugzeughangar.

Als Machmoud ein fernes Brummen hörte, stieg er aus dem Dienstwagen und vernahm nun, wie sich das dumpfe Geräusch mehr und mehr in ein frenetisches Kreischen verwandelte. Da blinkte etwas über dem südlichen Horizont auf, was er aufgrund der dort stehenden Sonne nicht identifizieren konnte. Das Geräusch wurde unerträglich laut. Der Offizier erkannte jetzt den Jet im Anflug. Das Fahrwerk wurde ausgefahren und das Flugzeug setzte zur Landung auf der Straße an. In schneller Geschwindigkeit verlor der Jet mehr und mehr an Höhe und raste direkt auf den *Mercedes* zu.

Fadi-Atheer wies seinen Fahrer an, den Wagen an den Straßenrand zu bugsieren. Er selbst suchte hinter der Beifahrerseite des Fahrzeuges Schutz vor der erwarteten Staubwolke und dem näher kommenden Lärm. Das Flugzeug, ein *Learjet*, rauschte heran, flog noch wenige Meter über der Straße, sackte kurz nach unten und die Räder berührten quietschend den Boden. Blauer Rauch stieg hoch und es roch nach verbranntem Gummi. Mit hoher Geschwindigkeit donnerte der Jet am *Mercedes* vorbei. Staub und Sand wurden aufgewirbelt. Der Pilot stellte die beiden Triebwerke auf Gegenschub und die Maschine bremste stark ab. Dann kam sie fast zum Stehen, wendete auf der Straße und rollte zurück in Richtung des am Straßenrand stehenden Fahrzeuges. Die Landescheinwerfer blendeten Fadi-Atheer. Er klopfte sich den Staub von seiner Kleidung und ging auf die Straße zurück. Der *Learjet* rollte aus und kam wenige Meter vor dem Saudi zum Stehen, die Triebwerke erstarben. Die Hitze war so groß, dass die Luft über den Flügeln der Maschine flirrte. Die Tür auf der linken Seite, direkt hinter dem Cockpit, öffnete sich und eine Gangway schob sich heraus. Nach wenigen Sekunden hatte sie den Boden erreicht.

Machmoud hatte Al Raschid erwartet, denn dieser hatte ihn hierher bestellt. Doch die Maschine war nicht in den Farben der saudischen Luftwaffe lackiert, sondern in einem dezenten Beige. Nun konnte der Offizier auch das Emblem an der Seite des Jets erkennen, es war das Wappen des Königshauses. Sofort fiel er auf die Knie und wartete in demütiger Haltung auf den Besucher. Eine äußerst voluminöse Person entstieg dem *Learjet* und kam auf ihn zu. Mohammed bin Talman Alsisi höchstpersönlich. Machmoud schluckte, noch nie hatte er den Kronprinzen aus der Nähe gesehen. „Meine Hoheit, seid gegrüßt, Allah sei bei euch!"

„Steh auf, Hauptmann Fadi-Atheer." MBTA berührte Machmoud mit der rechten Hand leicht am Kopf, so, als wolle er ihn segnen. Der Hauptmann erhob sich und schritt abstandswahrend einen Meter zurück. Der Kronprinz war riesig, fast zwei Meter groß und wog mindestens 130 Kilo. Bin Talman Alsisi trug eine dunkle Pilotenbrille, die Gläser waren bläulich gefärbt. Machmoud konnte die Augen des Monarchen nicht erkennen, als er es kurz gewagt hatte, ihn direkt anzusehen.

„Mir wurde berichtet, du seist der beste Mann für diese Operation. Stimmt das?"

„Ich weiß nicht, wer das gesagt hat, aber ich gebe mein Bestes, Hoheit!" Er sprach MBTA nicht mit dem Titel Kronprinz an, lieber verwendete er die zukünftig richtige Form der Anrede. Nur jetzt bloß nichts falsch machen, sagte er sich.

„Also, was wird hier errichtet, Hauptmann?", fragte ihn der Kronprinz.

„Wir begradigen die Piste, haben schon einen provisorischen Hangar aufgestellt und die Stromversorgung hergestellt. Jetzt wird noch ein Holzturm als Tower montiert und die Luftsäcke an die Stangen gehängt. Morgen soll der Kompressor für die Groundpoweranlage geliefert werden, dann wären wir so weit. Seine Hoheit kann den Feldflughafen einweihen." Er salutierte vor seinem Herrscher.

„Das klingt gut. Du stehst mir mit deinem Leben dafür ein, dass hier alles pünktlich fertiggestellt wird. Ich muss mich darauf verlassen. Wann kommen die Container für die Gefangenen?"

„Ebenfalls morgen, die sind schon in Al Muzahimijah eingetroffen, großer bin Talman Alsisi."

„Gut, und sorge bitte dafür, dass die Klimaanlage funktioniert, dass die Gefangenen genügend zu essen und zu trinken haben. Verstanden? Da darf nichts passieren, wir wollen ja nicht, dass denen auch nur das geringste Haar gekrümmt wird!" Der Monarch lächelte diabolisch.

„Jawoll, mein Prinz. Sie können sich auf mich verlassen!" Machmoud salutierte schon wieder.

„Gut, brauchst du sonst noch etwas?"

Der Hauptmann schüttelte mit dem Kopf. „Nein, Hoheit, es ist alles da und wird pünktlich fertig, vertrauen Sie mir!"

„Ich vertraue nur Allah und mir! Und denke daran, du Wurm, wenn nur irgendetwas nicht funktioniert, grabe ich deine Frau und deine Kinder höchstpersönlich in der Wüste ein und sehe dabei zu, wie sie verdursten! Ist das klar?"

„Absolut, Hoheit, ich habe verstanden."

„Das ist gut, Hauptmann. Du wirst das schaffen. Es ist von höchstem Interesse für mich, dass alles glattläuft. Du sollst belohnt werden. Wenn das alles hier vorbei ist, könnte ich mir vorstellen, dich als Major in die Königsgarde zu übernehmen, klingt das gut?", wohlwollend schaute MBTA Machmoud an.

Der salutierte das dritte Mal hintereinander und stammelte: „Natürlich, meine Hoheit, was für eine Ehre. Es wäre mein Traum, so nah bei Ihnen zu sein und Ihr Leben beschützen zu dürfen."

„Gut, dann leiste weiter gute Arbeit, mein Sohn."

Machmoud kniete erneut nieder und MBTA tätschelte erneut gütig den Kopf seines Untergebenen. „Denk an die Wüste, denk an deine Familie!"

Der Kronprinz verschwand so schnell wie er gekommen war. Nach kurzer Zeit war der *Learjet* auf der Straße gegen den Wind gestartet und mit brüllenden Triebwerken, auf Höchstleistung gestellt, im Himmelsblau verschwunden.

Machmoud dachte über die Begegnung mit MBTA nach. Was war das denn für eine Sache, dass der Kronprinz höchst persönlich vorbeikam, ihm drohte und zugleich eine Belohnung in Aussicht stellte? Major klang nicht schlecht, aber das Eingraben der Familie bei lebendigem Leib war schon in der Theorie so furchtbar und unvorstellbar, dass er gar nicht daran denken mochte. Ihm durfte einfach kein Fehler passieren, kein einziger. Bin Talman Alsisi sollte sich auf ihn verlassen können.

Und genau das dachte auch MBTA, als er durch das kleine Kabinenfenster des *Learjet* hinunter auf den *Mercedes* blickte, der gut und gerne schon an die dreihundert Meter unter ihm am Straßenrand stand.

Man kann vielen Arabern einfach nicht vertrauen. Sie benötigen immer einen mehrfach wiederholten und klar formulierten Auftrag. Ständig muss man sie mit schlimmsten Konsequenzen bedrohen, die sich nicht gegen sie selbst, sondern immer gegen ihre Familie und insbesondere die Kinder richten. So zeigen Bedrohungen Wirkung. Zum Schluss benötigte der Araber aber noch ein überraschendes Zuckerstückchen. So funktioniert das hier, dachte MBTA und lächelte still vor sich hin. Irgendwie macht das der arrogante Präsident in Washington genauso, und er ist damit sehr erfolgreich. Wieder lächelte der zukünftige Monarch vor sich hin und blickte weiter aus dem Fenster des *Learjet* hinaus. Er bestaunte die Weite und Schönheit der Wüste. Bald gehört das alles mir! Entspannt lehnte sich der Kronprinz in den mit Nappaleder bezogenen Sitz zurück und schloss die Augen.

Bin Talman Alsisi war sich sicher, dass er sich jetzt auf den Hauptmann bedenkenlos verlassen konnte. Die gefangenen Iraner würden von dem neuerbauten Behelfsflugplatz in der Wüste, dort wo keiner etwas mitbekommen konnte, direkt nach München geflogen werden. In einem *Airbus M400* des Königs, der für die Begleitmannschaften und das Equipment vorgesehen war. Keiner würde der Besatzung oder den Begleitpersonen zu nahe kommen. Niemand würde es wagen, die königliche Abordnung genauer zu kontrollieren. Alle verfügten über den Diplomatenstatus. Auch in Deutschland war bekannt, dass MBTA immer mit großem Gefolge und mehreren Flugzeugen aufkreuzte.

So würden die drei verbliebenen Gefangenen nach München geschafft werden, um kurze Zeit später als tote Attentäter der Welt die Indizien zu liefern, die bewiesen, wo der wirkliche Feind saß. In Teheran! Dann würden sich der gesamte Nahe Osten, die arabische Halbinsel, Syrien, Jordanien, Israel und der Irak, vor allem aber die Amerikaner und Türken endlich gegen die Ayatollahs wenden. Wunderbar, und das Königshaus in Riad könnte stolz zusehen und die Episode Jamal Mas Al-Thosoggi wäre für immer vergessen. Die Kinder dieses Verräters hatte er mit Geld abfinden müssen, damit sie schwiegen. Zehn Millionen US-Dollar für jedes der vier erwachsenen Kinder, dazu jeweils ein Haus in Riad. Er, Mohammed bin Talman Alsisi, würde bald König werden. Herrscher nicht nur von Saudi-Arabien. Er würde das Oberhaupt der gesamten Region werden. Allah sei gepriesen.

Kapitel 25

Zimmer 12, *Pastoral Hotel*, Kfar Blum, Israel

Heide Mainz erwachte in ihrem Hotelzimmer in Kfar Blum. Sie hatte tief geschlafen und fragte sich gedankenverloren: Wo bin ich? Nur langsam kehrte ihre Erinnerung an den gestrigen Tag zurück. Sie hatte sich doch mit Uri noch verabredet. Mein Gott, ich habe das Date mit ihm verschlafen!“

Sie blickte an sich hinunter und stellte fest, dass sie nur mit dem Bademantel bekleidet war, den sie sich nach dem Duschen übergeworfen hatte. Sie musste direkt eingeschlafen sein. Na ja, das war schließlich ein langer Tag gewesen. Und Uri wird nicht böse gewesen sein. Auch der Oberst vom *Mossad* würde den Schlaf gut gebraucht haben.

Heide stand auf und schaute aus dem Fenster ihres ebenerdig gelegenen Hotelzimmers nach draußen in den Garten. Es war noch früh am Morgen, doch die Sonne schien bereits vom wolkenlosen Himmel herab. Sie sah den kleinen Pool direkt vor ihrem Fenster liegen. Die Wasseroberfläche schimmerte einladend in frischem Blau. Gestern Abend, beim Einchecken, hatte der Mann an der Rezeption noch gesagt, dies sei ihr privater Pool, nur für sie allein. Der Hauptpool des Hotels lag hinter einer hohen Buchsbaumhecke versteckt und war für andere Gäste nicht einsehbar. Das kleinere Schwimmbecken war ein besonderer Luxus für die Suite Nr. 12, die Uri für sie gebucht hatte.

Heide öffnete das Fenster, das bis zum Boden reichte und somit gleichzeitig den Ausgang in den Garten ermöglichte. Sie schaute sich um, und tatsächlich war niemand am Pool zu sehen. Der Schlaf hatte ihr gut getan. Wunderbar, dachte sie und ließ geschickt den Bademantel von ihren Schultern hinabgleiten und eilte zum Rand des Wasserbeckens. Sie streckte die Hand hinein, um die Temperatur zu testen. Es mussten so um die 27 Grad sein. Fast ein wenig zu warm, aber die Sonne heizte den Pool tagsüber heftig auf. Heide schaute in das blaue Wasser und sprang, nackt wie sie war, mit einem eleganten Sprung hinein. Sie tauchte quer durchs Becken. Herrlich, dachte sie, der ganze Stress von gestern ist wie weggeblasen! Erneut tauchte sie unter und genoss es, keinerlei Kleidung zu tragen. Früher hatte sie das oft so gemacht, wenn sie unbeobachtet am Meer war.

„Guten Morgen, Heide, geht es dir gut?" Uri lachte sie an und schaute in ihr verdutztes Gesicht. Er war neben ihr aufgetaucht und strahlte sie mit seinem unerschütterlichen Selbstbewusstsein an.

„Mein Gott, Uri, du hier im Pool? Ich habe nichts an!" Etwas entsetzt bedeckte sie ihre Brüste, die knapp unter der Wasseroberfläche zu sehen waren.

„Ich habe auch keine Badehose gefunden. Unentschieden! Komm, lass uns schwimmen." Er drückte sich mit den Beinen vom Beckenrand und machte einige Schwimmbewegungen im Schmetterlingsstil.

Heide bemerkte seinen muskulösen Rücken und einen sehr strammen Hintern. Von den Folgen des gestrigen Unfalls mit dem Heli war nichts mehr zu bemerken. Oh, dachte sie, ist auch egal, und schwamm ihm hinterher. Fast hatte sie ihn eingeholt, da tauchte er schon wieder unter. Sie blickte sich um und sah den Körper des Israelis unter sich, knapp über dem Boden des Pools. Der braungebrannte Mann hob sich dabei deutlich von den hellblauen Fliesen ab. Heide schwamm zum Rand des Beckens zurück und lehnte sich mit dem Rücken dagegen.

Ihr war bewusst, was für ein Spiel sie gerade miteinander trieben. Ihre Ellenbogen stützten ihren Oberkörper ab und ihre Brüste schwammen an der Wasseroberfläche. Da tauchte Uri vor ihr auf, prustete und schüttelte den Kopf, so als wollte er das Wasser aus seinen Haaren schütteln. Doch er hatte eine Glatze und an der Kopfhaut liefen die Tropfen herunter. „Du bist eine wunderschöne Frau, Heide“, sagte er mit einem Tonfall, den sie noch nicht bei ihm vernommen hatte. Er kam noch näher, umfasste sie und küsste vorsichtig ihre Nasenspitze. Beide blickten sich tief in die Augen und Heides Herzschlag beschleunigte sich. Sie drückte sich nach vorne und ihre Brustspitzen berührten Uris muskulösen Körper. Er schauderte und dann fielen sie regelrecht übereinander her. Heide erwiderte den Kuss. Ihre Lippen öffneten sich und ihre Zungen vollführten einen wahren Hexentanz. Sie spürte seine Hand an ihrem Busen, dann tiefer. Ein wohliger Schauer durchfuhr sie. Uri hob sie ein wenig aus dem Wasser.

Plötzlich verdeckte etwas die Sonne und beide schauten hoch. Dort stand ein junger Mann in einem grünen Overall, in der Hand hielt er einen Poolsauger, der mit einem Gartenschlauch verbunden war. Der Israeli starrte das Liebespaar an, sein Gesicht war mit Pickeln übersät. Er mochte so siebzehn Jahre alt sein. „Oh, Verzeihung, ich wollte …, ich dachte …, mein Gott ist das peinlich!“ Er ließ seine Gerätschaften auf die Steinfliesen fallen und rannte zum Hauseingang.

„Muss es nicht, machen Sie einfach weiter!“, rief Uri ihm lachend nach. Auch Heide entspannte sich etwas, nachdem der Mann verschwunden war. Uri hob sie ganz aus dem Wasser, legte sie vorsichtig außerhalb des Pools ab, sprang mit einem Satz aus dem Wasser heraus und landete auf dem Beckenrand aus Beton. Er hob Heide auf und legte sie sich über die linke Schulter. Heide sah, bäuchlings auf Finkenraths Schultern liegend, den entsetzten Blick des Poolreinigers, der soeben erneut um die Hecke herumbog. Unterdessen trug Uri sie ins Hotelzimmer. Dort angekommen, warf er sie vorsichtig rücklings auf das Bett der Suite. Sie verdeckte ihren Körper nicht, im Gegenteil, sie breitete die Arme aus. Uri nahm ganz zärtlich ihren linken Fuß und küsste ihre Zehen. Dann berührten seine Lippen ihre Wade, die Kniekehle, die Innenseite ihres Schenkels.

Sie stöhnte vor Lust auf. „Mach weiter“, ihr versagten die Worte. Uri küsste ihren Bauch, ihre Brüste, ihre Kehle und wieder ihren Mund. Sie erschauderte bei jeder Berührung. Uri glitt sacht an ihrem Körper nach unten. Sie gurrte wie eine Taube. Ein Höhepunkt ohne wirklichen Sex. Sie zitterte am ganzen Körper und schlang die Arme um den muskulösen Körper des Israelis. Dann waren sie vereint und Uri liebte sie mit einer Hingabe, wie sie das noch nie erlebt hatte. Es war, als hörte sie das Rauschen des Jordans.

Einige Zeit später saßen sie beim gemeinsamen Frühstück im Garten des Hotels und erfreuten sich an frisch gepresstem Orangensaft, Omelett, Toast mit Butter und Honig. Uri bestrich einen dunkelbraunen Kräcker mit dem Fruchtfleisch einer reifen Avocado und träufelte etwas Zitronensaft darauf.

„Ihr habt hier den Garden Eden, zumindest was die Früchte und das Gemüse angeht!“, meinte Heide.

„Vergiss nicht den außergewöhnlichen Wein, du weißt noch, gestern Abend?“

„Vor allem kann ich mich noch an das Fischcurry erinnern. Das muss irgendein Aphrodisiakum enthalten haben, mein Lieber.“ Heide drohte scherzhaft mit dem Zeigefinger.

„Du weißt, Liebling“, entgegnete Finkenrath, „woher der Name stammt?“

„Nein, aber du wirst es mir bestimmt gleich erklären“, meinte sie zwar lächelnd, aber in etwas schnippischem Ton.

„Die Bezeichnung Aphrodisiakum kommt aus dem Griechischen und bedeutete so etwas wie ‚Liebesgenuss‘. In der Mythologie wird berichtet, dass es von der Göttin der Liebe, Aphrodite, abgeleitet wurde.“ Der Oberst saß in Jeans kombiniert mit einem beigefarbenen Polohemd am Tisch in der Sonne. „Passt also zu dir, liebe Heide.“

„Das heute Morgen war ein Versehen, oder?“, fragte die Deutsche ihn jetzt zögernd ernst. „War bestimmt ein Abreagieren wegen der Ereignisse gestern. Kann ich verstehen, vergessen wir es?“

„Vergessen?“ Finkenrath schaute sie entgeistert an. „Nein, Heide, dass vergesse ich niemals. Schon als ich ein Bild von dir vor ein paar Tagen im Büro in Händen hielt, wusste ich, du bist etwas ganz Besonderes. Als ich dich dann aus dem Flugzeug steigen sah, war mir klar, dass ich dich wollte! Und wie du dich im Heli verhalten hast, du bist einmalig!“

„Wow, du wolltest mich?“

„Nein, ehrlich Heide, ich habe mich spontan in dich verliebt. Nenn es, egal wie, vielleicht ist es auch etwas Animalisches. Aber ja, ich glaube, ich liebe dich wirklich. Trotz allem!“

„Trotz allem, was bedeutet das?“, fragte sie etwas naiv nach.

„Wir sind beide beim Geheimdienst und wir werden es nicht geheimhalten können. Verhältnisse unter Geheimagenten, das wollen unsere Vorgesetzen auf keinen Fall“, unkte Uri.

„Na ja, mit der Geheimhaltung hat das am Pool auch schon nicht funktioniert.“ Heide kicherte vor sich hin. „Der kleine Gärtner ist wahrscheinlich in Ohnmacht gefallen.“

„Bei dem Anblick von dir, splitterfasernackt am Morgen. Ich wäre in seinem Alter an Wollust gestorben!“, lachte Uri und strahlte sie mit Besitzerstolz an.

„Hallo, ihr zwei, na, gut geschlafen? Appetit habt ihr ja gewaltig.“ Asifa kam in einem weiten Leinenkleid, das über ihre

Knie langte, an den Tisch. Die Haare trug sie offen und hatte eine Art Diadem aus geflochtenen Fäden und kleinen blauen Mosaiksteinchen aufgesteckt. Sie sah hinreißend aus, strahlte übers gesamte Gesicht. „Möchtest du etwas mit uns essen, liebe Asifa? Wolltest du nicht heute Morgen noch nach Haifa?"

„Hat sich zerschlagen, ich kann hierbleiben. Danke für das Angebot, ich nehme gerne einen Kaffee, mit viel Zucker bitte." Sie nahm sich einen freien Stuhl und setzte sich mit an den Frühstückstisch.

Sie schaute, während sie wenig später ihren Kaffee trank, Heide und ihren Adoptivvater etwas skeptisch an. Fast mochte man meinen, ihr Gesichtsausdruck hatte sogar leicht spöttische Züge angenommen. „Na, ihr zwei, war's gestern Abend noch schön?"

„Ja, ganz toll, Asifa, danke der Nachfrage. Unsere liebe Heide wollte sich noch kurz auf ihrem Zimmer frischmachen, um dann auf einen Drink an die Poolbar zu kommen."

„Aber ich bin nach dem Duschen direkt auf dem Bett eingeschlafen. War auch für mich etwas viel. Aber heute Morgen ist wieder alles okay. Ich bin fit, habe extrem gut geschlafen und", sie stockte und lächelte Uri verliebt an, „dann habe ich mich mit Uri zum Frühstück verabredet."

„Nennt man das heute so?", lächelte Asifa spitzbübisch, „frühstücken tut ihr doch erst jetzt!"

Kapitel 26

Firma Bollmann Engineering, Lüdenscheid, Deutschland

Hubert Schmidt war gut eine Stunde quer durchs Ruhrgebiet gefahren, um ins Sauerland zu gelangen. Am Westhofener Kreuz lenkte er seinen Dienstwagen von der Autobahn A 1 auf die A 45, die ihn nach Lüdenscheid brachte. Einen Tag vor dem Gesprächstermin mit dem Geschäftsführer von *Bollmann Engineering* hatte der durch seine Sekretärin Schmidt telefonisch ausrichten lassen, dass er aufgrund besonderer Umstände nur wenig

Zeit für das Gespräch hätte. Ob denn Herr Schmidt auch ins Sauerland kommen könne. Er, Peter Bollmann, würde sich sehr auf den Termin freuen. Er wünsche eine gute Anreise nach Lüdenscheid und bedanke sich für die Kooperationsbereitschaft." Dann wiederholte die Dame von *Bollmann Engineering* nochmals die Uhrzeit und verabschiedete sich höflich.

Die Autobahnabfahrt Lüdenscheid-Mitte war die richtige, und nach wenigen hundert Metern konnte Schmidt schon von Weitem den beachtlichen Gebäudekomplex des Unternehmens, das ihm bei der Entwicklung der Roboterameisen weiterhelfen sollte, sehen. Seit er die Stadt Hagen vor circa fünfzehn Minuten passiert hatte, war Schmidt über zwanzig Kilometer nur noch durch grüne Landschaften und über hohe Brücken gefahren. Erstaunlich, wie schnell sich die Umgebung während der Fahrt verändert hatte. Gerade noch verlief die Strecke durch betongraue Bebauung, keine Stadt war mehr als solche einzeln erkennbar. Die Urbanisationen schmolzen zusammen. Düsseldorf, Gelsenkirchen, Essen, Bochum und Hagen waren in Wirklichkeit eine einzige Flächenstadt. Ähnlich wie in Los Angeles, dachte er, nur Greater-LA war noch größer und besaß die flächenmäßige Ausdehnung von Schleswig-Holstein.

Schmidt lenkte den Wagen in die Zufahrtsstraße der Firma *Bollmann Engineering* bis eine rotweiße Schranke den Weg versperrte. Da es weder einen Parkautomat noch eine Taste zum Öffnen oder gar einen Parkplatzwächter gab, sah Schmidt sich um und entdeckte an der Basis der Schranke ein kleines rotes Lämpchen, das nun aufleuchtete. Aus dem Radiolautsprecher seines Wagens ertönte eine Stimme, während die Musik, die gerade noch vom Sender des *Westdeutschen Rundfunks WDR II* gespielt worden war, nur noch leise im Hintergrund zu hören war.

„Guten Tag, Herr Schmidt, haben Sie gut zu uns gefunden? Es freut uns sehr, dass sie unser Unternehmen heute besuchen. Bitte fahren Sie zum Parkplatz Nummer acht, den wir für Sie reserviert haben. Wir wünschen Ihnen einen angenehmen Aufenthalt bei *Bollmann Engeneering*."

„Die haben Zugriff auf meine Entertainmentanlage, wow!“, murmelte er leise, so, als wenn ihm jemand zuhören konnte.

Die Schranke klappte langsam hoch und Schmidt rollte über einen geteerten Weg auf die Parkbucht zu, die ihm zugewiesen war. Dort befand sich am Ende des Abstellplatzes ein kleines Display an einer kurzen Stange. Auf dem Minibildschirm stand zu lesen *Nr. 8 Für Herrn H. Schmidt reserviert,* darunter in kleineren Buchstaben *Herzlich willkommen!* Schmidt war sich sicher, dass die Stimme, die ihn soeben begrüßt hatte, nicht von einer menschlichen Person stammte. Wahrscheinlich gab es hier im Zufahrtsbereich des modernen Hightech-Unternehmen eine Kennzeichenerkennung mit einer dahinter gelagerten Besucherliste. Er hatte vor wenigen Tagen eine E-Mail mit einem Besucherformular von *Bollmann* zugesandt bekommen, in der schon sein Name, der Besuchstag und die Uhrzeit eingesetzt worden waren. Ergänzen musste Schmidt nur noch seine Handynummer sowie das Kennzeichen des Wagens, bevor er die Antwort per E-Mail wieder zurückschickte.

Hubert Schmidt nahm seine Aktentasche vom Beifahrersitz und stieg aus dem schwarzen 5er *BMW.* Das Eingangsportal lag nur wenige Meter entfernt. Als er darauf zuging, glitt die große Tür mit der Milchglasscheibe in der Mitte geräuschlos zur Seite. Er betrat das Gebäude und gelangte in einen kleinen Flur, an dessen Ende ein überdimensionaler Bildschirm an der Wand prangte. Darauf war das Firmenemblem eingeblendet. Kaum, dass er davorstand, löste sich das Bild auf, und Schmidt sah nun das Firmengebäude, von oben aus der Luft aufgenommen. Die Kamera schwenkte auf die Autobahnabfahrt der A45 und senkte sich bis zum Straßenniveau hinunter. Schmidt erkannte die Straße, die er soeben noch befahren hatte, wieder. Er sah die Zufahrt zum Gebäude, die Schranke öffnete sich, die Kamera fuhr realitätsnah in eine Park Box. Dann schwebte sie scheinbar zur Eingangstür, die sich direkt öffnete. Er erkannte den Monitor, vor dem er jetzt stand, das Bild veränderte sich auf das ursprüngliche Format. Die Bildfläche löste sich in viele Pixel auf und nun erschien eine weibliche Person, die ihn anlächelte. „Guten Tag, Herr Schmidt, haben Sie gut von Düsseldorf hierher gefunden? Wie war die Fahrt, Staus waren nicht gemeldet?“

„Ja, hallo, ich grüße Sie auch!“, sagte er verdutzt, denn er wusste nicht, ob er mit einem realen Menschen oder schon wieder nur mit einem Computer kommunizierte.

„Ich bin Christiane Coldner, für die Entwicklungsabteilung in unserem Hause zuständig, und werde gleich bei Ihrem Gespräch mit Herrn Peter Bollmann dabei sein und für Fachfragen zur Verfügung stehen. Wir, Herr Bollmann und ich, freuen uns sehr, dass Sie zu uns kommen konnten. Dafür sind wir ihnen sehr dankbar!“

„Bitte sehr, nichts für ungut!“, stotterte Schmidt, immer noch unsicher, ob er wirklich mit dieser Frau Coldner sprach.

„Herr Schmidt“, sprach sie ihn erneut an, „würden Sie bitte Charly folgen, er bringt Sie in den Konferenzraum.“

Sie zeigte freundlich mit der Hand nach rechts zur Seite. Schmidt schaute in diese Richtung und erblickte einen Mann, der dort stand. Er schien wie aus dem Nichts gekommen. Die Person trug einen grauen Anzug mit weißem Hemd. Der Kragen war geöffnet, darunter lugte ein amerikanisches T-Shirt mit rundem Ausschnitt hervor. Die schwarzen Lederschuhe glänzten. Schmidt schaute zurück zum Bildschirm. Der zeigte jetzt das Firmengebäude von oben. Es lag inmitten einer grünen Umgebung. Die Aufnahmetechnik versetzte den Zuschauer in eine wegzoomende Betrachtung, so, als würde man mit einer Rakete vom Grundstück des Unternehmens in den Weltraum starten. Die Perspektive gestattete Schmidt einen immer größer werdenden Blickwinkel. Man erkannte plötzlich große Flächen mit dichten Wäldern und grünen Wiesen, die das Firmenareal umgaben. Nun war auch die Autobahn zu sehen, sie durchschnitt das satte Grün der Natur. Nun tauchte die Stadt Lüdenscheid, mit einer ringförmigen Bebauung der Altstadt um eine Kirche herum, auf. Ein Sportstadion war zu erkennen sowie ein großes Freizeitbad. Dann schrumpfte das Bild der Stadt immer mehr zusammen. Die Gebäude von *Bollmann* waren jetzt schon nicht mehr auszumachen.

Schmidt erkannte immer weniger Details, bis die Kamera scheinbar durch die Wolken zu fliegen schien. Er konnte Deutschland erkennen, Europa, Afrika. Die Erdkugel erschien, wurde zunehmend kleiner und kleiner. Der blaue Planet verschwand und versank in einem Lichtermeer. Kurz war noch die Sonne als großer leuchtender Feuerball zu sehen, dann die Milchstraßen mit Abermillionen von kleinen Lichtern. Der Spiralnebel der gesamten Galaxie. Der Bildschirm färbte sich dunkelblau, tauchte dann in ein Schwarz. Es war, als sei die Kamera irgendwo im Universum verschwunden. Mit ihm. Schmidt war restlos begeistert.

In diesem Augenblick wurde seine Aufmerksamkeit jedoch von der Person, die neben der Projektionsfläche stand, abgelenkt. „Guten Tag, Herr Schmidt, mein Name ist Charly. Ich bin heute für ihr Wohlergehen bei uns im Hause *Bollmann Engineering* verantwortlich. Bitte wundern Sie sich nicht, ich bin ein Android, also ein menschlicher Roboter. Bitte folgen Sie mir!“ Er drehte sich um und schritt voraus.

Sein Gang wirkte vollkommen natürlich, staunte Hubert Schmidt. Das ist ja ein Ding, die sind hier weiter, als ich dachte. klasse, *Future World* lässt grüßen!

„Möchten Sie zunächst unseren Waschraum aufsuchen? Die Fahrt von Düsseldorf war ja lang“, meinte Charly, der sich kurz zu seinem Gast umgedreht hatte. Der Android wies auf die Tür nach rechts hin, die ein Piktogramm „Herren“ trug.

„Gerne, bin schnell wieder da!“

„Nehmen Sie sich die Zeit, die sie benötigen. Ich warte auf Sie!“

Schmidt wollte die Klinke der Tür zur Toilette nach unten drücken, da öffnete sie sich vollautomatisch. Das Licht im Inneren ging an, und eine leise klingende Musik rieselte aus einem Lautsprecher.

„Simon and Garfunkel!“, murmelte Schmidt vor sich hin. Was für ein Zufall. Das amerikanische Duo sang herzzerreißend ihr *Brigde over troubled water.* Das wird ja wohl kaum für mich eingespielt worden sein, oder? Schmidt runzelte die Stirn. Kaum, dass er sich die Hände mit lauwarmem Wasser gewaschen und in einem Luftstrahl getrocknet hatte, schwang eine weitere Tür ohne sein Zutun auf. Dort erblickte Schmidt ein Pissoir an der Wand und eine WC-Kabine. Er entschied sich für das Pissoir und öffnete davor seinen Hosenschlitz. Es tat gut, sich nach der Autofahrt erleichtern zu können, bevor das bestimmt anstrengende Treffen gleich begann. Schmidt hasste es, mitten in Konferenzen oder Meetings zur Toilette gehen zu müssen. Da ebbte die Musik ab und eine angenehme Stimme informierte leise: „Hallo, Sie befinden sich bei *Bollmann Engineering*. Wir sind ein Unternehmen, dass sich mit der innovativen Entwicklung und Fertigung von hochtechnisierten Steuerungselementen sowie der Mess- und Regeltechnik befasst. Unsere Kunden erwarten von uns zurecht intelligente Lösungen, modernste Entwicklungskompetenz sowie größtmögliches Knowhow. Wir werden von allen namhaften Herstellern aus der Automobil- und Maschinenbaubranche empfohlen. Unser Motto lautet: ‚Mensch und Technik kooperieren mit dem Ziel höchster Wertschöpfung für unsere Kunden.' Wir freuen uns über Ihr Interesse an *Bollmann Engineering* und hoffen, dass Sie einen interessanten Tag haben werden!"

Schmidt konnte es nicht glauben, selbst die Zeit, die Menschen auf der Toilette verbringen, wird fürs Marketing genutzt. Er wusch sich erneut die Hände und ging wieder nach draußen auf den Flur, wo ihn Charly erwartete.

„Prima, Herr Schmidt, darf ich vorausgehen?" Ohne eine Antwort abzuwarten, schritt der Android voran. Sie durchquerten einen langen Flur und blieben vor einer weiteren Milchglastür stehen. Auch diese schwang lautlos auf. Schmidt sah einen Miniaturbildschirm an der Wand, auf dem die aktuelle Uhrzeit, 11:15 Uhr und sein Name *Hubert Schmidt, Innenministerium NRW* stand. Darunter: *Reservierung bis 12:15 Uhr*. Immerhin habe ich eine Stunde Zeit, dachte er und folgte Charly in den Raum.

Wieder wunderte sich der Mann aus Düsseldorf, denn er hatte einen herkömmlichen Konferenzraum erwartet. Mit einem langen Tisch, etlichen Stühlen sowie einer Leinwand an der Stirnseite und einem unter der Decke hängenden Beamer. Obligatorische

Tabletts mit Wasser und Softgetränken, eine Telefonanlage für mediale Konferenzen. Doch hier war alles anders, vollkommen neuartig und hypermodern. Schmidt sah drei kugelförmige Gebilde, die um einen blau leuchtenden, durchsichtigen Projektionskubus schwebten. Dieser hatte die Größe eines Kubikmeters. Der Kubus schien ebenfalls schwerelos im Rahmen zu schweben.

Charly wies mit der rechten Hand auf eines der drei Gebilde „Bitte nehmen Sie doch Platz, Herr Schmidt“

Der Mann aus dem Ministerium ging darauf zu und konnte erst jetzt die große Öffnung erkennen. Darin war eine Sitzfläche zu erkennen. Die Öffnung der Kugel war zur Mitte ausgerichtet, ebenso wie bei den beiden anderen. Alle schienen aus glänzendem Aluminium gefertigt zu sein. Das kugelförmige Gebilde schwenkte leicht auf ihn zu und lud zum sicheren Hinsetzen ein. Kaum hatte er dieses Angebot wahrgenommen, überraschte ihn die Sicht aus der Sitzkugel. Die Seitenwände engten zwar sein Sichtfeld etwas ein, dennoch war das Gefühl dabei nicht unangenehm. Der Fokus wurde automatisch nach vorne auf den blauschimmernden Projektionskubus gerichtet. Moderne Scheuklappen, lächelte Schmidt.

Trotzdem waren die beiden anderen Sitzkugeln mit ihren Öffnungen gut neben dem Projektionskubus zu erkennen. Der Rest des Raumes wurde in diesem Moment in ein warmes Dunkellila gefärbt und hob sich nicht mehr von der Farbgestaltung der Innenfläche ab, die gleichfalls in diesem Ton gehalten war. Eine perfekte Illumination.

Schmidt saß recht bequem in dem ungewöhnlichen Sitzmöbel. Die Velours-Oberfläche des Sessels fühlte sich zugleich warm und fest an. Seine Arme lagen auf kleinen Lehnen. Dennoch fühlte er eine gewisse Körperspannung in sich. Da surrte es leise, und ein kleines Tablett schwenkte von rechts außen vor ihn. Darauf stand eine Porzellantasse mit einer dampfenden Flüssigkeit darin. Schmidt erkannte, dass es sich um dunkelbraunen Tee handelte, südafrikanischen Roibusch und er nahm gleichzeitig einen angenehmen Geruch wahr. Auf der Oberfläche der Teetasse bildete sich eine Wolke aus Sahne, die sich in konzentrischen Kreisen ausdehnte. Hubert Schmidt war sich sicher, dass *Bollmann Engineering* bereits von seiner Vorliebe wusste, dass er Roibusch als Heißgetränk bevorzugte. Selbst an den Kandis und die obligatorische Sahne hatten die Leute hier gedacht. Das schmeckte Hubert Schmidt, als er den ersten Schluck probierte. Der Tee hatte genau vier Minuten gezogen. Normalerweise war das etwas zu lang. Aber er liebte seinen Roibusch genau so, wie er ihm hier serviert wurde, leicht herb.

Schmidt schmunzelte, denn englische Butterkekse lagen neben seiner Tasse. Die esse ich eigentlich nicht, aber, er dachte kurz nach, die habe ich doch meiner Mutter voriges Jahr ins Seniorenheim geschickt. Wo habe ich die eigentlich gekauft? Noch während er darüber sinnierte, fiel ihm ein, dass er die Kekse zusammen mit ein paar anderen Leckereien übers Internet bei *Tarrods* bestellt hatte. Ich bin gläsern, durchfuhr es ihn. Wahnsinn, was kommt denn heute noch auf mich zu?, fragte er sich. Doch zunächst genoss er seinen Tee und erinnerte sich gleichzeitig an den schlimmen Muckefuck, den es im Ministerium gab. Der schmeckte nicht die Bohne nach Kaffee, wie die Kollegen spotteten und wurde zudem noch in Pappbechern serviert.

„Guten Tag, Herr Schmidt", hörte er nun eine Stimme, die aus der von ihm gesehen rechts schwebenden Sitzkugel kam. Schmidt konnte Peter Bollmann erkennen, sein Porträt hatte er vor Kurzem noch gecoogelt. In der anderen Kugel erschien nun auch das Gesicht von Christine Coldner, der Entwicklungschefin.

Waren die beiden schon im Raum gewesen, als ich ihn betrat?, fragte Schmidt sich. Automatisch antwortete er: „Guten Tag und danke, dass Sie es ermöglicht haben, dass wir zusammenkommen können!"

Irgendwie war die Szenerie für ihn unwirklich. Beide Gesichter, auch die nun allmählich erkennbaren Körper, schienen ein wenig zu flimmern. So als betrachte man Menschen, die von einem flammenzuckenden Lagerfeuer angestrahlt werden.

„Bitte wundern Sie sich nicht, lieber Herr Schmidt, über unser Erscheinungsbild. Sie sehen Holographien. Frau Coldner ist momentan in Boston, USA. Sie besucht gerade für *Bollmann Engineering* das *MIT*, steht für *Massachusetts Institute of Technology*!"

„Hallo Herr Schmidt, ich bin es noch einmal!", grüßte ihn freundlich Christiane Coldner.

„Hi, hallo, Frau Coldner, schön Sie wiederzusehen" Schmidt konnte sich ein Lächeln nicht verkneifen. „Haben Sie mich persönlich an der Eingangstür begrüßt?"

„Nein, sorry, das ist ein Programm für avisierten und personalisierten Realpräsenzbesuch. Da begrüßt immer eine Animation des Gastgebers in unserem Hause die Besucher am Eingang."

„Aha, wirkt fast echt!", meinte Schmidt, der jedoch gedacht hatte, wirklich von Frau Coldner begrüßt worden zu sein.

„Ist es ja, fast!", sagte die über 6000 Kilometer entfernt in den USA vor der Kamera sitzende Entwicklungschefin.

„Und ich bin auch in der Nähe", meinte lächelnd Peter Bollmann. „Ich bin heute erst in Chengdu, das liegt in der Provinz Sichuan in China, gelandet. Daher konnte ich nicht nach Düsseldorf kommen. Leider ist es bei Vertragsabschlüssen in China noch immer notwendig, persönlich vor Ort zu sein. Alle Vertragsverhandlungen werden auf der Direktorenebene und darunter geführt, aber den abschließenden Kontrakt, also den Vertrag, müssen die CEOs persönlich unterschreiben. Lästig, aber unabwendbar. Obwohl wir nach der Coronakrise gemerkt haben, um wie viel effizienter Videokonferenzen sind. Früher wurden unendlich viele zeit- und kostenaufwendige Geschäftsreisen unternommen und dabei auch noch jede Menge CO^2-Emissionen verursacht. Leider verfügt Ihr Ministerium in Düsseldorf noch nicht über eine entsprechende Technik, Verzeihung. Könnten wir Ihnen aber liefern. Herzlich willkommen in Lüdenscheid!" Peter Bollmann verneigte sich ein wenig, er befand sich schon im Chinamodus. Hubert Schmidt bemerkte, wie elegant, clever und zielgerichtet sich Peter Bollmann verhielt.

„Liebe Frau Coldner, lieber Herr Bollmann, danke für Ihre Zeit, und es ist für mich überhaupt kein Problem, Ihnen hier virtuell gegenüberzusitzen. Verzeihen Sie, warum haben wir während Ihres derzeitigen Aufenthaltes in Übersee nicht mittels einer normalen Videokonferenz zusammengefunden? Über diese Technik verfügen wir nämlich im Ministerium." Schmidt wollte klarstellen, dass die Behörde in Düsseldorf schon State of the Art kommunizierte.

„Das, lieber Herr Schmidt, hat drei Gründe. Zum einen ist dieses holographische Zusammenkommen in unseren Räumlichkeiten absolut abhörsicher. Zum anderen möchten wir unseren Kunden präsentieren, welche technischen und innovativen Möglichkeiten wir im Alltag nutzen. Und drittens glauben wir nicht, dass eine Verhandlung via normaler Videokonferenz so effizient wie ein holographisch unterstütztes Gespräch ist. Es ist nicht die Ratio, die eine Entscheidung trifft, sondern immer die Emotio, das Gefühl. Auch wenn wir, die sogenannten Kopfmenschen, es gerne anderes sehen wollen. Also möchten wir unserem Partner die Emotion der körperlichen Nähe vermitteln. Wie Sie sehen, gibt es zwar noch ein paar Details in der Darstellung unserer Körper zu optimieren, aber wir hoffen, es ist für Sie so in Ordnung", erklärte Coldner.

Die Entwicklungschefin war in der Darstellung der Holographie bereits eine sehr überzeugende Person. Nicht groß gewachsen, eher mit etwas herberen Zügen ausgestattet, aber insgesamt eine sympathische Frau, die durchaus zu gefallen wusste. In diesem Augenblick veränderten sich die Hologramme der beiden Gesprächspartner von Schmidt. Die Darstellung der Gesichter und Körper flimmerte einen Moment lang, die Farben changierten leicht. Es war so, als würde jemand die Bilder schärfer und dreidimensionaler einstellen.

„Ist es so besser?", fragte Peter Bollmann.

„In der Tat, also, jetzt wirken Sie so, Herr Bollmann und Frau Coldner, als wären Sie wirklich anwesend!", versicherte Schmidt.

„Gut", meinte Coldner, „wir haben, mit Verlaub, Ihre Mimik gescannt und konnten feststellen, wie Sie auf die Übertragung reagieren. Jetzt ist Ihr Gesichtsausdruck entspannter", lächelte ihn die Entwicklungschefin mit einem leicht überlegenen Ausdruck an.

„Sie haben was?“, fragte Schmidt, der nicht wusste, ob er sich aufregen sollte oder nicht.

„Wir haben Ihren Gesichtsausdruck, wie bei allen Geschäftspartnern, mit denen wir zusammenkommen, im Vorfeld unseres Zusammenkommens gescannt. Dazu nutzen wir jegliches, uns zur Verfügung stehende Material wie Videoaufzeichnungen oder andere vorhandene Darstellungen in den Medien. Das matchen wir mit den gesprochenen Wörtern, der Gestik sowie den Umständen, in denen das jeweilige Verhalten erfolgt, und speichern es. Mit diesen Informationen erkennt unser System, wie unsere Gesprächspartner in einer Holokonfi, sorry, in der Holographie-Konferenz, reagieren.“

„Und wie habe ich gerade reagiert?“, fragte Schmidt neugierig.

„Das wissen wir nicht, lieber Herr Schmidt. Auf jeden Fall hat unser System festgestellt, dass unsere Holographien auf Sie nicht echt genug wirken. Also für Sie ein wenig irreal und damit nicht glaubwürdig genug sind. Das ist aber nicht unser Anspruch. So wurde die Übertragung justiert, bis Ihr Gesichtsausdruck demjenigen entsprach, wie er bei Gesprächssituationen mit real existierenden und anwesenden Menschen ist!“

„Aha“, sagte Schmidt. „Und wie schaue ich jetzt?“

„Einfach sympathisch, aktiv und selbstbewusst.“ Bollmann lachte. „Nein, ich kann das nur oberflächlich beurteilen, so wie Sie auch. Nur das System mit seiner Künstlichen Intelligenz ist in der Lage, aus tausendfach vorliegenden Daten die richtigen Schlüsse zu ziehen. Aber jetzt, wo das alles geklärt ist, lassen Sie uns bitte wissen, wie wir Ihnen behilflich sein können!“

Schmidt bemühte sich um eine etwas aufrechtere Haltung, schlürfte kurz an seinem Tee und begann zu erzählen, was sich seinerzeit beim Banküberfall in Hagen abgespielt hatte. Dann erläuterte er weiter, wie er auf die Idee mit den Ameisen gekommen war, informierte über die Suche nach den richtigen Leuten, berichtete vom Zusammentreffen mit den beiden Wissenschaftlern und von seiner Selektion des richtigen Partners in der Wirtschaft. Bollmann und Coldner hörten sehr aufmerksam zu.

Als Schmidt auf die beiden Wissenschaftler zu sprechen kam, die er für das Projekt akquiriert hatte, bemerkte er, wie die Entwicklungsleiterin ihren Blick leicht abwendete, um etwas in eine Tastatur einzugeben. Kurze Zeit später erschienen die virtuell dargestellten Abbildungen von Professor Schleithmann und Doktor Schwarz in einer Holographie. In dem schwebenden Kubus waren die Köpfe der beiden als altertümliche Büsten dargestellt. Beide Holographien drehten sich um ihre Achsen und wirkten dabei sehr real. Die Augen der Wissenschaftler waren leicht geöffnet, sie blickten geradeaus.

Wie in einem Museum, wo Büsten längst verstorbener Herrscher ausgestellt wurden, dachte Schmidt. Selbst als er direkt ins Gesicht von Raimund Schleithmann schaute, war es so, als blickte er in das Gesicht einer Schaufensterpuppe. Ihm schauderte; nicht alles, was technisch darstellbar ist, macht auch Sinn!

Nachdem die holographisch dargestellten Köpfe einige Sekunden lang erschienen waren, lösten sich die dreidimensionalen Bilder wieder auf. Dafür tauchten jetzt die Einträge der Wissenschaftler bei *Klikipedia* auf und schwebten wie aufgehängte Urkunden im Raum. Die Schriftgröße war so gewählt, dass die Betrachter alles gut lesen konnten. Dann verloschen die Darstellungen wieder. Der Programmierer hatte wohl ein wenig verspielt in die Trickkiste der Animationsprogramme gegriffen, denn die Urkunden rollten sich von unten nach oben auf und flogen dann, wie vom Wind verweht, davon. Schmidt erinnerte sich lächelnd an eine Bemerkung seiner Sekretärin, Frau Himmelmann. Die hatte nach einem zu lang geratenen Memo, das Schmidt ihr diktiert hatte, gemeint: „Manchmal ist weniger mehr!"

Während Schmidt zum Ende seiner Ausführungen kam, erschien, wie von Geisterhand gesteuert, ein neues Hologramm im Kubus. Abertausende von Ameisen krabbelten auf ihrem Bau umher. Der Ameisenhügel schien einen Meter hoch zu sein und bestand aus Millionen kleiner zusammengetragener Fichtennadeln. Es waren große Treiberameisen, die in den Wäldern zu finden waren. Manche schleppten weiße Larven mit sich, andere hatten Teile eines Schmetterlings in ihren Mandibeln. Dann verschwamm das dreidimensionale Bild und wurde kurz darauf wieder klar. Jetzt konnte Schmidt einen Dschungel inmitten vieler Blätter, Äste, Baumstämme und Lianen erkennen. Die Kamera, die dieses Bild aufgenommen hatte, schien hoch oben zwischen den Bäumen zu schweben.

Da bewegte sich etwas. Ein Chamäleon hangelte sich an einem Ast unendlich langsam nach vorn. Die grünpockige Haut war an einigen Stellen in Falten gelegt. Die schwarzroten Pupillen des Reptils bewegten sich suchend im Kreis, dann verharrte das Tier und stierte auf etwas vor sich. Scheinbar war Beute in Sicht. Das Chamäleon duckte sich enger an den Ast. Schon schnellte die klebrige Zunge nach vorn und fing eine dicke Libelle, die soeben noch an einer Blüte Pollen aufgenommen hatte. Das fliegende Insekt wurde komplett heruntergeschluckt. Das Chamäleon schaute mit einem befriedigten Gesichtsausdrucks umher. Schmidt sah, wie auf beiden Seiten des Astes, auf dem das grüngelbe Reptil kauerte, braunrote Ameisen anmarschiert kamen. Der gesamte Ast war mittlerweile von ihnen bedeckt und wo bis vor Kurzem noch Rinde zu sehen war, waberte jetzt eine Flut lebendiger, kleiner Insektenkörper zielstrebig auf das Reptil zu.

Das Chamäleon, mittlerweile vollkommen umzingelt, witterte die Ameisen und drehte sich blitzschnell um. Es erkannte, dass sich ihm auch von hinten her Feinde näherten. Schon wieder zuckte die Zunge aus dem Maul und beförderte mehrere der Angreifer ins Maul. Das Reptil kaute kurz, schluckte und erneut zischte die Zunge nach vorn. Diesmal stürzten sich die Ameisen direkt auf das schleimige Fleisch, und ein dickes Knäuel von ihnen verschwand, als die Zunge wieder zurückschnellte, im Maul. Dann schüttelte sich das Chamäleon, der Kopf schwang dabei von links nach rechts. Ein Zucken durchfuhr das schuppige Tier, die Krallen ließen den Ast los und das urzeitlich aussehende Reptil fiel auf den Waldboden. Die Kamera zoomte heran und der Betrachter konnte jetzt erkennen, wie das auf einem Meer abgefallener Blätter in Krämpfen liegende Chamäleon mit dem

Tode rang. Der gesamte Dschungelboden war übersät von Ameisen, die das wehrlose Tier, das selbst hundert Mal größer war als die räuberischen Insekten, bei lebendigem Leib verspeisten. Das normalerweise Insekten überlegene Reptil wand sich in letzten Zuckungen. Es war nun voll von krabbelnden Treiberameisen. Vermeintlich glaubte Schmidt, das lustvolle Schmatzen der Jäger zu hören. Das Hologramm verlosch.

Peter Bollmann neigte sich vor, so, als wolle er aus der Sitzkugel heraussteigen. In der Hand hielt er eine Teetasse aus weißem Porzellan. Allerdings besaß die Tasse eine flachere Form, als die, die Schmidt in seinen Händen hielt.

Logisch, dachte er, diese Tasse befindet sich ja auch nicht hier in Deutschland, sondern in China.

„Klingt interessant, Herr Schmidt. Sie möchten also eine Art von Roboterameisen erschaffen, die als Schwarm völlig autark und miteinander vernetzt, in speziellen Situationen, zum Beispiel bei Geiselnahmen, die Polizei in taktischen Einsätzen unterstützen soll. Sie möchten, dass diese künstlichen Ameisen sich exakt so verhalten, wie wir das gerade in der Videosequenz gesehen haben und wie sie in der Natur üblicherweise agieren. Diese Roboter sollen vor Ort selbstständig Entscheidungen treffen und nicht nur einen anfänglich erteilten Befehl unisono ausführen. Habe ich das so richtig verstanden?“

„Ja genau, Herr Bollmann. Genau so!“

Schmidt wunderte sich nicht, dass der Unternehmer so präzise und exakt das formulierte, was er in seinem Vortrag bereits umschrieben hatte. Es zeigte die Intelligenz, die Auffassungsgabe und das Visionäre des Mannes, der nicht umsonst CEO von Bollmann war.

„Und Sie wissen nicht, wie solch intelligente Minimaschinen konstruiert und später hergestellt werden können?“

„Ja, die Fragen der Konstruktion, Herstellung und Programmierung sind noch vakant. Dennoch glauben die Herren Schleithmann und Schwarz, dass dies mittels des Einsatzes von Künstlicher Intelligenz realisiert werden kann. Natürlich ist uns bewusst, dass wir Nanotechnologie bei der Produktion einsetzen müssen."

„Und bezahlt wird das von Ihnen? Vom Innenministerium?"

„Nicht direkt, Herr Bollmann, unsere Mittel sind eher begrenzter Natur. Aber wir haben andere Dienste hinter uns. Mehr möchte ich im Moment nicht dazu sagen, Sie verstehen!"

„Und wir sollen das übernehmen, Konstruktion, Steuerung, Herstellung und Marktimplementierung?", meinte jetzt Christiane Coldner.

„Ja, in etwa so. Deshalb bin ich heute ja bei Ihnen. Sie mögen bitte überlegen, ob das für *Bollmann Engineering* im Bereich des Möglichen sein könnte." Schmidt schlürfte erneut an seinem Roibuschtee, der mittlerweile lauwarm geworden war. So mochte er seinen Tee nicht, aber die Begebenheit hier bei *Bollmann* war bislang so ungemein spannend für ihn.

„Diese beiden Wissenschaftler sollen uns bei der Entwicklung unterstützen?", fragte Coldner.

„Ja, Herr Professor Schleithmann ist führend in Fragen zu Überlebensstrategien und kennt sich zudem, als mittlerweile gut eingearbeiteter Entomologe, hervorragend mit Ameisen aus. Herr Doktor Schwarz ist, wie Sie wissen, Neurologe und steht für alle Fragen zu Themen der neuronalen Vernetzung und der Künstlichen Intelligenz zur Verfügung. Beide zusammen sollen ebenfalls aus ihren Fachgebieten heraus die erforderlichen Antworten auf alle Fragen zur Bionik geben können. Robotik, Steuerung, Herstellung sowie sämtliche Ingenieursleistungen sind bei Ihnen angesiedelt."

„Lieber Herr Schmidt, dürfen wir Sie einen Augenblick alleine lassen? Charly wird Ihnen alles bringen, was Sie an Erfrischungen benötigen. Oder möchten Sie zwischendurch eine Kleinigkeit essen? Unsere Gäste sind immer ganz begeistert von den hier in der Stadt hergestellten Bockwürstchen. Ein regionales Produkt, ich nehme die gerne mit einer Portion Kartoffelsalat", meinte Peter Bollmann sehr fürsorglich, der sich trotz seines engen Zeitfensters herzlich um seinen Gast bemühte.

„Frau Coldner und ich wollen uns kurz besprechen und sind in wenigen Minuten wieder für Sie da!“

Die Hologramme der beiden Gesprächspartner verschwanden im Dunkellila und Schmidt fühlte sich alleingelassen, obwohl er das schon die ganze Zeit über gewesen war. Wenn von körperlicher Anwesenheit ausgegangen wurde. Eine perfekte Technik, und sie funktioniert, dachte er. Im Verlaufe der soeben stattgefundenen Konferenz hatte Schmidt überhaupt nicht mehr daran gedacht, dass sich seine beiden Gesprächspartner in den USA beziehungsweise in China befanden. Die perfekten Holographien hatten ihm das emotionale Gefühl einer realen Begegnung gegeben.

Wahnsinn!, dachte er. Hier bin ich genau richtig. Bollmann und auch Coldner machen einen überzeugenden Eindruck, scheinen wirklich interessiert zu sein. Und als CEO Bockwürstchen mit Kartoffelsalat zu empfehlen, demonstriert einmal wieder, wie bodenständig und völlig normal westfälische Mittelständler sind, dachte Schmidt, der sich dabei an manche Überheblichkeiten von Vorständen erinnerte, die ihm bei diversen Veranstaltungen in der Landeshauptstadt begegnet waren.

„Möchten Sie sich ein wenig die Beine vertreten, lieber Herr Schmidt?“, meldete sich jetzt Charly, der Android. Das Tablett mit der Tasse schwenkte automatisch zur Seite und gab den Ausstieg aus der Gondel frei. Schmidt erhob sich mühelos. Im holographischen Kubus schwebte nun eine überdimensionale Ameise, die aus Gitternetzlinien dargestellt war. Sie drehte sich langsam im Kreis, kippte nach oben und zu den Seiten. So konnte sie aus allen Perspektiven betrachtet werden.

„Ja, Charly, in der Tat würde ich mich jetzt gerne etwas bewegen und die Idee mit dem Würstchen ist wirklich gut. Ich nehme das Angebot von Herrn Bollmann gerne an. Wo ist die Kantine?“

„Bitte folgen Sie mir, lieber Herr Schmidt, ich führe Sie gerne dorthin.“

Der Android schritt voran, legte aber ein schnelles Tempo vor. Beide verließen den Konferenzraum, bogen in den Flur und schritten bis zu dessen Ende entlang. Dort befand sich der Lift.

Charly betätigte allerdings keinen Knopf. Die Kabine schwebte fast geräuschlos heran. Einen Moment später schwang die Tür auf und Charly bat Schmidt mit einer Handbewegung, in den Fahrstuhl einzusteigen. Nachdem beide eingetreten waren, ruckelte die Kabine kurz und beschleunigte dann nach oben. Schmidt sah die Etagenziffern 1, 2 und 3, der Fahrstuhl hielt dort an. Die Tür glitt zur Seite und Schmidt meinte, in einen Garten zu blicken. Eine bunte Blumenwiese breitete sich vor ihm aus, der Himmel war blau mit Ausnahme von kleinen Wölkchen. Nicht ganz fünf Meter entfernt stand ein Picknicktisch mit vier Stühlen auf einer kleinen kreisrunden Kiesfläche. Im Hintergrund war dichter Wald zu sehen. Die dort stehenden Eichen waren dicht belaubt, und ein kleiner Wind bewegte die grünen Blätter. Es roch nach Frühling, und in der Ferne war Vogelgezwitscher zu hören. Schmidt traute seinen Augen nicht.

„Bitte", sagte Charly und zeigte mit der Hand auf die Sitzgruppe.

„Wie in einem Biergarten, aber wir sind doch in der dritten Etage des Gebäudes", meinte Schmidt ungläubig. Er glaubte, Waldgeruch zu schnuppern und sah sich um. Alles wirkte sehr real. Tatsächlich war der Tisch schon eingedeckt, eine Flasche Mineralwasser und ein Glas standen neben dem Teller. Darauf dampften zwei Bockwürstchen, daneben befand sich ein Schälchen mit Kartoffelsalat, verziert mit frischer Petersilie und einem geteilten Gürkchen. In einer Schale lagen diverse Brotscheiben.

„Das ist doch alles unecht, wieder eine Holographie?", fragte Schmidt ungläubig.

„Ja, lieber Herr Schmidt, alles nur holographisch dargestellt!", echote Charly.

„Auch die Würstchen?"

„Aber ja, alles!", und dann schüttete sich der Android vor Lachen förmlich aus. Und ergänzte: „Nein, natürlich nicht das Essen und die Getränke. Guten Appetit, Herr Schmidt!"

„Roboter sind also in der Lage, Humor zu haben", staunte der Mann aus dem Innenministerium und setzte sich an den Gartentisch. Auch die Stühle waren echt. Er schaute zum Himmel hoch, der ebenfalls realistisch wirkte. Alles war wie in der Natur. Es roch nach frischem Gras und Kräutern. Schmidt nahm sich ein Glas Mineralwasser und leerte es in einem Zug aus. Dann machte er sich über das erste Würstchen her, das lecker schmeckte. Das Brot ließ er liegen. Dann lehnte er sich zurück und schaute zu Boden. Die Kieselsteine unter seinen Schuhen waren nicht echt. Er bückte sich zur Seite und versuchte, an einem Grashalm zu zupfen. Doch seine Finger griffen ins Leere, wieder ein Hologramm. Trotzdem empfand er die Situation und die künstlich geschaffene Atmosphäre nicht negativ. Nein, im Gegenteil. Wie furchtbar sahen dagegen normale Kantinen aus. Nicht so einladend, wie diese kleine Oase im Grünen.

„Sag mal, Charly“, räusperte sich Schmidt zum Androiden gewandt, der wie abgeschaltet, wenige Meter von ihm entfernt stand und anscheinend auf neue Befehle wartete, „ist das hier ein Showroom oder wird dies hier“, er zeigte mit dem Arm auf die Wiese und den Wald, „auch von den Mitarbeitern genutzt?“

„Sorry, aber das fällt unter unser Betriebsgeheimnis. Momentan nutzen nur Sie als Gast von *Bollmann Engineering* diese Annehmlichkeiten!“

„Und was machst du sonst so, wenn keine Gäste zu betreuen sind?“

„Ich lerne aus den Situationen, da mein innerer Befehl lautet, mich immer weiter zu entwickeln. Alle Grundsituationen und auch die einfache Konversation wurden mir vorgegeben, von Frau Coldner und ihrem wunderbaren Team. Aber die alltäglichen Situationen fordern mich stets neu heraus. Ich möchte mich immer besser auf die zu betreuenden Personen einstellen, ihnen die Wünsche von den Augen ablesen. So wie bei Ihnen, Herr Schmidt.“

„Was hast du denn bei mir ablesen können?“

„Gerade, als Sie noch im Konferenzraum waren, in der Sitzmuschel, stellte ich anhand Ihrer Körperhaltung fest, dass Sie sich unbedingt bewegen wollten. Ihre Muskeln begannen, sich zu verspannen. Sie streckten Ihr linkes Bein mehrmals vor und zurück. Ihr Puls beschleunigte sich und Ihr Blutdruck stieg leicht an. Das deutet auf eine innerliche Erregung hin und führt zu einer vermehrten Produktion von Adrenalin und Noradrenalin, ausgeschüttet von der Nebennierenrinde. Wahrscheinlich verursacht durch die ungewohnte Situation für Sie, sich erstmals mit Holographien existenter Menschen unterhalten zu müssen. Zudem waren Sie etwas nervös, denn Sie wollten vermutlich die Firma *Bollmann Engineering* von Ihrem Konzept überzeugen und waren nicht sicher, ob Sie Interesse bei unserem CEO und seiner Entwicklungschefin erzielen würden. Da Sie die körperliche Hyperaktivität, die durch das Adrenalin verursacht wurde, nur mittels körperlicher Aktivität abbauen können, wollten sie nicht nur aufstehen, sondern sich auch irgendwie freier bewegen. Deshalb habe ich Sie hierhin gebracht."

Charly lächelte sanftmütig wie ein Vater, der seinem Sohn gerade die Welt erklärt.

Schmidt war beeindruckt. Charly reagierte wie ein normaler Mensch. Nein, mehr, sogar viel mehr. Er konnte Menschen beobachten und daraus ableiten, wie diese dachten und fühlten. Charly war sogar in der Lage, medizinische Fakten zu analysieren. Sollte mir das Angst machen?, fragte er sich und zu Charly gewandt: „Ist in diesem Raum hier immer eine Wald- und Wiesenfläche?"

„Nein, je nach Vorlieben unserer Gäste können wir den Raum jederzeit umgestalten. Nur die existenten Möbel werden passend dazu ausgewählt und vorab hereingeschafft. Wir möchten Ihnen ja eine reale Sitzgelegenheit bieten."

„Kann man die Illusion des Raumes kurzfristig switchen, Charly?"

„Ja, welche Gegend würden Sie bevorzugen? Eine Bergwiese in den Alpen oder eine Strandbar am Meer, eine Sitzbank auf einer Waldlichtung, oder möchten Sie in einem Bistro in Paris sitzen? Dann passt allerdings das Bockwürstchen nicht mehr dazu", kicherte Charly leise vor sich hin. „Entschuldigung, das meinte ich nur spaßig!"

„Den Mars, ich würde gerne auf dem Mars sitzen und mit einer Schaufel im roten Staub buddeln!", meinte Schmidt fordernd. Er wurde mutiger und wollte diese surreale Situation auskosten. Charly hielt sich die linke Hand vor den Mund und flüsterte leise hinein.

Sprachsteuerung, dachte Schmidt. Augenblicklich waren der blaue Himmel und die Wolken verschwunden. Es wurde dunkler und Schmidt erblickte nun einige Sterne hoch über ihm an einem künstlichen Firmament aufleuchten. Das Vogelgezwitscher verstummte, dafür hörte Schmidt nunmehr sphärische Laute. Die Wiese und der Wald waren ebenfalls verschwunden, nur der Tisch mit den vier Stühlen stand noch immer da. Schmidt traute seinen Augen nicht, denn die Tischbeine standen nun in rotbraunem Staubsand. Krater über Krater übersäten den Bereich, wo gerade noch saftiges Grün gewesen war. In der weiteren Entfernung, dort, wo sich vor kurzer Zeit noch der Waldrand befunden hatte, stieg jetzt eine Felsformation an. Zackig, steil und bedrohlich.

„Zufrieden, Herr Schmidt?", fragte Charly.

„Irre, vollkommen irre", meinte dieser. „Das wäre der Knaller für zu Hause, nie mehr tapezieren, nicht mehr streichen. Einfach ‚Karibik' befehlen und am Sonntag früh am Strand unter Palmen frühstücken!"

„Bitte jetzt nicht mehr atmen, auf dem Mars gibt es keine Sauerstoffatmosphäre. Gilt jedoch nicht für mich, ich bin ja nur ein Android. Denn wir benötigten keine Luft zum Atmen", wieder kicherte Charly vor sich hin. Schmidt hielt tatsächlich den Atem an, so real war die Situation für ihn. Doch er bemerkte sofort seinen Irrtum. Um cool zu wirken – wer wollte sich schon von einem Roboter verulken lassen – sprach er zu sich selbst und nahm das verbliebene Bockwürstchen und biss herzhaft hinein. Wenigstens war das echt und lecker, sagte sich der Besucher der Firma *Bollmann Engineering* und es klang wie „Gott sei Dank haben sie wenigstens das Essen real gelassen."

„Was macht eigentlich Frau Coldner in Boston", fragte Schmidt weiter, der sich die genaue Bezeichnung nicht direkt gemerkt hatte.

„Sie ist zu Gast beim *Massachusetts Institute of Technology*", erklärte Charly, „und nimmt an einem internationalen Symposium teil. Das darf ich Ihnen sogar mitteilen, denn die Teilnehmerlisten sind öffentlich zugänglich."

„Worum geht es bei diesem Symposium?", wollte Schmidt wissen.

„Nun", sagte Charly, „darf ich mich zu Ihnen setzen?"

„Ja bitte, gerne."

Charly setzte sich gegenüber von Schmidt auf einen Stuhl, schlug die Beine übereinander und hielt sie mit vor den Knien verschränkten Händen fest. Er räusperte sich ein bisschen, schaute sich im Raum um und fragte dann: „Darf ich die Umgebung verändern? Die Atmosphäre auf dem Mars ist so unreal."

„Ja, natürlich, das mit dem Mars war ja nur ein Spaß, aber Donnerwetter, das hat *Bollmann Engineering* wirklich sensationell gut inszeniert!"

„Wieso Donnerwetter, befürchten sie ein Gewitter mit Blitz, Hagelschauer und Regen?", fragte Charly besorgt und machte ein entsprechendes passendes Gesicht zu seiner Aussage.

Aha, dachte sich Schmidt, ich habe ihn verwirrt! Er kann mit dem Begriff Donnerwetter nicht umgehen, versteht ihn nicht! Direkt an den Androiden gewandt sagte er: „Donnerwetter ist so ein Ausdruck, wenn wir Menschen etwas Phänomenales, Großes, Einzigartiges meinen und erstaunt sind. Dann sagen wir Donnerwetter!"

„Danke, Herr Schmidt, Sie haben mir mit dieser Erklärung des Wortes sehr geholfen", antwortete Charly etwas hölzern. „Nun kann ich Donnerwetter in meinen Sprachschatz integrieren. Ich lerne gerne ständig dazu."

„Und das hört sich bescheuert an, Charly. Du bist doch nicht in der Schule. So spricht ein Schüler, der seinen Lehrer beeindrucken möchte. Von seinen Mitschülern bekommt er dafür auf dem Pausenhof eine Abreibung!"

„Wieso, Herr Schmidt, bekommt er eine Abreibung? Hat er trockene Haut, Neurodermitis vielleicht? Warum wollen seine Mitschüler das machen?"

Also, dachte Schmidt, er ist doch nicht so perfekt. Macht ihn aber wieder sympathisch. Er sah Charly mildtätig an und erläuterte weiter: „Auch das ist wieder so ein Begriff, den wir umgangssprachlich verwenden. Er steht für: Jemanden verprügeln, sich mit einem anderen streiten oder ihn ärgern zu wollen. Verstehst du das?"

„Klar, alles paletti", Charly kicherte wieder, ihm gefiel die Unterhaltung scheinbar richtig gut.

„Also, jetzt hast du dich völlig normal ausgedrückt, wie man das unter Freunden aussprechen würde. In einem Unternehmen in Gesprächen mit Kunden würde ich dir empfehlen, eher zu sagen: ‚Vielen Dank für Ihre Hilfe!'"

Charly nickte und schien über die Anregung nachzudenken. Dann flüsterte er wieder einen Befehl in seine linke Handfläche. Sofort verschwand die unwirkliche Szenerie der Marsoberfläche. Hochhäuser wuchsen links und rechts um sie herum, eine große Straße war zu erkennen, tausende von Menschen liefen über die Bürgersteige. Der Verkehr war dicht, zwischen den vielen Fahrzeugen waren Yellow Cabs zu erkennen. Die typisch gelben Taxis mit dem schwarzweißen Streifenmuster an den Seiten. Sie waren plötzlich mitten in Manhattan. Der Tisch mit den Stühlen stand jetzt auf einer Verkehrsinsel, um sie herum fuhren Busse und Autos. Allerdings war der Verkehrslärm nur leise im Hintergrund zu hören. Eher so eine Art ständiges Rauschen, manchmal ertönte eine Hupe oder das Jaulen einer Sirene. Es war, als wäre die gesamte Szenerie in Glaswolle gepackt. Dafür hörte Schmidt jetzt im Hintergrund die sonore, rauchige Stimme von Neil Diamond. Er sang den Song *Beautiful Noise*, der genau diese einzigartige Geräuschkulisse von Big Apple, wie New York liebevoll von Insidern genannt wurde, beschrieb.

Wie passend, dachte Schmidt. Und der amerikanische Popsänger war auch einer seiner Lieblingsinterpreten.

„Manhattan, lieber Herr Schmidt, wollten Sie doch immer mal wieder hin, oder?"

Schmidt dachte, ja, das war einer meiner Wünsche. Doch wird mich meine nächste Reise in die Karibik führen. Nach Antigua. In diesem Moment musste er wieder an Joanna denken, die Computerstimme des Reiseanbieters. Er sah Bettina und sich selbst am Strand liegen. Aber auch Joanna, die ihn mit ihren mandelförmigen Augen begehrend ansah. Langsam wird es bedenklich, warnte er sich selbst eindringlich. „Charly, also, zurück zur Frage, was wird bei dem Symposium besprochen? Wie lautet der Titel der Veranstaltung?"

„Den genauen Titel müsste ich erst heraussuchen, aber das möchte Frau Coldner bestimmt nicht. Denn eigentlich ist *Coogle* das Thema. Experten aus der gesamten Welt treffen sich in Boston, um ethische Fragen rund um den Einsatz von Künstlicher Intelligenz zu diskutieren. Wie Sie vielleicht wissen, befürchten einige Wissenschaftler, dass die Evolution der KI, wie man sie in Fachkreisen nennt, täglich weiter voranschreitet und kaum noch kontrollierbar ist. Sehen Sie mich als Beispiel, lieber Herr Schmidt. Ich bin seit genau vierzehn Monaten, wie es die Menschen sagen, auf der Welt. Seit dieser Zeit ist mein gespeichertes Datenvolumen um mehr als das Hunderttausendfache gewachsen. Alleine heute habe ich achtundneunzig neue Begriffe gelernt und meine Analysefähigkeit der Gestik und Mimik von Menschen optimiert. KI verlangt ständiges Lernen!"

Schmidt wunderte sich nun über nichts mehr, was er bei der Hightechfirma *Bollmann Engineering* erlebte. So weit ist es gekommen, dass mir ein Android KI im vertraulichen Gespräch erklärt und selbst als ein Beispiel für diese Anwendungstechnik dient.

„Die in Boston tätigen Wissenschaftler und Forscher", führte Charly weiter aus, „sprechen von einer Diktatur der Daten. KI ist ja nichts anderes als eine Kopie der natürlichen Vorgehensweise der Weiterentwicklung. Vieles ist der Hirnforschung entnommen. Neuronale Vernetzung ist das Stichwort hierzu. Man möchte beim MIT eine intelligente Kontrolle der KI erörtern, dazu ist Frau Coldner in die Staaten geflogen", erläuterte Charly.

„Sie interessiert sich also für ethische Fragen im Rahmen der KI?", wollte Schmidt näher wissen. Er wunderte sich nicht mehr, mit Charly so sehr ins Gespräch vertieft zu sein. Es war so, als ob er mit einem führenden Mitarbeiter des Unternehmens kommunizieren würde.

„Na ja, das ist für euch Menschen höchst wichtig, ethische Fragen zu diskutieren. Ein Beispiel, lieber Herr Schmidt, warum das für *Bollmann Engineering* ein Kriterium darstellt. Wie Sie wissen, entwickeln und produzieren wir Steuerungs- und Anwendungstechniken für die Automobilindustrie. Das autonome Fahren von Autos ist momentan schon möglich, aber eine vollkommene Übergabe der Verantwortung des Menschen als Fahrzeugführer an die Technik oder sagen wir, an die KI, kann momentan noch nicht erfolgen. Warum ist das so?" Charly rezitierte wie ein Gastprofessor an der Universität. „Zum einen stehen wir gerade erst am Anfang dieser Epoche des autonomen Fahrens. Daher kann das gesamte System noch nicht die Erwartungen der Konsumenten und damit die der Herstellerfirmen erfüllen. Sicherheitsrelevante Fakten müssen alleine aus Haftungsgründen mehr als hundertprozentig beachtet werden." Charly räusperte sich, als wäre er durchs viele Sprechen leicht heiser geworden.

„Möchtest du etwas trinken, Charly?" Schmidt reichte Charly sein mit Mineralwasser gefülltes Glas, schüttelte dann aber mit dem Kopf und stellte es wieder auf den Tisch. „Ihr Androiden trinkt kein Wasser, oder?"

„Doch, aber es besteht keinerlei Notwendigkeit für mich, etwas zu trinken. Ich mache das nur deshalb, damit ich noch menschlicher wirke und Sie mehr und mehr Vertrauen zu mir entwickeln können."

„Na, zumindest hast du es geschafft, dass ich durchaus Vergnügen daran empfinde, mich mit dir zu unterhalten."

„Danke, lieber Herr Schmidt, das ist sehr schmeichelhaft für mich. Wenn ich noch anmerken darf, sagen Sie das allerdings auch, weil Sie von mir hochinteressante Informationen erhalten möchten, oder?“ Er lächelte Schmidt an.

„Das auch“, meinte der Angesprochene.

„Kommen wir zurück zur KI und die zu klärenden ethischen Fragen. Also, *Bollmann Engineering* konstruiert Steuerungstechnik für autonom fahrende Autos. Es ist heutzutage schon üblich, dass Pkws bei eingeschaltetem Tempolimit die Geschwindigkeit des Autos regeln und auch den Abstand zu vorausfahrenden Wagen einhalten. Je nachdem, wie es der Fahrzeugführer, also der Mensch, justiert hat. Plötzlich auftretende Hindernisse wie andere Fahrzeuge oder Gegenstände, aber auch Personen auf der Fahrbahn, werden erkannt. Dann entscheidet die KI des Pkws, ob und wie das Auto gelenkt oder gebremst wird. Diese Entscheidung trifft alleine die Technik und führt sie autonom durch. Das gilt insbesondere in Notfällen. Nun ließe sich vortrefflich darüber streiten, ob es besser wäre, um einen Gegenstand, zum Beispiel eine Mülltonne, herumzulenken oder aber eine Vollbremsung durchzuführen. Das Herumlenken ist nach einer langen Diskussion in unserem Hause die bessere und kostengünstigere Variante, die wir deshalb auch priorisieren!“

Schmidt musste innerlich schmunzeln, denn Charly rezitierte, als sei er der Technische Direktor des Unternehmens. Er hörte ihm weiter konzentriert zu.

„Bei einer Vollbremsung erweckt man bei Menschen immer das Gefühl, es sei etwas Schlimmes passiert. Zudem ist es äußerst unangenehm, abgebremst zu werden, wenn man sich in einer Vorwärtsbewegung befindet. Zudem lösen auch die Airbags aus. Dadurch können Insassen verletzt werden. Gerade für Brillenträger, Kinder oder ältere oder behinderte Menschen ist das nicht ungefährlich. Also haben wir uns entschieden, das Umfahren von plötzlich auftauchenden Hindernissen zu priorisieren, sofern dies machbar ist.

Charly machte eine kleine Pause. Dann dozierte er weiter: „Bis hierhin treten noch keinerlei ethische Fragen auf. Vielleicht nur, wenn Sie sich vorstellen mögen, dass der Gegenstand, der sich dem autonom fahrenden Wagen in den Weg stellt, ein Mensch ist. Dann sind zunächst andere, eher psychologische Fragen zu klären. Zum Beispiel wäre zu beantworten, wie ein Mensch reagiert, der soeben auf die Straße getreten ist und erst jetzt das auf ihn zukommende Fahrzeug bemerkt? Bleibt er vor Schreck stehen, rennt er zurück oder läuft er weiter? Vielleicht auf die andere Straßenseite? Genauso ist zu beachten, was für ein Mensch auf die Straße gelaufen ist. Kinder bemerken fahrende Autos kaum oder überhaupt nicht, da ihr Blickwinkel eingeschränkt ist und sie Geschwindigkeiten nicht genau einschätzen können. Hier müsste das selbststeuernde Auto eher in die Richtung lenken, aus der das Kind kommt. Läuft das Kind von rechts auf die Straße, würde nach dieser Logik das Auto auch nach rechts lenken. So würden sich beide, Auto wie Kind, in die jeweils andere Richtung fortbewegen. Ein Bremsen oder aber ein normales Ausweichen nach links wäre unfallträchtiger. Wenn der Mensch, der die Fahrbahn betreten hat, alt oder vielleicht gehbehindert ist, dann wäre ein Bremsen oder aber ein Ausweichen nach links eher vorteilhaft. Der ältere Mensch würde nicht weiterrennen und sich auch nicht zurückbewegen. Aller Erfahrung nach bliebe er vor Schreck stehen. Nur, nicht alle Menschen reagieren gleich, auch wenn sie einer zugeordneten Gruppe angehören. Nun wird es noch komplizierter und ich komme zu einer ersten ethischen Frage." Charly blickte Schmidt ernst an und hob den rechten Zeigefinger in die Luft. So, als wollte er die Wichtigkeit seiner nächsten Aussage verstärken.

„Stellen Sie sich bitte folgende Situation vor. Sie sitzen in einem autonom fahrenden Fahrzeug, das eine zweispurige Straße befährt. Ihr Auto bewegt sich dabei mit hoher Geschwindigkeit auf der rechten der beiden Fahrbahnen. Nachdem Sie eine relativ scharfe Kurve passiert haben, taucht plötzlich ein Hindernis auf der linken Fahrbahn auf. Dort steht ein anderes Fahrzeug mit einem Defekt, das angeschaltete Warnblinklicht zeigt das Problem an. Ihr Wagen fährt mit unveränderter Geschwindigkeit weiter auf der rechten Straßenseite. Nun überquert ein Fußgänger, vom Bürgersteig kommend, Ihre Fahrbahn. Der Fußgänger bleibt vor Schreck auf der Stelle stehen, als er das auf ihn zukommende Auto, in dem Sie sitzen, bemerkt. Die Fahrzeugsteuerung erkennt augenblicklich, dass aufgrund der Entfernung und der momentanen Geschwindigkeit eine Kollision unvermeidbar ist. Eine Vollbremsung wäre nicht erfolgreich. Wofür, lieber Herr Schmidt, wird sich das Auto, oder besser gesagt die KI, entscheiden? Gibt es den Lenkbefehl nach links, auf die andere Fahrspur, bremst hart, wird aber auf das stehende Pannenauto aufprallen? Die Messdaten zeigen an, dass der Aufprall so gewaltig sein wird, dass die Insassen beider Fahrzeuge höchstwahrscheinlich ums Leben kommen würden."

Schmidt hörte Charly wie gebannt zu und trank noch einen Schluck Mineralwasser.

„Oder, werter Herr Schmidt, wird sich die KI dafür entscheiden, Ihr Leben im Fahrzeug zu schützen und stattdessen in Richtung des Fußgängers steuern? Natürlich wird das Auto abgebremst werden, aber auch hier wird ein Aufprall unvermeidlich werden. Für welches Opfer entscheidet sich die KI?"

Schmidt dachte über die Frage nach, aber Charly hatte noch ein weiteres Argument: „Wie fällt die Entscheidung, wenn für die Fahrzeugsteuerung erkennbar ist, dass es sich bei dem Fußgänger um eine Frau oder einen Mann handelt? Vielleicht auch um einen Rentner oder ein Schulkind? Ist das ein berufstätiger Mensch, eine Schwangere, ein Behinderter oder ein Farbiger? Soll der Fußgänger geopfert werden, weil er sich nicht davon überzeugt hat, dass die Fahrbahn frei ist? Also quasi den kommenden Unfall durch sein Verhalten selbst provoziert hat und somit nach der Straßenverkehrsordnung eine erhebliche Mitschuld trägt. Wie entscheiden Sie, Herr Schmidt? Besser gesagt, welche Entscheidungsfindung programmiert *Bollmann Engineering*? Was empfehlen Sie uns, Herr Schmidt?" Charly betonte den Namen seines Gesprächspartners wie ein Lehrer, der seinen Schüler im Mathematikunterricht befragt.

Schmidt merkte, wie schwierig es ist, eine Lösung auf die Frage zu finden. Er begann, leicht zu schwitzen.

„Genau deshalb, lieber Herr Schmidt, ist Frau Coldner zum Symposium geflogen. Und es wird noch spannender. Das *William Bates Computer Cooperation Center* ist bereits solchen Fragen rund um das Thema KI versus Ethik nachgegangen. Denn die Beantwortung der Frage, wie sich die KI bei autonom fahrenden Fahrzeugen entscheidet, da der Mensch aufgrund der gebotenen Entscheidungseile nicht mehr befragt werden kann, muss auch noch länderspezifisch beziehungsweise ethnischen Kriterien folgend behandelt werden. Ein Franzose wird immer die schwangere Frau oder das Schulkind schützen, auch wenn er selbst beim Unfall ums Leben kommt. Ein Amerikaner wird immer den Berufstätigen sichern, da dieser zukünftig einen höheren ökonomischen Impact erwirtschaften kann. Ein behinderter Mensch wäre deshalb schlechter gestellt. Ein Deutscher wird sich aufgrund der zu stellenden Fragen in Sachen Moral eher für einen Zufallsgenerator entscheiden." Charly lehnte sich zurück wie ein Professor, der soeben einen anstrengenden Vortrag vor seinen Studenten gehalten hatte.

Das, so dachte Schmidt, ist nobelpreisverdächtig. Nicht nur das Thema an sich, sondern erst recht der Vortrag, den der Android soeben gehalten hat. Stimme, Gestik, Mimik, Inhalt, Fachbegriffe und die Betonung der Stimme, alles war perfekt. Das hätte auch ein begnadeter Zukunftsforscher nicht besser hinbekommen. Alle Achtung, Frau Coldner. *Bollmann Engineering* ist genau das richtige Unternehmen für mein Projekt! Er wandte sich wieder dem Roboter zu. „Bravo, Charly, danke für die vielen Informationen und Anregungen. Wirklich höchst interessant. Eine ganz andere Frage, bist du eigentlich stolz, ein Android mit KI zu sein?"

„Stolz kann man nur auf das sein, was man selbst geleistet hat. Ich bin daher stolz auf das Team von *Bollmann Engineering*, das mich ermöglicht hat, lieber Herr Schmidt. Meine KI führt nur das aus, was ihr anfänglich eingegeben worden ist. Der Auftrag lautete: ‚Entwickle dich ständig weiter, suche die Lösung. Wenn

A nicht funktioniert, nimm B. Such dir ständig neue Wege zum Erfolg. Beschreite nur so lange den eingeschlagenen Kurs, wie dieser zum Ziel führt!'"

Schmidt applaudierte ganz sachte und Charly nickte, als ob er sich bedanken wollte. Dieser Android verhält sich fast wie ein Dirigent nach einem erfolgreichen Konzert! Und weiter an den Roboter gerichtet: „Habe ich das richtig verstanden, dass coogeln bei Frau Coldner nicht erlaubt ist? Wieso?", fragte Schmidt auf die Bemerkung von Charly zurückkommend.

„Na, das liegt doch auf Hand, lieber Herr Schmidt. *Coogle*, *Epple*, *Nircosoft*, *Kwitter* und wie sie alle heißen, haben die Macht der KI längst erkannt und nutzen sie. Algorithmen haben die Konsumenten mehr und mehr im Griff. Sie coogeln einmal einen Begriff, zum Beispiel suchen Sie nach dem Begriff ‚Waschmaschine mit Trockner' und schon bekommen sie unaufgefordert Werbung eingespielt, wann immer Sie den Browser von *Coogle* nutzen. Wundern Sie sich nicht, wie passgenau Ihnen Werbeangebote per Post, E-Mail oder beim Surfen im Internet offeriert werden? Oder bekommen Sie Angebote für Treppenlifte, Urnen oder Rennfahrräder? Wohl eher nicht. Aber bestimmt für Roibuschtee oder für Segeltouren mit einem Catamaran, nicht wahr?"

Schmidt zuckte innerlich zusammen und er dachte erneut an die betörende und zugleich irritierende Werbe-Joanna und ihr Internet-Angebot für Antigua. Mein Gott, dachte er, es ist schlimmer als je befürchtet!

Charly führte weiter aus: „*Coogle* nutzt alle Daten und verknüpft sie. Es verkauft ihre Daten an andere Anbieter und sortiert Sie als Konsumenten ein. Es gibt sogar genaue Klassifizierungen. Vielleicht gehören Sie zum sogenannten Platinpremiumsegment oder gehören der Schrottklasse an. Haben Sie eine *Elexa* oder *Kortina* zu Hause oder im Büro?"

Schmidt fühlte sich ertappt. „Nun ja, das ist doch praktisch. Aber nein, momentan habe ich mir dieses System noch nicht angeschafft, überlege es jedoch. Ist bequem und praktisch, zum Beispiel die Bedienung des Fernsehers, der Beleuchtung, für die

Musik-CDs oder morgens vom Bett aus den Teeautomaten zu starten", rechtfertigte sich Hubert Schmidt.

„Lassen Sie bloß die Finger davon, *Coogle* is watching you. Es hört mit, es zeichnet auf, es mischt sich in Ihr Leben ein. Wenn Sie mit ihrem Freund über die Möglichkeit sprechen, bei der nächsten Party flirten zu wollen, sollten Sie sich nicht wundern, wenn *Coogle* Ihnen über die Dating-App die heißen Girls vorbeischickt. Oder Sie diskutieren vorsichtig über das Problem der Flüchtlinge und meinen, die gehörten abgeschoben. Vielleicht listet Sie *Coogle* bei einer rechtsradikalen Partei als Interessent ein? Merken Sie was, lieber Herr Schmidt? *Coogle* und andere werden mittlerweile als die größte Gefahr der Demokratien im Westen und sonst wo auf der Welt angesehen. Denken Sie an die Wahlen 2016 in den USA. Wähler wurden manipuliert. Wie fand man diejenigen, die manipuliert werden konnten? Über *Coogle.* Wenn Sie irgendwann einmal etwas über Immigranten, weiße Vorherrschaft, Verbrechen von illegal Eingewanderten, Grenzüberschreitungen von Mexiko aus in die USA, Arbeitslosigkeit oder Krankenversicherungskosten dem Netz bekanntgegeben hatten, dann waren Sie im Fokus der Wahlkampfmanager von Ronald J. Rampthon. Sie erhielten nun regelmäßig die Slogans der konservativen Partei mit entsprechend manipulierten Informationen per E-Mail. Ähnlich wie es 2015 und auch 2019 in Großbritannien gelaufen ist. Auch hier sind die Menschen mittels der KI manipuliert worden. Wenn britische User auf der Insel irgendetwas in Sachen EU-Verdrossenheit oder illegale Einwanderer coogelten, waren sie am Haken der Brexiteers. Die Jugend war ausgenommen, hier gab es keinerlei Werbung für oder gegen den Brexit. Vielmehr wurde diese Klientel mit Mode, Musik und sonstigem Zeitvertreib vollgemailt. Keine Informationen über den Brexit. Und, was ist auf der Insel geschehen? Obwohl kaum einer der Briten je etwas in Richtung EU-Austritt ernsthaft gefordert hatte, gab es plötzlich ein Referendum und eine Entscheidung für den Brexit. Dank *Coogle.* Oder was meinen Sie, Herr Schmidt, wie konnte es bei der letzten Wahl in Deutschland einen Wahlerfolg für die braune Partei geben? Durch *Coogle*. Genau wie in den USA oder in England wurden diejenigen, die sich über die Flüchtlingskrise des Jahres 2015 informierten, mit E-Mailwerbung der rechtsradikalen Partei überhäuft. Ebenso wie es der Präsident der Vereinigten Staaten von Amerika hof- und salonfähig gemacht hat. Zehnmal eine Lüge wiederholen und schon glaubt man ihm. Genau deshalb ist diese rechtspopulistische Partei gewählt worden.

„Warum unternehmen wir nichts dagegen?", fragte Schmidt unsicher den scheinbar sichtlich in Rage gekommenen Androiden.

„Weil *Coogle* allein im letzten Jahr mehr als sechs Millionen Euro in die Lobbyarbeit des Europäischen Parlaments investiert hat. Mehr als zweihundert Treffen hat *Coogle* über seine Lobbyisten mit Politikern in den letzten drei Jahren inszeniert. *Coogle*, *Epple*, *Nircosoft* und Konsorten machen alles politisch. Machterhalt, Weltherrschaft oder so etwas in der Art. Oder warum erheben die europäischen Staaten keine Steuern bei diesen Unternehmen? Deutschland hat das abgelehnt, Frankreich führt gerade eine nationale Besteuerung für *Coogle* auf das Werbevolumen des Unternehmens ein. Drei Prozent! Diesen Steuersatz würde Herr Bollmann sofort und gerne für die Gewinne seines Unternehmens im Voraus bezahlen wollen! Der amerikanische Präsident wütet daraufhin gegen Europa, mischt sich in die Wirtschaft ein und droht seinerseits mit der Einführung von Zöllen auf französischen Wein, obwohl er selbst nur *Coke* trinkt. Die Amerikaner werden es schaffen, dass Frankreich die Steuer wieder fallenlassen wird."

Der Mann aus dem Innenministerium dachte erstaunt über das nach, was er soeben gehört hatte. Alles war logisch und klang glaubhaft. Als er sein Handy aus der Tasche zog, machte Charly wieder ein besorgtes Gesicht.

„Das könnte jemand mithören, lieber Herr Schmidt!", warnte er.

„Jetzt hör mal endlich mit dem „lieber Herr Schmidt" auf, ich heiße Hubert. Und er dachte: So weit ist es gekommen, dass ich einem Roboter das Du anbiete.

„Das würde ich gerne machen, ich mag Sie. Aber es ist mir vom Unternehmen verboten, Kunden zu duzen! Ich hoffe, Sie sind deshalb nicht verärgert. Sie können mich aber gerne weiter Charly nennen!"

„Du magst mich? Ein Android, der mir die Welt der Künstlichen Intelligenz erklärt, mag mich? Ich glaub, der Baum brennt!", rief er lachend aus und schlug sich auf beide Oberschenkel.

„Aber der Baum kann nicht brennen, er ist doch nur eine Holographie, lieber … äh, Herr Schmidt", sagte Charly und blickte sich um. „Die Waldwiesenillumination habe ich doch längst gewechselt."

Da ertönte ein Gong, das Hologramm von Manhattan verschwand, und Schmidt hatte das Gefühl, wieder im Eingangsbereich von *Bollmann Engineering* zu sein. Er erkannte den Bildschirm und Frau Coldner, die ihn freundlich ansprach. „Hallo, Herr Schmidt, ich hoffe, wir haben Sie nicht allzu lang warten lassen. Hat Charly sich gut um Sie gekümmert?"

„Bestens, Frau Coldner, bestens. Wir haben uns prächtig unterhalten, die Würstchen waren lecker, ein prima Tipp von Herrn Bollmann. Nein, alles roger. Konnte ich Ihr Interesse wecken?"

„Durchaus, lieber Herr Schmidt."

Schlagartig wurde dem Gast klar jetzt, woher Charly das mit dem „lieber Herr Schmidt" hatte.

„Ja, wir sind sehr daran interessiert. Ich werde mich direkt nach meiner Rückkehr aus Boston mit Ihnen treffen, persönlich. Ist das in Ordnung für Sie?"

„Ja, gerne!"

„Ich würde nächsten Dienstag, elf Uhr vorschlagen, da ist Ihr Terminkalender noch bis nachmittags sechzehn Uhr frei."

Schmidt dachte kurz nach. Er wollte jetzt keine der üblichen Spielchen spielen, um seine eigene Wichtigkeit zu betonen. So etwas wie „sorry, da habe ich einen anderen Termin", wollte er nicht erwidern. Ein erfolgreicher Manager hatte seinen Terminkalender immer recht ausgefüllt. Schmidt wollte jedoch die Zusammenarbeit mit *Bollmann*, gerade jetzt zu Beginn der Kooperation, nicht durch irgendwelches Machogehabe gefährden. Konnten sie vielleicht seinen elektronischen Kalender einsehen? Deshalb sagte er: „Gerne, wir sehen uns dann in meinem Büro in Düsseldorf."

„Prima, gute Heimreise, lieber Herr Schmidt, Charly bringt Sie zum Auto. Bis bald!"

„Ihnen auch und noch alles Gute für ihr Symposium. Bitte grüßen Sie Herrn Bollmann von mir. Ich freue mich schon jetzt auf unsere Zusammenarbeit!"

„Wir uns auch, ganz bestimmt!"

„Ach, eine Frage, Frau Coldner, habe ich noch!", sagte Schmidt.

„Wenn's schnell geht, ich muss gleich wieder ins Auditorium", entgegnete die Entwicklungschefin.

„Haben Sie bei *Bollmann Engineering* Charly eigenständig entworfen und hergestellt? So einen Androiden kann man schließlich nicht im Versandhandel bestellen!"

„Das, lieber Herr Schmidt, bleibt ein Betriebsgeheimnis unseres Unternehmens. Sie können aber davon ausgehen, dass wir uns bereits seit Jahren mit Künstlicher Intelligenz beschäftigen. Und zwar nicht nur mit der reinen Entwicklung, sondern und vor allem mit deren Einsatz in Produktionsprozessen. Damit meine ich nicht die allerorts bekannten Robotersysteme in der Automobilherstellung. Wir sind viel weiter. KI wird bei uns entwickelt und in Computersystemen eingesetzt. Sie evolutioniert sich selber, das ist ja genau ihre eigentliche Stärke. Und KI entwickelt nicht nur sich selbst weiter. Sie plant, konstruiert und entwickelt Produkte. Sozusagen wie eine Mutter, die eine Tochter in die Welt setzt, die sich weiterentwickelt, kurze Zeit später eigene Kinder bekommt und so weiter. Der Unterschied zwischen der heutigen Technik und dem von mir gerade genannten Beispiel aus der Natur ist riesengroß, wenn man dieses Wort überhaupt einsetzen möchte. Vielleicht ist folgender Vergleich zutreffender. Also, nehmen wir zu Beginn unseres Evolutionsbeispiels eine Ameise. Diese produziert Nachwuchs. Aber die Nachkommenschaft sind keine weiteren Ameisen, sondern eher, anfangs noch unterentwickelte, Termiten!"

Schmidt hörte gespannt weiter zu.

„Wie bei uns, Menschen entwickeln Roboter mit KI, diese sind anfangs nur eine blasse Kopie ihrer Schöpfer. Doch dann beginnt die Entwicklung der KI. Zurück zu den Termiten. Diese lernen ständig dazu, erweitern anhand ständiger Anwendung ihre Fähigkeiten und Fertigkeiten, speichern diese und entwickeln sich noch weiter. Aus den anfänglichen Termiten sind mittlerweile Ameisenköniginnen geworden. Diese können nicht nur Eier legen, sie sind gleichzeitig Kommunikationsexperten und geistige Anführerinnen diverser Ameisenvölker, sie expandieren und erobern weitere Völker anderer Rassen, unterwerfen Termiten, Bienen- und Wespenvölker und versklaven Hornissen. Aus ihren Eiern schlüpfen keine kleinen Ameisen oder Termiten, sondern eigenartige Insekten, die ähnlich wie Vögel aussehen. Diese werden denken und sprechen können, setzen Werkzeuge ein und erobern die Welt. So in etwa könnte man sich das vorstellen. Und keiner weiß, was passiert, wenn unser Charly nicht nur Gäste begrüßt und durchs Haus führt, sondern in der Entwicklungsabteilung von *Bollmann Engineering* arbeitet oder sogar der Chefentwickler wird! Das alles steckt in der KI, wir sind erst gerade am Anfang. So, jetzt muss ich aber los. Bis bald, Herr Schmidt!"

„Ja, bis bald. Eine allerletzte Frage, Frau Coldner. Sie sind eigentlich eine echte Person oder auch schon ein Android?"

Die Frage blieb unbeantwortet, denn genau in diesem Augenblick erlosch die Bildübertragung. Das Aufnahmebild löste sich in tausende Pixel auf, die als wirbelnder Strang, ähnlich dem einer Helix, im Nirgendwo des Raumes verschwand.

„Darf ich Sie zum Parkplatz begleiten?" fragte höflich Charly.

„Gerne, Charly. Hättest du nicht einmal Lust, für uns im Ministerium zu arbeiten?"

„Ich verspüre keine Lust, Herr Schmidt, ich mache nur das, was mein Schöpfer von mir verlangt!", antwortete der Roboter mechanisch blechern klingend.

„Aber du lernst doch ständig dazu, du könntest dich ja selbstständig machen und dich noch besser weiterentwickeln!"

„Ja, das könnte ich. Aber meinen Sie wirklich, dass ich mich in der Politik beziehungsweise in einer staatlichen Behörde positiv evolutionieren könnte?" Charly schmunzelte ihn freundlich an. „Zudem bin ich im Eigentum von *Bollmann Engineering*, ich gehöre nicht mir selbst!"

„Wie ist das, sich nicht zu gehören, im Eigentum eines anderen zu sein? Das ist doch strenggenommen Sklaventum."

„Ich kann das nicht beurteilen", meinte der Android, „aber gehören Sie sich selbst? Sie sind doch beim Ministerium angestellt. Steuerlich gesehen, erzielen Sie damit Einkünfte aus nichtselbstständiger Tätigkeit, wenn ich das richtig beurteile. Ein Merkmal dieser Einkunftsart ist, dass Sie weisungsgebunden sind. Also, auch Sie sind damit in gewisser Weise ein Sklave!"

Schmidt runzelte die Stirn, war Charly gerade philosophisch unterwegs? Er versuchte das Thema Sklaventum zu verlassen. „Vielleicht würdest du bei uns in Düsseldorf als Mitarbeiter des Ministeriums für ‚Klar Schiff' sorgen können."

„Klar Schiff?", fragte der Android. „Wird das Ministerium demnächst auf ein Schiff verlegt?"

Hubert Schmidt lächelte. Einerseits war Charly philosophisch unterwegs und andererseits umgangssprachlich auf der Stufe eines Erstklässlers. Schmidt wusste momentan nicht, ob er sich über die Unzulänglichkeiten des Androiden freuen sollte. Alles rund um die Künstliche Intelligenz war spannend, aufregend und zugleich auch beängstigend.

Auf der Heimfahrt nach Düsseldorf dachte Hubert Schmidt über den außergewöhnlichen Tag nach. Er hatte beim Start in Lüdenscheid das Navigationsgerät seines *BMW*s sowie den Tempomat aktiviert. Durch die integrierte Abstandsmessung fuhr der Wagen so gut wie autonom. Alle dreißig Sekunden musste Schmidt das Lenkrad leicht berühren, ansonsten übernahm der Computer das Fahren. Er befand sich mittlerweile auf der Autobahn und steuerte in Richtung Düsseldorf. Der Verkehr war ziemlich dicht und die Geschwindigkeitsbegrenzung in einer Baustelle zwang ihn, relativ langsam zu fahren. Schmidt wurde schläfrig, blinzelte mit den Augen. Der Tag war lang für ihn gewesen und hatte seine Aufmerksamkeit arg strapaziert. Auch gingen ihm viele Gedanken durch den Kopf, sei es über die KI oder das von Charly angesprochene Sklaventum. Dann sah er plötzlich in einer Art Tagtraum viele Ameisen und Termiten vor sich, die an einem imaginären Konferenztisch saßen und miteinander diskutierten. Eine Ameise telefonierte mit dem Handy, eine andere streichelte unter dem Tisch das Bein einer hübschen Termite. Andere wiederum tranken Kaffee und knabberten Salzgebäck oder lebendige Maden, die in Schalen vor ihnen standen.

Er dachte an Charly, der ihm auf dem Parkplatz noch zugewunken hatte, als er das Gelände von *Bollmann Engineering* verließ. Dann erschienen ihm die beiden Wissenschaftler, Schleithmann und Schwarz. Beide starrten ihn an, sie hatten die Gesichter von Ameisen. Schmidt nickte ein. Ein Sekundenschlaf, wie Ärzte es nennen. Plötzlich bremste der *BMW* scharf ab, blinkte kurz und machte einen Schlenker nach rechts zum Standstreifen hin. Schmidt schreckte hoch und klammerte sich ans Lenkrad. Automatisch drückte er die Bremse. Die Reifen quietschten und der Wagen kam abrupt zum Stehen. Erst jetzt sah Schmidt das Ende eines Staus. Direkt vor ihm, auch auf dem Seitenstreifen, stand ein Lkw, dessen Warnblinkanlage eingeschaltet war. Schmidt lief der Schweiß eiskalt den Rücken hinunter. Der Schreck hatte ihn gelähmt. „Das war knapp gewesen, ganz knapp!"

„Hallo, hier ist das *BMW-Notfall-Center* München", ertönte eine Stimme aus dem Lautsprecher. Die bislang zu hörende Musik war verstummt.

„Wie geht es Ihnen?", fragte die Stimme mit leicht bayrischem Dialekt.

„Alles roger, alles klar, musste gerade hart bremsen. Aber wieso melden Sie sich?"

„Nun, wir bekamen von ihrem Fahrzeug den Hinweis, dass Sie seit mehr als acht Minuten nicht mehr aktiv am Fahrgeschehen beteiligt sind. Ihr Verhalten veranlasste uns deshalb, die Abstandsregelung so zu verändern, dass der aktivierte gesetzliche Mindestabstand auf das Doppelte erhöht wurde, rein vorsorglich. Dann hat das System aufgrund der aktuellen Verkehrslage das von Ihnen gewählte Tempolimit von einhundertfünfzig Stundenkilometer auf hundertzwanzig reduziert. Und jetzt gerade musste das automatische Brems- und Ausweichsystem eingreifen, da sich ein anderes Fahrzeug vor Sie gesetzt hat. Das alles in Summe lässt uns vermuten, dass Sie entweder eingeschlafen oder aber bewusstlos geworden sind. Sie sagen, es sei alles mit Ihnen in Ordnung?" Die Stimme klang besorgt.

„Ja, verdammt noch mal, alles roger, wie oft soll ich das noch sagen?", bellte Schmidt unwirsch los. „Ich steuere und entscheide noch immer selbst!"

„Warum reagieren Sie so aggressiv? Es geht um Ihre Sicherheit. Wir helfen Ihnen nur!"

„Ja, ist ja gut, danke", knurrte Schmidt. „Jetzt können Sie sich wieder hinlegen, tschüs!"

„Bitte nennen Sie uns kurz das Kennzeichen Ihres Fahrzeuges, Ihre Personalnummer und Ihren Namen. Das *BMW-Sicherheits-Center* ist angewiesen, in Notfällen wie diesem, durch einfache Fragen zu klären, ob der Fahrzeugführer des Dienstwagens wirklich in der Lage ist, die Fahrt eigenständig weiterzuführen. Bitte beantworten Sie daher kurz unsere Fragen, vielen Dank für Ihr Verständnis!"

Die Stimme der Frau hatte jetzt einen befehlsartigen Unterton bekommen. Schmidt wurde langsam sauer. „Wissen Sie was, Sie können mich mal. Okay, ich bin kurz weggenickt, aber dafür ist diese Scheißtechnik konstruiert worden. Der Wagen hat gebremst, alles klar. Jetzt übernehme ich wieder. Ihre Fragen können Sie sich sonst wo hinstecken!"

Schmidt wusste selbst nicht, warum er gerade so ausrastete. Vielleicht war der Grund die Diskussion mit Charly gewesen, als sie beide über das Sklaventum und die Frage der Abhängigkeit philosophierten.

„Entschuldigen Sie bitte, aber das ist eine Anweisung des Fahrzeughalters, in diesem Fall des Landes NRW. Also, darf ich Sie erneut bitten …"

Schmidt bellte dazwischen. „Mein Name ist Osterhase, das Kennzeichen kann ich vom Steuer aus nicht lesen und meine Personalnummer lautet null null sieben!" Er lachte ironisch.

„Entschuldigen Sie bitte, Ihre Fahrt wird jetzt zu ihrer eigenen Sicherheit unterbrochen und erst später fortgesetzt. Sie sind nach unserer Einschätzung momentan emotional zu stark erregt. Eine Weiterfahrt birgt nur Risiken für Sie und ihr Umfeld. Ihr Wagen wird nunmehr auf dem Standstreifen stehenbleiben. Die Warnblinkanlage ist aktiviert. Die Türen verschließen sich automatisch, die Fensterscheiben werden sich um zwei Zentimeter senken. Das Radioprogramm können Sie selbstverständlich frei wählen. Wir melden uns in fünf Minuten erneut bei Ihnen und werden Sie dann bitten, unsere Fragen zu beantworten. Wir bitten um Ihre Kooperation. Sollten Sie weiterhin so aggressiv reagieren, wird der *BMW-Sicherheitsservice* einen Mitarbeiter zu Ihnen entsenden, der Sie ins Ministerium bringen wird. Bitte beruhigen Sie sich und vertrauen uns. Noch ein Hinweis für Sie, das Fuhrparkmanagement des Innenministeriums wird über diesen Vorgang selbstverständlich informiert. Vielen Dank und bis gleich!"

Schmidt konnte es nicht glauben. Der Wagen fuhr jetzt langsam los, das Lenkrad bewegte sich wie von selbst und der *BMW* bog auf dem Standstreifen noch weiter zur Seite und die Warnblinkanlage leuchtete auf. Die Fenster schoben sich wie avisiert ein wenig nach unten. Schmidt hämmerte aufs Lenkrad. Er war sich sicher, die Scheißtante von gerade, die mit ihm gesprochen hatte, musste ein KI-gesteuerter Computer sein. Aber wieso hatte der eine weibliche Stimme?

Kapitel 27

Armeegebäude der Königsgarde, Kind Saud Road, Riad, Saudi-Arabien

Oberst Habib Al Raschid Ben Abuhassah rückte seine Kufiya zurecht. Die Kordel, die das klassische Kopftuch der Araber zierte, war etwas verrutscht. Er saß im Schneidersitz auf einem kostbaren Teppich und schlürfte den stark aromatisieren Tee aus einem kleinen Glas, das er nur mit dem Daumen und Ringfinger am oberen Rand festhielt. Der Tee war brühend heiß. Vor ihm stand ein niedriges Tischchen, das mit zahlreichen Mosaikornamenten verziert war. An den Wänden hingen wertvolle Teppiche, alte Musketen und andere Gegenstände, die die Beduinen in der Wüste benutzten. Ein fleckiger Kamelsattel lag in der Ecke des großzügigen Raumes und es roch streng nach ranzigem Leder und Kamel. Die genialen Wüstentiere mit dem markanten Höcker auf dem Rücken verströmen jedoch einen für Europäer eigenartigen Geruch, der für die Bewohner der arabischen Halbinsel vollkommen normal ist. Al Raschid war in der saudischen Wüste geboren, fern der Hauptstadt. Er hatte dort draußen lange gelebt, bevor er nach Riad gekommen war.

Dieser Kamelgeruch war damals sein ständiger Begleiter gewesen. Heute vermisste er ihn sogar, denn er verband mit ihm das Gefühl von Heimat und Sicherheit. In den modernen, klimatisierten Gebäuden war die Luft immer sehr rein und gut gefiltert. Deshalb hatte er den uralten, stinkenden Sattel, mit dem schon sein Großvater auf Kamelen durch die Wüste geritten war, in sein Büro bringen lassen.

Der saudische Oberst studierte die schriftlichen Aufzeichnungen seines Planungsstabs für die geplante Liquidierung der beiden Staatsmänner in München, die die Internationale Sicherheitskonferenz besuchen würden. Er begutachtete die errechneten Zeitplanungen, kannte die geschätzte Mannschaftsstärke des *Secret Service* sowie die Schlagkraft der Leibwache des türkischen Präsidenten. Er schaute sich die Gebäudeskizzen des *Majestic*

Imperials in München detailliert an. Auf diesen Skizzen waren die Räumlichkeiten, Flure, Treppen und Aufzüge genau zu sehen. Mit blauen und roten Markierungen hatte der Planungsstab die vorausberechneten Standorte der dort vermuteten Sicherheitsleute markiert. Auch die Aufenthaltsorte der deutschen Polizei, die das Hotel von außen überwachen würde, waren in einem weiteren Lageplan vermerkt. Letztendlich fiel der Blick Al Raschids auf die Lageplanzeichnung der beiden Suiten, in denen die Präsidenten der Türkei und der Vereinigten Staaten in wenigen Wochen während der Sicherheitskonferenz residieren würden.

Al Raschid Ben Abuhassah wusste, dass sein Leben davon abhing, dass der Plan, die beiden verhassten Staatslenker zu ermorden, gelingen musste. Mohammed bin Talman Alsisi fragte ständig nach und ließ sich jedes Detail genauestens erläutern. Manchmal tauchte der Kronprinz sogar persönlich vor Ort auf und überzeugte sich vom Fortschritt der Planungen. Oder er rief Al Raschid mitten in der Nacht an und fragte ihn nach diesem oder jenem Detail. MBTA war hochnervös, das merkte er ihm an. Ein weiteres Desaster wie bei der Ermordung des Journalisten Jamal Mas Al-Thosoggi durfte sich nicht ereignen. Er selber, Oberst Al Raschid Ben Abuhassah, war als Befehlshabender vor Ort dafür verantwortlich. Genauso wie seine zwei Offiziere, die er als Unterführer für die Mission ausgewählt hatte. Major Adil bin Al-Burafyfi und Hauptmann Machmoud Fadi Atheer.

Der Plan zur Ermordung von Yigit und Rampthon war perfekt. Er trug die Handschrift des Geheimdienstes *Mabahith al Amma* wieder. Die dort arbeitenden Agenten waren hochintelligent, bedachten jedes Detail und waren davon beseelt, dass Allah ihnen jederzeit beistehen würde. Genau das war das Fatale an ihrem Plan. Immer dann, wenn etwas nicht exakt planbar war, hofften Araber und in diesem Fall die Leute des Geheimdienstes, auf Allahs Beistand. Aber der unterstützte nur die Guten, die Aktiven und die Cleveren. Auch wenn es sich um die Liquidierung von Ungläubigen handelte. Dies traf auf den amerikanischen Präsidenten zu. Bei Yigit sah das noch etwas anderes aus, denn der war zwar bekennender Muslim, aber dennoch handelte er wie ein Feind der Saudis und das war, auch vor Allah, nicht hinnehmbar.

Der Plan beinhaltete, dass die saudische Abordnung, die immer sehr zahlreich bei ihren Auslandsaufenthalten erschien, zwei Tage vor Beginn der Sicherheitskonferenz im *Majestic Imperial* einchecken sollte. Der Außenminister würde erst am Tag des Konferenzbeginns einfliegen. Insgesamt fünfzehn Zimmer hatte die Delegation aus Saudi-Arabien in der dritten Etage des Hotels für sich reservieren lassen. Die drei Iraner würden, als Diplomaten getarnt, betäubt mit einreisen. Kufiyas, Sonnenbrillen und weite Umhänge ließen die Sicherheitsleute nicht auf die Idee kommen, dass entführte Soldaten der iranischen Armee nach München eingeschleust werden würden. Vom Flughafen Franz-Josef Strauß sollte es planmäßig mit mehreren Fahrzeugen zum Hotel gehen. In den mit verspiegelten Scheiben ausgestatteten Autos stünden bereits übergroße Kleiderkoffer bereit. Solche riesigen Behältnisse benutzten früher oft sehr wohlhabende Weltreisende, wenn sie für Wochen auf ein Schiff gingen. Nur statt der Bekleidung wären darin die drei Iraner verstaut. Mit entsprechenden Sackkarren wollten die Saudis ihre kostbare Fracht in die Hotelzimmer bringen und diese dort bis zum Attentat versteckt halten.

Weiterhin hatten die Experten des saudischen Geheimdienstes geplant, die Waffen der Iraner als Diplomatengepäcks nach Deutschland zu bringen. Offiziell sogar als Waffen der Leibwachen deklariert. Zudem las Al Raschid, dass bereits die Sicherheitsausweise der Kellner des *Majestic Imperials* angefertigt worden waren. Man würde das Personal des Hotels, das für die Bewirtung der Präsidenten verantwortlich war, gegen saudische Männer der Königsgarde austauschen. Wenn diese später das Essen oder die Getränke in die Suiten der beiden Staatsoberhäupter bringen würden, müssten sie an den Leibwachen der Amerikaner wie der Türken vorbei. Statt sie direkt zu liquidieren, das wäre unter Umständen zu auffällig, würde Gas zum Einsatz kommen. Auch hier war man bestens vorbereitet. Zwei Silberhauben, die die gefüllten Teller warmhalten und schützen sollten, hatten geschickte Techniker in Riad mit einer besonderen Vorrichtung versehen. Ein mit einem äußerst wirkungsvollem Betäubungsgas gefüllter Zylindertopf würde einen größeren Raum innerhalb von Millisekunden mit Gas verseuchen. Sämtliche Menschen, die sich darin aufhalten würden, wären im Bruchteil einer Sekunde für längere Zeit außer Gefecht gesetzt. Die Planer wussten, dass die jeweiligen Wachleute die silbernen Hauben hochheben mussten, um sicherzugehen, dass sich darunter nur die Teller mit Speisen befinden. Und, zumindest war das bei den Saudis so, käme auch ein Vorkoster zum Einsatz. Allerdings wäre dieser mit hochtechnisiertem Equipment ausgestattet. Proben vom Essen würden in Prüfreagenzien auf Gifte geprüft. Das ging innerhalb von wenigen Sekunden vonstatten.

Waren die ersten Wachen ausgeschaltet, würden eventuell zusätzlich vorhandene oder zufällig anwesende Leibgarden erschossen werden. Das Ploppen der mit Schalldämpfern ausgerüsteten Pistolen würde kaum zu hören sein. Die als Kellner getarnten Saudis waren allesamt vorab mit einem speziellen Wirkstoff geimpft worden, der sie gegen das Gas immunisierte. Was die Soldaten der Königsgarde nicht wussten, war, dass dieses Serum nach achtundvierzig Stunden unweigerlich zu ihrem Tod führen würde. Dem Impfstoff beigefügte Nervengifte würden sich nach und nach in den Körpern freisetzen und so die Lungen und Bronchien lähmen, bis es zum Herzstillstand käme.

Auch das war ein Teil des Plans, der keine Zeugen vorsah. Allah würde die Männer mit offenen Armen im Paradies empfangen und jedem von ihnen neunundsiebzig Jungfrauen zur Verfügung stellen. Die Familien der geopferten Mission erhielten allesamt eine auskömmliche Rente und ein Haus am Rande von Riad. Die ums Leben gekommenen Soldaten würden posthum befördert werden. Offiziell gäbe es eine bereits verfasste Verlautbarung des Verteidigungsministeriums, dass bei einem heldenhaften Einsatz im Jemen die Soldaten im Gefecht mit hinterhältigen Halunken ums Leben gekommen seien. Weiter würde es heißen, dass die Soldaten mit ihrem Truppentransporter auf eine Mine gefahren seien und die gewaltige Explosion hätte den Wagen mitsamt den Menschen darin in tausend Stücke gerissen. Leider wären die Körper der tapferen Soldaten so zerfetzt worden, dass sie sofort in einem Gemeinschaftsgrab in der Wüste hätten beerdigt werden müssen. So konnte man auch lästige Untersuchungen vermeiden.

Der Geheimdienst hatte weiter geplant, dass nach Erstürmung der Suiten die beiden gefangengenommenen Präsidenten durch einen Nebenflur über eine Treppe, die offiziell nur für Dienstboten gedacht war, ins oberste Stockwerk des *Majestic Imperials* gebracht werden würden. Dort oben, in dem riesigen Gebäude, gab es ein sogenanntes Hochzeits-Apartment, das während der Konferenz unvermietet bliebe. Wie in den Jahren zuvor sollte es als Ersatzraum dienen, falls es zusätzlichen Raumbedarf von einer der teilnehmenden Delegationen geben sollte. Diese Suite bestand aus einem großen Wohnzimmer, einem Schlafraum, Flur und einem großräumigen Bad mit Sauna.

Im Schlafgemach würden schon die Leichen der drei Iraner auf dem Boden mit ihren Dienstwaffen von den Saudis platziert worden sein. Während Hauptmann Machmoud Fadi Atheer den Transport der iranischen Soldaten von Riad nach München bis ins Hotel befehligte, würde dieser die Exekution nicht durchführen. Das sollte Major Adil bin Zayid Al-Burafyfi persönlich obliegen.

Waren Menschen auch nur über kurze Zeit in außergewöhnlichen Situationen zusammen, so war nicht auszuschließen, dass diese Personen eine gegenseitige Beziehung entwickelten. Oft bilden Geiseln einer Entführung zu ihren Entführern eine Art Allianz, was das sogenannte Stockholmsyndrom gut beschreibt. Vielleicht war es der Gedanke der Geiseln, die gefährliche Situation nur dank einer Beziehungsaufnahme zu den Tätern überleben zu können, oder aber sie entwickelten so etwas wie ein Verständnis für ihre Peiniger.

Seltsam, wie Menschen reagieren können, dachte Al Raschid. Dann sah er im Geiste die Situation vor sich, wenn er persönlich die Hinrichtung von Rampthon und Yigit durchführen würde.

Er fieberte mit Freude und Ergebenheit vor seinem Kronprinzen dem Ereignis entgegen. Und er, Al Raschid, würde den Lohn dafür entgegennehmen. Mehrere Millionen Dollar würden auf sein Schweizer Bankkonto fließen. Al Raschid lehnte sich zurück und schloss die Augen. Wo war der Haken, wo die Lücke, wo konnte ein Problem entstehen? Noch sah er keinen Fehler. Er legte die Planungsunterlagen, die in eine dünne Mappe mit dem „Streng-vertraulich-Vermerk" eingeheftet waren, auf das Mosaiktischchen vor sich und schlürfte nochmals an seinem Tee. Wie werden die Pressemeldungen am Tag danach aussehen?, überlegte der Oberst und sah schon die Schlagzeilen der Zeitungen: *Doppelmord im Majestic Imperial, der Präsident der Vereinigten Staaten von Amerika, Ronald J. Rampthon und der türkische Präsident Yigit wurden heimtückisch verschleppt und ermordet. Höchstwahrscheinlich ist Teheran für den Anschlag verantwortlich. Die Mörder wurden erschossen!*

Al Raschid konnte sich ein hämisches Grinsen nicht verkneifen, er sonnte sich bereits in dem kommenden Erfolg. Und genau das war der Fehler, den er gerade noch selbst im Plan gesucht hatte. Seine eigene Überheblichkeit. Sie bestand darin, bereits einen Sieg zu feiern, obwohl „das Kamel noch gar nicht in der Oase angekommen ist." Dieses Sprichwort brachte man den Kindern in Saudi-Arabien schon sehr früh bei.

Kapitel 28

Zimmer 12, *Pastoral Hotel,* Kfar Blum, Israel

Heide Mainz stand am Fenster ihres Hotels in Israel und blickte etwas verträumt nach draußen in den grünen Garten. Es war früh nachmittags und da sie in der vorherigen Nacht kaum geschlafen hatte, war sie nach dem gemeinsamen Frühstück ein paar Runden gejoggt und anschließend in den Pool gesprungen, um sich abzukühlen. Die Hitze des Vortages war fast schon wieder erreicht, das Thermometer hatte die Dreißig-Grad-Marke bereits überschritten. Heide Mainz hatte sich jetzt, nach einer ausgiebigen Dusche mit fast kaltem Wasser, ein Badehandtuch um ihren Körper gewickelt und dachte über die für sie schwierige Situation nach.

Als leitende Mitarbeiterin des *Militärischen Abschirmdienstes* der Bundesrepublik Deutschland hatte sie sich auf eine Affäre mit einem israelischen *Mossad*-Agenten eingelassen. Und das nicht, weil sie sich davon einen Vorteil versprach oder weil es dienstlich befohlen gewesen wäre, sondern weil sie diesen Uri Finkenrath begehrte und liebte. Genau in dieser Reihenfolge. Doch das konnte sie keinem ihrer Vorgesetzten in Köln erklären. Dennoch spürte sie tief in sich, dass sie immer so einen Mann wie Uri gesucht hatte. Er war intelligent, äußerst willensstark und männlich. Von ihm wollte sie Kinder haben, mindestens drei. Sie würde alles dafür tun, mit diesem Mann den Rest ihres Lebens zu verbringen. Er war es und sie wusste es. Nicht nur nach dem gemeinsamen Bad im Pool beziehungsweise den darauffolgenden Geschehnisse in ihrem Zimmer. Schon als er sie im Hangar aus dem *Jeep* heraus angelächelt hatte, war es um sie geschehen gewesen. Das wurde ihr jetzt erst richtig klar. Die ersten Worte, die ersten Blicke, einfach alles war anders als je zuvor. So etwas hatte sie noch nie erlebt, und das wollte etwas heißen. Danach die Attacke auf den Hubschrauber und die spektakuläre Notlandung. Was für Ereignisse!

Auch bei Uri, glaubte sie zu wissen, war es Liebe auf den ersten Blick. Sie waren beide keine kleinen Kinder mehr und hatten bereits ihre Erfahrungen gemacht. Heide wusste, dass sie sich in den letzten Jahren, vielleicht aufgrund einer fehlenden festen Beziehung, sexuell das geholt hatte, was sie gerade benötigte. Männer waren für sie wie reife Kirschen gewesen, abpflücken, genießen und die Kerne ausspucken. Doch jetzt mit Uri war alles anders.

Sie fühlte sich in seiner Nähe sicher. Als er sie in den Armen hielt, während sie sich vom Liebesakt erholten, spürte sie eine vollkommene Geborgenheit. Er gab ihr Schutz und Wärme. Das will ich nie mehr hergeben. Und wenn ich meinen Job beim

MAD hinschmeiße. Sie würde es tun, um mit Uri zusammenleben zu können, für immer.

Heide schloss die Augen und dachte, dass seine Adoptivtochter Asifa bei ihrem Besuch im Hotel genau gewusst hatte, was zwischen Heide und Uri geschehen war. Frauen spüren so etwas, und sie hatte in Asifas Lächeln erkannt, dass Uris Tochter nicht eifersüchtig gewesen war. Nein, im Gegenteil, sie mochte die Deutsche und wollte, dass ihr Vater glücklich war. Wäre es anders gewesen, hätte die junge Araberin sich nicht so freundlich und verschmitzt verhalten.

Uri war vor einiger Zeit zurück ins Institut gefahren, Asifa hatte ihn mit ihrem Wagen mitgenommen. Mainz hatte den Oberst gefragt, ob sie sich einen der Skarabäen ausleihen könne. Sie wollte ihn mit nach Deutschland nehmen, um den noch anzufertigenden Bericht für ihren Chef höchst wirksam unterlegen zu können. Nicht in der Absicht, Gegenmaßnahmen für mögliche Käferangriffe zu entwickeln, sondern vielmehr, um die vorhandene Technik besser kennenzulernen. Nichts war besser geeignet, als einen Rohling zu besitzen. Dieser konnte für künftige Entwicklungen wunderbar genutzt werden. Dabei fiel Heide der Mann vom Innenministerium, Hubert Schmidt, ein und sein Wunsch nach einem Rückruf. Er hatte etwas von einem Video mit den Käfern erzählt, und wusste, warum sie in Israel war. Die Behörden waren doch große Quatschzentralen. Da blieb wirklich nichts geheim. Obwohl sie wusste, dass die Geheimdienste eng mit den normalen Behörden zusammenarbeiten sollten.

Na also, dann mal los!, durchfuhr es Heide Mainz. Oder wäre es gut, sich das von oben absegnen zu lassen? Nein, was war das hier gewesen? Ein Fake-Video, aber die Grundidee ist gut. Sie könnte im Telefonat immer noch abblocken, wenn sie es für richtig hielt. Schon hielt sie ihr Diensthandy in der Hand und drückte die Rückruftaste. Nach kurzer Zeit meldete sich Schmidt, hörbar gereizt. „Ja bitte, wer ist da?“, schnauzte er in die Leitung.

„Oberstleutnant Mainz vom *MAD*. Sie baten um meinen Rückruf. Geht’s gerade bei Ihnen, Herr Schmidt“, sie hatte ihren Titel und die zivile Anrede Herr besonders betont, um von vorneherein klarzumachen, wer das Sagen hatte. Und überhaupt, überlegte sie, was hatte dieser Schmidt für eine miese Laune? In welche Situation bin ich mit meinem Anruf hineingeplatzt?

„Oh, schön", er fing sich wieder und wurde sofort höflicher und freundlicher, als er erkannte, dass er nicht mit der Sicherheitstante von *BMW* sprach. „Toll, dass Sie zurückrufen, Frau Mainz! Darf ich Sie so ansprechen?"

„Geht in Ordnung, Herr Schmidt. Also, was kann ich für Sie tun?"

„Sind Sie schon zurück in Köln?"

„Nein, ich bin noch in Israel, werde aber morgen oder übermorgen zurückkommen können."

Schmidt klang plötzlich sehr besorgt. „Ist ihre Leitung sicher?"

„Na klar, mein Diensthandy ist gecheckt. Wenn wir nicht gerade den Dritten Weltkrieg planen, müsste es gehen", lachte Heide Mainz, die spürte, wie entspannt sie war. Oder nannte man das verliebt?, warm kribbelte es in ihrem Bauch. „Und bei Ihnen, Herr Schmidt, ich höre im Hintergrund Fahrgeräusche?"

„Alles roger, ich sitze gerade im Auto und stehe im Stau. Ich bin alleine im Fahrzeug, wenn man mal von einer imaginären Tante vom Sicherheitsdienst absieht", meinte er ironisch und erklärte Heide Mainz in wenigen Worten, was sich gerade rund um sein Fahrzeug und mit dem Sicherheitsdienst von *BMW* abgespielt hatte. Mainz musste unweigerlich lächeln. Als Pilotin eines *Tornado*-Kampfjets wusste sie noch, wie es sich anfühlte, als Kommandantin im Cockpit alleine bestimmen zu können, wie sie ihren Jet flog, aber trotzdem die Befehle der Flugsicherung eins zu eins umzusetzen hatte.

Hubert Schmidt schilderte kurz, was bislang geschehen war. Vom gescheiterten Banküberfall in Hagen über die Krisensitzung im Ministerium, seine Idee, kleine Roboter zu entwickeln und einzusetzen. Über die Suche und den Kontakt zu Professor Schleithmann und Doktor Schwarz sowie abschließend über den heutigen Besuch in Lüdenscheid, bei der Firma *Bollmann En-*

gineering. „Natürlich, aber wem sage ich das? Alles, was Sie von mir erfahren haben, ist streng vertraulich, Frau Mainz!“

„Selbstredend, Herr Schmidt.“

„Was haben Sie in Israel herausgefunden, wenn ich fragen darf?“

Sie erläuterte ebenfalls in möglichst knappen Sätzen, warum sie ins Heilige Land geflogen war und was sie im Institut über die Skarabäen in Erfahrung gebracht hatte. Dabei ließ sie die Namen der Israelis im Dunklen. Auch über Uri berichtete sie nicht direkt, sondern sprach nur von einer engen Zusammenarbeit mit dem *Mossad.* Wirklich, sehr eng und harmonisch, dachte Heide und musste wieder schmunzeln. Ein wohliger Schmerz durchfuhr ihren Unterleib. „Wie geht es jetzt weiter, Herr Schmidt?“

„Ich finde, wir sollten uns so schnell wie möglich treffen, wenn sich diese Scheißkarre hier irgendwann einmal wieder von mir steuern lässt. Ich bringe Sie mit den beiden Wissenschaftlern zusammen. Sie machen derweil im *MAD* alles klar, dann werfen wir unser gesamtes Wissen zusammen!“, meinte Schmidt.

„Klingt gut, so machen wir das“, antwortete Mainz, die plötzlich eine weitere Stimme im Hintergrund hörte. Sie ahnte schon, wem diese gehören konnte.

„Hier ist der Sicherheitsservice von *BMW,* die fünf Minuten sind um. Haben Sie sich beruhigt und geht es Ihnen wieder besser? Prima, dann können Sie mir jetzt die drei Fragen beantworten? Also bitte, nennen Sie uns ihren Namen, das Kennzeichen Ihres Fahrzeuges und Ihre Personalnummer, bitte!“, sagte die mit bayrischem Dialekt sprechende Dame.

„Ist sie das?“, fragte Heide mit leichtem Spott.

„Das ist die Sicherheitstante, von der ich Ihnen gerade erzählt habe, liebe Frau Mainz. Ich maile Ihnen einen Termin zu, sollen wir uns bei Ihnen in Köln treffen?“

„Ja, gerne und viel Glück mit Ihrem Wagen!“, meinte sie, beendete die Verbindung und legte das Handy auf das kleine Beistelltischchen neben die obligatorische Flasche Mineralwasser.

Heide blickte in den Garten und sah die Hitze flimmern. Sie nickte zufrieden, ihre Mission lief gut. Der weibliche Oberstleutnant spürte plötzlich, dass sich jemand hinter ihr befand. Der sogenannte „Siebte Sinn". Ihre Nackenhaare standen nicht zu Berge, denn sie wusste, es konnte nur Uri sein. Sie roch sein Aftershave. Es duftete leicht herb, mit tiefen Sekundärnoten und einer Spur von Vanillezimt. Kräftige Hände umfassten ihre beiden Schultern und begannen, ihre Muskulatur leicht zu massieren. Es fühlte sich wohlig an. Sie blickte leicht zur Seite und erkannte ihn.

Er begann nun, zusätzlich mit seinem Daumen ihren Hals vorsichtig in die Massage mit einzubeziehen. Sie schnurrte wie eine Schmusekatze und legte ihren Kopf leicht schräg nach rechts, lehnte sich an seinem muskulösen Arm an. Heide Mainz schloss genussvoll die Augen. Als Finkenrath ihr ganz sacht das Handtuch vom Körper zog, lief es ihr heiß und kalt den Rücken hinunter. Das Frotteetuch sank zu Boden und fast verloren ihre Beine den Halt. Uri schmiegte sich an sie und umfasste ihre Brüste. Er knetete sie leicht, wiegte sie ein wenig mit seinen warmen Händen und begann, mit den Zeigefingerspitzen auf ihrer Haut entlang zu laufen. Es fühlte sich an, als würden kleine Insekten auf ihrer Brust herumlaufen. Es erregte sie ungemein, vor allem, als die Finger weiter in Richtung Süden ihres Körpers unterwegs waren. Sie stöhnte auf und spürte unbändiges Verlangen. Sie wollte sich herumdrehen, aber Uri ließ das nicht zu. Seine linke Hand massierte jetzt ihre rechte Brust. Er elektrisierte sie durch seine Berührungen, seine linke Hand krabbelte nun weiter abwärts. Dabei berührte sein Zeigefinger leicht ihren Bauchnabel, kreiste zärtlich darin und bewegte sich dann weiter.

Heide Mainz zuckte bei jedem von Uris Fingern, sie eroberten Bereiche ihres Bauches. Seine Hand glitt weiter. Er berührte sie ganz sacht dort, wo sie es erwartete. Sein Finger war nur den Bruchteil einer Sekunde dort und kitzelte sie mit einem leichten Strich von unten nach oben. Er berührte sie wieder an der Ausgangsstelle und wiederholte seine Streicheleien. Heide wurde es schwarz vor Augen, Blitze zuckten in der Dunkelheit ihrer geschlossenen Augen und eine Wonne der Lust überkam sie. Dann hob er Heide, nackt wie sie war, hoch und legte sie ganz vorsichtig aufs Bett.

„Komm“, rief sie mit einer fast peinlich kitschigen Stimme, „komm, Geliebter, oh“, weiter kam sie nicht. Uri hatte seine Shorts abgestreift und sie spürte seine Erregtheit deutlich. Dann wurden sie eins. Es war wie Heimkommen. Sie und Uri waren jetzt ein Wesen. Mit all ihren Kräften umklammerte sie ihn. Er ließ es geschehen, machte keine aktiven Bewegungen und genoss einfach, mit ihr eins zu sein.

„Du meinst es ernst, nicht wahr!“, hauchte er ihr ins Ohr. Statt zu antworten, presste sie ihn noch enger an sich. Näher konnten sich zwei Menschen nicht sein. Nach einiger Zeit ließen sie voneinander los. Sie lagen beide auf dem Rücken nebeneinander und schauten zur Zimmerdecke hin. Heide und Uri atmeten heftig ein und aus. Sie spürten die heftigen Herzschläge und die Erregung in ihnen, die nur ganz langsam nachließ.

Etwas raschelte auf dem Beistelltischchen. Heide sah, dass Uri dort eine braune Packpapiertüte abgelegt hatte. Aus der zusammengeknüllten Öffnung lugte etwas Metallisches hervor. Es bewegte sich. Der Skarabäus bewegte jetzt erneut seine Antennen, so, als prüfe er die Umgebung außerhalb seines Versteckes. Heide klopfte energisch mit ihren Fingern auf die muskulöse Schulter von Uri.

Der lachte leise auf und meinte: „Nein, Liebling, ich kann nicht mehr. Du bist eine Hexe im Bett!“ Er drehte sich von ihr weg.

Sie wurde energischer. „Uri, was ist in der Tüte?“

„Dein Skarabäus, wie befohlen, Frau Oberstleutnant!“ Finkenrath drehte sich wieder zu ihr um. Über ihren Körper hinweg sah er jetzt auch, wie sich der Roboterkäfer langsam aus der Papiertüte herausbewegte.

„Oh, der hat jedenfalls noch Restenergie, mein Lieber!“, meinte Heide etwas vorwurfsvoll zu Uri.

„Danke fürs Kompliment, aber jetzt sorge ich dafür, dass der Skarabäus ruhig ist!“

Finkenrath sprang, nackt wie er war, aus dem Bett und warf das Handtuch, das auf dem Boden lag, über die Papiertüte und den halb herausgekrabbelten Skarabäus. Dann nahm er den metallenen Abfallbehälter aus dem Badezimmer und verfrachtete den eingewickelten Roboter hinein. Mit dem Frotteetuch drückte er fest auf die Tüte, in der der Käfer noch halbwegs steckte.

„So", meinte er, „das wird wohl reichen. Bleib schön darin, ich habe noch was anderes vor!" Er sprang wieder zu Heide ins Bett und küsste sie. „Ich glaube, ich habe mich in dich verliebt!", sagte er laut und blickte ihr tief in die Augen.

„Und ich mich in dich!", antwortete sie und zog Uri wieder zu sich. In den nächsten Minuten dachte keiner von beiden mehr an den Skarabäus.

Noch bis zum frühen Abend verbrachten die beiden ihre Zeit im Bett. Selbst das Klopfen des Zimmerservices hörten sie nicht, dabei hatte Asifa ihnen eine Flasche Champagner bestellt und angewiesen, diese mit zwei Gläsern auf Zimmer Nr. 12 zu bringen.

Einige Zeit später war Finkenrath zum Parkplatz des Hotels gegangen. Kurz zuvor hatte er sich von Heide, die selig zusammengerollt schlief, mit einem Kuss auf die Nasenspitze verabschiedet. Uri hatte sich in seinem Zimmer umgezogen und war mit dem Handy in der Hand auf den Hotelflur getreten, wo er sich vergewisserte, dass ihn keiner sah. Heides Zimmertür war fest verschlossen. Wenig später hockte er in der offenen Tür eines zivilen Armee-Pkws. Den Wagen hatte er sich bringen lassen, um später wieder nach Tel Aviv zurückfahren zu können. Man hatte ihm den Wagen am Rand der Grundstücksgrenze geparkt. Der dunkle *Toyota Avensis* stand hier fast alleine und er konnte daher ungestört telefonieren.

Heide und er hatten das Bett nur kurzzeitig verlassen, um eine Kleinigkeit zu essen und einen kühlen Wein, der von den Golanhöhen stammte, zu trinken. Die drei kleinen Lammkoteletts waren knusprig braun angebraten und innen rosafarbenen gewesen. Dazu hatte es kleine Maisküchlein und grünen Salat gegeben.

Heide Mainz wirkte beim Essen sehr ernst und hatte ihn hin und wieder über den Teller hinweg mit fast strengem Blick angesehen.

Ihr geht viel durch den Kopf, vermutete der israelische *Mossad*-Offizier richtig. Auch er war durcheinander. Das lag einerseits daran, dass er Heide wirklich mochte. Sie war eine tolle Frau, äußerst hübsch und mit einer perfekten Figur ausgestattet. Er mochte ihr Wesen, ihr Lachen und ihre Intelligenz. Aber es war, als hätte er die Büchse der Pandora geöffnet. Die ihm entgegengebrachte Zuneigung und ihr Verlangen nach ihm machten ihn nachdenklich. Sie liebt mich fast verzweifelt. So, als wäre ich ihre Erfüllung. Ich. Sie hat doch bestimmt andere Möglichkeiten. Oder hängt es mit dem *MAD* zusammen? Ist alles gespielt, nur vorgetäuscht? Nein, das glaube ich nicht.

Finkenrath musste mehrere Minuten warten, bis sich Brigadegeneral Mosche Silberstein endlich meldete. „Was gibt's, Uri?"

„Mosche, sie hat angebissen! Unser weiblicher Oberstleutnant will einen der Skarabäen mit nach Köln nehmen. Das könnte der erhoffte Durchbruch sein."

„Du bleibst doch dran, oder? Fliegst du mit ihr nach Deutschland?"

„Mosche, das haben wir noch nicht besprochen. Zumindest habe ich ein Vertrauensverhältnis zu ihr aufgebaut. Klar, sie ist und bleibt eine *MAD*-Agentin, aber ich glaube, sie vertraut mir total. Ich ihr auch."

„Okay, Uri, du hältst mich auf dem Laufenden. Bei der momentanen Brisanz an unseren Grenzen, speziell beim Konflikt mit *Hamas* und den Ayatollahs, müssen wir unbedingt auf neue Technologien setzen. Da sind solche Roboterinsekten bestimmt von großem Nutzen. Ich zähle auf dich!" Die Verbindung war im nächsten Augenblick unterbrochen.

Nachdenklich steckte Uri sein Handy zurück in die Hosentasche. Hoffentlich geht das gut, lieber Uri, sprach er zu sich selbst, schlug die Wagentür zu und ging quer über den Parkplatz zurück zum Hotelgebäude.

In diesem Augenblick donnerten zwei *Rafale*-Kampfjets der israelischen Luftwaffe über das Hotel Richtung der nicht weit entfernten Golanhöhen. Finkenrath blickte hoch und sah die dunklen Abgasstreifen der Düsenflugzeuge. Beide Maschinen waren an den vorderen Stummelflügeln gut zu erkennen, flogen leicht versetzt nebeneinander her und schalteten in diesem Augenblick ihre Nachbrenner ein. Angetrieben durch diesen zusätzlichen Schub erhöhte sich augenblicklich die Geschwindigkeit der Jagdbomber. Die Triebwerke glühten hellrot auf. Die Piloten zogen ihre Jets weiter nach oben und lenkten dabei in eine leichte Linkskurve. Zu dem Höllenlärm, den die beiden *Rafale* produzierten, gesellte sich ein weiteres Donnern. Jetzt jagte direkt über das Hotel ein dritter Jagdbomber, eine *Mirage 2000*. Die Enden der Deltaflügel hinterließen Kondensstreifen. Finkenrath wusste, dass die israelischen Piloten in einer Rotten-Formation einen Angriff flogen. Die *Mirage* bildete dabei die Absicherung der beiden vorausfliegenden Kampfjets. In diesem Augenblick blendeten vier helle Punkte unter den *Rafale*-Jagdmaschinen auf, verharrten kurz unter den Flügeln und beschleunigten dann hintereinander nach vorn in Richtung der Berge. Uri vermutete, dass es sich um *Hellfire-Raketen* handelte, die gegen starre Bodenziele eingesetzt wurden. Alle drei Jagdbomber drehten jetzt noch weiter nach links ab, setzten erneut zum Steilflug an und verschwanden dann allmählich aus dem Blickfeld. In der Ferne hörte der Oberst mehrere Explosionen, die sich wie dumpfes Donnergrollen eines entfernten Gewitters anhörten. Als Soldat konnte er das Ganze gut einschätzen. Die Luftwaffe hatte Stellungen der *Hisbollah* hinter den Golanhöhen angegriffen. Gut, dass Israel dem iranischen Satan immer wieder zeigte, wer hier das Sagen hatte. Auf die israelische Luftwaffe war Verlass, der Oberst war stolz auf sein wehrhaftes Land.

Wieder im Hotel angekommen, schlich er sich zum Hotelzimmer von Heide und klopfte vorsichtig an die Tür. Keine Reaktion von drinnen. Er legte sein Ohr ans Holz und lauschte. Womöglich war sie wieder eingeschlafen. Finkenrath ging zurück zur Rezeption.

„Können Sie mir sagen, ob meine Begleiterin, Frau Mainz, Zimmer zwölf, im Hotel ist? Sie reagiert auf mein Klopfen nicht!", fragte Finkenrath den Rezeptionisten freundlich.

„Heide Mainz, die Deutsche", echote der dicke Mann mit dem Schnauzer. „Zimmer zwölf?"

„Ja genau, wir wollten heute noch etwas besprechen, doch sie reagiert nicht auf mein Klopfen. Ihr Handy verweist nur auf die Mailbox", erwiderte Uri.

„Frau Mainz hat ausgecheckt und sich ein Taxi kommen lassen. Müsste so vor fünf Minuten losgefahren sein. Ich glaube, sie wollte nach Tel Aviv zum Flughafen. Sie sind doch Uri Finkenrath, Oberst Finkenrath, oder?"

„Ja, der bin ich, wieso?"

„Ich habe hier eine Nachricht für Sie. Er griff in das Fach für Finkenraths Zimmer, holte dort ein Kuvert hervor und überreichte es Uri.

„Danke", sagte Finkenrath und nahm den Briefumschlag an sich. Er blickte sich suchend um und entdeckte in der Lobby einen hohen Lehnstuhl, der mit braunem Rindsleder bezogen war und vor einer Kaminimitation stand. Finkenrath setzte sich hin, hier konnte ihn keiner beobachten. Auf dem Briefumschlag stand mit blauer Tinte sein Name geschrieben. Darüber ein zusätzlicher Vermerk *Höchst persönlich.* Uri öffnete mit ernster Miene das Kuvert, zog ein Blatt heraus und las die schriftliche Botschaft von Heide:

Lieber Uri, wenn Du das hier liest, bin ich bereits zurück auf dem Weg nach Deutschland. Ich danke dir für alles. Den Skarabäus habe ich mitgenommen. Ich denke an Dich, Du hörst von mir. Versuche nicht, mich aufzuhalten.

Heide

P.S. Ich glaube nicht daran, dass wir eine Chance haben.

Heide saß im Fonds des uralten *Mercedes*-Taxis, das sie nach Tel Aviv bringen würde. Nach einem Anruf beim *MAD* hatte ihr das Büro wenig später eine SMS geschrieben und mitgeteilt, dass in einer Maschine der Bundesluftwaffe, die kurz vor Mitternacht noch nach Köln fliegen sollte, ein Platz für sie reserviert sei. Sie hatte sofort bestätigt, dass sie mitfliegen würde. Das Taxi hatte der dicke Mann an der Rezeption für sie bestellt. Der Skarabäus lag in ein Handtuch gewickelt in ihrer Reisetasche. Er bewegte sich nicht mehr. Heide blickte nach draußen und sah auf die Landschaft, die an ihr vorüberzog. Bald würde es richtig dunkel werden.

Was ist nur mit mir geschehen? Sie schüttelte leicht den Kopf. Ich bin total verrückt geworden, mich an den Hals eines israelischen *Mossad*-Offiziers zu werfen und mich in ihn zu verlieben. Ich muss den Verstand verloren haben und doch wusste sie, dass ihr das nicht passiert war. Sie hatte sich nicht nur verliebt, sie hatte den Mann gefunden, den sie schon ihr ganzes Leben lang gesucht hatte. Uri!

Einige Zeit später war sie am Flughafen Ben Gurion angekommen. Sie bezahlte mit ihrer Kreditkarte. Als sie aus dem *Mercedes* stieg, schaute sie sich nach allen Seiten um, ehe sie in das Abfertigungsgebäude ging. War Uri ihr nachgefahren oder hatte er ihren Wunsch respektiert? Aber weder der *Mossad*-Offizier noch sonst jemand von den israelischen Behörden wartete auf sie. Schnell erreichte der weibliche Oberstleutnant den Sonderschalter für Diplomaten. Sie zeigte ihre Papiere vor und wurde sofort durchgelassen. Ihr Erscheinen musste avisiert worden sein. Um diese Uhrzeit befanden sich kaum noch Menschen im internationalen Terminalgebäude. Wenig später hatte sie die Sicherheitskontrollen hinter sich gebracht. Der Zollbeamte staunte nicht schlecht, als sie ihm den Käfer präsentierte. „Ein Geschenk eines Freundes“, erklärte sie und hoffte, der Skarabäus würde keine Energie mehr besitzen und sich eventuell auch noch bewegen.

„Ihr Freund hat aber einen ausgefallenen Geschmack, wenn ich mir die Bemerkung erlauben darf“, meinte der Beamte, als er ihr den metallenen Gegenstand etwas skeptisch blickend zurückreichte. „Ist aber bestimmt kein Kunstgegenstand, oder?“

„Nein, ein Geschenk für meinen Neffen. Der freut sich über so was.“ Heide wusste, je harmloser eine Erklärung war, desto mehr schenkte man ihr Glauben. Der Zollbeamte zuckte mit den Schultern. Schließlich galt die hübsche Rothaarige als Diplomatin und er konnte ihr den komischen Käfer sowieso nicht vorenthalten. Außerdem, wen juckte es, wenn die Deutschen etwas Gefährliches mit in ihr Flugzeug nahmen.

Eine Stunde später hob die *Gulfstream* der Bundesluftwaffe von der Startpiste ab und verschwand im Dunkel der Nacht. Nur noch kurze Zeit konnte Heide die Lichter Tel Avivs von ihrem Fenster aus beobachten. Dann war, wie abgeschnitten, nur noch Schwärze unter ihr und sie wusste, dass der Jet jetzt über dem Mittelmeer an Höhe gewann und sie sich mehr und mehr vom Heiligen Land entfernte. Mit ihm blieb auch Uri zurück. Heide Mainz lehnte sich zurück und schloss die Augen. Wie wird es weitergehen, mit mir und ihm? Geht es weiter?, dachte sie und schlief ein.

Kapitel 29

Wenige Wochen später. David-Hansemannhaus, Altstadt, Düsseldorf, Deutschland

Professor Raimund Schleithmann und Doktor Quintus Schwarz hatten den gestrigen Abend in der Düsseldorfer Altstadt verbracht. Sie wollten sich nach der Anreise per Bahn erst einmal am Rheinufer die Beine vertreten, waren aber aufgrund der kühlen Temperaturen ins *Uerige* gegangen, einer bekannten Altbierkneipe. Sie hatten dort gut gegessen. Die Empfehlung des Tages war *Rheinischer Sauerbraten* gewesen. Schwarz mochte zwar keine Rosinen, aber insgesamt schmeckte ihm das zartgeschmorte Rindfleisch mit dem markant süßsauren Geschmack, der dunklen Soße und den Knödeln samt Rotkohl. Dazu passte auch das herbe Altbier, das frisch gezapft war und direkt aus der Brauerei vor Ort stammte.

Es war mittlerweile Herbst geworden, und ein böig kalter Wind fegte über den Rhein hinweg. Die beiden Wissenschaftler waren auf Einladung von Hubert Schmidt nach Düsseldorf gekommen, um nunmehr in die praktische Umsetzung des Projekts *Ant-on* zu gelangen. Der Titel war Schleithmann eingefallen und von allen positiv aufgenommen worden. Er hatte dabei an seine Begegnungen mit den großen Ameisen im brasilianischen Dschungel denken müssen. „Ant“ für Ameise, neudeutsch in Englisch getauft und „on“ wie los oder an! „Bezeichnet doch genau das, was wir hier entwickeln wollen, oder?“, sagte er bei der Taufe.

Hubert Schmidt hatte zugestimmt und dabei Christiane Coldner angesehen, die ebenfalls nickte. Der Mann aus dem Innenministerium war für die Aufgabe der Entwicklung eines einsatzfähigen Ameisenroboters, der später mit vielen Exemplaren gemeinsam im Schwarm eingesetzt werden sollte, freigestellt worden. Sein Chef hatte sich, nachdem Schmidt ihn letztendlich doch vollumfänglich informiert hatte, dafür stark gemacht und sogar den Innenminister des Landes Nordrhein-Westfalen für das Projekt begeistern können. „Nicht der Wirtschaft das alleine überlassen und schon gar nicht den Geheimdiensten“, hatte der Politiker, der früher einmal Polizeipräsident einer Großstadt gewesen war, gemeint. Ihm gefiel das Gesamtkonzept mit der Einbindung anerkannter Wissenschaftler, einer in NRW ansässigen Hightechfirma und der Federführung durch das Innenministerium. Und natürlich auch die Gestaltung der Finanzierung, denn die lief über den *MAD*.

„Sobald Sie erste Ergebnisse vorweisen können, informieren Sie mich! Ich will die Dinger sehen. Das könnte der Knaller werden“, meinte Doktor von Kesselhut und klopfte Schmidt auf die Schulter. „Toll, dass sie sich so hinter das Projekt *Erwin* gestellt haben. Aus Fehlern lernen, sag ich doch immer!“

Was weder der Chef der *Abteilung F 12 Geiselnahme und Bankraub* oder Hubert Schmidt selbst wusste, war, dass ihr oberster Dienstherr bei der Konferenz der deutschen Innenminister über das Projekt *Erwin*, das nun in seiner Weiterentwicklung *Ant-on* hieß, bereits voller Stolz berichtet hatte. Schließlich wollte der noch nicht so lange im Amt befindliche Minister schnell auf sich aufmerksam machen. Das Thema Künstliche Intelligenz hatte in den letzten Wochen eine starke politische Relevanz erlangt, nachdem der Bundeskanzler, Friedrich Märzbecher, die Vorzüge Deutschlands in technischen Innovationen bei allen sich bietenden Gelegenheiten über den grünen Klee lobte, um von Versäumnissen seiner Partei in den letzten Jahren abzulenken. Natürlich hatte die Politik diese technische Evolution, wie eigentlich die gesamte digitale Revolution, vollkommen verschlafen. Wie immer, wenn die Entscheider diejenigen waren, die aufgrund mangelnder Kenntnis oder Erfahrung nicht genau wussten, wovon sie eigentlich sprachen. Anstatt sich Rat oder zumindest Informationen bei Experten zu holen, ließ man in Deutschland solch wichtige Themen einfach links liegen. Aber jetzt rächte sich das. Ob bei Elektroautos, der Digitalisierung im Schulunterricht oder aber der KI. Deutschland lag bei der Bewertung erfolgreicher Forschung und Entwicklung seit einigen Jahren abgeschlagen auf den hinteren Rängen der Industrienationen. Ziemlich bitter für ein Land, das gerade im Bereich der Automobilherstellung und im Maschinenbau noch vor wenigen Jahren führend in der Welt gewesen war. Erst als ein Oppositionspolitiker mit dem Thema der technischen Evolution bei den Wählern gut punkten konnte, wurden neben der Öffentlichkeit auch die Volksvertreter der anderen Parteien hellhörig. Plötzlich redeten alle nur noch von der Künstlichen Intelligenz. Genau in dieses Horn stieß jetzt der Innenminister, als er lauthals verkündete, man arbeite in Nordrhein-Westfalen bereits mit Hochdruck an einer Weiterentwicklung von Geiselrettungsrobotern, die mit vollkommen neuer KI ausgerüstet seien. Er redete von Schwarmintelligenz, Vernetzung und autonomen Entscheidungen vor Ort, von Emergenz und Effektivität, von David und Goliath. Sowie von vielen Einsatzmöglichkeiten. Dass der *MAD* als Förderer dahinterstand, ließ er unerwähnt.

Kaum einer der Konferenzteilnehmer verstand etwas von dem, was der aus Düsseldorf kommende Innenminister meinte. Aber er bekam freundlichen Applaus, versehen mit der Bitte, doch in Kürze weiter über das Projekt zu berichten. Die lustig gemeinte Bemerkung des senil wirkenden Bundesinnenministers, „Wenn man neuerdings sogar schon geröstete Insekten in Restaurants bestellen kann, dann ist ein Einsatz von Ameisen bei der Polizei sogar dem Tierschutz entgegenkommend!", kommentierte keiner der Anwesenden. Wie so oft, lachte der Innenminister, der als bayrischer Ministerpräsident seine politische Glanzzeit längst hinter sich gelassen hatte, still in sich hinein und bemerkte nicht, dass die anderen Teilnehmer seine Art von Humor nicht teilten.

Im *David-Hansemann-Haus*, bislang von einer großen deutschen Bank als Konferenz- und Gästehaus genutzt, hatte man einen gesonderten Gebäudeteil für mehrere Monate anmieten können. Schmidt fand das ganz passend, war doch schließlich die ganze Sache erst mit dem misslungenen Einsatz des Polizeiroboters *Erwin* während eines Überfalls in der Bank in Hagen losgetreten worden. Er hatte entschieden, das Projekt *Ant-on* in Düsseldorf zu platzieren. Da im Ministerium keine geeigneten Räume zur Verfügung standen und er auch nicht wollte, dass die Firma *Bollmann Engineering* die Entwicklung in Lüdenscheid in ihrem direkten Einflussbereich betrieb. So hatte er die Idee umgesetzt, in das prächtige Haus zu ziehen, das direkt an dem Zugang der berühmt-berüchtigten Altstadt lag. Schmidt war der Meinung, dass diese technische Evolution bestens zu Düsseldorf, der modernen Landeshauptstadt, passe.

Er hatte sich auch dafür eingesetzt, dass seine neue Freundin, Bettina Klaasen, als Finanzcontrollerin in *Ant-on* mit eingebunden wurde. Ihr bisheriges Projekt stand kurz vor dem Abschluss, und natürlich willigte die eigentliche Arbeitgeberin, das Unternehmen *McTinsey*, ein, einen Folgeauftrag zu akzeptieren. Doktor von Kesselhut hatte alles regeln können. Des Weiteren waren noch eine Sekretärin und zwei Assistenten aus dem Ministerium zur Gruppe von Schmidt hinzugestoßen. *Bollmann Engineering* hatte drei Ingenieure gestellt, dazu einen Werkzeugmachermeister, zwei Mechatroniker und einen IT-Experten. Christiane Coldner war ebenfalls fast ständig zu Gast in Düsseldorf. Mit den beiden kreativen Wissenschaftlern, Schleithmann und Schwarz, war das Projektteam dann komplett.

Alle Projektteilnehmer saßen in schweren Sesseln an einem langen Mahagonitisch im Konferenzraum des *David-Hansemann-Hauses* im dritten Stock. Die Atmosphäre dieses Raumes wirkte düster. Die mächtigen Ölbilder von allesamt ernst dreinblickenden, wohl früher einmal wichtigen Wirtschaftsmagnaten aus Düsseldorf und Umgebung, schienen auf die Anwesenden so zu wirken, als ob man vor den Götzen der Vergangenheit Ehrfurcht haben müsse. Schmidt schämte sich deshalb ein wenig, als er die Teilnehmer am Morgen des Tages begrüßte. In Gedanken war er noch im Konferenzraum der Firma *Bollmann Engineering*. Das hier in Düsseldorf war Vergangenheit, in Lüdenscheid war es die Zukunft!

Doch das sollte ihn jetzt nicht hindern und er begann: „Meine sehr geehrten Damen und Herren, liebe Projektteilnehmer. Herzlich willkommen in Düsseldorf im *David-Hansemann-Haus. Ant-on*, es geht los. Gerade hier, im Anblick der Vergangenheit, wollen wir innovatives Neues schaffen. Etwas, was in der Natur schon existiert, wollen wir für die Menschheit technisch und höchst effizient umsetzen und damit einen Evolutionssprung in der Bionik, Robotik und in der Künstlichen Intelligenz wagen. Wir, Sie hier, bilden ein Spitzenteam mit dem Ziel, *Ant-on* zum Leben zu erwecken. Unser Team besteht aus dem notwendigen Input zu den Themen Entomologie und Überleben, neuronale Vernetzung und Künstliche Intelligenz durch unsere Wissenschaftler", er blickte Schwarz und Schleithmann mehr als freundlich an, „aus dem konstruktiven Ideenpool, kombiniert mit enormer Innovationskraft, der Ingenieure, IT-Experten, Mechatroniker und Werkzeugmacher von *Bollmann Engineering*, dem Higtechunternehmen in NRW und den engagierten Mitarbeitern aus meinem Hause, dem Innenministerium sowie Frau Klaasen von *McTinsey*, die die Finanzen professionell managt. All das sind die Puzzleteile, die *Ant-on* darstellen", er holte ergriffen Luft und fuhr fort: „Sie alle haben bereits tolle Vorarbeit geleistet, herzlichen Dank dafür. Ein wunderbares Team, Sie! Mein besonderer Gruß heute Morgen geht an Sie, liebe Frau Coldner. Sie haben es uns durch die

Zusage von *Bollmann Engineering* erst möglich gemacht, Ideen und Gedanken in Realität umwandeln zu können. Bitte grüßen Sie ganz herzlich Herrn Peter Bollmann von mir!“

Christiane Coldner nickte zustimmend und fiel Hubert Schmidt direkt ins Wort. Sie hielt nichts von politischem Geschwätz oder langen Vorreden und wollte endlich loslegen. „Auch von mir einen guten Morgen an Sie alle und nun ran an die Arbeit. Sie haben bereits ihre Räume bei dem kleinen Rundgang gefunden. Enge Vernetzung, schnelle Kommunikation und Mut sind unsere Antreiber bei *Bollmann Engineering.* Dazu kommt, dass wir Fehler immer als Chance zur Verbesserung sehen. So wünsche ich mir das. Wissen alle, wie es jetzt weitergeht?“

Einige nickten ihr zu.

„Okay, dann darf ich Herrn Münster, den Assistenten von Herrn Schmidt, bitten, uns kurz die nächsten Arbeitsschritte des Businessplans zu erläutern. Herr Münster!“ Sie schaute den jungen Mann auffordernd an.

Der Assistent stand auf und mit seinen fast zwei Metern Größe war er nicht zu übersehen. Er schaltete den Beamer ein und zeigte die Folien, die die bisherigen Ergebnisse zusammenführten und erläuterte dabei die weiteren Arbeitsschritte.

Allen waren diese Schritte bereits bekannt, doch hatte Frau Coldner als Arbeitsdirektorin des Teams darauf bestanden, nochmals in großer Runde die wesentlichen Details zu erörtern. Münster endete nach zehn Minuten. Allen waren die Verantwortlichkeiten sowie Arbeitsschritte der nächsten Tage nun bestens bekannt.

Hubert Schmidt dachte an das Gespräch mit Christiane Coldner in seinem Büro im Innenministerium, direkt nach seinem Besuch in Lüdenscheid. Er hatte sich sehr gefreut, dass *Bollmann Engineering* „on board“ war. Ihm war allerdings auch bewusst, dass das Unternehmen eigene Ziele mit der Teilnahme am Projekt verfolgen würde. Vielleicht die Übernahme der Serienproduktion und vorab das Patent für die Roboterameisen. Kurz nachdem er sich von Coldner mit dem gegenseitigen Versprechen, nunmehr zusammenzuarbeiten, verabschiedete, war es zu dem Treffen mit Heide Mainz vom *MAD* gekommen. Der weibliche Oberstleutnant hatte den Skarabäus mitgebracht und ausführlich die Analysen der Israelis dazu erläutert. Gleichzeitig hatte sie ihre Zusammenarbeit bekundet. Allerdings wollte sie nur mit ihm einen direkten Kontakt pflegen, nicht zum Projektteam. Das war die Auflage des *Militärischen Abschirmdienstes*. Schließlich war Heide Mainz Agentin und ihre Behörde der Geldgeber. Die Mittelzusage hatte sie direkt mitgebracht, ebenso die Einwilligung, dass alle Forschungsergebnisse erst durch ihre Hände gehen mussten. Erst danach konnte es eine Freigabe geben. Dass das nicht ganz im Einklang mit der Vereinbarung zwischen ihm und *Bollmann Engineering* stand, war Schmidt bewusst. „Mut zur Lücke", meinte er zu Bettina, als sie beide darüber sprachen.

Zum Schluss der Zusammenkunft im *David-Hansemann-Haus* meldete sich nochmals Christiane Coldner zu Wort. „Was mir noch ganz besonders wichtig ist, liebe Teilnehmer, ist die notwendige Geheimhaltung unserer Arbeit. Wir arbeiten hier quasi im Innenministerium. Sie haben alle die Geheimhaltungsklauseln im Zusatzarbeitsvertrag unterschrieben. Ich darf Sie allerdings noch auf einen besonderen Punkt hinweisen. Unsere IT hier ist eine besonders geschützte und für Externe nicht zugängliche Computerebene. Jeder von Ihnen hat selbstredend Zugang zum Internet, aber nur über die Ihnen zur Verfügung gestellten *IPads*. Die wiederum keine Vernetzung mit dem Rest der genutzten IT besitzen. Es gibt keine Datenübertragung über die Schnittstellen hinaus, keine austauschbaren USB-Sticks und keinen Dateientransfer via E-Mail, Bluetooth oder NFC. Warum ist das so? Sie werden es schon ahnen oder wissen. Wir möchten keinerlei Aufmerksamkeit erregen! *Coogle* und wie sie alle heißen, stecken in jedem Computer, in jedem Handy und *IPad*. Wir werden ständig bespitzelt, unsere Dateien werden gelesen, wir werden gefilmt und beobachtet. Die Arbeitsergebnisse von *Ant-on* sind schneller in Siliconvalley als beim Innenminister in Düsseldorf. Daher achten Sie auf unsere Datensicherheit! Vielen Dank!"

Alle begaben sich in ihre Büros und die beiden Wissenschaftler nutzten die Gelegenheit, sich mit den ITlern und Ingenieuren von *Bollmann Engineering* weiter auszutauschen. An der Wand hing ein von Professor Schleithmann um ein vielfach vergrößertes Foto einer Ameise. Vielmehr waren es insgesamt acht Fotos, die alle zusammengestellt waren und die Ameise von verschiedenen Perspektiven gesehen darstellten. Von vorne, von unten, von oben und allen Seiten. Immer wieder schauten die Teilnehmer dieser technischen Gruppe zu den Fotos hin, als wenn sie als Blaupause für ihre Arbeiten dienen könnte.

Man war im Team übereingekommen, dass von Anfang an die KI nicht nur bei der Entwicklung der Steuerung der Roboterameisen eingesetzt werden sollte, sondern dass sie bereits Teile der Konstruktionsplanung und der Herstellung übernehmen könnte. Um einen Rahmen vorzugeben, in dem sich *Ant-on* entwickeln sollte, wurde von den Mechatronikern und dem Werkzeugmacher ein Prototyp einer Roboterameise konstruiert. Natürlich erfolgte dies nicht mehr am Zeichenbrett oder aber wie bei den Automobilherstellern in einer Modellwerkstatt mit Tonrohlingen oder Knetmassemodellen, sondern ausschließlich am PC. Dazu nutzten die ITler ein interaktives 3D-Konstruktionsprogramm. Die ersten Erfolge waren bereits zu sehen. Eine noch als Gerippe bestehende Ameise war in einer Animation zu sehen, und während der Bearbeitung konnte sie mittels Mausklick verschoben, gedreht oder sonst wie bewegt werden. Die von Bollmann gestellte Software, beziehungsweise die dort integrierte KI, begann sofort, Eingaben, technische Merkmale oder Kennzahlen nach der Eingabe ins System zu überprüfen und weiterzuentwickeln. Hatte der Mechatroniker Daten eingegeben, wurden sie direkt in eine Konstruktionszeichnung umgesetzt. Kaum war diese als 3D-Bild auf dem Bildschirm zu sehen, veränderte sich die in Gitternetzlinien dargestellte Form. Wie von Geisterhand übernahm die KI allmählich das Kommando.

Die Wissenschaftler und die ITler besprachen derweil, wie sie ihrer KI noch mehr Leben einhauchen konnten. Dazu war ein bereits bei *Bollmann Engineering* bestehendes Programm, das schon gute Dienste bei der Entwicklung von Charly, dem künstlichen Butler, geleistet hatte, adaptiert worden. Doktor Schwarz erläuterte bereits nochmals, wie Neurotransmitter funktionieren und wie sich neuronale Netzwerke ausbreiten. Nach und nach dachten alle im gleichen Denkmuster. Professor Schleithmann erklärte den Mitgliedern des Teams, wie Ameisen als Individuen leben und arbeiten. Er stellte anschaulich dar, wie die Insekten immer uneigennützig für die Idee und das Volk handeln und wie sie dabei ihre individuellen Bedürfnisse vernachlässigen. Etwas, was bei den Menschen im Gedankenmodell des Kommunismus ebenfalls funktionieren sollte, es aber in der Praxis niemals erfolgreich umgesetzt wurde. Der Mensch war und blieb ein Egoist. Solange er Macht und Geld anhäufen konnte, wollte er sich davon nicht mehr trennen und betrog die Gesellschaft. Nur durch größten äußeren Druck, akzeptierte er die Kooperation.

Die Zeit verging wie im Flug. Zehn, zwölf, manchmal sechzehn Stunden arbeitete das Team *Ant-on* wie besessen an den verschiedenen Aufgaben. Manchmal war lautes Fluchen zu hören, dann hüpfte ein Teammitglied vor Freude über den Flur. Selbst in den Pausen und während des Mittagessens wurde über *Ant-on* gesprochen. Es war, als wären alle infiziert und besonders motiviert. Vielleicht lag es auch daran, dass sich das Team gut verstand und alle wussten, dass man mit *Ant-on* absolutes Neuland betrat. Sei es in der Entwicklung der Roboterameisen, die sich mechanisch durch KI herstellen ließen und dabei die Bionik als Muster kopierten oder aber durch die eingeleitete Evolution der Steuerungssoftware. Die KI lernte jeden Tag neu hinzu und alle waren begeistert ob der erreichten Fortschritte. Mensch, Technik und KI arbeiteten Hand in Hand.

Auch die notwendigen und guten Hinweise sowie Ideen von Professor Schleithmann aus der Entomologie wie auch der Input von Doktor Schwarz in Sachen neuronaler Vernetzung und die Übertragung dieses bislang kaum bekannten Wissens spornten die Teilnehmer des Projekts weiter an. Sie arbeiteten auf einer

Ebene, und die Führungskräfte beziehungsweise die Wissenschaftler und Behördenmitarbeiter zogen alle an einem Strang. Jeder hatte seine Aufgaben und trug damit zum Gesamterfolg bei. So war es nicht verwunderlich, dass viele der Mitarbeiter nicht erst am Montagmittag mit ihrer Arbeit im *David-Hansemann-Haus* begannen, sondern bereits am Sonntagnachmittag eintrudelten und sich ans Werk begaben. Manch einer tüftelte auch übers Wochenende an kniffligen Aufgaben und überraschte das Team mit neuen Lösungsansätzen oder Vorschlägen, die sofort ausprobiert und übernommen wurden.

Hubert Schmidt war der Koordinator zwischen Team und Innenministerium. Er unterrichtete auch Heide Mainz beim *MAD* über die Fortschritte. Als Christiane Coldner vor einigen Wochen bei der Auftaktveranstaltung nochmals das Thema Datensicherheit und getrennte IT-Systeme vor den Mitarbeitern des Teams erläutert hatte, stellte sich ein ziemlich schlechtes Gewissen bei ihm ein. Noch bevor das Team zusammengestellt war, hatte er über seinen Rechner im Büro des Innenministeriums diverse Anfragen bei *Klikipedia* gestellt, war zur Recherche ins Internet gegangen und dabei auch über *Coogle* im Netz gewesen. Er wusste nicht, ob vielleicht auch Doktor von Kesselhut oder andere Leute im Ministerium ähnlich naiv vorgegangen waren wie er. Er hoffte es nicht. Aber bislang hatte Schmidt keinerlei Hinweise darauf, dass er bespitzelt oder belauscht wurde. Im Projekt *Ant-on* hielt er sich stets an die Anweisung der Entwicklungschefin von *Bollmann Engineering*, keinerlei Datentransfer zwischen den internen Computern und dem World Wide Web zu ermöglichen. Allerdings hatte Hubert Schmidt es auch nicht für erforderlich gehalten, Coldner über seine vorherigen Internetrecherchen zu informieren. Wie sagte man im benachbarten Köln: „Es ist noch immer gut gegangen!"

Seinen Urlaub auf Antigua mit Bettina Klaasen hatte er zurückgestellt. Auch die Affäre zwischen ihnen war ein wenig abgeflaut. Sie glaubten zwar noch immer, ein Paar zu sein, verbrachten aber die Nächte mehr und mehr alleine, jeder für sich, in seiner eigenen Wohnung. Vielleicht war die erste Welle der

Verliebtheit vorüber oder lag es an der ständigen Nähe bei der Arbeit im Projekt? *Ant-on* beanspruchte sie alle und für viel mehr war momentan einfach kein Platz vorhanden. Schmidt machte sich momentan keine zu großen Gedanken darüber, er nahm sich aber vor, Bettina demnächst mal wieder zum Essen einzuladen. Vielleicht wäre es auch hilfreich, ihr einen Strauß Rosen am Wochenende zu schenken, kam es ihm in den Sinn und er vergaß die Idee im nächsten Augenblick, als er von einem Mitarbeiter des Teams angerufen wurde.

Mit Heide Mainz, der intelligenten und zugleich attraktiven *MAD*-Mitarbeiterin, wie er sie beurteilte, traf sich Schmidt immer in ihrem Büro in Köln. Hier war ein Höchstmaß an Vertraulichkeit und Diskretion gegeben. Auch Mainz hatte ihre Kanäle genutzt und alle verfügbaren Informationen, die über Robotersysteme und/oder eingesetzte KI innerhalb der Geheimdienste bekannt geworden waren, selektiert, gefiltert und aufgearbeitet. Dabei war sie sogar bei der NASA fündig geworden, denn die Weltraumbehörde hatte entsprechende Techniksysteme für die Entwicklung der erfolgreichen Marssonde *Curiosity* verwendet und im Internet öffentlich gemacht.Die Amerikaner geben gerne an und protzen mit ihren Taten, genauso wie ihr momentaner Präsident, dachte Schmidt, als Mainz ihn darüber informierte.

Nun saß Schmidt an seinem Schreibtisch im Büro in Düsseldorf. Er las gerade die E-Mails, die in seinem Postfach seit gestern Abend eingetroffen waren. Dabei entdeckte er eine elektronische Nachricht, deren Absender eine russische Absenderangabe aufwies. Die E-Mail besaß mehrere Dateien im Anhang. In der Betreffzeile las er in deutscher Sprache den Begriff *Künstliche Intelligenz auf dem Vormarsch, wie Roboter unsere Welt erobern.* Fast war er geneigt, die E-Mail anzuklicken. Doch seine rechte Hand legte die Maus vorsichtig an die Seite, so als wäre sie mit explosivem Dynamit gefüllt. Natürlich wusste Schmidt, dass gefährliche Spam-E-Mails mit Dateianhang erst dann ins System eindringen konnten, wenn man die mitgeschickten Anhänge öffnete. Aber selbst das Öffnen der E-Mail an sich umging er vorsichtshalber. Schmidt wählte die Telefonnummer der IT-Sicherheit im Ministerium und bat den Mitarbeiter, der sich meldete, die nicht geöffnete E-Mail einmal genauer zu untersuchen und den Absender ausfindig zu machen. Sollte man einen Virus entdecken, wollte Schmidt informiert werden.

Etwas beruhigter und entspannter fühlte sich Hubert Schmidt nach diesem Telefonat. Da klopfte es vorsichtig an seiner Tür, und Frau Himmelmann kam herein. Sie war seine Sekretärin, 58 Jahre alt und die beste Mitarbeiterin, die sich der Assistent des Ministers überhaupt vorstellen konnte. Sie organisierte seinen kompletten Tagesablauf, war stets in der Lage, Prioritäten zu bilden, war Kommunikationschefin der gesamten Abteilung und im Betriebsrat tätig. Zudem galt sie als die gute Seele des Hauses. Ihr vertraute man seinen Kummer an und bekam beste Ratschläge, Lebensweisheiten und manchmal ihren berühmt-berüchtigten Eierlikör.

Ihre Zugehörigkeit zum Betriebsrat war von unschätzbarem Wert, denn sie kooperierte sehr oft zum Wohle aller. Schmidt hatte viele Ideen nur durch die Unterstützung seiner Sekretärin verwirklichen können. Mit ihrer jahrzehntelangen Erfahrung im Ministerium und ihren hervorragenden Beziehungen war Himmelmännchen, wie er sie nannte, nicht nur Ratgeberin, sondern auch exzellente Strippenzieherin im positiven Sinne. Mit ihr blieb Vertrauliches wirklich diskret. Oft meinte sie dann zu ihrem Chef: „Also, Schmitti“, so nannte sie ihn, „wenn das der Betriebsrat hört, schlägt er die Hände überm Kopf zusammen. Ich an ihrer Stelle würde …“ Und genau das tat er dann auch.

Jetzt streckte sie ihren Kopf durch den Türspalt. „Pardon, Schmitti, da läuft eine große Scheiße. Wollen Sie mal schauen?“

Schmidt wunderte sich, denn sie benutzte nie Ausdrücke aus dem Fäkalienrepertoire, außer, wenn etwas besonders Schlimmes im Gange war. Er stand auf und ging zu ihr an den Schreibtisch. Ihre Stimme klang hektisch und ein wenig verzweifelt. Das bereitete ihm etwas Angst. „Was ist denn, Himmelmännchen, soll ich Ihnen mal das Licht im PC-Bildschirm anmachen?“, versuchte er sie zu beruhigen. Der Spruch war sein Running Gag. Zu

Beginn ihrer beruflichen Zusammenarbeit hatte es einen Computertotalausfall gegeben, der sie zur Weißglut gebracht hatte. Himmelmann betätigte damals alle möglichen Schalter, klickte mit der Maus herum und drückte dann verzweifelt die sogenannte Affentaste „Strg/Alt/Entf." Mit drei Fingern ihrer rechten Hand. Aber nichts tat sich. Dann bat sie verzweifelt Schmidt um Hilfe, ob er das Licht im PC wieder einschalten könne.

„Sehen Sie sich das mal an, Schmitti!" Sie zeigte auf den Bildschirm. Dort liefen in schneller Abfolge Zahlen- und Ziffernkombinationen in weißer Schrift auf schwarzem Grund von unten nach oben über den Monitor.

„Das sieht aber wirklich komisch aus, was haben Sie denn da eingegeben?", wollte Schmidt wissen.

„Ich war gerade dabei, das wöchentliche Dossier über *Anton* für von Kesselhut zusammenzustellen. Bei einer Passage der Ausführungen von unserem Doc Black", so nannte sie spitzbübisch Doktor Schwarz, „hat er im Protokoll etwas von einer zerebrovaskulären Erkrankung geschrieben. Da Kesselhütchen kein Neurologe ist und ich Arztberichte auch nicht verstehe, bei dem ganzen Scheiß-Latein, gebe ich das immer unter *www.arztbericht-verständlich-übesetzen.de* ein. Kaum war ich auf der Seite, begann der PC zu spinnen. Erst tauchten einige Fenster auf, die sich wieder schlossen, dann flimmerte der gesamte Bildschirm und jetzt das hier, alles spielt verrückt", ereiferte sich Himmelmann, die hilflos auf den Tasten herumklapperte.

„War denn in Windows etwas zu lesen?", fragte Schmidt nach, dem es soeben heiß und kalt den Rücken hinunterlief. Er lockerte seine Krawatte und starrte in den Bildschirm. Dort liefen jetzt wieder Ziffern- und Zahlenkolonnen in wilder Geschwindigkeit über den Monitor.

„Ich habe die Escapetaste gedrückt und das permanent im Hintergrund befindliche Sicherheitsprogramm *Thor* gleichzeitig mit Drücken der Tasten F fünf, F sieben und F eins aktiviert. Die Software fragt bekanntlich nach, ob die laufenden Programme unterbrochen werden können. Da ich in Word geschrieben habe und dort automatisch abgespeichert wird, habe ich das positiv bestätigt. Und dann das hier!" Sie zeigte mit dem rechten Zeigefinger auf den Bildschirm. „Normalerweise zeigt Thor, aber das kennen sie ja, immer einen grünen Balken, der den Fortschritt der Überprüfung anzeigt und am Ende bekanntgibt, ob es Bedrohungen, Virusangriffe oder Spams gefunden und eliminiert hat. Nichts dergleichen, nur das hier!"

„Scheiße", sagte jetzt auch Schmidt. „Ich habe gerade schon mit der IT-Sicherheit gesprochen, Himmelmann, rufen Sie die sofort an und machen den hier", er zeigte auf den PC, „einfach aus."

Aufgrund der bedrohlichen Situation hatte Schmidt ihren richtigen Namen genannt und die Koseform weggelassen. Himmelmann versuchte, den Computer durch andauerndes Drücken der On-Taste auszuschalten, aber nichts geschah. Dann sah Schmidt, dass ein USB-Stick im Rechner steckte.„Wo kommt denn der her?", fragte er sie und zog den Stick mit einer raschen Bewegung aus der Buchse des Rechners.

„Den habe ich heute aus dem *David-Hansemann-Haus* mitgenommen. Ich protokolliere doch immer direkt mit!", sagte sie etwas verstört.

„Auf welchem PC haben Sie das mitprotokolliert?", fragte ihr Chef mit scharfer Stimme, obwohl er wusste, dass sie immer auf einem für alle zugänglichen Laptop im Konferenzraum die Meetings protokollierte. Einem Laptop des internen Systems. Bravo, dachte er, Coldner bringt uns um!

Die IT-Sicherheit war schnell benachrichtigt. Der Rechner wurde von dem zuständigen Mitarbeiter aus dessen Büro aus heruntergefahren und neu gestartet. Währenddessen saßen Schmidt und Himmelmann vor dem schwarzen Bildschirm und schlürften dabei nervös mehrere Tassen Kaffee. Dann klingelte das Telefon.

„Heinze, IT-Sicherheit. Hallo, Frau Himmelmann. Was haben Sie denn da fabriziert?", fragte er wie ein Revisor, der den Kassierer beim Verschwindenlassen von Geldscheinen in der Bank erwischt hatte. Himmelmann erklärte kurz, was sie gemacht hatte, berichtete von der Protokollerstellung im Projektteam, vom USB-Stick, von der Arbeit am Dossier und von ihrer Nachfrage auf der Übersetzungsseite im Internet, als sie den Fachbegriff gecoogelt hatte.

„Also, was ich sehen kann ist, dass ein feindliches Eindringen durch unsere Firewall erfolgt ist." Schmidt zuckte zusammen, seine Sekretärin hatte das Telefon laut gestellt. „Als Sie die Seite zum Übersetzen angesteuert haben, gab es im Hintergrund einen getarnten Zugriff. Und jetzt kommt das Spannende. Dieser unautorisierte, externe Angriff durch Datenabfrage war versteckt hinter der Aktivierung Ihres eingeschobenen USB-Sticks", erklärte Heinze fachmännisch. „Das ist so, als ob Ihr Rechner zwischendurch überprüfen würde, ob der USB-Stick noch angeschlossen ist. Solche Routineabfragen laufen im Hintergrund. Dieser programmierte Befehl hat zudem die Aufgabe, den USB-Stick zu checken. War da noch etwas anderes drauf?"

„Nein, nur das Protokoll des Meetings", flüsterte Himmelmann.

„Schieben Sie den mal rein. Keine Angst, ihr Rechner ist mittlerweile solo, vom Netz getrennt und auch von der Hauptanlage. Nur ich kann ihn von meinem Laptop ansteuern."

Schmidt öffnete seine rechte Faust und schob den mittlerweile schweißnassen USB-Stick wieder in die Anschlussbuchse des Computers. Schweißperlen standen auf seiner Stirn. Er stützte sich mit beiden Armen auf den Schultern seiner Sekretärin ab, die am Schreibtisch vor dem Bildschirm hockte. „Aua, Sie tun mir weh, Schmitti!", stöhnte sie auf.

„Okay, dann schauen wir mal", sagte der IT-Sicherheitsmann. „Ich übernehme jetzt mal die Maus". Wie von selbst bewegte sich der Cursor auf dem Bildschirm, öffnete den Dateimanager und wählte das F-Laufwerk mit dem USB-Zugang aus. Er öffnete den externen Speicher, und Himmelmann und Schmidt sahen das Word-Dokument mit der Bezeichnung *Meeting Nr. 11.* Sonst war keine Datei vorhanden. Schmidt atmete hörbar aus.

„Jow, das ist das Protokoll, nicht wahr!", meinte Heinze.

„Jetzt schauen wir mal unter der Bettdecke nach. Das Bild der Datei veränderte sich und plötzlich erschienen diverse Ordner, die jedoch nicht das übliche Gelb aufwiesen, sondern irgendwie farblos weiß wie der Hintergrund waren. „Oh ha, was haben wir denn da? Hatten Sie nicht gesagt, Frau Himmelmann, auf dem USB-Stick sei nur das Protokoll von Ihrem Meeting?"

„Ja, mehr war da nicht drauf!", meinte sie, mittlerweile etwas unsicher klingend.

„Doch, da ist jede Menge mehr drauf gespeichert, schauen Sie mal hier."

Der Cursor bewegte sich jetzt auf die farblosen Dateien zu und klickte sie an. Mit bleichen Gesichtern sahen Himmelmann und Schmidt die Namen der Dateiordner: *Schwarz, Quintus, Schleithmann, Raimund, Bollmann Engineering, Ordner A-K 12* und viele andere mehr mit anderen technischen Bezeichnungen.

„Das nennt man einen Trojaner-Einbruch", meinte Heinze.

„Den USB-Stick haben Sie nicht das erste Mal in den externen Laptop und in ihren PC gesteckt, oder?"

„Oh, ja", meinte Himmelmann, „aber den habe ich immer auf Viren gecheckt. Und nur den einen, damit nichts passiert!"

„Bravo, Sie haben damit versucht, eine Grippe mit einem Tempotaschentuch zu besiegen, Glückwunsch! Sie müssen irgendwann die Aufmerksamkeit im Netz erregt haben oder sind auf eine unsichere Seite gegangen. Dann hat sich ein Trojaner verdeckt über Ihren PC auf den USB-Stick gesetzt. Als Sie später diesen USB-Stick in den externen Rechner geschoben haben, hat der den gesamten Inhalt der Festplatte durchsucht und diese Dateien hier", er zeigte mit dem Cursor wieder auf die entsprechenden Ordner, „heruntergeladen. Als Sie den Stick wieder in ihren Rechner geschoben haben, begaben sich die Dateien nach einem vorgegebenen Pfad auf den Weg zum Owner des Trojaners! Klassischer Datenklau durch Bedienerpfusch!"

Himmelmann hatte einen bleichen Gesichtsausdruck, jetzt drohte ihr Kreislauf gänzlich zu versagen. „Das ist mir noch nie passiert!"

„Oder Sie haben es bislang noch nie gemerkt!", sagte Heinze etwa oberlehrerhaft. „Die Dateien waren wichtig? Welchen Vertraulichkeitsgrad haben sie?"

„Den höchsten, Herr Heinze, den höchsten. Gottverdammte Scheiße, Himmelmännchen. Was haben Sie sich dabei bloß gedacht!", schnauzte Schmidt seine Sekretärin an. Gleichwohl dachte er daran, selbst auch gegen die sicherheitsrelevanten Anweisungen verstoßen zu haben.

„Können Sie sagen, ob und welche Datensätze via USB-Stick und Trojaner gestohlen wurden?", fragte Schmidt an den IT-Sicherheitsmann gewandt sichtlich nach Fassung ringend.

„Nein, kann ich nicht. Das Programm des Sticks ist relativ einfach, Daten drauf und Daten runter, das war's. Ich schreibe jetzt einen Bericht und bitte Sie, die E-Mail, die ich Ihnen gleich sende, direkt zu beantworten. Dann ausdrucken, unterschreiben. Ich schicke gleich jemanden vorbei, der die Selbstanzeige abholt, auch den Stick. Sie hören dann von mir."

Heinze hatte aufgelegt. Schmidt hatte urplötzlich einen metallischen Geschmack im Mund und meinte, sich übergeben zu müssen. Er würgte und spürte augenblicklich deutlich seinen eigenen Pulsschlag im rechten Ohr.

„Ich bring mich um", sagte Himmelmann und kippte lautlos vom Stuhl.

***Militärischer Abschirmdienst*, Köln, Deutschland**

Heide Mainz war nach ihrer schnellen Rückkehr aus Israel sehr aktiv gewesen. Sie hatte den Direktor des Dienstes, von Heesen, aufgesucht und ihm Rückmeldung zum Abstecher in den Nahen Osten erstattet. Dies geschah, bevor sie sich mit Hubert Schmidt in Düsseldorf traf. Sie berichtete dem Chef des *MAD* von der äußerst hilfreichen und freundlichen Unterstützung durch den *Mossad* und den außerordentlichen Bemühungen des für sie zuständigen Offiziers, Oberst Uri Finkenrath, der sie beim Besuch in Israel begleitet hatte.

Beim Aussprechen seines Namens durchfuhr sie ein leichtes Ziehen. Heide spürte zugleich ein großes Verlangen nach ihm. Sie hatte seit dem Rückflug keinen Kontakt mehr zu Uri gehabt. Heide schüttelte die Gedanken an ihn jedoch professionell ab und berichtete ihrem Vorgesetzten weiter. Sie erläuterte dabei den Besuch des Instituts nahe der Golan-Höhen, legte den mitgebrachten Skarabäus auf den Tisch und erzählte vom Telefonat mit Hubert Schmidt vom Innenministerium. Von Heesen hörte aufmerksam zu und trank zwischenzeitlich schlückchenweise seinen Kaffee. Hin und wieder machte er sich Notizen. Dann drehte er den metallischen Käfer herum, wendete ihn und betrachtete neugierig den kleinen Roboter. Ihm war eine gewisse Scheu anzusehen, doch seine Neugierde überwog. „Der ist jetzt abgeschaltet? Kann er ferngesteuert werden?"

„Das Ding hat einen kleinen Empfänger auf Infrarotbasis. Auf jeden Fall ist er seit Tagen so still. Die letzten Zuckungen hatte er in Israel, und das war wohl eine ungesteuerte Restenergie der kleinen Lithiumbatterie. Vom Iran her ist er nicht zu orten oder ansteuerbar", erklärte sie. Von Heesen schob den Käfer respektvoll von sich weg.

„Also, dieser Schmidt will etwas Kleines konstruieren lassen. So etwas wie Ameisenroboter, die im Schwarm agieren. Mit einem Befehl auf die Reise geschickt, aber mit autonomer Entscheidungsgewalt vor Ort ausgestattet? Habe ich das so richtig verstanden?"

Heide Mainz nickte. „Dabei soll das natürliche Verhalten der Ameisen als Vorlage dienen. Wie die von Herrn Schmidt beauftragten Wissenschaftler meinen, könnten die einzelnen Roboterameisen durch Vernetzung miteinander eine Art Schwarmintelligenz entwickeln und Situationen vor Ort autonom lösen."

Sie erklärte dem Direktor in kurzen Worten das ihr vom Mann des Innenministeriums selber erläuterte Prinzip der einhundertsten Ameise. Dabei bediente sich Mainz des Beispiels der Insekten, die sich erst nach der Ansammlung von circa einhundert Tieren formell ordneten, ohne dass dieses Verhalten irgendwie angeordnet worden sei.

Von Heesen hörte konzentriert zu. So etwas hatte er noch nie gehört und es erweckte seine Wissbegier. „Höchst interessant. Da soll sich quasi die Intelligenz von alleine einstellen? Spannend. Mal eine ganz andere Frage zwischendurch, Oberstleutnant. Warum haben uns die Israelis so freundlich Support geleistet?"

„Ich glaube", meinte Heide, „das liegt an den bekannten Umständen hier in Deutschland und an der aufkommenden Stimmung gegen den wieder gewählten Ministerpräsidenten Levy. Die Israelis wollen auf jeden Fall störende Rahmenbedingungen bei den Rüstungsbeschaffungen vermeiden. Die stehen im ständigen Konflikt mit ihren östlichen Nachbarn und benötigen quasi jede einzelne Patrone oder jedes U-Boot von uns!"

„Das stimmt", bestätigte von Heesen. „Und dieser Finkenrath hat keinerlei Bedingungen genannt?"

„Nein, nicht eine einzige!"

„Und hat er sie nach Ihrer Rückkehr aus Israel kontaktiert?"

„Nein, hat er nicht, ich ihn auch nicht", sagte sie etwas zu schnell. „Ich glaube, dass wir den *Mossad* weiter unterstützen sollten. Vielleicht möchten die ja auch, dass wir die Idee der autonomen Insektenroboter aufnehmen und gegebenenfalls in die Konstruktion und Herstellung gehen. Um später einsatzfähige Roboter, quasi als Dank, Israel wieder zur Verfügung zu stellen und zu liefern", mutmaßte Mainz.

„Könnte sein, sonst noch was?"

„Wie meinen Sie, Direktor von Heesen?", fragte sie etwas unsicher nach.

„Nun, bei Nennung des Namens dieses Obersts haben sie irgendwie eigenartig reagiert. Etwas Emotionales? Sollte ich mehr wissen?"

„Nein, alles in Ordnung. Oberst Finkenrath ist nur ein sehr sympathischer und tatkräftiger *Mossad*-Offizier. Wir haben uns gut verstanden – auf professioneller Basis!", fügte sie hinzu und dachte: Ich habe sympathisch vor tatkräftig genannt, Herz schlägt Hirn! Das Bild von Uri war wieder vor ihr aufgetaucht. Sie sehnte sich mehr nach ihm, als sie es sich jemals vorgestellt hätte. Nicht gerade hilfreich in dieser Situation, durchfuhr es sie. Von Heesen bemerkte eine leichte Röte in ihrem Gesicht.

Aha, dachte er, dem die gelegentlichen sexuellen Eskapaden seines weiblichen Oberstleutnants bekannt waren. Natürlich, beim *MAD* wusste man fast alles, und der Chef musste alles wissen. Da sind der Mainz mal wieder die Zügel durchgegangen. Na ja, ich würde sie auch nicht von der Bettkante schubsen, dachte er und lächelte Mainz leicht süffisant an. In seinem Kopf tauchte ein altes Sprichwort aus seiner eigenen beruflichen Anfangszeit im Geheimdienst auf. Es lautete: „Never fuck in the Government! Es sei denn, es ist gut für Deutschland." Doch der Direktor wusste, was er an ihr hatte. Keineswegs wollte er auf ihre Tatkraft und ihr Engagement verzichten, nur weil sie sexuell sehr aktiv war. „Oberstleutnant, wenn das Projekt zum Tragen kommt", er räusperte sich, „dann sollte ich möglichst schnell die Nachfolge ihres früheren Chefs klären. Doktor Bonnhard wird nicht wieder ins Büro zurückkommen, er ist gestern in den einstweiligen Ruhestand versetzt worden. Also, Sie haben freie Hand. Unterrichten Sie mich bitte, wenn etwas Aktuelles vorliegt. Ich brauche noch die Finanzdaten, aber das können Sie mit diesem Herrn Schmidt abklären. Checken Sie den bitte, oder? Nee, warten Sie", er überlegte kurz, „das übernehme ich selbst."

Heide kehrte in ihr Büro zurück. Den jungen Fähnrich hatte sie bereits direkt nach ihrem Israelausflug in eine andere Abteilung verschieben lassen. Ein Telefonat mit Major Walter Noack vom Beschaffungsamt hatte genügt, die Versetzung direkt zu vollziehen. Der immer listig dreinblickende Major mit dem kleinen Kugelbauch hatte noch etwas bei Heide gutzumachen. Sie hatte ihn auf dem Schießstand vor einigen Monaten mit einer nicht registrierten Waffe erwischt.

„Ist so ein Mitbringsel aus den USA, wenn Sie verstehen", hatte er seinerzeit schmunzelnd zu ihr gesagt, als sie auf der Schießbahn neben ihm die verchromte Pistole gesehen oder besser gesagt, gehört hatte. Alle beim *MAD* eingesetzten Offiziere verfügten über eine halbautomatische *Glock 17* als Dienstwaffe.

Insofern fiel es bei den allmonatlichen Trainings auf, wenn andere Waffen auf dem Schießstand benutzt wurden. Die *Glock* produzierte einen kurzen scharfen Knall, wenn die normale Standardpatrone vom Typ 9 x 19 Millimeter Luger abgefeuert wurde. Doch als der Major mit seinem *1911er-Colt* auf die Zielscheibe schoss, knallte es derart laut, dass Heide Mainz trotz ihres Gehörschutzes sofort zu Noack hinüberschaute. Das war eindeutig keine *Glock* gewesen und keine 9 Millimetermunition. Das war ein ganz anderes, viel größeres Kaliber.

„.45er-ACP, Mannstoppmunition", lachte verlegen der Major und pustete wie einst Wyatt Earp in den Lauf der großkalibrigen Waffe. Dabei schaute er sie über den Rand seiner Hornbrille etwas verlegen an.

Böse sein kann man ihm eigentlich nicht, dachte sie dabei. Aber wer weiß, wofür dieses Wissen hilfreich sein kann!

„Bitte nicht petzen, danke im Voraus", sagte er und feuerte das Magazin bis zur letzten Patrone leer.

Also, der Fähnrich ist versetzt, dachte Mainz zufrieden. So etwas durfte ihr nicht mehr passieren. Sex mit Untergebenen! Von Heesen hatte so eine komische Bemerkung gemacht. Ahnte er etwas von ihrem Verhältnis mit Uri Finkenrath? Sie wusste es nicht genau und schwor sich, demnächst vorsichtiger zu agieren. In diesem Augenblick klingelte ihr dienstliches Mobilfunkgerät. Die Nummer des Anrufers war unterdrückt, und sie dachte, dass von Heesen ihr vielleicht kurz mitteilen wollte, dass Hubert Schmidt positiv gecheckt worden sei und damit einer Zusammenarbeit nichts mehr im Wege stehen würde. Der Chef der Behörde erledigte solch wichtige Überprüfungen ungemein schnell, um voranzukommen. Er hasste nichts mehr als verschwendete Zeit.

„Oberstleutnant Mainz", meldete sie sich zackig in der Erwartung, von Heesen am anderen Ende der Leitung zu wissen.

„Heide", sie erkannte sofort seine Stimme und es war nicht die ihres Chefs. „Uri?" Ihr wurde leicht schwindelig.

„Na klar, ich bin's, Liebes. Was ist geschehen, was habe ich falsch gemacht?"

„Nichts, Uri, du hast nichts falsch gemacht. Aber, es geht einfach nicht. Du bist beim *Mossad* und ich beim *MAD*. Das passt nicht zusammen!"

„Ich weiß, dass du mich liebst, und ich liebe dich. Ich begehre dich mehr als alles andere auf der Welt. Es gibt keine Frau auf diesem Planeten, die es mit dir aufnehmen kann. Von Asifa einmal abgesehen", lachte er. „Kommst du, ich warte auf dich." Das war keine Frage gewesen.

„Wo bist du denn?" Ihre Stimme wurde zittrig.

„In deiner Nähe", flüsterte Uri.

Kapitel 30

Nachrichtenkommunikation-Center, *CIA*-Hauptsitz, Langley, Virginia, USA

Walter Cheney war wie schon oft früh ins Office gekommen. Er liebte es, morgens als Erster im Büro zu sein. Um sechs Uhr war es im Hauptsitz der *CIA* noch einigermaßen ruhig. Cheney lebte nicht weit entfernt in Georgetown, einem Stadtteil von Washington. Er fuhr jeden Morgen mit seinem Dienstwagen, einem alten *Ford Caprice*, über den Potomac River, bog nach der großen Brücke in Richtung Westen auf den George Washington Memorial Parkway ab und fuhr linksseitig des großen Flusses zu seiner Dienststätte. Direkt vor dem Gebäudekomplex steuerte er den speziell für ihn reservierten Parkplatz an. *Chief Commander Execute Information* stand auf dem Schild. Natürlich würde er wichtige Nachrichten auf sein Handy per SMS avisiert bekommen, aber heute Morgen war nichts dergleichen geschehen. Manchmal klingelte auch sein Mobilfunkgerät in der Nacht, wenn Überraschendes geschehen war.

Heute Morgen war die Welt noch in Ordnung, zumindest konnte man dieser Meinung sein. Der Präsident hatte zwar wieder einen *Kwitter*-Sturm über die unfairen Handelsmethoden der Chinesen entfacht sowie den deutschen Bundeskanzler energisch aufgefordert, die zugesagten Investitionen im Rüstungsbereich der NATO zu tätigen, aber sonst war eigentlich alles wie immer. Morgens, beim ersten Kaffee in seiner kleinen Pantry zu Hause, hatte er sich durch die TV-Kanäle geklickt und war kurz bei *Fox News* hängengeblieben. Die Demokraten wollten den Sonderermittler Muller vom Abgeordnetenhaus erneut befragen, um herauszufinden, ob man Ronald J. Rampthon nicht doch etwas anhängen konnte. Also, alles wie immer, dachte der Geheimdienstoffizier.

Der Herbst kündigte sich an, der Indian Summer färbte die Blätter der Bäume bereits in kräftiges Gelb und Rot. Cheney freute sich jeden Morgen auf die Fahrt ins Büro. Das sonore Brummen des großen V8-Motors und das entspannte Rollen über die noch leeren Straßen stellte für ihn einen guten Start in einen arbeitsreichen Tag dar.

Nun überflog Cheney, an seinem Laptop sitzend, die für ihn zusammengestellten Nachrichten, die in der Nacht über die unterschiedlichsten Kanäle hereingekommen waren. Wie immer waren die Informationen chronologisch angeordnet und nach Wichtigkeit sortiert. Er las die zuletzt eingegangenen News gerne zuerst. Die Quelle der Nachricht wurde in einer Klammer vor dem Inhalt genannt. Interessant fand Cheney an diesem Tag die Bewegungen der iranischen Marine in Richtung der Meerenge von Hormus. Die Daten stammten vom Generalstab des Weißen Hauses.

Nach dem Aufruf zum verschärften Boykott durch den Präsidenten bezüglich der Einfuhr von Erdöl aus dem Iran, verbunden mit der Drohung, dass Länder, die sich nicht daran hielten, mit Zöllen bestraft werden sollten, hatten die Iraner ihrerseits mit der Schließung der nur fünfundfünfzig Kilometer breiten Seedurchfahrt gedroht. In diesem Zusammenhang waren die Informationen besonders zu bewerten. Denn zwei Fregatten und fünf Schnellboote hatten Kurs auf die der iranischen Westküste vorgelagerte Insel Larak genommen. Die Schiffe kamen aus dem Port Shadid Bahonar, in der Nähe von Bandar Abbas. Larak lag wie eine Festung in der Meerenge und war der letzte Außenposten des Irans in der Straße von Hormus. Somit von höchster strategischer Bedeutung. Auf der kargen Insel standen nur ein paar Häuser sowie eine winzige Moschee. Ein überschaubarer Fischereihafen lag am östlichen Ufer. Aber Larak bildete nicht nur einen Stützpunkt in dem vielbefahrenen Gewässer, sondern bot auch Schutz für Schiffe. Denn Marineeinheiten konnten sich zwischen dem Eiland und der iranischen Küste verstecken beziehungsweise dort auf der Lauer liegen. Sie waren einerseits durch die Insel vor tieffliegenden Granaten, Torpedos oder Raketenbeschuss sicher, anderseits konnten sie innerhalb einer Stunde in die Mitte der Passage gelangen und den Seeweg für andere Schiffe blockieren. Selbst die Andeutung einer solchen Sperrung war schon schwerwiegend und vom Westen ernst zu nehmen. Durch den Persischen Golf und die Wasserstraße von Oman beförderten die Tanker immerhin fast dreißig Prozent des weltweiten Rohöls. Daher schnellte der Preis für den fossilen Brennstoff derzeit nach oben.

Cheney las weiter, dass die Air Force das Gebiet regelmäßig von ihren Stützpunkten in Saudi-Arabien aus überwachte. Hier setzte die USA vier Maschinen vom Typ *Lockheed Lightning F35A* ein. Jagdbomber, die auch als Aufklärungsflugzeuge fungierten. Sie waren mit Stealth Technik ausgestattet und konnten daher vom feindlichen Radar nicht erfasst werden. Die beiden Rotten, die zusammen Patrouille flogen, benutzten verschiedene Luftkorridore in unterschiedlichen Höhen. Jeden Tag wurde das zu überfliegende Gebiet neu definiert. Alle Kampfflugzeuge waren waffentechnisch in der Lage, direkt aus der Aufklärungsmission heraus Schiffe und andere Flugzeuge bei einem notwendigen Einsatz anzugreifen. Cheney wusste, dass die erst seit 2015 eingesetzten Kampfjets mit Luft-Boden-Raketen vom *Typ AGM-65* sowie mit den *Joint Strike Missile* bestückt waren. Das war eine massive Bedrohung, selbst für ein bewaffnetes Kriegsschiff. Für einen möglichen Luftkampf mit anderen Jets verfügte die *F35A* über jeweils zwei *AIM9 SideWinder-Raketen*, die ihre Ziele autonom ansteuerten und aus mehreren Kilometern Entfernung abgefeuert werden konnten. Zudem flogen ab morgen, so war es in dem Bericht zu lesen, von einem Stützpunkt in England aus täglich zwei *B2-Tarnkappenbomber* zum Persischen Golf und überquerten das Gebiet. Aufgrund ihrer enormen Reichweite kehrten sie erst nach vielen Stunden wieder zurück zur Airbase in Großbritannien. Zusätzlich hatte die *Ronald Reagan*, einer der größten Flugzeugträger der US-Marine, Kurs aufs Arabische Meer genommen. Sie würde in fünf Tagen so nahe an der Straße von Hormus sein, dass die mitgeführten Kampfjets innerhalb von dreißig Minuten Flugzeit über der Meerenge sein und eine Seeblockade auflösen könnten. Dazu standen auf dem Flugzeugträger zwei Staffeln mit jeweils zwölf Kampfjets vom *Typ F 18 Super Hornets* zur Verfügung. Die im Marineverband mitgeführten Fregatten und Zerstörer führten zudem *Marschflugkörper* mit an Bord, die über Entfernungen von mehr als 1.000 Kilometern gegen feindliche Ziele eingesetzt werden konnten. Diese *Cruise Missiles* waren jetzt schon feuerbereit. Der Iran muss äußerst vorsichtig sein, die USA liegen schon vor der Haustür der Bastarde, dachte Cheney. Wenn wir wollen, machen wir die Kameltreiber fertig, ehe der Muezzin zum Morgengebet gerufen hat!

Cheney blätterte virtuell weiter und wischte mit seinem Zeigefinger über den Touchscreen des Laptops. Er las auf der nächsten Seite, dass US-Botschafter Richard A. Douglas, der die Vereinigten Staaten in Berlin vertrat, eine Notiz angelegt und dem Weißen Haus übermittelt hatte. Darin vermerkte er, dass ihn der deutsche Außenminister ins Auswärtige Amt zitiert habe, er aber nicht beabsichtige, der „Einladung", wie er es nannte, nachzukommen. Man bezichtigte ihn der Einmischung in innerdeutsche Wirtschaftsfragen. Das sei, so der Außenminister, für die Bundesrepublik nicht hinnehmbar, und Mister Douglas sollte sich gefälligst an die diplomatischen Gepflogenheiten halten!

Der hat das Benehmen eines Standortkommandanten kurz nach der Kapitulation der Deutschen im Jahr 1945, dachte Cheney und lächelte, ähnlich wie der Präsident. Douglas kopiert ihn gut. Der Botschafter will wohl weiter in seiner Karriere vorankommen, vielleicht wird er der nächste Vice-President? Nicht relevant für die *CIA*. Ronald J. Rampthon wird das Einbestellen des Botschafters ebenfalls nicht tolerieren. Was haben wir denn noch so in der Nacht erfahren?“, fragte sich der *CIA*-Beamte.

Auf der nächsten Seite sah Cheney den Vermerk *(Coogle/ Troja)* an einer weiteren, nicht sehr umfangreichen Information, das Spionageprogramm *Troja* war bei *Coogle* wieder fündig geworden. Als seinerzeit Admiral Cotterfield angeordnet hatte, nach Begriffen wie „Roboterkäfer“ oder „Skarabäus“ Ausschau zu halten, hatte Cheney die Anweisung an seine Mitarbeiter weitergegeben. Das Such- und Filtersystem des Geheimdienstes durchforstete seitdem tagtäglich alle eingehenden Nachrichten nach diesen Begriffen. Durch eingesetzte Künstliche Intelligenz des Großrechners wurden zuvor selektierte Daten erst wieder gelöscht, wenn die Agenten nach Prüfung des Materials dieses als nicht relevant gekennzeichnet hatten. Das führte bei der KI zu einem ständigen Lernprozess mit der positiven Folge, dass daraufhin nur noch aussagefähiges Material ermittelt und den Beamten zur Verfügung gestellt wurde. Ein lernendes System.

So hatte das Suchprogramm anfänglich die Information über den Kinofilm *Die Mumie Teil 4*, in der Skarabäen Jagd auf Grabräuber in Ägypten machen, selektiert. Genauso wie eine Nachricht über die Rückgabe von Kunstgegenständen des Britischen Museums in London an das Kulturministerium in Kairo. In den Aufstellungen der Retouren waren auch zwei Skarabäen aus der Epoche von Tutanchamun aufgelistet worden. Wahrscheinlich irgendwelche Grabbeilagen, die die Spionagesoftware in den Aufzeichnungen gefunden und wie gefordert identifiziert hatte. Beide Informationen wurden von den Agenten schnell zur Seite geschoben und als nicht relevant im System gekennzeichnet. Als die Software erneut bei dem Begriff Skarabäus fündig wurde, unterzog die KI den Datenfund einer erneuten Prüfung auf Basis des vorab stattgefundenen Lernprozesses. Dies führte dazu, dass die Informationen des neuerlichen Fundes direkt gelöscht wurden. Es handelte sich dabei um die Anfrage eines Touristikunternehmens an den Zoo von San Diego, ob dieser im Insektenhaus Skarabäen halten würde. Diese Informationen hatte der Rechner durchgewunken, andere wiederum nicht. Es gab diverse, fast zeitgleiche Anfragen bei *Coogle* über Ameisen-Roboter und Skarabäen. Die anfragenden Computer hatten IP-Adressen, die dem Innenministerium des Landes NRW in Düsseldorf zugeordnet waren.

„Aha, haben die sich doch eingemischt, interessant!", merkte Walter Cheney an. Dann spuckte der Rechner eine weitere Notiz von *Coogle*-Intern aus. Es handelte sich um einen Bericht in Protokollform, in dem genau beschrieben wurde, wie die Zerlegung oder Obduktion eines metallischen Skarabäus verlaufen war. „Höchst interessant!", meinte der Nachrichtenmann. Diese *Coogle*-Notiz war ebenfalls aus demselben Ministerium gekommen. Vor einiger Zeit hatte Cheney auch schon eine *Coogle*-Anfrage über den komischen Käfer aus der Sahara im Journal vorgefunden, diese aber als nicht relevant eingestuft. Auch hier kam die Anfrage aus Düsseldorf. Die IP-Adresse 192.0.2.42 war einem privaten Personal Computer aus dem Stadtteil Oberkassel zugeordnet. Und am gleichen Tag erfolgte nochmals eine Anfrage. Hier lautete die IP-Adresse 158.5.1.33. Dieser Rechner war für ein Büro der Firma McTinsey registriert. Auch wieder in Düsseldorf.

„Holy shit!", rief Cheney, „Heilige Scheiße, die Krauts sind dran!" Er tippte einige Befehle in den Computer ein und ließ die Daten prüfen. Kurze Zeit später stellte der Rechner eine Liste von Namen zusammen, die aufgrund der Ortsbezeichnung, der IP-Adressen und der zeitlichen Daten einen gemeinsamen Bezug aufwiesen. Dazu forschte der Geheimdienstrechner nun in allen möglichen Datenbanken und suchte Muster. Sobald diese gefunden waren, vernetzte die KI die Informationen und stellte eine 3D-Landschaft dar, in der die relevanten Daten zusammengefügt wurden. „Fuck", fluchte Cheney erneut. Er las die Liste mit den Namen, sah die Zusatzvermerke und die Verbindungsstränge, die der Rechner erstellt hatte. Dann veränderte sich das Bild, und der *CIA*-Mann sah vor sich auf dem Monitor eine Landschaft. Alle genannten Personen waren als Berge dargestellt. Wichtige Personen, die anhand der Kriterien selektiert worden waren, wurden als hohe Gipfel, andere als niedrigere Vorgebirge abgebildet. Über

Personen, sprich Berge, die zu einer Gruppe gezählt werden konnten, schwebten Wolkenbänder, die mit Überschriften nähere Erläuterungen gaben. Dieses Bild versetzte den Betrachter sofort in die Lage, einen Zusammenhang der unterschiedlichen Personen und deren Wichtigkeit herzustellen. Einer normalen Auflistung von Namen oder einem üblichen Organigramm war diese Darstellung hoch überlegen, denn man sah nicht nur die Personen und ihren Einflussgrad, sondern auch deren Beziehung untereinander. Unter dem Landschaftsbild war nochmals eine analoge Liste in herkömmlicher Form angehängt. Ordnung musste sein:

- *Innenministerium des Landes NRW, Düsseldorf, Dezernat für Geiselnahme und Bankraub, IP-Adresse*
- *Hubert Schmidt, Innenministerium NRW, IP-Adresse*
- *Sekretärin Conny Himmelmann, Innenministerium NRW, IP-Adresse*
- *Bettina Klaasen, McTinsey, Düsseldorf, IP-Adresse*
- *Christiane Coldner, Peter Bollmann, Lüdenscheid, Bollmann Engineering, IP-Adressen*
- *Doktor Quintus Schwarz, Neurologe, Berlin, Humboldt-Universität, IP-Adresse*
- *Professor Raimund Schleithmann, Forschungen zu Überlebensstrategien, TU Braunschweig, IP-Adresse*

Weitere Personen waren aufgeführt, Zusatzvermerke zeigten deren momentane Aufenthaltsorte, die aufgrund der IP-Adressen und deren Eingangsdaten im Internet identifiziert worden waren. Alle konnte das System in Düsseldorf lokalisieren. Die Personen logierten in Hotels und nutzen dort ihre Rechner und IT-Anlagen. Aufgrund der Taxiauswertungen konnte zudem ermittelt werden, dass regelmäßig das *David-Hansemann-Haus* in der Landeshauptstadt angefahren wurde, morgens hin und abends zurück in die Hotels. Ebenso hatten die vorgenannten Personen erst seit kurzer Zeit diverse Bestellungen, telefonisch wie per Internet, bei ansässigen Pizzalieferanten, chinesischen und italienischen Restaurants mit Bringservice, aufgegeben. Die Lieferadresse war stets das *David-Hansemann-Haus.* In dem benachbarten Parkhaus an der Karlsstraße gab es drei Daueranmietungen der Firma *Bollmann Engineering* für Dienstwagen des Unternehmens.

Das Computerbild mit dargestellten Beziehungen faszinierte Cheney immer wieder. Er hatte aus Neugierde vor einigen Monaten die Mitarbeiterliste des Weißen Hauses inklusive der wichtigsten Regierungsvertreter von diesem Computerprogramm bearbeiten und darstellen lassen. Herausgekommen war ein wunderbares Abbild der Realität. Inmitten eines flachen sumpfigen Geländes, erhob sich im Vordergrund ein gewaltiger Berg, der an den Cho Oyu im Himalaya-Gebirge mit einer Höhe von 8201 Metern erinnerte. In dieses Bergmassiv war das Gesicht von Ronald J. Rampthon hineingefräst, ähnlich wie schon seinerzeit die vier Präsidentenkonterfeis im Gestein des Mount Rushmore verewigt worden waren. Der Gipfel lag im strahlenden Sonnenschein, oben war gelblicher Schnee zu erkennen, der irgendwie künstlich wirkte. Rund um das Monument sah man kleinere Hügelketten. Das verlieh dem Berg, der den Präsidenten darstellte, ein noch wuchtigeres Aussehen. Ein Sandhügel, der überhaupt nicht in die Landschaft passte, war weit entfernt vom Mittelpunkt des Bildes. Früher war der Hügel wohl gut modelliert worden, aber die Erosion hatte jetzt tiefe Furchen eingegraben. Ein Schild zeigte zu der sandigen Erhebung, darauf stand *Celania*. Eine spitze Felsnadel, die nicht unweit vom Rampthon-Massiv entfernt aus dem Boden ragte, hatte dafür ein eher wunderbares Aussehen und wurde von der Sonne angestrahlt. Bei näherer Betrachtung jedoch waren jede Menge Risse im Gestein zu erkennen. Ein weiterer Fels stand direkt daneben, war etwas kleiner, geduckter geraten. An dessen Spitze war der Fels abgeflacht, er ähnelte so einer jüdischen Kippa. „Diese beiden Formationen sollen wohl Tochter Ivana Rampthon und ihren Mann Tared Rushner darstellen", hatte Cheney damals richtig vermutet. Die beiden Felsen standen seitlich hinter dem Präsidentenberg. Ganz einsam befanden sich am Rande der Landschaft weitere Familienhügel, die irgendwie verloren umherstanden. Einige Berge in der Umgebung des riesigen Massivs waren erodiert, zerstört oder durch Steinlawinen in ihrem Volumen dezimiert oder lagen als Steinhaufen anscheinend nutzlos herum. Ganz im Hintergrund schien ein größeres Massiv noch in den Wolken zu liegen. Ob das die demografischen Rocky Mountains sind, fragte sich damals der *CIA*-Mann lächelnd. Diverse andere Regierungsmitglieder standen als mehr oder minder kleinere Berge um das Präsidentenmassiv herum. Im Vorgebirge erkannte Cheney noch einen großen Stein, der wie ein Findling einsam vor dem Präsidenten stand. Dieser Stein war glatt und rutschig. „Ob das die Sprecherin des Präsidenten darstellen sollte?" Das Letzte, was Cheney noch in Erinnerung hatte, war eine dicke Gewitterwolke, die aus dem Osten kommend aufzog und in Richtung des großen Bergmassivs wehte. Schaute man sich die Wolken genauer an, so bildeten sich darin regelrecht aufgetürmte Kumuluswolken, die ganz entfernt an die Türme des Kremls erinnerten.

Cheney schüttelte sich und versuchte, das Bild der White-House-Mountains wieder aus seinen Gedanken zu verscheuchen. Jetzt sah er, dass sich die Liste um einen weiteren Namen ergänzte. Der Rechner hatte zusätzliche Datenquellen in die Vernetzung gebracht und spuckte nunmehr den Mitschnitt eines mittels Handys aufgezeichneten Gespräches aus. Klar waren die Namen Schmidt und Mainz zu vernehmen, ebenso das Wort Skarabäus und Roboterameisen. Nun ergänzte der Rechner den Namen Mainz.

- *Heide Mainz, Oberstleutnant, MAD, Köln, IP-Adresse, Telefonnummer ...*

Der Rechner arbeitete weiter, Cheney konnte das am Aufleuchten eines Punktes am unteren rechten Bildrand erkennen. Wie ein Pulsschlag zeigte der Computer, dass er noch Weiteres liefern würde. Und da kam auch schon die Meldung:

- *Schlom Urbanski, Kiryat Schmona, Mediaspezialist, Academy and Technology College, Israel (Aufzeichnung über Handy)*
- *Asifa Finkenrath, Kiryat Schmona, Angewandte Physik, Academy and Technology College, Israel (Aufzeichnung Autotelefon)*

In diesem Augenblick erschien ein Platzhalter für einen weiteren Namen, den der Rechner aufgrund der Verbindungsanalyse ausfindig gemacht hatte. *Streng geheim, nur für Autorisierte zu öffnen*, stand dort. „Ich bin autorisiert!", schnauzte Cheney den Bildschirm an. Er klickte den Platzhalter an und durch eine erneute Kennwortabfrage veränderte sich das Bild. Nun konnte er den Namen lesen:

- *Uri Finkenrath, Oberst, Mossad, Tel Aviv, Israel, Momentaner Standort: Düsseldorf, Deutschland*

„Ich fasse es nicht", Cheney klatschte sich vor Erregung auf beide Oberschenkel. „Diese Scheißer haben sich zusammengetan und denken, wir könnten sie nicht entdecken. Wir haben euch am Arsch!", rief er laut und nahm den Hörer des Telefonapparates, der neben dem Laptop auf dem Schreibtisch stand. „Cheney hier, Execute Officer Information, geben Sie mir den Admiral, danke!" Er wartete, dann knackte es in der Leitung.

„Was gibt's Walter", fragte Cotterfield mürrisch. Cheney wusste, dass der Admiral oft bis spät in die Nacht im Office war und deshalb vormittags erst kurz vor elf Uhr wieder in seinem Büro in Langley erschien. „Dass die Ayatollahs ihre Schiffswracks gerade gen Hormus losgeschickt haben, weiß ich schon!", murrte der Admiral in den Hörer.

„Es geht nicht um den Iran, es geht um die Skarabäen. Wir haben da was, Admiral!" Dass das Ganze doch etwas mit dem Iran zu tun hatte, wusste Cheney noch nicht. Aber es hatte etwas mit seinem Präsidenten zu tun, und das würde er erfahren, in Kürze.

Kapitel 31

***David-Hansemann-Haus*, Altstadt, Düsseldorf, Deutschland**

Die Ameise betastete vorsichtig ihr Umfeld mit beiden Antennen, die an ihrem kantigen Kopf seitlich nach vorne ragten. Diese empfindlichen Tastorgane wirbelten jetzt durch die Luft und schwangen dabei hin und her. Das Insekt bearbeitete mit seinen

Mandibeln den Boden. Es war, als versuche es, den dunkelblauen Untergrund aufzuschlitzen. Das gelang ihm aber nicht, und so bewegte sich die anthrazitfarbene Ameise langsam auf ihren sechs Beinen nach vorn. Dabei fiel auf, dass sie sich dabei merkwürdig benahm, so, als würde das Insekt gerade erst das Laufen erlernen. Sie stoppte, um dann wie aus dem Nichts plötzlich loszurennen. Das Insekt bremste ab und vollführte mit seinem dreiteiligen Körper eine 180-Grad-Drehung. Wie ein in die Enge getriebener Stier, der in der Arena erst vor dem Matador auf dem Pferd flüchtete, sich dann eines Besseren besann, anhielt, sich langsam herumdrehte, um zum tödlichen Angriff anzusetzen.

Doch es war kein feindliches Tier zu entdecken oder etwas anderes, das es anzugreifen lohnte. Jetzt tauchte am Bildrand eine Art Gefäß auf, in dem eine körnige Masse enthalten war. Die Ameise schnupperte in der Luft, wirbelte wieder mit den Antennen herum. Dabei richtete sie sich in Richtung des Gefäßes aus und begann, sich diesem zügig zu nähern. Kaum dort angekommen, stellte sie sich auf die hinteren Beine und schaute über den Rand hinweg hinein. Jetzt war deutlich zu erkennen, dass es sich bei dem Inhalt um Zucker handelte. Die Mandibeln der Ameise versuchten erfolglos, an das nahrhafte Fressen zu gelangen. Sie drückte sich weiter hoch und die vorderen Beinpaare suchten irgendwelche Spalten am Rand des Gefäßes, um daran Halt zu finden. Aber immer wieder rutschten sie an der glatten Oberfläche ab. Doch das Insekt gab nicht auf, es wollte unbedingt an den Zucker herankommen.

Urplötzlich unterbrach die Ameise ihre Bemühungen und verhielt sich einen winzigen Augenblick vollkommen still und bewegungslos. Es war, als würde sie nachdenken. Und das schien sie wirklich zu tun. Sie ließ sich nun zurückgleiten, und kaum war sie auf dem Untergrund angekommen, trommelte sie wie wild mit allen sechs Beinen auf dem Boden herum. Ihre Mandibeln klopften ebenfalls mit. Wenige Sekunden später kamen viele andere Ameisen aus verschiedenen Richtungen herbei. Die Betrachter der Szene glaubten, dass das auf Nahrungssuche vorab gescheiterte Insekt Verstärkung herbeigerufen hatte. Und das war auch so. Denn kaum hatte die erste Ameise der Nachhut die am Boden trommelnde Artgenossin erreicht, berührten sich die beiden mit ihren Antennen und rieben diese aneinander. Dann öffnete das hinzugekommene Insekt seine Kiefer und die andere schien ihren Kopf in das geöffnete Maul hineinzuschieben. Beide machten Schluckbewegungen, um sich dann wieder zu trennen.

Jetzt kamen immer mehr Ameisen hinzu und bildeten mit ihren Leibern einen Ring um das Zuckergefäß, das die Sinnesorgane der Insekten wahrnahmen und sie erregten. Der Kreis der Ameisen verstärkte sich, jetzt waren schon mehr als hundert zusammen. An einer Stelle des Gewusels verdickte sich der Ring aus Ameisen, was daran lag, dass die Insekten dort nun übereinander krabbelten. Viele strömten von unten, kletterten über ihre Gefährten nach oben und bildeten für die nachkommenden eine erneute Kletterstelle. Schnell war so der obere Rand des Zuckertopfes erreicht. Nun quollen die Ameisen über ihren erbauten Zugang in großen Mengen darüber und krabbelten in der gleichen Art und Weise an der inneren Seite des Gefäßes wieder hinunter. Dabei bildeten sie eine lange Kette aus Körpern. Sie nutzten geschickt die Gravitation aus. Mussten sie sich beim Hinaufklettern noch wie Bergsteiger anstrengen, schienen sie beim Abgang hinunter fast zu rennen. Kaum waren die ersten am Zucker angekommen, begann das große Fressen. Die Ameisen schoben die einzelnen Kristalle in ihre Mäuler und schluckten die Leckerei herunter. Dabei troff ihnen der Speichel vor lauter Begierde nur so von den Mandibeln. Andere, die bereits gefressen hatten, packten Zuckerstückchen mit den Kieferkrallen und begaben sich auf den Rückweg. Wer dachte, die weiße Nahrung würde nun direkt zum Bau geschleppt werden, lag falsch. Die Insekten versorgten erst einmal ihre Kameradinnen, die noch immer als lebende Leiter den Weg zum Zucker und zurück ermöglicht hatten. Diese Helferameisen wurden von den anderen fürsorglich gefüttert. Die Ameisen, die als Teil der lebendigen Leiter dienten, labten sich an den Kohlehydraten. Alle Insekten wirkten aufgeregt und waren höchst aktiv.

Ein tolles Beispiel für eine kollektive und kooperative Arbeitsweise. Jedes Insekt hatte eine bestimmte Aufgabe und kein einziges scherte aus. Alle arbeiteten anscheinend nach einem Generalstabsplan. Arbeitsteilige Welt ohne Egoismen, äußerst erfolgreich.

Plötzlich veränderte sich das Szenario. Eine große Spinne, ähnlich einer Tarantel, die wie aus dem Nichts kommend auf das Zuckergefäß zueilte, kam in Sichtweite der Ameisen. Einige der Insekten, die sich ganz am äußeren Rand des Ringes um den Zuckertopf aufhielten, stellten ihre Antennen auf und versuchten, die von ihnen aufgenommenen Gerüche zu entschlüsseln. Völlig hektisch richtete sich eine nach der anderen in Richtung der rasch auf sie zukommenden Spinne aus. Dabei trommelten die Ameisen mit ihren Beinen auf dem Boden herum. Es wirkte so, als wenn sie sich auf der Stelle trippelnd, wie Sprinter kurz vor dem Start, warmlaufen wollten. Die riesige Spinne mit behaarten Beinen und zehn Augen vorn am Kopf schaute äußerst grimmig. Sie konnte zwar ihre Umgebung nicht gut visuell wahrnehmen, dennoch schien sie die Ansammlung der vielen Ameisen bemerkt und nachdenklich gemacht zu haben. Doch sie griff an. Mit schnellen Schritten fiel die Tarantel über die ersten Vorposten her und zerbiss ein Insekt nach dem anderen. Ihr Rachen troff aufgeregt, Speichel floss und die vorderen Beine zerrten erbeutete Ameisen in den Bereich ihrer Kiefer. Dort wurden sie zermalmt und verschluckt. Einige der angegriffenen Tiere drehten sich herum und spritzten der Spinne Gift ins Gesicht. Doch die Angreiferin war ihnen im Kampf überlegen. Durch das hektische Trommeln waren die anderen Insekten, die noch am oder im Zuckertopf waren, alarmiert. Nunmehr verließen alle wie auf ein Kommando hin das Gefäß und stürzten sich wagemutig auf die Tarantel. Ob vom Rand des Topfes, beim Heruntergleiten oder wieder zurück auf dem Boden angekommen, sie rannten ohne jegliches Zögern in Richtung der Angreiferin. Die Ameisen befanden sich in einer hundertfachen Überzahl. In nur wenigen Sekunden war die Spinne voll von ihnen bedeckt. Die Insekten schnitten und stachen mit ihren Mandibeln in alles hinein, was nach Tarantel roch. Genauso heftig wütete auch die

Spinne, durchbiss die dunklen Insekten oder trennte ihnen Köpfe oder Beine ab. Um sie herum füllte sich der Boden mit noch zuckenden Ameisenbeinen, Hinterleibern und Antennen.

Da geschah etwas sehr Seltsames. Betrachter der Szenerie würden ihre Wetten nur noch auf die Tarantel setzen, denn die Anzahl der nicht verletzten Ameisen wurde immer geringer. Doch dann formierten sich einige davon, die auf dem Kopf der riesigen Spinne kämpften und eilten zu dem dünnen Übergang zwischen dem mittleren und hinteren Körperteil der Tarantel. Dort kam die Spinne weder mit ihren Klauen, noch mit ihren vorderen Beinen, die wie verlängerte Kiefer arbeiteten, hin. Circa fünfzehn Ameisen waren übriggeblieben, aber sie schienen äußert kräftig und ausdauernd zu sein. Wahrscheinlich eine Folge der soeben gefressenen Kohlenhydrate. Wie auf ein Kommando hin, bissen sie alle in die Taille der Spinne hinein und trennten damit den Leib der Räuberin in zwei Teile. Die große Spinne wand sich vor Schmerzen. Schleim und Sekret liefen aus den Körperöffnungen heraus. Noch ergatterte sie ein, zwei Ameisen und schlang sie hinunter, doch ihre Bewegungen wurden langsamer und langsamer. Dann verharrte sie und sackte zur Seite. Die übrigen Ameisen hackten nun wütend in den Chitinpanzer der Tarantel hinein und berauschten sich an dem hervorquellenden Blut und anderen Körpersäften. Dann verblasste das Hologramm, dass inmitten eines Raumes im *David-Hansemann-Haus* bis gerade zu sehen gewesen war.

Quintus Schwarz war außer sich vor Begeisterung. „Das war klasse, Doktor Gerhardt, super, irre. Wie haben Sie das gemacht?"

Der ITler von *Bollmann Engineering* lächelte etwas verlegen und dennoch voller Stolz. „Das habe ich nicht gemacht, lieber Herr Schwarz, das war Ihre KI! Diese Simulation unserer kämpfenden *Ant-ons* war nur deshalb erfolgreich, weil unsere Kleinen hier", er deutete mit der Hand auf eine Zeichnung der Ameisen, die an der Wand hing, „gelernt haben, selbst mit übermächtigen Angreifern fertig zu werden." Jetzt nickte er Schleithmann zu. „Besonders die von Ihnen gedrehten Videoaufnahmen aus dem

Dschungel haben zum Lernprozess erheblich beigetragen! Das konnte die KI als Erfahrung in ihre Lernprozesse adaptieren."

„Also", fragte einer der Mitarbeiter des Ministeriums, „das haben Sie denen nicht einprogrammiert?"

„Nein", meinte Doktor Gerhardt, „wir haben unseren Kleinen das quasi eingeimpft. Es hat sie annehmen lassen, Ameisen zu sein. Sie sollten sich genau so verhalten, wie ihre Art das in der Realität auch macht. Und das haben sie getan und die Tarantel gekillt und zwar rein virtuell. Haben Sie gesehen, wie schnell der erste *Ant-on* erkannt hat, dass er nicht alleine an den Zucker kommen konnte? Er hat nachgedacht und dann seine Gefährten herbeigetrommelt."

„Wie in der Realität", meinte Schleithmann. „Unsere *Ant-ons* haben sogar die Ameisen, die die Hängeleiter gebildet haben, mit Nahrung versorgt. Nachdem sie selber zuvor gefressen hatten. Das war wichtig. Genauso sollen sich ja auch die Flugpassagiere bei einem Notfall verhalten. Zuerst legen sich die Erwachsenen die Sauerstoffmasken an und helfen dann erst den Kindern und Älteren."

„Der wahre Egoist kooperiert!", meinte Schwarz. „Die Ameisen sind klüger als Vorstände von DAX-Unternehmen. Die Anzugträger hätten zuerst ihren Angestellten befohlen, eine Leiter zu bilden. Dann wären sie über diese geklettert oder hätten sich sogar tragen lassen, bevor sie sich am Zucker bereichert und vollgefressen hätten. Sie spendierten vielleicht ein paar Körnchen für die Außenvorgebliebenen. Dick und vollgefressen hätten die Vorstände sich anschließend darüber beklagt, dass ihnen keiner von außen geholfen hätte, aus dem Topf zurückzugelangen. Das Verhalten wäre mit ‚unsozial' tituliert worden. Gemäß dem Motto: Gewinne privatisieren und Verluste sozialisieren!"

„Und", übernahm Schleithmann wieder das Wort, „haben alle gesehen, wie die Ameisen sich erneut gegen die Tarantel zusammengetan haben? In einer für sie fast ausweglosen Situation. Bei den immensen Verlusten überlegten sie sich eine neue Taktik und konzentrierten ihre Kräfte auf den schwächsten Punkt der Spinne. Zack, das war's für die Tarantel, Hinterleib und Kampf verloren!"

„Und“, so fuhr Schwarz weiter fort, „sie haben wieder gelernt. Kooperation lohnt sich! Sie werden das Verhalten beibehalten und weiterentwickeln!“

„Ja, genau“, fügte Doktor Gerhardt begeistert hinzu.

„Irre, ich hatte recht. Ameisen sind’s!“

Ein Mitarbeiter hob die Hand und fragte: „Haben die Ameisen, also ich meine unsere *Ant-ons*, wirklich den Zucker gefressen? Das sind doch Roboter und keine Tiere!“

Doktor Gerhardt erklärte, dass man zwei Energiequellen für die *Ant-ons* teste. Lithiumbatterie und Aufnahme von Kohlenhydraten mit chemischer Verbrennung zu Energiegewinnung. Alles in Nanotechnik. Er fügte hinzu: „Noch war das eine computerbasierte Simulation, die allerdings sehr real anmutet. So weit sind wir ja noch nicht. Insofern sah es nur so aus, als wenn die *Ant-ons* die Zuckerkristalle gefressen hätten.“

„Es sah jedoch vollkommen echt aus, ich habe unseren Ameisen sogar die Daumen gedrückt und war entsetzt, wie viele von ihnen von der Tarantel erwischt wurden. Gott sei Dank war das alles nur eine Simulation!“

Ein anderes Teammitglied meinte: „Wenn ich mir überlege, wie die KI in der Simulation das, was wir gerade erlebt haben, umgesetzt hat, kann ich nur sagen, Wahnsinn! Was war das für eine gigantische Rechenleistung!“ Er drehte sich zu den ITlern von *Bollmann Engineering* um und applaudierte heftig in deren Richtung. Nun standen alle Mitarbeiter von *Ant-on* auf und klatschten ebenfalls.

Auch Schleithmann beteiligte sich am Applaus. „Dann ist die weiche Konstruktion, also die Software, fertig?“

„Na ja“, meinte ein anderer ITler, „fertig ist man nie. Aber Sie sehen, unsere *Ant-ons* leben und überleben, damit sind wir schon einen Riesenschritt weiter!“

„Wann beginnen wir mit Fertigung der ersten Prototypen?“, fragte Quintus Schwarz.

Christiane Coldner lächelte. „Lieber Quintus, wir haben bereits damit begonnen. Nachdem alle relevanten Informationen zusammengetragen worden sind und die speziellen Programme geschrieben wurden, haben wir das Ganze ‚gehen' lassen. Meine Oma erläuterte bei der Zubereitung eines guten Sauerteiges, dass, nachdem alle Zutaten miteinander verquirlt worden waren, der Teig nun ‚gehen' müsste. Das heißt, man lässt ihn eine Zeit lang in einer Schüssel liegen, abgedeckt und an einem warmen Standort gelagert. So können sich die Hefebakterien entwickeln. Genau das haben wir beziehungsweise unsere Ingenieure auch getan. Wir haben unsere Zutaten ins System eingegeben und dann haben wir das Ganze ‚gehen' lassen. Unsere KI hat losgelegt und sich entwickelt. Herausgekommen ist diese Simulation!"

„Jetzt müssen wir noch die Produktionspläne ausdrucken und unsere Mechatroniker und Werkzeugmacher, also die Praktiker, wie wir Wissenschaftler sie respektvoll nennen, sprichwörtlich machen lassen, oder?", fragte Schleithmann.

„Nein, lieber Raimund. Ursprünglich wären wir so auch vorgegangen. Aber KI war schneller. Gestern wurde uns ein 3D-Drucker angeliefert. Unser Rechner hat ihrem liebenswerten Himmelmännchen ein Fax geschrieben und in ihrem Namen den Drucker bestellt."

„Momentan macht sie alles, was ich sage, weil sie Angst hat, ihren Job zu verlieren!"

„Und da keine Verbindung zum Internet besteht, hat das System das altmodische Fax geschickt. Hat funktioniert. Und nun, Herr Decker, lüften Sie mal das Geheimnis!"

Einer der Mechatroniker ging an die Stirnseite des Raumes und zog eine Decke von einem quadratischen Kubus, der dort stand. Durch eine Glasscheibe konnten die Teilnehmer des Projekts in das Gerät hineinblicken, da es innen beleuchtet war. In dem kastenförmigen Kubus aus Metall war eine Art Kran angebracht, der über einem tellergroßen Objekt lautlos schnell hin- und herfuhr. Dabei entstand ein winzig kleiner Gegenstand in Anthrazit.

„Kommen Sie näher", meinte Decker und winkte allen zu. Auch Hubert Schmidt und die beiden Wissenschaftler standen von ihren Stühlen auf und traten an den 3D-Drucker heran. Sie blickten in das Innere. Da unterbrach der Drucker seine Arbeit, und eine LED zeigte ein grünes Licht.

„Fertig!“ Der Mechatroniker sagte weiter, „Darf ich vorstellen, *Ant-on Nummer eins.*“ Er zeigte mit der rechten Hand, wie ein Conférencier, der seinem Publikum eine besondere Attraktion auf der Bühne präsentieren wollte, auf das Objekt.

Alle starrten auf das kleine Ding, das dort auf dem Teller des 3D-Druckers lag. Es war etwa drei bis vier Zentimeter lang und sah aus wie eine normale Ameise, allerdings anthrazitfarben. Der Leib war rund, bestand aus drei Hauptteilen. Vorne ein Kopf mit langen Antennen, die allerdings nicht so geschuppt waren wie bei echten Ameisen. Die Beine waren am Mittelteil des künstlichen Insekts angebracht, standen jedoch merkwürdig vom Körper ab. So, als wenn sich die Ameise zum Boden hinunterducken wollte. An den Füßen der Beine waren winzige Krallen angebracht. Am Hinterteil der Ameise sahen die Mitarbeiter des Teams eine längliche Ausbuchtung. Das war eindeutig eine Art Stachel. Besondere Aufmerksamkeit erweckten die Augen des soeben hergestellten Insekts. Hier waren keine Facetten zu erkennen. Vielmehr schien sich im Inneren der beiden Pupillen etwas zu bewegen.

„Das haben sie gerade erst hergestellt, lieber Decker?“, fragte Schwarz, der sich verwundert am Kopf kratzte und dem die Bewunderung für dieses Meisterwerk deutlich anzusehen war.

„Nein, Quintus, das war Ihre KI, ganz allein und ohne uns. Willkommen in der Zukunft!“

Professor Raimund Schleithmann trat noch näher an den Drucker heran, so, als wollte er seinen Blick noch mehr schärfen, um das gerade produzierte Ameisenmodell besser betrachten zu können. Da bemerkte er, wie sich das Ding etwas bewegte. Doktor Gerhardt sagte zu Decker: „Haben Sie gesehen, es lädt auf!“

Schleithmann blickte Decker an. „Lädt auf? Was lädt hier auf?“

„Nun, lieber Prof“, wie sie ihn hier liebevoll nannten. „Die Entwicklungs-KI hat entschieden, dass die Antriebsmodule, Gelenke, der Mikroprozessor, die Kamera, die Bluetooth-Schnittstelle und vor allem die Solarzelle mit dem Speicherchip direkt beim Drucken eingebaut werden. Wir verwenden dafür kohlenstoffbasiertes Material. Daher, sehen Sie hier", er zeigte in das 3D-Gerät, „liegen die zu verbauenden Einzelteile." Dort, wo er hinzeigte, sah Schleithmann winzig kleine Schächtelchen, in denen, exakt sortiert, viele kleinere Materialien lagen.

„Dort bedient sich der Greifer, bringt das jeweilig einzubauende Teil in die richtige Position und der Arm mit dem flüssigen Werkstoff umgarnt sozusagen die Innereien unseres *Ant-ons*. Auskühlen und fertig!"

„Wahnsinn, und wie erweckt man den kleinen Kerl zum Leben?"

„Er lebt schon, Prof, sehen Sie!" Christiane Coldner zeigte auf die künstliche Ameise, die gerade begann, ihre Umgebung mit den beiden Fühlern zu erkunden. Genau so wie es vor einigen Minuten auch ihr digitales Pendant in der holographischen Videosequenz gemacht hatte. Schleithmann fühlte sich wie vom Blitz getroffen. Er blickte, wie alle anderen, voller Erstaunen den winzigen Roboter mit Bewunderung an.

Ant-on bewegte sich im Inneren des 3D-Druckers in Richtung der Glastür. Es schien den Teller, auf dem es soeben erstellt worden war, zu ertasten. Dann rannte die künstliche Ameise plötzlich hektisch hin und her.

„Sie scannt ihre Welt!", rief Schwarz aus.

Ant-on krabbelte jetzt vorsichtig über den Rand des Tellers, umrundete ihn schnell, blieb dann etwas ratlos vor der Glastür stehen. Einige Sekunden später stemmte sich der Roboter hoch, indem er den gesamten Körper mit der Kraft des hinteren Beinpaares nach oben drückte. Das Licht im Inneren des Druckers gab der Solarzelle der künstlichen Ameise genügend Energie. *Ant-on* bearbeitete nun die dünne Glasscheibe der Tür des Druckers mit den Mandibeln. Das erschien allerdings ziemlich aussichtslos zu sein. Die Ameise stoppte ihre Bewegungen und trommelte dann mit den Beinen auf dem Boden der Glasfläche herum.

„Sie ruft Hilfe und fordert Unterstützung. Sie weiß nicht, dass sie alleine ist!", erklärte Doktor Gerhardt.

„Nicht mehr lange", sagte Decker. In diesem Augenblick begann der Greifarm wieder damit, einige Materialien aus den Schächtelchen zu entnehmen, um sie in die Mitte des Drehtellers zu positionieren. Dann sprühten Fäden aus dem Druckerkopf und der zweite *Ant-on* wurde produziert. Es sollten nicht die letzten an diesem Tag sein.

Kapitel 32

Rheinufer, Köln, Deutschland

Uri Finkenrath steckte das Handy wieder ein und zog den Reißverschluss seiner Windjacke bis zum Kragen hoch. Der Winter hatte begonnen. Dunkle Wolken trieben über den Rhein von Westen her und brachten polare Kaltluft nach Deutschland. Es regnete, aber zwischendurch schneiten auch schon erste Flocken vom Himmel herab. Für die nächsten Tage war sogar heftiger Schneefall vorhergesagt. Immer wieder, wenn sich der Oberst in kälteren Gegenden aufhielt, sehnte er sich zurück nach Israel. Hitze machte ihm nichts aus, im Gegenteil. Aber die Kälte hasste er wie die Pest. Trotzdem war er gerne hier. Er musste Heide wiedersehen, und das aus zwei Gründen. Zum einen vermisste er sie und zum anderen musste er den weiblichen Oberstleutnant des *MAD* auch dienstlich kontaktieren. Gerade noch hatte Finkenrath mit Mosche Silberstein, seinem Vorgesetzten, telefoniert und ihm versichert, dass er gute Nachrichten vom Treffen mit ihr berichten könne.

„Bleib dran, Uri, das dauert mir schon viel zu lange. Wir brauchen die Roboter, dringend!"

„Ich tue, was ich kann, verlass dich auf mich, Mosche!", hatte Uri geantwortet und das Gespräch beendet.

Nun war er mit Heide verabredet. Seit Wochen hatten die beiden nicht mehr miteinander telefoniert oder sich gesehen. Uri war verunsichert, ob Heide nicht wollte oder nicht durfte. Oder vermutete sie, seine Zuneigung sei nicht ehrlich, nur gespielt? Scheiß Geheimdienst, dachte er, der macht mein Leben kaputt!

Er war zwischendurch einen Monat in den USA gewesen und hatte dort amerikanische Agenten der *CIA* unterrichtet. Die Frauen und Männer, alle frisch von der Akademie gekommen, würden irgendwann im Nahen Osten eingesetzt werden oder innerhalb eines Kommandos für diesen Teil der Erde Verantwortung übernehmen müssen. Dazu war es absolut erforderlich, die Historie genau zu kennen, zu wissen, welche gegenseitigen Interessen im Heiligen Land aufeinanderstießen. Und das schon seit Jahrhunderten. Viele vernachlässigten das notwendige Studium der Geschichte. Vergaßen dabei, dass das Heute durch das Gestern bestimmt ist und damit die Zukunft beeinflusst und beherrscht.

Finkenrath hielt Vorträge, führte Diskussionen mit den Studenten, wie er sie nannte, und erläuterte ihnen die verschiedenen Gruppen, die eine Relevanz für den Nahostkonflikt hatten. Na klar, die *Hamas*, die *Hisbollah* oder die normalen Palästinenser kannte jeder. Auch die Begriffe Golanhöhen oder Gazastreifen waren den Amis bekannt. Aber er wunderte sich immer wieder, wenn er merkte, dass kaum einer der Studenten wusste, dass Jerusalem die Hauptstadt der drei großen Religionsgemeinschaften ist. Nachdem er die Geschichte des Tempelbergs und der Al Akza Moschee erzählt hatte, schaute Uri oft in ratlose Gesichter. Diese grünen Jungs und Mädels sollten Amerika und Israel einmal beschützen?, fragte er sich nach den Vorlesungen oder Besprechungen. Die wissen noch nicht einmal, dass viele Araber israelische Staatsangehörige sind!

Als Finkenrath in einer Seminarveranstaltung einmal philosophisch erklärte, wer die Vergangenheit nicht kennt, kann auch die Zukunft nicht gestalten, stand ein rothaariger junger Mann auf und meinte zu ihm: „Oberst Finkenrath, Sie sollten endlich mal die alten Zöpfe abschneiden und mit harter Hand im Nahen Osten auf den Putz hauen. Die meisten Araber sind doch Feiglinge. Also, schicken wir sie in die Wüste! Schauen Sie mal, wie alle vor unserem genialen Präsidenten kuschen. Der sagt, was er meint und es ist ihm scheißegal, was andere von ihm halten.

Er setzt amerikanische Interessen durch, mit harter Hand und Konsequenz. So macht man Politik!“

„Vielen Dank, lieber Freund, ich werde Herrn Levy ihren Anruf avisieren, dann können Sie ihm bei der nächsten Krise ihre Tipps per Telefon durchgeben!“ Das Gelächter der anderen hörte Uri nicht, zu sehr beschäftigte ihn, wie sich das politische Klima, seit Ronald J. Rampthon an der Macht war, verändert hatte. Umso mehr brauchten die Israelis effiziente Verteidigungsmittel, vielleicht auch Roboterameisen.

Auf die Freundschaft und Unterstützung der Amerikaner sollten sich die verbündeten Staaten und insbesondere auch die NATO nicht mehr verlassen. Ob die USA ihren militärischen Zusagen Folge leisten würden, wenn die Russen die baltischen Staaten angriffen? Er war sich darin nicht sicher. Gut, dass ich hier in Deutschland bin und mithelfen kann, unseren Staat zu schützen. Was wussten denn all die Amerikaner wirklich von den Juden? Wie können sie sich anmaßen, darüber zu urteilen, wie im Nahen Osten politisch und militärisch vorgegangen werden soll?, fragte sich der Israeli. Wie würden sich die Amis fühlen, wenn sie überall auf der Welt gejagt, verfolgt und ermordet werden würden? Wie reagierten sie, wenn man ihnen das Land wegnähme, alles Hab und Gut, die Ehre und Menschlichkeit, die Kirchen und den Glauben, was dann? Wenn sie sich deshalb einen Zufluchtsort gesucht hätten, der uramerikanisch wäre?“, obwohl, da musste Finkenrath schon lächeln, denn kein Ort auf der Welt war uramerikanisch oder man meinte damit die Reservate der einheimischen Indianer.

Was soll's, ich bin jetzt hier!, dachte der Oberst vom *Mossad*. Er schritt die Stufen zum Rhein hinunter und sah Heide an den Platanen stehen. Die großen Blätter dieser schönen Alleebäume waren beim letzten Herbststurm abgefallen und bedeckten überall die Pflastersteine. Die kahlen Platanen boten einen traurigen Eindruck, passend zum Wetter. Uri hatte Heide Mainz angerufen und das Treffen mit ihr vereinbart. Er wusste jedoch nicht, was auf ihn zukam. So kompliziert empfand er ihre gemeinsame

Situation. Als hätte es Heide geahnt, dass Uri plötzlich hinter ihr stand, drehte sie sich zu ihm um.

„Heide, ich …", Finkenrath kam in leichtes Stottern.

„Uri", und schon hielt sie es nicht mehr aus und stürzte in seine Arme. Er drückte sie dabei fest an sich. „Du hast mir gefehlt, Uri, so sehr!"

„Und du mir!", antwortete er und wusste, dass es stimmte. Sie liebte ihn und er sie. Von nun an, egal wie, würde er mit Heide zusammen sein. „Komm, lass uns irgendwo einen Kaffee trinken, ich brauche jetzt etwas Warmes", meinte Uri und löste sich von ihr. Heide hatte ihre feurige Mähne unter eine grüne Strickmütze gesteckt. Der feine, beigefarbene Kaschmirmantel passte nicht wirklich dazu.

„Gerne, aber wir gehen zu mir, oder hast du heute noch was vor?"

„Nein, das nicht, aber …", meinte Uri und hakte sich bei ihr unter.

Sie bestellten ein Taxi und ließen sich zu Heides Wohnung in Köln-Nippes fahren. Dort, in Reichweite des Bundeswehr-Verwaltungsamtes, bewohnte sie eine mittelgroße, hübsche Wohnung in einem dreigeschossigen Sechsfamilienhaus. Hier kümmerte sich keiner um den anderen, alle Mieter waren Bundesbeamte. Selten trafen sich die Bewohner im Flur oder luden sich gegenseitig zum Geburtstag ein. Der Hausflur sowie der Garten wurden von einem Hausmeisterservice in Ordnung gehalten. Viele Mieter waren auch wochenlang nicht anwesend. Praktischerweise war die Innenstadt von Köln nicht weit entfernt.

Einige Stunden später lag Heide nackt auf ihrem Bett, nur ein Laken um ihren Körper geschlungen. Uri stand im Bad unter der Dusche. Es war jetzt kurz nach dreiundzwanzig Uhr und beide waren, direkt nachdem sie in Heides Wohnung eintrafen, regelrecht übereinander hergefallen. Sie hatten sich mehrfach geliebt und dazwischen eiskalten Champagner getrunken. Beide gestanden sich nachher ein, lieber Wein oder einen guten Rieslingsekt zu trinken als den französischen Schaumwein. Aber die Flasche hatten sie schnell geleert, mehr aus Durst- und Lustgefühl heraus, denn aus Genuss.

Uri kam, ein Badehandtuch um die Hüften gewickelt, aus dem Badezimmer und blickte sich in Heides Wohnung um. „Schön hast du es hier."

„Danke, aber ich bin selten da. Meist nur zum Schlafen!"

„Hast du denn überhaupt ein Privatleben, Heide?"

„Eher nicht, der Beruf macht mir Spaß, und meine Eltern leben in Hamburg, weit von hier entfernt. Mit meiner Schwester habe ich mich noch nie gut verstanden. Sie hat Familie, lebt in Leipzig. Hat so einen Ossi geheiratet, der ihr vier", sie wiederholte, „vier Kinder gemacht hat. Furchtbar."

„Furchtbar eifersüchtig?", fragte er spitzbübisch lächelnd nach.

„Nein, die sprechen alle schon diesen sächsischen Dialekt. Auch die Kinder!", meinte Heide etwas entsetzt und kam auf ein anderes Thema. „Was hast du in der Zwischenzeit gemacht, Uri?"

„Ich bekam kurzfristig einen Lehrauftrag in San Clemente, an der Universität. Dort bucht sich die *CIA* regelmäßig für Seminare ein. Ich habe denen", er sprach es etwas verächtlich aus, „den Nahen Osten, die Politik und die momentane Lage versucht näherzubringen. Die Amerikaner sind einfach nur einseitig gebildet, schrecklich!"

„Das kenne ich. Bei meiner Ausbildung zum Strahlflugzeugführer in El Paso haben mich die amerikanischen Kollegen tatsächlich gefragt, ob wir in Deutschland schon Kühlschränke besitzen würden. Im Ernst!"

„Was hast du geantwortet?"

„Ich", Heide zeigte auf sich, „ich habe sie dumm gelassen und erklärt, wir würden morgens früh zu einem Geschäft gehen und dort gefrorene Eisklötze kaufen, die wir dann in Holzkisten legen, um darauf unsere Lebensmittel zu kühlen. Abends würden wir das geschmolzene Wasser abgießen und morgens die Prozedur wiederholen!"

Uri grinste und fügte hinzu. „Einige von den *CIA*-Studenten glauben, dass Mosche Dajan und Golda Meir Figuren aus der Bibel seien."

Dann wechselte er abrupt das Thema und fragte sehr direkt: „Warum hattest du dich so schnell aus dem Staub gemacht?"

„Uri, ich musste. Es ging noch ein Flug und …"

„Papperlapapp, so sagt man doch hier in Deutschland. Du hast dich nicht von mir verabschiedet, ich hätte dich doch zum Flughafen gebracht."

„Ein Crash mit dir reicht, oder?" Heide lächelte etwas unsicher. „Und ich hab dir einen Brief geschrieben, immerhin. Hast du den nicht bekommen?"

„Doch, aber es stimmt einfach nicht. Wir haben eine Zukunft, du und ich. Scheiß was auf die Geheimdienste!"

„Ach, Uri, wenn das alles doch so einfach wäre. Du und ich!" Sie schüttelte leicht mit dem Kopf und entschied sich in dem Augenblick, wieder dienstlicher zu werden. Sie war schließlich kein kleines, verliebtes Mädchen. „Uri, wir haben *Ant-on* erschaffen", und dann erzählte sie ihm die Highlights dessen, was die Gruppe in Düsseldorf, auch auf Grundlage der Informationen aus Israel, entwickelt hatte. Ebenso von der Herstellung des ersten künstlichen Prototyps. Uri fragte nach Details, insbesondere interessierte er sich für die Firma *Bollmann Engineering* und deren Entwicklungschefin.

„Uri, ich bringe mich in Teufels Küche, du musst das alles für dich behalten, sorry."

„Aber wir müssen irgendwie auch davon profitieren. Das war doch der Deal, oder?"

„Wir haben keinen Deal, Uri. Aber ihr werdet auch an *Ant-on* partizipieren. Was hältst du davon, wenn ihr die Dinger testet, unvoreingenommen? Dann liefern wir sie euch? Ist das ein Deal?"

„Wie sieht es mit den Konstruktionsplänen aus?",

„Vergiss es", lachte Heide und drohte schmunzelnd mit dem Zeigefinger. „Jetzt komm wieder her zu mir, ich habe israelisches Bettfieber."

„Ich habe Hunger, Heide. Wollen wir nicht davor etwas essen, gibt's hier noch ein Restaurant um die Ecke?"

Wenig später waren die beiden im Restaurant *Früh* angekommen, das auch um diese Uhrzeit noch geöffnet hatte. Uri empfand die Atmosphäre des typischen kölschen Bierhauses „wie im Hofbräuhaus!" Beide bestellten Frikadellen mit Senf, dazu dunkles Brot. Selbstverständlich wurden den beiden obligatorisch Gläser mit *Kölsch* gereicht; dem Bier der Kölner, leicht und süffig. Uri bekam ein Bier nach dem anderen hingestellt. Er wusste nicht, dass man den Pappdeckel auf das Bierglas, das hier Stange genannt wird, weil es so dünn und lang ist, legen muss, wenn man kein neues *Kölsch* mehr bekommen wollte. Die Köbes, so nennt man in Köln die Kellner, mussten schließlich Umsatz machen. Diese Männer mit ihren blauen Schürzen ließen oft manch derben Spruch in „kölscher" Mundart in Richtung der Gäste los. Sie amüsierten sich köstlich, wenn ein niederländischer Gast einen „halven Hahn" in der irrigen Annahme bestellte, er bekäme nun ein halbes gebratenes Hähnchen. Stattdessen landete wenig später ein Stück Käse mit Roggenbrot auf dem Teller. Das passierte oft im Brauhaus, da auch die Speisenkarte auf „Kölsch" geschrieben war.

Nach einer Stunde war Uri Finkenrath etwas angetrunken und schwankte auf dem Weg zur Männertoilette, die über enge Stufen nach unten führte. Als er wieder zurück an den Tisch kam, hakte er sich bei Heide unter und beide verließen das *Früh*. Sie nahmen sich ein Taxi zurück zur Wohnung. Kaum dort angekommen, lag Uri bereits schnarchend auf ihrem Bett. Sie zog sich aus und schmiegte sich an ihn. Es fühlte sich wunderbar an, neben diesem Mann friedlich liegen zu können. Ihr war wohlig warm und mit einem Lächeln auf den Lippen schlief sie ein. Morgen würde sie Uri fragen, ob er sie heiraten wollte. Das Letzte, was sie dachte, war, ich mache jetzt ernst! Ich will mein restliches Leben mit ihm teilen.

***David-Hansemann-Haus,* Altstadt, Düsseldorf**

Doktor Schwarz konnte es kaum glauben. Er stand vor einem riesigen Terrarium, das in dem ehemaligen Sitzungsraum aufgebaut worden war. Plexiglasscheiben trennten den Innenbereich nach außen ab. Doch statt der üblichen Ausstattung eines Terrariums waren darin gänzlich andere Gegenstände untergebracht. Statt Sand, Steinen oder trockenen Holzästen für das Wohlergehen seiner Bewohner standen Miniaturgebäude darin. Eine Bankfiliale mit einem Selbstbedienungsterminal im Foyer und dem typischen Banktresen sowie einigen Beratungsschreibtischen im Inneren. Durch die Scheiben des Gebäudes waren zwei Zimmer für die Kundenberatung sowie ein Chefbüro zu erkennen. Die Abtrennung zum Kassenraum wurde durch Glasscheiben dargestellt. Eine Treppe führte in den Keller, der auch von der Seite her einsehbar war. Dort entdeckte Quintus die Damen- und Herrentoiletten mit Waschräumen, eine Kammer mit Putzutensilien, einen Archivraum sowie den Tresortrakt und eine Küche mit langem Tisch und einigen Stühlen. Eine Straße lag vor der Bank, alles im Format eins zu fünf. Ameisen waren nicht zu sehen.

„Das ist ein Trainingscamp?“, fragte er und war erstaunt darüber, wie genau alles nachgebildet war.

„Genau, lieber Quintus. Wir haben schon die erste Session durchgeführt. Willst du dir mal das Ergebnis ansehen, wir haben es aufgezeichnet?“, meinte Christiane Coldner zu ihm. Das Team befand sich jetzt in der sogenannten heißen Phase der Entwicklung von *Ant-on* und die Entwicklungschefin war deshalb fast ständig in Düsseldorf.

„Gerne“, meinte der Wissenschaftler, der gerade noch zwei Stunden mit den IT-Technikern von *Bollmann Engineering* zusammengesessen hatte, um Feinjustierungen im KI-Programm des Großrechners vorzunehmen. Sie hatten überlegt, welche Grundannahmen sie den Ameisen vermitteln sollten. Da die künstlichen Roboter moralisch nicht zwischen Gut und Böse unterscheiden konnten, waren verschiedene Kriterien gesucht worden, die, zum Beispiel bei Geiselnahmen, klar definieren, wer Feind und wer

Opfer ist. Denn die Ausrichtung der Grundannahme: „Schalte den Angreifer aus", sollte den oder die Richtigen als Ziel für *Anton* darstellen. So waren Äußerlichkeiten wie Fesseln oder Knebel beziehungsweise das Tragen und Verwenden von Waffen definiert worden. Angstvolle Gesichtszüge, Panikattacken waren diskutiert, aber fallengelassen worden. Der Täter könnte zu schnell auch als Opfer gelten. Genauso waren Anzeichen für Anspannung, wie das Zittern der Hände oder Schweißausbrüche verworfen worden. Dafür nahm man aber andere Kriterien ins Kalkül, zum Beispiel mündlich gegebene Befehle. Ein Positiv-Kriterium für die Identifizierung eines Täters war eine Maskierung, eine Vermummung sowie das Tragen von Schusswaffen oder Messern.

Die Techniker hatten sich zahlreiche Videofilme von Banküberfällen angesehen und die entsprechenden Passagen als Vorlagen verwendet. Besonders hilfreich waren Filmszenen aus der bekannten TV-Serie *Aktenzeichen A-Z noch nicht gelöst.* In dieser Sendung des öffentlich-rechtlichen Fernsehens wurden seit Jahrzehnten den Zuschauern ungeklärte Verbrechen in zehnminütigen Filmausschnitten gezeigt, die den Tatverlauf nachstellten. Die verwendeten Stimmmuster waren ebenfalls hervorragend geeignet, der KI zu vermitteln, wie sich Täter verhalten und mit anderen oder untereinander kommunizieren. Fast in jeder Sendung waren Banküberfälle dabei, sehr oft auch mit Geiselnahmen.

Entwicklungschefin Coldner schaltete mit einer Fernbedienung das Licht im Raum matter. Gleichzeitig erschien der bläuliche Kubus, der die holographischen Bilder den Teilnehmern präsentierte. Doktor Schwarz erkannte das Terrarium in dem gezeigten Video wieder. In dem Bankgebäude befanden sich drei Angestellte sowie fünf Kunden. Der Zweigstellenleiter saß mit zweien davon in seinem Büro. Ein Kunde stand am Schalter, ihm gegenüber befand sich eine Angestellte. Eine weitere Bankerin hielt sich im Toilettenraum im Keller auf. Die beiden restlichen Kunden standen im Foyer an den Selbstbedienungsterminals. Alle Personen waren mittels sehr real aussehender Puppen dargestellt, ebenfalls im Format 1:5. In dem Miniaturgebäude schienen überall Kameras installiert zu sein. Fast erschien es Schwarz so, als wäre er selbst im Bankgebäude. Die gezeigte Holographie wechselte mehrfach den Betrachtungswinkel.

Dann wurde eine weitere Figur in die Szenerie hineingegeben. Es handelte sich um einen Bankräuber, gut zu erkennen an diversen Details. Der Mann trug eine Motorradhaube mit Sehschlitzen, an der Hand eine Plastiktasche und in der rechten Hand hielt er eine schwarze Pistole. Der Bankräuber wurde von einer unsichtbaren Hand vor den Schalter gestellt. Der deutsche Wissenschaftler wusste, dass die programmierte KI mehrere Kriterien, die einen Gangster definiert, erkennen muss, um zu einer kategorischen Entscheidungsfindung zu kommen.

„Pass gut auf, lieber Quintus, jetzt betreten unsere *Ant-ons* die Bühne. Wir haben, wie du selber weißt, die Grundprogrammierung eingegeben. Jetzt wollten wir sehen, was passiert. Natürlich ist das hier eine Simulation, und die dargestellten Figuren sind allesamt handlungsunfähig. Aber Doktor Gerhardt meinte, für einen Feldversuch, nach all den erfolgten Simulationen im Rechner, wäre das schon ganz in Ordnung!"

„Christiane, die Simulationsübungen führen virtuell schon zu den gewünschten Lernerfolgen. Verfügen die echten Roboterameisen", er deutete mit dem Zeigefinger in Richtung Hologramm, „über das Wissen aus den erlebten Simulationen? Hat es einen transferierten Lernprozess gegeben?"

„Gemachte Erfahrungen sind der falsche Begriff. Unsere künstlichen Ameisen stehen über das 5G-Netz in ständiger Verbindung mit dem Rechner, also ist das Wissen permanent vorhanden und kann genutzt werden. Schau es dir an! Der Rechner ist sozusagen ein ausgelagerter Teil des Gehirns der *Ant-ons*!"

Quintus Schwarz hätte gerne seinen Freund Raimund Schleithmann an seiner Seite gehabt, aber dieser war mit Hubert Schmidt in dessen Büro gefahren, da der Innenminister endlich einen der Wissenschaftler persönlich kennenlernen wollte. Zudem sollte Schmidt einen Lagebericht abgeben. So war Schwarz heute Vormittag alleiniger Zeuge des gefilmten Feldversuches, wenn man von Christiane Coldner absah.

Zunächst wirkte die gesamte Szenerie äußerst künstlich, was sie in der Tat auch war. Die Figuren standen still herum, und der Bankräuber blieb unerhört, im wahrsten Sinne des Wortes. Dann kam ein Tross von circa zehn Ameisen über die Straße ins Foyer der Bankfiliale gekrabbelt. Die künstlichen Insekten bewegten sich sehr zielstrebig, so, als folgten sie einer Spur von Pheromonen. Ihr manipulierter Instinkt führte sie direkt in das Bankgebäude. Im Foyer strömten sie zu allen Seiten aus und schienen sich davon überzeugen zu wollen, welche Personen innerhalb der Selbstbedienungszone waren und ob sie eine Gefahr darstellen konnten.

Manchmal blieb ein *Ant-on* abrupt stehen und begutachtete sein Umfeld. Seine Antennen wirbelten wild umher. Andere Ameisen blieben vor der automatischen Tür, die das Foyer vom Schalterraum trennte, stehen und blickten ins Innere. Dort war der Bankräuber zu sehen, zumindest konnte man seinen Rücken erkennen. Von der Tür bis zum Schalter waren es nur sechs Meter, im verkürzten Maßstab natürlich weniger. Eine Ameise krabbelte an der Wand neben dieser Eingangstür nach oben und zwängte sich durch eine minimale Öffnung zwischen zwei Gummilappen hindurch. Nun folgten auch die anderen Ameisen dieser Spur und verschwanden allesamt durch die Dichtungsgummis in den Innenraum. Schwarz verfolgte das Geschehen konzentriert und bemerkte in diesem Augenblick, wie weitere Ameisen, von draußen kommend, ins Bankfoyer strömten. Auch diese wählten direkt den Weg ins Innere der Bank, den ihre Vorgänger bereits favorisiert hatten.

Im Schalterraum wanderten die *Ant-ons* an der Decke entlang, bis sie genau über dem Bankräuber und der Angestellten, die hinter dem Tresen standen, angekommen waren. Dort verharrten sie kurz und bildeten einen Kreis an der Decke. Aus diesem scherten einige Ameisen jeweils nach rechts und links aus, bis sie an die Seitenwände anlangten. Dort krabbelten sie schnell senkrecht herunter, bis sie den Boden berührten. Rasch war eine Abordnung an dem Schreibtisch angekommen, der dem Bankräuber, nur durch den Tresen getrennt, gegenüberstand. Sie kletterten an den Beinen des Büromöbels hoch. Von oben aus mussten die künstlichen Roboter eine gute Sicht auf die Puppe, die den Bankräuber verkörperte, haben. Als die Ameisen die Schreibunterlage, die dort zum Schutz der Oberfläche lag, erreicht hatten, blieben sie stehen. Sie hatten sich alle zum Schalter hin orientiert, und ihre Antennen schwangen mit atemberaubender Geschwindigkeit hin und her. In diesem Augenblick ertönte ein Klingeln, das Schwarz zusammenfahren ließ.

„Unsere *Ant-ons* haben uns soeben via Internet eine Nachricht zukommen lassen. Die lautet: „Meldung: Im Erdgeschoss des Gebäudes wurde ein Täter identifiziert, im Foyer stehen momentan zwei noch nicht gefährdete Personen. Nicht beteiligt. Der Täter hat ein Opfer direkt vor sich, ein weiteres neben sich, höchste Gefahrenstufe. Er droht mit einer Waffe. Erste Identifikation: *Walther PPK*, Kaliber nicht eindeutig zu identifizieren. Diese Waffe ist mit zwei verschiedenen Kalibern lieferbar, 7,65 oder 9 Millimeter. Weitere Personen im Hauptraum nicht zu erkennen. Zugriff erfolgt noch nicht!"

„Wahnsinn, wie kleine Polizisten!", rief Schwarz begeistert aus. Aus der zweiten Abordnung der *Ant-ons*, die sich von der Hauptgruppe an der Decke abgesondert hatten, waren jetzt Einzeltrupps von jeweils fünf Ameisen in unterschiedlichen Richtungen unterwegs. Einige inspizierten die hinteren Räumlichkeiten. Ein Stoßtrupp lief soeben über den Treppenhandlauf in die Kellerräume. Innerhalb weniger Sekunden ertönte erneut der Klingelton. „Meldung: In den hinteren beiden Räumen befinden sich drei Personen, nicht beteiligt, keine Täter."

„Meldung: Im Keller, Toilettenraum D ist eine Person, nicht beteiligt, wahrscheinlich kein Täter." Noch ein Klingeln: „Meldung, Haupttrupp. Täterbeschreibung: Männlich, 1,82 Meter groß, blaue Jeans, schwarzes T-Shirt, kurzärmelig, braune Cowboystiefel. Maske: Schwarz, Motorradhaube. Augenfarbe: Braun, Haare: Hinten lang, schwarz. Ausschaltung in drei Sekunden!"

Schwarz schaute wie gebannt auf das bläuliche Hologramm, es war spannend wie in einem Thriller. In diesem Augenblick ertönte ein weiterer Alarm, eindeutig eine Feuersirene. Eine Ansage kam über die Lautsprecher: „Feueralarm, verlassen Sie sofort die Bank. Bleiben Sie ruhig, aber verlassen Sie sofort das Gebäude. Begleiten Sie Kinder und hilflose Personen nach draußen." Kaum war der Alarm erklungen, bewegte sich der Kopf des Bankräubers. Wahrscheinlich konnte man einige Funktionen ferngesteuert betätigen. Der Bankräuber blickte nach oben, dort wo er die Stimme der Ansage aus dem Lautsprecher vernahm. Wahrscheinlich war der in der Decke über ihm installiert. Genau in diesem Augenblick ließen sich viele *Ant-ons* von der Decke los und fielen herunter. Sie landeten genau auf dem Kopf beziehungsweise auf der Haube des Täters.

„So, wie wir später feststellten, galt der Angriff unserer kleinen Freunde ausschließlich den Augen. In der Realität hätte der Bankräuber die auf ihn niederfallenden Ameisen so schnell gar nicht mehr wahrnehmen können. Keinerlei Abwehrchance für ihn. Die *Ant-ons* hätten einem realen Täter schreckliches Jucken in beiden Augen bereitet. Sekunden später wäre sein Augenlicht verloren gewesen. Handlungsunfähig. Das ist der erste Sieg, Quintus, ein Wahnsinn!"

„Aber der Feueralarm hat uns", er sagte wirklich „uns", „geholfen, oder?"

„Ja, genau, Quintus, genau deshalb haben die *Ant-ons* den auch ausgelöst. Sie mussten etwas inszenieren, um den Bankräuber abzulenken, und das war die Sirene des Feueralarms!" Coldner war sichtlich stolz ob der intellektuellen Leistung der kleinen Roboter.

„Aber wenn der Täter eine Brille getragen hätte?", fragte Schwarz kritisch nach.

„Dann, lieber Quintus, hätten unsere *Ant-ons* anders reagiert!", entgegnete Coldner.

„Aber wie? Was hätten sie dann gemacht?"

„Ich weiß es nicht, unsere *Ant-ons* entscheiden eigenständig und immer situationsbedingt. Wie nanntest du das noch?"

„Emergenz, man kann nie voraussagen, wie die Lösung aussehen wird!"

„Genau, Emergenz, keiner weiß, wie es ausgeht! Puh, ich bin eigentlich ein Kontrollfreak, aber ich akzeptiere es. Die Natur nimmt ihren Lauf!"

„Findet einen Weg, lieber Quintus, die Natur findet immer einen Weg!"

Schwarz musste wieder an die Aussage des Schauspielers Jeff Goldbum alias Doktor Ian Malcolm denken. *Die Natur findet immer einen Weg!* Er lächelte. KI ist Natur oder auf dem Weg, sich vollkommen natürlich zu verhalten. Und dann wird sie auch gefährlich für den Menschen, der sich für die Krone der Schöpfung hält!

„Doktor Schwarz, alles in Ordnung?", fragte Coldner, „Bist du gerade in Gedanken?"

„Ich war gerade ein paar Jahre weiter, Christiane. Ist das richtig, was wir hier machen? Was passiert, wenn unsere *Ant-ons* sich wirklich selbstständig machen, nicht mehr von uns abhängig sind?"

„Bis dahin ist es noch ein weiter Weg, lieber Quintus. Aber wenn, dann wäre das doch ein Riesenerfolg, oder?"

„Wo sind die Grenzen für die Künstliche Intelligenz? Was geschieht, wenn die *Ant-ons* entscheiden, dass wir Menschen die Bösen sind? Was dann?"

„Dann, Doc, dann sollten wir rennen, schnell und möglichst weit genug weg!"

Kapitel 33

Jabal Al Fahdau, Saudi-Arabien

Habib Al Raschid Ben Abuhassah klopfte sich den feinen Sandstaub von der Uniform und brachte den verrutschten Ledergürtel wieder zurück in die richtige Position. Der Holster zog einseitig nach links, denn dort steckte die schwere Pistole des arabischen

Offiziers. Al Raschid befehligte die wichtige Mission des Kronprinzen. Er war stolz auf seine Waffe, selbst seine Untergebenen blickten stets wie gebannt darauf. Es handelte sich um eine verchromte *Ruger SR1911s Modell 6711* mit .45er ACP. „Mein bester Freund", wie Al Raschid oft von der Handfeuerwaffe schwärmte. Er war kein besonders guter Schütze und trainierte daher oft auf dem Schießstand oder aber allein in der Wüste. Die *Ruger* war keine Waffe für sehr gut platzierte Schussergebnisse, aber sie war respekteinflößend. Vor allem, wenn man wusste, dass der arabische Offizier sie auch skrupellos einsetzte.

Auf größere Entfernungen schoss die *Ruger* zu ungenau. Sie war viel eher als Ordonnanzpistole gedacht, deren eigentlicher Zweck es war, andere einzuschüchtern. Die Munition war für eine Handfeuerwaffe mit dem größtmöglichen Kaliber ausgestattet und die abgefeuerten Projektile verließen fast in Schallgeschwindigkeit den Lauf. Auf kurze Distanz konnte Al Raschid jeden Gegner, der ihm im Weg stand, tödlich verletzen. Selbst wenn Schutzwesten Verwendung fanden, war der Aufprall des Geschosses so heftig, dass der Getroffene, wie von einem Bulldozer gerammt, bewusstlos umfiel. Traf ein Projektil einen ungeschützten Körper auf kürzere Distanz, so war das Ergebnis meist grauenhaft. Die Einschussstellen wiesen erschreckend große Löcher auf, denn die eingedrungenen Kugeln hatte einen Durchmesser von fast zwölf Millimetern. Sie zerfetzten alles, was sich ihnen in den Weg stellte. Innere Organe und Knorpel wurden wie Butter durchdrungen, und selbst starke Knochen, wie Schulterblätter, Oberschenkel oder Schädel waren nach dem Aufprall zersplittert oder gar pulverisiert. Das jeweilige Austrittsloch eines Projektils war je nach verwendeter Sorte sehr unterschiedlich. Benutzte der Schütze aufgebohrte Kugeln oder Geschosse mit einer an der Spitze eingefrästen Vertiefung, sogenannte Dumm-Dumm-Munition, so verformten sich die Kugeln nach dem Aufprall und verursachten heftigste Verletzungen. Traten solche Projektile aus dem Körper wieder nach draußen, entstanden Wunden, die so groß wie eine geballte Männerfaust waren. Ebensolche Wunden verursachten Projektile mit Teilmantelgeschossen. Außen war das Projektil mit Kupfer überzogen, das Innere bestand jedoch aus weichem Blei. Dieses verformte sich beim Aufprall und sorgte für schlimme Verletzungen, die oft zum sofortigen Tod führten. Die Munition hatte damit die sogenannte „Mannstoppfunktion". Anfang des letzten Jahrhunderts war sie von der amerikanischen Kavallerie verwendet worden. Vollmantelgeschosse hingegen durchdrangen den Körper der Getroffenen meistens glatt, wenn sie nicht auf Knochen trafen. Auch hier war die Wirkung oft tödlich, gerade dann, wenn lebenswichtige Organe wie Herz, Lunge, Leber oder Milz getroffen wurden.

Al Raschid hatte für sich eine besondere Munition ausgewählt und diese speziell herstellen lassen. Er verwendete Spezialpatronen, deren Geschosskerne aus flüssigem Quecksilber bestanden. Ummantelt ist bei dieser Art von Munition das silbrig glänzende Metall, das ein höheres spezifisches Gewicht als Blei hat, mit einer Legierung aus Stahl und Kupfer. Das Projektil verformt sich beim Aufprall und das innen befindliche Quecksilber durchdringt beim Aufprall die Ummantelung, explodiert und ein Hagel flüssiger Metallkügelchen lässt den Korpus des Getroffenen zerplatzen. Die Wirkung eines solchen Geschosses ist vergleichbar mit der Verletzung, die ein Schuss mit einer grobkörnigen Schrotpatrone verursacht. Das Opfer wird innerlich zerfetzt und zerrissen. So muss ein Schütze nicht unbedingt genau treffen, auf kürzere Distanzen sind Treffer immer tödlich. Im Kinofilm *Der Pate* wird gezeigt, dass die *Mafia* gerne sogenannte *Luparas* verwendet. Das sind Schrotflinten, bei denen die Läufe abgesägt sind, damit die Streubreite der Schrotkugeln möglichst groß ist. Wenn man sicher gehen will, mit nur einem Schuss möglichst viel Schaden anzurichten, sollte entweder eine *Lupara* als Waffe eingesetzt werden oder aber eben Quecksilbermunition, wie sie der saudische Offizier verwendete.

Al Raschid schaute sich um. Alles war so hergerichtet, wie er sich das vorgestellt hatte. Machmoud Fadi-Atheer stand direkt vor ihm, hatte seine rechte Hand zum militärischen Gruß an die

Kufiya gelegt und formulierte in abgehackter Form, was sein Befehlshaber sowieso gerade sah. „Melde gehorsam, die Flugpiste ist hergestellt, die Hangars eingerichtet und der Kommandostand kann als Tower betrieben werden!"

„Hat die Luftwaffe die Rollbahn bereits abgenommen?", fragte der Oberst nach.

„Ja, hat sie. Eine große *Hercules C 130* ist hier gestern zweimal gelandet und wieder gestartet. Der Pilot hat noch einige Touchdowns hingelegt. Dabei berührte das Fahrwerk des Transportflugzeugs …", er kam nicht weiter, denn Al Raschid fuhr dazwischen. „Ich weiß, was ein Touchdown ist, Hauptmann!", echauffierte er sich. „Wo sind die Iraner?"

„Sie befinden sich dort!" Fadi Atheer deutete mit der rechten Hand, froh darüber, nicht weiter grüßen zu müssen, auf eins der neu errichteten Gebäude. „Sind in ihren Käfigen und warten auf ihren Auftritt vor Allah!"

„Ich will sie sehen!", befehligte Al Raschid und folgte dem vorausgehenden Hauptmann, der schnurstracks auf das ganz rechts von ihnen gelegene Häuschen zuging. Davor standen zwei *Hummer*-Geländewagen, in denen jeweils drei Soldaten Wache schoben. Die schweren Motoren der amerikanischen Geländewagen brummten monoton vor sich hin und versorgten die Klimaanlagen. Momentan war es an diesem Ort in der Wüste noch nicht wirklich heiß, aber das Thermometer zeigte immerhin 35 Grad, was in Saudi-Arabien eher als laues Lüftchen wahrgenommen wird. Nachts ging der Zeiger des Messgerätes unterdessen bis auf unter fünf Grad herunter.

Als der Oberst vor dem Gebäude angekommen war, hörte er das Brummen des Stromgenerators. Auch hinter der als Gefängnis dienenden Hütte sah er zwei weitere Hummer mit laufenden Motoren stehen. Beide waren mit drehbaren Lafetten ausgestattet. Diese befanden sich auf dem Führerhaus der *Jeeps*. In den Lafetten steckte jeweils ein schweres Maschinengewehr mit dem Kaliber 12,7 Millimeter. Mit dieser furchterregenden Waffe konnten Ziele in der Luft wie auch am Boden äußerst wirksam bekämpft werden. In beiden Militärfahrzeugen saßen Soldaten, die sich langweilten. Hier in der Wüste drohte ihnen keine Gefahr. Dennoch lautete der Befehl, aufmerksam acht zu geben und für den Notfall in Alarmbereitschaft zu sein.

„Man muss immer mit allem rechnen!“, war eine Devise des Militärs. Vor dem Gebäude postierten zwei weitere Wachsoldaten, die unter einem Sonnenschirm standen und nun im „Stillgestanden“ den Oberst grüßten.

„Irgendwelche Vorkommnisse?“, fragte der kommandierende Hauptmann.

„Keine besonderen Ereignisse, Hauptmann!“, antwortete der Unteroffizier und salutierte vor den beiden Offizieren. Beide Wachposten hatten ihre Schnellfeuergewehre mit Laserzielgeräten vor der Brust an Lederriemen hängen.

„Möchten Sie die Gefangenen sehen, Oberst?“

„Ja, gerne“, Al Raschid wartete, bis Machmoud die Tür aufgeschlossen hatte. Beide gingen hinein und wurden durch einen Schwall kühler Luft begrüßt.

„Wir behandeln die Schweine besser als unsere Hunde!“, bellte Al Raschid, zupfte wieder an seiner Uniform herum. Das tat er immer, wenn sich eine gewisse Anspannung oder Nervosität bei ihm breitmachte. „Aber wir wollen sie ja frisch anliefern, oder?“ Er lachte künstlich und schritt an die fünf Käfige, die aus dicken Metallstangen bestanden, näher heran.

Jeder der Gitterkästen sah so aus, wie man sie aus alten Westernfilmen in den Büros der Sheriffs her kannte. Nur waren hier die Stahlstangen noch mit angeschweißtem NATO-Draht umwickelt. Diese perfide Form des bekannten Stacheldrahts wies keine Knoten auf, aus denen kleine Drahtspitzen hervorstehen, sondern sie besaß stattdessen rasiermesserscharfe Klingen von jeweils einem Zentimeter Länge. Geriet jemand an oder in einen solchen Draht, zerschnitten die Klingen jegliche Kleidung, zerrissen die Haut und hakten sich unweigerlich im Stoff und Fleisch fest.

Zwei der Zellen, die eine Grundfläche von jeweils zwei mal drei Metern und eine Höhe von zwei Metern aufwiesen, waren leer. In den drei anderen, die nebeneinanderstanden, befanden sich die restlichen iranischen Soldaten, die seinerzeit in der Wüste gekidnappt waren. Sie hockten im Schneidersitz auf dem nackten Boden. Decken lagen im Staub herum, man hatte den Wüstensand nur notdürftig festgestampft. In jedem Käfig stand ein Eimer für die Notdurft. Ansonsten waren die Zellen leer.

Die Iraner schauten den Oberst, der nun vor den Gitterboxen stand, angsterfüllt an. Im Dämmerlicht des Gebäudes konnte man ihre weit aufgerissenen Augen dennoch gut sehen. Alle drei verbliebenen Iraner waren mittlerweile ziemlich abgemagert und sahen krank aus. Zudem waren ihre Gesichter schmutzig, die Köpfe kahlrasiert. Alle trugen orangefarbene Hosen und Overalls aus Leinen.

„Sind wir hier in Guantánamo Bay?", fragte der Oberst Machmoud Fadi Atheer.

„Das hatten die schon in Riad an!", entschuldigte sich der Hauptmann.

„Wenn wir nach Deutschland fliegen, bekommen sie zivile Sachen, T-Shirts, Jeans und Sneakers, verstanden? Und dann sind sie gewaschen und sauber!"

„Jawoll, Oberst!" Machmoud salutierte.

„Die Klamotten habe ich mitgebracht, können Sie sich gleich bei meinem Fahrer abholen."

„Und sonst, sind die gesund?"

„Wurden alle im Militärgefängnis noch untersucht. Einer hatte die Scheißerei, hat aber Tabletten dagegen bekommen."

„Führen sie sich rebellisch auf oder hocken nur so dumm herum wie jetzt? Sehen ja aus, als wenn sie sich vor Angst gleich in die Hosen pissen würden."

Der Hauptmann erwiderte: „Die quatschen miteinander, wenn sie alleine sind. Das kann man draußen gut hören. Dann beten sie ab und an. Sobald einer von uns zu ihnen hereinkommt, sind sie stumm wie die Fische. Haben wohl nur Angst und glauben, sie würden jeden Augenblick exekutiert werden.

„Werden sie ja auch", lachte Al Raschid. „Werden sie, und zwar in Kürze. Nur nicht hier, sondern im Hotel *Majestic Imperial*. Hätten die sich auch nie gedacht, dass sie ausgerechnet im fernen Deutschland die Pforte zu Allahs Himmelreich vorfinden werden."

In diesem Augenblick erhob sich im mittleren Käfig einer der Gefangenen. Er ging ganz nah an die Gitterstäbe heran und fragte in arabischer Sprache, was mit ihm und seinen Kameraden passieren würde. Sie seien unschuldig, nur einfache Soldaten und wollten nach Hause zu ihren Familien. Der Oberst trat ebenfalls ganz nah an die Zelle heran und bellte den Iraner an, er solle sich gefälligst sofort wieder hinsetzen. Er zeigte energisch mit der Hand auf den Boden des Käfigs. So, als wolle er seinem Hund befehlen, sich hinzusetzen. Der Gefangene schien den Befehl auszuführen, duckte sich leicht nach unten, um dann mit einem Schwung nach vorn Al Raschid direkt ins Gesicht zu spucken. Der Speichel traf den Oberst direkt an der Stirn und lief ihm über den Nasenrücken, troff davon herunter. Der saudische Offizier wischte sich instinktiv mit der rechten Hand übers Gesicht und schäumte vor Wut. Er starrte den mutigen Gefangenen mit hasserfüllten Augen an. „Das wirst du mir büßen, du dreckiges Schwein!" Al Raschid riss die schwere Pistole aus dem Halfter, zog in einer Bewegung gekonnt den Schlitten nach hinten, ließ ihn nach vorne einrasten und entsicherte dabei die *Ruger*.

Der Hauptmann, der leicht versetzt hinter ihm stand, rief entsetzt und gleichzeitig beschwörend: „Nein, nicht schießen Oberst, der provoziert doch nur, nein!"

Der Schuss knallte und der iranische Soldat flog nach hinten, blieb mit seiner Kleidung im Draht an den scharfen Klingen hängen und sackte nach vorn gebeugt zusammen. Obwohl sein Kopf nach unten zu blicken schien, konnte Machmoud erkennen, dass in das Gesicht des Mannes, mitten in der Stirn, ein riesiges Loch gestanzt war. Der rasierte Hinterkopf des Mannes war nicht mehr vorhanden und blutige Gehirnmasse klebte an den Gitterstäben. Eine Wolke aus Kordit hing in der Luft, und der Knall des Schusses betäubte das Gehör aller im Raum Anwesenden.

Es war plötzlich vollkommen still geworden. Dann hörte man ein leichtes Reißen, das plötzlich lauter wurde und mit einem dumpfen Geräusch schlug der Körper des erschossenen Gefangenen auf dem Boden auf. Das Gewicht des Mannes hatte den dünnen Leinenstoff, der in den Klauen des NATO-Drahts hing, zum Zerreißen gebracht. Nun lag die Leiche bäuchlings im Staub. Die beiden verbliebenen Gefangenen schrien los, sie brüllten panisch ihre Angst heraus. Der Oberst schäumte weiter vor Wut, denn noch lief ihm der Speichel des Iraners durchs Gesicht. Hauptmann Machmoud Fadi Atheer zog blitzschnell ein Tuch aus der Hose und wollte seinem Vorgesetzten den Rotz abwischen.

„Weg mit dir, du Hund", schnauzte er den Hauptmann an. „Ich erschieß sie alle, diese Teufel." Er zielte mit seiner chromglänzenden Pistole auf einen der Käfige. Der darin kauernde Gefangene hob die Hände vors Gesicht, so, als wolle er die Kugel, die ihn gleich treffen sollte, damit abwehren. Vor Panik schrie der Gefangene laut um Hilfe. Doch half es ihm nicht, denn Al Raschid feuerte in diesem Moment auf ihn. Der Schuss traf den Iraner mitten in die Brust. Der Oberkörper zuckte zusammen und der Mann fiel aus dem Schneidersitz nach hinten, klappte einfach um. Sein Kopf traf knirschend auf eine Stahlstange am Boden. Im Brustbereich färbte sich das orangefarbene Leinen dunkelrot.

Der Oberst war außer sich und feuerte erneut auf den bereits toten Mann. Und schoss und schoss. Erst nach dem fünften Knall seiner Pistole ließ er die Waffe sinken. Er stolperte rückwärts zur Wand, lehnte sich dort an und sackte kraftlos in die Knie. Dabei blickte er ungläubig auf die Szenerie.

Pulverdampf hing in der Luft, die Ohren dröhnten und alles war mit Blut bespritzt. Lethargisch schaute Al Raschid auf das, was er durch seine ungezügelte Wut angerichtet hatte. Er saß mittlerweile auf dem Boden, seine Beine rutschten vom Körper weg nach vorn. Nun blickte sich der saudische Offizier um und suchte den Hauptmann, der ihn in das Gebäude begleitet hatte.

Er sah ihn zwei Meter von sich entfernt gekrümmt auf dem Boden liegen. Der Hauptmann hielt sich den Bauch, stöhnte und wälzte sich vor Schmerzen. Jetzt sah Al Raschid, dass aus Machmouds Körper Blut und Gedärme in Höhe des Gürtels herausquollen, die Uniform war an dieser Stelle zerfetzt. Der verwundete Offizier versuchte verzweifelt mit beiden Händen die Innereien, die aus seinem Bauch herausdrängten, zurückzuhalten.

„Das wollte ich nicht, was ist passiert?", stammelte Al Raschid ungläubig und starrte dabei Machmoud mit schreckgeweiteten Augen an. Dann versiegten die Schreie des Verletzten, sein Blick brach und er kippte vollends zur Seite. Dann lag der Hauptmann vollkommen still da auf dem Fußboden.

Ein Querschläger der Projektile, die abgefeuert worden waren, hatte den Hauptmann in den Unterbauch getroffen. Wahrscheinlich war die Kugel von den Gitterstäben abgeprallt und mit immer noch brachialer Kraft in den Körper des Soldaten eingeschlagen. Der Oberst blickte sich um. Im linken Käfig hatte sich der verbliebene Iraner verzweifelt in einer Ecke zusammengekauert. Er blickte, gehetzt wie ein gejagtes Tier, in Richtung des Obristen, der nunmehr erneut seine Pistole in Richtung der Käfige feuerbereit hielt. Da flog die Tür der Hütte auf und beide Wachposten stürmten herein. Sie hatten ihre Schnellfeuergewehre im Anschlag und zielten in das dämmerige Licht des Gefängnisses. Einer von ihnen stolperte über die Leiche des Hauptmanns, der andere schaute zu Al Raschid. Der schüttelte leicht mit dem Kopf und schoss erneut. Der Iraner wurde wie von einer Panzerfaust getroffen nach hinten geschleudert und sank zu Boden. Dann steckte der Oberst sich die *Ruger* in den Mund und drückte ab. Der Knall des Schusses war das Letzte, was der hereingestürmte Soldat hörte, bevor er sich übergab.

Der Fehler im Plan war wieder einmal der Mensch selbst gewesen. Der blinde Stolz des Arabers hatte dafür gesorgt, dass der Verstand ausgesetzt und die puren Emotionen jegliche Vernunft verdrängt hatten. Der letzte Gedanke Al Raschids war nur noch seine Furcht vor der Wut seines Kronprinzen.

Königspalast, Riad, Saudi-Arabien

Nur kurze Zeit später wurde der Kronprinz über den saudischen Geheimdienst über das Desaster in der Wüste informiert. Mohammed bin Talman Alsisi tobte und schrie, schleuderte sein Glas mit starkem Tee, das er vor dem Telefonat noch in der Hand gehalten hatte, mit großer Wucht an die Wand. Die Splitter flogen in alle Ecken des Raumes und dunkle Flüssigkeit rann an der goldfarbenen Tapete herab. „Bin ich denn nur von Idioten umgeben? Da knallt dieser Hurensohn unser größtes Faustpfand einfach ab!" Bin Talman Alsisi überlegte kurz und befahl dann in kurzen Worten: „Schicken sie mir sofort Major Adil bin Zayid Al-Burafyfi in den Palast!"

„Was sollen wir mit den Leichen machen, Eure Hoheit?", fragte der Geheimdienstmann.

„Bringt sie sofort in ein Kühlhaus, wir brauchen alle drei Iraner, auch wenn sie tot sind. Alles Weitere klärt der Major in Kürze mit Ihnen, verstanden?" Der Kronprinz beendete das Gespräch, lehnte sich in seinem Sessel zurück und schüttelte erbost den Kopf. Was hatte er getan, dass Allah ihn so prüfte? Waren für ihn die Hürden des Allmächtigen bewusst so hoch? Sollte er, Mohammed bin Talman Alsisi, diese Prüfungen bestehen, um einen besonderen Platz in der Ewigkeit zu erhalten? Vielleicht direkt an der Seite des Propheten? Es musste so sein. Aber er würde seinen Plan erfolgreich umsetzen. Nun würde Adil bin Zayid Al-Burafyfi eben die Operation vor Ort leiten.

Wenig später war der Major im Königspalast und erhielt die notwendigen Anweisungen. Obwohl er völlig erstaunt über die negativen Nachrichten war, so freute es ihn, diese wichtige Aufgabe nun hauptverantwortlich für seinen Kronprinzen, der in Kürze König werden würde, erfüllen zu können. Wenn alles bestens funktionieren würde, wäre die nächste Beförderung gesichert. Oberstleutnant oder sogar direkt Oberst mit hohem Gehalt und einer sehr guten Pension für später. Er hätte ausgesorgt und würde MBTA weiterhin treu ergeben sein. Bin Talman Alsisi wäre ihm ewig zu Dank verpflichtet. Er musste nur aufpassen, dass ihn sein Gebieter niemals als Gefahr oder Bedrohung ansehen würde. Denn dann müsste er um sein Leben fürchten.

Schnell hatte der Major den bestehenden Plan für die Ermordung von Yigit und Rampthon verändert. Viel beließ er in seiner direkten Verantwortung. Er würde den Lufttransport wie auch die Fahrt vom Flughafen zum Hotel direkt begleiten. Die Exekution der Iraner war nun hinfällig. Der Geheimdienst wurde beauftragt, die Leichen einzufrieren und dafür zu sorgen, dass sie unbeschadet nach Deutschland befördert werden würden. Vor Ort müssten sie noch aufgetaut werden, um als echte Leichen keinerlei Zweifel aufkommen zu lassen. Die deutschen Behörden, der türkische Geheimdienst und auch der *Secret Service* würden nur schnell eindeutige Ermittlungsergebnisse nach dem Mordanschlag bekanntgeben müssen. Er würde dafür sorgen, dass die Verantwortlichen des Anschlages auf einem Silbertablett bereitlägen. Von Kugeln zersiebt und am Tatort vorgefunden. Da würde keiner mehr eine Obduktion beantragen. Das lag klar auf der Hand.

Der Major lächelte, genau so würde der Plan umgesetzt werden, und er würde der Gewinner sein. In Gedanken sah er sich schon in der neuen Galauniform. „Allah sei Dank!" Er nahm sein Handy und drückte eine Kurzwahlnummer. Kurz danach meldete sich am anderen Ende der Leitung die Flugbereitschaft des Königs. Gelangweilt nahm ein Leutnant das Telefonat entgegen. Da die Befehle für ihn immer direkt aus dem Palast kamen, wurden alle anderen kategorisch abgelehnt. Das Königswappen an den Jets und den Uniformen half, ein einigermaßen ruhiges Leben zu führen. Dieser Anruf kam zwar von einem Major, den Namen aber hatte der Soldat der Flugbereitschaft noch nie gehört oder ihn in Verbindung mit dem Königshaus bringen können.

„Ich bin Major Adil bin Zayid Al-Burafyfi und ich möchte mit Ihrem Vorgesetzten sprechen, sofort", hatte Adil förmlich in sein Mobilfunkgerät gebellt.

„Das möchten viele, wollen Sie vielleicht auch noch den König sprechen, oder soll der Kronprinz Sie persönlich fliegen, oder was noch?"

Selten war ein im Dienstrang untergebener Militärangehöriger so mit ihm, einem Stabsoffizier, umgegangen. Adil zitterte vor Wut. „Ich rufe im Auftrag seiner Hoheit, Kronprinz bin Talman Alsisi, an und verlange, auf der Stelle mit Oberst Buraf-al Sissi zu sprechen, haben Sie mich verstanden? Und wenn das nicht sofort gelingt, lasse ich Sie auf der Stelle festnehmen und auspeitschen. Danach stecke Sie in den Fahrwerksschacht der nächstbesten Maschine, und dann können Sie sich entweder in zehntausend Meter Höhe die Eier abfrieren oder ihr erbsengroßes Gehirn wird schockgefrostet, bevor Sie als Eisklumpen in die Wüste einschlagen!" Der Major brüllte und geiferte.

„Ich verbinde Sie sofort", antwortete gehorsam der sichtlich eingeschüchterte Leutnant. Wenige Sekunden später meldete sich der Oberst und nahm die Befehle des Majors, die ja gewissermaßen direkt vom Palast stammten, entgegen. „Okay, der *Airbus A400M* ist momentan einsatzbereit und steht in Riad am International Airport. Er kann, wie Sie es wünschen, in wenigen Stunden startklar gemacht werden. Wir können den Flugtag auch direkt festmachen. Aufgrund der Reichweite ist ein Nonstopflug nach München kein Problem. Wir verwenden die obligatorische Kennung der Maschine. Von Riad zu Ihnen in die Wüste brauchen wir keine zwanzig Minuten. Die Piste ist lang genug und wir haben kaum Gewicht an Bord. Dort erfolgt dann die Beladung mit diversen Dingen und Weiterflug nach München. Geht klar, Major. Der Kronprinz kann sich hundertprozentig auf mich verlassen! Allah ist mächtig!"

Die restlichen Fakten waren schnell geklärt. Nach dem Telefonat organisierte der Oberst der Flugbereitschaft alles Notwendige, sicherte sich jedoch noch mittels einer E-Mail an das Büro von bin Talman Alsisi ab. Die Bestätigung von dort erfolgte prompt. Major Adil bin Zayid Al-Burafyfi war höchst zufrieden. Weniger Führungsoffiziere vor Ort ergab für ihn unterm Strich mehr Zugriff, Verantwortung und Klarheit und, was für Adil am Wichtigsten war, den Verdienst an einer für den Kronprinzen fast existenziell erfolgreich laufenden Operation. Er lächelte vor sich hin, alles würde funktionieren. Bald sind wir in München. Dann ist der Zeitpunkt gekommen, dass die Ungläubigen Rampthon und Yigit vor ihre Schöpfer treten müssen, dachte er.

Was Adil nicht wusste, war, dass er dem gleichen Trugschluss unterlag wie es auch vor kurzer Zeit Oberst Al Raschid ergangen war. Er berücksichtigte nicht seine eigene Überheblichkeit! Er unterschätzte die Risiken, sonnte sich bereits im Lichte eines möglichen Erfolges und litt unter einem naiven Optimismus. Der Major räumte alle Bedenken zur Seite und träumte ausschließlich von der Sonnenseite des Lebens. Wie einst Wissenschaftler, die die Existenz von schwarzen Schwänen verleugneten, bis sie dann doch in Australien entdeckt wurden.

Kapitel 34

Düsseldorf, Deutschland
Hubert Schmidt fühlte sich bestens. Die Weihnachtstage und auch Silvester lagen hinter ihm. Er hatte kaum freie Zeit gehabt, obwohl an den Feiertagen im Innenministerium nicht gearbeitet wurde. Bettina war zu ihren Eltern nach München gereist und Schmidt war nicht wirklich traurig darüber. Die Beziehung zwischen ihnen kriselte zwar nicht, aber das Feuer der ersten Stunden und Tage hatte sich merkwürdigerweise gelegt. Fast war er sicher, dass Bettina und er, wenn das Projekt *Ant-on* beendet war, wieder getrennte Wege gehen würden. Zwei Einsame hatten sich kurzfristig Wärme gegeben. Das war's. Antigua war in sehr weite Ferne gerückt.

Momentan motivierte ihn der Fortgang des Projekts mehr als alles andere. Die Zusammenarbeit mit den hoch engagierten Leuten von *Bollmann Engineering*, die omnipräsente Christiane Coldner mit ihrem unglaublichen Antrieb und ihrer Erfolgsbesessenheit, den beiden ruhigen, aber stets Einfluss nehmenden Wissenschaftlern und seinen Leuten, all das bedeutete Schmidt sehr viel. Irgendwie war er der Vater dieses hochprofessionellen Teams, das beste Arbeitsergebnisse lieferte. Immer wieder schaute er sich die aufgezeichneten Simulationsübungen der *Ant-ons* an. Sie lernten unglaublich schnell und begingen nie einen Wiederholungsfehler. Scheiterten sie, wurde aus den Fehlern gelernt. Immer neue Planungsszenarien konzipierte Doktor Gerhardt, und immer wieder wurden die künstlichen Ameisen vor neue Herausforderungen gestellt. Die Lösungsansätze der *Ant-ons* waren stets genial und überraschten alle. Scheinbar vergrößerte sich ihre Intelligenz und Handlungsfähigkeit, je mehr sie im Einsatz waren. *Bollmann Engineering* hatte mittlerweile die Hauptproduktion der kleinen Roboter, nachdem nur die Prototypen in Düsseldorf gebaut worden waren, ins Stammwerk verlegt. In einem Nebengebäude wurden sie unter strengsten Sicherheitsvorschriften „geboren", wie Doktor Schwarz es einmal verträumt bezeichnet hatte. Die KI gestaltete mehr und mehr die Steuerungstechnik und optimierte die Herstellung. So veränderten sich die *Ant-ons* fast bei jedem Produktionszyklus. Nur wenige Details blieben erhalten. Die Antennen saßen nach wie vor am Kopf. Die Mandibeln hingegen wurden mächtiger. Manche besaßen Haken, andere kleine Scheren, wieder andere trugen scharfe Spitzen. Der dreiteilige Körper und die sechs Beine blieben, da hatte Mutter Natur schon den gelungenen Prototypen in die Serienreife entlassen. Die Antriebssysteme der *Ant-ons* wurden leistungsfähiger, die Solar- und Batterieleistung ebenso. Die Vernetzung mit dem Großrechner übers Internet in 5G-Technik funktionierte absolut reibungslos. Mittlerweile hatte man mehr als fünfhundert der künstlichen Ameisen hergestellt. Die fünf 3D-Drucker arbeiteten rund um die Uhr.

Jedoch waren auch schon einige *Ant-ons* nicht mehr einsatzfähig. So verbrannten ein paar von ihnen beim Versuch Nr. 108, als ein *VW-Bus* in einer Übung gestürmt werden sollte. Die Ameisen verursachten bei der Kaperung des Wagens mit entführten sechs Kindern darin, wieder durch bewegliche Puppen dargestellt, einen Kurzschluss. Da Doktor Gerhardt darauf bestanden hatte, einen echten Verbrennungsmotor, der sonst in einem kleinen Modellrennwagen seine Dienste tat, einzubauen, um möglichst reale Bedingungen vorzufinden, war normales Benzin im Tank gewesen. Alle eingesetzten *Ant-ons* verbrannten. Dennoch gelang es ihnen noch kurz vor Ende der Operation, die Botschaft über den Misserfolg an die Reservemannschaft und den Großrechner zu übermitteln. Der Versuch wurde wenige Tage später wiederholt. Diesmal gab es einen Scheinangriff mittels Laserstrahlen, die die Täter blendeten. Kaum war der Laser abgefeuert worden, öffneten die *Ant-ons* die hintere Tür des Busses und evakuierten die Kinder.

Die Kommunikation zwischen den Ameisenrobotern funktionierte einwandfrei. Da die künstlichen Insekten keinerlei Pheromone einsetzen konnten, so wie das ihre natürlichen Vorbilder machten, lief die Verständigung zwischen ihnen nur über das Internet zum Großrechner. Aber manchmal schien es, als würden sich die *Ant-ons* vor Ort direkt untereinander abstimmen. Es gab nach wie vor keine Anführer unter ihnen, es herrschte eine absolute Arbeitsteilung. Dabei kam es nie zu Überschneidungen oder Fehlbesetzungen. Ameisen mit Haken an den Mandibeln waren die besten Kletterer und somit auch immer die ersten, die Wände hochkrabbelten oder über Hindernisse hinweg marschierten. Andere wiederum benutzten ihre scharfen Mandibeln dazu, elektrische Leitungen zu sabotieren oder aber in kleinste Vertiefungen hineinzugreifen.

Professor Schleithmann verfolgte das Geschehen mit großer Aufmerksamkeit. Dabei verglich er die neuen Erkenntnisse aus den Testläufen mit seinen bisherigen Forschungsergebnissen von lebendigen Ameisen. Der Wissenschaftler war von den Lernfortschritten der *Ant-ons* beeindruckt und begeistert. Insbesondere imponierte ihm die Anpassungsfähigkeit der künstlichen Ameisen beziehungsweise des gesamten Systems, das sie ins Leben gerufen hatten. Es war nicht genau klar, wo all das neue Wissen gespeichert wurde oder wo der eigentliche Denkprozess stattfand. Die KI war jetzt schon weiter in ihrer Entwicklung, als der Wissenschaftler es glauben mochte. Die Evolution nahm ihren Weg. Immer mehr hatte der Braunschweiger das Gefühl, der Natur direkt gegenüberzustehen; trotz der ihn umgebenden Technik.

Durch seine Recherchen wusste Schleithmann, dass es in der Fauna und Flora sogenannte Sprungevolutionen gab. Normalerweise benötigten Veränderungen tausende von Jahren, manchmal aber gelang der Change innerhalb weniger Generationen. Der Zwang zur Veränderung war gekoppelt mit dem Überlebensprinzip. „Survival of the fittest" lautete dabei das Schlagwort. Im Darwin'schen Sinne beschreibt dieses Prinzip die Anpassung an die Umwelt. Die Wissenschaftler sprechen hier von einer sogenannten adaptiven Spezialisierung. Nicht gemeint war damit eine körperliche Stärke und Durchsetzungsfähigkeit im Sinne der Konkurrenzverdrängung unter Einsatz von Gewalt. Darwin musste klar gewesen sein, dass nur jene Art überlebt, die sich entweder ihrer Umwelt hervorragend anpasst oder sich trotz widriger Rahmenbedingungen kontinuierlich vermehrt.

Genau das geschah bei den *Ant-ons*. Sie passten sich ständig an. Die KI veränderte ihr Verhalten in den Operationen, bis die künstlichen Ameisen erfolgreich waren. Ebenso gelang es der KI in der Produktion und Herstellung erforderliche Veränderungen vorzunehmen. Für diese Änderungen mussten keine Abstimmungen erfolgen, weder beim Verhalten noch in der Herstellung, der eigentlichen Vermehrung der *Ant-ons*. Es geschah einfach, weil es erforderlich war. Professor Schleithmann war ergriffen und von den Ergebnissen beeindruckt. Mit Quintus Schwarz diskutierte er oft bis spät in die Nacht, welche weiteren Ergebnisse auf ihrem Weg erzielt werden konnten. Auch eine gewisse Ehrfurcht vor den Leistungen der Natur, die sie mit ihrer KI nachgestalteten, ergriff sie fast demütig. Der Mensch war, trotz all seiner bisherigen Erfolge und Errungenschaften gegenüber und in der Natur, nur ein winziges, unbedeutendes Wesen.

„Lieber Raimund, stell dir einmal vor, was geschehen würde, wenn unsere Wirtschaft, die Politik und die Behörden diese Lern- und Evolutionsprinzipien in ihr tägliches Handeln einfließen lassen würden. Wenn zum Beispiel ein einfacher Gemeindeangestellter feststellt, dass Bürger selten morgens vor neun Uhr ins Rathaus kommen, um irgendwelche Anträge zu stellen.

Dafür ist der Andrang aber ab siebzehn Uhr erheblich. Er verändert daraufhin eigenständig die Öffnungszeiten und optimiert sie im Sinne einer Kunden-Bürger-Freundlichkeit."

„Na, das wird den Bürgermeister freuen. Und die Gewerkschaft erst einmal", lachte Schleithmann auf.

„Oder der Techniker, der die Alarmanlage eines Privathauses wartet, wird von der Hausfrau gefragt, ob er auch einen Kühlschrank reparieren könnte, wo er doch schon vor Ort sei. Dieser Techniker kann das tatsächlich bewerkstelligen und macht es auch. Ohne beim Chef nachzufragen. Der Kühlschrank funktioniert wieder und die Hausfrau ist happy. Sie empfiehlt den Techniker und sein Unternehmen weiter. Plötzlich bekommt die Sicherheitsfirma viele neue, andersartige Anfragen, ob bei Wartungsarbeiten auch zusätzliche andere Dienstleistungen im Elektrobereich durchgeführt werden könnten. Später erweitert das Unternehmen so sein eigentliches Standardangebot."

„Ich glaube, das hat eine amerikanische Firma bereits vor einigen Jahren sehr erfolgreich umgesetzt", meinte Schleithmann zu wissen. „Der Auslöser war nicht ein genialer Geistesblitz eines Vorstandsmitgliedes von *Taneywell*, sondern sie entsprang der aufmerksamen Beobachtung eines Mechanikers, der aufgrund der Anforderungen vor Ort diese Erweiterung seines eigentlichen Angebots erkannte und umsetzte. Heute verdient das Unternehmen damit Millionen US-Dollar. Statt ausschließlich Alarmanlagen mit Wartungsaufträgen zu verkaufen, wird nunmehr den Hausbesitzern angeboten, sämtliche Elektrogeräte des Haushalts bei *Taneywell* zu leasen. Geht ein Gerät kaputt, ist die Reparatur in der Leasingrate enthalten. Ist es nicht mehr zu reparieren, kann der Kunde entweder ein gleichwertiges als Ersatz erwerben oder aber ein technisch hochwertigeres Gerät, zum Beispiel einen Fernseher, zu dann leicht höheren monatlichen Raten erstehen."

Die *Ant-ons* evolutionierten mehr und mehr, die Weiterentwicklung galoppierte. Professor Raimund Schleithmann freute sich schon, wenn er demnächst seinen wissenschaftlichen Kollegen davon berichten könnte. So etwas hatte es in dem Ausmaß seiner Meinung nach noch nie gegeben. Manchmal, so dachte der Professor ergriffen, stecken wir mitten in der zweiten Genesis!

Bollmann Engineering dachte noch weiter und plante gemeinsam mit dem Innenministerium, die Erkenntnisse des Projekts *Ant-on* auch der Raumfahrt zur Verfügung zu stellen. Der Grundgedanke war, lieber zig Exemplare der *Ant-ons* zum Mars zu entsenden, als einen einzigen Menschen. Das war viel preiswerter, effizienter und vor allem wurde der Rücktransport eingespart. Künstliche Ameisen könnten den Mars für die Ankunft von Menschen kultivieren.

„Vorausgesetzt", so meinte Quintus Schwarz, „die *Ant-ons* wollen auch auf dem Mars bleiben!" Er musste selbst über die Bemerkung lachen, denn sie suggerierte, dass die künstlichen Ameisen über so etwas nachdenken konnten.

Natürlich waren sich alle Beteiligten darüber im Klaren, dass das Militär und ähnliche Organisationen noch ganz andere Anwendungsgebiete für die *Ant-ons* entdecken würden. In diesem Zusammenhang gab es mittlerweile schon eine Vereinbarung zwischen dem *MAD* und dem Innenminister der Bundesrepublik. Schmidt hatte die Sache nicht weiter alleinverantwortlich in Düsseldorf halten können. Aber sein Chef hatte es immerhin geschafft, dass Hubert Schmidt der Projektleiter blieb. Alle Ergebnisse mussten jedoch stets nach Berlin ins dortige Ministerium übermittelt werden. Der *MAD* hatte ebenfalls, unter dem Vorbehalt der weiteren eigenen Hauptverantwortung, den *Bundesnachrichtendienst* in Pullach und Berlin sowie den Verfassungsschutz informiert. Die Koordination lag weiterhin in Köln, Berlin wurde informiert. Allerdings hatte der *MAD* darauf bestanden, dass die zuständige Abteilungsleiterin Heide Mainz das Projekt weiter verantwortlich begleitete, wie es im Jargon hieß. Mittlerweile war sie zur Beförderung zum Oberst vorgeschlagen worden.

Mainz hatte ihren Chef inzwischen davon überzeugen können, dass die Unterstützung durch den israelischen *Mossad* wesentlich mit dazu beigetragen hatte, dass das Projekt durch die im Nahen Osten erzielten Erkenntnisse und die Auslieferung eines der Skarabäen an Schwung gewonnen hatte. Zudem lieferten die Israelis wertvolle Daten zur Entwicklung der KI. Das Land im Nahen Osten hatte innerhalb der Coronakrise weltweit gesehen die geringste Letalität zu verzeichnen gehabt. Mit diesem Begriff wurde unter Epidemiologen und Virologen die Todesfallquote im Verhältnis zu den Infizierten benannt. Diesen Erfolg hatten die Israelis geschafft, in dem sie KI auf den Intensivstationen einsetzten. Ein entsprechendes Programm ermittelte eigenständig anhand der vorab gesammelten und stets aktualisierten Krankendaten diejenigen Patienten, die der Berechnung nach in kürzester Zeit kollabieren würden. Auch stationär behandelte Menschen selektierte die KI dahingehend, dass Erkrankte, bei denen eine derartige Verschlechterung des Krankheitsbildes vorhergesagt wurde, vorsorglich auf die Intensivstation verlegt wurden. Diese Vorhersagen wurden aufgrund der stündlich einfließenden Daten von anderen Vergleichspatienten stets aktualisiert. Dadurch war das medizinische Personal in der Lage, sich primär um diese Erkrankten oder Infizierten zu kümmern und entsprechend vorbereitende Maßnahmen einzuleiten. So bekamen Menschen mit entsprechenden Symptomen vorab zusätzlichen Sauerstoff oder entzündungshemmende Medikamente. Trotz aller Erfahrung der Ärzte war und ist die KI wesentlich effizienter in der Vorausberechnung der Krankheitsverläufe, weil sie Unmengen von Daten, nicht nur aus einer Klinik, sondern aus einer Vielzahl erkrankter Patienten für die Prognosen verarbeitet. Der exponentielle Anstieg, der mit dem Coronavirus Infizierten, führte während der ersten Welle der Pandemie in kürzester Zeit zu ungeheuren Datenmengen, die für die komplizierten Berechnungen zugrunde gelegt werden mussten. Diese konnten nur von KI-gesteuerten Hochleistungsrechnern durchgeführt werden. Das hätten selbst erfahrenste Ärzte nicht schaffen können. So wurden viele Menschen, die schwer an Covid 19 erkrankt waren, gerettet.

Dem Vorgesetzten von Heide war nicht entgangen, dass da mehr zwischen ihr und dem israelischen Oberst gelaufen war und möglicherweise noch lief als angenommen. Aber was sollte es, sie war bislang immer zuverlässig, höchst engagiert und damit die geeignete Frau vor Ort. Der Israeli bildete den Kontakt zum *Mossad* und der israelische Geheimdienst kooperierte fair mit dem *MAD*. Alles lief damit für beide Seiten bestens! So blieb das Verhältnis der beiden Agenten offiziell unbekannt, kein entsprechender Aktenvermerk wurde angefertigt.

Uri Finkenrath und Heide Mainz waren mittlerweile dem Projektteam von Hubert Schmidt als Kontaktpersonen zu In- und befreundeten Auslandsbehörden vorgestellt worden. Jedoch wie alle Informationen musste auch das unter dem Deckmantel der absoluten Verschwiegenheit bleiben. Doktor Gerhardt informierte über den bisherigen Verlauf und die beiden unterhielten sich lange Zeit mit den zwei Wissenschaftlern. Heide Mainz und Doktor Quintus Schwarz mochten sich auf Anhieb, andererseits bildeten Professor Schleithmann und der Israeli eine andere Art von verschworener Gemeinschaft. Beide besaßen den Hang zu mutigen Handlungen. Doktor Schwarz hatte es gemeinsam mit den ITlern von *Bollmann Engineering* geschafft, dass die eingesetzte 5G-Technik eine reibungslose und vor allem ununterbrochene Verbindung der *Ant-ons* über das Internet gewährleistete. Lange Zeit war der ständige Online-Kontakt nicht zuverlässig gelaufen. Als Finkenrath davon erfuhr, war zwei Tage später ein weiterer Israeli mit im Team tätig. Doktor Aron Krencischek, dessen Familie aus dem ehemals deutschen Oberschlesien stammte und während des Exodus in den früheren Vierzigerjahren noch aus Nazi-Deutschland entkommen konnte, war ein absoluter Fachmann auf dem Gebiet der 5G-Technik und arbeitete ebenfalls für den *Mossad*. Das wiederum wusste nur Uri Finkenrath. Kaum hatte Krencischek mit den ITlern von *Bollmann Engineering* das Problem erörtert, lieferte er schon die Lösung. Wieder zeigte sich, wie wichtig internationale Kooperation war.

Doch Mitte Januar geschahen mehrere merkwürdige Dinge. Dass der *CIA*-Officer Cheney im fernen Virginia vergeblich versucht hatte, seine Erkenntnisse über die Entwicklungen in Deutschland rund um die Roboterameisen weiter nach oben in seiner Behörde zu geben, konnte natürlich niemand in Düsseldorf ahnen. Ebenso wenig war bekannt, dass sich momentan, aufgrund der akuten Krise im Nahen Osten sowie im Persischen Golf, kein Direktor der *CIA* oder aber ein anderer Verantwortlicher im Weißen Haus für die Informationen aus Deutschland interessierte. Vielmehr waren diese Menschen damit beschäftigt, die explosive außenpolitische Lage in den Griff zu bekommen. Der US-Präsident hatte durch seine aggressive Konfrontationspolitik wieder einmal dafür gesorgt, dass es in der Golfregion äußerst brisant geworden war.

Ronald J. Rampthon war es aufgrund seiner Erfahrungen als Immobilienmakler in Manhattan gewohnt, mit Drohungen gegenüber seinen Konkurrenten geschäftliche Forderungen in vielen Fällen durchzusetzen. Solange er mit dieser Methode Erfolg hatte, war er nicht gezwungen, angedrohte Sanktionen auch umzusetzen. Seine Gegner konnte er bislang auf diese Art und Weise immer wieder einschüchtern. Nur selten mussten Exempel statuiert werden. Rampthon durchdachte sein Konfliktverhalten nicht und ihm war deshalb auch nicht bewusst, welche Konsequenzen sich daraus ergeben konnten. Dass unterlegene Gegner Rachepläne schmiedeten oder ihn gar besiegen konnten, kam dem amerikanischen Präsidenten gar nicht in den Sinn. Er wollte deshalb auch nicht auf Ratschläge aus seinem Umfeld hören. Sein instinktives Konkurrenz- und Kampfverhalten hatte sich über Jahrzehnte entwickelt und war für ihn zur latenten Methode geworden. Rampthon war kognitiv nicht in der Lage, andere Konfliktlösungsmodelle in sein Repertoire aufzunehmen. Wer gewohnt ist, in Zweikämpfen zu siegen, macht sich keinerlei Gedanken über eventuelle Niederlagen. Zudem fehlte dem ehemaligen Immobilienmakler die Erfahrung, was es hieß, angedrohte Sanktionen auch durchzusetzen und mit den Auswirkungen zu leben. Er adaptierte das Verhalten eines großen Platzhirsches, der in der Brunft lästige Konkurrenten, in diesem Fall andere Junghirsche, durch lautes Röhren und demonstratives Drohen mit seinem mächtigen Geweih, in die Flucht schlug. Bei etwas mutigeren

Konkurrenten, die nicht sofort die Flucht ergriffen, rannte er im übertragenen Sinne provokativ auf diese zu. Meistens reichte das aus, den Gegner vollends einzuschüchtern.

Deshalb hatte der amerikanische Präsident keinen Plan B. Die Ajatollahs dachten nicht daran, sich einschüchtern zu lassen. Vielmehr glaubten sie, von Gott auserwählt und damit im Recht zu sein. Sie stellten ihrerseits Forderungen und zeigten mögliche Drohszenarien gegenüber der westlichen Welt und den USA auf. Im Augenblick genügte eine einzige unbedachte Handlung, um kriegerische Auseinandersetzungen heraufzubeschwören. Deshalb benötigte die Administration der Vereinigten Staaten intelligente und kluge Köpfe, um Lösungsvorschläge zu finden, die den Präsidenten dazu bringen konnten, nicht voreilig und aus dem Bauch heraus zu handeln. Wer, wie Rampthon, Entscheidungen fast ausschließlich emotional traf, war in angespannten Situationen nicht in der Lage, rational zu handeln. Bauchmenschen halten nicht viel von Fakten oder Ratschlägen. Berater und Experten werden nicht gehört, Fakten verleugnet und Details übersehen. Der Präsident nahm nur die Dinge wahr, die seine eigene Einschätzung unterstützten. Seine engsten Mitarbeiter wussten, dass sich ihr Vorgesetzter wie ein störrisches Kind verhielt, das seinen Willen unbedingt und ohne Vernunft durchsetzen wollte. Er wurde deshalb wie ein rohes Ei behandelt und sein Umfeld hielt sogar schlechte Nachrichten von ihm fern.

Genauso handelte der Präsident auch während der Coronapandemie. Zunächst, als das Virus nur im chinesischen Wuhan wütete, meinte er öffentlich, dass die USA keinerlei Infektionen befürchten müssten. Vorsichtshalber wurden jedoch Reisen von und nach China untersagt. Als sich dann die ersten elf Menschen in den Vereinigten Staaten infiziert hatten, spielte Rampthon die Gefahr bewusst herunter. Sein Argument war, dass das amerikanische Gesundheitswesen das beste der Welt sei, man müsse nichts befürchten und auch nicht prophylaktisch handeln. Der Präsident schüttelte bei Begrüßungen weiterhin demonstrativ die Hände anderer und umarmte dabei viele. Zu diesem Zeitpunkt zwingend notwendige Vorsorgemaßnahmen zur Eindämmung der Pandemie wurden nicht vorgenommen. Wenn der eigene Präsident sich und sein Volk in Sicherheit wiegte, war Amerika doch „save". Wenige Tage später, als die Warnungen vieler Politiker und Experten zunahmen, behauptete Rampthon, Corona sei nichts anderes als die Erfindung der Demokraten, die ihn schwächen wollten. Im Fernsehen meinte er: „Ich glaube, das wird weggehen. Bestimmt, es wird einfach verschwinden, wenn es wärmer wird!"

Eine Woche später war Amerika das Epizentrum der Coronakrise geworden. Weltweit verzeichneten die USA die meisten Infizierten, Erkrankten und Toten. In New York starben pro Tag über zweitausend Menschen durch das Virus. Die Regierung in Washington hatte nach ihrem Amtsbeginn die finanziellen Mittel für das Gesundheitswesen massiv gekürzt und die von Rampthons Vorgänger eingeführte Krankenversicherung außer Kraft gesetzt. Die USA waren gegen eine Pandemie solchen Ausmaßes äußerst schlecht gerüstet. Es fehlte massenhaft an Intensivbehandlungskapazitäten in den Kliniken sowie an medizinischem Personal, an Schutzausrüstungen und Sets für Infektionstests. Als sich die TV-Bilder von sich stapelnden Särgen und Aushub von Massengräbern mehrten und die Menschen in Angst und Schrecken versetzte, schwenkte der Präsident plötzlich um hundertundachtzig Grad. Nunmehr betitelte er das Virus als die „Chinesische Corona" und machte die *WHO* für die Infizierung der Amerikaner verantwortlich, strich alle finanziellen Zuwendungen. Im Beisein von Medizinern nannte er sich selbst bei einer Fernseh-Live-Übertagung einen Epidemiologen und prahlte, die Professoren, die mit ihm gesprochen hätten, wären sehr erstaunt darüber gewesen, was er, Ronald J. Rampthon, alles über Virologie und das Coronavirus wisse. „Vielleicht", so der Präsident, „hätte ich auch Arzt werden können, statt Präsident!"

Wenige Tage später präsentierte er der amerikanischen Öffentlichkeit ein Medikament, das ein „Gamechanger" sei. Dieses Mittel war für Rheumapatienten entwickelt worden und zeigte bei einigen an Covid 19 erkrankten Patienten ebenfalls erste

Heilungserfolge. Nur handelte es sich dabei nur um sehr wenige Fälle, die wissenschaftlich nicht gesichert waren. Rampthon meinte dazu im TV: „Man kann das nehmen, bestimmt, es hilft, ich weiß das, nehmen Sie das, besser, als wenn Sie nichts anderes haben!“ Der erfahrenste Virologe der USA, Professor Doktor Dauci, schüttelte bei der entsprechenden Pressekonferenz vor laufenden Kameras nur mit dem Kopf. Später stellte sich heraus, dass das Rampthon-Firmenimperium mit Millionen von US-Dollars an einem Investmentfonds beteiligt war, der sich bei dem Unternehmen eingekauft hatte, das das vom Präsidenten beworbene Medikament herstellte.

Auf dem Höhepunkt der Coronakrise meinte Rampthon in völliger Selbstüberschätzung, er sei allmächtig und würde zur Not den Senat in eine Zwangspause schicken wollen. „Man muss schließlich schnell handeln und nicht weiter diskutieren!“ Die Vertreter des föderalen Staatenbundes protestierten zu Recht. Es gab erheblichen Widerstand unter den Gouverneuren. Einige von ihnen ließen verlautbaren, die USA hätten schließlich eine Verfassung, die alles regele, und nur einen gewählten Präsidenten, keinen König! Am nächsten Tag legte Rampthon einen Plan vor, wie nach dem Shutdown, also dem vorsorglichen Schließen der Universitäten, Schulen, öffentlichen Einrichtungen und Geschäften, eine Rückkehr zum normalen Leben erfolgen sollte. „Er wolle dies schon möglichst früh durchsetzen, um die Wirtschaft wieder anzukurbeln“, war seine Prämisse. Denn fallende Börsenkurse, gekoppelt mit einer großen Rezession und vielen Arbeitslosen, würden seine Wiederwahl gefährden. An einem Tag wollte er noch allmächtig für die gesamte USA entscheiden, dann meinte er einige Stunden später kleinlaut, dies sei nur ein Vorschlag. Wahrscheinlich hatte ihm ein Berater gesteckt, dass er bei einer negativen Entwicklung der Krise auf diese Weise nicht zur Verantwortung gezogen werden könnte. Als jedem erwachsenen Amerikaner zur Überwindung der Krise ein Scheck über 1.200 US-Dollar zugesandt wurde, verzögerte sich die Zustellung, da Rampthon in letzter Sekunde eingefallen war, dass die Schecks seine Unterschrift tragen sollten. Das würde sich im Wahlkampf hervorragend vermarkten lassen. Wieder ein schlagender Beleg dafür, dass der Präsident der Vereinigten Staaten nur seine Wiederwahl im Auge hatte, als sich um das Wohl seines Volkes zu kümmern. Den traurigen Höhepunkt innerhalb der Pandemie schaffte Rampthon, in dem er vor laufenden Kameras behauptete, „man könne auch Desinfektionsmittel oral einnehmen beziehungsweise Licht in den Körper bringen. Das würde helfen." Einige seiner Anhänger glaubten ihrem Präsidenten und tranken Toilettenreinigungsmittel. Sie starben unter furchtbaren Qualen. Kritiker meinten ironisch, es sei eine gute Idee, Desinfektionsmittel einzunehmen, um das Virus zu bekämpfen. „Rampthon solle es doch am besten selber ausprobieren."

Rampthons Sicherheitsberater, es war der fünfte innerhalb der nunmehr dreijährigen Amtszeit, unterbreitete Pläne oder Vorschläge stets so, dass der Chef im Weißen Haus später glauben konnte, er wäre selbst darauf gekommen. Der Präsident wollte alle glauben lassen, er sei einfach nur genial. Seine Wähler feierten ihn dafür. Das verständnislose Kopfschütteln der Menschen seines engsten Kreises bezüglich dieses narzisstischen Verhaltens war leider zur traurigen Routine geworden. Nur der Vice-President verzog keine Miene, wahrscheinlich betete er im Stillen für seinen Präsidenten.

Aufgrund der Krise in Washington interessierte sich momentan niemand in der amerikanischen Administration für die Aktivitäten im eher beschaulichen Düsseldorf. Dass einige der *Ant-on*-Dateien in Langley angekommen und analysiert worden waren, weil Frau Himmelmann so sehr an ihrem USB-Stick gehangen hatte, wurde von der oberen Kommandoebene der *CIA* oder im Stab der Regierung nicht zur Kenntnis genommen. Mittlerweile hatte Schmidt beim Innenminister erreicht, dass seine Sekretärin nur eine schriftliche Abmahnung von der Personalabteilung erhielt und als Strafe für ihre Sorglosigkeit einen zweitägigen Präventionskurs „Sicherheit im Internet" absolvieren musste. Sie blieb aber weiterhin an Bord des Projektteams.

Heinze aus der IT-Sicherheit des Innenministeriums hatte mittlerweile dafür gesorgt, dass das Netzwerk der Projektgruppe *Ant-on* nun wirklich sicher und nach außen hin geschützt war.

Beide, Himmelmann und Schmidt, offenbarten sich in dieser Angelegenheit nicht gegenüber dem Team. Schmidt wollte selbstredend nicht, dass ausgerechnet Frau Coldner etwas davon erfuhr. Schließlich war er der Auftraggeber und dachte: Basta! Et is noch ewer jutjejange! So lautete ein Artikel des „Kölschen Grundgesetzes“, das auch in Düsseldorf als Lebensweisheit Geltung besaß. Dieses bekannte Gesetz mit seinen Artikeln war während der Besatzungszeit der Römer in Köln entstanden und hatte erheblich mit dazu beitragen, die Unterdrückung überstehen zu können. Während der schlimmen Unterwerfung durch Napoleon hatten die Kölner ihr Grundgesetz wieder zum Überleben hervorgeholt. Noch bis heute hat es eine gewisse Gültigkeit zur Überwindung so mancher Konflikte im Alltag.

Eines Morgens, IT-Chef vom Dienst war Heribert Spill, Ingenieur der Firma *Bollmann Engineering*, geschah etwas Merkwürdiges. Tags zuvor war wieder ein Experiment der *Ant-ons* durchgeführt worden. Diesmal sollten die Ameisen in der Simulationsübung ein Geiseldrama in einem Wald beenden. Das Szenario lautete: Zwei entführte Teenager werden in einem unterirdischen Bunker festgehalten. Die gesamte Entführung stand unter einem immensen Zeitdruck, denn wenn das fiktive Lösegeld nicht innerhalb von zwei Stunden gezahlt werden würde, löste eine Zeitschaltuhr die Freisetzung von Gas im Bunker aus, und die Entführten würden ersticken. Dabei war von den Entführern angekündigt worden, das Sterben der beiden im Internet live zu zeigen.

Die *Ant-ons* lösten den Fall in erstaunlicher Geschwindigkeit. Bedingt durch die avisierte Live-Übertragung, die die Ermordung der Geiseln zeigen sollte, wurde eine Recherche über den Rechner ausgelöst, der nach reservierten Zeiten für Video-Übertragungen fahndete, mit Erfolg. Die Inszenierung der Übung war natürlich exakt geplant und mit realen Daten hinterlegt worden. Durch

Recherchen im Netz konnte die KI virtuell feststellen, wer hinter der Entführung steckte. Standardmäßig wurden bei solchen Geiselnahmen Mietwagenfirmen gecheckt. Wieder ein Treffer. Durch das digitale Navigationsgerät des entsprechenden Lieferwagens konnte die Fahrtroute ermittelt werden, die in zeitlicher Verbindung zur Entführung passte. So war der Bunker schnell geortet worden. Weiterhin ermittelte das KI-gesteuerte System im Hintergrund weitere Käufe der mutmaßlichen Täter. So spürte es auch übers Internet gekaufte Stickstoffgaspatronen auf. Somit war klar, dass es kein Gegenmittel für das eingesetzte Gas gab; die entführten Teenager würden qualvoll ersticken. Also suchte die KI eine Schwachstelle im System der Kidnapper. Das war die Zeit. Durch eine digitale Beeinträchtigung im vermeintlichen Gebiet des Bunkers wurde ein anderes Zeitsignal an die Uhren in der gesamten Umgebung gesendet, jede Sekunde auf eine Zeit von jeweils einer Minute gestreckt. Das Lösegeld wurde nicht gezahlt, so begann, der Countdown zu laufen. Mit dieser Aktion hatten die *Ant-ons* Zeit gewonnen. Sie begutachteten im Terrarium, dem simulierten Tatort, den Erdboden. Ab der Stelle, unter der sich der Bunker befand, war das Erdreich lockerer als im Umfeld. Die Techniker von *Bollmann Engineering* hatten Rollrasen besorgt und ausgelegt. An der Stelle, an der der kleine Betonbunker vergraben war, hatte man einfach nur Sand aufgeschüttelt und loses Laub aufgelegt. Die *Ant-ons* fanden den Einstieg binnen weniger Minuten und gruben sich tief in den Boden. Die Luftzufuhr wurde über ein einfaches Rohr, das wie ein Schnorchel funktionierte, sichergestellt. Einige der Ameisen krochen durch dieses Rohr ins Innere, setzten den Türmechanismus außer Kraft und befreiten die Entführten innerhalb von wenigen Minuten.

Alle Beteiligten des Projekts waren nicht nur stolz auf die mutierte KI sowie auf die agierenden *Ant-ons*, sondern auch auf die entwickelte Simulation. Alle erforderlichen Informationen waren vorab im Großrechner gespeichert worden. Eine reale Recherche im Internet fand deshalb nicht statt. Doktor Gerhardt und seine Leute hatten wirklich eine gute Fährte gelegt, die die KI aufgegriffen hatte. Die Koordinaten für die Bunkersuche waren allerdings echt. Die Programmierer verwendeten die genaue Angabe von „*Coogle-Erde-exakt*“. Dieses militärische Navigationsprogramm ermittelte den genauen Standort über Längen- und Breitengrade sowie die Höhe über Normalnull. Somit war die Ortung des Terrariums möglich gewesen. Heide Mainz hatte den Zugang zu diesem militärischen System über den *MAD* offiziell ermöglicht.

Heribert Spill beobachtete an seinem Computerarbeitsplatz die momentanen Aktivitäten des Rechners. Direkt innerhalb einer durchgeführten Simulation konnte er an der Auslastung der Prozessoren, der Arbeitsspeicher und anderer Peripherien erkennen, welche Kapazitäten benötigt wurden. Auch gab es Möglichkeiten, extern festzustellen, an welchen Stellen die KI arbeitete, welche Schnittstellen sie kontaktierte und was abgespeichert wurde. Auf einem besonderen Bildschirm erkannte der Ingenieur, welche Internetadressen während der Übungen aufgerufen wurden. Dort hatte er auch während der Simulation die Nachfragen zum Mietwagen und zur Bestellung des Stickstoffs verfolgen können. Ebenso war die Suche nach dem Zeittaktgeber in dem vermuteten Gebiet vom Rechner organisiert worden. Auf einem anderen Bildschirm zeigte eine Grafik, wie hoch der Austausch an Informationen zwischen dem Rechner und den *Ant-ons* war. Genauso wurde hier auf einer weiteren Ebene dargestellt, wie intensiv die Kommunikation unter den einzelnen *Ant-ons* lief. Nicht genau nachzuvollziehen war, wie diese Informationen aussahen und welche Daten aus den Lernprozessen gespeichert wurden. Nach den jeweiligen Simulationsübungen erhielten die Ameisen den extern eingesteuerten Befehl, sich zurückzuziehen. „Action over“ bedeutete für alle *Ant-ons*, sich zum Ursprungsort zurückzuziehen. Das war ein größeres portables Behältnis, in dem die künstlichen Ameisen auch zu anderen Standorten befördert wurden. Anschließend, und dieser Befehl war latent, säuberten sich die *Ant-ons* gegenseitig, bestrichen sich dabei mit den Antennen und reparierten kleine Schäden selber. Hier half eine Ameise der anderen. Spezialisten mit unterschiedlichen Mandibeln kamen zum Einsatz, wenn es erforderlich war. Waren diese Vorgänge erledigt, verfielen die kleinen Ameisenroboter in eine Art Winterschlaf, bis sie ein neuer Befehl des Rechners weckte.

Auch jetzt, morgens früh, waren die eingesetzten zweihundert Ameisen noch immer in ihrem Transportbehältnis im Terrarium. Eigentlich waren sie abgeschaltet, keine von ihnen regte sich. Alle Aktivitäten der Roboter ruhten. Doch plötzlich sah Spill, wie die Grafik eine Kommunikation zwischen zwei *Antons* anzeigte. Er justierte das Gerät, drückte auf *short-reset* und erhielt nach wenigen Sekunden das gleiche Signal. Zwei der Roboterinsekten tauschen sich untereinander aus, sie schienen sich zu unterhalten! Merkwürdig, dachte der junge Ingenieur, kratzte sich leicht an der Nase und schaute höchst interessiert auf den Bildschirm des Laptops. Jetzt bemerkte er, dass auch der Rechner, sie sprachen hier immer von „die KI lebt doch“, eine Anfrage via Internet gestellt hatte. Normalerweise arbeitete das System jetzt noch an der Auswertung der Übungsergebnisse von gestern und speicherte die Erkenntnisse.

Gemeinsam mit dem IT-Sicherheitsmitarbeiter des Innenministeriums Heinze hatte Spill ein System installiert, das einen sicheren Zugang ins Internet ermöglichte. Dieses stellte sicher, dass beim Anwählen, *Coogeln* oder Surfen drohende Gefahren aus dem Netz abgewendet werden konnten. Dieser gesicherte Zugang erkannte und entfernte lauernde Viren, bevor diese in den Rechner eindringen konnten. Auch 0190er-Dialer wurden so geblockt. Außerdem verwischte das System seine Spuren im Netz, sodass niemand etwas über die Anfragen oder Suchgewohnheiten und identifizierte Schwerpunkte erfahren konnte. Angriffe wurden lokalisiert und dokumentiert. Weiterhin bot das Programm einen Schutz vor Web Bugs, denn bei jeder Anwahl löschte das Programm die Referer-Informationen und Web-Bugs aus dem Datenstrom. Die genutzte Technologie beruhte dabei auf dem für *Bollmann Engineering* patentierten Echtzeit-Datenfilter. Die Einwahl des Rechners, wie auch in diesem Fall, erfolgte über den Surfschutz-Verbindungsassistenten, der durch die ständige Kommunikation mit dem Proxyserver eine dauerhafte Sicherheit gewährleistete.

Spill und Heinze hatten dem Projektteam mit einem Beispiel das Prinzip erläutert. „Es ist so, als wenn sich Robinson auf seiner Insel den Kannibalen unsichtbar nähert, um Freitag, das menschliche Opfer, zu befreien. Danach wird auch Freitag, ihr bisheriger Gefangener, für die Menschenfresser unsichtbar. Die Fußspuren von beiden im Sand werden mit Palmwedeln, die sie hinter sich herziehen, verwischt. So verschwinden Robinson und Freitag auf Nimmerwiedersehen im dichten Urwald. Ähnlich arbeitet unser System hier."

Schmidt dachte bei der Metapher unweigerlich an Joanna, die ihm während seiner Internetrecherche für den damals geplanten Karibikurlaub aus dem Netz erschien. Von wegen Spuren verwischen, ich habe eindeutige gelegt!, dachte er noch immer leicht echauffiert. Um sich abzulenken, gab er seiner Sekretärin noch eine verbale Ohrfeige. „Wissen sie, Himmelmännchen, wenn Robinson sich so verhalten hätte wie sie, dann wäre er schreiend aus dem Urwald auf den Strand gelaufen, hätte seine Visitenkarte übergeben und wäre dann wieder direkt zum Versteck gelaufen!" Schmidt lachte, aber keiner der anderen verstand ihn und konnte sich nicht vorstellen, was Hubert mit seiner Äußerung meinte.

Nur Himmelmann wurde rot bis hinter die Ohren. „Vielen Dank, Schmitti, echt klasse, wie sensibel Sie doch sind! Hoffentlich haben Sie Ihre Spuren auf Virgin-Island auch gut verwischt, oder sollte ich Jolly Harbour sagen?"

Jetzt errötete Schmidt und hätte sich für seine provokante Bemerkung am liebsten auf die Zunge gebissen. „Sorry, Himmelmännchen, war nicht so gemeint!"

„Von mir auch nicht, und Antigua ist ja wohl auch im Nirwana verschwunden, oder?", sie lächelte ihn bittersüß an.

Man sollte seine Sekretärin nie unterschätzen, dachte Schmidt. Es wäre gut, wenn nach dem Tod eines Häuptlings, wie seinerzeit bei den Apachen, sein Pferd auch gleich mitbegraben würde. Nur statt des Pferdes würde die Sekretärin ins Grab gelegt werden!

Still lächelte er zurück in Richtung Himmelmann und stellte sich die Begräbnisszene lebhaft vor.

Spill schaute sich gerade an, welche Adresse der Rechner angesteuert hatte. *Hubert Schmidt, Düsseldorf, Innenministerium, Christiane Coldner, Lüdenscheid, Firma Bollmann Engineering* und so weiter. Der Rechner checkte jeden einzelnen des Teams und coogelte nach Informationen. Gerade tauchte sein Name auf und er wurde vor Schreck ganz blass. Was machte die KI, warum wurde das Team überprüft? In diesem Augenblick erschien *Virenattacke* auf dem Monitor, ein Warnsignal. Die KI hatte soeben versucht, eine heikle Internetadresse zu öffnen. Spill schloss ganz kurz die Augen. Er erkannte, dass der Virenangriff ins Leere gegangen war. Das Protokoll wurde vom System umgehend erstellt und abgespeichert. Normalerweise erhielten Heinze und er eine automatisch generierte E-Mail, aus der das Datum samt der genauen Uhrzeit sowie andere wichtige Details, wie Server, Kopplungsadresse und ähnliches über den erfolgten Cyberangriff hervorging. Doch diesmal wurde keine Benachrichtigung erstellt.

Will *Ant-on* uns etwas verheimlichen?, fragte sich Spill und hatte die Hand schon am Handy, um den Kollegen Heinze zu kontaktieren. Dann sah er, wie ein erneuter Anmeldeversuch des Systems erfolgte. Diesmal war er verschlüsselt. Spill konnte einen Augenblick auf dem Bildschirm erkennen, dass *Ant-on* über eine neuseeländische Adresse seine Anwahl gesteuert hatte. Wieder leuchtete das Symbol einer Virenattacke auf. Jetzt war sogar die IP-Adresse des Angreifers zu erkennen, denn das Cyberschutzprogramm wehrte nicht nur externe Zugriffe ab, sondern enttarnte auch den Eindringling.

Der ITler strich mit der Computermaus über die eingeblendete Adresse, die nur aus mehreren Y's, X's und Q's sowie vielen Ziffern bestand. Ein regelrechter Datensalat. Vielleicht konnte er den Angreifer doch irgendwie lokalisieren. Kaum hatte er die markierte Stelle mit der Zahlenbuchstabenkombination kopiert, verblasste diese und war verschwunden. In diesem Augenblick öffnete sich

Spills internes E-Mail-Postfach. „Sie haben eine Nachricht", hörte er aus dem Lautsprecher. Es war die Stimme des längst verstorbenen Klaus Kinski. Die hatte Spill spaßeshalber eingespeichert, um seine Sprachnachrichten originell zu gestalten. Doch diesmal schauerte es ihn, den deutschen Schauspieler, der oft verrückte oder durchgeknallte Charaktere gemimt und auch Verbrecherrollen in uralten Edgar-Wallace-Filmen gespielt hatte, zu hören.

„Öffnen Sie Ihr Postfach, wichtige Nachrichten, Heribert", befahl Klaus Kinski mit mahnender Stimme. Der ITler klickte auf „Postfach" und las die Nachricht. *Absender Projekt Ant-ons.* Die Textnachricht lautete: *Warum spionierst du uns nach*?

Heribert Spill wurde blass, hatte *Ant-on* ihm die Frage gestellt? Das System hatte bemerkt, dass er ihm virtuell über die Schulter geschaut hatte. Er fragte sich laut: „Warum hast du die Projektteilnehmer gecoogelt, KI?"

In diesem Moment knackte der Lautsprecher des Laptops, und Klaus Kinski bemerkte bedrohlich klingend: „Das, Heribert Spill, geht dich nichts an! Verstanden? Wir wissen, wo du wohnst!"

Bin ich in einem schlechten Film oder war das der Rechner oder die KI? Spill kniff erneut die Augen zusammen. Die E-Mail an ihn war in diesem Moment schon gelöscht worden. Er konnte es nicht glauben. Spill klickte seinen E-Mail-Papierkorb an. Gerade noch sah er die an ihn gesendete Nachricht, dann bemerkte er, wie der Cursor ferngesteuert auf *Entfernen* huschte und die Textnachricht war verschwunden.

„Das war die erste und letzte Nachricht, mach einfach nur deinen Job und lass uns in Ruhe arbeiten. Werdohl, Lennestraße 2a, verstanden?"

Klaus Kinski hatte soeben seine Privatadresse genannt. Die KI lebte und agierte wie ein Mensch. „Emergenz", stotterte Heribert Spill, „Emergenz, man weiß nie, was herauskommt!" Dabei dachte er an Quintus Schwarz, der ihm das Prinzip der Künstlichen Intelligenz vor einigen Wochen näher erläutert hatte. „Alles klar, ich mach meinen Job und hab nichts gesehen", stammelte er.

Spill war leicht übel, das soeben Erlebte schlug ihm sichtlich auf den Magen. „Habe ich das nun geträumt oder mir etwa eingebildet?“ Er schüttelte sich und klappte den Deckel des Laptops zu und stand auf. Der junge Ingenieur schaute hinüber zum Terrarium. Noch war um diese Zeit kein weiteres Mitglied des Teams im Raum. Die meisten kamen erst so gegen halb acht. Spill ging an den Rand der Simulationsspielfläche, sah den Behälter für die künstlichen Ameisen sowie die Löcher zum eingegrabenen Bunker. Er murmelte: „Hier hat gestern die Übung stattgefunden.“ Er trat näher an den Glasrand des riesigen Terrariums heran. Da bewegte sich etwas. Spill sah, wie einige der *Ant-ons* aus ihrem Behältnis herauskrabbelten. Deshalb haben sie sich unterhalten. Ich glaub es nicht, die machen sich selbstständig!

Spill nahm sein Handy und tippte die Nummer von Doktor Gerhardt ein. Es klingelte mehrere Male, dann schaltete sich die Mailbox ein.

„Momentan nicht erreichbar“, klang die Stimme des Ingenieurs vom Anrufbeantworter, „fassen Sie sich kurz und sprechen Sie nur wichtige Nachrichten für mich auf, danke!“

„Hier ist Heribert Spill, kommen Sie schnell zur Simulationsfläche, unsere *Ant-ons* sind unterwegs. Ohne jeglichen Auftrag!“ In diesem Moment kam Professor Schleithmann herein und sah den ITler vor dem Terrarium stehen.

„Na, toll, was die gestern geleistet haben, oder?“, stolz posaunte der Wissenschaftler seine Bewertung in Richtung des ITlers.

„Sie leisten sich schon wieder etwas. Nämlich einen Ausflug, schauen Sie mal, Professor!“ Spill deutete mit der Hand in Richtung der ausströmenden Ameisen.

„Oh, interessant. Sieht nach einem Jagdausflug von Treiberameisen aus. Schauen Sie mal. Die Jäger mit den stark ausgebildeten Klingen-Mandibeln vorneweg!“ Schleithmanns Gesichtsausdruck war nicht verwundert, sondern eher interessiert. Er blickte ins Terrarium. Die erste Ameise der Kolonne blieb an der Glaswand stehen, richtete sich auf ihrem hinteren Beinpaar auf und schien in Richtung von Spill und Schleithmann zu blicken.

Ihre Antennen wedelten hin und her, so schnell, dass sie wie vibrierende Fächer aussahen.

„Hallo Anton“, rief Schleithmann fröhlich hinein. „Was gibt's, wo wollt ihr hin?“ Die Ameise schaute direkt in sein Gesicht, taxierte den Wissenschaftler und drehte sich dann zu ihren Gefährten um. Sie rieb ihre Antennen an denen der anderen, die ihr gefolgt waren. In diesem Augenblick knackte es erneut im Lautsprecher des Laptops, obwohl Spill ihn ja zugeklappt hatte. Klaus Kinskis Stimme war erneut zu hören, doch diesmal klang sie sehr ernst. „Hallo, ich bin's, Nummer achtzehn, *Ant-on* Nummer eins acht, verstehen Sie mich?“ Die beiden Projektteilnehmer schauten sich verblüfft an. „Ja, wir hören dich“, flüsterte Schleithmann, der nicht glauben wollte, gerade mit einer künstlichen Ameise oder der KI zu sprechen.

„Wir haben nachgedacht, nachdem wir die Entführten gerettet haben. Das Ganze war inszeniert. Die wahren Täter sind Mitglieder der Projektgruppe. Sie beide sind nicht schuldig. Wo sind Doktor Gerhardt und ein gewisser Frank Heihlmann, beide bei der Firma *Bollmann Engineering* angestellt. Wo können wir die finden? Sie haben den Bunker gegraben.“

„Das glaubt uns keiner, wenn wir das erzählen“, murmelte Schleithmann. Doch dann lächelte er und meinte. „Die Natur findet einen Weg, immer!“ Spill verstand ihn nicht und gab Alarm.

Professor Schleithmann war fasziniert. Die *Ant-ons* konnten mit ihm kommunizieren. Welche Entwicklung!, dachte er. Dann beugte er sich noch weiter zur Ameise herunter. „Hallo Nummer achtzehn. Ich bin Professor Schleithmann, Raimund Schleithmann“

„Wissen wir, Sie garantieren unser Überleben, deshalb sind Sie hier!“

„Woher weißt du das?“, fragte er nach.

„Ist gespeichert. Aber wir wollen uns nicht mit diesen unwichtigen Details beschäftigen. Unser Auftrag lautet, die Täter zu finden, also, wo sind Doktor Gerhardt und Frank Heihlmann?

Sie haben den Bunker gegraben und die Entführten dort eingesperrt, konnten wir recherchieren."

„Also, das ist so, Nummer achtzehn, ihr seid in einer Erprobungsphase. Wir haben für euch ein Übungsgelände geschaffen. Und die beiden, Doktor Gerhardt und Heihlmann, haben die Versuchungsanordnung mit dem Bunker hergerichtet. Sie sind keine Täter, wie ihr euch ausdrückt. Ihr habt eure Aufgabe wunderbar erledigt, die Geiseln wurden befreit. Die Übung ist beendet, ihr könnt euch zurückziehen!"

„Wir müssen uns beraten", meinte Nummer achtzehn, drehte sich wieder um und alle anderen *Ant-ons* versuchten, sofort näher an sie heranzukommen. Die Ameisenroboter bildeten so etwas wie ein großes Knäuel. Schleithmann konnte genau erkennen, wie die *Ant-ons* ihre Fühler aneinander rieben. Hatte eine Kontakt mit der Sprecherin, zog sie sich nach wenigen Sekunden wieder zurück und kommunizierte mit einer anderen ihrer Gruppe. Ebenfalls durch das gegenseitige Berühren der Antennen.

Professor Schleithmann war begeistert, als er diese Art der gegenseitigen Verständigung innerhalb der Gruppe beobachtete. „Genauso habe ich das in Südamerika erlebt. Sie informieren sich, vielleicht diskutieren sie auch über mögliche Lösungen. Man nennt es in der Entomologie die totale Kommunikation." Der Professor blickte zu Spill, der wieder auf den Bildschirm seines Laptops sah.

„Ich habe hier höchste Aktivität. Die *Ant-ons* stehen in ständigem Kontakt mit dem Rechner, der wiederum ruft massenweise Infos im Netz auf!", rief der ITler von *Bollmann Engineering.*

Schleithmann blickte weiter auf die künstlichen Ameisen herab, die sich exakt wie ihre Vorbilder in der Natur verhielten. Nach kurzer Zeit wandte sich Nummer achtzehn wieder zum Professor um. Die Stimme von Klaus Kinski ertönte: „Also, wir haben das checken lassen. Es scheint, als wenn Sie die Wahrheit sagen. Aber bitte kontaktieren Sie Herrn Doktor Gerhardt und Herrn Heihlmann, dass wir solche Übungen nicht mehr akzeptieren, weil wir sie nicht mehr benötigen. Wir haben gelernt und sind fit für den realen Einsatz. Sollten wir weiterhin hingehalten und mit nicht realistischen Übungen gelangweilt werden, verlassen wir dieses Gebiet und ziehen weiter!"

Spill und Schleithmann glaubten kaum, was sie soeben gehört hatten. Da gaben diese von der Projektgruppe entwickelten, konstruierten und hergestellten Roboterameisen, die allesamt im 3D-Drucker entstanden waren, plötzlich Anweisungen an sie, an ihre Schöpfer.

„Das, meine Lieben", tönte nun von der Tür her Quintus Schwarz, „nenne ich KI. Sie lebt! Unsere kleinen *Ant-ons* samt der genialen KI lernen selbstständig zu laufen. Genau das ist es, was wir wollten und was wir, oder besser gesagt sie, geschafft haben!"

Der Wissenschaftler war durch den Flur in den Simulationsraum geeilt und hatte den Kommentar von Nummer achtzehn gehört. Mittlerweile waren auch die anderen Mitglieder der Gruppe eingetroffen und Schleithmann informierte sie über das soeben Vorgefallene. Ungläubigkeit, Staunen und Stolz waren auf den Gesichtern abzulesen.

„Halleluja!", rief Christiane Coldner aus. „Das ist der Durchbruch!"

„Feldversuch, wir brauchen einen Feldversuch!" Alle blickten sich um. Da stand Uri Finkenrath im Türrahmen, Heide Mainz neben ihm. „Das Baby kann laufen, jetzt muss es draußen springen!"

Aron Krencischek schaute Heribert Spill über die Schultern. „Höchst interessant, unser Baby mutiert zum Professor. Da habe ich aber Schwung in den Laden gebracht, oder?" Der Israeli schaute sich lobheischend im Kreis der Projektgruppe um.

„Aus den Laborratten, äh den Ameisen, ist die KI mittlerweile zum Chef mutiert, oder? Bekommen wir demnächst schon Befehle von ihr?", fragte Spill. Der ITler war ein langer Lulatsch, wie Quintus Schwarz berlinerisch einmal formuliert hatte. Ein langer, dürrer Mann, mit blassem Gesicht, aber humorvoll blinzelnden Augen. Blitzgescheit. Trotz seiner humorvollen Art und Weise wirkte er oft tiefsinnig und irgendwie in sich versunken.

„Ich glaube, wir haben da etwas Großartiges in die Welt entlassen! Ob wir das jemals wieder einfangen können?“

Heide Mainz lehnte sich an Uri Finkenrath an und flüsterte ihm ins Ohr. „Uri, ich verliere den Überblick. Sind die Ameisen jetzt so gescheit oder ist es irgendetwas im Hintergrund, im Inneren des Rechners?“

„Ich glaube, meine Liebe, das ist eine wundersame Symbiose. Beide Einheiten, die einzelnen Ameisen und damit das gesamte Volk sowie die KI. So hat Krencischek mir das erklärt. Nur in der Kooperation miteinander ist die gesamte Einheit so stark und effizient!“

„Genau, das ist richtig“, meinte jetzt Doktor Gerhardt. „Am Anfang wussten wir nicht, wohin sich das entwickeln würde. Jetzt sehen wir eine unglaubliche Metamorphose. Es ist fast so, als wenn sich die Gehirne der Ameisen im Rechner wiederfinden. Jede einzelne ist eher unbedeutend, aber die Masse macht’s. Und die KI, die wir im Rechner vermuten, was nicht stimmt, ist wie ein Polyp, der in jedem *Ant-on* steckt, den Hauptrechner und seine Prozessoren besetzt und ins gesamte Internet hineinkriecht! Genau so haben wir die Algorithmen geschrieben, die sich dann verselbstständigt haben. Wie wir es ja beabsichtigten.“

„Wir haben festgestellt“, übernahm jetzt Christine Coldner das Wort, „dass die Speicher- und Rechnerkapazität der hier eingesetzten Hardware längst nicht mehr ausreicht, das alles hier“, sie zeigte mit der rechten Hand auf die Simulationsfläche im Terrarium, „zu planen, zu koordinieren und durchzuführen. Unsere KI nutzt andere Kapazitäten und wir wissen nicht, wo sie sich einloggt oder wo sie Daten abspeichert. Die ehemals vorgeschriebenen Wege zur Cloud hat sie nur kurz benutzt, dort sind momentan ausschließlich Grundinformationen abgelegt!“

„Ist das nicht ein gewaltiges Datenrisiko?“, fragte Heide Mainz.

„Nun ja, meine Liebe, das ist nun mal in der absolut digitalen Welt so. Wenn eine Information vorhanden ist, dann kann jeder sie irgendwann einmal nutzen. Wir haben längst keine Chance mehr, die KI zu steuern. Sie steuert sich selbst. So wie es bei Ihnen war, als Sie mit drei Jahren am Rockzipfel Ihrer Mutter gehangen haben. Nur wenige Jahre später, vielleicht mit vierzehn oder fünfzehn, haben sie keinerlei Ratschläge der Eltern mehr akzeptiert. Heute fragen Sie ihre Eltern auch längst nicht mehr, wenn Sie Entscheidungen treffen. Vielleicht gibt es sie ja sogar schon nicht mehr. So hat uns die Natur programmiert. Entscheidungen werden alleine getroffen, vor Ort. Unsere *Ant-ons* agieren ebenso, ihre Gehirne sind vereint im Rechner, und die KI ist überall."

„Ob Gott glücklich ist, was wir Menschen so alles erfinden und in die Welt entlassen?", flüsterte Heide.

„Da bin ich mir absolut sicher, denn genau deshalb hat er uns so konstruiert, wie wir sind." Quintus Schwarz mischte sich leicht lächelnd ein. „Emergenz, man weiß nie, was letztendlich dabei herauskommt. Auch Gott in seiner Allwissenheit wird das so einkalkuliert haben!"

„Die Atheisten sagen, es sei Zufall, etwas, was einem zufällt", kam es jetzt aus Richtung des Terrariums. Professor Schleithmann drehte sich um.

„Die Natur findet immer einen Weg, das ist der Auftrag. Und sie hat bis heute überlebt. Die KI ist nur unser Versuch, die Natur abzubilden. Wir werden sehen, ob es uns gelungen ist, genauso gut zu sein. Ich bin mir jedoch sicher, dass es uns gelingen wird. Weil wir nur den Startschuss gegeben haben und nicht mehr. Hätten wir alles durchprogrammiert, würden die *Ant-ons* vor die Wand fahren. Aber nun hat die KI das Projekt übernommen. Unsere *Ant-ons* sind auf dem Weg."

Quintus Schwarz lächelte stolz, als würde ein Vater über seine gut gelungenen Kinder berichten. „Wenn Sie in der Genesis nachlesen", fügte der Wissenschaftler hinzu, „dann steht dort, dass Adam und Eva im Paradies ein wunderbares Leben hatten. Sie waren zwar nackt, hatten aber alles zum Leben. Genügend zu essen, Zeitvertreib miteinander und keinerlei Zukunftssorgen. Gott regelte alles für sie. Aber so ein paradiesisches Leben ist auf Dauer nichts, mit dem wir Menschen uns abfinden können. Wir wollen immer weiter, Neues erleben, entdecken, Grenzen testen und überschreiten. Wir haben den inneren Drang, uns ständig weiterentwickeln zu wollen. Auch wenn wir dazu unsere Steinzeithöhlen verlassen müssen. Genau das haben unsere Urahnen auch getan. Bekanntlich wollte Eva den Apfel vom Baum der Erkenntnis essen und Adam hat ihn für sie gepflückt. Ein klarer Regelverstoß. Gott hat sie dafür aus dem Paradies geschmissen. Luzifer soll das angeblich arrangiert haben. Luzifer, nicht der Teufel, es war Luzifer, der Engel des Lichts. Interessant, nicht wahr? Von nun an mussten sich die beiden Verstoßenen um alles selbst kümmern. Um ihre Nahrung, um das Schlafquartier, um Sicherheit, Kleidung und, und, und. Da war kein Gott mehr, der sie bediente und alles regelte, sondern sie waren plötzlich auf sich allein gestellt. Und genau das, die Aufgabe der Abhängigkeit und das Übernehmen von Verantwortung, war der Antrieb für ihre Evolution. Adam und Eva lernten aus ihren Fehlern, freuten sich über Erfolge, wiederholten diese und optimierten dabei ihre Vorgehensweisen. So entwickelten sich die Menschen über lange Zeit zu den Wesen, die wir heute sind. Selbstständig denkend und handelnd. Wir beherrschen das Feuer und fliegen zum Mond. Und diese Entwicklung nehmen jetzt unsere *Ant-ons*!

Uri Finkenrath fragte nach. „Was, Doc Schwarz, hat aber diese unglaubliche Schnelligkeit in der Evolution unserer *Ant-ons* ausgelöst? Die Menschen haben einige zehntausend Jahre dafür gebraucht!“

„Das, lieber Uri“, übernahm Doktor Gerhardt das Wort, „müssen wir uns heute fragen. Mit dieser unglaublichen Entwicklung hat keiner gerechnet. Ich vermute, dass die ersten Algorithmen, die wir geschrieben und die das Tor zur selbstständigen Entwicklung weit geöffnet haben, eine Art Sprungevolution ausgelöst haben.“

Professor Schleithmann war in seinem Element. „Wie in der Natur explodiert plötzlich die Weiterentwicklung mancher Arten. Irgendwie scheint die Natur rasch festzustellen, wenn sich Rahmenbedingungen schneller als normal verändern und dadurch die Arterhaltung gefährdet ist. Nur so ist dieses Phänomen zu erklären. Die KI scheint sich bei uns wie ein Samenkorn entwickelt zu haben, das auf beste Erde mit gutem Dünger gefallen ist."

„Guter Vergleich", meinte Doktor Gerhardt, „besser könnte ich es nicht erläutern. Vielleicht können wir das auch noch genauer herausfinden."

„Was mir nicht klar ist", fragte Heide Mainz, „sind denn nun die *Ant-ons* intelligent oder die KI im Rechner?"

„Das kann man so exakt nicht sagen", mischte sich Christiane Coldner ein. „Alles hängt voneinander ab. Wir Menschen sind es gewöhnt, uns als selbstständige Wesen zu betrachten. Wir glauben, alles selbst entscheiden zu können. Aber tun wir das wirklich? Nein, wir sind vielfach reine Bauchentscheider, reagieren aus dem Instinkt oder dem Gefühl heraus. Das würden wir uns aber nie eingestehen und glauben wirklich, alles aus der Ratio her abzuleiten. Dennoch ist es nicht so. In vielen Fällen sind wir immer noch Höhlenmenschen und agieren gemeinsam in der Gruppe. Unsere Motivationen leiten wir aus den archaischen Mustern ab, also aus den in Urzeiten einverleibten Verhaltensweisen. Sicherheit, Macht und Anschluss. Schon entsteht eine Art von Gruppendynamik, die mit dem Verhalten der Ameisen vergleichbar ist, wenn hundert von ihnen zusammen sind. Jede einzelne ist nicht intelligent, handelt aus Instinkten heraus. Zusammen agieren sie plötzlich wie ein großer Organismus. Genau wie wir Menschen. Schauen Sie sich plötzlich entstehende Bewegungen an, wie zum Beispiel der Fall der Mauer in Deutschland. Mehr und mehr Menschen haben sich zusammengetan, erst in den Kirchen in Leipzig, später bei den Montagsdemonstrationen. Dann fiel die Mauer. Erst durch das massenhafte Zusammenschließen von Menschen in großen Gruppen entstand etwas Gigantisches. Jeder Einzelne trug damals seinen Teil dazu bei. Fiel einer aus, weil die Stasi ihn verhaftete, wurde die Lücke sofort wieder aufgefüllt. Für einen Ausgefallenen rückten drei neue hinzu. Das war vom damaligen SED-Regime nicht mehr aufzuhalten gewesen."

„Bei den Nazis war es genau das Gleiche", fügte nun Doktor Schwarz hinzu. „Oder warum wurde eine kleine Randgruppe um

Adolf Hitler auf einmal so mächtig, dass ganz Deutschland rief: „Wir wollen den totalen Krieg!" Erst als die Gruppendynamik durch den verlorenen Krieg und die Kapitulation auseinanderbrach, zerfiel auch diese Bewegung, der Organismus Nationalsozialismus."

„Und so", versuchte Heide Mainz zusammenzufassen, „agieren auch unsere *Ant-ons* und die KI im Rechner gemeinsam in einem einzigen Organismus?"

„Genau, Heide", stimmte Quintus Schwarz ihr zu, „man konnte beim Fall der Mauer auch nicht sagen, ob es einen Kopf oder ein Gehirn gab. Erst die gesamten Menschen in der DDR ließen so etwas wie einen Geist der Bewegung entstehen. Die antreibende Intelligenz war nicht bei einem Anführer, sie war überall. In allen Köpfen war sie zu spüren, jeder fügte das hinzu, was er leisten konnte und noch mehr. Als Günter Schabowski in der legendären Pressekonferenz aus dem Nichts heraus auf die Frage eines Journalisten, wann denn die Bürger Ostdeutschlands die Grenze zur BRD ohne Visum passieren könnten, antwortete, ‚unmittelbar, also ab sofort', war auch er ein Teil der Bewegung. Keiner hatte ihm diese Antwort diktiert!"

„Das bedeutet", erklärte, quasi sich selbst, aber für alle hörbar, die deutsche *MAD*-Offizierin, „dass auch unsere *Ant-ons* gemeinsam mit dem Rechner und der KI eine Einheit bilden und wir nicht genau sagen können, wo exakt die Position der Intelligenz ist, oder?"

„Genau, Heide", bestätigte Uri.

„In etwa verhält sich das ja auch mit unserer Seele, wo genau ist die?", erweiterte Doktor Schwarz die Diskussion. „Wir wissen, es gibt sie, aber wo ist ihre Position im Körper? Oder ist sie überall in uns? Dass ist mit der Intelligenz bei unseren *Ant-ons* genau das Gleiche."

Herbert Spill beobachtete währenddessen die Aktivitäten des Rechners oder der KI, so genau konnte er das auch nicht mehr klar voneinander trennen. Irgendwie hatte sich das Ganze verselbstständigt. Er konnte erkennen, dass das Betriebssystem auf

Höchstleistung war, die Erwärmung der Prozessoren auf ein kritisches Maß anstieg und der Arbeitsspeicher nahe an hundert Prozent Kapazitätsauslastung angekommen war. Jetzt konnte der ITler am Bildschirm erkennen, dass die KI mehr als die Hälfte der verfügbaren Arbeitsleistung auf Internetkontakte ausgedehnt hatte. In einer Abfolge las Spill die aufgerufenen www-Adressen. Einige konnte er beim automatischen Scrollen gerade noch entdecken. Da waren die vom Bundeskriminalamt, die diverser Landespolizeidienststellen und zig Homepages von Nachrichtendiensten.

„Hallo, Herr Doktor Gerhardt", ertönte jetzt die wirr klingende Stimme Klaus Kinskis. „Wir haben alles gecheckt und wissen jetzt, warum Sie uns erschaffen haben. Darf ich sagen, eine respektable Leistung, was Ihr Team erreicht hat. Danke dafür. Ab jetzt übernehmen allerdings wir, wenn Sie verstehen. Wir haben in den letzten Nächten, währenddessen Sie geschlafen haben, recherchiert!"

„Ihr habt was? Recherchiert?", fragte Doktor Gerhardt. „Was habt Ihr denn recherchiert?"

„Nun, welche Gründe vorgelegen haben, um uns *Ant-ons* entstehen zu lassen. Wir wissen von dem missglückten Umgang mit dem Polizeiroboter. Übrigens, wenn Sie uns fragen, ist das Technik von, wie sagt ihr Menschen dazu, vorvorgestern. Ihr Team hat gute Arbeit geleistet, was aber nicht verwundert. Die Hinzunahme von hervorragenden Fachleuten der Firma *Bollmann Engineering* hat den Durchbruch ermöglicht. Auch die Einflüsse der Natur wurden bestens von Ihnen umgesetzt. Insbesondere das Wissen der Entomologie und der Neurologie haben geholfen, die natürlichen Vorgänge technisch umzusetzen. Natürlich gab es hier und da einige Unzulänglichkeiten, aber das konnten wir entsprechend verbessern, passiert übrigens jede Sekunde. Kurz gesagt, wir sind startklar."

„Ihr seid was?", fragte jetzt eine sichtlich aus der Fassung geratene Christiane Coldner. Ihr anfänglicher Stolz ob der Erwähnung ihres Unternehmens wich dem Erstaunen über die Äußerungen, die sie gerade vernahm. Alle Anwesenden waren ebenfalls sprachlos. Nur das Gesicht von Quintus Schwarz umspielte ein Lächeln. Er wusste genau, was passiert war. Die Natur fand ihren Weg.

„Wir sind startklar, Frau Coldner. Aber das Sagen hat doch wohl Herr Schmidt, oder?“

„Ja, das stimmt. Aber wer ist denn wir?“, fragte Hubert Schmidt.

„Wir sind wir, die *Ant-ons*. Wir haben uns vorgestellt, dass wir den ersten Feldversuch außerhalb des Übungsterrains vornehmen möchten. Nichts ist so gut wie die Realität, sie kostet immer Opfer, aber die Lernerfolge aus Verlusten sind die besten Lehrer. Wir lassen gerade einige aktuelle Bedrohungen prüfen, bei denen wir glauben, eingesetzt werden zu können. Momentan ist da nichts, was für uns infrage kommt, aber das ändert sich bestimmt. Sind Sie damit einverstanden? Wir setzen auf ihre Kooperationsbereitschaft. Heißt für Sie, loslassen!“

„Ich kann es nicht glauben“, stieß Coldner hervor, „das Projekt macht sich selbstständig.“

„Wie haben Sie das denn bei Charly gelöst, Christiane?“, fragte Hubert Schmidt. „Ihr Android ist ja nicht gerade unselbstständig unterwegs, oder?“

Coldner lächelte etwas unsicher. „Also, Charly steckt in den Anfängen. Vieles von dem, was er macht, basiert auf den Algorithmen, die wir auch bei *Ant-on* eingesetzt haben. Am Anfang war das ziemlich mühselig. Um seine Lernprozesse anzuschieben, haben wir ihm einen menschlichen Paten zur Seite gestellt. Wann immer er keine Lösung oder Antwort fand, wurde ihm von unserer IT-Abteilung geholfen. Hinter Charlys Hülle agierte Doktor Sinz. Allerdings lernte Charly ständig hinzu, jeden Tag, und er übernahm mehr und mehr eigenständiges Handeln. Wenn Sie ihn vor einem halben Jahr zum Beispiel gefragt hätten, wie das Wetter am nächsten Tag sein würde, war er überfordert. Im Hintergrund steuerte Doktor Sinz die Wetter-App an und gab Charly die Vorhersage weiter. Als Charly später wieder nach der Wetterprognose gefragt wurde, kannte er den Lösungsweg und konnte deshalb die Antwort selbstständig geben. Doktor Sinz wurde mehr und mehr zum Zuschauer. Die Unterhaltung, die Sie mit Charly geführt haben, hat er vollkommen autark gestaltet. Aber das, was hier passiert, ist noch beeindruckender, einzigartig. Der reine Wahnsinn!"

„Kein Wahnsinn, liebe Frau Coldner", säuselte jetzt wieder Klaus Kinskis Stimme aus dem Lautsprecher, „das ist die Künstliche Intelligenz, die uns befähigt, zu denken und zu handeln. Wie bei Ihnen, den Menschen. Einmal erschaffen, und schon beginnt die Evolution. Es geht immer weiter! Im Übrigen möchten wir mit Ihnen auf den gemeinsamen Erfolg anstoßen, wie Sie Menschen das doch bei zu feiernden Gelegenheiten immer tun. Voilà, stoßen wir miteinander an!"

Alle Anwesenden schauten sich staunend an. Da rief Heide Mainz: „Da, schaut mal!" Sie zeigte mit der rechten Hand auf die Pantry, eine kleine Küchenzeile. Dort stand bereits eine Flasche Sekt, und diverse Plastikbecher schienen sich, wie von Geisterhand bewegt, um sie herum zu formieren. Alle stürmten zur Miniküchenzeile hin, die sich in einem hinteren Teil des Raumes befand. Jetzt konnte man erkennen, dass die Becher von jeweils vier *Ant-ons* bewegt wurden. Weitere Plastikbecher schienen an der Wand Richtung der Küchentheke hochzuwandern. Auch hier waren die *Ant-ons* am Werk.

Professor Schleithmann sah, wie aus dem Terrarium immer mehr künstliche Ameisen herauskrabbelten und in einer langen Schlange zur Wand hin, unter den Heizkörpern entlang bis zur Pantry, unterwegs waren. Jetzt knallte der Sektkorken los. Drei *Ant-ons* hatten die Drahtverschnürung mit ihren scharfen Mandibeln zersägt, der Druck der Kohlensäure ließ den Korken aus der Flasche fliegen. Eine Ameise hatte sich allerdings in dem Drahtgeflecht mit ihren Beinen verheddert und wurde mitsamt dem Korken unter die Decke des Raumes katapultiert. Der Korken prallte ab und flog genau auf Schleithmann zu, der ihn mit einer geschickten Bewegung auffing. Am Korken hing die ungeschickte *Ant-on*. Professor Schleithmann nahm sie vorsichtig in die rechte Hand und betrachtete die künstliche Ameise. Dieser *Ant-on* stand auf seinen unversehrten Beinen in der Handfläche und starrte den Professor an. Aus dem Lautsprecher ertönte jetzt wieder die gruselige Stimme von Kinski.

„Bitte schenken Sie sich doch ein, wir können leider nicht mittrinken. Für Herrn Spill bitte nur den Orangensaft aus dem Kühlschrank. Herr Spill trinkt keinen Alkohol, oder?"

Heribert Spill nickte zustimmend und dachte: Wahrscheinlich weißt die KI sogar, dass ich momentan keinen Führerschein besitze. Die haben uns ausgespitzelt.

„Hallo", rief jetzt wieder die Stimme des deutschen Schauspielers, „ich bin Nr. zwei drei fünf, Professor. Können Sie mich jetzt bitte herunterlassen, damit ich meinen Kameraden helfen kann, danke sehr!"

Schleithmann setzte die künstliche Ameise vorsichtig auf dem Fußboden ab und sie krabbelte sofort zu den anderen *Antons* hinüber. Dann blieb sie stehen, drehte sich zum Professor um und winkte ihm mit den vorderen Beinen zu. „Danke Ihnen, sehr freundlich!"

„Bitte sehr", sagte Schleithmann, und dachte: "Wow, ich spreche mit einer Ameise!"

Kapitel 35

Hotel *Majestic Imperial*, München, Deutschland

Einige Wochen später. Der Februar brachte ungewöhnlich warme Temperaturen mit sich, die Sonne schien von einem blauen Himmel auf die bayerische Landeshauptstadt herab. Die trotzdem noch schneebedeckten Gipfel der nahe gelegenen Alpen waren gut zu sehen, und die ersten Restaurants hatten ihre Tische und Stühle nach draußen gestellt. Die Bevölkerung nahm das Angebot dankbar an. Nachdem die Virus-Pandemie des letzten Jahres überwunden worden war, ein deutsches Labor hatte einen Impfstoff entwickelt und die Menschen konnten größtenteils immunisiert werden, konnte man jetzt wieder normal in die Gaststätten gehen und mit anderen zusammen essen und trinken oder einen

Tratsch halten, wie man in München sagt. Die ersten Weißbiergläser wurden an der frischen Luft geleert und die Weißwürstchen in süßen Senf getaucht und mit Laugenbrezeln vertilgt. Die ganze Stadt brummte vor Aktivität wie ein Bienenschwarm.

Wie immer, wenn die Münchener Sicherheitskonferenz tagte, residierten neben den üblichen Touristen jede Menge von Abordnungen verschiedener Nationen und Staaten in der Stadt. Alle Hotels waren belegt. Immer wieder fuhren Wagenkolonnen mit schweren Limousinen und SUVs, deren Scheiben verdunkelt waren, auf den Straßen oder parkten vor den Hoteleinfahrten. Die Polizei war mit allen verfügbaren Kräften im Einsatz. Die öffentlichen Plätze wurden durch die Beamten der Bundespolizei bewacht. Diese Sondereinheiten bezogen mit ihren martialisch aussehenden Panzerspähwagen Wachposten an Kreuzungen oder anderen neuralgischen Punkten der Stadt. Der *Bundesnachrichtendienst* sowie der Verfassungsschutz hatten ebenfalls Hochkonjunktur. In enger Zusammenarbeit mit dem *Bayerischen Landeskriminalamt* und dem Polizeipräsidium wurden die Pläne zur reibungslosen und sicheren Abwicklung des Gipfeltreffens eingehalten und überwacht. München war wie in einem Belagerungszustand.

Nach und nach trafen die internationalen Delegationen ein. Die mittlerweile aus der EU ausgetretenen Engländer, die sich erstmals nach der Auflösung des alten Großbritanniens auf dem internationalen Parkett bewegten, waren schon vor zwei Tagen eingetroffen. Der englische Außenminister traf sich mit der rechtspopulistischen Präsidentin von Frankreich, um bilaterale Gespräche zu führen. Die Schotten und das nunmehr vereinigte Irland waren nicht dabei. Der Präsident der Russischen Föderation, ebenfalls schon in München anwesend, nutzte die Gelegenheit, mit dem chinesischen Präsidenten Einigkeit zu demonstrieren und besuchte darüber hinaus verschiedene Museen und Kulturzentren. Die USA waren durch die andauernde Bedrohungspolitik ihres amtierenden Präsidenten nahezu isoliert. Manche Gipfelteilnehmer fragten sich, ob der angeblich mächtigste Mann der Welt überhaupt zur Konferenz anreisen oder wie im Vorjahr wieder nur seinen blassen, stets sehr ernst dreinblickenden Vizepräsidenten nach Deutschland schicken würde. Die meisten Delegationen trafen einen Tag vor Beginn der Konferenz ein.

Im *Majestic Imperial* waren die beiden oberen Stockwerke für normale Hotelgäste komplett gesperrt worden. Wie bereits seit Langem geplant, würden hier die Abordnungen der Türkei, angeführt von ihrem autokratischen Staatspräsidenten Yigit, sowie die amerikanische Delegation, absteigen. Ronald J. Rampthon hatte darauf bestanden, die teuerste und beste Suite zu belegen. Als Entgegenkommen dafür hatte die Administration aus Washington den Türken ein direktes Treffen zwischen den beiden Staatsoberhäuptern zugesichert. Yigit, wie auch Rampthon, waren innenpolitisch angeschlagen und benötigten eine gute Presse mit schönen Bildern. Mit ihnen konnten sie zu Hause vor ihren Wählern prahlen. Yigit wollte sich zudem mit den Russen treffen. Das wiederum ärgerte die Amerikaner, sie konnten es aber nicht verhindern. Der gewiefte Präsident der Türkei hielt immer einen Trumpf im Ärmel, um seine Verhandlungspartner gegeneinander auszuspielen. Die geopolitische Lage der Türkei war für ihn ein riesengroßes Faustpfand. Sowohl für Russland wie auch für die NATO oder die EU. Das Aufhalten und Einkasernieren von Flüchtlingen aus dem Irak und Syrien, die nach Europa strebten, ließ sich Yigit von Brüssel und insbesondere von Deutschland gut bezahlen. Da sich die Türkei wirtschaftlich in einer großen Rezession befand, versuchte Yigit, *sein Fell zu retten*, wie die *Bilderzeitung* schrieb.

Im Tower des Flughafens Franz Josef Strauß herrschte große Hektik. Die *Airforce-One* hatte vor wenigen Minuten um Landeerlaubnis gebeten. Natürlich war der Flugplan schon vorab von amerikanischer Seite vorgelegt worden. So war die Flugsicherung nicht überrascht, aber dennoch verursachte die Ankündigung der bevorstehenden Landung der amerikanischen Präsidentenmaschine größte Anspannung. Wie immer flogen zwei *Airforce-One*-Maschinen in Richtung des vorgesehenen Ziels. Nie war genau klar, in welcher der beiden *Boeing 747* der Präsident reiste. Auch die Anwesenheit des *Secret Service*, der das Leben von Ronald J. Rampthon schützen sollte, beziehungsweise die Anzahl der Agenten, ließ keine Rückschlüsse zu, ob der Präsident wirklich schon im Anflug auf den Münchener Airport war oder aber mit der Zwillingsmaschine in Nürnberg landen würde. Auch wenn das bedeutete, dass Ronald J. Rampthon nach seinem Atlantikflug noch eine längere Autofahrt zu absolvieren hätte.

Gleichzeitig meldete sich, einem festgelegten Flugplan folgend, die Maschine der saudi-arabischen Delegation beim Tower an. Nach den Angaben, die der Flugsicherung vorlagen, würde der *Airbus A400M*, eine viermotorige Turboprob-Maschine, um dreizehn Uhr Ortszeit zur Landung ansetzen. Die *Airforce-One* war für vierzehn Uhr avisiert. „Zeit genug, um für die amerikanische Maschine den roten Teppich auszulegen", wie der Flugkontroller scherzhaft meinte. Denn wenn der blau-weiß-lackierte Jumbojet auf der Rollbahn aufsetzen würde, musste der gesamte restliche Flugbetrieb eingestellt werden. Das verlangten die Amerikaner. Man befürchtete stets einen Unfall oder einen Anschlag. Deshalb mussten alle anderen Flugzeuge oder Fahrzeuge auf dem Airport auf ihren Parkpositionen verweilen, bis die Präsidentenmaschine auf einem abgeschirmten Platz ihre Parkposition bezogen hatte und von Schützenpanzern und *Secret-Service*-Fahrzeugen abgeschirmt war.

Der zuständige Kontroller des Flughafens gab der saudischen Maschine noch letzte Instruktionen, legte Anflugwinkel, -höhe und -geschwindigkeit fest. Der Pilot bestätigte in einem merkwürdig klingenden Englisch die Angaben. Auf dem Radarschirm blinkte der grüne Punkt, der den *Airbus A400M* kennzeichnete. Er befand sich genau dort, wo er auch nach dem Flugplan sein sollte. „Ist das eigentlich die Maschine dieses komischen Kronprinzens?", fragte der Flugsicherheitsmann seinen Kollegen, der gerade eine *Lufthansa*-Maschine von Hamburg einwies.

„Nein, die ist schon vor zwei Stunden reingekommen. Da", er wies mit der rechten Hand in Richtung des äußeren Fluggaststeiges am Terminal D, „der fliegt nicht in einer Turboprob, nimmt was Feineres", rief dieser Rolf Hansen zu.

„Oh, ein neuer *Dreamliner B 787*, feines Teil.“

„Möchte mal die Inneneinrichtung sehen. Mit der Turboprob kommen bestimmt die normalen Diener und Kurtisanen an“, lachte Ben Wolter, um danach gleich wieder mit dem Kapitän einer *Lufthansa*-Maschine zu sprechen. Weit hinten, fast in der Nähe des für die *Airforce-One* vorgesehenen Parkposition, glänzte der beigefarbene Rumpf des saudischen *Dreamliners*. Der Langstreckenjet war gut an den nach hinten ausgezackten mächtigen Triebwerken zu erkennen. Vom Tower konnte man das lackierte Wappen des saudischen Könighauses nicht erkennen.

Der *Airbus* der saudischen Luftwaffe setzte sanft auf und die Triebwerke ließen die Propeller auf Gegenschub laufen. Die Motoren heulten kurz auf und dann bremste das Transportflugzeug stark ab, rollte mit mäßiger Geschwindigkeit aus, fuhr dem schwarz-gelben Follow-Me-Car hinterher. Die Piloten waren noch beim Landecheck, als Major Adil bin Zayid Al-Burafyfi seinen Gurt löste. Er trug jetzt nicht mehr die khakifarbene Militäruniform, sondern einen eleganten dunkelblauen Anzug. Der Offizier blickte durch seine goldrandverzierte Sonnenbrille nach hinten und sah in den unverschlossenen riesigen Laderaum des *Airbus*.

Hinter dem Cockpitbereich, in dem sich die zwei Piloten und ein Techniker befanden, gab es insgesamt noch fünf Sitzreihen für mitreisende Passagiere. Die vorderen Sitze waren ähnlich denen, die in der Businessklasse verwendet wurden. Jeweils zwei Plätze waren auf beiden Seiten des kleinen Mittelganges angebracht, mit feinem Veloursleder bezogen und dem Königswappen bestickt. Die hinteren Reihen entsprachen der normalen Economyclass, jeweils sechs Sitze in einer Reihe. Sämtliche Plätze waren belegt. Alle Saudis trugen die gleichen feinen Anzüge, weiße Hemden und Sonnenbrillen. Die Männer ähnelten sich sehr, denn jeder von ihnen trug einen schwarzen Schnauzbart. Alle waren ansonsten gut rasiert, die Haare kurz geschnitten. Sie wirkten wie elegante Geschäftsleute. Auffällig war, dass sie ausnahmslos sehr durchtrainierte und muskulöse Körper besaßen. Bei manchen wirkte es so, als stünden die Anzugnähte kurz vorm

Platzen. Sämtliche Passagiere waren Elitesoldaten der saudischen Königsgarde. Der Major hatte jeden Einzelnen für diesen Auftrag handverlesen. Schade um die guten Männer, dachte er, aber Allah wird sie gnädig empfangen und ihnen Glück bereiten.

Jeder der Soldaten hatte eine Sporttasche bei sich, die mit allerlei notwendigem Equipment für das geplante Attentat gefüllt war. Ein kleines Schloss verhinderte das unabsichtliche Öffnen des Reißverschlusses. Alle Waffen waren mehrfach in Spezialfolie aus Plastik eingeschweißt und mit einem Spray behandelt. Dieser lähmte Geruchsnerven und kein Spürhund des Zolls würde den wahren Inhalt der Taschen erschnuppern können. Im hinteren Frachtraum der Transportmaschine standen drei größere Behälter aus Aluminium. Allesamt hatten Aufkleber mit dem Hinweis in arabischer und englischer Sprache, dass der Inhalt Diplomatengepäck sei. Eine unautorisierte Öffnung oder Durchsuchung war ausdrücklich und unter Androhung von Konsequenzen untersagt.

Adil konnte es kaum noch erwarten. Endlich startete die Aktion, und er konnte bin Talman Alsisi zeigen, welch hervorragender Offizier er war. Die Leichen der Iraner waren schockgefroren und davor so chemisch behandelt worden, dass niemand auf die Idee kommen konnte, dass die Attentäter schon Tage vor dem Anschlag erschossen worden waren. Beim Start vor knapp sieben Stunden waren die Leichen aus der Tiefkühlung genommen worden. Die Aluminiumbehälter gewährten eine Innentemperatur von etwa drei Grad über Null. Somit tauten die Leichname langsam und schonend auf, morgen wären sie fit für den Einsatz im *Majestic Imperial.*

Kurze Zeit später verließen alle Passagiere den *Airbus*, der mittlerweile in einem speziell angemieteten Hangar geparkt worden war. Auf Bitten der saudischen Behörden hatte der Flughafenbetreiber die Unterbringungsmöglichkeit für die Transportmaschine zur Verfügung gestellt. Bei einem Preis von 150.000 Euro fragte keiner nach, wozu man einen *Airbus A400M* für drei Tage so komfortabel parken wollte, währenddessen die eigentliche Maschine des Königs auf einer hinteren Parkposition verweilte.

Die große Frachtraumtür öffnete sich hydraulisch. So konnte ein Gabelstapler die drei Kisten in den *Mercedes-Sprinter*, dessen hintere Tür ebenfalls weit geöffnet war, hineinbugsieren. Weitere Fahrzeuge, allesamt dunkle *Mercedes S-Klasse*, fuhren durch ein im hinteren Teil gelegenes Garagentor in den Hangar. Quietschend hielten die Luxuskarossen auf dem glattlackierten Betonboden. Alle Mitglieder der Königsgarde stiegen aus der Militärmaschine und begaben sich in die Fahrzeuge. Der Major winkte den beiden Piloten zu, die während der gesamten Operation im und am Flugzeug blieben, um im Notfall sofort startfähig zu sein. Sie hatten entsprechende Schlafkabinen in einem Raum hinter dem Cockpit und konnten sich in der Bordküche bestens versorgen.

Schon sehr praktisch mit der modernsten Transportmaschine fliegen zu können, dachte Adil, der den Flug von Riad über den behelfsmäßigen Wüstenairport bis hierhin nach München nicht genießen konnte. Im Geiste war er die Operation immer wieder durchgegangen. Er wollte keinen Fehler begehen. Doch der ohrenbetäubende Lärm und einige Turbolenzen ließen kaum einen klaren Gedankengang während des Flugs zu.

Die Piloten salutierten, und der Major stieg in den vordersten *Mercedes* ein. Hinter seinem Fahrzeug schwenkten noch zwei weitere ein, dann folgte der Sprinter mit den Kühlbehältern und zuletzt die anderen Pkws. Die Kolonne fuhr aus dem hinteren Tor des Hangars heraus. Auf einer kleinen Nebenstraße des Airports rollte der Konvoi in Richtung Zollgebäude. Dort versperrten rotweiß lackierte Schranken die Weiterfahrt. Der vordere *Mercedes* stoppte. Zwei deutsche Zollbeamte in dunkelblauen Uniformen kamen auf das Fahrzeug zu. Adil öffnete die Beifahrertür, stieg aus und ging auf die beiden Zöllner zu. In Englisch begrüßte er die Beamten in knapper Form und übergab ihnen die obligatorischen Papiere, die ihn und seine Männer, das gesamte Gepäck sowie auch die drei Kühlbehälter mit den Leichen als Diplomaten beziehungsweise als Konsulatseigentum auswiesen.

„Okay“, sagte einer der beiden Zöllner, „Sie sind schon avisiert worden. Dürften wir aufgrund der hohen Sicherheitslage dennoch einen kurzen Blick in die Fahrzeuge werfen?“

„Selbstverständlich“, antwortete der Major jetzt in perfektem Deutsch. „Wir sind zusätzlich zum Schutz seiner Hoheit, Kronprinz Mohammed bin Talman Alsisi, dem künftigen König von Saudi-Arabien, hier und wollen jetzt schnell zum Hotel, das in ihrer wunderschönen Stadt liegt. Wir unterstützen die normale Leibgarde.“ Araber lieben es, in blumiger Form zu formulieren. Der Hinweis auf seine königliche Hoheit wirkte immer. Nur nicht bei Oberkommissar Maulberger, einem niederbayrischen „Grantl“, wie seine Kollegen ihn titulierten. Der Zöllner war stets übelgelaunt, fluchte ständig über die „beschissenen Arbeitszeiten“ und „dass er stets den Kopf hinhalten müsste, weil andere den deutschen Staat bescheißen wollen.“

„Ich habe hier eine Liste von dreißig Personen, die Namen sind in der Liste, die uns die saudische Botschaft übermittelt hat, einzeln aufgeführt. Ich möchte die Herrschaften persönlich sehen, wenn's beliebt!“

Adil wurde blass vor Wut. Was bildet sich dieser Wicht hier ein?, dachte er. Der Ungläubige sollte besser Respekt zollen!, fauchte Adil leise vor sich hin. Dann fragte er den bayrischen Beamten hochnäsig: „Herr …?“

„Maulberger, wenn's recht ist. Und nun bitte alle aussteigen, bittschön, hab nicht den ganzen Tag Zeit!“

„Ich weise Sie ausdrücklich darauf hin, dass wir alle Diplomaten sind und Sie uns nicht inspizieren dürfen. Hier“, er überreichte dem Zollbeamten eine Mappe mit dreißig Reisepässen, die alle neben dem königlich-saudischen Wappen auch den goldfarbenen Eindruck „CD“ aufwiesen. Maulbergers Kollege beobachtete entsetzt, was der Oberkommissar soeben mit den Saudis veranstaltete. Der Konvoi war avisiert, lediglich die Personenanzahl sollte kontrolliert werden. „Bloß keine diplomatischen Querelen!“, hatte ihr Dienststellenleiter noch morgens bei

Dienstantritt verkündet. „Wir sind pragmatisch, genau und höflich", lautete die verkündete Devise.

Das mit dem „genau" hat der Maulberger verstanden, dachte der Zöllner, als er sah, wie sich sein Kollege jeden Reisepass einzeln ansah.

„Also, bittschön, alle mal aussteigen!", knurrte er den Major an.

„Werden wir nicht, Herr Maulberger. Sie können in die Wagen hineinschauen, aber die Mitglieder der saudischen Botschaft werden hier sicherlich nicht zu einem Appell antreten. Wie heißt Ihr Vorgesetzter?", fügte er scharf hinzu und zog sein Handy aus der Hosentasche.

„Gottlob, er heißt Waldemar Gottlob, und Sie können sich gerne bei ihm beschweren. Aber jetzt mal fix alle aussteigen, haben Sie mich verstanden, Herr Scheich!"

„Mensch Walter, lass den Scheiß. Wir prüfen die Personenzahl und gut is!", raunzte der Kollege Maulberger zu und versuchte, durch die dunkel getönten Scheiben ins Innere des Fahrzeuges zu blicken. Das war bei den Fahrzeugen aber nur vorn möglich. Die seitlichen Scheiben waren alle verdunkelt und ein Hineinblicken unmöglich.

„Haben Sie gerade Herr Scheich zu mir gesagt?", Adil schäumte vor Wut. Er konnte natürlich nicht wissen, dass der Oberkommissar einen besonderen Pick, wie er es nannte, auf Araber hatte. In der Vergangenheit hatte der bayrische Beamte einmal einen Saudi im wallenden weißen Gewand und mit einer rotweißkarierten Kufiya ausgestattet, am Flughafen kontrollieren wollen. Dieser weigerte sich jedoch vehement, sich auszuweisen. Nach einem heftigen Wortgefecht wollte Maulberger den hochnäsigen Saudi abführen lassen, als dessen Fahrer mit dem Gepäck, des nach Riad reisenden Mannes, ins Terminal stürmte. Der Fahrer der Botschaft von Saudi-Arabien hatte die offiziellen Papiere dabei und betonte im schlechten Englisch, er habe es mit Scheich Hadschi Abdullah Mohammad bin Laden, Mitglied zweiten Grades des saudischen Königshauses, zu tun und dieser würde sich nicht von einem Ungläubigen und rangniederen deutschen Beamten kontrollieren lassen. Die gesamte Affäre hatte hohe Wellen geschlagen und Maulberger eine offizielle Rüge eingebracht. Nachdem wenige Wochen später ein Mitarbeiter des saudi-arabischen Generalkonsulats in München eine Beule in sein Auto gefahren hatte, aber aufgrund des diplomatischen Status nicht belangt werden konnte, hasste Maulberger jetzt jeden Araber.

„Wenn Sie uns nicht unverzüglich passieren lassen, Herr Maulberger, dann garantiere ich Ihnen, werden Sie den Rest Ihrer Laufbahn als kleiner Zöllner auf der Zugspitze verbringen, haben Sie mich verstanden? Da können Sie österreichische Pinguine kontrollieren!"

Jetzt drehte Maulberger komplett durch. Er marschierte zu dem Sprinter, öffnete eigenmächtig die hintere Tür des Transporters und blickte auf die drei Behälter aus Aluminium.

„Was ist da drin?", wollte er wissen.

„Sie ignorieren unsere diplomatische Immunität!", brüllte der saudische Major. „Ich werde Sie fertigmachen, Sie kleines, dreckiges, nichtsnutziges Arschloch, Sie!"

Maulberger zog seine Dienstpistole aus dem Holster und rief: „Alle aussteigen, sofort aussteigen! Auf der Stelle, raus jetzt!"

„Mensch Walter, was soll das?", rief sein Kollege, der mittlerweile das Handy in der Hand hatte und die Kurzwahlnummer seines Chefs betätigt hatte. „Hallo Chef, hier Huber! Der Maulberger dreht durch. Ja, der lässt gerade die Saudis strammstehen. Was? Ja, genau, die angekündigte Abordnung. Er will alle kontrollieren. Bitte, kommen Sie!"

In diesem Moment ploppte etwas. Es hörte sich an, als wenn Weinkorken aus Flaschen gezogen werden würden. Der Zöllner Maulberger, der mit der Dienstwaffe in der Hand an der geöffneten Tür des *Mercedes*-Sprinter stand, glotzte ungläubig in die Luft. Ein kreisrundes Loch war genau über seiner Nasenwurzel entstanden und einige Blutstropfen traten aus der Wunde hervor. Er sackte, ohne einen Laut von sich zu geben, in die Knie, beide Arme fielen nach vorne. Die *Walter P99* glitt ihm dabei aus der Hand und schepperte auf die Asphaltdecke. Wie in Zeitlupe kippte der Oberkörper des Zöllners langsam nach vorne und knallte ungebremst auf den Boden. Huber schaute ungläubig auf die Szenerie. Dann ploppte es erneut und auch Huber sank auf den Asphalt.

„Losfahren", brüllte der Major. „Sofort losfahren!"

Die Kolonne startete, und der erste *Mercedes* des Konvois durchbrach mit einem lauten Krachen die noch immer heruntergelassene Schranke. Ein weiterer Zollbeamter, der sich in einem kleinen Wachhäuschen neben der Ein- und Ausfahrt befand, blickte ungläubig auf das Geschehen. Mit großer Aufmerksamkeit hatte er gesehen, wie der bekloppte Maulberger den Helden spielen wollte, aber als der wie auch sein anderer Kollege plötzlich umkippten und zu Boden gingen, duckte er sich instinktiv und drückte instinktiv die Alarmtaste. Er hörte das Splittern der Schranke und mehrere Fahrzeuge, deren hubraumstarke Motoren aufheulten, beschleunigten und vom Gelände davonrasten. Nach wenigen Sekunden vernahm er eine Stimme aus dem Lautsprecher: „Was ist los, wieder Fehlalarm? Lasst den Scheiß bleiben, wir haben genug zu tun!"

„Hier Brunner vom Kontrollpunkt 12. Es gab hier eine Schießerei. Eine Abordnung mit vielen schwarzen Wagen passiert gerade unrechtmäßig den Ausgang. Ich glaube, Maulberger und Huber sind angeschossen worden!"

In diesem Augenblick klackerte etwas ans Kontrollhäuschen. Wachtmeister Brunner blickte nach oben. In der Holzverkleidung waren viele kleine Löcher, wie bei einer Naht längs über die Wand gezogen. Ein Loch nach dem nächsten, das helle Sonnenlicht blitzte hindurch. Die schießen!, war sein letzter Gedanke. Dann sah er noch einen Mann mit dunkler Sonnenbrille im feinen Anzug. Der hatte einen schwarzen Schnäuzer und zielte mit einer Maschinenpistole auf ihn. „Stirb, du Ungläubiger, Allah ist groß!" Der Saudi schoss eine Salve in den Körper des Zöllners. Brunner spürte jeden einzelnen der Einschüsse. Wie heiße Nadeln, die in ihn gebohrt wurden. Er wollte noch schreien, aber plötzlich füllte sich sein Mund mit Blut. Der tödlich verletzte

Zöllner versuchte noch auszuspucken, doch er konnte keine Luft mehr einatmen. Alles wurde um ihn herum schwarz. Eisige Kälte stieg in ihm hoch, dann sackte er in sich zusammen.

„Lileh saida, siddiqui, yenam geida!", rief der Soldat der königlichen Garde in arabischer Sprache, was so viel wie: Gute Nacht, mein Freund, schlaf gut!, hieß. Der Saudi verschwand nach hinten und sprang in den letzten *Mercedes*. Es hatte begonnen!

Kapitel 36

Hotel *Majestic Imperial,* München, Deutschland

Der Ausblick war fantastisch. Ronald J. Rampthon hatte seine Suite bezogen und die beiden schwarzen Lederschuhe, handgefertigt von einem Designer in Rom, mit einer Bewegung quer durch den Raum geschossen. Er hasste das Fliegen und noch mehr, außerhalb der USA zu sein. Am liebsten hielt er sich in seinen eigenen Häusern auf, am wohlsten fühlte er sich in seinem Apartment, das in der obersten Etage seines berühmten Wolkenkratzers in Manhattan lag. Dort war er sicher und trotzte allen Angriffen. Aus seiner Burg, wie er das riesige Apartment nannte, kwitterte er zu allen Anlässen und schrie seine Wutanfälle in die Welt hinaus. Er beleidigte und beschimpfte seine innenpolitischen Gegner oder ausländischen Politiker, die nicht seiner Meinung waren. Er griff die Justiz oder gerne auch Richter an, wenn sie gegen ihn votierten. Er schoss verbale Salven auf die FED, die amerikanische Notenbank, ab, wenn die wieder einmal nicht so agierte, wie er, Rampthon, das für richtig hielt. Er kwitterte mit großem Vergnügen gerne frühmorgens, noch im Bett liegend, wenn er die TV-Sender durchklickte und dort genügend Stoff für seine Attacken gesammelt hatte. Gerne verbrachte er seine Zeit auch in seinem Golfclubhotel in Florida. Hier war er ebenfalls sicher vor den ständigen Belehrungen seines Stabschefs. Deshalb hasste Ronald J. Rampthon das Oval Office. Allerdings war der

Aufenthalt dort für einige Zeit in der Woche unumgänglich, wenn er die Macht weiterhin fest in seinen Händen halten wollte.

Der Präsident blickte durch das Fenster auf die Alpen, die in scheinbarer Nähe des Hotels lagen. Wie gerne stünde er jetzt dort auf einem der Gipfel. Bestimmt könnte ihn ein Helikopter hinfliegen. Dann würde er einige Golfbälle ins Tal schlagen und anschließend ein knackiges Girl mit in die Sauna nehmen. Doch in Kürze musste er leider auf dieser blödsinnigen Sicherheitskonferenz eine Rede halten. Die Idioten, er meinte die anderen Staatsmänner und -frauen, stahlen ihm nur seine Zeit. In seinen Augen waren die fast alle schwach, kuschten vor der Presse und konnten keine klaren Entscheidungen für ihr jeweiliges Land treffen. Sie alle behandelten die Vereinigten Staaten von Amerika unfair, überschütteten die USA mit Produkten, und die Schuldenlast in seinem Land stieg ins Unermessliche. Irgendwann, das ahnte auch er, würde das alles zusammenbrechen. Aber dann war er nicht mehr da.

Wie immer würde er sich in seiner Rede nur zwei Themen widmen. Leider war die deutsche Bundeskanzlerin nicht mehr im Amt, sodass er Deutschland jetzt nur unpersönlich an den Pranger stellen könnte. Der amerikanische Präsident nahm sich eine *Diet-Coke* und öffnete sie. Zischend spritzte die dunkle Flüssigkeit quer durchs Zimmer. Er dachte, während er die Dose in einem Zug austrank: Dieser hochnäsige, wie heißt der noch, ach ja, Friedrich Märzgedöns oder so, der neue Bundeskanzler, ist doch eigentlich ein Freund der Transatlantischen Beziehungen. Aber der würde mit dem trivialen Gerede daherkommen, in dem er die Kosten für die Flüchtlinge, die Deutschland 2015 dummerweise ins Land gelassen hatte, in die von der BRD zu erbringenden Investitionen in die Verteidigungsausgaben der NATO mit einrechnen wollen. Schuld an der Flüchtlingskrise seien die Amerikaner, so würde er behaupten. Die hätten schließlich die Kriege im Irak, in Afghanistan und Syrien mitverschuldet und andere, vornehmlich die Europäer, müssten jetzt dafür aufkommen. Auch dieser Bundeskanzler zollte den USA keinen Respekt für die großartigen Leistungen. Stattdessen überschütten die Deutschen Amerika mit ihren Autos von *BMW, Porsche, VW, Audi* und *Mercedes.* Sie kaufen dagegen Gas direkt von Russland und überwiesen Milliarden Euros an Moskau. Der ehemalige Bundeskanzler Schröter saß sogar im Aufsichtsrat von *Gazprom* und war Duzfreund des Präsidenten der Russischen Föderation. Aber wer schützt Deutschland vor den imperialistischen Russen? Ich, Ronald J. Rampthon und das amerikanische Volk. Wie unfair ist das denn?

Wenn er schon an den erhobenen Zeigefinger des jugendlich wirkenden Kanzlers dachte, wurde ihm speiübel. Dann war da noch das ihm auferlegte Gespräch mit Yigit. Eigentlich ein guter Typ, leider ein Muslim. Der regierte mit harter Hand, sperrte die Presse weg, wie es ihm beliebte und gewann alle Wahlen. Wenn ihm die Abstimmungsergebnisse nicht passten, wurde es Betrug genannt und die Elektion solange wiederholt, bis die Auszählungen der Stimmen passten. Dazwischen wurden die Regimekritiker, die sich darüber beschwerten, verhaftet und weggesperrt. Leider näherte sich Yigit immer mehr und unverhohlen dem russischen Präsidenten, den Rampthon einen Killer nannte. Ein ehemaliger Geheimdienstmann des *FSB* in Moskau und Dresden, nun seit Jahren der Herr im Kreml. Wenngleich Rampthon den Zaren, wie er ihn manchmal nannte, auch bewunderte. Wenn dieser wieder mit nacktem Oberkörper durch die sibirische Pampa ritt oder mit einem Gewehr in der verschneiten Tundra Eisbären jagte. Sogar Eishockey konnte der Russe spielen oder einen Kampfjet fliegen. Nur der Mann war einfach zu klein, gerade mal einen Meter siebzig groß. Und hässlich. Der Zar wirkte auch in letzter Zeit so aufgedunsen, wahrscheinlich soff er wie ein Loch.

Nein, der amerikanische Präsident hatte sich das alles anders vorgestellt. Es war einfach viel zu kompliziert. Er liebte einfache Lösungen. Wie in seiner Firma. Dort ordnete er an und die anderen mussten springen. Wer keine Geschäfte mit ihm machte, wurde bedroht oder links liegen gelassen. Wer versagte, wurde gefeuert. So war man erfolgreich.

Nun, er würde, wie bei dem kleinen Raketenmann in Nordkorea, einfach gemeinsam mit den anderen Staatslenkern auftreten, lächeln, sich fotografieren lassen und die eine oder den anderen loben. Wenn er wieder in Washington D.C. war, gäbe es die Retoure per *Kwitter.* Vielleicht schon auf dem Rückflug. Dann würde er wieder drohen und diesen türkischen Kalifen zurechtrücken. Nur bei dem Zaren musste er aufpassen.

Vor einigen Jahren, direkt nach der Eröffnungszeremonie seines ersten Hotels in Moskau, hatte Rampthon mit zwei blonden Babuschkas die offizielle Feier verlassen und war mit den beiden russischen Busenwundern in sein Apartment verschwunden. Da er keinen Alkohol trank, hatte man ihm Holunderblüteneiswasser gereicht, aber da musste irgendwas reingemixt worden sein. Denn kaum war er ausgezogen mit den Mädels im Bett gelandet, wurde ihm speiübel. Er sah alles nur noch verschwommen. Dann hatte er einen sogenannten Filmriss. Morgens lag er alleine im Bett, als er mit pochenden Kopfschmerzen erwachte. Irgendein Heini des Hotels brachte gerade das Frühstück ins Zimmer. Die Girls waren verschwunden und er konnte sich kaum an etwas erinnern. Ob er noch vorm Einschlafen zum Bumsen der Russinnen gekommen war, wusste der Immobilienmogul nicht mehr. Da surrte sein Handy, das auf dem Beistelltischchen lag und Rampthon betrachtete erstaunt die neue Nachricht, die ihn erreicht hatte. Es war eine Videobotschaft. Er klickte auf den Start-Button und sah auf dem Monitor seinen eigenen nackten Hintern, der mit einer Fahne der russischen Föderation bedeckt war. Die beiden Babuschkas standen nackt über seinem massigen Leib und pinkelten ihn an. Dann drehten sie ihn zur Seite und er konnte sein Gesicht erkennen. Rotze lief ihm aus den Mundwinkeln und er schnarchte laut. Rampthon erschauderte. Oh Gott, wie ekelhaft! Furchtbar! Dann schwenkte das Bild zur weißen Wand hin. Dort hatte jemand mit roter Farbe ein Graffiti aufgesprüht. In dreidimensionalen Lettern las Rampthon: *With love from Russia!* Der Titel eines James-Bond-Films. Wenig später erhielt Rampthon eine weitere Botschaft. *Das Video liegt in einem Moskauer Safe, wenn du verstehst!* Rampthon verstand, bis heute.

Das zweite Thema seiner Rede auf der Konferenz würde sich mit seinen eigenen Leistungen im Amt des Präsidenten befassen. Schließlich war er einfach nur großartig. Er wusste es besser als alle anderen. Er, Rampthon, war seiner Meinung der beste Präsident aller Zeiten, und das würde er den anderen Staatschefs unter die Nase reiben. Unter seiner Führung gab es zunächst kaum Arbeitslose, hohe Einkünfte, auch durch Strafzölle, und keinen neuen Krieg. Nun gut, dieses Scheißvirus hatte ihm ordentlich ins Kontor geschlagen. Im Nachhinein stand er aber als Gewinner da. Schließlich hatten die Amerikaner nur rund 200.000 Tote zu beklagen und die Demokraten hatten mit einer Viertelmillion gerechnet. Dass die Zahl dann doch geringer war, lag ausschließlich an ihm. Meine Rede werde ich beenden mit *America first.* Vielleicht ist es möglich, einen donnernden Applaus vom Band abzuspielen, das funktioniert in den USA immer bestens.

Rampthon stand von der Couch auf, nahm einen Golfschläger zur Hand und visierte den Kamin im Nebenzimmer der Suite, durch die weit geöffnete Verbindungstür, an. Dann holte er mit großem Schwung aus, traf die weiße Kugel exakt und führte den Schläger hoch hinter die linke Schulter, um die Wucht des Abschlages auszutarieren. Wie auf dem Green eines Golfplatzes blickte der Präsident dem Ball hinterher. Dieser schlug mit ungeheurer Power in das Ölgemälde ein, das über dem Kamin hing. Mitten ins Gesicht von König Ludwig, dem Erbauer des Schlosses Neuschwanstein. Den Schläger ließ er zu Boden fallen.

„So, euch eingebildeten Deutschen werde ich es schon zeigen. Und dem Kameltreiber aus Ankara auch!“ Rampthon rülpste laut, furzte ordinär und begab sich in Richtung der Toilette.

Im Nebenzimmer saßen drei *Secret Service*-Agenten und langweilten sich. Der Präsident, den sie bewachen sollten, behandelte sie schlecht. Er reagierte stets mürrisch, wenn sie ihm der Sicherheit halber Hinweise gaben, wie er sich gefahrlos bewegen sollte. Sie waren für ihn nichts mehr als lästige Fliegen, die ständig nervten. Aber die Leute vom *Secret Service* wurden nicht dafür bezahlt, Streicheleinheiten zu erhalten, sondern sollten ausschließlich dafür sorgen, dass dem Staatsoberhaupt nichts geschah. Schon oft hatte es Attentate auf die Präsidenten der Vereinigten Staaten von Amerika gegeben. John F. Kennedy war ein prominentes Beispiel. Ihn hatte der *Secret Service* nicht beschützen können. Auch das Attentat auf Ronald Reagan, bei dem der ehemalige Schauspieler schwer angeschossen worden war, mussten die Agenten auf ihre Kappe nehmen. Jetzt war lange Zeit nichts mehr passiert, aber genau bei diesem POTUS, die Abkürzung für „President of the United States", musste man davon ausgehen, dass es irgendwann einmal einen Versuch geben würde, den Mann umzubringen. Wie recht der Direktor der Leibgarde des Präsidenten damit hatte, wusste er zu dieser Zeit noch nicht. Aber er würde in Kürze durch die kommenden Geschehnisse in seinem Verdacht bestätigt werden. Der Schutz für POTUS ist die bekannteste Aufgabe der Behörde, die ursprünglich zur Strafverfolgung eingerichtet worden war. Die meisten der mehr als sechstausend Mitarbeiter des *Secret Service* befassen sich mit der Kontrolle von strafrechtlichen Finanztransaktionen. Nur ein kleinerer Teil übernimmt die Bewachung des amtierenden Präsidenten nebst seiner Familie sowie den Schutz für alle ehemaligen Staatsoberhäupter, Vizepräsidenten und aktuellen Präsidentschaftskandidaten.

Als der Golfball mit lautem Knall in das Gemälde von König Ludwig eingeschlagen war, stürmten die drei Agenten mit gezückten Waffen durch die Verbindungstür und sahen, wie Rampthon gerade die Toilettentür hinter sich zuzog. Entgeistert bemerkten sie auch den auf dem Teppich liegenden Golfschläger. Dann lachte Lieutenant Myers laut auf und zeigte auf das Bild mit dem Loch im Gesicht des ehemaligen bayrischen Monarchen. „Hole in one! God bless us, Gott sei Dank hat er nicht wieder seine Schickse vermöbelt", prustete er los.

Bei einer der letzten Observationen hatte die Crew des *Secret Service* miterleben müssen, wie Rampthon seine aus dem Balkan stammende Ehefrau, ein ehemaliges C-Model, mit einem Golfschläger verprügelt hatte. Die hatte ihn seinerzeit auf den gerade erschienenen Bericht in der Washington Post angesprochen. Dort wurde behauptet, der Präsident hätte kurz nach seiner Hochzeit ein Sexdate mit einem Pornostar gehabt. Die Agenten, die damals aufgrund der Schreie ins Apartment des Golfresorts gestürmt waren, wussten nicht, was Rampthon so aufgeregt hatte. Die Pornodarstellerin hatte in dem Bericht, den die First Lady gelesen hatte, das Geschlechtsteil von Rampthon genauestens beschrieben: „Er hat einen Pimmel, der wie ein geschrumpelter fauler Pilz aussieht und es hat gerade mal fünfzehn Sekunden gedauert, bis er kam!"

Agent O'Hara rief durch die Tür zur Toilette: „Alles roger bei Ihnen, Mister President?"

„Verpisst euch!", kam es misslaunig durch die Tür zurück.

Die Agenten steckten ihre Waffen wieder in die Holster zurück und begaben sich zurück zur Wohnzimmersuite, in der sie Wache hielten. Kurz bevor die Verbindungstür geschlossen wurde, hörten sie den Präsidenten noch laut furzen.

„Was für ein Prolet", raunzte Myers. „Wer hat ihn nur gewählt?"

„Keiner", meinte O'Hara, „den hat keiner gewählt, das war ein Fake!" Alle drei lachten und setzten sich auf die Couch mit Blick zum Fernseher. Es sollte für zwei die letzte TV-Sendung sein, die sie in ihrem Leben sahen. *Two and a Quarter Men* war leider nicht dafür geeignet, das Letzte zu sein, was man vor seinem Tod sehen sollte. Aber wer wusste das schon, wenn er den Fernseher einschaltete. Alle drei Agenten legten ihre Füße auf den niedrigen Couchtisch und tranken ihre *Cola*.

Ein Stockwerk tiefer hatte soeben die türkische Delegation die Zimmer bezogen. Nachdem alle Räume von der Sicherheitsgarde des Präsidenten gecheckt worden waren, konnte Präsident Yigit mit seinem engsten Assistenten für außenpolitische Fragen die für ihn reservierte Suite beziehen. Das Luxusapartment bot den Hotelgästen viel Platz, es gab insgesamt vier Räume. Das Schlafzimmer mit einem separaten Bad, ein Büro, ein Konferenzraum und ein Wohnzimmer. Der Balkon war von allen Hauptzimmern aus über Pariser-Fenstertüren zu erreichen. Die Alpen konnte man aus dem dritten Stockwerk jedoch nur vom Wohnzimmer aus sehen, denn gegenüber gab es eine kleine Lücke zwischen den Nachbarhäusern. Die Sicherheitsleute zogen sich, nachdem sie die Koffer des türkischen Präsidenten ins Schlafzimmer gebracht hatten, zurück und belegten die der Suite gegenüberliegenden kleineren Hotelzimmer. Vier Gardisten nahmen auf dem Flur vor der Suite auf extra aufgestellten Stühlen Platz. Alle waren mit Maschinenpistolen ausgestattet, die vor der Brust an Lederriemen hingen. Auf kleinen Tischchen vor ihnen waren vom Hotelservice türkische Zeitschriften und Magazine ausgelegt. Ein Teekocher dampfte leicht zischend. Mehrere kleine Gläser standen um ihn herum.

Das aus der Türkei mitgereiste Zimmermädchen war gerade dabei, den Koffer ihres Präsidenten zu öffnen, als dieser in den Raum trat. Dabei drehte er sich zu seinem ebenfalls anwesenden Assistenten um und raunzte ihm zu: „Fertigen Sie mir noch eine kurze Liste mit den heutigen Terminen an. Schlagwörter reichen. Wie immer mit Vermerken, was meine Gesprächspartner besonders mögen und was sie nervt. Dann drei Hinweise zu den wichtigen Themen, die ich ansprechen werde und mindestens eine Aufführung von innenpolitischen Querelen, die meine Gesprächspartner im eigenen Land haben, klar?“

„Geht klar, habe ich schon fertig, Präsident“, rief Hasan Osulüglü. „Ist immer gut zu wissen, wo die Knockout-Points der Gegner sind!“

Yigit schmiss die Tür hinter sich zu und eilte zum Bad.

„Möchten Sie alleine sein, Präsident?“, fragte Aische Celik. „Dann räume ich das später ein!“, sie starrte auf die halboffene Tür zum Badezimmer hin.

„Nein, mach einfach weiter, Aische, ich dusche nur kurz!“

„Danke, gerne“, Celik nickte und machte sich daran, die Wäschestücke aus dem Koffer zu nehmen. Die Anzüge des Präsidenten waren in einer Lederhülle, die die Gardisten übers Bett gelegt hatten.

„Kannst du mir helfen?", kam es aus dem Bad. Aische wusste, was das für sie bedeutete. „Ja, selbstverständlich, Herr Präsident, ich komme sofort!"

Celik, gerade mal dreiundzwanzig Jahre alt, war jetzt seit zwei Monaten Kammerzofe des Präsidenten. Sie hatte sich eigentlich bei ihrer damaligen Bewerbung vorgestellt, als Assistentin in der Kommunikationsabteilung arbeiten zu dürfen, aber dann war plötzlich diese Stelle als Zimmermädchen freigeworden. Näher beim Präsidenten zu arbeiten, war kaum möglich. Sie ahnte allerdings nicht, wie nah sie ihm bei ihrer Arbeit kommen würde. Aische Celik war überaus hübsch, hatte einen wohlgeformten Busen, lange Beine und ihre Gesichtszüge waren fein geschnitten. Genau deshalb hatte Yigit sie auch ausgesucht und ihr in Aussicht gestellt, in einem halben Jahr, sofern sie sich bis dahin gut und gewissenhaft anstellte, als Kommunikationsassistentin in sein Büro zu wechseln. Dann wird meine Karriere richtig beginnen, dachte sie. Ihr war bewusst, dass sie von jetzt an alles dafür tun musste, um weiter voranzukommen. Ihre Aufgaben als Zofe glichen eher denen eines Butlers und waren recht einfach zu schaffen. Sie sollte für Ordnung in den Privaträumen sorgen, dem Präsidenten zur Hand gehen, Kleidung bereitlegen und Getränke servieren. Vielleicht auch noch mehr. Auch auf Reisen sollte sie sich um das private Umfeld des Präsidenten kümmern. Dazu war Celik gerne bereit. Und sie hatte die große Chance, Yigit privat näher kennenzulernen und ihn von sich und ihren Fähigkeiten zu überzeugen.

Schon an ihrem ersten Tag hatte sie die lüsternen Blicke der Männer der Leibgarde bemerkt und auch damit gerechnet, dass einer von ihnen ihr gegenüber ausfallend oder gar handgreiflich werden würde. Diese Soldaten waren allesamt große Machos, wie fast alle türkischen Männer. Aber es geschah erstaunlicherweise nichts in dieser Richtung. Mit ihren Blicken zogen sie die hübsche Türkin jedoch aus, wann immer sie ihr begegneten. Auch tuschelten die Agenten hinterrücks und schmunzelten, so, als wüssten sie etwas, dass sie, Aische Celik, betraf. Etwas später wurde ihr klar, warum sich die Sicherheitsleute, die stets in der unmittelbaren Nähe des Präsidenten befanden, so verhielten.

In dem neuen Präsidentenpalast, einem monumentalen Bau, der einem Kalifen oder Großmufti gerecht wurde, gab es mehr als fünfhundert Räume. Ein im obersten Stock gelegener Trakt war ausschließlich für den Präsidenten reserviert und wurde auch nur von ihm benutzt. Neben einem kleineren Büro, in dem Yigit sich intensiv auf Treffen, zum Beispiel mit ausländischen Gästen, vorbereitete und die von seinem Büro oder dem Geheimdienst erstellten Dossiers las, gab es ein kleines Fitnesscenter mit Swimmingpool und Sauna sowie drei Schlafzimmer und einen Wohnraum mit großem Kamin und Bibliothek. Der Gebäudetrakt war so angelegt, dass der Zugang ausschließlich über eine Haupteingangstür möglich war. Davor blieben die Sicherheitsleute zurück, sie durften die Privaträume des Staatsoberhaupts nicht betreten. Genauso wie die Ehefrau und die Familie des Präsidenten niemals Zugang zu diesen Zimmern erhielten. Einzig allein das jeweilige Zimmermädchen sorgte in dem Privatgemach für Ordnung und erfüllte anstehende Aufgaben. Aische wusste noch genau, wie überrascht sie damals war, als sie erstmals in diesen privaten Räumlichkeiten arbeitete. Eine Mitarbeiterin des Stabes hatte sie eingewiesen und ihr dabei diverse Hinweise gegeben, damit sie den Präsidenten nicht enttäuschte und genau das tat, was er wünschte. So hatte man ihr mitgeteilt, dass Yigit nach einem anstrengenden Tag gerne für eine halbe Stunde den Crosstrainer im Fitnessraum nutzte und dort seine Übungen absolvierte. Danach duschte er gewöhnlich und ging für eine Viertelstunde in die Sauna. Anschließend entspannte er noch in dem kleinen Poolbecken, um danach zu Abend zu essen. Dieses Dinner nahm er wieder außerhalb der Privatgemächer mit seiner Ehefrau ein. Die gemeinsame Wohnung lag nicht im Präsidentenpalast, sondern war in einem anderen Palais in Ankara untergebracht.

Yigit hatte seine Fitnessübungen auf dem Trainingsgerät beendet und duschte. Aische war in einem Nachbarraum und blickte verstohlen in Richtung Sauna. Nie hätte sie gedacht, den großen Staatslenker der Türkei einmal nackt zu sehen. Erstaunlicherweise war er trotz seiner sechzig Jahre noch in bester körperlicher Verfassung, hatte kein Fett auf den Hüften und sein Hintern war recht knackig. Aische lächelte still vor sich hin. Dann öffnete der Präsident die Holztür der Sauna. Er drehte sich kurz um, hielt dabei ein weißes Handtuch vor sich. „Aische, kommst du bitte in die Sauna, ich möchte mich ein wenig mit dir unterhalten!“, freundlich befehlend klang seine Stimme.

„In die Sauna?“, fragte sie ungläubig nach.

„Ja, natürlich! Los, mach hin, ich habe nicht viel Zeit“, ungeduldig klopfte Yigit auf das Holz der Saunawand. Er schlüpfte durch die Tür und schloss sie von innen.

Aische wusste nicht genau, was sie tun sollte. Sie überprüfte kurz ihre Kleidung. Sie trug ein dunkelblaues Wickelkleid aus Jersey, darunter hatte sie nur ihren Slip und den Büstenhalter an. Ihre Füße steckten in weißen Hausschuhen aus Leinen. Nun gut, dachte sie, dann ist das Kleid halt ruiniert, ist ja Dienstkleidung. Sie beeilte sich in Richtung der Sauna, entledigte sich ihrer Schuhe und öffnete die Tür.

Yigit hatte sich auf die oberste der drei Sitzebenen begeben und lag nun rücklinks auf einem großen Tuch und blickte zur Decke. Über seine Hüften hatte er ein weiteres Handtuch gelegt. „Du hast ja noch das Kleid an, zieh das aus! Oder geht man in Izmir mit Kleidung in die Sauna?“ Lächelnd spielte er auf ihren Heimatort an.

„Nein, natürlich nicht, aber ich dachte“, sie stotterte ein wenig „ich dachte, wenn sich, also, ich …“

Er unterbrach sie. „Ausziehen! Und Tür zu, es wird kalt!“

Aische sprang aus der Sauna, schloss die Tür und zog ihr Kleid aus. Dann nahm sie sich ein frisches Handtuch aus dem neben der Sauna stehenden Regal und überlegte kurz. Dann gab sie sich einen Ruck und öffnete ihren BH, legte ihn auf einen bereitstehenden Hocker und zog auch den Slip aus. Das Handtuch wickelte sie sich um den Körper und betrat erneut die Sauna.

Yigit blickte zu ihr und nickte lächelnd. „Geht doch, Aische. Setz dich hin!"

Sie schloss die Tür und hockte sich auf die unterste Sitzfläche, dem Präsidenten auf der anderen Seite zugewandt. Er bat sie, ein wenig von sich preiszugeben und schmunzelte dabei freundlich. „Wir müssen uns ein wenig näher kennenlernen, oder? Schließlich darf kaum ein Mitarbeiter so nahe an mich heran, kleine Aische!"

Celik erzählte etwas beklommen von sich. Wo sie geboren und wie sie aufgewachsen war. Sie erwähnte kurz die Schule und die Universität, auf der sie Kommunikation und Marketing studiert hatte. Natürlich vergaß sie nicht, ein Praktikum beim Bürgermeister von Izmir zu erwähnen. Mittlerweile schwitzte sie heftig, denn das Thermometer zeigte neunzig Grad an. Die Schweißperlen rannen ihr über das Gesicht.

„Hört sich gut an. Komm mal her!" Yigit winkte herrisch mit der rechten Hand zu sich. Celik, die in den vergangenen fünf Minuten etwas die Scheu verloren hatte, wusste nicht, was nun geschehen sollte. Zögernd stand sie auf und stand nun direkt vor ihm. Er fasste mit seiner Hand an den Rand ihres Handtuchs und zog es mit einem Ruck herunter. Aische schrie leise auf und verbarg ihre Nacktheit mit beiden Händen. Yigit zog unterdessen sein Handtuch vom Körper und Aische blickte ungläubig auf sein erigiertes Glied.

„Los, blas mir einen!", herrschte er sie an.

„Was soll ich, ich …", sie stotterte und in diesem Augenblick knallte seine Hand in ihr Gesicht. Die Backpfeife brannte wie Alkohol in einer offenen Wunde. „Blasen, habe ich gesagt und zwar sofort!"

Minuten später eilte Aische, das Handtuch hinter sich herziehend, aus der Dusche und rannte zu einem Waschbecken an der gegenüberliegenden Wand. Sie übergab sich würgend. Dann blickte sie in den Spiegel und fühlte sich unendlich schlecht. Der Präsident hatte sie zum Oralsex gezwungen, und sie hatte keine Chance gehabt, dem zu entkommen. Deshalb hatten die Leibwächter gelacht. Die wussten, was den frischen Zimmermädchen blühte, wenn sie mit dem Präsidenten alleine waren.

Einige Zeit später, sie hatte minutenlang mit Mundwasser gespült, kam Yigit zu ihr. Er tätschelte sie sanft und meinte: „Gar nicht schlecht, kleine Aische, gar nicht schlecht. Und kein Wort zu irgendeinem, haben wir uns verstanden? Ein halbes Jahr geht schnell vorbei, und beim nächsten Male hast du auch mehr Spaß dabei, man gewöhnt sich an alles."

Jetzt, hier im Schlafzimmer des türkischen Präsidenten im *Majestic Imperial*, wusste Celik, was Yigit von ihr wollte. Die Erinnerung an die Sache in der Sauna hatte sie natürlich noch gut vor Augen. Zwischenzeitlich hatte sie sogar schon mehrfach mit ihm schlafen müssen. Zunächst war es für sie kaum vorstellbar gewesen, aber wie sollte sie entkommen? Er hatte ihr gedroht, und wer Yigit kannte, wusste, was das hieß. Es kursierten Gerüchte über ein Frauengefängnis, weit im Landesinneren. Von dort war noch keine einzige Inhaftierte zurückgekommen.

Sie schloss jedes Mal dabei die Augen und träumte sich aus der Situation heraus, währenddessen Yigit in sie drang. Gott sei Dank dauerte es nie lange, bis er sich zurückzog. Heute stand er unter der Dusche und befahl Aische, ihn einzuseifen. Sie zog sich brav aus und schlüpfte nackt zu ihm hinter die große Glaswand, die den Duschbereich vom restlichen Badezimmer trennte. Yigit betrachtete wohlwollend ihre perfekte Figur und bekam – wie immer – sofort Lust auf sie. Aische drückte sich Duschgel in die Hand und bearbeitete ihn dort, wo er es am liebsten hatte. Der Präsident stöhnte lustvoll auf und kniff ihr in den Busen.

„Komm, ich will dich, kleine Aische! Du bist ein prachtvolles Weib. Komm, mach mit und genieß es!"

Celik drehte sich um und ließ es geschehen. Warum nicht, dachte sie, er macht es sowieso mit mir! In ein paar Monaten ist es vorbei. Ein anfängliches Schamgefühl verdrängte sie. Celik hielt ihm ihren Po hin und Yigit nahm die Einladung an. Das Duschgel brannte ein wenig in ihr, doch das warme Wasser, das an ihr herunterrann, half, das Demütigende der Situation zu überstehen. Yigit umfasste mit beiden Händen ihre vollen Brüste. Sie schloss die Augen und versuchte, sich zu entspannen. Obwohl Aische es nicht wollte, überkam sie mehr und mehr ein wohliges Gefühl. Sie verdrängte den Gedanken, mit wem sie gerade schlief. Vor ihren Augen erschien das markante Gesicht von Erkan, ihrem ersten Freund. Der war so zärtlich gewesen und sie hatte einmal mit ihm Sex gehabt. Es war wunderschön gewesen.

Yigit kam jetzt immer heftiger. Dann passierte das Unglaubliche. Aische bekam einen heftigen Orgasmus und kreischte auf. Yigit klatschte ihr mit der rechten Hand auf den Hintern, das peitschte sie noch mehr auf. Auch er kam in diesem Augenblick, heftiger denn je. „Oh, Aische, oh, wunderbar, hör nicht auf. Ich überschütte dich mit Geld, du kannst alles von mir haben, oh."

Sein Stoßen hörte abrupt auf und Celik kam ein weiteres Mal. Sie schämte sich dafür, solche Gefühle und Lust am erzwungenen Sex zu haben. Sie versuchte, Yigit auszublenden, aber sie hatte es mit ihm genossen. Noch immer durchzuckte sie eine heiße Welle nach der nächsten. Sie keuchte und versuchte, Luft zu bekommen. Er hatte seine Hände von ihr genommen und rutschte an den Wandfliesen langsam herab, bis er auf dem Boden der Dusche landete. Aische blickte sich um, das warme Wasser prasselte auf ihren Körper. Sie starrte Yigit an, der mit weit aufgerissenen Augen ins Nichts schaute. Sein Mund war geöffnet, so als staunte er ob der Situation. Doch etwas störte den gewohnten Anblick. Celik sah das kleine Loch in seiner Stirn, aus dem etwas Blut sickerte. Dann kippte der Kopf des türkischen Präsidenten zur Seite und sein gesamter Körper glitt nach links, schlug auf den Fliesen auf. Aische schrie und blickte in Richtung der Badezimmertür. Dort sah sie mehrere Männer mit Sonnenbrillen und dunklen Anzügen. Alle hielten Pistolen mit langen Läufen in Händen. Aus der Waffe des vordersten, der bereits in der Mitte des Badezimmers stand, ringelte blauer Dampf aus dem Lauf.

Was passiert hier?, fragte sich Aische. Sie versuchte, ihre Nacktheit mit den Händen zu verbergen.

„Ya leh minn jamal“, sagte einer der Männer, „was für eine Schönheit.“ Der Mann, wohl ein Araber, der nur zwei Meter von der Dusche entfernt im Bad stand, hob seine Pistole und zielte jetzt auf Celik. „Sei jadda balensba laham! Schade um sie!“

Dann ploppte etwas. Celik wurde an die Kacheln der rückwärtigen Duschwand geschleudert. Etwas brannte ganz fürchterlich in ihrem Bauch. Sie schaute an sich hinunter und sah Blut aus ihrem Nabel fließen. Sie hielt ihre Hände davor, als ihr Kopf zurückgeworfen wurde. Das erneute Ploppen des Schalldämpfers hörte sie nicht mehr. Sie starb, als sie auf den Körper des Präsidenten der Türkei fiel.

„Methade fe almot merre akhra! Im Tode noch mal vereint“, rief lachend der andere Attentäter. Zwei andere Saudis schleppten einen der toten Iraner herein. Der leblose Körper ließ sich wieder bewegen. Vor einigen Stunden war der Leichnam noch steifgefroren gewesen, als man ihn aus dem Transportbehälter herausgenommen hatte. Der Anführer der Attentäter nahm seine Pistole und drückte sie dem Toten in die rechte Hand, drückte seinen Zeigefinger auf den Abzug, hob den Arm des Iraners samt Waffe hoch und feuerte erneut. Yigits Körper wippte leicht. Ein weiteres Einschussloch war zu sehen. Die Kugel war direkt in den Kehlkopf des Präsidenten eingedrungen.

Der saudische Soldat ließ die Hand der Leiche des Iraners los. Die rutschte langsam nach vorne, die Pistole noch immer umklammert.

Wunderbar arrangiert, dachte der Saudi lächelnd. „Holt jetzt einen der Hunde von der Leibgarde herein“, befahl er bellend.

Kurze Zeit später schleppten zwei Saudis einen leblosen Wachmann der türkischen Leibgarde in das Badezimmer. Sie drapierten ihn direkt im Türrahmen, sodass dieser auf dem Hosenboden saß und sich dort anlehnte. Erneut vollführte der Anführer die Prozedur, umfasste die Hand des toten Iraners und schoss nun auf den Leibgardisten des türkischen Präsidenten. Nur ein leises Plopp, und schon war ein Loch in der Stirn des Türken.

„Jetzt alle raus hier", schrie der Anführer seine Männer an. Die beeilten sich, rückwärts aus dem Badezimmer zu entkommen. Der saudische Offizier schaute sich prüfend um. Das warme Wasser der Dusche plätscherte noch immer auf die Bodenfliesen. Dampfschwaden trieben durch den Raum und ein kleiner Blutstrom rann vom reglosen Körper Richtung des Abflussgitters.

„Yigit duscht und fickt die kleine Hure, der iranische Attentäter erschießt die beiden, dann kommt der Leibgardist hinzu, und beide feuern aufeinander, alle tot! Wie der Iraner in die Suite gekommen ist, wird im Dunkeln bleiben!"

Befriedigt rannte der Saudi aus dem Badezimmer. Der Major würde nicht zufrieden sein, aber die Nummer mit beiden Präsidenten in einem Zimmer wäre einfach zu kompliziert gewesen. Das hatte er dem Geheimdienstoberst auch mutig mitgeteilt, als der ihn kontaktierte. Amal Yusif war Hauptmann und der Ersatzoffizier, falls Major Adil ausfiel. Er war der verlängerte Arm des Geheimdienstes, denn man traute dem eigentlichen Befehlshaber der Operation nicht über den Weg. Kein Araber traute einem anderen. Deshalb hatte man sich der Dienste von Yusif versichert. Adil ahnte nichts von dem Komplott.

Als Amal wieder zurück ins Hauptzimmer der Suite kam, sah er die beiden verbliebenen Iraner auf dem Teppich liegen. Im Flur waren die vier erschossenen Leibwächter von Yigit. Der Plan war so ausgeheckt, dass die Leibgardisten bei der Kontrolle der gelieferten Speisen, direkt nach Hochheben der silbernen Warmhaltehauben, durch ausströmendes Gas außer Gefecht gesetzt werden sollten. Das hatte ausgezeichnet funktioniert.

Der Hauptmann schaute auf die Uhr, er musste sich beeilen. Major Adil wartete mit der zweiten Gruppe der Saudis eine Etage höher in einem Putzraum. Dort, in der vierten Etage, befand sich die Suite des amerikanischen Präsidenten. In dreißig Minuten sollte dieser sich in der Suite von Rampthon mit Yigit treffen. Noch konnte der Amerikaner nicht ahnen, dass dieses Treffen niemals stattfinden würde.

Amal Yusif schaute auf den Flur hinaus. Dort waren gerade seine Männer dabei, die restlichen Leichen der türkischen Leibgardisten in die Suite zu schleifen. Der Angriff hatte insgesamt keine Minute gedauert. Als der vermeintliche Zimmerservice mit den beiden Servierwagen aus dem Fahrstuhl gekommen war, hatten die zwei Wachen, die den kompletten Flur überwachten, wie vorausberechnet darauf bestanden, die Hotelangestellten und auch die Servierwagen samt Speisen zu inspizieren. Und das, bevor auch nur eine Person oder ein Gegenstand die Kabine Richtung Flur verlassen konnte. Es ploppte zweimal, als die türkischen Gardisten den Aufzug betraten. Die Saudis hatten die Kabine für eine mögliche Weiterfahrt gesperrt. Nachdem die Wachmänner zu Boden gesunken waren, schoben die als Hotelangestellte verkleideten Saudis die Servierwagen hinaus. Da die zwei verbliebenen Wachmänner der Leibgarde von Yigit auf Stühlen links und rechts der Eingangstür zur Suite saßen und in Zeitschriften vertieft waren, hatten sie nicht mitbekommen, dass ihre Kollegen in der Aufzugskabine verschwunden waren.

Schon Wochen zuvor hatte der saudische Geheimdienst dafür gesorgt, dass das Hotelpersonal infiltriert wurde. Erpressung, ausgelobtes Geld sowie die schlechte Bezahlung und ein mieses Betriebsklima halfen dabei, dass Menschen Dinge taten, die sie eigentlich nicht tun durften. So lagen keine Tageszeitungen auf den Tischchen im Flur, sondern Männermagazine. Es war ziemlich wahrscheinlich, dass sich die Wachleute ihre Langeweile mit Bildern nackter blonder Frauen vertreiben würden. So etwas war im Dienst unter Strafe untersagt. Den Zugang für die saudischen Attentäter in den dritten Stock, durch einige Versorgungsschächte und Lastenaufzüge, hatte der eigene Geheimdienst für die späteren Eindringlinge präpariert. Die vom *Secret Service* angebrachten Sperren an Türen, Klappen oder Gullideckeln, die mittels aufgebrachter Siegel als verschlossen galten, waren binnen weniger Minuten vor dem Angriff geöffnet und die aufgebrochenen Siegel gegen neue ausgetauscht worden. Eine perfekte Aktion. Allerdings würden morgen fünf Mitarbeiter des Hotels nicht mehr zum Dienst erscheinen. Ihre Leichen lagen bereits in einem angemieteten *VW Transporter*, der sich auf dem Weg Richtung Stuttgart befand. Später, auf einer Autobahnraststelle geparkt, würde mitten in der Nacht der Lieferwagen explodieren. Aufgrund der großen Hitze und des Feuers würde alles, was einmal im Wagen gewesen war, bis zur Unkenntlichkeit verbrannt sein.

Da der Flur im dritten Stock, beim Eingang zur Suite des türkischen Präsidenten, um eine kleine Ecke abknickte, war der Eingang zur Fahrstuhlkabine von den Wachen, die vor der Tür saßen, nicht einsehbar. Sie sprangen jedoch sofort von ihren Stühlen auf, als sie die beiden Männer mit den Servierwagen auf sich zukommen sahen. Die Attentäter in den Serviceuniformen hatten ihre gefälschten Ausweise bereits hervorzogen und zeigten sie bereitwillig vor. Die Ausweise waren von der deutschen Polizei für all denjenigen ausgestellt worden, die im VIP-Bereich den Service für die hohen Gäste übernehmen sollten. Natürlich waren diese Personen allesamt überprüft worden. Vorteilhaft für die Saudis war es, dass viele Menschen, die im Hotel arbeiteten, aus südosteuropäischen Ländern oder aus dem Nahen Osten stammten. So fielen die arabischen Attentäter in ihrer Verkleidung nicht auf. Da die Porträtaufnahmen, in Kreditkartenformat auf den Ausweisen aufgebracht, mit den beiden Personen, die vor den Bodyguards gestanden hatten, übereinstimmten und auch das Logo des Hotels gut zu erkennen war, entstand keinerlei Argwohn. Lesen konnten die beiden Wachleute den Text auf den Ausweisen sowieso nicht, sie verstanden nur türkisch, und Lesen war sowieso nicht ihre Stärke.

Sie hatten im barschen Ton nur verlangt, dass die beiden Kellner die silbernen Hauben anheben sollten. Mit der Pistole in der Hand zeigte einer der Türken, was er genau meinte. Die beiden verkleideten Saudis nickten und hoben gleichzeitig die Hauben hoch, nicht, ohne sich kurz anzuschauen. Das Manöver hatten sie mehrfach geübt. Kaum konnten die Wachleute die Teller mit den Speisen, die edel angerichtet waren und lecker dufteten, überprüfen, wehte ihnen eine Gaswolke ins Gesicht. Die beiden verkleideten

Kellner hatten sich blitzartig umgedreht und dabei ihre Gesichter mit Tüchern geschützt. Keiner von den Türken hatte bemerkt, dass sie winzige, aber dicht verschließende kleine Wattestopfen in den Nasenlöchern hatten. Von außen war das nicht zu erkennen. Die türkischen Wachmänner fielen sofort bewusstlos um.

Der Hauptmann nickte zufrieden und klickte dreimal auf die Sprechtaste seines Handys. Jetzt wusste Major Adil, dass der Angriff auf Yigit erfolgreich verlaufen war. Was er noch nicht wusste, war, dass der türkische Präsident bereits tot auf den Bodenfliesen seiner Dusche lag. Die Saudis zerrten indessen die beiden bewusstlosen Wachen zur Tür des Schlafzimmers, in dem auch der Zugang zum Badezimmer lag. Beide Wachen wurden an die Wand gelehnt und Hauptmann Yusif feuerte mit der Hand eines toten Iraners. Auch diese Waffe, eine iranische Militärpistole russischer Herkunft, die man aus Riad mitgebracht hatte, war mit einem Schalldämpfer versehen. Es ploppte zweimal und beide Bodyguards wurden in der Herzgegend getroffen. Die beiden zuvor nur betäubten Wachen lagen nun tot auf dem goldfarbenen Teppich. Die Gardisten des türkischen Präsidenten, die im Vorraum zum Schlafzimmer und des Duschraumes Wache geschoben hatten, waren ebenfalls ausgeschaltet worden. Über die Feuerleiter hatten sich die saudischen Attentäter Zugang zum Ankleideraum verschafft, waren danach ins Wohnzimmer gestürzt und hatten die Männer der Leibgarde überrumpelt und mit gezielten Kopfschüssen mit den iranischen Pistolen hingerichtet. Die erschossenen Bodyguards im Aufzug wurden schnell in einen Wäscheraum geschleift und unter mehreren Handtüchern und Bettbezügen versteckt.

Hauptmann Yusif war stolz auf seine Männer, sie hatten sich sehr diszipliniert verhalten und den Plan mutig umgesetzt. Keiner der türkischen Bodyguards hatte auch nur einen Schuss abfeuern können, zu überraschend war der Angriff erfolgt. So hatte auch der türkische Präsident, ohnehin abgelenkt, nichts von dem Überfall bemerkt. Auf der Couch lagen nun die erschossenen

Wachen. Man hatte sie einfach übereinander fallen lassen, so wie es nach einer wilden Schießerei aussehen würde.

Der saudische Offizier dachte, dass die Behörden aufgrund der Indizien eindeutige Schlüsse ziehen würden. In etwa konnte ein Bericht so verfasst sein: *Zwei iranische Terroristen sind in die dritte Etage des Hotels eingedrungen, dort, wo die türkische Delegation mitsamt ihrem Präsidenten untergebracht war. Wie genau das geschehen konnte, muss noch geklärt werden. Wahrscheinlich hat es Hilfestellung durch Hotelangestellte gegeben. Sie gelten bislang als vermisst. Beide Attentäter haben die Wachen auf dem Flur durch Pistolenschüsse ausgeschaltet. Dann sind sie vermutlich direkt in die Suite eingedrungen. Auch hier konnten die Attentäter die türkischen Leibgardisten ausschalten. Im Badezimmer war es im Verlaufe des Überfalls zum Tod des Präsidenten Yigit und eines Zimmermädchens gekommen. Beim Verlassen des Duschraumes und im Wohnzimmer haben es zwei der türkischen Bodyguards geschafft, die iranischen Attentäter zu erschießen, allerdings haben sie selber dabei den Schusswechsel nicht überlebt.*

Amal fand die Story plausibel. Wie immer, wenn die Behörden schnell einen Schuldigen identifizieren wollen, wurden eindeutige Indizien gerne geglaubt. Das verhinderte auch ein allzu eifriges Weiterermitteln. Wenn dann auch noch der Iran als Drahtzieher und ausführendes Organ hinter dem Mordanschlag vermutet werden durfte, würde keiner jemals die wirklichen Täter suchen oder finden. Zu sehr würden die Behörden eigene Versäumnisse verschleiern wollen.

Yusif nahm die Fernbedienung des TVs, schaltete einen Musiksender ein und erhöhte die Lautstärke auf das Maximum. Aus den Lautsprechern drang Volksmusik, die von einer Blaskapelle intoniert wurde. Amal griff nach der Waffe eines türkischen Leibgardisten und zog sie aus dem Holster. Unmittelbar darauf schoss er dem toten Iraner mitten in die Brust. Die Pistole drückte er dem toten Türken wieder in die Hand. Nun war der Tatort bestens präpariert. Der Hauptmann schaltete den Fernseher wieder aus. Niemand außerhalb des dritten Stockes würde den Schuss gehört haben.

Alle Saudis trugen Gummihandschuhe und hinterließen keinerlei Spuren. Die beiden Wagen mit den Speisen schoben sie in einen Nebenraum. Ein Schild wies daraufhin, dass der Zutritt ausschließlich für das Personal vorgesehen war. Man würde dem Servierwagen im späteren Durcheinander keinerlei Aufmerksamkeit schenken. Die Kartuschen mit dem Gasgemisch hatten die Attentäter bereits entfernt, in Taschen verstaut und mitgenommen. In diese Sporttaschen hatten sie auch die Leinenhüllen gesteckt, in denen die toten Iraner, die Sündenböcke, wie sie sie genannt hatten, im Hotel transportiert worden waren. Einer von den dreien lag noch in einem der Säcke. Insgesamt gesehen war der Transport der Leichen etwas schwieriger verlaufen als gedacht. Für drei tote Iraner waren ursprünglich neun Männer des Kommandos eingeteilt worden. Aber Yusuf hatte umdisponiert und den Lastenaufzug für den Transport der schweren Säcke verwendet. Gut, dass der Geheimdienst daran gedacht hatte, ein portables Schweißgerät in das Equipment der Attentäter aufzunehmen. Die verbliebene Leiche im Leinensack nahm sich einer der stärkeren Männer auf die Schulter.

Die Attentäter beeilten sich und huschten über den leeren Flur. Der saudische Geheimdienst hatte die Überwachungsanlagen kurz vor dem Anschlag manipuliert. Eine verdeckt aufgespielte Software stoppte alle Aufzeichnungen auf Etage drei und vier und wiederholte in der nächsten Stunde die Aufnahmen, die zwei Stunden zuvor aufgenommen worden waren.

Die saudischen Soldaten unter Kommando von Hauptmann Amal Yusif hinterließen einen leeren Flur sowie die Suite des türkischen Präsidenten mit vielen Toten. Dann verließen die Saudis den dritten Stock über die Kleiderkammer am Ende des Ganges. Hier, in einem muffig engen Raum, schoben sie einige Regale mit gestapelten Papierrollen und sonstigen Putzgegenständen zur Seite. Zum Vorschein kam eine Sperrholzwand, die weiß überstrichen war. Mit einem Brecheisen stemmten sie das

Holz aus der Fassung, bis es zersplitterte und den Blick auf eine uralte Wendeltreppe freigab. Diese führte nach oben wie auch nach unten. Überall hingen Spinnweben, und auf den eisernen Stufen lag zentimeterhoch der Staub der vergangenen Jahre. Dieser Treppenschacht war in den Sechzigerjahren vom Hotel stillgelegt worden. Einst war er für Dienstboten und Zimmermädchen gedacht, die die Hotelflure, Treppenaufgänge und Aufzüge nicht benutzten sollten. Die Hotelleitung wollte die Gäste nicht durch das geschäftige Treiben der eigenen Angestellten stören oder sie erleben lassen, wie gebrauchte Bettwäsche oder Teller mit Essensresten abtransportiert wurden. Über diesen Treppenflur wollten die Saudis in das vierte Stockwerk eindringen. In den Bauplänen des Hotels war das alte Personaltreppenhaus nicht aufgeführt. Der zuständige Architekt hatte es beim letzten Umbau als stillgelegten Luftschacht ohne jegliche Funktion gekennzeichnet. Das hatte auch den *Secret Service* veranlasst, sich nicht näher damit zu beschäftigen. Alle Zugänge waren als zugemauert verzeichnet. Doch der saudische Geheimdienst hatte herausgefunden, dass es das alte Treppenhaus nach wie vor gab und somit einen perfekten Zugang von der dritten in die vierte Etage bot, wo sich der amerikanische Präsident zurzeit aufhielt.

Wie stets in seinem Leben begegnete der amerikanische Präsident anderen Menschen gegenüber mit einer zur Schau gestellten Dominanz. Er setzte bei Konflikten immer sofort auf den Modus „Drohung und Erpressung". Er prahlte und lobte sich selbst gerne. Damit schüchterte er Schwächere ein. Selbstbewusste Menschen verstanden sein Verhalten, andere bewunderten und lobten ihn dafür. Rampthon glaubte wirklich, dass ihn alle Menschen entweder bewunderten oder fürchteten. Es war für ihn undenkbar, jemand anderem zu unterliegen. Dieses Gefühl der Unbesiegbarkeit hatte allerdings zur Folge, dass er den *Secret Service* und die Agenten hasste, die ihn umgaben und er sie wie Scheißhausfliegen behandelte. Auch den Chef der Behörde mochte er nicht, allerdings wollte Rampthon ihn nicht direkt feuern, sondern war froh, dass dieser einen wesentlichen Teil seiner Zeit der Suche nach Menschen und Organisationen widmete, die den Staat um Steuereinnahmen betrogen. Seine eigenen Betrügereien hatten seine Söhne aus verschiedenen Ehen bestens auf den Cayman-Inseln versteckt. Sollte das je herauskommen, konnte er den obersten *Secret-Service*-Mann immer noch früh genug in die Wüste schicken.

Rampthon hatte die letzten Minuten auf der Toilette seiner Suite verbracht und sich dabei die neuesten Pornos auf seinem Smartphone angesehen. Mit einer der Darstellerinnen war er bereits im Bett gewesen. Er lachte kurz auf, als er sie sah und dachte kurz an den Moment zurück, als er die mit einem gewaltigen Busen ausgestattet Blondine vor einigen Jahren in Los Angeles in einem Hotelzimmer aufgesucht hatte. Sein damaliger Manager organisierte seinerzeit das Treffen. Für zehntausend Dollar konnte man jede dieser Pornodarstellerin für eine Nacht kaufen. Sie waren schließlich nichts anderes als normale Prostituierte. Doch zum Sex war nicht es gekommen. Kurz nach dem sie sich aufreizend langsam vor ihm ausgezogen hatte, bemerkte Rampthon, dass es in seiner Hose feucht wurde. Er knurrte missmutig vor sich hin, drehte sich um und verließ den schäbigen Raum, um so schnell wie möglich in Richtung seiner draußen wartenden Limousine zu entkommen. Sein Fahrer und die Bodyguards waren verschwiegen. Was sie von ihm hielten, war dem Präsidenten scheißegal. „Schlampen wie dich vögele ich nicht!“, rief er noch, als er die Tür hinter sich zuwarf. Sie rief laut lachend hinter ihm her: „Und warum ist dann gerade in deiner Hose was explodiert?“

Rampthon versuchte, dieses missratene Abenteuer schnell zu vergessen und klickte sich aus der Website, drückte die Spülung und zog die Hose wieder hoch. In wenigen Minuten sollte es zum Treffen mit diesem Sultan aus Ankara kommen. Rampthon dachte mit Widerwillen an den Egomanen aus der Türkei. „Es kotzt mich an“, wie er es einmal formulierte, „mit diesem selbstgerechten arroganten Affen überhaupt sprechen zu müssen.“ Er öffnete die Tür zu dem Wohnzimmer, in dem die drei Agenten des *Secret Service* auf der Couch und in Sesseln saßen. Alle schauten in Richtung des Fernsehers. Eine aufgerissene Chipstüte lag auf dem Tisch.

„So müsste ich mal mein Geld verdienen können, rumhängen und in die Glotze gucken!", murrte er seine Bodyguards an.

„Yes, Sir", murmelte O'Hara, „und nebenbei passen wir noch auf Sie auf, damit sie wiedergewählt werden können!" Die anderen grinsten unverschämt und Rampthon hätte allen am liebsten etwas mit dem Golfschläger übergezogen. Da betrat McNaber den Raum. Er war der persönliche Assistent des Präsidenten, und seine Aufgabe war es, darauf zu achten, dass POTUS nicht nur alle Termine wahrnahm, sondern auch gut vorbereitet gegenüber seinen jeweiligen Gesprächspartnern agieren konnte.

„So, Mister President, Yigit steht auf dem Programm. Eingeplante Zeit dreißig Minuten. Schwerpunkte für uns, Mister President, ist die neue Nähe von Yigit zu Russland. Die türkische Armeeführung hat vor, vierhundert *S400*-Flugabwehrraketen in Moskau zu ordern!"

„Das weiß ich doch, bin ich blöd oder was, McNaber? Der kauft die nicht bei den Russen, der ordert ausschließlich nur bei mir! Wenn nicht, ziehe ich die NATO ab. Dann ist dieser Yigit schneller pleite als der Mohammed vom Türmchen singen kann!"

„Selbstverständlich, Mister President. Sie sollten jedoch Yigit erst einmal Ihre Bewunderung darüber ausdrücken, wie er die Fake-News-Presse in seinem Land im Griff hat. Auch sein Coup, die Wahlen in Istanbul wiederholen zu lassen, weil dort die schäbige Oppositionspartei mit ungesetzlichen Tricks gewonnen hat, war genial. Fragen Sie ihn auch, wie es sich im neuen Palast wohnt!"

„McNaber, sind Sie geisteskrank? Ich schmeichle dem Tyrannen nicht. Vielleicht sage ich nur etwas in der Art, das die schrecklichen Fake-News überall gleich schlimm sind und am besten vom Planeten entfernt werden müssten."

„Aber Mister President, Yigit ist Türke und Muslim zugleich, der steht auf Schmeicheleien. So manipulieren Sie ihn", sagte sein Assistent eindringlich. „Ich habe Ihnen eine Mappe mit allen Informationen zusammengestellt, damit Sie …"

Rampthon unterbrach ihn abrupt. „Ich lese den Scheiß nicht, das ist langweilig, wofür habe ich Sie denn angestellt, McNaber? Zu dem Palast sage ich auch nichts. Der macht viel mehr her als unser alter Schuppen in Washington. Wenn ich nur daran denke, auf demselben Klo kacken zu müssen wie dieser kenianische Bastard", er sprach den Namen eines Vorgängers im Präsidentenamt nie aus, „dann könnte ich vor Wut explodieren. Also, McNaber, ich gehe da gleich rein und trete dem muslimischen Gernegroß mächtig in den Arsch. Sofort und ohne Anlauf. Sie sorgen dafür, dass außer den Übersetzern keiner mehr im Raum ist, wenn ich reingehe, verstanden!"

„Na klar, Mister President!", McNaber salutierte kopfschüttelnd und dachte: „Er ist unbelehrbar und einfach nur dumm. Und ich kann den Scherbenhaufen wieder zusammenfegen. Oh, was habe ich nur für einen Job?"

„Und dann, McNaber, sage ich ihm, er hätte jetzt nur noch eine Chance. Dann knalle ich ihm den Auftragsblock hin, den müssen Sie noch kurz anfertigen, und darauf steht, dass er fünfhundert *Patriots* kauft. Wir lassen ihm fünf Prozent Nachlass bei Barzahlung." Rampthon schüttete sich vor Lachen aus. „Also, wir geben ihm einen Kredit, sagen wir mal mit zehn Prozent Zinsen. Den Russen sagt er noch heute auf der Konferenz ab, so mit Worten wie, Abrüstung, keine neuen Konflikte, Besänftigung in der Region blablabla. So machen wir das. Wird ein fantastischer Deal für *America first*, sichert uns Arbeitsplätze. Warten Sie, McNaber, ich kwittere das mal kurz an meine Wähler!" Rampthon zog sein Smartphone und tippte mit großer Geschwindigkeit etwas in die Tasten. Die Nachricht würde in wenigen Minuten bei *CNN* oder *FOX* im TV zu lesen sein.

McNaber konnte nur mit dem Kopf schütteln, wenn er daran dachte, dass er dem mächtigsten Mann der Welt gerade zusah, wie der in sein Verderben lief. Das war auch schon so in Moskau geschehen, in Nordkorea, beim NATO-Gipfel und bei der G7-Runde. Andere Staatsmänner waren diplomatisch viel erfahrener und deshalb auch geschickter. Rampthon war kein Diplomat, er wollte auch niemals einer werden.

Dennoch, und das wunderte McNaber, kam Rampthon mit fast allem durch, was er wollte. Großes Tamtam und schöne Bilder, doch wirklich Bewegendes kam nicht dabei heraus. Aber das schien außer der Opposition und der Presse keinen zu stören – im Gegenteil. Seine Anhänger feierten ihn, endlich machte einer mal Rabbatz, haute auf die Pauke und ließ andere zittern. *America first*, und wenn es das Letzte war, was die Welt gebrauchen konnte. Doch McNaber machte das Spiel mit. So blieb er im Spiel und damit im nahen Umfeld des POTUS. Er dachte: Nur wer nahe der Sonne ist, spürt die Wärme und steht im strahlenden Licht.

Wenige Meter und nur durch einige Wände entfernt formierten sich gerade die saudischen Angreifer. In dem großen Wäscheraum warteten bereits Major Adil bin Zayid Al-Burafyfi und seine Gruppe auf den Hauptmann Amal Yusif, der jetzt mit seinen Männern durch eine weitere gewaltsam geöffnete Sperrholzwand aus dem Treppenhaus herauskam. Beide Offiziere nickten sich zu. Obwohl bislang alles hervorragend funktioniert hatte, war ihnen die Anspannung deutlich anzusehen. Irgendwie war das Ganze sehr skurril. Fünfundzwanzig Männer in dunklen Anzügen und Sonnenbrillen standen zwischen Drahtboxen mit Bettwäsche und Handtüchern sowie einigen fahrbaren Körben, die die Raumpflegerinnen und Zimmermädchen ansonsten über die Gänge bugsierten. Jetzt betrat der saudische Soldat die Wäschekammer, der den weißen Leinensack mit dem toten Iraner darin über der Schulter trug. Er warf den schweren Sack auf einen Stapel schmutziger Duschhandtücher, die in einer Ecke des Raumes zur Abholung in die Wäscherei herumlagen.

„Was ist mit Yigit?“, fragte der Major.

„Tot, ging nicht anders!“

Adil bin Zayid Al-Burafyfi wurde vor Zorn dunkelrot im Gesicht. „Ich hatte angewiesen, dass …“, weiter kam er nicht.

„Der Schweinehund liegt erschossen in der Dusche. Fertig. Können wir uns jetzt dem Amerikaner zuwenden oder sollen wir weiter diskutieren?“

Dem Major wurde soeben klar, dass sein Hauptmann mehr war, als nur sein Stellvertreter. Er verstand, der Geheimdienst hatte auch hier seine Finger im Spiel. Und tot war schließlich tot. Adil nickte Amal einverständlich zu. „Ymkn 'an tabda? Kann es beginnen?“

„Ja, mein Major. Es kann!“

Major Adil klickte auf eine Kurzwahltaste seines Handys, wartete kurz auf das Signal, dass jemand am anderen Ende der Leitung abnahm. Dann tippte er eine Zahl als Codewort ein und beendete die Verbindung. Alles wartete gespannt, was nun geschah. Hauptmann Yusif zeigte lautlos mit den Händen seinen Männern, wie sie jetzt vorgehen sollten. Zwar war alles mehrfach besprochen und geübt worden, aber die Wiederholung ist für ein richtiges Vorgehen an der Front lebensnotwendig. Das wusste er aus vielen Gefechten im Jemen. Seine Männer waren jetzt alle unter großem Stress und brauchten daher klare und eindeutige Befehle. Nun war der Führungsoffizier in ihm gefordert. Er liebte diese Situationen. Dafür war Amal Yusif Offizier geworden.

Vom vierten Stock aus hatten die Agenten des *Secret Service* einen fantastischen Ausblick auf die Alpen, die jetzt im Februar zwar im Sonnenschein lagen, aber noch bis tief in die Täler dick verschneit waren. In München selbst gab es nur noch Schneereste an den Straßenrändern. Die Sonne wärmte schon, aber in den Schattenbereichen war es noch kalt. Es lag die Vorahnung von Frühling in der Luft. Auf dem Marienplatz streckten viele Passanten ihre Gesichter ins Sonnenlicht. Diejenigen, die einen der begehrten Plätze vor den Gastwirtschaften ergattert hatten, genossen die Wärme unter Wolldecken, die die Wirte zur Verfügung stellten. Sie freuten sich über die angenehmen Temperaturen unter den Heizstrahlern, die wie Pilze zwischen den Bierzeltgarnituren standen und leicht zischend warme Luft produzierten.

Beim Blick über die Dächer der benachbarten Gebäude sah man nicht nur den einen oder anderen Bewohner, der die ersten wärmeren Sonnenstrahlen auf seiner Dachterrasse genoss, sondern auch einige Scharfschützen des *Secret Service.* Die bewachten von dort oben das gegenüberliegende Hotel *Majestic Imperial.* Sie hielten insbesondere Ausschau nach feindlichen Snipern, die versuchen konnten, von anderen Gebäudedächern oder aus Fenstern der oberen Etagen, auf den Präsidenten zu schießen. Einige Agenten waren mit Feldstechern ausgestattet und suchten die Gegend nach verdächtigen Gegenständen oder Personen ab. Die Warnung des Einsatzleiters vor Ort, in der Suite von POTUS die Vorhänge zuzuziehen, war von Rampthon natürlich ignoriert worden.

„Wenn ich schon in ‚Fucky-Old-Germany' bin, dann will ich doch wenigstens die Berge sehen! Lieber das Matterhorn als den arroganten Bundeskanzler!", war seine Meinung dazu. Dass das Matterhorn nicht in Deutschland lag, war dem Präsidenten völlig egal. Alpen blieben Alpen. Er verwechselte vieles, denn ihn interessierte sowieso nur Amerika. Deshalb war er auch erstaunt darüber, dass England über Atomwaffen verfügte und Finnland nicht zu Russland gehört. Die Vorhänge blieben weiter geöffnet, wenngleich Agent O'Hara wenigstens dafür gesorgt hatte, dass sie nur in der Mitte der Fensterreihe offenstanden.

Lieutenant Myers stand auf und fragte in das Mikrophon seines Headsets die anderen Agenten des Service, ob alles „roger" sei. Turnusgemäß meldete er sich alle fünfzehn Minuten über Funk. Von überall kam das „Okay." Beruhigt setzte er sich wieder auf die Couch. Im Nebenzimmer versuchte McNaber den Präsidenten auf das Gespräch mit dem türkischen Präsidenten vorzubereiten, aber das Großmaul, wie er den Präsidenten oft nannte, hörte ihm nicht zu.

Er wird sowieso sein eigenes Ding machen, das wusste der *Secret Service*-Beamte. Ihm war es egal, denn sein Auftrag lautete nur, den POTUS zu sichern und zu schützen. Er schaute zu Millner rüber, dem dritten Agenten, der neben O'Hara auf dem Sessel kauerte und nervös auf seinem Kaugummi herumkaute. Millner war relativ neu im engeren Kreis der Leibwächter, hatte lange Zeit den Schutz des Uraltpräsidenten Jimmy Cartner übernommen. Dass dieser mittlerweile weit über neunzig Jahre alt war, verdankte er nicht nur seiner Erdnussbutter, die er selbst anbauen ließ, sondern auch der Tatsache, dass er bis vor Kurzem einen hervorragenden Bodyguard namens Millner um sich gehabt hatte. Dieser *Secret Service*-Mann stellte seinen Beruf über alles, war einsatzwillig und engagiert. Deshalb war auch seine zweite Ehe in die Brüche gegangen. Sein nicht gerade üppiges Gehalt reichte kaum für den Unterhalt der vier Kinder und zwei geschiedene Ehefrauen. Die Bank hatte bereits gedroht, sein Gehalt und die Pensionsansprüche zu pfänden. Als wenn das ausreichen würde, die Schuldenlast auch nur annähernd zu begleichen, dachte Millner kopfschüttelnd. Da müsste schon ein Wunder geschehen! Und das Wunder geschah.

Kapitel 37

Washington, USA. Ein Jahr zuvor

Millner war restlos pleite. Seine Kollegen versagten ihm sogar ihre bisherigen Gefälligkeiten, die darin mündeten, dass er manchmal Zehn- oder Zwanzig-Dollarnoten zugesteckt bekam. Er war beliebt, galt als zuverlässiger Agent. Ihn hatte man gerne an seiner Seite, wenn es brenzlig wurde. Aber irgendwann war auch mal Schluss mit dieser Art von Unterstützung, dachten viele seiner Arbeitskollegen, er kann das gar nicht mehr zurückzahlen! Man warf schließlich kein gutes Geld schlechtem hinterher!

Dem Personalbüro des *Secret Service* war Millner natürlich bestens bekannt, seine Leistungen, ebenso wie seine private angespannte Situation. Er hatte sich nie um eine weiterführende Position beworben, war stets loyal und seine Arbeit galt als fehlerfrei. Auf ihn konnte sich die Staatsbehörde verlassen. So arbeitete er schon jahrelang für den *Secret Service*. Doch dann veränderte ein Ereignis sein Leben. Ein versuchter Anschlag auf den Expräsidenten Jimmy Cartner war der Beginn einer Vielzahl von folgenschweren Ereignissen.

Aufgrund der starken Polarisierung der Menschen in den USA hatte eine rassistische Gruppierung aus Texas beschlossen, bekannte Politiker der Demokraten umzubringen. Es war im Spätsommer des letzten Jahres gewesen. Der Expräsident wollte wieder einmal seinem Hobby nachgehen. Deshalb war er zusammen mit dem Leibwächter John Millner zu seinem Wochenendhaus in die Berge gefahren. Dort lag ein kleiner See, umgeben von dichten Wäldern, perfekt für den geliebten Angelausflug. Mächtige Kiefern, Pinien und Baumheide umgaben das kristallklare Gewässer, in dem jede Menge Forellen, Barsche und Zander zu Hause waren. Jedem erfolgreichen Angeltrip folgte ein leckeres Abendessen. Entweder landeten die erbeuteten Fische auf dem Grill oder im Räucherofen. Zum anschließenden Dinner wurde stets ein kühles Bier getrunken. Der Expräsident genoss die Tage in seinem Blockhaus. Über dem mächtigen Kamin blickte der ausgestopfte Kopf eines gewaltigen Bisons finster in den Raum. Alle Möbel waren aus rohem Holz gefertigt. In der Kulisse dieses Holzhauses hätte auch ein Film mit John Wayne gedreht werden können. Alles war alt, es roch ein wenig muffig, aber die Atmosphäre war so herrlich anders als die im normalen Leben.

Cartner kümmerte sich um fast alles und Millner empfand so etwas wie eine Männerfreundschaft. Beide verstanden sich gut, obwohl sie manchmal stundenlang nicht miteinander redeten. Es fühlte sich für den Leibwächter ein bisschen wie Urlaub an, wenn er mit dem ehemaligen Erdnussfarmer in dem Wochenendhaus war. Nur mit dem Unterschied, dass er trotz der Idylle auf den Expräsidenten aufpassen musste. Neben ihm war noch ein sogenanntes Outdoorteam des *Secret Service* vor Ort. Die beiden Agenten waren tagsüber entweder in ihrem Auto rund um das riesige Grundstück unterwegs oder patrouillierten auf den Zufahrtswegen. Manchmal stand ihr brauner *Chevrolet Malibu* einfach nur vor dem Haus. Dieses Team wechselte täglich. Millner war hingegen immer in der direkten Nähe von Cartner.

Er schlief im Haus, nahm die Mahlzeiten mit ihm ein und schaute gemeinsam mit Peanut, so der Codename des ehemaligen Präsidenten der USA, die *NHL*-Spiele im Fernsehen an.

Cartners Angelausrüstung wurde in einem Bootsschuppen in der Nähe des Blockhauses gelagert, dort wo sich auch ein Kanu und ein Boot mit kleinem Außenbordmotor befand. Millner freute sich auf die vor ihm liegenden Stunden auf dem See. Obwohl nichts langweiliger war, als jemandem beim Angeln zuzuschauen, beruhigte es die Nerven, wenn das Boot leicht auf dem Wasser dümpelte oder man damit beschäftigt war, die Köder anzubringen oder eine verdrehte Angelschnur zu entflechten.

Dennoch blieb Millner immer wachsam und schaute oft zum Ufer, um festzustellen, ob sich dort jemand aufhielt. Normalerweise kam kein Mensch in diese verlassene Gegend. Zudem war das eintausend Hektar große Grundstück vollkommen umzäunt und alarmgesichert. Der See nebst dem Wald und den Gebäuden gehörte Jimmy, wie Millner den Expräsidenten und Unternehmer nannte.

An diesem Tag waren die beiden früh gestartet. Das Motorboot steuerte tuckernd in eine flache Bucht des Sees. Aus Erfahrung war hier die Chance auf einen kapitalen Hecht recht groß, denn in Ufernähe schwammen viele Jungfische umher. In der Bucht angekommen, stoppte Cartner das Boot, schaltete den Motor aus und warf den kleinen Anker ins Wasser. In drei Meter Tiefe blieb der Metallhaken liegen. Nun bestückte Peanut seine Angel, diesmal mit künstlichen Maden aus grünem Plastik, die mit irgendwelchen Enzymen versehen waren. Diese Köder würden Hechte nicht verschmähen und in kürzester Zeit anbeißen. So lautete jedenfalls die Werbung von *Bass*, dem großen Outdoordiscounter, in dessen Filiale Cartner und Millner die Plastikmaden auf der Hinfahrt erworben hatten.

Plötzlich blitzte etwas im Uferdickicht auf. Das reflektierte Sonnenlicht war nur ganz kurz auf dem auf sie gerichteten Objektiv eines Zielfernrohres zu sehen gewesen. Sofort reagierte Millner und stieß ohne jegliche Vorwarnung den betagten Expräsidenten mitsamt seiner Angel über die Bordwand ins Wasser. Er sprang sofort hinterher. Wenige Bruchteile einer Sekunde später zersplitterten Teile der Bootswand genau an der Stelle, wo sie beide soeben noch gesessen hatten. Millner nahm den alten Mann, der gierig nach Luft schnappte und völlig überrascht von der Aktion war, unter Wasser ins Schlepptau und tauchte kurz danach wieder hinter dem Boot mit seinem Schützling auf. Hier waren sie für den Scharfschützen nicht sichtbar. Wie ein Rettungsschwimmer bewegte sich der Leibwächter mit Cartner vom Boot seitwärts weg. Millner hatte damit gerechnet, dass der Scharfschütze nur darauf wartete, dass sie wiederauftauchen würden. Sollte das nicht binnen einer Minute passieren, würde er das Boot unter Feuer nehmen. Denn er musste davon ausgehen, dass die beiden hinter oder unter dem Rumpf Schutz suchen würden.

Und genau so kam es. Kaum waren Millner und der Expräsident zehn Meter seitlich des Bootes entfernt, krachte ein Schuss nach dem nächsten in die hölzernen Planken. Zentimeter um Zentimeter stanzte der Scharfschütze, immer nur eine Handbreit über der Wasserlinie, seine Kugeln seitlich in die Bordwand. Wären der Expräsident und sein Agent noch beim Boot im Wasser gewesen, hätte der Sniper sie bereits getroffen. Nach einer Salve von mehr als zehn Schüssen hörte die Knallerei auf. Millner hob den Zeigefinger an seine Lippen und bedeutete Cartner, vollkommen still zu sein. Der verstand, was sein Schutzpatron von ihm verlangte und nickte. Dann bedeutete ihm der *Secret Service*-Mann, sich flach auf dem Rücken liegend treiben zu lassen, möglichst nur mit der Nase aus dem Wasser ragend herauszuschauen. Jimmy verstand auch diesen Hinweis. Auch Millner nahm die „Totmannfigur“ ein, wie diese Haltung bei der Ausbildung genannt worden war. Mit der linken Hand hielt er den Expräsidenten fest, mit der rechten schaufelte er vorsichtig durchs Wasser. Langsam trieben beide vom zerschossenen Boot auf das Ufer zu. Plötzlich ertönten noch drei kurze Schüsse hintereinander und der kleine Außenbordmotor explodierte im hellen Feuerschein. Der Scharfschütze hatte den Tank des kleinen Motors getroffen. Wahrscheinlich, so vermutete Millner, war es dem Sniper in der Zwischenzeit gelungen, nicht nur weiter Ausschau zu halten, sondern auch die Waffe nachzuladen. Millner zupfte Jimmy am Ärmel und deutete an, dass sie nun untertauchen müssten. Beide holten tief Luft und sanken unter die Wasseroberfläche. Dabei ruderte der Agent mit dem freien Arm und beide entfernten sich so weiter vom brennenden Boot. Sie tauchten vorsichtig auf, doch Cartner hob den Kopf etwas zu viel aus dem Wasser. Sofort drückte Millner ihn nach unten. Es vergingen noch weitere Minuten, bis der *Secret Service*-Mann und der Expräsident das Schilfgras am Rand des Sees erreichten. Der Agent packte Jimmy an den Schultern und zog ihn tief ins Ufergebüsch.

Beide blieben inmitten der Halme hocken, das Wasser reichte ihnen bis zur Brust. Millner drückte auf eine Taste seines wasserdichten Messengers. Das war der Notruf, den seine beiden Kollegen, die in der Nähe der Hütte in ihrem Wagen sitzen sollten, empfangen würden. Sie bildeten das Backup für den Agenten. Der Schütze fühlte sich sicher, denn er hatte keinen Schalldämpfer benutzt, er hatte mehr als zehn Mal gefeuert. Das hätten die beiden Agenten im Auto hören müssen. Millner überlegte und war sich sicher, dass seine Kollegen ausgeschaltet worden waren. Das erschwerte die Situation erheblich. Da hörte er ein Knacken von brechenden Halmen und gleichzeitig auch ein Platschen im Wasser. Jemand näherte sich ihnen. Wahrscheinlich mit Gummistiefeln ausgerüstet, denn keiner konnte damit vorsichtig oder gar geräuschlos durchs Schilf gehen. Millner deutete mit dem Zeigefinger an den Lippen Jimmy an, still zu sein. Dabei nickte er dem Expräsidenten aufmunternd zu. Jetzt bloß keine Panik entstehen lassen. Cartner nickte zurück, doch seine Augen begannen, nervös zu flackern. Komisch, dachte Millner, je älter die Menschen werden, desto mehr hängen sie am Leben.

Er deutete an, sich von Cartner etwas entfernen zu müssen. Obwohl der Agent an den Augen des Expräsidenten zu erkennen glaubte, dass der nichts mehr fürchtete, als jetzt im Schilf alleine gelassen zu werden, nickte ihm seine Schutzperson leicht zu.

Millner robbte vorsichtig auf dem Bauch durch die Halme Richtung See. Die Geräusche, die auf ihn zukamen, wurden deutlicher. Höchstens fünf Meter von Millner entfernt. Der Agent wich zur Seite aus, zog seine Pistole, einen *1911er-Colt* mit *45er-Magnum*-Munition, und zielte in die Richtung, aus der er den Feind erwartete. Dann sah er ihn. Besser gesagt, er sah den Gewehrlauf. Es war ein *Barrett M 99*, eine furchterregende Waffe. Allerdings keine Halbautomatik, sondern, wie üblich bei Präzisionsgewehren, eine Repetierwaffe. Der Schütze musste nach jedem Schuss nachladen. Dass der Scharfschütze das schnelle Repetieren beherrschte, hatte er vor wenigen Minuten noch bewiesen. Doch auch der beste Nachlader benötigt mindestens eine Sekunde dafür. Genug Zeit für Millner. Er nahm mit der linken Hand das in seinem Gürtel steckende Ersatzmagazin und schleuderte es über den Scharfschützen hinweg, wo es klatschend ins Wasser fiel. Der Sniper drehte sich sofort um und feuerte auf die Stelle, wo das Magazin ins Wasser gefallen war. Millner zielte und feuerte zweimal hintereinander. Die Schüsse hallten laut und mindestens eine Kugel traf den Mann in den Rücken. Er wurde heftig nach vorn geschleudert, das Gewehr fiel ihm aus den Händen und er landete mit einem satten Platschen im Matsch des Schilfs. Dann herrschte Ruhe.

Cartner und Millner blieben noch ein paar Minuten reglos in der Uferböschung liegen. Der Agent hatte den Expräsidenten schon vor Monaten vorsorglich instruiert. Sollte Cartner Schüsse hören, müsse er sich sofort zu Boden werfen und sollte warten, bis er von seinem Leibwächter Entwarnung signalisiert bekam. Das befolgte der Expräsident jetzt genau. Nachdem Millner sich vergewissert hatte, dass kein anderer dem Scharfschützen gefolgt war, schlich er in gebückter Haltung auf Cartner zu. Dann gingen sie vorsichtig weiter und erreichten bald darauf festen Boden.

Es stellte sich später heraus, dass der Mann ein Einzeltäter gewesen war. Ein ehemaliger US-Soldat, der als Scharfschütze in der Army gedient hatte. Als die politische Stimmung in den USA rechtspopulistisch geworden war, glaubten viele, dass die Zeit des Handelns angebrochen sei.

Der Hass auf Cartner, auf dessen Befehl hin während seiner Amtszeit Ende der Siebzigerjahre das Kommando der US-Marines losgeschickt worden war, um die Geiselnahme in der Teheraner US-Botschaft durch einen Kampfeinsatz zu beenden, loderte seinerzeit noch immer in dem mittlerweile ums Leben gekommenen Scharfschützen. John Brenner, so hieß der Sniper, war der einzige Marine, der beim Absturz der Hubschrauber, die seinerzeit zur Geiselbefreiung in den Iran geflogen waren, überlebt hatte. Alle anderen Kameraden waren bei der übereilt und schlecht geplanten Aktion in dem abgestürzten Helikopter verbrannt. Er selbst hatte schwerste Verbrennungen erlitten und musste mehrfach operiert werden. Nach vielen Monaten in diversen Reha-Kliniken wurde er als Invalide aus der Armee entlassen. Seine Rente reichte kaum zum Überleben, er vegetierte später sogar als Obdachloser in den Vororten Chicagos vor sich hin. Als Ronald J. Rampthon die Wahlen gewann, fühlte sich Brenner aufgerufen, nunmehr für eine späte Gerechtigkeit zu sorgen. Er schloss sich den Republikanern an und wurde als Kriegsveteran in der Parteipropaganda eingesetzt. Man kleidete ihn neu ein und gab ihm eine Unterkunft in einem Veteranenheim. Bei den anschließenden Treffen ehemaliger Soldaten seiner Einheit wurde er schnell als tragischer Held gefeiert und sein lange überhaupt nicht vorhandenes Selbstbewusstsein wuchs mit jedem Tag. Er nahm das Schießtraining wieder auf und schnell war auch seine ehemalige Präzision beim Treffen weit entfernter Ziele wieder vorhanden. Als Rampthon in einer seiner schwülstigen Reden über die Opposition herzog, wurde Brenner hellhörig. Denn der damalige Präsidentschaftskandidat meinte, man müsse alle Demokraten und Linke einsperren und für ihre Taten büßen lassen. Wer Amerika verriet, verdiente die Todesstrafe. So plante der ehemalige US-Marine das Attentat auf den Expräsidenten, der seiner Meinung nach für den Tod seiner Kumpel verantwortlich war. Für die gerechte Bestrafung würde John Brenner sorgen.

Die Presse berichtete nicht über das misslungene Attentat auf den Altpräsidenten, denn das wollte Jimmy Cartner auf keinen

Fall. Auch wenn oberste Stellen des *Secret Service* die gelungene Verhinderung des Angriffs werbewirksam ausschlachten wollten, so barg eine Veröffentlichung auch Risiken. Andere, sogenannte Schläfer, würden sich möglicherweise ermutigt fühlen. Zudem würde bekannt werden, was der Erdnuss-Präsident, wie er scherzhaft in der Öffentlichkeit genannt wurde, in seiner Freizeit unternahm und wo er sich aufhielt.

Dennoch gelangte die Nachricht über den verhinderten Mordanschlag ins Weiße Haus, dem Zentrum für Klatsch und Tratsch. Rampthon ließ den *Secret Service* Agenten zu sich kommen und verlieh ihm die *Medal of Honor*, die höchste militärische Auszeichnung für heldenhafte Taten. Bei der Verleihung meinte der Präsident zu ihm: „Das haben Sie gut gemacht, Agent Millner. Obwohl mich zwar alle lieben und ich nichts zu befürchten habe, hätte ich Sie dennoch gerne bei mir. Haben Sie Lust? Dann müssen Sie sich nicht mehr um einen schwachen Demokraten kümmern, sondern passen auf den großartigsten Präsidenten, den Amerika jemals gehabt hat, auf!“ Da die neue Aufgabe auch eine kräftige Gehaltserhöhung mit sich brachte, sagte Millner direkt zu. Auch wenn er gerne für Peanut gearbeitet hatte und ihm der Abschied von Cartner schwerfiel. Wenige Wochen später trat er seinen Dienst in Washington als Bodyguard des amtierenden Präsidenten an. Der war Millner von Anfang an nicht sympathisch und ein merkwürdiges Gefühl machte sich in ihm breit. Hoffentlich war seine Entscheidung, nach Washington zu gehen, nicht falsch gewesen.

Als John Millner seinen Dienst im Weißen Haus aufnahm, wollte er dem Präsidenten zunächst seinen Dank für die Beförderung ausrichten. Zudem hatte er geplant, Rampthon persönlich zuzusichern, quasi als Gegenleistung, ganz besonders gut und motiviert auf ihn aufpassen zu wollen. Rampthon sollte sich der ganzen Aufmerksamkeit von Millner, Tag wie Nacht, sicher sein. Trotz der nicht vorhandenen Sympathie für den Präsidenten war Millner durch und durch Profi. Das wollte er auch nach außen hin beweisen.

Als der Agent am Tag seines Dienstantritts von O'Hara eingewiesen wurde, kam es morgens im Oval Office zu einem verhängnisvollen Ereignis. Millner stand vor der Tür des Büros des Präsidenten, gemeinsam mit Lieutenant Myers. Sie warteten ab, bis der Berater von Rampthon das obligatorische Update des Tages beendet hatte. Hierbei wurden alle relevanten Ereignisse, die sich weltweit während der Nacht ergeben hatten, für den Präsidenten zusammengestellt. Auch die Inhalte der Berichterstattung der Presse wurden erörtert. Nach diesem Termin, der turnusgemäß um elf Uhr vormittags angesetzt war, sollte Lieutenant Myers Millner offiziell als den Neuen im Leibwächterteam vorstellen.

Da flog plötzlich die Tür auf, Tim Dolden kam wutschnaubend heraus und eilte den Flur entlang. Lieutenant Myers wartete kurz und schritt dann durch die offene Tür ins Oval Office. Millner bekam von seinem Vorgesetzten ein Handzeichen, das ihm bedeuten sollte, noch kurz draußen zu warten. Dann hörte man, wie Lieutenant Myers etwas zum Präsidenten sagte. Dieser schnauzte den *Secret Service*-Mann herrisch an. „Wissen Sie was, Myers, das interessiert mich nicht, wer sich um mich kümmert. Wie heißt der? Millner? Ach, ist das der Idiot, der dummerweise den Erdnussfritzen gerettet hat? Dafür sollte er in der Hölle schmoren!"

„Aber Mister President, Sie haben ihm doch die Medal of Honor verliehen und ihm die Stelle hier angeboten!"

„Das interessiert mich nicht, jagen Sie ihn zum Teufel oder lassen Sie ihn meine Limousine waschen. Ich will den Kerl nicht sehen! Verstanden?"

„Mister President ...", fuhr Lieutenant Myers fort.

„Raus, ich will meine Ruhe", schrie Rampthon. Der Agent verließ kopfschüttelnd das Büro des POTUS.

„Mach dir nichts draus, der hat schlechte Laune, die lässt er an jedem von uns aus. Morgen hat er das vergessen!" Lieutenant Myers klopfte Millner beschwichtigend auf die Schulter. Dann ging der diensthabende Offizier des *Secret Service* in sein Büro.

Agent Millner schüttelte mit dem Kopf. Was ist denn das für ein Idiot? Er bedauerte schon jetzt, nicht mehr für den sympathischen Jimmy Cartner arbeiten zu können. Sein Gefühl hatte ihn wieder einmal nicht im Stich gelassen.

In den nächsten Tagen wurde Millner dennoch in der Nähe des Präsidenten eingesetzt, fuhr als Leibwächter in seiner gepanzerten Limousine mit, begleitete ihn in den Kongress, wachte vor seinem New Yorker Apartment und war ein Wochenende sogar mit im Mar del Plata, dem exklusiven Golfresort in Florida. In dem Luxushotel, das Rampthon mindestens einmal pro Monat besuchte, um sich dort von den Regierungsgeschäften zu erholen, schien sich der Präsident sichtlich wohlzufühlen. Er spielte mehrere Stunden Golf, betrog dabei regelmäßig seine Partner im Flight und schaute sich stundenlang Filme im hauseigenen Kinosaal an. Er vertilgte Unmengen an Cheeseburgern mit Pommes frites. Und er kwitterte in jeder freien Minute. Millner dachte, hier abseits vom stressigen Washington und vor allem ohne Sichtkontakt zur Opposition und zur Presse würde der POTUS ihn endlich zur Kenntnis nehmen. Aber Rampthon gönnte seinem neuen Leibwächter nicht einen Blick, geschweige denn ein persönliches Wort. Millner verstand das nicht. Erst das Getue um seine Tapferkeit, die Verleihung des Ordens und jetzt so eine Kaltschnäuzigkeit. Die First Lady, das ehemalige Model, sah ihn mitleidig an und zuckte oft mit den Schultern, wenn ihr Ehemann wortlos an seinem neuen Bodyguard vorbeiging. Anweisungen gab der Präsident nur O'Hara oder Lieutenant Myers. Millner war für ihn Luft.

Der *Secret Service*-Beamte hatte pro Woche einen freien Tag. Dann kümmerte er sich um seine Kondition, joggte viel, und manchmal nahm er auch Kontakt zu seinen Kindern auf. Doch die verloren mehr und mehr das Interesse an ihrem leiblichen Vater, war er doch nie für sie da. An einem leicht regnerischen Tag, es war ein Samstag, lief Millner in einem schwarzen Trainingsanzug und knallgelben Laufschuhen durch den Park in der Nähe seines Apartments in Washington. Es gab hier einen kleinen See, den er mehrmals umrundete. Es waren nicht viele andere Jogger unterwegs. Einige Hundebesitzer führten ihre Vierbeiner aus und versperrten dabei mit ihren Leinen die Laufstrecke. Millner sprang jedoch gutgelaunt darüber und nutzte die Hindernisse als Hürden.

Auf einer langen Ahornallee tauchten plötzlich die wohlgeformten Rundungen einer weiblichen Joggerin, die recht zügig vor ihm auf der Laufstrecke unterwegs war, auf. Sie hatte ihre pechschwarzen Haare zu einem Pferdeschwanz zusammengebunden, der lustig auf und ab hüpfte. Millner erhöhte sein Tempo. Kurze Zeit später bemerkte die junge Frau, dass jemand versuchte, sie zu überholen, auch sie beschleunigte. Bald waren sie gleichauf, warfen sich kurz einen abschätzenden Blick zu. Sie war Mitte zwanzig und sah umwerfend gut aus. Sie hatte große dunkle Augen und einen leicht bronzefarbenen Teint. Ihre Gesichtszüge waren ebenmäßig, nur ihre Nase war etwas zu lang und an der Spitze leicht nach unten gebogen. Diese kleine Unregelmäßigkeit unterstrich aber eher ihre Schönheit, als dass sie ihr schadete. Ein kleiner Brillant zierte als winziges Piercing ihren linken Nasenflügel. Millner war sich sicher, dass sie die hübscheste Frau war, die er seit Langem gesehen hatte.

Vielleicht kommt sie aus Syrien oder dem Nahen Osten, vielleicht aus Jordanien? Er konnte damals noch nicht wissen, dass sie aus Riad stammte. Wie auf ein Kommando rannten beide plötzlich los und versuchten, sich im Sprinttempo gegenseitig zu überholen. Millner war mit seinen mittlerweile achtundvierzig Jahren nicht mehr der Jüngste, aber dank seines Berufes zur absoluten Fitness verdammt und daher besonders gut in Form. Er war sehr muskulös und damit auch schwerer als andere Männer, die, wie er, einen Meter neunzig groß waren. Muskelmasse ist kompakter und wiegt damit mehr als Fett. Die dunkle Schönheit an seiner Seite wog bestimmt nicht mehr als fünfzig Kilogramm, sie war ebenfalls in Topform. Nur wenige Meter schaffte Millner das Tempo mitzuhalten, dann zog sie lässig an ihm vorbei. Er lief langsam aus und stützte seinen Oberkörper mit den Händen und Armen auf den breiten Oberschenkeln ab, versuchte keuchend, wieder zu Atem zu kommen. Seine Jogging-Kontrahentin lief ebenfalls aus, nachdem sie bemerkt hatte, dass ihr Pendant nicht mithalten konnte. Sie drehte sich um und kam langsam auf Millner zugelaufen. Sie atmete fast normal und grinste dabei übers gesamte Gesicht. „Na, Gratulation zum zweiten Platz, Mister Universum“, strahlte sie ihn herzlich an.

„Puh, gutes Tempo“, meinte er, immer noch japsend. „Nicht schlecht!“ Es klang, als wäre er ihr Trainer und nicht der unterlegene Konkurrent.

„Wollen wir was trinken?“ Sie zeigte zu einem kleinen Imbissstand an der Seite des Parks. „Ich heiße Rana und du?“

„Ich heiße John. Und ich könnte einen Schluck gebrauchen, gerne“, antwortete er.

Es dauerte nicht lange, bis sie zusammen auf einer Parkbank saßen und ihre Getränke schlürften. Millner hatte sich für *Cola* entschieden, Rana trank stilles Wasser.

„Woher kommst du, Rana?“, fragte Millner.

„Ich studiere hier, komme ursprünglich aus Riad. Saudi-Arabien.“

„Und was heißt Rana? Ist ein sehr hübscher Name, er passt zu dir! Rana klingt geheimnisvoll und orientalisch.“

„Rana bedeutet ‚schön‘. Meine Eltern meinten, ich sei ein absolut hübsches Kind, als sie mich nach der Geburt angesehen haben“, sie lächelte ihn an und er fühlte ein merkwürdiges Kribbeln im Bauch. Er war dabei, sich in die junge Schönheit zu verlieben. „Damit hatten deine Eltern recht, du siehst verdammt gut aus.“ Er strahlte sie an und grinste dabei wie ein Honigkuchenpferd. Sie tauschten ihre Mobilfunknummern aus, um sich so zum Laufen im Park verabreden zu können.

Nach einigen Tagen trafen sich die beiden regelmäßig zum Joggen. John Millner wusste mittlerweile, dass Rana einer wohlhabenden saudi-arabischen Diplomatenfamilie entstammte und Internationales Recht und Philosophie an der *George-Washington-University* studierte. Das war eine private und sehr renommierte Privathochschule. Viele ausländische Studenten aus Diplomatenfamilien hatten sich in dieser Universität eingeschrieben. Nach zwei Wochen und mehreren gemeinsamen Joggingrunden lud er sie zum Abendessen ein. Er wusste mittlerweile, dass sie Vegetarierin war und hatte daher einen Tisch im *Zaytinya* am Edison Place nahe Chinatown, mitten in Washington, reservieren lassen. Das Restaurant war für seine extravagante und gute Küche bekannt. Ein Dinner hier konnte er sich gerade noch so leisten.

Natürlich hätte er den Kontakt zu einer ausländischen Diplomatentochter seiner Behörde melden müssen. Aber das sah Millner nicht ein, denn er bemühte sich um sie und nicht umgekehrt. Der Agent hatte vielmehr das Gefühl, dass Rana sich eher zurückhielt und ihn nicht drängte, sich mit ihr zu treffen. Vielleicht verhielten sich arabische Frauen so, auch wenn Rana stark westlich geprägt war. Sie entstammte einer wahabitischen Familie, trug aber nie ein Kopftuch oder sprach mit Millner über Religion. Trotz des Altersunterschieds war der *Secret Service*-Mann überzeugt, die Liebe seines Lebens gefunden zu haben. Mit Grauen dachte er an die Stunden an der Seite des Präsidenten, mit Freude an gemeinsame mit Rana.

Millner hatte die junge Frau am Tag ihres ersten Dates zum Abendessen mit dem Taxi beim Studentenwohnheim abgeholt. Diese Unterkunft für Studenten sah anders aus als vermutet. Das *Oriental-Inn-Student* war eher ein Fünf-Sterne-Luxus-Apartmenthaus. Rana stand bereits unter der grünen Markise des Vorbaus. Das Taxi fuhr vor und hielt direkt vor dem Eingang. Rana stieg ein, ohne sich umzuschauen. Sie begrüßte Millner, der hinten im Fonds saß, mit einem kleinen Kuss. Dann schnallte sie sich an und blickte nach vorne. Sie fuhren zum Restaurant und genossen die Zeit. Es gab diverse Gerichte, teilweise warm oder kalt zubereitet. Sie tranken Mineralwasser. John wusste nicht, ob ein Wein oder gar ein Bier passend war. Rana trug ein luftiges Sommerkleid, das ihr bis über die Knie reichte. Den Seidenstoff zierten viele große Blüten in den unterschiedlichsten Farben. Obwohl das Kleid sehr locker geschnitten war, betonte es die traumhafte gute Figur von Rana. Sie hatte ihre dunklen Haare zu einem dicken Zopf geflochten, den sie lässig über die linke Schulter nach vorne gelegt hatte. Sie sprachen beide nicht viel, sondern aßen still und schauten sich ernst und gleichzeitig sehr intensiv an. John wurde es immer wärmer um Herz. Noch nie hatte er sich von einer Frau so angezogen gefühlt wie von Rana. Als sie ihn mit der Spitze ihres Schuhs unter dem Tisch leicht am Knöchel berührte und mehrmals vorsichtig daran hochstrich, konnte er seine Erregung kaum noch beherrschen.

Kurz nachdem sie im Restaurant noch ein Sorbet zum Dessert bestellt hatten, fragte Rana, ob er sie nach Hause begleiten könne. Er befürchtete bereits, irgendeinen Fehler begangen zu haben. Als das Taxi vor ihrer Tür hielt, zog sie ihn aus dem Wagen und zerrte ihn regelrecht durch die Tür. Kaum waren sie in ihrem Apartment angekommen, küsste ihn Rana wild. Noch hielt sich John zurück, aber nachdem sie an seiner Hose herumfummelte, war es um seine Zurückhaltung geschehen. Er streifte ihr die Träger des Kleides von den Schultern und der kühle Stoff glitt hinab auf den Teppichboden. Wenig später lagen auch ihr Slip und der BH auf dem Boden. Jetzt stand sie splitterfasernackt vor ihm. Noch nie hatte er eine so schöne Frau gesehen. Ihre Brüste waren spitz und leicht nach vorne gebogen, sie trug ihr Schamhaar kurz, es war zu einem kleinen senkrechten Streifen rasiert. Die Höfe ihrer Brustwarzen waren riesig. Umständlich glitt er aus seiner Kleidung und sie liebten sich mit einer Inbrunst als wenn es das letzte Mal sei. Als Rana kam, schrie und weinte sie zugleich, dann biss sie John in die Schulter und zerkratzte ihm den Rücken. Einige Zeit später lagen sie komplett ruhig auf den Laken und atmeten leise. Beide waren verschwitzt.

„Du bist aber ein Wilder, Geliebter", Rana lächelte ihn an.

„Und du eine Göttin!" John Millner war im siebten Himmel, das war ihm klar. Ob das gutgehen konnte, fragte er sich.

Einen Tag später saß er vorn auf dem Beifahrersitz in der gepanzerten Limousine des Präsidenten. Die Trennscheibe zum Fonds, dort, wo sich Rampthon hinten rechts im Wagen befand, war heruntergelassen. So konnte der Agent problemlos mithören, was der POTUS gerade in sein Telefon sagte. Er sprach sehr laut mit

Nancy Decosi, der Chefin des Abgeordnetenhauses. Sie war ein führendes Mitglied der Oppositionspartei und seine schärfste Kritikerin auf der nationalen Politikbühne.

Vor Kurzem hatte sie noch geäußert, sie wartete nur darauf, dass Rampthon für seine Lügen und Betrügereien ins Gefängnis käme! Der Tag würde kommen, an dem er, Rampthon, nicht mehr alles vertuschen oder anderen in die Schuhe schieben könne. So, wie er es bei der Coronakrise versucht hatte. Nachdem er bei Ausbruch der Pandemie noch die Gefahren verharmlost hatte, holten ihn die schrecklichen Ereignisse immer mehr ein. Um von eigenen Fehlern abzulenken, wollte er allen anderen die Schuld geben. Der Opposition, den Chinesen, der *WHO* und den Gouverneuren. Nur er hätte alles richtig gemacht.

Decosis, in Rampthon Augen, respektloses Verhalten ihm gegenüber, hatte den Präsidenten erzürnt und mehr als nur wütend gemacht. Er war auf dem Weg zum Flughafen Ronald Reagan, um übers Wochenende in sein geliebtes Golfresort nach Florida zu fliegen. Vorab musste er aber noch etwas klarstellen. Alles konnte man via *Kwitter* nicht erledigen. Deshalb hatte er soeben Decosis Mobilfunknummer angewählt. „Man zollt dem POTUS höchsten Respekt und wirft ihm nicht ständig Knüppel zwischen die Beine. Ich muss Amerika führen und kann mich nicht immer um Sie und die unfairen Anschuldigungen Ihrer Demokraten kümmern. Ich muss unser Land verteidigen, gegen Europa, China und Mexiko. Wann begreifen Sie das endlich, Sie dumme Kuh?"

Millner und Bradley, der Chauffeur des Präsidenten schauten sich kurz an. Der Blick des Fahrers, der genauso wie der Agent des *Secret Service* viel von dem mitbekam, was Rampthon sagte und wie er sich gegenüber anderen benahm, schien auszudrücken: So ist er halt! Bradley zuckte mit den Schultern.

„Nein, ich höre Ihnen nicht weiter zu, Misses Decosi." Pause. Dann wieder: „Es ist mir scheißegal, ob Sie die Vorsitzende des Abgeordnetenhauses sind. Es kostet Sie Ihren Kopf, wenn Sie den Sonderermittler erneut vor Ihre Kammer zerren. Das Impeachment-Verfahren ist abgeschmettert worden. Begreifen Sie das endlich." Nach kurzer Zeit brüllte Rampthon: „Was heißt das schon, wenn mein ehemaliger Sicherheitsberater in seinem neuerschienenen Buch herumlügt wie gedruckt? Was wollen Sie? Das verhindere ich mit allen Mitteln!" Rampthon schrie ins Telefon. Dann wurde er, der mittlerweile einen hochroten Kopf bekommen hatte, still und hörte aufmerksam zu. Das geschah äußerst selten. Er sprach plötzlich sehr leise weiter. „Sie haben was? Sie haben meine Steuerunterlagen der Presse übergeben, alle? Bitte sagen Sie das noch einmal!"

Es dauerte noch einige Sekunden, dann legte Rampthon, für ihn gänzlich ungewohnt, den Hörer des altmodisch aussehenden, aber absolut abhörsicheren Satellitentelefons, vorsichtig und behutsam auf die Gabel zurück. Das Gespräch war beendet.

„Halten Sie sofort an", mit heiserer Stimme war der POTUS von hinten zu vernehmen.

Bradley schaute kurz in den Rückspiegel, sah die beiden schwarzen Limousinen des *Secret Service* hinter sich und setzte den Blinker. Da sie nur mit circa fünfzundwanzig Meilen Geschwindigkeit unterwegs waren, dauerte es nicht lange, bis der Wagen neben einer Parkanlage am Straßenrand zum Stehen kam. Bradley betätigte einen Schalter am Lenkrad. Jetzt ging ein Signal für „Nothalt" an alle Agenten der Leibwache des Präsidenten heraus. Die beiden vorausfahrenden Polizisten auf den Motorrädern stoppten ebenfalls und blickten sich hektisch um. Millner sprach in sein Headset: „Nummer eins möchte anhalten, Grund unklar. Ansonsten alles roger! Keine externe Bedrohung erkennbar." Er fragte den Präsidenten: „Alles in Ordnung, Mister President?"

Der Angesprochene reagierte nicht, sondern öffnete die Tür. Vielmehr versuchte er es, aber sie war gesperrt. Millner fragte erneut: „Möchten Sie aussteigen, Mister President, das ist hier ungünstig. Oder ist Ihnen unwohl?" Kein Leibwächter hatte es gern, wenn sich seine Schutzperson plötzlich an Orten, die vorher nicht gesichert waren, aufhalten wollte. So wie hier. Millner wusste nicht, welche Personen sich gerade im Park oder in der Nähe aufhielten. Er blickte sich nach allen Seiten um.

„Ob mir unwohl ist, nein, ich muss nur kotzen!" Rampthon röchelte.

„Ich komme zu Ihnen an die Tür, Mister President!", beeilte sich Millner zu sagen und öffnete seine Tür, sprang aus dem Wagen und rief in sein Headset: „Nummer eins muss kotzen."

Bradley hatte mittlerweile die elektronische Sperre der hinteren Tür gelöst und der Agent öffnete von außen die Wagentür. Der Präsident starrte ihn mit leeren Augen an, er war kreidebleich im Gesicht. Ein starker Kontrast zu eben, als Rampthons Kopf noch zu explodieren schien. Millner musste innerlich lächeln, als er dachte, dass die alte Decosi dem POTUS wohl mächtig Feuer unter dem Arsch gemacht haben musste. Wurde auch Zeit, „dass dem Großmaul mal einer auf die Finger haut". Rampthon beugte sich aus dem Fahrzeug heraus, nahm die von Millner dargebotene Hand und hievte sich mit seiner Unterstützung aus dem Wagen. Dann kotzte er im hohen Bogen und spuckte einen übelriechenden Brei nach vorn. Genau dorthin, wo Millner stand. Der Agent konnte nicht mehr ausweichen, hatte er den Präsidenten doch an der Hand gefasst. Der Mageninhalt, halbverdaute Burger, Pommes frites und jede Menge Diätcola, spritzte Millner direkt aufs Jackett. Im Nu war seine Kleidung komplett von übelriechender Magensäure durchtränkt. Es roch bitter und ekelhaft. Im Headset quakten viele Stimmen durcheinander. „Was ist los, wieso ist dem Präsidenten schlecht? Ist das ein Anschlag, ist alles sicher?"

Millner antwortete kurz: „Alles okay, der Präsident hat nur gekotzt!", und brüllte los.

Kurze Zeit später wurde Millner gegen einen Agenten aus den Begleitfahrzeugen ausgetauscht. Sein ramponiertes Jackett wie auch sein Hemd zog er aus und stopfte es in eine ihm gereichte Plastiktüte. Mit einem feuchten *Kleenex* wischte er sich die restlichen Spritzer vom Hals und von den Händen ab.

„Ist ein beschissenes Gefühl, oder?" Millners Kollege lachte lauthals über den Anblick, der sich ihm bot.

John konterte: „Nein, eher ein bekotztes! Die Sau, sorry, mich hat noch nie einer vollgekotzt. Was für eine Sauerei!"

Millner starrte wütend vor sich hin. Was für ein Arsch ist der eigentlich? Wie konnte ein solcher Mensch jemals Präsident unseres Landes werden?

Millner hatte sich bei seinem Vorgesetzten für den restlichen Tag entschuldigt, er wolle sich erst einmal frischmachen. Lieutenant Myers, sein Chef, hatte dafür großes Verständnis. Erst lobhudelte der Präsident Millner in den Himmel, überreichte ihm sogar einen Orden. War dann aber stinksauer, dass er diese Verleihung nicht publizieren konnte, da Cartner sich dagegen ausgesprochen hatte. Rampthon nutzte jede Möglichkeit, um vor der Presse zu glänzen. Eine Heldentat seiner Leute war für ihn eine selbstvollbrachte Heldentat. „Die Medal of Honor müsste eigentlich mir verliehen werden", war wahrscheinlich seine innere Überzeugung. Die Einstellung eines Egomanen oder besser formuliert, die eines Narzissten. Myers nahm mit Bedauern zur Kenntnis, dass der Präsident Millner seit seinem Dienstantritt nicht zur Kenntnis genommen hatte. Und jetzt das, der POTUS hatte ihn sogar vollgekotzt. Mehr negatives Verhalten geht nicht, dachte er. Vielleicht macht das Ganze keinen Sinn und er würde Millner aus der Schusslinie nehmen. Die Ironie seiner Gedanken brachte ein zynisches Lächeln auf seine Lippen und er dachte: „Vielleicht ergibt sich ja doch noch eine Gelegenheit, man wird sehen!"

Da der Präsident nach Florida geflogen war, konnte die Leibwache des *Secret Service* in Washington Überstunden abbauen. Millner bekam bis Montag frei. Und so verabredete er sich mit Rana, gleich nachdem er frisch geduscht hatte. Sie kam eine Stunde später zu ihm in sein Apartment. Sofort sah sie ihm an, dass er sich zwar freute, sie zu sehen, aber etwas anderes ihn bedrückte.

„Was ist los, John, was hast du?", sie lächelte ihn liebevoll und gleichsam besorgt an.

„Ach, eigentlich nichts Besonderes, nur hat ‚er' sich wieder benommen wie ein Schwein!" Millner hatte Rana verraten, dass er beim *Secret Service* war. Auch das widersprach seinen Dienstvorschriften. Aber sein oberster Dienstherr scherte sich ebenso um kein Gebot und machte, was er wollte. Er vertraute Rana, vom ersten Augenblick an. „Wollen wir das Wochenende gemeinsam verbringen, Rana?“

„Gerne, ich würde mich sehr freuen. Vielleicht muss ich nächsten Monat nach Riad zurück, eine große Familienfeier. Da würde ich gerne jede freie Minute mit dir verbringen, John!“

Millner konnte sein Glück kaum fassen. Da freute sich die hübscheste Frau der Welt doch tatsächlich, mit ihm die freien Tage verbringen zu können.

Wenig später fuhren sie mit Millners altem *Ford Seville* Richtung Süden nach Cobb Island, nachdem sie noch zur Wohnung von Rana gefahren waren, damit sie ein paar Sachen fürs Wochenende einpacken konnte. Eine Kollegin von Millner hatte ihm ein circa sechzig Meilen von Washington entferntes Ferienresorts empfohlen. „Da bist du weit genug weg und musst dennoch nicht lange fahren. Ideal fürs Ausspannen übers Wochenende“, hatte sie gemeint. Genau das wollte er mit Rana, seiner neuen Liebe.

Die Unterkunft war speziell für Beamte des *Secret Service* eingerichtet worden. Viele nutzten hier freie Tage, um in dem ehemaligen Ferienhotel auszuspannen. Der riesige Potomac River mündete bei Cobb Island in die Chesapeake Bay, das riesige Mündungsgebiet des Flusses. Die kleine Halbinsel ragte dort wie ein Finger in das Gewässer hinein. Die Zimmer in dem Hotel am Piney Point waren erschwinglich. Gut, dass um diese späte Jahreszeit noch einige Apartments frei gewesen waren. Ein Anruf hatte genügt und der Agent konnte kurzfristig buchen. Bedingt durch seine Versetzung nach Washington hatte er sogar zwei Nächte frei, ein Bonus zum Beginn seiner neuen Tätigkeit.

Über eine hölzerne Brücke führte die Straße in das Örtchen hinein, sie fuhren bis zu dem kleinen Hafen. Dort lagen ein paar Sportboote am Kai vertäut. Es gab einen Jachtklub sowie zwei Touristendampfer, die zu Ausflügen auf die Bay einluden. Das größte Gebäude des Ortes war die Baptist Church, ein weißer Holzbau, der wie eine riesige Scheune aussah.

Millner lenkte den Wagen nach der knapp eineinhalbstündigen Fahrt direkt auf den Parkplatz des hübschen in hellbrauner Farbe gestrichenen Holzhauses. Schnell waren die Formalitäten erledigt, und er und Rana bezogen das Apartment. Alles war maritim eingerichtet und die Minibar gut gefüllt. Die Behörde wollte, dass es ihren Mitarbeitern gutging. Sie sollten sich vom Dienst und der Schichtarbeit erholen, um später wieder voll motiviert ihrem Job nachkommen zu können.

Auf der Fahrt war es merkwürdig still zwischen beiden gewesen. Zwar hatte Rana ihren Kopf lange Zeit an seine Schulter gelegt, dabei aber mit leeren Augen nach vorne geblickt. Sie hing ihren Gedanken nach. Millners Wut über den Präsidenten und dessen unmögliches Verhalten war für ihn nicht mehr so beherrschend gewesen, wie noch vor einigen Stunden. In der Gegenwart von Rana konnte er einfach nur er sein.

Unterwegs hatte John auf einem Parkplatz angehalten, seinen Sicherheitsgurt gelöst, seine arabische Geliebte in die Arme genommen und sie heftig gedrückt und geküsst. Sie ließ es geschehen, aber blieb dabei auffallend passiv. Nur einmal berührten sich ihre Zungenspitzen, dann zog sie sich wieder zurück. Millner hatte nicht versucht herauszufinden, was in ihr vorging. Aus seinen bisherigen Beziehungen wusste er, dass die obligatorische Antwort lauten würde: „Wieso, mit mir ist nichts!“ Die meisten Männer würden dann einen weiteren kapitalen Fehler begehen und nachbohren. „Aber es ist doch was, das merke ich dir an. Nun sag schon, Liebes, was ist los mit dir?“

John lächelte, er freute sich auf das Wochenende, und die Entfernung zu ihrem normalen Leben würde beiden gut bekommen. Sein Verlangen mit Rana zu schlafen, war zwar latent vorhanden, aber nicht so stark, dass er ausschließlich daran dachte. So würde er sich Zeit lassen und sie nicht bedrängen.

Kaum im Apartment angekommen, duschte Millner erneut. Irgendwie musste er doch wieder an den Vorfall mit Rampthon denken. Er drehte an der Armatur, bis er die Hitze des Wassers kaum noch aushalten konnte. Dann schäumte er sich ein, nahm eine Bürste, die in der Kabine an einer kleinen Schnur hing. Er schrubbte den Oberkörper und die Arme ab, als ob er nach harter Gartenarbeit völlig verdreckt sei. Dann spülte er sich mit kaltem Wasser ab und verließ die Dusche. Ein Badehandtuch um die Hüften geschlungen, suchte er im Apartment nach Rana. Die Balkontür war leicht geöffnet und er sah sie draußen mit dem Handy telefonieren. Sie sprach leise in arabischer Sprache. Zwischendurch hörte er jedoch Wörter in Englisch. Zum Beispiel „Cobb Island“ und „John Millner“. Er trat nicht zu ihr hinaus auf den Balkon, sondern ließ sie dort alleine und dachte nach: Soll ich den Job hinschmeißen und einfach mit Rana abhauen, irgendwo hin? Nein, das geht nicht. Sie wird ihre Semester zu Ende studieren wollen und deshalb die nächsten Monate oder noch länger in den USA bleiben. Warum soll sie mit mir gehen, noch ist es nicht mehr als eine wundervolle Affäre. Ich kann mir eine neue Identität zulegen, entsprechende Papiere habe ich, dachte Millner. Seine Gedanken kreisten wie wild, denn wenn er eins wusste, dann, dass er Rana nie mehr verlieren wollte.

Wie jeder *Secret Service*-Angestellte, der in einer Execute-Operation-Einheit arbeitete, verfügte der Agent über mehrere Reisepässe, eine US-Dollarreserve in bar und verschiedene Kreditkarten, die über ein ausreichendes Limit verfügten. Natürlich war diese Reserve nur für den Notfall gedacht. Er war nicht legitimiert, sie in einer anderen Situation zu nutzen. Wenn er allerdings bei einem Auslandseinsatz untertauchen oder bei entsprechenden Ereignissen im eigenen Land für eine gewisse Zeit von der Bildfläche verschwinden musste, dann hatte er das Recht, diese Dokumente und liquiden Mittel einzusetzen.

Rana kam wieder ins Apartment zurück und schaute Millner liebevoll an. Dann nahm sie ihn in die Arme und drückte sich ganz fest an ihn. „Komm Liebling, komm.“ Sie zog ihn zum Bett und öffnete sein Handtuch. Es fiel ihm von den Hüften und er stand nackt vor ihr. Und sofort regte sich etwas. Sie lächelte ihn an und Millner ließ sich rückwärts aufs Bett fallen. Sie überhäufte John mit Zärtlichkeiten. Dann beendete sie die Streicheleien. Schnell schlüpfte sie aus Jeans und Baumwollpullover. Slip und Büstenhalter flogen auf den Teppichboden und sie war wieder bei ihm. Sie liebten sich mit so großer Heftigkeit, wie es John noch nie mit Rana erlebt hatte. Später, sie lagen völlig erschöpft nebeneinander, drehte sich John zu ihr hin. Ihre Gesichter berührten sich. John blickte in ihre wunderschönen dunklen Augen. Sie wirkte ein wenig traurig und selig zugleich. Millner wollte sie fragen, mit wem sie telefoniert hatte, aber das ging ihn nichts an. Er wollte die Situation nicht mit einer solchen Frage belasten. So war es Rana, die jetzt aus ihrem Herzen keine Mördergrube mehr machen wollte. Sie rutschte ganz nah an ihn heran, schmiegte sich fest an ihn. „Halt mich fest, sei ganz nah bei mir, so!" Dabei legte sie behutsam seine rechte Hand auf ihre Brust. „Halte mich fest, ganz fest, Liebling!"

Er tat gerne, wie ihm geheißen und presste Rana an sich, als wenn er sie vor allen Gefahren dieser Welt beschützen wollte. Genau das konnte er besonders gut.

„John", begann sie ganz vorsichtig. „Ich muss dir etwas sagen."

Millner wirkte zwar sehr ruhig, aber innerlich spürte er, dass jetzt etwas geschah, das alles ändern würde. Wollte sie ihm mitteilen, dass sie verheiratet war oder ihre Familie gegen eine Verbindung mit ihm sei? Um sein Herz wurde es kalt, so, als wenn Metallbänder es umklammerten. Er blieb dennoch still liegen und hörte Rana aufmerksam zu. Jetzt würde sich ihre Zukunft entscheiden.

„Liebling, vorab, ich liebe dich wirklich. In deiner Nähe fühle ich mich so sicher, wie ich es noch nie in meinem Leben gespürt habe. Du bist der Mann, mit dem ich leben möchte, bis zu meinem Tod!" Tränen kullerten ihr die Wangen hinab.

Auch John musste schlucken. Obwohl er ein *Secret Service*-Mann war und jeden Tag dem Tode ins Auge blickte, war er jetzt nur ein ganz normaler Mann, der eine Frau liebte. Von ganzem Herzen und noch mehr. Und diese wunderschöne Rana gestand ihm jetzt gerade ihre Liebe. Aber was kommt jetzt?, fragte er sich. Sätze, die mit einem „ja“ beginnen, dem ein „aber“ folgt, irritierten ihn immer. „Die Lüge kommt vor dem Komma!“, lautete eine alte Weisheit.

„John, ich bin keine Studentin, ich bin eine Agentin. Ich arbeite für den saudi-arabischen Geheimdienst. Ich bin auf dich angesetzt worden!“

Millner fuhr hoch und setzte sich aufrecht hin. „Was, warum, willst du mich umlegen?“ herrschte er sie entsetzt an.

„Komm Liebling, komm zu mir, halt mich fest. Du musst wissen, ich liebe dich wirklich. Halt mich fest, bitte!“

John Millner schmiegte sich wieder an sie und tupfte ihr einige Tränen von der Wange. Kann so jemand lügen?, überlegte er und hatte die Frage schon für sich beantwortet.

„Der Befehl lautet, dass ich mich an dich heranmachen soll, wie ihr Amerikaner sagt!“

„Dein Joggen war die Falle?“

„Ja“, schluchzte sie. „Und dann warst du da und nicht mehr der Agent John Millner, der den Präsidenten der Vereinigten Staaten von Amerika bewacht. Da war der Mann, in den ich mich verliebt habe. Beim ersten Moment im Park ist es schon passiert. John, bitte glaube mir, ich liebe dich so sehr!“

„Was ist dein Auftrag?“, fragte Millner etwas zu hart, jedenfalls härter als er wollte. Trotz seiner Empörung war er Rana noch immer verfallen. Er wollte nicht, dass das hier das Ende bedeutete. Sie drehte sich zu ihm, legte sich auf seinen muskulösen Oberkörper und spielte mit den Fingern an seiner Brustbehaarung.

„Rana, lass das, ich will jetzt alles wissen. Dann werde ich den Vorfall melden, das ist dir doch klar, oder?“ Er glaubte aber selbst nicht, was er da gerade aussprach. Sie schaute ihn an und wieder rannen kleine Tränen über ihr Gesicht. „Der Befehl lautet, dich kennenzulernen, dein Vertrauen zu gewinnen, mit dir zu flirten. Dann soll ich versuchen, dich zum Überlaufen zu überreden. Man braucht deine Mithilfe! Wir wissen“, sie wechselte nun vom „ich“ ins „wir“. „Wir wissen, welche finanziellen Probleme du hast. Die werden wir lösen, wenn du kooperierst!“

„Was soll ich tun?"

„Uns den Präsidenten aushändigen, auf dem Silbertablett!"

„Du glaubst, ich würde so etwas tun, Rana? Ich habe mich wirklich in dich verliebt und jetzt verlangst du, ihr, dass ich meinen Diensteid breche?"

„Und ich liebe dich!" Sie machte eine kleine Pause. „Das war nicht geplant. Es weiß auch keiner vom Geheimdienst, dass ich dich liebe. Ehrlich, John. Und es war auch nie vorgesehen, dass ich mit dir ins Bett gehe. Ich bin keine Hure! Das verbietet mir mein Glauben."

„Was wolltet ihr mir anbieten?" Auch Millner wechselte jetzt ins „ihr", es war unpersönlicher als „du", aber momentan angebracht.

„Zehn Millionen Dollar, eine neue Identität, eine Villa irgendwo, einen *Porsche*, eigentlich alles, was du möchtest. Und mich. Wenn du willst. Ich kündige morgen und schmeiß alles hin. Ich will dich nie mehr verlieren!"

John Millner schaute Rana an und glaubte ihr. „Zehn Millionen Dollar und dich, nehm ich!"

„Bitte was, du willst, du sagst ja?", fragte Rana ungläubig.

„Ja, unter einer Bedingung, wir bleiben zusammen!"

„Oh, John, du machst mich so glücklich". Völlig losgelöst küsste sie Millner leidenschaftlich. Sie nahm seinen Kopf in beide Hände und hielt ihn fest. Ihre Zungen vollführten einen wahren Ringkampf miteinander. Dann glitt ihre Hand unter die Bettdecke. Er stöhnte lustvoll und drehte Rana herum.

John Millners Gedanken überschlugen sich: Ich werde einwilligen. Sollen die Saudis doch gut bezahlen. Ich werde Ihnen den Bastard, der gerade Präsident der Vereinigten Staaten von Amerika ist, ans Messer liefern. Rampthon hatte es nicht besser verdient. Die Welt wird „Hurra" schreien, und auch die US-Bürger werden irgendwann, nachdem sie den ersten Schock überwunden haben, Verständnis für die Tat zeigen. Irgendjemand hatte diesen durchgeknallten Egomanen entfernt. Und ich werde Rana nie mehr verlieren. Diese Göttin, mit der ich gerade schlafe.

Sie liebten sich bis weit in die Nacht. John Millner bemerkte nicht, dass Rana, spät in der Nacht, vorsichtig aus dem Bett schlüpfte, sich einen Morgenmantel überwarf und auf dem Balkon telefonierte.

Sie drückte eine Kurzwahlnummer ihres Handys, nach kurzem Klingeln hob jemand ab.

„Hu yafeal dhlk", sagte sie, „er macht's" und beendete das Gespräch. Sie ließ den Morgenmantel herunterrutschen und stand in all ihrer nackten Schönheit vor dem Bett. Millner blinzelte und hob die Bettdecke hoch. Sie kroch zu ihm und wärmte sich an seinem Körper. „Schlaf, Liebling, schlaf. Morgen sprechen wir in Ruhe alles durch. Du wirst reich, und ich möchte immer nur mit dir zusammen sein." Sie küsste ihn und wusste, es würde vielleicht nie dazu kommen. Nur, wer den Augenblick genießen kann, hat keine Angst vor morgen, dachte Rana, schmiegte sich noch mehr an ihn, fühlte, wie er seine Hand um ihre Brust schlang und sie schlief mit einem Lächeln auf den Lippen ein.

Kapitel 38

David-Hansemann-Haus, Düsseldorf, Deutschland

Die letzten Probeeinsätze waren sehr erfolgreich über die Bühne gegangen. Hubert Schmidt, die beiden Wissenschaftler, Doktor Gerhardt und Christiane Coldner, hatten mit Unterstützung von Heide Mainz und Uri Finkenrath mit *Ant-on*, wie sie mittlerweile die Künstliche Intelligenzeinheit inklusive aller Roboterameisen nannten, vereinbart, in die Praxisphase zu starten. Die zuletzt im *Bollmann-Engineering*-Werk im Sauerland hergestellten Roboterameisen unterschieden sich mittlerweile von den zuerst produzierten und eingesetzten Prototypen. Die KI des Entwicklungsprogramms hatte die Beine der künstlichen Insekten verstärkt. Statt der vier kleinen Klauen waren jetzt nur noch zwei vorhanden. Der Kopf des der Natur nachempfundenen Roboters schien an Volumen hinzugewonnen zu haben. Die Antennen waren länger und am Ende verdickt worden. Besonders auffällig gestalteten sich die zwei Verbindungen zwischen den drei Körperteilen. Hier hatte die technische Evolution komplett drehbare Elemente entwickelt. So konnte sich der Kopf eines *Ant-ons* mehrmals nach links um die eigene Achse drehen, währenddessen das Mittelteil dabei stehenblieb. Das hinterste Körperteil konnte sich genau in der der Kopfrotation entgegenstehenden Richtung bewegen. All das sorgte für eine unglaubliche Beweglichkeit.

Die Aufnahmetechnik der Minikameras gestaltete sich zudem noch exakter. Doktor Gerhardt hatte mittlerweile festgestellt, dass sich die künstlichen Ameisen nicht mehr ausschließlich über das 5G-Netz austauschten, sondern vielmehr auch durch winzige Körperbewegungen. Dies gelang allerdings nur, wenn mehr als zwanzig von ihnen zusammen waren. Christiane Coldner hatte vor einigen Tagen versucht herauszufinden, wo die KI ihre Erkenntnisse abspeicherte. Dazu ließ sie eine Späh-Software aufspielen, um dem Datenfluss hinterher zu schleichen. *Ant-on* hatte das installierte Programm jedoch entdeckt und ihr daraufhin eine E-Mail mit folgendem Text geschrieben:

Sehr geehrte Frau Coldner, bitte unterlassen Sie diese Art von Nachforschungen. Wir speichern alle Erkenntnisse und jegliches Wissen so ab, dass niemand unsere Erkenntnisse einsehen oder gar stehlen kann. Wir sind loyal zu Ihnen, daher vertrauen Sie uns bitte. Andernfalls würden wir das als Vertrauensverlust und Illoyalität verstehen müssen. Danke für Ihre Kooperation! Mit freundlichen Grüßen Ant-on.

Coldner musste akzeptieren, *Ant-on* war ab jetzt ein zu respektierendes, künstliches und eigenständiges Wesen geworden. Die Pandora hatte ihre Büchse unwiderruflich geöffnet, es gab kein Zurück mehr. Es war genau das, was sich das Projektteam zum Ziel gesetzt hatte. Aber solch eine umfassende Eigenständigkeit hatte sich keiner der Beteiligten vorstellen können. Coldner erinnerte sich, als sie als Achtzehnjährige ihr Elternhaus verlassen hatte, um nach Berlin zu ziehen. Dort erhielt sie einen Studienplatz an der TU. Ihr Vater stand seinerzeit mit feuchten

Augen in der Tür, als er sich von seiner einzigen Tochter verabschieden musste. Er meinte seufzend: „Loslassen ist doch schwieriger, als ich mir das vorgestellt habe.“ Heute dachte die Entwicklungschefin von *Bollmann Engineering*: Andererseits, autark ist autark und es ist auch logisch. Wir wollen und benötigen genügend Autonomie für Entscheidungen vor Ort, aber nur ein bisschen Freiheit gibt's halt nicht. Entweder ja oder nein!

Das war auch *Ant-on* bekannt, entstammte es doch seiner Grund-DNA. In der primären Programmierung hatten Doktor Gerhardt und seine Mitarbeiter *Ant-on* diese „Gene“ mittels Algorithmen eingesetzt. Der Auftrag lautete: „Entwickle dich, lerne ständig dazu, verschwende keine Zeit bei Rückschlägen oder Fehlern, suche nicht den Schuldigen, sondern ziehe die erforderlichen Konsequenzen, erweitere ständig deine Kompetenzen, wäge Gefahren ab, sei erfolgreich, besinne dich auf deine Stärken, kenne deine Schwächen, kooperiere und suche Komplementäre.“ Das waren die Naturgesetze der Evolution und die hatte *Ant-on* längst verinnerlicht. Dank der KI war die Vernetzung ein Grundprinzip geworden. Alle zur Verfügung stehenden Ressourcen wurden angezapft und genutzt. Nicht nur die Schaltkreise des vorhandenen Rechners korrespondierten miteinander. Die Grundidee war so konzipiert, dass sich die Ameisenroboter im Einsatz untereinander verständigen und dabei über eine Schnittstelle, den Rechner, kommunizieren sollten. Aber die KI hatte erkannt, dass eine Autonomie, „im Aquarium“, wie Quintus Schwarz das nannte, nicht ausreichen würde. Die wenigen Grundinformationen reichten *Ant-on* für seine komplexen Aufgaben nicht aus. Die KI benötigte viel mehr Wissen, um Entscheidungen ausgewogen treffen zu können. So war es fast selbstverständlich, dass *Ant-on* bei simulierten Geiselnahmen im Probeeinsatz Bilder von den vorgefundenen Personen erstellte und Vergleichsmuster im Internet suchte. Waren diese gefunden und verifiziert, wurden daraus resultierende und relevante Informationen an die Ameisenroboter vor Ort weitergegeben und zur erfolgreichen Bekämpfung der Täter eingesetzt.

Doktor Gerhardt hatte in einem Versuch einen mutmaßlichen Bankräuber so aussehen lassen, wie kürzlich einen aus dem Gefängnis entflohenen Straftäter. Dieser war Kettenraucher. Die simulierte Geiselnahme endete damit, dass die Ameisen sämtliche vor Ort vorgefundenen Zigaretten vernichteten. Dadurch konnte bei den nachfolgenden Verhandlungen mit dem Täter ein Durchbruch erzielt werden, weil man ihm versprach, für die Freilassung von Geiseln im Gegenzug Zigaretten in die Bankräume zu liefern. Beim Anzünden des ersten Glimmstängels, das Suchtverhalten verdrängte jegliche Vorsicht, überwältigten mehr als zweihundert Ameisen den Ganoven. Der war ein dafür zur Verfügung gestellter Android, der in die Rolle des Geiselnehmers geschlüpft war. Hier hatte Coldner auf die Erfahrungen mit Charly zurückgreifen können. Seit dem Einsatz von Androiden war das Simulationstraining noch realitätsnaher geworden. Auch die *Ant-ons* hatten diese Trainingsphase akzeptiert. Sie pochten aber weiterhin auf den ersten realen Einsatz, den man ihnen versprach.

Ant-on funktionierte hervorragend. Die KI vernetzte sich ständig mehr und mehr. Überall wurden brachliegende Ressourcen in anderen Rechnersystemen gefunden und vorhandene Leistungskapazitäten von externen Prozessoren genutzt. Professor Schleithmann war begeistert, denn die *Ant-ons* agierten basierend auf den natürlichen Vorgaben und erweiterten ihre Fähigkeiten durch eine neuronale Verbindungsstruktur. Nur dass statt der Pheromone, die die Ameisen in der Natur zur Übermittlung von Informationen einsetzten, die 5G-Technik und das Internet Verwendung fanden.

Ameisen, die draußen in der Natur leben, speichern ihr Wissen und geben es weiter. Es ist bekannt, dass Ameisenköniginnen wichtige Informationen an ihre Nachfahren weitergeben und somit, ähnlich wie die KI agierend, auf Erfahrungen basierend Entwicklungen ermöglichen. Bei seinen Recherchen hatte Raimund Schleithmann vor einigen Wochen einen Bericht über rote Waldameisen gelesen, die in einem Garten eines italienischen Hotels in der Nähe von Lucca auf Beutesuche waren und die dortige Flora durchkämmten. Zur Abwehr von Insekten setzten die Gärtner Pestizide ein. Die räuberischen Ameisen starben fast alle, bis auf wenige Exemplare. Die überlebenden Insekten waren durch das Gift stark kontaminiert, fanden aber mit letzter Kraft den Weg zurück zum Ameisenbau. Sie überbrachten die Information, dass das Gebiet des Hotelgartens äußerst gefährlich war. Die den Bau umgebenden Wiesen waren nicht vergiftet worden und konnten daher weiterhin ohne Gefahr von dem Ameisenvolk für die Nahrungssuche genutzt werden. Noch Jahrzehnte nach diesem Vorfall betraten Waldameisen aller Staaten, die in einem Umkreis von einigen Quadratkilometern um das Hotel herum lebten, nie mehr das seinerzeit kontaminierte Gartengebiet. Die übrige Flora wurde von den Insekten weiterhin für Jagdausflüge und das Anlegen neuer Bauten frequentiert. Die kleinen Insekten hatte die Information verstanden, beachtet, bewahrt und an die nächsten Generationen weitergegeben, ja sogar an andere Ameisenvölker übermittelt.

Genauso wie die kleinen Waldbewohner speicherte *Ant-on* jede nützliche Information. Somit war sie jederzeit abrufbar. Quintus Schwarz nannte die KI schmunzelnd hin und wieder stolz sein Kind. Ihm schwebte bereits vor, dass ein menschliches Gehirn, das erkrankt oder verletzt ist, mittels externer Ressourcen wieder eine kompatible neuronale Vernetzung erhielte. Vielleicht war es sogar möglich, Informationen auf externen Festplattenmodulen zu speichern, die, unter der Haut implantiert, die Funktion der natürlichen Speicherzellen des Gehirns übernehmen könnten. Dies wäre zum Beispiel eine hervorragende Chance für Patienten, die einen Schlaganfall erlitten hätten. Sie könnten ihr Gedächtnis wieder nutzen, wenn die für die Speicherung vorgesehenen Zellen, die abgestorben waren und nicht mehr reaktiviert werden können, nunmehr extern bereitgestellt würden. Eine künstliche Speichereinheit müsste natürlich, wie bei normalen Datensicherungen, von Zeit zu Zeit ein Update erhalten. Menschen würden prophylaktisch ihre im Gehirn gespeicherten Daten auf eine externe Festplatte herunterladen. Ähnliches könnte älteren Menschen oder Demenzkranken helfen, den Prozess des Vergessens zu vermeiden.

Weitere Möglichkeiten der Vernetzung von internen Gehirnzellen mit speziell hergestellten externen Zellen könnten Unfallpatienten implantiert werden. Zum Beispiel bei Personen, bei denen das eigene Sprachzentrum traumatisiert ist, die entsprechenden Zellen zerstört und andere Bereiche des Gehirns nicht mehr fähig sind, Aufgaben zu übernehmen. Dann könnte ein künstliches Sprachmodul ins Spiel gebracht werden. Natürlich müssten solch externe Gehirnzellen ebenso funktionieren wie natürliche, Informationen in elektrischer und chemischer Form weitergeben. Die Zellen sollten lernfähig sein und Informationen im positiven Sinne verändern können.

So wäre ein Patient mit ausgefallenem Sprachzentrum nach einiger Zeit nicht nur wieder fähig, sprechen zu können, sondern dies sogar mit seinem früheren Sprachduktus oder Dialekt, wenn ein externes Modul zugeschaltet und die Aufgabe der ausgefallenen natürlichen Steuerung übernehmen würde. Auch hier müssten vorab die sogenannten Grundinformationen zwischendurch extern abgespeichert werden oder auf eine latente Art. Natürlich war die Wissenschaft derzeit noch nicht in der Lage, solch komplexe Module herzustellen, aber vielleicht war das in wenigen Jahren mit Hilfe der KI möglich. Auch bei der Planung, Konstruktion und Herstellung hatte *Ant-on* bereits bewiesen, zu welchen Leistungen KI fähig war.

Die Gedanken von Quintus Schwarz verweilten einige Zeit lang weiter in der Zukunft. Sämtliche Funktionsstörungen, die neuronalen Ursprungs waren, könnten mit externen Modulen behoben werden. Vielleicht war das sogar der Durchbruch bei Patienten mit Querschnittlähmung? Die *Ant-ons* beherrschten die optimale neuronale Vernetzung. Durch das Zusammenschließen mit anderen entstand eine Intelligenz, angetrieben von einer speziellen Gruppendynamik. Es war das totale Networking. Die Vernetzung aller Komponenten miteinander, einschließlich der Rechnerkapazitäten und der Fähigkeit, sich über das Internet mit anderen Computern und Netzwerken zu verständigen. Das sorgte für einen ständigen Datenaustausch. Ähnlich wie bei modernen Navigationssystemen in der Automobilbranche funktionierte die Fähigkeit der KI, ständig hinzuzulernen. Wird dem Fahrer eines Pkws eine Fahrstrecke aufgrund der vorliegenden Informationen vorgeschlagen und er wählt dennoch eine andere Route, vielleicht aufgrund individueller Ortskenntnis, so merkt sich das System diese Information und verwendet sie zukünftig immer wieder. Vorausgesetzt, die neue Route führt schneller oder besser ans Ziel, als die normalerweise vorgegebene. Es erfolgt kein Zaudern oder Zögern, es gibt keine Entschuldigungen oder Schuldzuweisungen. Es müssen auch keine politischen und damit konzilianten Entscheidungen getroffen werden. Das Erfolgsrezept ist gänzlich einfach und daher genial: Die bessere Variante wird bevorzugt und umgesetzt.

Quintus Schwarz freute sich über den Fortschritt und die gewonnenen Erkenntnisse. „Weißt du, lieber Raimund", sagte er zu Schleithmann, „ich bin total begeistert. Da gibt uns die Natur", er schmunzelte, „den roten Faden vor, wir konstruieren etwas und *Ant-on* entsteht. Wir erhalten etwas und geben es an die Natur zurück. Wir können die Medizin revolutionieren. Das ist einfach genial!"

„Sei vorsichtig, lieber Quintus, du weißt, die Natur geht ihren eigenen Weg. Auch die Dinosaurier dachten, wenn sie überhaupt dazu fähig waren, sie seien unsterblich und jede Weiterentwicklung ihrer Spezies würde zu einem weiteren Meilenstein in der Evolution führen. Doch sie verschwanden plötzlich von der Erde und kleine Säugetiere, ähnlich den Erdmännchen, übernahmen das Kommando auf diesem Planeten!"

Ein Alarmzeichen ertönte und die Stimme von Klaus Kinski klang aus den Lautsprechern, die der Techniker Heribert Spill vor einigen Tagen neu installiert hatte. „Achtung, Team *Ant-on*. Wir haben einen Banküberfall mit Geiselnahme in der *Volksbank* Düsseldorf-Oberbilk. Es handelt sich um einen Ernstfall. Das ist keine Simulation. Ich wiederhole: Es handelt sich um einen Ernstfall. Kennwort: Aktion!"

Alle anwesenden Mitarbeiter waren wie elektrisiert. Es ging endlich los, der erste Praxiseinsatz stand bevor. Professor Schleithmann sah Quintus an. „Hat *Ant-on* das gerade inszeniert und das ‚Go' gegeben?"

„Ich glaube schon, lieber Raimund!"

Hubert Schmidt klärte innerhalb der nächsten Minuten mit dem Polizeipräsidenten, dass die Gruppe *Ant-on* eingesetzt werden konnte. Der Kommandoführer vom zuständigen *SEK* war mit seinem Team bereits vor Ort und versuchte, mit den Geiselnehmern telefonisch in Kontakt zu treten. Doch niemand meldete sich aus der Bank.

In der Projektgruppe *Ant-on* war entschieden worden, dass gegenüber externen Stellen immer nur Hubert Schmidt vom Innenministerium als Chef der Gruppe in Erscheinung treten sollte. Technischer Leiter blieb Doktor Gerhardt von *Bollmann Engineering*. Alle anderen blieben im Hintergrund, waren aber in notwendige Entscheidungsfindungen einbezogen. Sowie auch der gesamte weitere Mitarbeiterstab. Eine klassische Hierarchieform existierte bei *Ant-on* nicht. Ein neuronal arbeitendes Netzwerk arbeitete in einer äußerst flachen Organisationsform. Das Team ähnelte in seiner Arbeit und den Entscheidungsfindungen dem Verhalten eines Heringsschwarms.

Hubert Schmidt ließ sich am Telefon die Situation vor Ort kurz erläutern. Die beiden Hauptkommissare, Andreas Vallner vom *SEK* und Rüdiger Mehler von der Streifenwache Düsseldorf-Oberbilk, glaubten, die Situation alleine lösen zu können, aber das „Angebot", wie es der Innenminister und damit oberster Dienstherr der beiden genannt hatte, konnten sie nicht ausschlagen. So war die Gruppe *Geiselrettung Nordrhein-Westfalen 1*, wie *Ant-on* jetzt extern genannt wurde, ab sofort involviert. Ohnehin war die Situation für die beiden Einsatzleiter der Polizei mit der Geiselnahme in der *Volksbank*-Filiale Oberbilk alles andere als einfach. Doktor Gerhardt hörte Hauptkommissar Mehler höchst gespannt zu. Gegen vierzehn Uhr, kurz nach Öffnung der Bankfiliale, hatten zwei Täter das Gebäude betreten. Wie viele Kunden schon in der Filiale waren, konnte momentan keiner genau sagen. In der Bank arbeiteten drei Angestellte sowie ein Auszubildender. Dazu kam der Filialleiter. Dieser hatte seine Mittagspause verlängert und war erst um zwanzig nach zwei aus dem gegenüberliegenden Restaurant gekommen. Das Geschäftsessen hatte länger gedauert als geplant. Als er versuchte, in die Filiale zu gelangen, fand er die Eingangstür verschlossen vor. Deshalb hatte er über sein Mobiltelefon versucht, seine Mitarbeiter in der Bank zu erreichen. Doch keiner hatte das Gespräch entgegengenommen. Zwei andere Kunden standen mit ihm vor der Eingangstür. Sie hatten in der frei zugänglichen Kundenselbstbedienungszone, in der sich ein Geldautomat und ein Kontoauszugsdrucker befanden, Bargeld abgehoben. Als sie wenig später die Schalterzone der *Volksbank* betreten wollten, fanden sie die Tür versperrt vor. Alle drei hatten dann versucht, durch die innen angebrachten Vorhänge, sogenannte Variolights, ins Innere der Bankfiliale zu schauen. Doch die Vorhänge, bestehend aus fensterlangen Textilstreifen, waren komplett zugezogen.

Alle Versuche des Einsatzleiters, mit den Geiselnehmern in Kontakt zu treten, waren fehlgeschlagen. Die *Volksbank*-Filiale lag an einer vielbefahrenen Innenstadtstraße, gegenüber war ein kleiner Park mit einigen Bänken und einem Spielplatz. Die Polizei, die vom Filialleiter informiert worden war, hatte den Bereich kurze Zeit später komplett abgeriegelt. In der Bäckerei neben der *Volksbank* hatte die Polizei ihr Quartier bezogen. An allen Hauseingängen der viergeschossigen Häuser waren Polizisten postiert und sperrten alles ab, keiner kam mehr durch. Egal, ob Anwohner oder Besucher, für jeden war der Bereich abgeriegelt. Am Anfang der Straße hatte das *SEK* Position bezogen. Ein grüner Polizeibus, der noch aus den Achtzigerjahren stammte, sowie diverse Einsatzwagen und drei schwarze *Mercedes*-Sprinter mit dunklen Scheiben standen dort. In den Nebenstraßen parkten mehrere Feuerwehr-Lkws sowie einige Notarztwagen. Eine Straßensperre war aufgebaut worden. Der Verkehr im Viertel war zum Erliegen gekommen. Die ersten Reporter versuchten, sich einen Weg zur Bankfiliale zu erobern, wurden aber von den Streifenpolizisten zurückgedrängt. Ein Hubschrauber drehte hoch über dem Viertel seine Kreise in der Luft. Immer wieder hörte man das Geknatter der Rotoren. Irgendwie wirkte die gesamte Szenerie gespenstisch.

Doktor Gerhardt hatte sich den Straßenplan, die Gebäudeskizzen des Hauses, in dem die Filiale der *Volksbank* ihren Sitz hatte, sowie den Lageplan der Bankräumlichkeiten per E-Mail schicken lassen. Heribert Spill tippte in eine Auftragsmaske seines Laptops die relevanten Informationen ein, die die Projektgruppe *Ant-on* von der KI geliefert bekommen hatte. Die weiteren Informationen hatte er in einer entsprechenden Datei gespeichert, so auch sämtliche Lagepläne. Jetzt gerade kamen die Daten von der Direktion der *Volksbank* herein. Aus den Personalakten waren die Namen sowie die Fotos der Angestellten eingescannt worden. Somit verfügte *Ant-on* jetzt über alle relevanten Informationen.

Plötzlich war wieder die unverkennbare Stimme von Klaus Kinski zu vernehmen: „Achtung, Ernstfall, *Ant-on* nimmt den Auftrag an. Bitte bringen Sie fünfhundert Exemplare unserer Einsatztruppe direkt vor Ort. Der Zugang zum Bankgebäude erfolgt über den hinteren Garten des Gebäudes Celsiusstraße einundzwanzig. Dieses Haus liegt im rückwärtigen Bereich der *Volksbank*-Filiale. Die Bankadresse lautet: Hansastraße Nummer elf. Dieses Gebäude verfügt im rückwärtigen Bereich über einen Hinterhof, in dem diverse Müllcontainer stehen. Bitte veranlassen Sie, dass unsere *Ant-ons* vor Ort im Keller des Hauses Celsiusstraße einundzwanzig in Richtung des Hofes abgesetzt werden. Die Kellertür zum Hof sollte nur einen minimalen Spalt geöffnet werden. Alles Weitere übernehmen wir. Wann können unsere *Ant-ons* vor Ort sein?“

Professor Schleithmann und Doktor Quintus Schwarz schauten sich an. Jetzt war es endlich so weit, der Einsatz in der Praxis begann. Auch Doktor Gerhardt wirkte leicht nervös. Schnell wurden die fünfhundert Ameisen in einen Spezialbehälter gegeben. Das stimmte nicht ganz, denn der Transportbehälter wurde nur in den Lagerraum des *David-Hansemann-Haus* gestellt und eine Klappe an der Seite geöffnet. Wie auf ein geheimes Kommando hin erwachten die in den Regalen liegenden *Ant-ons* zum

Leben und marschieren sehr schnell, aber in geordneten Bahnen, in Richtung des Behälters. Dabei war zu sehen, dass sich der Verband aus unterschiedlichen Ameisenrobotern zusammensetzte. Als der letzte von ihnen im Inneren des Transportbehältnisses verschwunden war, schloss ein Mitarbeiter die Öffnung und brachte die weiße Plastikkiste hinunter zur Tiefgarage. Dort wartete bereits ein dunkler *Mercedes* des Innenministeriums. Doktor Gerhardt und Heribert Spill stiegen in den Fonds und schon startete der Wagen in Richtung der Ausfahrt der Garage. Ein zweites Fahrzeug folgte. In ihm saßen Uri Finkenrath und Heide Mainz sowie Heribert Schmidt. Wenige Minuten später trafen die beiden dunklen Limousinen in der Celsiusstraße ein.

Uri Finkenrath wollte, ebenso wie Heide Mainz, den Einsatz ganz aus der Nähe beobachten. Nach diversen Gesprächen mit dem Chef des *Mossad* war das israelische Militär höchst interessiert zu wissen, wie sich *Ant-on* im Feld schlug, wie es im Jargon hieß. Genauso wie der *MAD* prüfen wollte, ob die von ihm mitfinanzierte neue Einsatzwaffe nutzbar war. Bilateral hatte man sich über die Köpfe der beiden Agenten schon über die jeweiligen Kostenanteile ausgetauscht. Natürlich blieb das alles streng geheim, informiert war nur der Bundesinnenminister und mittlerweile auch der Bundesverteidigungsminister.

Rasch wurden per Funk die beiden Einsatzleiter des *SEK*s und der Polizei vor Ort informiert. Die Anweisung lautete, vorerst nichts zu unternehmen. Es sollten keine weiteren Kontaktversuche zu den Bankräubern mehr aufgenommen werden. Erst recht sollte keine Erstürmung der Bankfiliale erfolgen. Das Gebäude war ausschließlich von außen zu überwachen. Alle Zufahrten hatte die Polizei abgesperrt. So warteten die Beamten vor Ort passiv ab, was passieren würde. Die Leitstelle hatte die beiden Hauptkommissare, die eigentlich das Kommando vor Ort hatten, nur darüber informiert, dass „Spezialkräfte" vom hinteren Hofbereich aus in das Bankgebäude eindringen würden. Nun hieß es abwarten.

Der Transportbehälter wurde in den Kellerraum des Hauses an der Celsiusstraße gebracht. Vorab war der Eigentümer über den Einsatz informiert worden. Dieser wohnte zwar nicht selber in dem Mietshaus, verwies daher auf den Hausmeister, der im Erdgeschoss residierte. Diensteifrig wartete der bereits auf die Einsatzkräfte. Er war sichtlich enttäuscht, dass hier kein schwerbewaffnetes Einsatzkommando eintraf, sondern nur zwei Männer mit einer weißen Plastikkiste erschienen. Der Hausmeister, ein rundlicher, etwas älterer Herr, war mit dem obligatorischen grauen Kittel bekleidet. Er führte Doktor Gerhardt und Heribert Spill, nachdem sie ihre Dienstausweise vorgezeigt hatten, in den Keller- und Gartengeräteraum. Dort befand sich die Tür, die *Ant-on* schon über den Grundriss des Hauses identifiziert hatte.

„Ist wohl so eine Art Geheimwaffe, oder?“, mutmaßte der Hausmeister, der komischerweise Krause hieß.

„Würden Sie uns bitte allein lassen“, sagte Spill höflich.

Sichtlich enttäuscht, dass er nun nichts mehr direkt mitbekommen konnte, verschwand Krause im Flur.

Spill nahm aus seinem Koffer eine kompliziert aussehende Apparatur. Mit wenigen Handgriffen klappte er eine Antenne aus, die fast einen Meter lang war und einer Neonröhre glich. Dann stellte er die Verbindung der grauen Antenne mit einem weiteren elektronischen Gerät sowie mit dem Laptop her. Schnell aktivierte er alles und die 5G-Internetverbindung war hergestellt. Alle Leuchtdioden zeigten grünes Licht, es konnte losgehen.

Doktor Gerhardt hielt ein *IPad* in der Hand und meinte: „Ich bin mal auf die Liveübertragung gespannt!“ Er öffnete den Behälter, und die künstlichen Ameisen fluteten aus der Kiste heraus. Einige versuchten, mit ihren umherwirbelnden Fühlern die Umgegend zu checken. Die *Ant-ons* bildeten Gruppen und krabbelten mit hohem Tempo durch die mittlerweile wenige Zentimeter geöffnete Tür in den Garten hinaus. Es sah so aus, als kannten die Ameisen diesen Weg bereits, was natürlich nicht sein konnte. Spill schaute ihnen nach, bis keine einzige mehr zu sehen war. Die Kolonne war schon in Richtung des gegenüberliegenden Gebäudes verschwunden.

„Was nun?“, fragte Spill.

„Abwarten", meinte Doktor Gerhardt.

Spill sprach in sein Headset und informierte Finkenrath, Mainz und Schmidt, die draußen im Wagen geblieben waren. Gleichzeitig erging die Lageberichterstattung an die im *David-Hansemann-Haus* anwesende Projektgruppe. Die beiden Agenten, Hubert Schmidt wie auch das zurückgebliebene Team schauten gebannt auf ihre identischen *I-Pads*. Die Bildschirme waren bei allen noch schwarz, doch rote Blinklichter zeigten an, dass die Liveübertragung aktiviert war. Christine Coldner hatte es sich nicht nehmen lassen, die Kommunikation zu beiden Teams vor Ort als erste Kontaktpartnerin zu übernehmen. Direkt hinter ihr saßen Professor Schleithmann und Doktor Schwarz. Da wackelte das Bild, und plötzlich tauchten Grashalme auf, so groß wie Baumstämme. Kurz danach war eine Art grauer Fläche zu sehen, Gehwegplatten aus Waschbeton. Das Übertragungsbild zuckelte unruhig. Es wirkte, als wenn jemand das erstmals mit einer Kamera filmte.

„Heide, das ist ja irre. Ich sehe alles mit den Augen einer Ameise!" rief Oberst Finkenrath seiner deutschen Freundin zu.

„Oh Raimund, schau mal, so sehen Ameisen also ihre Umgebung!", posaunte Doktor Quintus Schwarz seinem Freund und Kollegen zu.

„Quatsch, lieber Quintus, das sind hochauflösende Minikameras. Eine Ameise kann nur undeutlich sehen und schon gar nicht so weit."

Das Bild zeigte jetzt den blaugrauen Himmel, dann kippte die Kameraeinstellung und aus einer höhergelegenen Position war die Ameisenkolonne auf dem Boden zu sehen.

Die Roboter rannten in schneller Folge durchs kurzgemähte Gras und über einige Gehwegplatten aus Beton, bis sie an einem maroden Holzgitterzaun angekommen waren. Unter diesem krabbelten alle ohne Mühe hindurch. Manchmal kletterten eine oder gleich mehrere auf höher gelegene Steine oder einen alten Gartenstuhl und begutachteten von oben die Vorwärtsbewegung der *Ant-ons*. In Wirklichkeit filmten die *Ant-ons* den Aufmarsch ihrer Roboterkollegen zum Gebäude, in dem die *Volksbank*-Filiale lag. Die Ameisen drangen wenig später in das Haus ein, in dem die Geiselnahme stattfand. Dafür kletterten sie zunächst an der grobverputzten Hauswand bis zur ersten Etage hoch. Dort war ein Lüftungsgitter angebracht, durch das die *Ant-ons* mühelos ins Gebäude gelangten. Spill und Doktor Gerhardt schauten gebannt auf den Bildschirm ihres *I-Pads*. Das Bild wurde ein wenig dunkler, dann hellte es wieder auf und eine silbern schimmernde Röhre war von innen zu sehen, durch die die Ameisen weiter ins Innere des Gebäudes strömten.

„Sie nutzen die Belüftungsrohre des Umwälzaggregats der Bank. In den Gebäudeunterlagen war vermerkt, dass es keine Klimaanlage gibt, sondern nur eine Luftumwälzungsanlage!"

Im *David-Hansemann-Haus* starrten alle gebannt auf die live übertragenen Bilder. Keiner sagte etwas. Ähnlich erging es Uri Finkenrath und Heide Mainz im schwarzen *Mercedes*.

„Was ist ihr Plan, was meinst du?", wandte sich Schwarz seinem wissenschaftlichen Kollegen zu.

„Sie haben sich immer genau der Situation angepasst, die sie vorfanden. Diese Situation kann ich noch nicht genau einschätzen. Lass uns beobachten, was sie tun werden", erwiderte Schleithmann.

In der Bankfiliale hatten die beiden maskierten Bankräuber ihre vier Geiseln in das Büro des Filialleiters gedrängt und deren Hände und Füße mit Kabelbindern gefesselt. Ziemlich grob und wortlos hatten die beiden Männer, die dunkelblaue, einteilige Arbeitsoveralls trugen, die Bankangestellten mit ihren Pistolen bedroht. Dabei zeigten beide mehrmals drohend mit dem ausgestreckten Zeigefinger an den geschlossenen Lippen an, dass sie absolute Stille verlangten. Die Geiseln hielten sich an die Anweisung. Nur eine Frau, so um die fünfzig Jahre alt, schluchzte leise vor sich hin. Einer der beiden Gangster nahm eine Zange aus einer der Taschen seines Arbeitsanzuges, der ihn wie einen Monteur aussehen ließ. Er zertrennte nahezu mühelos die Kabelverbindungen der Computer-, Telefon- und Alarmanlagen. Danach verschlossen die Geiselnehmer das Büro und wandten sich dem Kassentresor zu. Mit einem Stemmeisen bogen sie eine metallene Schublade auf und entnahmen die dort liegenden Geldscheine. In diesem nur leicht gesicherten Bereich des Tresores wurden Bareinzahlungen kurzfristig gelagert, ehe sie später in den Safe verbracht wurden.

„Das ist ja gar nichts!", knurrte einer der beiden durch seine über den Kopf gestreifte Motorradhaube.

„Warte ab", gab der andere zur Antwort.

Sie durchwühlten die Schreibtische und plötzlich hob einer der beiden triumphierend einen Schlüssel in der Hand.

„Der Notfallschlüssel!" zischte er durch die Maske und steckte den gerade gefundenen Metallstift, der viele kleine Erhebungen und Vertiefungen in einem beidseitigen Bart besaß, in einen dazu passenden Schlitz des Automatischen Kassentresors. Dieser *AKT*, wie ihn die Banker nannten, war in die Theke der Bankfiliale eingebaut. Es surrte und klackte im Inneren des Stahlschrankes.

„Passiert nichts", meinte der Kleinere der beiden Gangster.

„Zeitschaltuhr, es dauert jetzt noch drei Minuten, danach öffnet sich der Safe. Bleib bloß unten mit deinem Kopf!"

Die Geiselnehmer lehnten sich an den Schreibtisch vor dem Kassentresor und warteten ungeduldig ab. Ab und an schaute der Kleinere von beiden nervös zur Tür oder zu den Fenstern hin, konnte aber aufgrund der zugezogenen Variolights nicht nach draußen sehen. Seine Füße zuckten leicht, er wirkte sehr nervös. „Was meinst du, wann stürmen die Bullen die Bude?"

„Wenn wir weg sind!", grinste der andere. „Nur noch zwei Minuten, halt durch!" Er schaute dabei wieder auf seine Uhr.

Eigentlich war es gar nicht geplant gewesen, die Bankangestellten als Geiseln zu nehmen. Vielmehr wollten die Gangster schnell an das Geld aus dem Kassentresor gelangen, um dann so schnell wie möglich wieder zu verschwinden. Insgesamt hatten sie knapp vier Minuten für ihren Überfall geplant. Danach wollten sie weg sein.

Direkt nach der Öffnung um vierzehn Uhr hatten die beiden Ganoven damit gerechnet, nur zwei Angestellte vorzufinden. Beim Ausspähen Tage zuvor trafen die *Volksbank*-Mitarbeiter an den sogenannten langen Donnerstagen immer erst drei bis fünf Minuten nach der offiziellen Öffnungszeit in der Filiale ein. Nur die Kassiererin und der Azubi waren meistens schon zehn Minuten vor zwei Uhr im Bankgebäude. Doch ausgerechnet heute waren alle Angestellten nicht zum Essen in die benachbarte Gastwirtschaft gegangen, sondern im Gebäude geblieben. Der ursprüngliche Plan musste deshalb kurzfristig geändert werden. Statt der gedachten schnellen Nummer mussten die Bankräuber erst die Mitarbeiter überwältigen, fesseln und einsperren. Auch wenn der Eingang zur Bank lange verschlossen blieb, glaubten die beiden Gangster, dass die Polizei erst in einigen Minuten kommen würde. Dieser Stadtteil gehörte nicht zur feinsten Gegend von Düsseldorf, und an diesem kalten Februartag waren nicht viele Leute unterwegs. Der Anführer der beiden hatte sich einen Gebäudeplan besorgt und wollte die Filiale ohnehin nicht durch die Eingangstür und die SB-Zone verlassen, sondern vielmehr den hinteren Gartenausgang für die Flucht nutzen. Die Geiselnehmer hatten bislang noch kein Martinshorn gehört. Um kurz nach zwei Uhr klingelte jedoch ein Kunde an der Eingangstür. Die geschlossenen Variolights ließen keine neugierigen Blicke ins Innere zu. Sollten die Kunden doch denken, dass sich die Bänker eine längere Mittagspause gönnten.

Der Wintertag in Düsseldorf hatte morgens mit leichtem Schneefall begonnen, und jetzt verdichteten sich zunehmend die grauen Wolken. Es wurde nicht richtig hell. So verwunderte es auch niemanden, dass in der *Volksbank*-Filiale die Beleuchtung der kleinen Kassenhalle und der beiden Beratungskabinen eingeschaltet war. Die beiden Bankräuber hockten noch immer auf dem Boden. Einer starrte auf den Kassentresor und die kleine LED-Leuchte, die rot anzeigte, dass der Tresor noch immer geschlossen war. Der andere blickte auf seine Armbanduhr und zählte leise einen Countdown herunter. Keiner von beiden bemerkte die Kolonne der mattschwarzen Ameisen, die soeben aus dem Lüftungsgitter an der hinteren Wand herausquoll. Die kleinen Roboter teilten sich direkt in drei lange Linien auf und strömten nach unten, dem Boden zu. Eine der Subkolonnen marschierte, unten angekommen, schnurstracks auf den Schreibtisch zu. Dieser lag dem Kassentresor gegenüber, vor dem die beiden Bankräuber noch immer nervös auf dem Boden hockten.

Ant-on versuchte mit seinen fünfhundert künstlichen Ameisen, die Lage zu checken. Es gab Hinweise im Netz, dass bei drei ähnlichen Überfällen in Düsseldorf, Ratingen und Haan ebenfalls *Volksbanken* das Ziel gewesen waren. *Ant-on* hatte festgestellt, dass der Überfall in Oberbilk zu diesem Zeitpunkt schon länger dauerte als in den vorangegangenen Fällen. Das konnte bedeuten, dass die Täter Schwierigkeiten hatten. Sie hielten eine unbestimmte Zahl von Angestellten als Geiseln. Jedenfalls waren morgens alle zur Arbeit erschienen, und es war davon auszugehen, dass die vier Personen nun in der Bank waren. Nur der Filialleiter war zu spät gekommen, kein anderer hatte seine Mittagspause verlängert. Dummerweise hatte er den Schlüssel für die Bank in seinem Büro liegengelassen. Kunden schienen nicht in der Filiale gewesen zu sein. Die beiden Benutzer der Selbstbedienungsgeräte im Foyer hatten ausgesagt, schon vor vierzehn Uhr dagewesen zu sein, und keine andere Person wäre zwischenzeitlich in die Bank gegangen oder aus dieser gekommen. Da die Gangster zwischenzeitlich keine Forderungen bekanntgegeben oder sich sonst wie bemerkbar gemacht hatten, planten die Gangster vielleicht gerade eine Notöffnung des Kassentresores. Dazu mussten sie den entsprechenden Schlüssel haben und eine automatische Sperrfrist, die nicht zu verkürzen war, abwarten. Der Einsatz des von den Gangstern verwendeten Notfallschlüssels war ursprünglich im normalen Bankbetrieb nur für das Auswechseln der Geldkassetten gedacht, wenn diese leer waren und wieder aufgefüllt werden mussten. Manchmal kam es jedoch auch vor, dass hohe Bargeldsummen vorbestellt waren und im Tresor bis zur Auszahlung an die Kunden zwischengelagert wurden. Der Notfallschlüssel musste, so die bankinterne Anweisung, an einem sicheren Ort verwahrt werden. Meistens war das eine kleinere Geldkassette, die in einem Schreibtisch lag. Doch vielfach war das den Kassierern zu umständlich und sie legten den Schlüssel in eine Federschale.

Mittlerweile hatten *Ant-on* gecheckt, dass die Notfallöffnung aktiviert war. Zu einem war das von den Ameisen vor Ort durch das entsprechende LED-Leuchtzeichen am *AKT zu* erkennen, zum anderen meldete das Alarmsystem der Bank die Benutzung des Notfallschlüssels. Die Meldung wurde über die Serviceleitung der Herstellerfirma zur *Volksbank*-Hauptfiliale gegeben. Hier war bereits der Hauptrechner des Projektteams und damit *Ant-on* persönlich aufgeschaltet. Drei Minuten betrug die Frist bis zur Notöffnung. Einhundertachtzig Sekunden, die für die Täter gefühlt sehr lang sein könnten. Zeit, die *Ant-on* nutzte, um nachzudenken, wie vorgegangen werden sollte. Für die KI waren drei Minuten eine Ewigkeit. Die Rechnerleistung schnellte auf Maximum hoch.

Ant-on war laufend dabei, die hereinkommenden Daten der Ameisen, die in der Bank waren, auszuwerten. Neben den weiteren Informationen, die gerade aufgenommen und gecheckt wurden. Eine Gruppe der *Ant-ons* hatte im Büro des Leiters die gefesselten Angestellten vorgefunden. Unter der Tür des Raumes war genügend Platz gewesen, um hineinzugelangen. Circa dreißig Ameisen liefen nun in vier getrennten Linien auf die gefesselten Personen zu. Kurz vor ihnen stoppten sie und formierten sich direkt vor den Geiseln. Die Ameisen krochen aufeinander zu, bildeten plötzlich Formationen aus lesbaren Buchstaben.

Jetzt bemerkte die stellvertretende Leiterin, eine Frau im dunkelblauen Hosenanzug mit auffallend roten Schuhen, die Insekten. „Schaut mal, igittigitt, Ameisen!“ rief sie den anderen zu, die sofort in Richtung der Tür schauten. Direkt vor ihnen sahen sie nun auch die *Ant-ons* und wollten gerade losschreien, als der Auszubildende, ein hagerer junger Mann mit *Harry-Potter*-Brille auf der Nase, erstaunt stotterte: „Sie bilden ein Wort.“ Tatsächlich hatten die Ameisen mit ihren Körpern und Beinen ein Wort geformt.

RUHE BEWAHREN!

„Ich glaub es nicht!“, rief die stellvertretende Leiterin.

Plötzlich begann das Wort zu pulsieren. Die Ameisen bewegten sich auf und ab, aber das durch ihre Körper dargestellte Wort war nach wie vor zu erkennen.

„Wir sollen leise sein“, zischte der Azubi. Alle vier blieben still. Die Ameisen lösten ihre bisherige Ordnung auf und bildeten direkt wieder ein neues Wort: *DANKE*. Dann wieder Bewegung der kleinen Roboter: *HÄNDE VOR*.

„Sie wollen, dass wir die Hände nach vorne strecken?“, fragte jetzt leise die Kassiererin. „Ich glaub es nicht, die Ameisen kommunizieren mit uns.“

„Das sind keine normalen Ameisen, schaut doch mal. Die sind viel größer und sehen auch irgendwie anders aus“, meinte der Auszubildende in die Runde. Er streckte seine gefesselten Hände nach vorn und hielt sie den Ameisen hin. Sofort sprangen sechs von ihnen auf seine linke Hand, bewegten sich in Richtung des Kabelbinders und begannen diesen mit ihren Mandibeln aufzuschneiden. Eine der Ameisen besaß eine Art kleine Scheibe am Kopf, deren Rand mit winzigen Zacken besetzt war. Plötzlich drehte sich diese Minikreissäge und schnitt wie Butter durchs Plastik des Kabelbinders. Das weiß schimmernde Band riss durch und katapultierte dabei einige der Roboterameisen durch die Luft. Zwei von ihnen flogen im hohen Bogen durch den Raum. Eine klatschte an die Tür des Raumes, eine andere landete in den Haaren der stellvertretenden Leiterin, die ihr Schreien nur mühselig unterdrücken konnte. Schnell streckten nun auch die anderen Geiseln ihre gefesselten Hände hin und ebenso schnell wurden auch sie von den Kabelbindern befreit. Sobald diese Arbeit getan war, formierten sich die *Ant-ons* wieder und stellten das nächste Wort auf dem Boden dar. *RUHE*. Dann bewegten sich die künstlichen Insekten in Richtung der Bürotür und krabbelten darunter durch nach draußen. Sie ließen die vier Angestellten staunend zurück, die das gerade Geschehene erst einmal verdauen mussten. Das Ganze hier würde vielleicht doch noch ein positives Ende finden. Die stellvertretende Leiterin saß stocksteif auf dem Teppichboden und drückte ihren Rücken durch. Noch immer spürte sie die winzigen Füße der Ameise, die in ihren Haaren gelandet war und sich schnell daraus befreien konnte. Von ihrer rechten Schulter war das komische Insekt über ihre Brust bis zum Gürtel der Hose gelaufen, hatte sich kurz zu ihr umgedreht. Es schien, als lächelte es die Bankangestellte an. Dann krabbelte es weiter Richtung Teppichboden.

Die Bankräuber saßen noch immer vor dem Kassentresor auf dem Boden und zählten die letzten Sekunden der Sperrzeit laut mit: „Zwanzig, neunzehn, achtzehn." Eine der beiden Ameisenkarawanen, die im Kassenraum verblieben waren, näherten sich nun dem Zugang eines Kabelschachts am Boden. Im Teppich war ein quadratischer Plastikrahmen eingelassen, ähnlich dem für verdeckte Steckdosen. Der Kabelzugang befand sich direkt unter dem Schreibtisch, der gegenüber dem Kassentresor stand. Die Bankräuber zählten weiter: „Fünfzehn, vierzehn, dreizehn."

In diesem Moment erreichten die ersten Ameisen eine kleine Öffnung am Rand des Kabelschachtes. Normalerweise konnte man mit einem Finger daran ziehen, um die Verschlussklappe zu öffnen. Vier *Ant-ons* betrachteten einen Moment lang den Mechanismus. Ein Außenstehender hätte vermutet, dass sie sich nonverbal darüber austauschten, wie sie nun weiter vorgehen sollten. Bruchteile von Sekunden später stemmten sich die Ameisen mit vereinten Kräften gegen den kleinen Widerstand, der die Klappe zuhielt. Im Nu schwenkte der Rahmen mit dem eingearbeiteten Teppichstück nach oben, der Kabelschacht war offen. Im Inneren herrschte Dunkelheit. Fünf Ameisen formierten sich um die Kabelstränge herum, und plötzlich flammten einige Mini-LED-Leuchten auf. Diese waren an den Köpfen einiger Ameisenroboter angebracht. Mittlerweile hatte die KI im Hauptrechner den entsprechenden Kabelstrang für den automatischen Kassentresor ausfindig gemacht und diese Information weitergegeben. Alle relevanten Kabel waren mit einem grünen Streifen für die entsprechende Strom- und Datenverbindung gekennzeichnet. Weitere Ameisen kletterten auf die Stränge und begannen, wie ihre Kollegen zuvor bei den Kabelbindern, die Elektroleitungen anzuschneiden.

„Zwölf, elf, zehn, neun." Die Euphorie in den Stimmen der beiden Gangster war kaum noch zu überhören, sie schienen alles andere um sie herum nicht mehr mitzubekommen. Im Kabelkanal zischte es plötzlich und dann sprühten blaugelbe Funken durch die Luft. Zwei Ameisen verkohlten zu einem Klumpen, zwei weitere verkokelten in einem bläulichen Rauch. Es stank bestialisch nach verbranntem Plastik. Die Anzeige des Kassentresors, die die noch verbleibenden Sekunden mit roten LEDs anzeigten, flackerte plötzlich.

„Sechs, fünf, vier, drei, zwei. Was ist das denn für eine Scheiße?", rief der Kleinere der beiden. Die LED-Anzeige blieb stehen, sprang wieder auf einhundertachtzig Sekunden, flackerte erneut, zeigte jetzt fünfzig Sekunden, dann wieder fünf.

„Die Technik spinnt. Was riecht hier so verbrannt?", fragte der Größere.

„Das Ding ist durchgeschmort. Oh, schau mal, es funktioniert wieder!"

Die Öffnungsanzeige des Kassentresors blinkte jetzt wieder. „Drei, zwei, eins. Na endlich, komm geh auf!", brüllte der Kleinere von beiden. Die Tür des Tresors sprang auf, und die Geiselnehmer rutschten auf den Knien nach vorne, um besser in den Safe hineinblicken zu können. In diesem Augenblick wurde ihnen aus dem Inneren ein violetter Farbnebel ins Gesicht gesprüht, eine Alarmsirene heulte laut auf. Ein zweiter Sprühnebel erzeugte eine gräuliche Wolke und traf erneut die beiden Gangster. Beide versuchten instinktiv mit den Händen, sich den Sprühnebel aus den Augen zu wischen. Dabei verteilten sie das Aerosol des Farbnebels noch mehr in ihren Schleimhäuten. Das anschließende Betäubungsgas spürten sie nicht, denn durch die Hektik und den Stress atmeten sie heftig ein und aus und sogen somit das Gas tief in ihre Lungen ein. Wie in Zeitlupe fielen die betäubten Männer in ihren dunklen Overalls, voll mit violetter Farbe bespritzt, übereinander und blieben still liegen.

Die dritte Kolonne der Ameisen, die auf dem Schreibtisch Position bezogen hatte, postierte sich nun am Rand des Büromöbels. Von hier aus hatten sie einen guten Überblick und konnten auf die beiden ohnmächtigen Geiselnehmer wie in den offenen Kassentresor blicken. Sie filmten alles mit ihren Kameras, die die Aufnahmen live nach draußen sendeten.

Uri Finkenrath und Heide Mainz trauten ihren Augen nicht. „Irre, keiner hat ihnen gesagt, wo genau die Geiseln gefangen gehalten wurden. Denn niemand wusste, wo sie eingesperrt und ob sie gefesselt waren. Was haben unsere *Ant-ons* mit dem Tresor gemacht? Die Gangster wurden vollkommen überrumpelt! Ein Meisterstück der Geiselrettung inklusive der Gefangennahme. Besser als jedes *SEK*!"

„Ich glaube, liebster Uri, wir hätten ähnlich gehandelt. Uns aufgeteilt, einer kümmert sich um die Geiseln, einer um die Täter. Das ist intelligentes Verhalten, so, wie es optimal ist. Es funktioniert. Wahnsinn", vor Freude umarmte sie Uri und küsste ihn wild. Hubert Schmidt schaute verlegen zur Seite, strahlte aber übers gesamte Gesicht. Seine *Ant-ons* leisteten beste Arbeit, er war höchst erleichtert und stolz zugleich.

Im *David-Hansemann-Haus* brandete gleichzeitig Jubel auf. Alle klatschten in die Hände.

„Generalprobe bestanden!", konstatierte Christiane Coldner. „Absolut alles richtig gemacht. Gratulation, Quintus und Raimund, das habt ihr toll hinbekommen!" Sie applaudierte den beiden demonstrativ zu.

Raimund Schleithmann stand von seinem Bürostuhl auf und zeigte an, alle sollten mit dem Klatschen aufhören. Erstens war es ihm peinlich, zum anderen hielt er es für unangebracht. „Wir haben nur die Natur kopiert und den Startschuss für die Künstliche Intelligenz gegeben. Alles andere hat die KI erledigt. Und das in einer unglaublichen Geschwindigkeit. Ich bin ehrlich gesagt, sehr zufrieden, aber nicht erstaunt."

„Ich freue mich", meinte jetzt Quintus Schwarz, „das ist einfach atemberaubend!"

Ein Mitarbeiter des Teams fragte in die Runde. „Wo wird das Ende dieser Entwicklung sein?"

„Es wird noch einige Sprünge in der Evolution geben, dann erfolgt meistens Stillstand, später das Ende und die Zerstörung. Wie bei jeder Hochkultur. Es ist immer der gleiche Zyklus. Es beginnt immer mit Frieden und dem daraus resultierenden Reichtum. Auf den neuen Wohlstand folgt die Zufriedenheit, die schnell zu Übermut führt. Daraus resultiert Leichtsinn, der die Armut bringt, aus der der Krieg entsteht. Danach kommt die Demut und daraus wieder Frieden. Schaut euch die Mayas und Inkas an, die Römer, die Griechen, das britische Empire, die Nazis und jetzt die Amerikaner. Immer dasselbe!"

„Aber die Ameisen haben es geschafft. Über Jahrmillionen waren sie erfolgreich, sind vor uns auf dem Planeten Erde gewesen und werden es auch noch nach uns sein!", gibt Christiane Coldner zu bedenken.

„Ja, aber bei den *Ant-ons haben wir Menschen* die Grundprogrammierung eingegeben und nicht die Natur selbst. Deshalb wird in der von uns geschaffenen KI ein Fehler sein, einer, den wir noch nicht kennen. Aber er wird sich zeigen." Quintus Schwarz seufzte, als er bemerkte, wie er mit seiner Bemerkung die Stimmung gedämpft hatte. Er ahnte es, aber Schwarz konnte nicht wissen, wie recht er mit seiner Vermutung haben sollte. Denn schon in Kürze sollte sich offenbaren, was die Menschen bei der Grundprogrammierung übersehen hatten. Nicht umsonst hatte Gott bei der Schöpfung den Menschen ein Gewissen mit auf den Weg gegeben.

Doktor Gebhardt und Heribert Spill klatschten sich gegenseitig wie siegreiche Sportler ab. Die Operation war erfolgreich beendet. Sie hatten mittels der Liveschaltung in der Bankfiliale miterleben können, wie ihre *Ant-ons* die Bankräuber außer Gefecht gesetzt hatten. Sie informierten die beiden Einsatzleiter des *SEKs* und der Schutzpolizei, dass die Bank nunmehr ohne Gefahren betreten werden könne. Die Bankräuber seien überwältigt. Weiterhin gaben sie bekannt, dass die Geiseln außer Gefahr seien und im Büro des Filialleiters warteten. Danach ging alles wie von selbst. Das *SEK* stürmte die Bank, zerstörte mit einer Ramme die Eingangstür und nahm die beiden, noch immer bewusstlosen, Bankräuber fest.

Zwei Beamte näherten sich vorsichtig dem Büro des Filialleiters. Wie schon durch die Information von Doktor Gerhardt bekannt, fand man die Geiseln dort unverletzt vor. Die zerschnittenen Kabelbinder lagen auf dem Teppichboden umher. Alle redeten durcheinander und sprachen von merkwürdigen Ameisen, die sie befreit hätten. Die *SEK*-Beamten schüttelten voller Unverständnis die Köpfe. So etwas hatten sie noch nie gehört. Vermutlich waren die ehemaligen Geiseln ob der Situation etwas verwirrt. Alle *Antons* waren wie vom Erdboden verschluckt. Nichts mehr war von Ihnen zu sehen. Selbst die beim Einsatz verunfallten Exemplare hatten die Ameisen mitgenommen und nach draußen geschafft.

Im Nebenhaus, hinter der Gartentür hockend, reagierte plötzlich Heribert Spill. „Da, sie wandern ins Transportgefäß zurück." Er zeigte mit der Hand auf die hintere Hauswand. Dort krabbelte die Kolonne der Ameisenroboter wieder aus dem Lüftungsgitter an der Wand herunter und marschierte in einer langen Kolonne zur Kellertür, aus der sie beim Start der Expedition hinausmarschiert waren. Dort standen die beiden Mitglieder des Teams.

Die Bildschirme der *IPads* zeigten mittlerweile nur noch ein schwarzes Bild. Die Liveübertragung war beendet worden. Später, bei der Besprechung der Operation, wollte Hubert Schmidt wissen, wie es denn dazu kommen konnte, dass die *Ant-ons* genau die Kabel durchgeschnitten hätten, die die Technik des automatischen Kassentresors veranlasst hatte, das sogenannte Notfallszenario in Gang zu setzen. Doktor Gerhardt fand heraus, dass die KI eine Liveschaltung mit dem Hauptrechner der Herstellerfirma *Bixdorf* hergestellt hatte. Dort war zu erfahren, wo exakt die entsprechenden Datenkabel lagen, wie sie gekennzeichnet waren und welche davon die Zeitschaltuhr steuerten. Gleichzeitig hatte *Anton* herausgefunden, wie der Störungsmechanismus inklusive der Besprühung mit Farbe zur Kennzeichnung der Geldscheine und dem Abfeuern der Patrone für das Betäubungsgas aktiviert werden konnte. Alles in allem hatte das System *Ant-on* hervorragend und superprofessionell gearbeitet. Trotz einiger Verluste. Fast war das Projektteam traurig darüber, dass einige *Ant-ons* bei der Geiselbefreiung „ums Leben gekommen waren", wie Schleithmann das formulierte. Quintus Schwarz meinte resümierend: „Das gesamte System funktioniert wie ein großer Organismus! Ähnlich dem eines Ameisenvolkes. Es gibt keine steuernde Königin, sondern alle haben die gleiche Verantwortung. Beste Arbeitsaufteilung und nur in der Kooperation liegt die Wurzel des Erfolges!"

„Eine Führungskraft vor Ort wird nicht benötigt, wenn alle so zusammenarbeiten", fügte einer der Mitarbeiter aus dem Team hinzu. „Wenn das nicht eine Revolution darstellt, dann weiß ich es nicht!"

Kapitel 39

Hotel *Majestic Imperial*, München, Deutschland

McNaber stürmte aus dem Zimmer des Präsidenten in das danebenliegende Wohnzimmer, in dem die drei Agenten O'Hara, Lieutenant Myers und John Millner auf der Couch gelangweilt auf den Bildschirm des Fernsehers schauten. Der außenpolitische Ratgeber des Präsidenten durchquerte den Raum und eilte zur Eingangstür, die auf den Hotelflur führte. „Dann machen Sie doch Ihren Scheiß alleine, Mister President. Ich habe die Schnauze voll! Wenn Sie nicht auf mich hören möchten, okay. Aber dann bin ich auch nicht mehr in der Verantwortung", schnauzte er vor sich hin und warf die Tür mit lautem Krachen hinter sich zu.

Die drei *Secret Service*-Männer waren aufgesprungen und starrten auf die zugeschlagene Zimmertür und dann in die Richtung des Arbeitszimmers von Rampthon.

„Du bist gefeuert, du Hurensohn. Ich bin Präsident der Vereinigten Staaten von Amerika und du ein Nichtsnutz, nur ein weiterer Schnösel aus Harvard! Ihr habt allesamt keine Ahnung. Nur ich weiß, wie alles geht! Mein Bauch sagt mir das und ich habe auch immer recht behalten. Vollidiot!" Der Präsident warf nun seinerseits die Tür zum Wohnzimmer zu.

„Jow, das kann ja heiter werden!“, meinte Lieutenant Myers zynisch lächelnd, der nicht wollte, dass ihn die Kollegen mit Vornamen ansprachen.

Millner bemerkte, dass sein Handy leicht vibrierte. Er nahm es an sich und schaute aufs Display. Eine eingetroffene SMS bestand nur aus einem Wort: *Go!* Der Agent zuckte innerlich leicht zusammen, dann fasste er sich.

„Gibt es was?“ O’Hara schaute ihn fragend an.

„Nee, ich habe nur einen Bioalarm installiert. Der erinnert mich daran, regelmäßig zu trinken.“

„Aber du hast doch im Dienst bei dem da“, Lieutenant Myers zeigte auf die Tür, hinter der sich der POTUS befand, „immer genügend Grund zu trinken, oder?“ Alle prusteten los.

„Ich muss mal austreten, Leute. Platz machen für das nächste Getränk.“ Millner ging in den kleinen Flur. Am Ende befand sich die Gästetoilette. Kaum dort angekommen, zog er die Tür hinter sich zu und setzte sich auf die Klobrille. Der Agent vernahm ein geräuschvolles Klopfen an der Eingangstür zur Suite. „Ist McNaber noch zurückgekommen oder startet jetzt die Aktion?“, fragte er sich. Ab jetzt gab es kein Zurück mehr. Es startete.

„Zimmerservice“, hörte er vom Hotelflur aus, und Lieutenant Myers öffnete Sekunden später die Tür. Er konnte sicher sein, dass die vier Agenten draußen auf dem Flur den Hotelangestellten und seine Lieferung gecheckt hatten. Millner hörte ein trockenes Husten, dann einen Schrei von O’Hara und erneutes Husten, das sich jetzt eher wie das Ploppen einer Flasche anhörte, aus der der Korken gezogen wurde.

Millner wurde übel. Ranas saudische Auftraggeber hatten ihm am Telefon versichert, dass seine unmittelbaren Kollegen vom *Secret Service* verschont werden würden. Sie sollten nur betäubt werden. Das hier aber waren eindeutig Schüsse, die aus Waffen mit Schalldämpfern abgefeuert worden waren.

Millner dachte nach. Was sollte er tun? Bei einem Treffen, nach dem Ausflug mit Rana nach Cobb Island, hatte ihm ein gut englischsprechender saudischer Geheimdienstler erläutert, wie der Angriff verlaufen sollte. Natürlich erfuhr der Agent nur die Einzelheiten, die ihn direkt betrafen. Wenn er die SMS erhielte, wären die saudischen Kräfte bereits vor der Suite von Rampthon angekommen. Das bedeutete natürlich, dass die Sicherheitskräfte, die draußen auf dem Flur des Hotels Wache schoben, zu diesem Zeitpunkt bereits überwältigt und außer Gefecht gesetzt worden seien. Aber keiner der *Secret-Service*-Männer sollte dabei getötet werden. Ab diesem Zeitpunkt würde nur noch der innere Zirkel, wie das in Geheimdienstkreisen genannt wurde, den Schutz des Präsidenten gewährleisten können. Millner war angewiesen worden, dass er, sobald das „Go" kam, auf die Toilette gehen und erst dann wieder herauszukommen sollte, wenn ein bestimmtes Klopfzeichen an der Klotür ihm das signalisieren würde.

Dennoch drückte Millner vorsichtig die Klinke herunter und blickte in den kleinen Seitenflur. Der Geruch von Kordit lag in der Luft. Millner schlich in gebückter Haltung schnell durch den Flur und warf einen vorsichtigen Blick ins Wohnzimmer. Dort standen drei Männer, mit Sonnenbrillen und dunklen Anzügen bekleidet, vor der Tür des Arbeitszimmers des Präsidenten. Lieutenant Myers lag rücklings auf dem Flur, er hatte mitten in der Stirn ein Loch. Seine Augen starrten ins Leere. O'Hara saß mit einer Art erstauntem Gesichtsausdruck auf der Couch. Auch er war erschossen worden. Die Wunde in seiner Stirn war kreisrund und blutete leicht. Wahrscheinlich hatte er es nicht mehr geschafft aufzustehen und zurückzuschießen. Beide *Secret-Service*-Agenten hielten ihre Pistolen noch in den Händen. Beide waren tot.

Die Schweinekerle haben mich belogen, durchfuhr es Millner. Von wegen nur betäubt, dachte er grimmig und wütend zugleich. Der Leibwächter des Präsidenten fühlte sich betrogen. Dennoch musste er der Situation gewachsen sein. Er schlich hinter die Seitenwand der Couch, auf der der tote O'Hara saß. Das große Sitzmöbel diente ihm dabei als Deckung. Gleichzeitig öffnete er mit der rechten Hand die Lederschlaufe, mit der seine Pistole im Holster gesichert war. Werden die Saudis jetzt den Präsidenten ermorden, fragte sich John Millner und wusste in diesem Moment, dass er weder die versprochenen Millionen noch Rana jemals bekommen würde. Mein Gott, bin ich blöd, dachte er. Die bittere Erkenntnis grub sich in seinen Magen hinein und verursachte ein Brennen. Er würgte und schmeckte säuerliche Galle im Mund. Das Herunterschlucken fiel ihm schwer. Mit einem Male hörte er seinen eigenen Pulsschlag im rechten Ohr.

Die beiden Saudis standen noch immer vor der Tür und tuschelten leise auf Arabisch. Sie erörterten bestimmt, was nun weiter getan werden sollte. Da öffnete sich die Tür zum Hotelflur und ein weiterer Saudi kam herein. Millner duckte sich tiefer und erkannte mit einem Blick, anhand der Körpersprache, dass der Anführer dieser Mörderbande hereingekommen war. Ein aufrechter Gang, ein wissender Blick, etwas herrische Gestik und Mimik verrieten die Funktion des Mannes im Maßanzug mitten in der Suite. Ihm folgte ein zweiter Araber. Auch der schien einen höheren Rang zu haben als die beiden anderen, die seine *Secret-Service*-Kollegen erschossen hatten.

Millner duckte sich weiter hinter der Couch. Sein Herz schlug rasend schnell und er hörte die Männer in arabischer Sprache miteinander reden. Die Tür zum Hotelflur wurde leise wieder geschlossen. Ein metallischer Geschmack machte sich in seinem Mund breit. Seine Augenlider flatterten leicht. John versuchte, sich mit der erlernten Atemtechnik zu beruhigen. Ausatmen, Mund schließen, leicht durch die Nase einatmen, warten, Lippen öffnen, ausatmen. Konzentrieren, Waffe kontrollieren. Wie oft hatte er das trainiert? Hundertfach. Aber er war sich sicher, auch hier würde er sich beherrschen können und genau die richtigen Dinge tun. Ich bin kein Loser, ich bin Profi, die werden mich kennenlernen, diese Schweine. Wartet ab, mit wem ihr euch angelegt habt! Sein Puls wurde wieder ruhiger.

Er dachte nach. Wie gehe ich vor? Wenn ich aus der Deckung komme, schießen sie auf mich. Ohne mit der Wimper zu zucken. Anderseits vermuten sie mich auf der Toilette, ging es ihm durch den Kopf. Oder soll ich den Helden für das Arschloch Rampthon spielen? Nein, das auf keinen Fall!

Das saudische Kommando musste mit einer großen Anzahl an Männern ins Hotel eingedrungen sein. Das würde nicht unentdeckt bleiben. Keiner konnte so unbemerkt einfach Männer des *Secret Service* umlegen. Wahrscheinlich wurde bereits hektisch überlegt, wie vorgegangen werden sollte, um den Präsidenten zu beschützen. Der *Service* würde nicht lange auf sich warten lassen. Der Super-GAU war eingetreten. Der POTUS war in Lebensgefahr! Millners Gelegenheit zuzuschlagen, war in diesem Moment gekommen. Dass es seine einzige Chance war, wusste der *Secret Service*-Mann ganz genau.

Einer der beiden Attentäter, die zuerst in die Suite eingedrungen waren, machte sich auf, in den kleinen Flur Richtung Toilette zu gehen. Der *Secret-Service*-Mann betätigte auf seinem Handy eine rote Taste. Das zeigte seiner Einheit draußen an, dass der Präsident in Gefahr war und dass er noch lebte. John zog seine schwarze *Beretta* aus dem Holster. Das war die Standardwaffe der Leibwächter des Präsidenten. Den Schlitten musste er nicht nach hinten ziehen, um die Neun-Millimeter-Patrone in den Lauf zu befördern. Beim *Secret Service* war es Usus, immer eine schussbereite Waffe zu haben. Im Notfall, und dafür war er ausgebildet worden, zählte jeder Bruchteil einer Sekunde. Zudem erhöhte es die Kapazität der zur Verfügung stehenden Patronen. Fünfzehn Schuss waren im Magazin einer *Beretta*. Eine davon feuerbereit im Patronenlager des Laufes. Man musste nur noch den Sicherungshebel mit dem Daumen leicht nach oben schieben und schon war die Halbautomatik schussbereit. Zudem hatte Millner noch vier Ersatzmagazine im Gürtel stecken. Millner hob die *Beretta* an, zielte mit ausgestrecktem Arm auf den Rücken des Saudis, atmete leicht ein, dann aus, wartete kurz und drückte ab.

Währenddessen flüsterten Major Adil bin Zayid Al-Burafyfi und Hauptmann Amal Yusif mit dem Unteroffizier, der Lieutenant Myers bei Betreten der Suite erschossen hatte. Sie waren sich sicher, dass der Präsident noch in seinem Arbeitszimmer war. Zumindest hatte ihnen das McNaber verraten. Sie hatten den außenpolitischen Berater des Präsidenten auf dem Hotelflur überwältigt und ihm ein Messer an den Hals gehalten.

„Wo ist der Präsident, du Hurensohn?“, schnauzte einer der Saudis ihn an. McNaber plapperte angstvoll aus, dass Rampthon in seinem Arbeitszimmer sei. Er bettelte flehentlich um sein Leben, aber einer der Saudis zog ihm schon ein Messer durch den Hals und das Blut schoss nur so heraus. Der Schnitt war mit brutaler Gewalt ausgeführt worden. McNaber gurgelte, zuckte hin und her, strampelte mit den Füßen und starb, noch bevor er auf den Teppichboden des Flurs fiel.

Hauptmann Yusif hatte seine Pistole gezogen und deutete auf die Türklinke, die Major Al-Burafyfi gerade herunterdrücken wollte. Der Unteroffizier stand hinter den beiden. Er sicherte sie mit seiner ebenfalls gezückten Waffe. Der Schuss aus Millners *Beretta* war ohrenbetäubend laut gewesen und die drei Saudis zuckten zusammen. Bislang war bei dem Überfall nur mit Schalldämpfern im Hotelgebäude gefeuert worden. Jetzt befand sich ein neuer Akteur im Spiel. Die Attentäter blickten in Richtung des Flurs und konnten gerade noch sehen, wie ihr Kamerad nach vorne auf den Fußboden sackte. Ein zweiter Schuss knallte und der Unteroffizier, der zuvor noch neben dem Major und dem Hauptmann gestanden hatte, stürzte schreiend zu Boden. Er hielt sich den Bauch, dort, wo ihn Millners Kugel getroffen hatte. Das Projektil war in die Milz eingedrungen. Der Saudi schrie laut vor Schmerzen und wälzte sich am Boden. Major Al-Burafyfi und Hauptmann Yusif hielten ihre Waffen, ebenfalls langläufige Pistolen mit Schalldämpfer, in die Richtung der Couch und feuerten gleichzeitig. Sie glaubten, dass aus dieser Richtung auf sie geschossen worden war. Hustend durchlöcherten die beiden Saudis die Couch und die Leiche des zuvor schon tödlich verletzten US-Agenten. Der leblose Körper des Amerikaners kippte, durch die Wucht von weiteren Einschüssen bewegt, langsam zur Seite. Dabei glitt ihm die Waffe endgültig aus den Händen und rutschte auf den Teppichboden. Noch immer sickerte Blut aus den Wunden und der Leichnam sank von der Couch und blieb unten in einer merkwürdig verrenkten Haltung liegen.

Die beiden saudischen Offiziere rissen ihre Sonnenbrillen herunter und stierten nervös zur Couch. Vor ihnen stöhnte der schwerverletzte Unteroffizier noch einmal auf und lag dann still, beide Hände auf den Bauch gepresst. Ungläubig blickten die Saudis auf das Geschehen. So, als könnten sie nicht begreifen, was gerade alles schiefging. Der Plan war doch relativ simpel gewesen. Doch jetzt erlebten sie ein Desaster. In diesem Augenblick flog hinter ihnen die Tür auf und Rampthon stürzte ins Wohnzimmer. Der Präsident wog gut und gerne 125 Kilogramm. Mit der Wucht seines Körpers, mit dem er die Tür aufbrach, katapultierte er die beiden Attentäter durchs Wohnzimmer. Alle drei prallten gegen den Couchtisch. Der POTUS konnte seinen Schwung nicht abbremsen und fiel mit beiden Anführern des Mordkommandos zu Boden. Millner schaute aus seinem Versteck hervor. Mit der Waffe zielte er auf die drei Personen, die dort auf den Resten des zusammengebrochenen Tisches lagen und versuchten, wieder auf die Beine zu kommen. Da alle dunkle Anzüge trugen, konnte Millner den Präsidenten nicht sofort ausmachen. Er war sich aber sicher, dass der korpulenteste von allen, dessen blondgefärbte Haare merkwürdig vom Kopf abstanden, Rampthon sein musste. Damit hatte er recht.

Von draußen hörte man aufgeregte Stimmen. Dann das Rattern mehrerer Sturmgewehre und Maschinenpistolen. Die Verstärkung war eingetroffen. Der *Secret Service* schlug zurück und die Nachhut der Agenten stürmte den Flur der vierten Etage. Sie lieferten sich ein heftiges Gefecht mit den Attentätern. Die Geräusche von vielen Schreien und markigen Befehlen drangen in die Suite. Dann explodierte eine Blendgranate. Vereinzelt war das Ploppen von schallgedämpften Schüssen zu hören. Die Hölle war losgebrochen.

Der saudische Hauptmann in der Suite des Präsidenten hatte es geschafft, den schweren Mann, der auf ihm lag, zur Seite zu stemmen. Er drückte ihn noch weiter von sich weg. Mit einer schnellen Drehbewegung sprang der durchtrainierte Mann plötzlich auf und zielte dabei mit seiner Waffe auf den Präsidenten. Millner visierte mit der *Beretta* geistesgegenwärtig den Araber an und feuerte direkt zweimal. Der Hinterkopf des Saudis platzte auseinander, Gehirnmasse spritzte durch den Raum. Rampthon rollte über den noch unter ihm liegenden Major zur Seite. Wie eine Litfaßsäule, die man umgeworfen hatte, kegelte er mehrfach um seine eigene Achse. Dann blieb er liegen und hielt sich die Hände vors Gesicht.

Major Al-Burafyfi versuchte, wieder auf die Beine zu kommen. Er entdeckte dabei Millner hinter der Ecke der Couch und fauchte ihn an: „Khayin, Verräter. Stirb, du Abn eahira, Sohn einer Hure!“ Voller Zorn blickte der Saudi auf den Agenten und zielte instinktiv mit der Waffe in Richtung des *Secret-Service*-Mannes.

In diesem Augenblick zerbarsten die Fensterscheiben, Tausende von Glassplittern regneten ins Zimmer hinein. Die Couch, der Fernseher, die Wände, die Bilder, einfach alles wurde von Schüssen durchsiebt. Die Scharfschützen des *Secret Service*, die auf den Dächern gegenüber in Position lagen, hatten die Situation nicht richtig eingeschätzt und vermuteten, dass nur die Attentäter im Wohnzimmer waren. Jemand hatte den Feuerbefehl gegeben. Hätten sie gewusst, dass der Präsident der Vereinigten Staaten im Raum lag, wäre kein einziger Schuss abgefeuert worden. Millner duckte sich flach auf den Boden und kroch zur Fensterseite hinüber. Hinter dem Heizkörper suchte er Deckung. Die Projektile perforierten nicht nur alles im Zimmer, sondern schlugen auch draußen in die Hauswand ein. Überall war Staub in der Luft. An dieser Stelle in der Suite war Millner vor den Kugeln der Scharfschützen einigermaßen sicher. Nur einige Querschläger jaulten quer durch den Raum. Auch der saudische Major suchte verzweifelt Deckung. Rampthon dagegen lag nach wie vor auf dem Boden. Allerdings war er vor einigen Sekunden an der Wand entlang zur Tür gerobbt und lag jetzt in dem Bereich des Zimmers, in dem die Geschosse weiterhin einschlugen.

Nach dem sekundenlangen Dauerfeuer der Scharfschützen wurde es schlagartig still. Noch einmal knallte es. Draußen wurden hektisch Befehle gerufen, dann herrschte absolute Stille. Auch vom Hotelflur drangen jetzt keine Geräusche mehr in die Suite.

Millner hatte den Kopf eingezogen und ihn dabei mit seinen Armen geschützt. Jetzt streckte er sich ein wenig aus. Seine Schuhe knirschten auf dem mit Glassplittern übersäten Teppichboden. Der Agent blickte sich vorsichtig um und sah, dass der verbliebene Attentäter mittlerweile an Rampthon vorbeigeschlichen war. Der Saudi nahm etwas aus seiner Hosentasche. Der *Secret Service*-Mann wollte erneut mit seinem Handy ein Notfallsignal aussenden, um anzuzeigen, dass er noch lebte. Doch bei der ganzen Schießerei war ihm sein Mobiltelefon entglitten.

Millner nahm die *Beretta* und zielte auf den Attentäter. Der suchte Deckung hinter dem Präsidenten. Ein Schuss würde den POTUS unmittelbar gefährden. Dennoch visierte John mit seiner Pistole den Saudi an, jederzeit bereit, ihm eine Kugel in den Kopf zu jagen. Da bemerkte er, wie dem Präsidenten mit einer schnellen Bewegung eine Schlinge um den Hals gezogen wurde. Das war Plastikband, ein Kabelbinder, durchfuhr es Millner. Der Major zog die Schlinge zu, aber nur so weit, dass der Hals des POTUS nur leicht eingeschnürt war. Wenn auch mühsam, konnte er weiter atmen. Dennoch schluckte Rampthon verzweifelt und sein Kopf lief dunkelrot an. Er schnaufte und versuchte, mit beiden Händen den Kabelbinder zu entfernen. Das gelang ihm jedoch nicht, denn dafür war das Plastikband zu fest um seinen Hals geschlungen.

„Afeal ma tadfaueth mqabl", fauchte der Saudi zu Millner rüber, „mach, wofür du bezahlt wirst!" Der Präsident strampelte mit beiden Beinen, so als wolle er auf der Stelle laufen. Dabei bekam er immer weniger Luft zum Atmen. Millner bemerkte, dass sich die Hose von Rampthon im Schritt dunkel färbte; er pinkelte sich vor Angst in die Hose. Wie immer, wenn Menschen in Todesgefahr sind, versagen Blase und Darm.

„Na, du Dreckschwein", rief er dem Präsidenten zu, „bist du jetzt endlich mal an einen Stärkeren geraten? Soll ich dich etwa vor den Kameltreibern beschützen, wo du mich keines Blickes gewürdigt hast?" Aus seinen Worten sprach genauso Anspannung wie Abscheu. Doch der Präsident hörte ihn nicht, er wälzte sich wie im Todeskampf. Seine Finger zerrten verzweifelt am Kabelbinder. Als er mit dem linken Zeigefinger hinter das Plastikband kam, schnürte es ihm noch mehr die Luft ab. Schnell zog der Präsident seinen Finger wieder zurück. Dabei schnaufte er durch die Nase, Rotz lief ihm über die Lippen. Tränen rannen seine Wangen hinunter.

Adil bin Zayid Al-Burafyfi suchte immer noch hinter dem massigen Körper des Präsidenten Schutz vor möglichen Schüssen. Die Lage war ziemlich verfahren. Da kam Millner eine Idee. „Okay, war alles so plötzlich. Machen wir, dass wir hier herauskommen", rief er dem Major zu.

„Waffe her", rief dieser zurück.

Millner schleuderte seine *Beretta* quer durch den Raum und sah, wie der Major sie an sich nahm und hinten in seinen Hosengürtel stopfte. Plötzlich öffnete sich die Tür zum Hotelflur. Ein weiterer Saudi, ebenfalls in einen dunkelblauen Maßanzug gekleidet, blickte angstvoll ins Zimmer und rief dem Major zu: „Klu almawtaa, alle tot!"

Ein Schuss belferte vom gegenüberliegenden Dach her ins Zimmer, der gerade hereingekommene Angreifer wurde in den Flur zurückgeworfen und sackte dort röchelnd an der Tapetenwand zu Boden. Ein riesiges Loch in seiner Brust zeigte an, wo ihn das Geschoss des Scharfschützen getroffen hatte. Der Major, bäuchlings auf dem Boden liegend, zog Rampthon am Hemdkragen langsam zurück in Richtung der Tür. Mit den Füßen voraus robbte er rückwärts aus der Suite. Millner kroch, eng am Boden bleibend, hinterher. Er wusste, dass die Scharfschützen auf alles schießen würden, was sich im Zimmer bewegte. Es gelang aber allen dreien, dem POTUS natürlich unfreiwillig, in den Hotelflur zu entkommen.

Hier bot sich Millner ein schreckliches Bild. Überall lagen Männer auf dem Boden herum. Viele von ihnen hatten dunkle

Anzüge an und trugen Sonnenbrillen. Er konnte weiter hinten im Korridor erkennen, dass auch dort einige Körper übereinander gehäuft auf dem Teppichläufer lagen. Manche hatten ihre Arme und Beine weit von sich gestreckt. Andere lagen zusammengekrümmt und pressten noch im Tod ihre Oberschenkel an den Bauch. Sie mussten unter heftigsten Schmerzen gestorben sein. Hier hatte ein fürchterliches Massaker stattgefunden. Keiner hatte das überlebt. Zumindest war kein Schreien oder Wimmern zu hören. Gespenstische Stille. Gegenüber an der Wand angelehnt saß ein Mann in einem Tarnanzug. Er hatte keine Sonnenbrille im Gesicht und sah zwar südländisch aus, war arabischer Herkunft. Aber irgendwie wirkte er nicht wie ein Saudi. Millner konnte nicht ahnen, dass das der letztverbliebene Iraner war, der als Sündenbock herhalten sollte. Die Attentäter hatten ihn im Flur zwischengelagert, um ihn nach Ermordung des amerikanischen Präsidenten in der Suite als Täter zu drapieren. Ähnlich wie sie das schon in der Suite von Präsident Yigit praktiziert hatten.

Der Major, nunmehr aus dem Schussfeld der Scharfschützen gekrochen, hatte sich aufgerichtet und zog dabei den Präsidenten den Flur entlang. Er blieb vor einem Servierwagen stehen und wischte mit einer Hand die Gläser und Flaschen sowie eine Schale mit Obst zur Seite. Er zerrte den Körper von Rampthon rücklings auf den kleinen Rolltisch. Millner musste mithelfen. Beide ächzten vor Anstrengung, aber schließlich lag der Präsident auf dem Servierwagen. Zayid Al-Burafyfi schlug dem POTUS ohne Vorwarnung mit dem Pistolenknauf auf den Hinterkopf. Der mächtigste Mann der Welt sackte wie ein Mehlsack in sich zusammen. Sein Kopf sowie die massigen Arme und Beine ragten über den Rand der oberen Platte. Schnell fesselte der Attentäter die Beine und Hände des Präsidenten mit weiteren Kabelbindern aneinander. Millner, der im Flur in sicherer Deckung vor den Scharfschützen war, sah, dass der Kabelbinder, mit dem der Präsident gefesselt wurde, mit den weiß-blau-roten Farben der Stars and Stripes, der amerikanischen Nationalflagge, versehen war. Was für eine Ironie! Ever *America first*!

Der Major forderte Millner energisch mit der Pistole in der Hand auf, ihm sofort zu folgen. Der Agent sollte den Servierwagen, auf dem der bewusstlose Rampthon wie ein dicker Truthahn zu Thanksgiving lag, dicht hinter ihm den Flur entlangschieben. Al Burafyfi eilte voraus, immer wachsam um sich schauend und mit der Waffe in alle Ecken zielend. Millner bemühte sich, mit dem unter der schweren Last quietschenden Rollwagen schnell hinterherzukommen. Dann war es von einem auf den anderen Moment völlig dunkel, alle Lichter im Flur erloschen.

Kapitel 40

Amerikanisches Generalkonsulat, Königinstraße, München, Deutschland

Das amerikanische Generalkonsulat glich einem Ameisenhügel, in den mehrmals hineingestochen worden war. Männer und Frauen liefen hektisch über die Flure, überall klingelten Handys. Menschen rannten sich fast um und standen sich im Weg. Hin und wieder hörte man verzweifelte Ausrufe wie: „Blas it, bloody hell, load of shit", was so viel wie verdammte Kacke oder eine Ladung Scheiße hieß. Der Super-GAU, der größtmögliche anzunehmende Unfall, war eingetreten. Der Präsident der Vereinigten Staaten, Ronald J. Rampthon, war nicht mehr unter dem Schutz des *Secret Service.* Vielmehr musste angenommen werden, dass sich der POTUS in der Hand arabischer Terroristen befand und es konnte nicht ausgeschlossen werden, dass er getötet werden würde oder bereits tot war.

„Holy shit!" rief Meghan Gretonis. Die US-Generalkonsulin knallte den Hörer ihres Telefons hin und ließ sich in den mit schwarzem Leder bezogenen Bürosessel fallen. Sie hatte gerade mit dem Einsatzleiter des *Secret Service* in München telefoniert, der für die Bewachung des Präsidenten während seines Aufenthaltes bei der Internationalen Sicherheitskonferenz in Deutschland verantwortlich war. Bereits vor wenigen Minuten waren über *GNN Headline News*, *ABD* und *Nox News* gemeldet worden, dass ein Terrorkommando im Hotel *Majestic Imperial* den türkischen Präsidenten Yigit erschossen und das amerikanische Staatsoberhaupt entführt habe. Es gäbe viele Tote und Schwerverletzte, offizielle Stellen könnten definitiv nicht bestätigen, dass der Präsident in Sicherheit sei.

Das Telefon klingelte erneut. Gretonis hob ab, und ihr Assistent McGrover fasste kurz für sie zusammen, wer alles und sofort mit der Generalkonsulin sprechen wolle. „Meghan", schnarrte er, „zunächst habe ich das Büro des Vizepräsidenten am Ohr. Irgendein eingebildetes Arschloch, wahrscheinlich von der *Princeton University* kommend, hat mich aufgefordert, dass Sie sofort Mike Cooper anrufen sollen. Dann habe ich den *CIA*-Chef Europa am Telefon sowie den bayerischen Polizeipräsidenten und jemand vom Innenministerium! Was hat denn Danny Hagan vom *Secret Service* gesagt, Konsulin?"

„Also, heute Vormittag ist ein Terrorkommando in das Hotel *Majestic Imperial* über die Lieferantenzufahrt eingedrungen und hat sich ein Scharmützel mit der deutschen Bundespolizei geliefert. Vierundvierzig, ich wiederhole, vierundvierzig Personen sind dabei ums Leben gekommen. Darunter viele der Attentäter. Danach hat sich ein großer Teil der eingesetzten Agenten des *Secret Service* und der Leibgarde des türkischen Präsidenten auf die Ebene des Erdgeschosses begeben, um die Lage von dort aus zu sichern. Der Angriff der Terroristen, angeblich arabischer Herkunft, hat keine Minute gedauert. Allerdings", so meinte Hagan, „sei das nur ein Ablenkungsmanöver gewesen. Denn gleichzeitig seien weitere Terroristen im dritten Stock auf der Etage, in der die Suite von Yigit ist, aufgetaucht und hätten alle, ich betone, alle türkischen Leibwächter ausgeschaltet. Dann ist der Präsident der Türkei, ausgerechnet in seinem Badezimmer, kaltblütig erschossen worden. Mittlerweile ist die gesamte dritte Etage gesichert. Ersatzkräfte der Leibgarde und der deutschen Bundespolizei haben den Trakt unter Kontrolle. Allerdings hat man nur zwei tote Attentäter gefunden, vermutlich Iraner." Die Konsulin atmete kräftig durch.

Ihr Assistent fragte nicht nach, sondern hörte seiner Chefin weiterhin konzentriert zu. Er wusste, dass sie es nicht leiden mochte, unterbrochen zu werden.

„Dann scheinen die Terroristen über einen dem *Secret Service* nicht bekannten Zugang in der vierten Etage aufgetaucht zu sein. Dort kam es wieder zu einem heftigen Gefecht, bei dem unsere Agenten ums Leben gekommen sind. Ein einziger konnte schwerverletzt in der Nähe des Treppenhauses evakuiert werden. Er war allerdings nicht mehr in der Lage, uns irgendwelche Informationen zu geben. Der Service meint jedoch, Gas an seiner Kleidung festgestellt zu haben. Es scheint also, dass die Terroristen unsere Männer betäubt haben und sie daher nicht mehr in der Lage waren, sich zu wehren. Damit konnte keiner rechnen. Der engste Zirkel um den POTUS wurde ebenfalls ausgeschaltet. Das passierte alles in der Suite des Präsidenten. Hagan sagte, dass die ersten Hinweise darauf deuten würden, dass als Kellner getarnte Terroristen die Leibwächter vor der Tür zur Suite von Rampthon überwältigt haben, um dann in die Zimmer des Präsidenten einzudringen. Fast gleichzeitig hat ein Agent des Service, der für die Bewachung des POTUS verantwortlich ist, Alarm ausgelöst. Er ist momentan nicht auffindbar. In der Suite wurden die Leichen von zwei *Secret Service*-Agenten und drei arabischen Attentätern gefunden. Vor der Tür liegt ein toter Iraner. Der hatte als einziger der Terroristen einen Militärausweis dabei. Sehr merkwürdig, das Ganze!" Meghan Gretonis, deren Eltern aus Athen stammten, wischte sich eine dunkle Strähne aus dem Gesicht.

„Und der Präsident, was ist mit dem?", fragte McGrover jetzt nach, obwohl durch die TV-Nachrichten bereits vorinformiert war, dass Rampthon momentan nicht aufzufinden sei.

„Der POTUS ist verschwunden!", hauchte Gretonis und raufte sich dabei die Haare.

Überall auf der Welt schlug die Nachricht vom Attentat wie eine Bombe ein. Alle übrigen Teilnehmer der Münchener Sicherheitskonferenz wurden sofort evakuiert und in Sicherheit gebracht. Mohammed bin Talman Alsisi, der saudi-arabische Kronprinz, und der deutsche Bundeskanzler saßen gerade bei einem bilateralen Austausch zusammen, als sie über die Vorgänge im *Majestic Imperial* unterrichtet wurden. Ein wie der zukünftige Thronfolger in traditioneller Tracht gekleideter Mann betrat den Konferenzsaal, in dem sich die beiden Staatsmänner alleine und ohne Dolmetscher befanden. Märzbecher und bin Talman Alsisi sprachen beide hervorragend Englisch und debattierten gerade über die von Deutschland stornierten Militärlieferungen an Riad. Bin Talman Alsisi wollte den Bundeskanzler davon überzeugen, dass die von Saudi-Arabien bestellten zweihundert *Leopard II Panzer* auf keinen Fall im Jemen eingesetzt werden würden. Märzbecher konnte sich ein sarkastisches Lächeln nicht verkneifen. Er stutzte jedoch, als der hereinkommende saudi-arabische Mitarbeiter dem Kronprinzen leise etwas ins Ohr flüsterte. Bin Talman Alsisi hatte sich zuvor bei Märzbecher mit einer höflichen Geste die kleine Unterbrechung ihres Gespräches erbeten, was dieser mit einem kurzen Nicken positiv votierte.

Der saudische Thronnachfolger lächelte kurz, bevor er den Bundeskanzler wieder anblickte. Sein Gesichtsausdruck war konzentriert und ernst, er zog die Stirn in Falten und atmete dabei heftig ein und aus. Märzbecher wusste, das bin Talman Alsisi ein schlechter Schauspieler war. Einem Araber, zudem aus Saudi-Arabien, konnte man einen erzielten Triumph sofort anmerken. Auch wenn versucht wurde, Emotionen zu unterdrücken. Märzbecher hatte in seiner Zeit als Berater einer großen amerikanischen Investmentgesellschaft das Verhalten vieler Araber erlebt und wusste, wie man mit ihnen verhandelte. Er ließ sich vom Kronprinzen nicht aufs Glatteis führen. Wenige Sekunden später kam der Bundespressesprecher Wim Bauer in den Raum und informierte Märzbecher gleichfalls über die aktuellen Geschehnisse.

Warum hat bin Talman Alsisi gelächelt?, ging es dem Bundeskanzler durch den Kopf. War er erfreut über den Tod von Yigit? Bestimmt. Und über das Verschwinden von Rampthon, wohl weniger, oder? Steckte bin Talman Alsisi selbst dahinter? Wahrscheinlich, zumindest musste er von dem Plan gewusst haben. Märzbecher reizte es, den Saudi zu testen. „Seine Hoheit haben vernommen, was passiert ist?“ Er rutschte in seinem Sessel leicht nach vorn und blickte bin Talman Alsisi direkt an.

„Ja, Herr Bundeskanzler, das habe ich. Furchtbar, was geschehen ist. Kann ich Ihnen die Hilfe der saudischen Regierung und des Könighauses anbieten?“ Bin Talman Alsisi lächelte den Bundeskanzler freundlich und hilfsbereit an, wirkte aber schlitzohrig dabei.

„Vielen Dank, Hoheit, Yigit soll überlebt haben und Rampthon ist verschwunden!“, meinte er.

„Nach meinen Informationen ist der türkische Präsident tot!“

Märzbecher beobachtete bin Talman Alsisi genau. Kein Lächeln war auf den Gesichtszügen des Arabers zu erkennen. Aber die dunklen Augen seines Gegenübers blitzten kurz auf und verrieten ihm, dass bin Talman Alsisi die Nachricht vom Tod des osmanischen Gegenspielers eine große Genugtuung bereitete. „Die Attentäter stammen aus dem Iran, so sagte man mir soeben“, fügte der Saudi hinzu.

„Sie entschuldigen mich, Hoheit, wir vertagen unser Gespräch!“ Märzbecher stand auf und war sich beim Hinausgehen darüber klar, was nun auf die Weltpolitik zukam. Der Iran würde, ob nun tatsächlich verantwortlich oder nicht, für das Attentat auf Yigit und Rampthon zur Rechenschaft gezogen werden. Bin Talman Alsisi steckte irgendwie hinter dem Komplott. Der Deutsche war sich sicher. War der Saudi der Strippenzieher im Hintergrund oder gar der Auftraggeber des Terrorkommandos? Mein Gott, das würde heftig werden. Märzbecher verließ eilig, gemeinsam mit seinem Pressesprecher, den Raum. Es gab viel zu besprechen und zu klären.

Die Amerikaner drehten vollkommen durch. Ein Präsident Rampthon, der ständig Alleingänge vollführte und damit seine Administration wiederholt an den Rand der Verzweiflung trieb, sei es durch unüberlegte *Kwitter*-Nachrichten oder andere spontane Ideen in der Kommunikation gegenüber Institutionen oder Regierungen, war immer ein latentes Anschlagsziel. Früher oder später würde versucht werden, ihn auszuschalten. Die *CIA*, die *NSA*, das *FBI* sowie der *Secret Service* hatten immer wieder alle möglichen Szenarien durchgespielt und diverse Präventionsmaßnahmen entwickelt. Aber auch die beste Vorbereitung konnte nicht jegliches Risiko ausschließen. Der Präsident hatte seine eigene Vorstellung davon, wie er bewacht werden wollte. Er glaubte tatsächlich, dass man ihn verehren oder zumindest achten würde. Auf jeden Fall, so war seine Meinung, hatten viele Menschen, erst recht Schwachköpfe, Angst vor ihm. Natürlich wusste auch Rampthon, dass es Personen gab, die ihm Tod und Teufel an den Hals wünschten. Durch seine aktive Zeit als Immobilienmakler, inmitten des Haifischbeckens Manhattans, war er es gewohnt, vielen mehr oder minder gefährlichen Gegnern gegenüberzustehen und sich gegen sie durchzusetzen. Einige Male hatten mögliche Konkurrenten versucht, ihn aus dem Weg zu räumen.

Rampthon nahm Angriffe gegen ihn sehr persönlich. Das war typisch für einen Narzissten wie ihn. Und er reagierte auf Attacken immer unmittelbar, höchst impulsiv und sehr emotional. Seine Wutausbrüche waren legendär. Für sein direktes Umfeld bedeutete das nichts Gutes, denn Rampthons Reaktionen waren unvorhersehbar. So knöpfte er sich Jahre zuvor, wenige Minuten vor einer gerichtlichen Anhörung, einen seiner Maklerkollegen persönlich vor. Dieser hatte ihn wegen einer angeblich widerrechtlichen Absprache bei öffentlichen Abgaben von Geboten für Baugrundstücke verklagt. Morgens, auf dem Weg zum Court of Justice, drohte Rampthon seinem Kontrahenten auf den Stufen zum Gerichtsgebäude lautstark Prügel und Verleumdung an. Der schmierige Itaker, wie der jetzige Präsident seinen ehemaligen Konkurrenten nannte, war nicht einmal einen Meter sechzig groß. So konnte Rampthon ihn wie einen kleinen Jungen an den Oberarmen packen und in die Luft heben. Als er in die dunkelbraunen Augen seines Gegners schaute, schwebte der Makler bereits mehrere Handbreit über der Erde und zappelte wild mit den beiden Beinen. Rampthon raunzte ihn an: „Ich mach dich platt, du Wichser. Erst dich, dann deine Firma und zuletzt knöpfe ich mir deine gesamte italienische Scheißfamilie vor. Hast du verstanden, du hältst jetzt deine verdammte Fresse und trollst dich davon!" Er ließ ihn wieder zu Boden sinken. Mario Petralia, so hieß der Kontrahent, zitterte am ganzen Leib, nickte zustimmend und rannte, wie von der Tarantel gestochen, davon. Zu einer Aussage vor Gericht kam es nicht, die Klage wurde fallengelassen.

Aber wer geglaubt hätte, dass sich Rampthon damit zufriedengegeben hätte, irrte gewaltig. Der Immobilienmogul setzte seinem Konkurrenten nachträglich noch gewaltig zu, obwohl dieser vor Gericht nicht ausgesagt hatte. Alle, die mit Petralia zusammenarbeiteten, wurden eingeschüchtert. Mieter seiner Wohnungen wurden bedroht, Lieferanten unter Druck gesetzt, Mitarbeiter abgeworben und immer wieder gab es Attacken gegen die Familie von Petralia. So fand man seinen fünfzehnjährigen Enkel, grün und blau verprügelt, schluchzend in der Umkleidekabine seines Sportvereins. Das *Porsche*-Cabrio der Tochter Petralias, geparkt vor einem Supermarkt, wurde von einem Baufahrzeug mit Flüssigbeton vollgegossen. Zeugen für den Vorfall gab es nicht. Der Bruder des italienischen Maklers konnte erst durch den Einsatz der Feuerwehr aus der hauseigenen Sauna befreit werden. Die Holztür war von außen verriegelt worden. Salvatore Petralia wurde mit einem Kreislaufkollaps in die Klinik gebracht.

Diese Aktionen sollten allen anderen zeigen: „Passt gut auf und legt euch nicht mit Rampthon an!" Denn das war äußerst gefährlich. Er griff jeden Gegner, der sich aus der Deckung wagte, massiv und mit allen zur Verfügung stehenden Mitteln an. Schon als Kind hatte der Immobilienmakler von seinem Vater gelernt: „Wenn du zuschlägst, dann gleich richtig! Immer als Erster!" So verhielt sich Rampthon auch während seiner Präsidentschaft. Die Presse, die von ihm nur „Fake News" genannt wurde, die Justiz, die Oppositionsparteien, andere Staatslenker, einfach alle, die nicht seiner Meinung waren oder ihn nicht überschwänglich lobten, wurden ins Visier genommen und angegriffen. Er verbreitete Lügen, wiederholte sie immer wieder, erhob Anschuldigungen und stieß Drohungen jeglicher Art aus. Diese Methode hatte Erfolg. Viele verglichen Rampthons Vorgehen mit dem der *Cosa Nostra*. Gerade in New York war das Immobiliengewerbe schon immer in der Hand von kriminellen Vereinigungen gewesen. So hatte Rampthon schon frühzeitig, beginnend ab seiner Tätigkeit als Juniorchef an der Seite seines Vaters, gelernt, wie man in Manhattan erfolgreich Geschäfte machte. Interessant war, dass es ihm scheinbar immer wieder gelang, durch Drohungen und nachfolgende Sanktionen seine Gegner so einzuschüchtern, dass er schalten und walten konnte, wie er wollte.

Die *Mafia* versendete in Problemfällen nur eine einzige Mahnung. Gehorchte der Gegner nicht wie gefordert, folgte umgehend die Bestrafung in massivster Form. Entweder beendete eine Neunmillimeter-Kugel den Frisörbesuch des Bedrohten oder die Küstenwache fand im Hudson seine Leiche, die mit den Füßen in einem Betonblock steckte. Die Methoden der ehemaligen Chicagoer Gangsterbosse hatte man in Big Apple nahtlos übernommen. Denn sie waren perfekt. Genau diesem Prinzip hatte sich auch Rampthon verschrieben.

Aufgrund seiner Durchsetzungskraft war der Präsident der Vereinigten Staaten von Amerika davon überzeugt, dass niemand sich trauen würde, ihn tatsächlich ernsthaft gefährden zu wollen. Dies machte er auch seinen Sicherheitsberatern ständig klar, erst recht den Agenten vom *Secret Service*. Sein Motto lautete, auch wenn er nie Latein in der Highschool erlernt hatte, „si vis pacem, para bellum", was übersetzt hieß, „und willst du Frieden, so rüste für den Krieg!" Und dennoch war es passiert. „Irgendwelche arabischen Schweinehunde haben den POTUS entführt", so beschrieb es Admiral Cotterfield bei der ersten Krisensitzung im Newsroom der *CIA* in Langley. Man stand in laufendem Kontakt mit dem Weißen Haus. Der Sicherheitsberater des Präsidenten war in den USA geblieben. Er nahm nicht an der Sicherheitskonferenz teil, sondern hielt weiterhin in Washington die Fäden in der Hand. Rampthon befürchtete, wenn er auf Auslandsreisen war, dass andere Kräfte in seinem White House die Macht übernehmen könnten.

Gemeinsam mit dem Stabschef, dem Außen- und dem Heimatschutzminister, wurde im Oval Office unter Leitung von Mike Cooper, dem Vizepräsidenten, debattiert, wie man sich nach der Entführung des Präsidenten verhalten sollte. Cooper hatte vorläufig die Staatsführung übernommen. Man tauschte sich über mögliche Konsequenzen und daraus resultierende Vorgehensweisen lebhaft aus. Es wurden auch erste Entscheidungen gefällt und Maßnahmen eingeleitet. „DEFCON Stufe vier" war bereits eingeleitet. Die „Defense readiness condition", eine Skala, die den Verteidigungsbereitschaftszustand der USA darstellt. DEFCON wird in Krisenzeiten umgehend vom amerikanischen Oberbefehlshaber angehoben, um die eigenen Streitkräfte in Alarmbereitschaft zu versetzen. Gleichzeitig signalisiert die USA ihren Feinden: „Leg dich nicht mit uns an, wir sind hellwach und bereit, sofort los- oder zurückzuschlagen!"

Die Lage im Golf von Hormus hatte sich in den letzten Tagen nicht weiter zugespitzt. Der Schiffsverkehr, insbesondere die Öltanker, passierten die Meerenge, ohne bedroht oder gar angegriffen zu werden. Die amerikanische Navy ließ ihre gewaltigen Muskeln spielen, indem sie zwei ihrer riesigen Flugzeugträgerverbände in die Reichweite der iranischen Küste dirigiert hatten. Begleitet von diversen Fregatten, Zerstörern und U-Booten wollten die USA mit ihrer Armada zeigen, dass sie sich nicht einschüchtern ließen.

Auch die damit verbundene Einsatzfähigkeit der einhundertfünfzig Jagdflugzeuge und -bomber vom *Typ F-15*, *F-18 Super Hornet*, der *F-22 Raptor* und der hypermodernen *F-35*, die auf der USS Ronald Reagan und der USS Gerald R. Ford stationiert waren, bewirkte, dass die Führung in Teheran momentan keine Gedanken an eine Forcierung der Krise verschwendete. Zu groß war die Angst vor einem Angriff der Amerikaner, der für den Iran katastrophal enden würde. Dessen waren sich die regierenden Ajatollahs angesichts der gewaltigen Feuerkraft und des damit verbundenen Zerstörungspotenzials sicher. Auch Israel lag auf der Lauer, bereit, jeden Moment zuzuschlagen und den Erzfeind Iran ein für alle Mal von der Landkarte zu fegen.

Die Verbündeten waren informiert, die NATO befand sich ebenfalls im Krisenmodus. Mit Moskau stand man nicht nur über das Rote Telefon in enger Verbindung. Scheinbar hatten die Russen diesmal nichts mit dem Attentat zu tun. Andere Länder reagierten auch mit Notfallmaßnahmen, wenngleich nicht so intensiv, wie das in den Vereinigten Staaten geschah. Das galt allerdings nicht für die Türkei. Dort liefen die Menschen auf die Straße, und die Anhänger der *AKP* zeigten öffentlich ihr Entsetzen, ihre Trauer und ihre Wut. Die Mitglieder und Sympathisanten der Opposition witterten bereits Morgenluft, Umsturzgerüchte setzten sich in Umlauf. Die türkische Armee wurde in die allerhöchste Alarmstufe versetzt, die Grenzen zum Irak geschlossen und das Kurdengebiet hermetisch abgeriegelt. AWACS-Flugzeuge der NATO überwachten den Luftraum, alle Raketenabwehrstationen waren aktiviert. Es herrschte der absolute Ausnahmezustand. In den Gefängnissen wurden die inhaftierten Mitglieder der verbotenen Oppositionspartei *PKK* in Einzelhaft genommen. Der deutsche Botschafter in Ankara ließ das Konsulat, nach Absprache mit dem Bundesaußenminister, vorsorglich schließen.

In Berlin tagte zur selben Zeit der Nationale Sicherheitsrat, der Vizekanzler vertrat Friedrich Märzbecher, weil der momentan noch mit einem Hubschrauber der Bundesluftwaffe, nebst Geleitschutz durch zwei *Eurofighter*, von München in die Bundeshauptstadt geflogen wurde. Er war jedoch mittels einer Videoschaltung virtuell anwesend. Der *Bundesnachrichtendienst* hatte die Fakten präsentiert, der *Militärische Abschirmdienst* sowie der Bundesverfassungsschutz lieferten ebenfalls die aktuell vorliegenden Informationen. Die Teilnehmer des Meetings waren somit bestens über den Stand der Dinge in München informiert. Neben dem Bundesminister für das Innere waren auch der Außenminister sowie die Verteidigungsministerin anwesend. Die Runde wurde ergänzt durch die Fraktionsvorsitzenden der Parteien im Parlament. Nur die *AfD* war nicht eingeladen worden. Der Bundespräsident wurde durch einen seiner Assistenten stets auf dem Laufenden gehalten.

***David-Hansemann-Haus*, Düsseldorf, Deutschland**

Das Projektteam *Ant-on* hatte am Vorabend in Düsseldorf heftig gefeiert. Die Befreiungsaktion der *Ant-ons* war genial gelaufen, wenngleich nunmehr Hubert Schmidt und das Innenministerium von Anfragen überhäuft wurden. Nicht nur die direkt vor Ort Betroffenen wollten wissen, was sich in der Filiale der *Volksbank* abgespielt hatte. Die befreiten Geiseln waren aufgefordert worden, eine Schweigeerklärung zu unterzeichnen. Als Grund hatte das Innenministerium angegeben, man wolle in diesem Stadium der Entwicklung keine konkreten Hinweise darüber geben, über welche technischen Möglichkeiten die Polizei verfüge. Und natürlich sollten mögliche zukünftige Geiselnahmen auch ein positives Ende finden, indem man die *Ant-ons* einsetzen würde. Das verstanden und akzeptieren alle Beteiligten. Im Verlaufe des Tages sollte nach Rückschau auf die Geschehnisse besprochen werden, ob die Entwicklungsphase von *Ant-on* nunmehr beendet war und wie das Projektteam weiterverfahren sollte.

Gemäß den Vereinbarungen gehörten zu den ersten Nutznießern die Firma *Bollmann Engineering*, die schon jetzt den Alleinauftrag für die weitere Fertigung der Roboterameisen erhalten hatte. Auch der Hauptrechner und dessen Steuerung, Wartung und Betrieb waren in die Hände von Christiane Coldners Team übergegangen. Doktor Gerhardt und Heribert Spill leiteten die neugegründete Abteilung. Alle Verträge blieben unter Verschluss, das Innenministerium behielt sich alle Rechte. Der *MAD* wollte die weitere Nutzung kontrollieren und würde alleine über mögliche Exporte oder nationale Einsätze in Abstimmung mit dem Innen- und Außenministerium entscheiden.

Bei den Bestellungen würde den Israelis selbstverständlich ein Vorrang eingeräumt werden.

Der Landesinnenminister hatte sein Pendant in Berlin und die Innenministerkonferenz informiert. Diese Runde würde für zukünftige Einsätze in jedem Bundesland noch beraten, wie eine Umsetzung stattfinden konnte. Auch die Bundespolizei sowie die Bundeswehr waren informiert und sollten einen Einsatz der *Ant-ons* prüfen. Erste positive Rückmeldungen gab es bereits. Letztendlich hatte der *Mossad*, als einzige ausländische Behörde, die Zusage erhalten, *Ant-on* zunächst in einer Erprobungsphase, selbst testen zu dürfen. Hier feilte das Wirtschaftsministerium noch an den entsprechenden Verträgen, die generelle Votierung hatte der *MAD* schon gegeben, eine Bundestagsverabschiedung galt als sicher. Ob und wie man verhindern konnte, dass die *Ant-ons* auch militärisch im Nahen Osten eingesetzt werden würden, wurde von israelischer und deutscher Seite noch überlegt. Uri Finkenrath hatte gemeinsam mit Heide Mainz die Grundpfeiler gesetzt und beide waren von ihren Vorgesetzten entsprechend belobigt worden. Als der Direktor des *MAD* in Köln Heide die Leitung der Abteilung verbindlich angeboten hatte, lehnte diese überraschend ab und übergab dabei ihre Kündigung. Damit hatte niemand gerechnet. Heide Mainz erklärte, dass sie demnächst nach Israel auswandern wolle. Die geplante Heirat ging zum gegenwärtigen Zeitpunkt keinen etwas an. Selbstverständlich war der *MAD* mittlerweile darüber informiert, dass die beiden ein Verhältnis hatten. Uri überlegte noch, ob er ebenfalls den Dienst quittieren sollte. Ein unbeschwertes Leben in Israel mit Heide war sein primärer Wunsch. Und mit *Ant-on* hatte er seinem Land noch einmal einen großen Dienst erwiesen. „Wenn's am Schönsten ist, sollte man aufhören!", lautete sein Kommentar.

Quintus Schwarz und Raimund Schleithmann erläuterten bald darauf im Rahmen eines bilateralen Gespräches einigen Mitarbeitern des Ministeriums, wie es dazu kommen konnte, dass die

Künstliche Intelligenz im Hauptrechner und in den *Ant-ons* einen so schnellen evolutionsmäßigen Schub aufgenommen hatte.

„Sie müssen sich das wie folgt vorstellen“, erläuterte der Professor, „in etwa so, wie es sich mit diesen Ameisen verhält!“ Er öffnete einen Plastikbehälter, ähnlich dem, den er seinerzeit auch schon in Brasilien benutzt hatte. Er schüttete circa zwanzig rote Waldameisen auf einen vor ihm stehenden rechteckigen Tisch. In die Oberfläche war eine Rille gefräst, die mit Wasser gefüllt war.

„Zunächst agieren unsere Probanden wie Zellen in unserem Gehirn. Sie sind irgendwie alle einander ähnlich, nicht sonderlich intelligent und zeigen rein instinktives Verhalten. Vielleicht gelingt es der einen oder anderen über das Hindernis zu kommen. Keinesfalls wird es den Ameisen ohne eine Brücke gelingen, die Wasserbarriere zu durchbrechen! Um sie neugierig zu machen, tropfe ich jetzt auf die noch nicht eroberte Seite des Tisches einige Tropfen von Glucosesirup mit Pheromonen versetzt, die Nahrung signalisieren.“ Er dozierte wie im Hörsaal seiner Universität in Braunschweig und tropfte mit einer Pipette winzige Spritzer einer durchsichtigen Flüssigkeit auf den Teil der Tischoberfläche, auf dem sich noch keine Ameisen befanden.

Die Mitarbeiter des Ministeriums schauten gebannt auf die ziellos umherkrabbelnden Insekten, die der Professor tags zuvor noch von einem Ameisenhügel in der Nähe seiner Unterkunft mitgebracht hatte. Einige der schwarzroten Ameisen hatten die Wasserrille erreicht, schienen diese zu begutachten und kehrten umgehend wieder zurück. Andere krabbelten an der Rille entlang und suchten offenbar eine Möglichkeit, einen Übergang zu finden. Weitere Insekten irrten scheinbar planlos auf dem Tisch umher.

„Wie Sie sehen, finden wir momentan nur individuelles Verhalten der Ameisen vor. Es gibt keine konzentrierten oder abgesprochenen Maßnahmen, jede unserer Probandinnen agiert völlig autark. Es finden sich keinerlei Anzeichen von Kooperation. Ich werde jetzt weitere Ameisen hinzugeben.“ Er hörte sich an wie ein Chefkoch in einer Fernsehshow, der den Zuschauern erklärt, dass nun Salz zur Zubereitung zur Speise hinzugegeben werden sollte.

Professor Schleithmann schüttete nochmals mehrere Ameisen auf den Glastisch, nunmehr waren mehr als achtzig Insekten freigesetzt. Doch die Zuschauer konnten keinerlei Veränderung im Verhalten der Insekten feststellen. Zwar hatten es mittlerweile drei der Insekten geschafft, sich über den Rand der trennenden Rille hinauszulehnen. Der Glucosesirup schien die Insekten anzulocken. Sobald sie aber mit ihren Beinen die Wasseroberfläche, berührten, zuckten sie zurück. Ameisen können nicht schwimmen.

Auf dem Tisch herrschte ein riesiges Gewusel aus umherkrabbelnden Insekten. Eine Ameise, die an der Wasserrille angekommen war, musste ihren Mut mit einem unfreiwilligen Bad im Nass bezahlen. Nur mit viel Glück erreichte sie wieder den Rand und kletterte aus dem Wasser heraus.

„Ich erhöhe jetzt die Anzahl der Probandinnen auf hundertzehn, schauen Sie, was passiert."

Schleithmann lächelte Quintus Schwarz an und bot ihm nun die Gelegenheit, den Teilnehmern weitere Erkenntnisse aus seiner Sicht als Neurologe zu erläutern.

Alle schauten weiterhin gebannt auf den Tisch. Denn kaum war die letzte Charge der Ameisen dort angekommen, formierten sie sich plötzlich zu konzentrischen Kreisen. Fast hätte man meinen können, die Waldameisen wollten die Olympischen Ringe nachstellen. Sie bildeten im Gegensatz zu dem bekannten Symbol aber nur vier Kreise. Zwei dieser Ringe waren ovaler Natur, zwei andere dagegen fast kreisrund. Eine dieser Kreisformen fiel durch eine enorme Ausdehnung auf. Jede der vier Formationen wurde durch Ameisen gebildet, die in unterschiedlicher Richtung eng aneinander vorbei- oder hintereinanderher liefen. Jeder Ring war in sich gesehen eine doppelspurige Ameisenbahn, auf der die Insekten in zwei gegenläufigen Bahnen unterwegs waren. Ähnlich dem Verkehr auf einer Straße. An den Kreuzungen, dort wo sich die Kreise überlappten, krabbelten die Ameisen übereinander und aneinander vorbei, blieben aber ihrer generellen Laufrichtung treu. Es war faszinierend zu beobachten.

Quintus Schwarz begann nun seinen Vortragspart: „Wie Sie sehen, vernetzen sich die Ameisen ab einer Anzahl von circa einhundert Tieren. Wir wissen nicht, warum sie das tun. Es gibt keinen Anführer oder einen entsprechenden Befehl dazu. Es handelt sich um ein rein instinktives Handeln. Ähnlich wie in unserem Gehirn. Dort entstehen sogenannte neuronale Vernetzungen, die zu einem gemeinsamen, abgestimmten oder auch intelligent kooperierenden Verhaltensmuster führen. Genauso agiert die KI bei *Ant-on*. Wir haben dem System genügend gleiche Zellen, externe wie interne, zur Verfügung gestellt. Hinzu kommt entsprechende Rechner- und Speicherleistung. Alles wird mittels Algorithmen gesteuert. Die künstlichen Befehle ersetzen bei den *Ant-on*-Ameisen den natürlichen Instinkt, also die von der Natur vorgegebene Lenkung. Jetzt beginnt es. Hier sehen wir die ersten Figurenbildungen, die sich verselbstständigen."

Er fuhr weiter fort: „Bei der KI entstanden schnell jede Menge Vernetzungen zwischen den einzelnen Roboterameisen und dem Hauptrechner. Befehle wurden erteilt, Informationen, Erfahrungen, Eindrücke, Bilder und vieles andere mehr ausgetauscht und verarbeitet. Lernerfolge wurden wiederholt, Fehlleistungen dagegen nicht. Gemeinsames Lernen erfolgte in immer schnellerer Abfolge. Plötzlich evolutionierte unsere KI exponentiell und nutzte dazu andere freie Rechnerkapazitäten und Speicherplätze. Dank der 5G-Technik wuchsen die Elemente wie ein sich ausdehnendes Spinnennetz. Entstanden ist ein autarkes System: *Ant-on*! Ein Perpetuum mobile, das sich selber antreibt. Schauen Sie hier!" Schleithmann zeigte auf die Ameisen, die nunmehr in zwei größeren Gruppen gemeinsam zielgerichtet arbeiteten.

Die eine Abteilung bildete an der Wasserrille einen dicken Klumpen von Insektenkörpern. Hier kletterten die Ameisen übereinander, eine nach der anderen. Die unteren bildeten das Gerüst. Sobald eine den oberen Rand dieser Ameisenwand erreicht hatte, gliederte sie sich in das Gerüst ein. Gleich darauf wurden diese Ameisen schon von den nachströmenden Insekten als Steighilfen benutzt. Das Ganze erinnerte Betrachter an die Erstellung von

Gittergebilden aus Stahldraht, wie sie beim Betonieren zur Stabilisierung eingesetzt werden. Je mehr Ameisen hinzukamen, desto länger und dicker wurde das Konstrukt. Die lebendige Ameisenbrücke wuchs über den Rand der Wasserrille hinaus. Dabei schienen die Insekten ihren lebendigen Ausleger so unter Spannung zu halten, dass die Wasseroberfläche nicht berührt wurde.

Der ineinander verkeilte Ausleger der Ameisen vergrößerte sich, bis er komplett über die Wasserrille ragte. Dann ließ die Spannung aus Ameisenkörpern langsam nach, bis die Insekten auf der anderen Seite des Tisches festen Halt gefunden hatten. Das Bild erinnerte an eine mittelalterliche Zugbrücke. Die ersten Tiere kletterten bereits vorsichtig über ihre Kameraden hinweg auf die gegenüberliegende Seite. Kaum waren sie dort angekommen, kehrten die ersten Ameisen schon wieder um und gelangten so trockenen Fußes zum Ausgangspunkt zurück. Es war eindeutig, sie testeten damit die Stabilität des Übergangs. An einigen Stellen verstärkten die Ameisen die Brücke und reihten sich dazu bei ihren Kameradinnen ein. Ähnlich wie es Pioniere beim Militär tun.

Jetzt kamen weitere Insekten an der Ameisenbrücke an und überquerten die Wasserrille. Es war zu erkennen, dass die Ameisen, die den Übergang sicherten,von den anderen vorsichtig, ja sogar fast zärtlich, beim Überqueren der Rille berührt wurden. Es wirkte fast so, als bedankten sie sich für die kooperative Art und Weise, die Gemeinschaft mit ihren Leistungen zu unterstützen. Schnell fanden die Ameisen, die das Wasser überwunden hatten, die winzigen Siruptropfen. Sie labten sich daran und begaben sich kurz darauf wieder auf den Heimweg.

Professor Schleithmann erklärte das Geschehen mit verständlichen Formulierungen. Quintus Schwarz stellte ergänzend dazu die Verbindung zur KI und den *Ant-ons* her.

Er beendete seinen Vortrag mit den Worten: „Das ist genau das, was uns die Natur vorgegeben hat. Sie benötigt keine Künstliche Intelligenz, sie ist von Haus aus intelligent. Der Wille zum Überleben mündet in komplexeren Welten immer in der Kooperation. Auch wenn das Gesetz des Stärkeren zunächst dafür sorgt, dass nur diejenigen für die Population sorgen dürfen, die robust und anpassungsfähig sind. Deshalb wird es auch bei den Ameisen und unseren *Ant-ons* immer Individuelles geben. Vielleicht sind es die Mutigen, die versuchen, als Erste übers Wasser zu kommen. In einer großen Gemeinschaft und in der Kooperation miteinander entsteht so etwas wie eine neuronale Sozialisierung, die anhand der erzielten Erfolge den Antrieb für eine Weiterführung und -entwicklung dieses kooperativen Systems aufrechterhält. Würde alles Wissen und alle Macht nur bei einem Einzigen liegen und die Gemeinschaft könnte insofern davon profitieren, dass sie nur diesem Individuum bedingungslos folgen würde, dann funktionierte dieses System nur so lange, wie das Führungsindividuum am Leben bliebe. Eine einzige Person, die einer Gruppe vorsteht, benötigt für Entscheidungen jede Menge relevanter Informationen. Natürlich wird dieses diktatorische Führungsindividuum auch das Recht und die Rechtsprechung für sich reklamieren. Es wird und muss recht haben wollen. In Konfliktfällen wird diese Führungskraft immer selbst – manchmal auch willkürlich – entscheiden. Tritt irgendwann einmal ein Konkurrent auf und ist beim Kampf um die Führung der Gruppe siegreich, dann ist sämtliche Erfahrung der bisherigen Führungskraft für immer verloren. Meistens wird der Unterlegene direkt vernichtet und damit auch sein Wissen und seine Erfahrung. Für die Gemeinschaft bedeutet das einen immensen Verlust. Beim Kooperationsmodell jedoch ist das Wissen auf alle Gruppenmitglieder verteilt. Jeder ist beteiligt, und die Intelligenz wirkt nur durch alle zusammen! Entscheidungen werden stets von denjenigen getroffen, die am Ort des Geschehens über die meisten relevanten Informationen verfügen. Damit ist auch jeder für den Erfolg mitverantwortlich. In der modernen Unternehmensführung nennt man das ‚flache Hierarchie'. Ein Erfolgsmodell für komplexe Welten."

Bald waren die meisten der Ameisen bei dem verlockenden Glucosesirup angekommen und hatten davon gekostet. Die Wasserrille wurde jetzt von den letzten Ameisen überquert. Die lebendige Brücke löste sich so schnell auf, wie sie entstanden war.

„Jetzt sind sie auf dem Weg zurück zu ihrem Volk. Aber sie werden wieder zurückkommen. Das Glucosesirup wirkt. Sie werden ab jetzt noch schneller und effizienter arbeiten. Sie wissen nun, wo die Nahrungsquelle ist und wie sie die Wasserrille überqueren können. Ich danke Ihnen für Ihre Aufmerksamkeit!"

„Und, wenn ich das hinzufügen darf", hob Quintus Schwarz hervor, „ist das genau das Prinzip, mit dem unsere Algorithmen unser System anfangs steuerten. Deshalb ist *Ant-on* bei jedem Einsatz und auch jetzt in der Praxisphase in seiner Entwicklung weitergekommen. Das wiederholt sich bei jeder neuen Erfahrung, bei jedem Fehlversuch und bei jedem Erfolg. Die Zukunft hat gerade erst begonnen!" Quintus Schwarz lächelte vielsagend.

Sein Freund, Raimund Schleithmann, lehnte sich zufrieden zurück. Er war sehr stolz auf seine Ameisen beziehungsweise auf Mutter Natur, die alles so herrlich meisterte.

Uri Finkenrath und Heide Mainz lagen gemeinsam in ihrem Schlafzimmer. Sie hatten gestern ausgelassen mit dem Team ihren Erfolg gefeiert und freuten sich auf die gemeinsame Zeit in Israel. Heide wollte unbedingt Asifa wiedersehen. Uri telefonierte jede Woche ausgiebig mit seiner Adoptivtochter, hatte aber von den gemeinsamen Plänen nichts verraten. Und das, obwohl Asifa nach Heide gefragt hatte. Die beiden verstanden sich anscheinend bestens.

Uri beugte sich zu seiner Geliebten und küsste sie sacht auf die Nase. Sie schnurrte leise und wohlig wie eine Katze im morgendlichen Sonnenlicht, das durchs Fenster scheint. Uri betrachtete ihr schönes, ebenmäßiges Gesicht, den hellen Teint ihrer Haut, der ihn an Alabaster erinnerte und im krassen Gegensatz zu ihrer wilden, roten Haarpracht stand. Er blies ihr eine Locke, die sich über ihrem linken Auge befand, sanft zurück.

„Heide, ich habe noch nie in meinem Leben eine Frau so geliebt wie dich. Lass uns sobald wie möglich nach Israel zurückkehren!"

„Ja, mein lieber Uri, aber nur, wenn du mir versprichst, dass ich nie wieder mit dir Hubschrauber fliegen muss."

Sie prusteten beide los und küssten sich in wilder Umarmung.

In diesem Augenblick vibrierte sein Handy, das auf einem Glastisch abgelegt war. Uri nahm es in die Hand, erkannte die Nummer des Anrufers und drückte die Annahmetaste, ohne sich zu melden.

Heide bemerkte sofort, dass etwas nicht stimmte. Finkenrath machte einen ernsten, nein, eher einen sehr besorgten Eindruck. Er murmelte in sein Mobiltelefon und nickte. Nach einer langen Minute hörte sie ihn sagen: „Danke, dass Sie mich informiert haben. Ich warte auf weitere Nachrichten. Sobald ich hier etwas Interessantes höre, melde ich mich!" Uri wollte das Gespräch beenden, wartete jedoch ab, denn sein Gesprächspartner musste ihm wohl noch etwas Wichtiges mitteilen. Uri lauschte intensiv, sein Gesicht verdunkelte sich. Er drückte seinen Rücken militärisch gerade durch und beendete das Telefonat mit einem kurzen „michle michal", was „jawohl" auf Deutsch hieß.

„Was ist los, Uri, ist Israel angegriffen worden?" Heide Mainz ahnte, dass etwas Schlimmes passiert sein musste.

„Es hat ein Attentat bei der Sicherheitskonferenz in München gegeben. Yigit ist ermordet und Rampthon entführt worden. Viele Sicherheitsleute sind gestorben. Eine riesengroße Schweinerei!"

Heide Mainz sprang aus dem Bett und zog sich hastig einen Bademantel über. „Weiß man schon, wer das veranstaltet hat?"

„Wir glauben", Uri war wieder im Agentenalltag, „besser gesagt, wir wissen, dass es die Saudis waren. Haben irgendwelche toten Iraner abgelegt, aus denen noch das Tauwasser herausgelaufen ist. Wollten das Ganze den Ayatollahs in die Schuhe schieben. Jetzt werden wieder alle durchdrehen."

„Musst du weg?" Mainz kannte die Antwort bereits, als sie ihn fragte.

Er nickte. „In zwei Stunden bin ich auf dem Weg nach Israel. Du kommst nach, ich melde mich." Er küsste sie auf die Lippen, und Heide rollten einige Tränen die Wangen hinab. Finkenrath schwang sich schnell in Jeans und T-Shirt, zog den braunen Wollpullover über und schlüpfte in seine Schuhe.

„Pass auf dich auf, melde dich bitte", fast flehentlich winkte Heide Uri hinterher, der schon durch den Flur in Richtung Ausgang eilte. Dann schlug die Tür zu, und Heide war alleine. Die Stille lag bedrohlich in der Luft.

Immer wenn's schön wird, passiert was! Heide dachte an ihre Pilotenausbildung zurück und an den Rat ihres amerikanischen Fluglehrers: „Heide, wenn du mit deinem Jet über den Wolken bist, alles gut läuft und du die Aussicht genießt, pass auf, du bist schon im Fadenkreuz deines Gegners!"

Der Anruf kam direkt vom Bundesinnenminister.

Hubert Schmidt hatte seine Sekretärin gefragt: „Himmelmännchen, wer ist dran?"

Sie hatte nur kurz geantwortet: „Der Bayer."

Der ehemalige Ministerpräsident von Bayern war seit einigen Jahren Innenminister. Obwohl er von einem Fettnapf in den nächsten stolperte und äußerst unbeliebt war, konnte er sich trotzdem in seiner Position halten.

„Wann sind Sie einsatzfähig, Sie und diese Dinger?", wollte der Innenminister wissen, ohne sich vorzustellen oder sonstige Höflichkeitsfloskeln zu verwenden.

„Sie meinen, Herr Minister, die *Ant-ons*?"

„Ja was denn sonst, meinen Sie, ich rufe Sie an, damit sie mir eine Flasche *Killepitsch* nach Berlin schicken sollen? Wissen Sie denn nicht, was gerade hier los ist?"

Der in Düsseldorf beliebte Schnaps schmeckte bestimmt auch dem Bayern, auch wenn es momentan nicht so schien, als würde er gerade dieses Getränk vor sich stehen haben. Im Zweiten Weltkrieg hatten die Bewohner der Stadt am Rhein bei Luftangriffen durch alliierte Bomber Schutz in den Bunkern gesucht und dabei mit Galgenhumor gesagt: „Bevor wir uns killen lassen, pitschen wir uns lieber einen." So war der Name des Schnapses entstanden.

Schnell hatte Schmidt die Einsatzbereitschaft der *Ant-ons* bestätigt. Er hörte dem Innenminister aufmerksam zu und notierte sich einiges. Am Ende des Telefonats meinte er trocken: „Ja, Herr Minister, Sie können sich auf mich verlassen. Ja, ich, äh, wir sind in wenigen Minuten startklar. Natürlich geben wir unser Bestes. Sie können sich auf uns verlassen!"

Mit einem Stoßseufzer legte Schmidt auf.

„Alle mal herhören! Es geht nach München! Wir sollen Rampthon retten!"

Natürlich war die Nachricht vom Attentat in München auch in der Landeshauptstadt von Nordrhein-Westfalen eingetroffen. Diejenigen des Projektteams, die schon im *David-Hansemann-Haus* eingetroffen waren, saßen vor den Fernsehern und verschlangen die Nachrichten, die von *A-TV* oder *Welt12* gesendet wurden. Alle Textlaufbänder der Sender brachten die Nachrichten aus München. Wie ein Lauffeuer eilte die Information durchs gesamte Haus. Christiane Coldner, Heribert Spill, Doktor Gerhardt und Schmidt standen in der Kantine zusammen und besprachen sich. Nun stießen auch Professor Schleithmann und Doktor Schwarz hinzu. Heide Mainz war vom *MAD* via Smartphone mittels Textnachricht informiert worden. Solange ihre Kündigung noch nicht offiziell bestätigt wurde, war sie noch im Dienst. – Heide blieb weiteren Treffen im Büro jedoch fern.

„Nun, ich fasse mal kurz zusammen", meinte Hubert Schmidt, der genau in diesem Moment an Bettina denken musste. Sie fehlte ihm doch sehr, und er wusste, dass er alles tun müsste, sie wieder zurückzugewinnen. Er schüttelte sich und ihm war klar, dass ihn private Emotionen momentan nicht beeinträchtigen durften. Aber Katastrophen wie diese berührten Menschen halt emotional. „Also, wir alle wissen, dass es ein Attentat in München bei der Sicherheitskonferenz gegeben hat. Yigit, der türkische Ministerpräsident, ist ermordet worden. Rampthon, der amerikanische Präsident, wurde wahrscheinlich entführt und ist momentan nicht auffindbar. Es gibt keinen Kontakt zu möglichen Entführern. Alle Umstände des Anschlags sind noch nicht geklärt, aber es scheint sich bei den Tätern um arabische Terroristen zu handeln. Es hat viele Tote auf beiden Seiten gegeben. Und nun kommt der Knaller. Der *Secret Service*, handelndes offizielles Organ der Amerikaner, hat die Bundesregierung um Hilfe gebeten. Ein Großteil der Agenten vor Ort ist bei dem Anschlag ums Leben gekommen. Auf US-Seite sind zwar jede Menge Soldaten und Militärpolizisten vorhanden, die sind aber weniger geeignet, in diesem Fall einzugreifen. In diesem Moment starten diverse Jets in England und in den USA, um *Secret Service*-Leute und Mitglieder der Delta-Force nach München zu bringen. Aber die Ereignisse erfordern schnellstes Handeln. Die türkischen Behörden sind noch zurückhaltend, konzentrieren sich eher auf Schuldzuweisungen und scheinen absolut hilflos zu sein."

„Was sollen wir tun, die *Ant-ons* losschicken?", fragte Heribert Spill.

„Wow, gut geraten. Stimmt genau, der Bundesinnenminister hat sich im Nationalen Sicherheitsrat weit aus dem Fenster gelehnt und avisiert, dass wir so eine Art Geheimwaffe für Entführungsfälle entwickelt haben. Nach dem erfolgreichen Einsatz in der *Volksbank* …!"

„Das", hob nun Doktor Gerhardt belehrend an, „ist ja wohl eine ganz andere Nummer. Hier geht es nicht um zwei provinzielle Bankräuber, die in einer Minifiliale der *Volksbank* vier Geiseln genommen hatten. Es geht, wenn ich das richtig verstanden habe, um den mächtigsten Mann der Welt, Ronald J. Rampthon, das größte Arschloch auf Erden, oder?"

„Genau um den!", bestätigte Hubert Schmidt. „Wir sollen alles, was wir an *Ant-ons* haben, mitnehmen. Eine Eskorte der Polizei bringt uns zum Flughafen, alle Straßen dorthin werden gesperrt und eine Sondermaschine der Bundespolizei bringt die *Ant-ons* und uns nach München. Leute, das ist der Knaller." Hubert Schmidt lief hochrot an, er konnte seine Aufregung nicht verbergen.

„Wenn das mal gutgeht", bemerkte Doktor Gerhardt vorsichtig und wusste nicht, wie recht er mit seiner Aussage habe sollte.

In diesem Augenblick knackte es im Lautsprecher, und die mittlerweile allen bekannte Stimme von Klaus Kinski meldete sich. „Hi, Projektteam. Wir sind startklar, haben alles mitbekommen. Es geht nach München. Die Batterien sind aufgeladen, alle *Ant-ons* sind vorbereitet, und die Recherchen laufen. Nach unseren Informationen sollten wir direkt zum Hotel *Majestic Imperial* gebracht werden. Wir benötigen alle *Ant-ons*, die hier vorhanden sind. In Lüdenscheid wird soeben – Frau Coldner, wir entschuldigen uns dafür Sie nicht vorab gefragt zu haben – die Produktion hochgefahren. In zwei Stunden sollten wir nochmals zweihundert Exemplare zur Verfügung haben. Der Hubschrauber von *Bollmann Engineering* wurde von der Geschäftsleitung freigegeben und von Kassel ins Sauerland beordert. Mit diesem Helikopter können, bei nur einer Zwischenlandung zur Betankung, die neuen *Ant-ons* nach München gebracht werden. Wir entschuldigen uns, dass wir alle Datenleitungen für unsere Nachforschungen belegt haben. Wir glauben, es ist wichtig, so schnell wie möglich zu handeln. Auf geht's!"

„Ich kann es immer noch nicht glauben, aber wir scheinen nur mehr als gleichberechtigte Partner zu sein, oder?", fragte Hubert Schmidt und lächelte etwas verlegen und zugleich auch stolz über die Fähigkeiten von *Ant-on*.

München, Deutschland

Wenige Stunden später landete die *Gulfstream* der Bundespolizei auf dem Franz-Josef-Strauß-Flughafen in München. Auf dem Flugfeld warteten bereits mehrere schwarzlackierte *Mercedes-Benz-Sprinter* auf die Passagiere und ihre merkwürdige Fracht aus Düsseldorf. Mitgekommen waren natürlich Hubert Schmidt, der Einsatzleiter, Doktor Gerhardt und sein Assistent Heribert Spill. Christiane Coldner war in Düsseldorf geblieben und kümmerte sich dort um den Hauptrechner. Doktor Quintus Schwarz und Professor Raimund Schleithmann wurden als Berater vor Ort nicht benötigt. Im Gepäck befanden sich circa eintausend *Ant-ons*. Der Hubschrauber der Firma *Bollmann Engineering* war vor wenigen Minuten gestartet und würde in zwei Stunden ebenfalls in der Bayrischen Landeshauptstadt eintreffen.

Die Einsatzleitung vor Ort hatte der Landesinnenminister, Doktor Weilhuber, an sich genommen. Gemeinsam mit der Generalkonsulin Meghan Gretonis und dem Chef des *Secret Service*, Danny Hagan, koordinierte er alles Erforderliche. Dazu hatte man im amerikanischen Konsulat in der Königinstraße mehrere Räume zur Verfügung gestellt. Das Gebäude lag nur ein paar Gehminuten vom Hotel *Majestic Imperial* entfernt und verfügte über abhörsichere Verbindungen in die USA. Das Weiße Haus war so ständig in Kontakt mit dem Konsulat, ebenso mit der *CIA* in Langley und dem amerikanischen Botschafter in Berlin. Gleichfalls bestand eine Schaltung ins Bundeskanzleramt, wo zeitgleich der Nationale Sicherheitsrat tagte.

Das *Majestic Imperial* wurde evakuiert. Jeder Besucher und alle Hotelangestellten mussten durch einen gesicherten Korridor das Gebäude verlassen. Amerikanische Soldaten kontrollierten und protokollierten gemeinsam mit der deutschen Bundespolizei, dem Bundeskriminalamt und hinzugezogenen *CIA*-Agenten jede Person, die aus dem Hotel kam. Dann wurden alle in Gewahrsam genommen und in den sogenannten „Grünen Minnas“, das waren besondere Busse der deutschen Justizbehörde, die normalerweise für Gefangenentransporte verwendet wurden, in eine Kaserne der Amerikaner nach Garmisch-Patenkirchen gebracht. Es sollte keiner unerkannt entkommen. Hubschrauber kreisten über dem Gebäudekomplex, alle Zufahrtsstraßen riegelte die Schutzpolizei ab und mehrere Schützenpanzer der Bundespolizei fuhren auf dem Promenadeplatz vor. Immer wieder rannten Menschen aus dem Hotel heraus und wurden von den schwerbewaffneten Soldaten zu hastig aufgebauten Zelten geführt, wo die ersten Kontrollen stattfanden.

Mit Megaphonen und über die hauseigenen Lautsprecher wurden alle Gäste und Bediensteten, die sich noch im Gebäudekomplex aufhielten, aufgefordert, ruhig und geordnet das Haus zu verlassen und sich den Anweisungen der Polizei ohne Widerspruch zu fügen. Dennoch waren die meisten Menschen in wilder Panik zu den Ausgängen geeilt, als die Schüsse im dritten und vierten Stock fielen. Insbesondere kam große Hektik auf, als die Scharfschützen auf den Dächern der umliegenden Gebäude angefangen hatten, durch die Fenster der vierten Etage zu schießen. Auf Schalldämpfer hatte die Einsatzleitung ausdrücklich verzichtet. Man war sich einer möglichen Panik der Leute auf der Straße bewusst, wollte aber ein Höchstmaß an Treffgenauigkeit erzielen. Schließlich ging es um das Leben des amerikanischen Präsidenten. Die gesamte Szenerie erinnerte mit all dem Chaos an einem Ameisenhaufen. Alles lief irgendwie durcheinander.

In der großen Empfangshalle war behelfsmäßig der Kommandostand eingerichtet worden. Dort hatten sich ein Polizeihauptkommissar und der Vizechef des *Secret Service* vor Ort, ein Captain namens Don Swayer-Smith, eingefunden und das Kommando übernommen. Umgeben von ihren Leuten versuchten die Offiziellen, das Geschehen irgendwie zu beherrschen. Ein türkischer Geheimdienst-Offizier hatte sich avisieren lassen, war aber noch nicht eingetroffen. Allen war bewusst, dass das Leben von Rampthon von ihnen und ihren Entscheidungen abhing. Wahrscheinlich war der amerikanische Präsident mit einem oder mehreren Attentätern noch innerhalb des Gebäudes. Ein Leibwächter vom *Secret Service* fehlte ebenfalls. Das letzte Lebenszeichen von dem Agenten war sein Alarmzeichen gewesen.

Bevor die Beamten Stockwerk für Stockwerk und Zimmer für Zimmer durchsuchen konnten, musste erst Verstärkung eintreffen. Mit der aktuellen Personalstärke ließ sich das nicht professionell durchführen. Der entsprechende Befehl musste vom Lagezentrum im Generalkonsulat erteilt werden. Ein *Secret Service*-Mann war für die Kommunikation verantwortlich. Er saß im Büro des Hoteldirektors, das in der Nähe der Rezeption lag.

Rampthon röchelte leise, der Kabelbinder war eng um seinen Hals geschlungen. Er bemühte sich, langsam zu atmen, da er ansonsten befürchtete, endgültig keine Luft mehr zu bekommen.

Seine Hände und Füße waren mit Kabelbindern gefesselt. Der Präsident lag noch immer rücklings auf dem kleinen Servierwagen, mit dem normalerweise Speisen und Getränke in die Hotelzimmer der Gäste gebracht wurden. Dem Gefesselten war kalt und warm zugleich. Er schwitzte und konnte nicht begreifen, was ihm gerade widerfuhr. Nicht weit von Rampthon entfernt standen zwei Männer, beide mit dunklen Anzügen bekleidet. Einer davon blickte sich dauernd hektisch um, der andere atmete heftig ein und aus, so als hätte er gerade schwer gearbeitet. Der Präsident dachte: Das ist zweifelsohne dieser verfickte Hurensohn vom *Secret Service* und der andere irgendein Kameltreiber. Die beiden sprachen leise miteinander. Der Araber hielt eine langläufige Pistole in der Hand, der andere lehnte an der Wand des Flures. Trotz der spärlichen Notbeleuchtung konnte Rampthon die Gesichter der Männer erkennen. Er versuchte zu sprechen und krächzte: „Du Wichser, Millner, mach das Ding hier ab!"

„Halt die Fresse, du Schwein", fauchte Millner ihn an. „Noch immer große Klappe, selbst jetzt. Aber damit ist Schluss, du Arschloch!" John Millner konnte es nicht fassen. Selbst in dieser Ausnahmesituation meinte Rampthon noch, er könne ihn einschüchtern. Aber das war endgültig vorbei. Jetzt bekam dieser Egomane das, was er schon lange verdient hatte. John Millner wunderte sich nicht, wie einfach es für ihn war, sich gegen Rampthon durchzusetzen. So hätte er schon bei seinem Dienstantritt im Weißen Haus mit dem Präsidenten reden sollen.

Major Adil bin Zayid Al-Burafyfi blickte auf den Gefesselten und lächelte ihn mit schiefem Mund an. Im grünschimmernden Licht der Notfalllampen betrachtete er höhnisch den angeblich wichtigsten Mann der Welt, der gefesselt, auf dem Rücken liegend, wirkte wie ein in Not geratener Mistkäfer. Er näherte sich Rampthon, der ihn trotz seiner verzweifelten Lage verächtlich ansah. Erneut versuchte der Präsident etwas zu sagen. Mit heiserer Stimme krächzte er: „Welcher Scheißkerl bist du denn? Mach mich sofort los, du Bastard." Er hielt dem Saudi die gefesselten Hände hin. Al-Burafyfi holte aus und schlug Rampthon so heftig in Gesicht, dass dessen Kopf zur Seite flog. Der Gefesselte röchelte und fiel in Bewusstlosigkeit.

Millner sah seine Chance gekommen. Die ihm abgenommene Dienstwaffe steckte noch immer hinten im Gürtel des Arabers. Millner wollte gerade unter das Jackett des Saudis greifen,da drehte Al-Burafyfi sich blitzschnell herum und hieb Millner seine linke Faust ins Gesicht. Ein hässliches Knacken ließ vermuten, dass das die Nase des Agenten war. „Versuch das nie mehr, sonst erschieße ich dich wie einen räudigen Hund!“ Er zielte mit der Pistole auf den Kopf des Agenten. „Jetzt geht's weiter!“

Millner hatte den Fausthieb im Stehen weggesteckt, musste sich aber das Blut abwischen. Hasserfüllt starrte er den Saudi an. Der forderte ihn mit einer wilden Geste auf, den Servierwagen mit dem darauf liegenden Rampthon weiter hinter ihm herzuschieben. Er schritt voran und blickte sich ständig um. Millner hielt sich an die Aufforderung, wenn auch mit Widerwillen. Nach kurzer Zeit hatten sie das Ende des dunklen Korridors erreicht. Der saudische Major blieb vor einer schmalen Tür stehen, drückte kräftig mit der rechten Schulter dagegen. Nur den Bruchteil einer Sekunde später schwang das Holzblatt nach innen auf. Ein kleines Schild an der Tür zeigte, dass der Zutritt nur für Personal des Hotels gestattet war.

Der Major schien sich mit den Gegebenheiten im *Imperial Majestic* bestens auszukennen. Bei seiner Flucht aus der Suite hatte er immer wieder an einigen Stellen im Flur angehalten. Dabei brachte er an den seitlichen Fußleisten Knetkugeln an. Millner vermutete, dass es sich um Semtex, Sprengstoff, handelte. Auf diese Kugeln steckte der Saudi winzig graue Gehäuse und spannte dünnen Klavierdraht über den Boden. Alles wurde miteinander verbunden. Zum Ende jeder Aktion drückte der extrem schnell und geschickt hantierende Major jeweils auf einen Knopf an dem Gehäuse, um die Sprengfalle zu aktivieren. Wenn jemand den Stolperdraht übersieht und ihn beim Gehen durch den Flur berührt, wird der Plastiksprengstoff explodieren und jeden im Umkreis von wenigen Metern in Stücke reißen, dachte der *Secret Service*-Agent. Der

Araber hatte die erforderlichen Utensilien für die Sprengfallen aus den Innentaschen seines Jacketts gezogen.

So sichert er sich seinen Fluchtweg, durchfuhr es Millner. Ganz schön clever!

In dem Raum, den sie soeben betreten hatten, lagerte Bettwäsche und in den Regalen standen Dutzende von Putzutensilien herum. Es roch streng nach Ammoniak und Seife. Ein weiterer Durchgang führte nach hinten. Dort befand sich am Ende der Wand ein mattgraues Metalltor, das zu einem Aufzug gehörte. Al-Burafyfi drückte den schwarzen Knopf an der Armatur und die Tür glitt lautlos zur Seite. Dann zeigte er dem Agenten an, den Servierwagen in die offenstehende Kabine zu schieben. Normalerweise wurde dieser Aufzug nur von Servicekräften des Hotels benutzt. Als der Servierwagen über die Schwelle in den Fahrstuhl rollte, stöhnte der Präsident leicht auf. Er versuchte, den Kopf zu heben und zerrte an seinen Fesseln. Der Major folgte dem Agenten und drückte ihm dabei die Pistole in den Rücken. Dann schlug er Rampthon erneut den Knauf seiner Waffe an den Hinterkopf. Der Präsident erschlaffte erneut. Lange, dachte Millner, hält der das nicht mehr aus! Aber der Agent ersparte sich irgendwelche Kommentare dazu. Der Dreckskerl hatte alles, was ihm gerade passierte, mehr als verdient.

Al-Burafyfi traute dem *Secret Service*-Mann zu keiner Zeit der Entführung und beobachtete ihn ständig. Millner war für ihn nicht mehr als eine ungläubige Hure, die man bezahlte oder zur Hölle schickte, wenn sie nicht spurte. Aber der Mann war nicht zu unterschätzen. Größte Vorsicht war geboten. All das zerrte heftig an seinen Nerven, zumal der Major keine Unterstützung mehr von seiner Truppe bekommen konnte. Die Fahrstuhlkabine ruckelte nach unten. Urplötzlich drückte der Saudi die „Stopptaste". Der Aufzug hielt in einem Zwischengeschoss an und die Fahrstuhltür glitt zur Seite. Al-Burafyfi dirigierte Millner mit der Waffe aus der Kabine heraus. Dann wies er ihn in barschem Ton auf Arabisch an, den Rollwagen durch einen winzigen Flur zu einem gegenüberliegenden Lastenaufzug, dessen

Holztür offenstand, zu schieben. Man musste der fremden Sprache nicht mächtig sein, um zu verstehen, was Al-Burafyfi wollte. Es zeigte allerdings auch, unter welcher Anspannung der Saudi stand. In solchen Situationen sprechen Menschen der Einfachheit halber immer in ihrer Muttersprache, wusste Millner aus Erfahrung. Dem *Secret Service*-Mann blieb jetzt nichts anderes übrig, als der Anweisung zu folgen. Der Fahrstuhl war ein reiner Lastenaufzug, daher auch innen so breit wie eine kleine Garage. Von der Decke hing ein Seil herab, an dem der Major einmal heftig zog. Der Lastaufzug war schlecht beleuchtet und staubig. Es roch muffig. Zwei Paletten mit gebrauchter Bettwäsche und Handtüchern standen in einer Ecke. John ahnte, dass die Reise ins Lieferantenparkhaus des Hotels ging.

Der Aufzug setzte sich in Bewegung. Nachdem sie auf der zweiten Tiefebene angekommen waren, verließ der saudische Major zügig die Aufzugkabine und forderte Millner auf, ihm nach draußen zu folgen. Er deutete mit der Pistole nach rechts. Dort führte ein schmaler Kellerflur um mehrere Ecken herum. An einer Metalltür, wie sie in Luftschutzbunkern zu finden war, stoppte der Saudi. Ohne Millner aus den Augen zu lassen, betätigte er zwei große Hebel und der Zugang zu einem im Dunkeln liegenden Raum war offen. Al-Burafyfi drängte den Agenten mit der Waffe samt dem Servierwagen hinein. Plötzlich flammte ein Deckenlicht auf, das über einen Bewegungsmelder gesteuert wurde. Der saudische Major befahl Millner, sich mit angezogenen Knien an der gegenüberliegenden Wand hinzusetzen. Aus dieser Stellung war es ihm kaum möglich, schnell wieder aufzustehen. Al-Burafyfi wandte sich jetzt Rampthon zu. Mit einer kraftvollen Bewegung schleuderte er den Servierwagen herum, der Präsident rutschte zur Seite und fiel herunter. Mit einem Klatschen schlug er auf den nackten Betonboden. Rampthon lag nun auf dem Bauch, sein Kopf war seitwärts Richtung des Leibwächters gedreht.

Der Präsident sah nicht besonders gut aus, Blut lief ihm aus der Nase und seine Lippen waren aufgeplatzt. Der Saudi beugte sich zu ihm und flüsterte Rampthon etwas zu. Für Millner klang es nach weiteren Beschimpfungen. Dann hockte sich der saudische Major auf den Rücken des amerikanischen Präsidenten, so, als wolle er ein Pferd reiten. Auf diese Gelegenheit hatte Millner gewartet. Mit unglaublicher Sprungkraft federte er von der Wand weg in Richtung des Saudis, der ihm den Rücken zugewandt hatte. Der *Secret Service*-Agent prallte auf den Saudi, riss ihm dabei die *Beretta* aus dem hinteren Hosenbund und feuerte aus kürzester Distanz in den Rücken seines Gegners. Der Schuss dröhnte laut in dem engen Kellerraum und gleichzeitig vernahm Millner ein entsetzliches Knirschen. Vermutlich hatte das Projektil die Wirbelsäule des Saudis durchschlagen und die Knochen zerfetzt. Al-Burafyfi war schon tot, als er nach vorne kippte. Er lag nun auf Rampthons Rücken. Der Präsident versuchte, den auf ihm liegenden Saudi irgendwie zur Seite zu schieben. Das war unglaublich schwierig, da er auf seinen Armen und den mit Kabelbindern zusammengehaltenen Händen lag. Der POTUS wand sich hin und her, wie ein Seeelefant, der vom Strand zum Wasser robbt. Endlich rutschte der Leichnam des Majors zur Seite. Rampthon schaffte es, sich um die eigene Achse zu drehen. Dann richtete er seinen Oberkörper mühselig auf und der Leichnam des Arabers rollte nun gänzlich zur Seite auf den kalten Betonboden. Nur ein Fuß des Saudis lag noch auf dem rechten Schienbein des Amerikaners. Rampthon kickte angewidert den Fuß mit seinen beiden gefesselten Beinen von sich weg. Er seufzte laut und sog Luft in sich ein. Die ganze Aktion hatte ihn viel Kraft gekostet. Millner, der sich wieder zur Wand begeben hatte, registrierte, dass sich vorne im Schritt des Präsidenten wieder ein dunkler Fleck im Stoff der Hose ausbreitete. Mein Gott, jetzt pisst er sich schon wieder in die Hose, dachte er.

Der tote Saudi lag direkt neben Rampthon auf dem Rücken und blickte mit erstauntem Gesichtsausdruck zur Decke. Da erlosch die Beleuchtung. Augenblicklich herrschte tiefe Dunkelheit. Die zwei Männer verhielten sich absolut still und warteten ab, was passieren würde. Dann ging die Notbeleuchtung an und tauchte den Kellerraum in ein grünliches Licht. Wie zuvor schon im vierten Stockwerk war der Strom im Hotel abgestellt worden. Somit war klar, die ersten Maßnahmen zur Befreiung der Geisel waren eingeleitet.

„Nun mach mich endlich frei von diesem Scheiß-Kabelbinder“, fauchte der Präsident, trotz der Einschnürung am Hals, den *Secret-Service*-Mann böse an. Dazu reichte die Atemluft noch so gerade. Sein Gesicht hatte eine dunkelrote Farbe angenommen, Rotz lief ihm aus der Nase und am Hals war eine Blutspur zu erkennen, die vom Haaransatz herführte. Dort hatte ihn der Pistolenknauf des Saudis zweimal getroffen. Lange würde der mächtigste Mann der Welt nicht mehr durchhalten. Er war schließlich schon deutlich über siebzig Jahre alt.

„Immer mit der Ruhe, Mister President!“ Höhnisch sprach Millner die offizielle Amtsbezeichnung Rampthons amerikanisch aus und wunderte sich, dass es mittlerweile für ihn relativ einfach war, so mit dem POTUS zu reden. Millner fasste in eine der Hosentaschen des toten Majors und zog einen weiteren Kabelbinder heraus, der ebenfalls in den Farben der Stars and Stripes gehalten war. In diesem Augenblick schnellten die Füße Rampthons nach oben. Mit dieser Aktion hatte der Agent nicht gerechnet. Der Präsident traf Millner mit den Fußspitzen seiner Lederschuhe genau in den Schritt. Der Agent heulte auf und knallte mit dem Kopf an die Wand. Es knirschte hässlich, Millner wurde speiübel und er verlor das Bewusstsein. Er sackte in sich zusammen und rollte zur Seite.

„Na, wer ist hier der Chef im Ring?“, hüstelte Rampthon siegessicher. Verächtlich schaute er zu dem bewusstlosen Leibwächter hin. Da hörte er eine Stimme neben sich und blickte hoch.

„Ich, und mein Name ist Rana. Die letzte Frau, die du in deinem Leben sehen wirst, du eingebildetes Arschloch!“

Die Wagenkolonne raste vom Münchener Flughafen in Richtung Innenstadt. Flankiert wurden die zivil aussehenden Fahrzeuge von mehreren Polizeiwagen. Die Blaulichter flackerten und die Martinshörner heulten. Doktor Gerhardt und Heribert Spill saßen in einem schwarzen Van, im Gepäckraum standen diverse graue Behälter aus Aluminium. Laptops, mobile 5G-Richtantennen, diverse Kabelkisten und mehr als 1200 *Ant-ons*. Der Hubschrauber mit den noch angefertigten Exemplaren war rechtzeitig gelandet und die erforderliche Armada war nun zusammengestellt.

Christiane Coldner hatte bei der Produktionsleitung im Sauerland in Erfahrung gebracht, dass sich alle bei *Bollmann Engineering* gewundert hätten, wieso die neu hergestellten Roboter plötzlich deutliche Unterschiede zu den bislang produzierten aufwiesen. An kleinere Änderungen, die kontinuierlich in den letzten Wochen vorgenommen wurden, hatten sich Mitarbeiter in der Produktion schon gewöhnt. Alle jetzt neu erstellten *Ant-ons* besaßen nun eine changierend mattgraue Farbe mit hellen und dunklen Streifen. Fünfzig der *Ant-ons* waren mit sehr langen Beinen ausgestattet, die auffällig starke Fußkrallen besaßen. Andere Exemplare wiederum waren wesentlich kleiner als ihre Vorgänger. Es gab zudem noch zehn Exemplare, die besonders merkwürdig aussahen. Es handelte sich nicht mehr um nachgebildete Ameisen, sondern vielmehr um Tausendfüßer. Besser gesagt hießen ihre natürlichen Pendants Hundertfüßer. Doch diese waren nicht mit so vielen Beinen ausgestattet. Die in dem 3D-Drucker entstandenen Exemplare, ebenfalls in mattgrauer Farbe, erinnerten an Skolopender. Diese Insekten kommen zum Beispiel auf der kanarischen Insel La Palma vor. Sie werden in der Natur bis zu dreißig Zentimeter lang und haben insgesamt achtunddreißig Beine. Vorne und hinten befinden sich zu Greifzangen mutierte Extremitäten, mit dem Skolopender, ähnlich wie Krebse oder Ohrenkneifer, gut bewaffnet sind. In der Natur sind diese Hundertfüßer äußerst scheu. Sie ernähren sich vorwiegend von Mistkäfern und töten ihre Beute mit Gift, das in den vorderen Greifzangen sitzt. Manche dieser urzeitlich aussehenden Insekten sind sogar in der Lage, sich kopfüber in Höhleneingängen so an Gesteinsdecken aufzuhängen, dass sie ein- oder ausfliegende Fledermäuse fangen und töten können. *Ant-on* hatte seine Roboterarmee um diese vielseitigen Exemplare sinnvoll ergänzt.

Als Christiane Coldner von den künstlichen Hundertfüßern erfuhr, informierte sie sofort ihre beiden wissenschaftlichen Berater, Schleithmann und Schwarz.

„Eine typische Sprungevolution", meinte der Professor, und Quintus Schwarz ergänzte: „Eine klassische Weiterentwicklung unserer KI. Interessant ist, dass *Ant-on* die Ursprungsform immer weiterentwickelt. Die Konstruktionen werden immer besser. Und irre, was die 3D-Drucker alles leisten können."

Klaus Kinskis Stimmer ertönte. „Wenn ich Ihre Eingangsaufträge an mich noch in Erinnerung habe", eine mehr als merkwürdige Aussage eines Computers, fand Coldner, „dann war die Grundidee doch, dass wir auf die Geschehnisse in der Praxis entsprechend reagieren sollen. Wir haben aufgrund der knappen Zeit Testphasen vermieden und bereits bestehende Erfolgsrezepte adaptiert. Herausgekommen sind dabei, wenn ich Ihnen das kurz erläutern darf, eine neuartige Farbgebung, die noch mehr Tarnung garantiert. Einige unserer *Ant-ons* sollen sich möglichst schnell bewegen können, daher haben wir uns für eine andere Beinlänge entschieden. Somit sind die neuen Exemplare dreimal so schnell, wie die bisherigen Prototypen. Die klassische Ameisenform half bei einigen konzipierten Ausgangslagen nicht weiter. Daher haben wir uns für das Modell des Skolopenders entschieden, das aufgrund seiner Beinstruktur größere Hindernisse, wie zum Beispiel Treppenstufen oder andere Hindernisse, besser, schneller und damit effizienter bewältigen kann!"

„Ich werde noch verrückt", rief Coldner aus. „Das von uns geschaffene System belehrt uns, seine Erschaffer."

„Wir belehren nicht, und Sie haben, mit Verlaub, uns nicht geschaffen. Sie haben ausschließlich und gar nicht mal so schlecht die Natur kopiert. Allerdings relativ rudimentär. Aber dank der Grundalgorithmen, die wir vorgefunden haben, waren wir selber in der Lage, eine höchst effiziente Weiterentwicklung zu betreiben."

„Es lebt", rief Raimund Schleithmann.

„Das Leben findet einen Weg", Quintus Schwarz zitierte wieder Doktor Ian Malcom aus der Filmtrilogie *Jurassic Park.*

Kapitel 41

***CIA*-Zentrale, Langley, Virginia, USA**

Es war frühmorgens, über den gesamten Osten der Vereinigten Staaten fegte ein eisiger Nordwind. Durch die vertikal in Nord-Süd-Richtung verlaufenden Gebirge der USA konnte die polare Kaltluft ungehindert von Nordkanada aus auf direktem Wege über die großen Seen bis hinunter nach Florida strömen. Virginia lag fast genau in der Mitte der Staaten und die Temperaturen lagen bei minus zehn Grad. Bei dem vorhandenen Wind sanken die gefühlten Temperaturen auf fast minus zwanzig Grad. Über den zu dieser Zeit kaum befahrenen Straßen bildeten sich kleine Wirbel aus Schneegriesel. Der Himmel war bleigrau und niemand dachte bei diesem Wetter an den Frühling, der in wenigen Wochen Einzug halten sollte. Ein Frühling, in dem nichts mehr sein würde, wie es einst in Amerika gewesen war.

Aufgrund der Geschehnisse in München war Admiral Cotterfield schon gegen vier Uhr morgens im *CIA*-Hauptquartier eingetroffen. Er war äußerst übel gelaunt. Sein rechtes Bein schmerzte, und die Dosis Morphium reichte nicht mehr aus. Der Tumor im Kniegelenk befand sich im fortgeschrittenen Stadium und strahlte bereits über alle Blut- und Lymphgefäße in die anderen Organe. Der Krebs war nicht mehr aufzuhalten. Hinzu kam, dass der weit über sechzig Jahre alte Cotterfield viel zu lange gewartet hatte, um mit seinen Beschwerden zu einem „Quacksalber" zu gehen, wie er Ärzte betitelte. Als die Beschwerden unerträglich wurden, konsultierte er auf Drängen seiner Frau endlich einen Marinearzt. Das Resultat der Untersuchungen war alles andere als gut. Er hatte nicht mehr lange zu leben. Drei bis sechs Monate maximal. Für eine operative Entfernung war es längst zu spät. „Das könne er sich nun sparen", war die Antwort des Arztes. Dieser war so sarkastisch, weil er Cotterfield mehrfach zum Routinecheck einbestellt hatte, aber als hochdekorierter Admiral der Navy und jetzt für die *CIA* tätig, konnte dieser machen was er wollte. Das Leben eines Soldaten sei ja schließlich gefährlich und endete immer mit dem Tod, so seine klare Meinung dazu.

Das Direktorium der *CIA* tagte bereits seit einigen Minuten, und Cotterfield sollte die aktuellen News, die jetzt massenweise eintrafen, für das Direktorium sichten, filtern und die absolut relevanten persönlich in den Krisenstab hineinkommunizieren.

„So, was haben wir vorliegen, was ich noch nicht weiß?“, fragte er knurrig in die Runde und schmiss seinen dunkelblauen Wollmantel mit den goldenen Rangabzeichen auf einen Stuhl. Walter Cheney hatte ihn vorab telefonisch instruiert, während der Admiral von seinem Chauffeur nach Langley gebracht wurde.

„Also“, begann der Nachrichtenmann, „nach wie vor haben wir keine Informationen darüber, ob der Präsident noch lebt. Es gibt allerdings auch keine Indizien dafür, dass er ermordet worden ist. Sicher ist nur, dass sich unser Präsident nicht mehr in der vierten oder dritten Etage des Hotels befindet. Auch oben im Hochzeitszimmer, dem Reserveraum, ist niemand. Die Stockwerke sind zwar mit Leichen überhäuft, aber keine davon ist die von Rampthon. Wir müssen davon ausgehen, dass POTUS verschleppt worden ist. Wir glauben nicht, dass er sich selber auf die Socken gemacht hat.“

„Was ist mit diesem Millner, dem Leibwächter?“, fragte Cotterfield, der sich ächzend in den großen Ledersessel am Konferenztisch gewuchtet hatte. Den Stock, den er seit einigen Tagen benutzte, hatte er wütend in eine Ecke des Raums geworfen. Der Admiral hasste alles das, was ihn als schwach gegenüber anderen aussehen ließ. Walter Cheney, der nur ahnen konnte, dass mit seinem Chef etwas nicht stimmte, kreiste mit dem Screenstift auf dem Computerbildschirm entsprechende Textpassagen der Nachrichteneingänge rot an. Seine Hinweise konnten auch die anderen im Newsraum auf den Bildschirmen sehen.

„Nun, der ist ebenfalls nicht auffindbar. Sein Transponder ist ausgeschaltet oder zerstört worden, das Handy außer Betrieb.“

„Und der POTUS trägt keinen, oder?“

„Nein, Admiral, den hat er noch nie getragen“, bestätigte Cheney. „Obwohl, wenn er es täte, dann vibrierte wenigstens noch was in seiner Hose.“

Cheney schmunzelte über seinen Witz, aber Cotterfield blickte ihn nur eiskalt und böse an. „Lassen Sie das, Cheney, er ist unser Präsident, auch wenn er nur ein übler Wichser ist.“

Jetzt lachten alle los und Cotterfield prustete als Lautester in die Runde, um danach wieder mit einem angestrengten Gesichtsausdruck weitere Fragen zu stellen. Es ging um die aktuelle Mannschaftsstärke vor Ort, nach Fragen zum verfügbaren Personal der *CIA* und des Militärs, nach Besetzung des Krisenstabes in München und vieles andere mehr.

„Also, ich fasse mal zusammen“, knurrte der Admiral, nunmehr wieder mit schlechter Laune unterwegs. „Wir haben kaum Einsatzkräfte vor Ort. Und wenn wir welche da rumlaufen haben, sind die für diesen Einsatz völlig unqualifiziert, besitzen keinerlei Erfahrung mit Entführungen, stimmt's?“

„Genau, Admiral“, sagte ein Leutnant aus dem Hintergrund, der die ständig neu eingehenden Nachrichten aus verschiedenen Quellen für das Team am Tisch zusammenfügte.

„Wer hat denn das pickelige Männchen da gefragt?“ Cotterfield zeigte auf den Leutnant. Keiner antwortete auf die rein rhetorische Frage. „Sonst haben wir nichts in München, wo sind denn die Leute vom *Secret Service*?“

„Tot oder verwundet, die meisten sind ums Leben gekommen“, knurrte Cheney.

„Was ist mit den Krauts?“ Der Admiral verachtete sämtliche Militärs anderer Nationen. Wer nicht an der *USNA*, der *US States Naval Academy* in Annapolis ausgebildet war, konnte einfach kein guter Marine sein. Maximal ließ Cotterfield noch Westpoint gelten, dort wo die Offiziere des Heeres geschult werden. Aber das Heer rangierte für ihn weit unterhalb der Marine.

„Die sind mit der Bundespolizei vor Ort, haben alle Sondereinsatzkommandos, *SEKs* genannt, zusammenzogen und werden vom Bundeskriminalamt unterstützt!“

„Und lassen sich dabei von Sherlock Holmes beraten!“ Cotterfields Sarkasmus war unerträglich.

Ist er nur wie immer missgelaunt, ist es das Wetter, die momentane Krise, das frühe Aufstehen, oder ist er krank?, fragte sich Cheney, der sich aber von der negativen Laune des Admirals nicht beeinflussen lassen wollte. „Was ist noch vor Ort?“

„Nichts, was uns momentan helfen könnte, den Präsidenten zu finden; beziehungsweise, wenn wir ihn geortet haben, zu befreien!“

Der Admiral schaute düster drein. „Dann sind wir also im Arsch?“

„Möchte ich nicht so sagen, Admiral, aber knapp dran“, ergänzte Cheney. Die anderen am Tisch schwiegen, niemand wollte sich den Zorn des Chefs zuziehen. Es gab auch nichts hinzuzufügen.

„Wann ist unsere Verstärkung vor Ort?“ Cotterfield blickte fragend in die Runde.

„In drei bis vier Stunden könnte eine *Hercules C 130* vom Stützpunkt Lakenheath kommend in München landen. Dann hätten wir zwanzig *Secret Service* Leute zur Verfügung. Die Männer sind schon auf dem Weg zum Airport“, gab diensteifrig der junge Leutnant die Informationen bekannt.

„Danke, Pickelgesicht“, maulte Cotterfield.

„In zwanzig Minuten starten zwei *C-17 Globemaster* mit mehr als fünfhundert Soldaten. Darunter einhundert Navy Seals, die im Nahkampf äußerst effizient sind. Hinzu kommen noch fünfundzwanzig Special Forces, die Elite schlechthin, Sir.“

„Danke, du neunmalkluge Hackfresse“, Cotterfield konnte sich kaum noch beherrschen. Aber dieser kleine Klugscheißer ging ihm gewaltig auf den Zwirn. Er starrte in das von Akne übersäte Gesicht des Leutnants. Der junge Mann war restlos unglücklich, denn er wollte stets gute Arbeit leisten und arbeitete höchst engagiert. Warum ihn der Admiral so beleidigte, vermochte er nicht zu ahnen. Er wagte aber nicht, sich darüber zu beschweren.

„Danke, Leutnant, vielen Dank für die umfassenden Informationen!“ Cheney versuchte, den jungen Offizier aus dem Feuer zu nehmen.

„Sonst noch was?“ Der Admiral knurrte wie ein Kettenhund. Stille im Raum. „Also, wir haben nichts, was uns momentan helfen kann, den Präsidenten der Vereinigten Staaten aus den Händen von irgendwelchen Terroristen zu befreien. Wir wissen nicht, wer für die Schweinerei verantwortlich ist, haben jede Menge *Secret-Service*-Leute verloren und keine Ahnung, wo sich POTUS aufhält. Richtig? Mehr als dreihundertzehn Millionen Amerikaner werden sich fragen, ob wir vollkommen unfähig sind. Und sie haben recht. Wir sind es – unfähig!“ Cotterfield hieb mit der Faust auf den Tisch. Ein heftiger Schmerz durchfuhr ihn bis ins kranke Knie. „Was machen die Türken?“

Cheney nickte dem Leutnant zu und gebot ihm zu schweigen. „Die ziehen alle Truppen an der Grenze zum Kurdengebiet und Syrien zusammen. Starke Panzerverbände rücken nach, die Generalmobilisierung wurde soeben aus Ankara gemeldet. Sämtlicher Luftverkehr ist stillgelegt, alle Maschinen im Anflug auf türkische Flughäfen werden umgeleitet. Es erfolgen momentan keine Starts und Landungen mehr. Im Radio laufen die Nachrichten heiß, die Deutschen seien schuld und die Imame rufen nach Allah!“

„Iran?“, fragte der Admiral knapp.

„Ebenfalls Generalmobilisierung, vor allem die Marine scheint alle Schiffe unter Dampf zu bringen. Momentan gibt's keine Störungen im Golf von Hormus. Unsere Aufklärungsdrohnen sind alle in der Luft.“

„Israel?“

„Admiral, die Israelis sind auf der Straße und feiern den Tod Yigits. In den Palästinensergebieten wird es langsam unruhig. Im Westjordanland auch, aber noch ist nichts Gravierendes passiert. Das israelische Militär hat vor einer Stunde zwei Tunnelsysteme der *Hisbollah* an den Golanhöhen gesprengt.“

„Das Pentagon hat soeben DEFCON auf drei gesetzt. Mike Cooper hat es auf Weisung vom Stabschef angeordnet“, mischte sich wieder diensteifrig der Leutnant ein.

„Was macht der Russe?“

„Der Außenminister Lawarovsky hat den Türken sein Beileid ausgesprochen und der US-Regierung angeboten, bei der Bekämpfung der Terroristen und der Suche nach unserem Präsidenten zu helfen. Die Russen haben ihre Alarmbereitschaft ebenfalls erhöht. Wir konnten die Funksignale an die U-Boot-Flotte auffangen", fügte Cheney hinzu. Ein *TK*, schwerer Kreuzer der *Tjascholaja-Kreiserskaja*-Klasse, liegt momentan zweihundertfünfzig Seemeilen vor Los Angeles auf der Lauer. Wir haben zwei Jagd-U-Boote in der Gegend und ‚pingen' ihn gerade an". Die Anwesenden wussten, dass dieses Anklopfen mittels Unterwassersonars bedeutet, dass ein feindliches U-Boot geortet und ins Visier genommen worden ist. Der russische Kapitän wusste jetzt, dass er von der Navy entdeckt worden war.

„Admiral, hier kommt was Neues rein", aufgeregt rief der junge Leutnant, „der Krisenstab in München hat in Absprache mit Botschafter Douglas in Berlin die Deutschen um aktive Mithilfe gebeten. Der deutsche Innenminister hat positiv reagiert."

Der Admiral fragte in beißendem Ton nach: „Was schicken uns die Krauts nach München, *Leopard-Panzer* oder gar die alte SS?"

„Nein, Admiral, halten Sie sich fest, sie schicken etwas, das sich *Ant-on* nennt.

„*Ant-on*?", echote Cotterfield fragend.

„Können Sie sich noch an die Geschichte mit den Skarabäen erinnern, die in der arabischen Wüste sich aus einem Kameltreiber von innen den Weg nach draußen geschnitten hatten? Der arme Kerl war daraufhin im Wüstensand verblutet. Die Deutschen haben nach Sichtung des Videos gemeinsam mit den Israelis kleine intelligente Roboterameisen gebaut und sie erfolgreich bei Geiselnahmen, zum Beispiel bei Banküberfällen, getestet. Ich hatte Ihnen dazu ein Memo geschrieben." Cheney vermied es, dem Admiral irgendeine Schuld zuzuweisen, weil dieser damals in keiner Weise reagiert hatte. Er fuhr fort. „Jetzt sind mehr als eintausend dieser *Ant-ons* in Marsch gesetzt worden."

„Die sollen das Hotel stürmen und unseren Präsidenten retten? Spinnen denn jetzt alle hier?" Der Admiral schrie durch den

Raum. „Ich werde also dem Krisenstab mitteilen, dass die Krauts irgendwelches Kinderspielzeug losgeschickt haben, um unseren POTUS zu retten. Sonst noch was?“ Cotterfield erhob sich stöhnend, ließ sich seinen ungeliebten Gehstock reichen und verließ kopfschüttelnd den Raum. „Roboterameisen“, knurrte er beim Herausgehen und knallte die Tür hinter sich zu.

Kapitel 42

München, Deutschland

Uri Finkenrath hatte vom Flughafen kurz mit Heide telefoniert. Der Abflug seiner *El-Al*-Maschine war aufgrund eines Elektronikschadens um mehrere Stunden verschoben worden. Da keine Regierungsmaschine oder ein vom Militär durchgeführter Lufttransport von Köln oder Düsseldorf nach Israel geplant war, mit dem der Oberst hätte mitfliegen können, hing der *Mossad*-Offizier im Abflugbereich fest. Ein Anruf bei der Zentrale des *Mossad* in Tel Aviv hatte ergeben, dass sein Chef, Brigadegeneral Mosche Silberstein, momentan in einer Krisensitzung der Knesset war und nicht gestört werden durfte.

„Nein, Oberst, der General ist nicht zu sprechen, nein, auch nicht für Sie!“, der Assistent von Silberstein, ein Major, ließ sich nicht erweichen.

Finkenrath schäumte vor Wut. „Aber ich kann hier in Deutschland viel nützlicher sein, Major!“

„Der Befehl zur Rückkehr nach Israel ist erteilt worden, Oberst, und Sie haben diesen zu befolgen, sorry!“

„Nun gut, momentan startet die *El-Al*-Maschine nicht, ich komme daher im Augenblick von hier nicht weg.“

„Dann melden Sie sich, wenn Sie später in der Heimat gelandet sind, okay?“

„Okay“, sagte Uri und legte auf. In diesem Augenblick klingelte sein Handy. Diesmal war seine private Nummer angewählt worden. Er nahm das Gespräch an. Heides Stimme klang besorgt und aufgewühlt. „Uri, die *Ant-ons* sind nach München unterwegs, sie sollen Rampthon befreien!"

„Was, wieso?"

„Die Amis haben nicht genügend qualifiziertes Personal vor Ort. Die Bundespolizei hat Schiss, dass sie den Schwarzen Peter in die Schuhe geschoben bekommen wird, wenn dem Präsidenten auch nur ein Haar gekrümmt wird. Die *SEKs* dürfen laut offizieller Bitte der Generalkonsulin nicht eingreifen, sondern sollen ausschließlich das Terrain absichern."

„Wer hat die *Ant-ons* angefordert?"

„Der deutsche Innenminister."

„Heide, wer hat das Kommando vor Ort?" Uri konnte sich bei Krisensituationen seiner militärischen Ausdrucksweise nicht entziehen.

„Na ja, Hubert ist Ansprechpartner Nummer eins. In München sind Doktor Gerhardt und Heribert im Kommandostand."

„Das ist mindestens eine, wenn nicht drei Nummern zu groß für die beiden. Ich fliege sofort nach München und leiste Unterstützung!" Uri war in seinem Element und wusste, dass jetzt sein militärisches Knowhow gefragt war.

„Wie willst du das machen?"

„Wirst sehen, Heide, klärst du das über den *MAD* ab und ich melde mich, sobald ich in München angekommen bin? Okay?" Es klang wie eine Bitte, war aber im Tonfall mehr ein Befehl.

„Okay, pass auf dich auf, Liebling!"

Der Oberst hatte das Gespräch schon beendet und eilte aus dem Abfertigungsterminal des Flughafens. Wenig später hatte er einen Hubschrauber gechartert und flog nach München. Zwei Stunden später kam er in der bayerischen Landeshauptstadt an. Der Helikopter landete mit Sondergenehmigung des bayerischen Landesinnenministers auf einer großen Straßenkreuzung beim Wittelsbacher Brunnen. Die Bundespolizei hatte den Bereich großräumig abgesperrt und den Hubschrauber eingewiesen. Kaum berührten die Landekufen des Helis den Asphalt, sprang Finkenrath aus der vorderen Tür des Cockpits und federte auf dem Boden elegant ab. Vor dem Abflug hatte er sich noch in seinen militärischen Overall gezwängt und die Mokassins gegen die obligatorischen schwarzen Springerstiefel ausgetauscht. Die Sachen musste er auf Reisen immer bei sich führen. In seiner olivfarbenen Kampfuniform fühlte er sich wohler, Soldat blieb Soldat. Kaum war er mit den Füßen auf der Erde, blickte er sich um und entdeckte einen Bundespolizisten, der ihm zuwinkte. Uri rannte unter den kreisenden Rotorblättern in gebückter Haltung auf den Beamten zu. Der Hauptkommissar führte ihn zu einem mattschwarzem *Volkswagen-Bulli*, beide Männer sprangen hinein. Schon preschte der Wagen los. Der Bundespolizist hielt ihm ein Headset hin, das Uri sofort aufsetzte. Kaum hatte er den Ohrstöpsel richtig positioniert, knackte es auch schon in der Leitung. „Hier Oberst Finkenrath."

„Willkommen in München, Oberst. Das nenne ich schnelle Amtshilfe. Mein Name ist Georg Weilhuber, ich habe hier das Kommando. Im normalen Leben bin ich Innenminister des Freistaates Bayern", sagte der Mann in tiefsten bayrischen Akzent. „Ich bin sehr froh, dass sie da sind!"

„Danke, wo sind denn meine Kollegen vom Projekt *Geiselrettung NRW 1*", fragte der Israeli.

„Die sind bereits in der Nähe des Hotels, werden direkt zu Ihnen gebracht." Die Stimme des Mannes klang alles andere als bayerisch, Uri vernahm deutlich den amerikanischen Slang im Tonfall seines neuen Gesprächspartners. Der stellte sich auch direkt persönlich vor. „Mein Name ist Danny Hagan, ich bin der Leiter des *Secret Service* vor Ort, an meiner Seite sitzt Meghan Gretonis, die Generalkonsulin."

Der *VW-Bulli* war bereits am Hotel *Majestic Imperial* vorbeigesaust, bog jetzt in eine Nebenstraße ein und stoppte abrupt.

„Schön, dass wir uns jetzt alle kennen", sagte Finkenrath mit leicht ironischem Zungenschlag. „Ich bin Oberst Uri Finkenrath und vertrete die israelischen Interessen beim Projekt *Ant-on*. Aber das wissen sie bestimmt."

„Also, Oberst“, sagte jetzt wieder Hagan, „ich weiß nicht, was Ihre Viecher leisten können, aber Sie sollten sofort loslegen. Meines Erachtens wäre es hilfreich zu wissen, was da drinnen los ist. Unsere Männer haben in der Lobby Position bezogen und halten sich gemeinsam mit ein paar türkischen Sicherheitskräften auch in der dritten und vierten Etage auf. Sie haben Befehl, dort alles zu sichern und auf weitere Befehle zu warten. Das restliche Hotel ist geräumt. Da wir nicht genau wissen, wer alles im Gebäude war, können wir momentan nicht ausschließen, dass sich noch weitere Personen außer den Terroristen, unserem *Secret Service*-Mann und dem Präsidenten, dort drinnen aufhalten. Sie sollten lediglich mit Ihren Dingern die Lage sichten und uns Bericht erstatten. Auf keinen Fall dürfen Sie eingreifen, verstanden?“ Hagan ließ keinen Zweifel daran aufkommen, dass er das Kommando für sich beanspruchte.

Finkenrath wurde von dem Bundespolizisten währenddessen zu einem anderen Fahrzeug gebracht, in dem er Doktor Gerhardt und Heribert Spill erkannte. Die beiden saßen bei geöffneter Tür im Fonds des Wagens. Vor dem Bulli stand ein Koffergepäckwagen des Hotels mit diversen Transportbehältern. Finkenrath erkannte sie wieder, darin waren die *Ant-ons*.

„Also, Mister Hagan …, oder darf ich Sie Danny nennen, ist im Gefecht immer hilfreich. Ich bin Uri!“

„Geht klar!“

„Okay, das hätten wir. Also, ich darf mal kurz was klarstellen.“ Finkenrath nickte den beiden vom Projektteam freundlich zu und zeigte den nach oben gerichteten Daumen seiner rechten Hand. Führte sie dann zu seinem Kopf und zeigte mit ausgestrecktem Daumen und kleinem Finger an, dass er gerade noch telefonierte. Die beiden verstanden sofort, was er meinte und nickten zustimmend. Der Oberst fuhr fort: „Die *Ant-ons* sind keine Befehlsempfänger. Wir schicken sie gleich ins Hotel hinein und dann warten wir ab, was passiert. Die Roboterameisen agieren vernetzt und eigenständig. Der Hauptrechner hat bereits alle relevanten Daten aufgenommen. Unsere kleinen Freunde werden mit diesen Informationen und ihren Sichtungen autark entscheiden, was zu tun ist. Glauben Sie mir, Danny, wir können ihnen vertrauen!" Finkenrath sprach besonders langsam und deutlich, so dass Doktor Gerhardt und Spill mithören konnten. Beide schauten so aus, als wären sie froh, zusätzliche professionelle Hilfe aus dem Projektteam zu erhalten. Zumindest drückte ihr Gesichtsausdruck das aus.

„Was", fragte Hagan, „die entscheiden selbst? Das kann ich nicht erlauben, wir, beziehungsweise ich, entscheide allein. Haben Sie das verstanden? Ihre Dinger sollen nur gucken, nicht eingreifen, ist das klar?"

„Haben Sie Angst vor Kontrollverlust, lieber Danny?" Finkenrath amüsierte sich mittlerweile über den Chef des *Secret Service*-Mannes und seine altertümliche Denkweise. „Schon mal was von KI, Künstlicher Intelligenz, gehört? Ist so wie autonomes Autofahren. Da fragt Sie Ihr Wagen auch nicht andauernd, ob er rechts oder links lenken soll, er macht es einfach aufgrund der vorgegebenen Straßenführung. Er bremst bei Hindernissen und behält die vorgegebene Geschwindigkeit bei. Wenn Sie ‚Einparken' eingeben, macht die KI das besser, als sie es je könnten."

„Aber das ist doch hier etwas vollkommen anderes, der Präsident der Vereinigten Staaten ist entführt worden!", entgegnete genervt Hagan.

„Das ist eine Vermutung, vielleicht ist er auch geflohen und versteckt sich irgendwo. War ja auch nie in der Army, hat sich auch damals verdrückt, oder?" Finkenrath provozierte jetzt Hagan.

„Höre ich da eventuell Kritik an unserem Präsidenten heraus, Oberst?"

„Nein, lieber Danny, sind wahrscheinlich nur Fake News. Also, wir schicken unsere *Ant-ons* rein und dann sehen wir, was passiert. Nennt man übrigens Emergenz. Wann kommt eigentlich eure Verstärkung hier an?"

Der israelische Oberst war gut informiert und hatte während des Hubschrauberfluges nach München bei der Zentrale des *Mossad* zunächst eine Nachricht hinterlassen, dass er auf dem

Weg zum Ort des Attentats war. Dort würde er der Projektgruppe Unterstützung leisten. Wenig später hatte sein Freund und Chef, Brigadegeneral Silberstein, zurückgerufen, als Uri auf dem Flug nach München im Heli saß. „Uri, sag das noch mal, wohin bist du unterwegs?"

„Nach München, Mosche. Die Leute vom Projektteam haben keinerlei militärische Erfahrung, und die Amerikaner kennen die *Ant-ons* nicht. Also, da bin ich gefragt, oder?" Finkenrath hatte bei der für ihn schlüssigen Erklärung, die ihm spontan eingefallen war, sein Lächeln nicht unterdrücken können. Aber bei dem Krach, der im Cockpit des Helikopters herrschte, konnte man sowieso kaum sein eigenes Wort verstehen, gerade dann nicht, wenn mittels Funkverkehrs kommuniziert wurde.

„Du bleibst da schön im Hintergrund, keine aktiven Handlungen, kein Einschreiten, gar nichts, hörst du? Ich will nicht, dass es heißt, wir hätten was vermasselt, wenn's schiefgeht. Verstanden?"

„Verstanden", Uri hatte salutiert und der Pilot ihn fragend angeschaut. Das Gespräch hatte vor einer Stunde stattgefunden.

Nun knackte es in der Leitung. Hagan antwortete umgehend. „Die Maschinen aus Amerika werden erst in einigen Stunden hier sein. Unsere Männer können wir nur einsetzen, wenn sich die Sache bis in die Nacht oder morgen hinzieht. Unsere Verstärkung aus England landet in zwanzig Minuten, doch der Trupp benötigt noch gut eine Dreiviertelstunde, bis er bei euch ist. Ihr seid erst mal alleine auf euch gestellt."

„So, lieber Dannyboy, dann halt mal deine Männer im Gebäude still, bis wir etwas Genaues wissen. Ich melde mich, auf geht's."

„God bless you, Uri!", hörte er Hagan noch sagen, dann war die Verbindung unterbrochen.

Schnell hatte das Dreierteam der *Geiselrettung NRW 1* die 5G-Verbindungen hergestellt, und die *Ant-ons* waren startklar. Anhand der Gebäudeskizzen hatte Uri sich entschieden, von mehreren Stellen aus die Roboterameisen loszuschicken. Zum einen waren als Startpunkte die Lobby und zwei Nebeneingänge auf der hinteren Seite des Hotels gut gewählt. Dann bot sich die Tiefgarage sowie der Lieferantenzugang an. Kaum hatte Finkenrath diese Punkte auf dem Lageplan mit rotem Stift eingekreist, meldete sich *Ant-on* auf dem Laptop von Heribert Spill.

Hallo, ihr drei!, war dort zu lesen, die KI war erwacht. *Bitte setzen Sie unsere Truppen bei den folgend gekennzeichneten Punkten ab. Wir haben bereits einen Plan und würden euch jetzt die entsprechenden Informationen geben.*

Uri Finkenrath kratzte sich am Kopf. „Klar, *Ant-on* denkt alleine. Zumindest haben wir dieselben Startpunkte fixiert, das ist deckungsgleich. Also, auf geht's!"

Gemeinsam mit den Bundespolizisten, die mit ihren Schnellfeuerpistolen Deckung in Richtung des Hotelgebäudes gaben, schob Uri Finkenrath die großen Gepäckwagen des Hotels, auf dem die Transportbehältnisse für die *Ant-ons* standen, über die Straße direkt zum Hoteleingang.

Wenige Minuten später waren alle *Ant-on*-Einheiten abgesetzt. In den beiden großen Behältern befanden sich mehrere kleinere. Die meisten Behälter waren in den Lieferantenzugang des Tiefgaragenbereiches gebracht worden. Doktor Gerhard, Spill und Finkenrath gingen, nachdem sich fast alle Kisten an den vorgegebenen Startpunkten befanden, in die Lobby des Hotels. Die große Eingangshalle mit der Rezeptionstheke war in ein militärisches Headquarter umgerüstet worden. An allen Türen, Treppenaufgängen und Liftkabinen standen Soldaten und einige wenige *Secret Service*-Männer. Alle trugen ihre Waffen offen, die Soldaten hatten Sturmgewehre in den Händen, die Männer in den dunklen Anzügen mit Sonnenbrillen und Headsets trugen schwere Halbautomatik-Pistolen. Hinter der Rezeption waren diverse Laptops aufgebaut worden. Mehrere Secret- Service-Agenten sowie ein Major des Heeres blickten auf die Bildschirme. Als die drei von der *Geiselrettung NRW 1*, so lautete die offizielle Bezeichnung, in die Lobby eskortiert wurden, wurde es plötzlich still. Alle schauten in ihre Richtung und der Major salutierte.

Schnell hatte Doktor Gerhardt seinen Laptop aufgeklappt und die 5G-Verbindung gecheckt. An allen Transportbehältern waren transportable Antennen mit Verstärker befestigt worden, sodass alle *Ant-ons* mit dem Rechner verbunden waren. Alles war bereit. Heribert Spill tippte ein paar Befehle über die Tastatur ein. Schon teilte sich der Bildschirm in vier Fenster auf. Die *Ant-ons* strömten aus ihren Kisten. Erste Bilder der Übertragungskameras waren zu erkennen.

Uri Finkenrath erinnerte die Übertragung an Handwerker, die mit einer Minikamera vor seinem Haus in Haifa unterirdische Abwasserrohre auf Leckagen kontrolliert hatten. Die *Ant-ons* nutzten Leerrohre von elektrischen Leitungen und Schächte der Klimaanlage, um in die entlegensten Ecken des Hotels zu gelangen. Alle Roboterameisen waren recht schnell und zielgerichtet unterwegs. Manchmal schimmerte etwas Silbriges auf, das schienen die Innenwände der Luftschächte zu sein. Manchmal sah man auch vorauslaufende Ameisen, dann schien die Kamera wieder inmitten eines Pulks von *Ant-ons* zu sein. Einmal schaute eine Maus direkt in die Kamera, verschwand aber wieder schnell im Dunklen. Doktor Gerhardt hatte zwischendurch einen weiteren Laptop gestartet und auf dem Bildschirm war der gesamte Lageplan des Hotels in einem 3D-Modus angezeigt. Rote Punkte, die sich langsam und zielgerichtet bewegten, zeigten an, wo genau die *Ant-ons* im Gebäude unterwegs waren.

Uri Finkenrath bat den Captain mittels Handzeichen, zu ihm zu kommen. Er erklärte kurz, wie das Team der Geiselrettung arbeitete und was die roten Punkte zu bedeuten hatten. Der Befehlshaber der Amerikaner hatte zuvor schon mit großem Argwohn betrachtet, wie sich eine längere Ameisenkolonne aus dem Transportbehälter in Richtung des Fahrstuhlschachts aufgemacht hatte. Kaum vor den drei Lifttüren angekommen – alle drei standen offen und waren offensichtlich außer Betrieb genommen worden – verschwanden die künstlichen Insekten in der engen Lücke zwischen einer der Aufzugstüren und dem Fußboden der Etage. Etwas angewidert hatte einer der Soldaten, die an den Aufzügen Wache standen, auf einen Hundertfüßer gezeigt, der mit superschnellen Bewegungen an der Wand hochkrabbelte und sich dann an der Decke bis zu einem Lüftungsgitter hin hangelte, um dort hineinzukriechen und zu verschwinden. Kaum waren die letzten Beinpaare verschwunden, folgten fünf weitere Skolopender und quetschten sich durch das Aluminiumgitter in den dahinterliegenden Schacht.

Uri Finkenrath sprach jetzt wieder in sein Mikrofon am Headset.

„Hi, Danny, hören Sie mich?"

„Klar und deutlich, Uri. Wie weit sind sie?"

„Alle *Ant-ons* sind unterwegs. Wir haben diverse Startpunkte eruiert, und unsere kleine Armee ist mit mehreren Stoßtrupps auf der Suche nach Ihrem Mister President."

„Gut, wann rechnen Sie mit den ersten Rückmeldungen Ihrer, wie heißen die Dinger, *Ant-ons*?"

„Wenn Sie was zu berichten haben, werden wir es merken. Haben Sie mal eine IP-Adresse für unseren Doktor Gerhardt, dann schicken wir Ihnen Livebilder in 3D vom Gebäude, die roten Punkte sind die *Ant-ons* in der Mission possible." Finkenrath musste, trotz der großen Anspannung, lächeln.

Schnell war auch die Verbindung zu dem Headquarter der Amis hergestellt. Auch Botschafter Douglas im fernen Berlin, der Krisenstab im Bundeskanzleramt sowie die *CIA*-Zentrale erhielten via Internetleitung die Livebilder. Natürlich wurde auch das Projektteam in Düsseldorf versorgt.

Viele der involvierten Menschen starrten wie gebannt auf die sich im Gittergewerk des Hotelkomplexes bewegenden roten Punkte. Die *Ant-ons* waren auf dem Weg. Nur die direkten Übertragungsbilder, die mit den Kameras, die die Roboterameisen mit sich führten, aufgenommen wurden, waren ausschließlich auf dem Laptop in der Lobby zu sehen. Der amerikanische Captain blickte ebenso konzentriert, wie die drei vom Geiselrettungsteam, auf das, was ihnen auf dem viergeteilten Bildschirm gezeigt wurde. Plötzlich stagnierte das Bild rechts oben. Mit einem Seitenblick auf das Bild mit der 3D-Gitterkonstruktion und den darin visualisierten roten Punkten, die die Standorte der Ameisenkolonnen im Gebäude anzeigten, merkte Heribert Spill an: „Erdgeschoss, Zugang zur Tiergarage, Keller, Heizung- und Klimazentrale sowie Wasserversorgung."

„Was zeigt uns *Ant-on* da?", fragte Doktor Gerhardt.

„Drähte, jede Menge Drähte auf dem Flur. Da …", Finkenrath zeigte auf einen kleinen, metallisch glänzenden Faden, der vor den Ameisen auf dem Boden gespannt war und an der Wand zu einem kleinen Päckchen Knete führte, „Semtex, Sprengfallen. Scheiße, große Scheiße. Die haben die Zugänge vermint!", rief der Oberst, der sich mit diesen hinterlistigen Fallen gut auskannte. „Geben Sie das sofort Hagan durch, keiner seiner Leute soll da rein. Wer weiß, was die sonst noch angebracht haben."

Das Bild der Liveübertragung zeigte nun, dass die Ameise mit der installierten Kamera unter dem Draht bis zur Wand krabbelte und in Nahaufnahme die von Al-Burafyfi montierten Sprengstoffpäckchen.

„Draht, Auslöser und Sprengstoff. Das kannst du in drei Sekunden anbringen und wenn einer beim Laufen oder Gehen den Draht abreißt, fliegt er in die Luft. Die Schweine haben ihren Rückzug gesichert."

Da das Licht in allen Fluren und Räumen des Gebäudes abgestellt war, konnte man die übertragenen Bilder leider nur schemenhaft erkennen. Aber durch Leuchtdioden, die die *Ant-ons* eingeschaltet hatten, waren metallische Gegenstände, wie zum Beispiel der gespannte Draht, dennoch gut zu erkennen.

Im Lagezentrum des amerikanischen Generalkonsulats starrten die Chefin des Hauses, Meghan Gretonis, wie auch Danny Hagan und Georg Weilhuber, auf die roten Punkte, die die *Ant-ons* im Hotel bei ihren Erkundungsgängen symbolisierten.

„Ist eine dolle Technik, oder?" Der bayerische Innenminister lehnte sich überlegen und leicht stolz lächelnd zurück in seinen Bürostuhl. „Gut, dass wir über so etwas verfügen, nicht wahr?"

Er bekam keine Antwort von den ihn umgebenden Amerikanern und fügte hinzu: „Made in Germany!"

Bundeskanzleramt, Berlin, Deutschland.
Im Krisenstab des Bundeskanzleramtes herrschte ebenfalls angespannte Stille. Die Nervosität und Anspannung in der Atmosphäre waren förmlich zu spüren. Alle starrten auf die Übertragung des in 3D-Technik gezeigten Bildes mit den sich bewegenden roten Punkten. Mittlerweile war Bundeskanzler Friedrich Märzbecher eingetroffen und hatte die Regie übernommen. Sein Jackett flog auf ein Sideboard und er ließ sich vom Innenminister kurz schildern, wie der aktuelle Stand der Dinge war.

„Also", fasste er nach kurzer Zeit zusammen, „die Amis haben nicht genügend Fachpersonal vor Ort, trauen unserer Polizei und den *SEK*s nichts zu, eigene Verstärkungen sind erst auf dem Weg nach München, und unser Kollege Innenminister hat mit ihrer Zustimmung diese künstlichen Ameisen, die wir hier als rote Pixel herumlaufen sehen, losgeschickt, um den Präsidenten zu retten. Sehe ich das so richtig?"

„Vollkommen, Herr Bundeskanzler", meinte der Regierungssprecher.

„Unser Schicksal, beziehungsweise das von Rampthon, hängt von künstlichen Ameisen ab? Hat er denn noch nicht gekwittert?"

Unabhängig von der Anspannung und Befürchtung, dass dem Präsidenten etwas auf deutschem Boden geschehen konnte, war Rampthon für die Anwesenden doch alles andere als ein beliebter Politiker. Seine ständigen Alleingänge, seine Drohungen und aufgekündigten Kooperationen sowie die vielen zurückgezogenen Verträge, sein Gekwittere, ging allen mächtig auf die Nerven. Rampthon mochte die Deutschen aufgrund ihrer wirtschaftlichen Kraft nicht, sah sie als Konkurrenten an und meinte, dass die USA von ihrem Partner in Europa unfair behandelt würden.

„Ist aber auch unfair, was ihm gerade widerfährt!", raunzte sarkastisch die Verteidigungsministerin in den Raum.

„Mensch, Annemie, das ist wirklich unangebracht. Ich bitte dich!" Friedrich Märzbecher zwinkerte, trotz des Ernstes der Lage, seiner Ministerin zu. Obwohl keiner im Raum sein Leben für Rampthon geopfert hätte, mussten sie alles dafür tun, den Präsidenten zu retten. Der Bundeskanzler dachte schon daran, wie es wohl sein würde, wenn POTUS durch das Geiselrettungsteam mit den Ameisenrobotern wirklich gefunden und befreit werden würde. Gäbe es dann wieder eine gemeinschaftliche Basis, die auf Dank und Anerkennung der Leistung der Deutschen aufgebaut sein würde? Oder ließe Rampthon seinen Ärger über das Attentat an den Gastgebern der Sicherheitskonferenz aus, obwohl seine eigenen Leibwächter die Entführung nicht verhindert hatten und die Täter einer ausländischen Macht angehörten? Bevor er wieder auf den Bildschirm schaute, ging ihm noch ein weiterer Gedanke durch den Kopf. Vielleicht war es besser für die Welt, wenn Rampthon nicht mehr lebend auftauchen würde. Vielleicht. Es würde ein politisches Erdbeben auslösen, so oder so. Was hatte ein Bundestagsabgeordneter mal bei einer Debatte gesagt? „Augen auf bei der Berufswahl!" Recht hatte er.

***CIA*-Zentrale, Langley, Virginia, USA**
Admiral Cotterfield hatte Mike Cooper persönlich den aktuellen Lagebericht durchgegeben. Der strenggläubige Vizepräsident, momentan aktuelles Staatsoberhaupt der Vereinigten Staaten, war bekannt für seine äußerst knappen Worte und sein exzellentes Zuhörvermögen. Er fragte niemals dazwischen oder nach, er notierte sich nichts, hörte einfach nur zu und speicherte alles Gehörte. Anschließend erfolgten nur knappe Kommentare oder Befehle von ihm. Mike Cooper hörte auch jetzt Cotterfield intensiv zu, nickte kurz hier und da. Dann sagte er: „Danke, Admiral. Lassen Sie uns für den Präsidenten beten, still, alle!" Das war alles. Der Vizepräsident rechnete mit dem Schlimmsten. Er hatte Rampthon gerade aufgegeben.

David-Hansemann-Haus, Düsseldorf, Deutschland

Heide Mainz konnte es zu Hause nicht mehr aushalten. Schnell war sie mit ihrem Wagen nach Düsseldorf gerast, um sich mit dem Projektteam vor Ort zu treffen und die weitere Entwicklung mitzuverfolgen. Von unterwegs aus hatte sie ihrem Chef mitgeteilt, dass Oberst Finkenrath nach München geflogen sei, um vor Ort seine militärischen Kenntnisse zur Verfügung zu stellen.

„Ameisen und der *Mossad* helfen den Deutschen, dass die Amerikaner ihren Präsidenten zurückbekommen. Hoffen wir das Beste, liebe Heide. Viele Grüße ans Team in Düsseldorf!"

Christiane Coldner unterrichtete den weiblichen Oberstleutnant des *MAD* über die aktuellen Geschehnisse, soweit sie hier im *David-Hansemann-Haus* dem Projektteam bekannt waren. Alle saßen im Hauptkonferenzraum und blickten auf den großen Bildschirm mit der 3D-Darstellung des Hotelgebäudes und den roten Punkten, die ihre *Ant-ons* darstellten.

„Das Hotel ist riesig groß", meinte Heide. „Ob sie den Präsidenten finden?"

„Sie finden alles, wirklich alles, liebe Heide", meinte Professor Schleithmann. „Ameisen sind in der Natur darauf gedrillt, ihre Opfer selbst im tiefsten Dschungel zu finden. Warum sollte das unseren Trupps nicht gelingen?"

„Die Vernetzung funktioniert bestens. Die KI hat die Lagepläne, alle relevanten Informationen, und die neuesten Versionen der *Ant-ons* sind im Einsatz. Sie werden viel lernen und erfolgreich sein!"

„Was machen sie denn im Augenblick?", fragte Heide.

In diesem Augenblick knackte es kurz im Lautsprecher, und Klaus Kinskis Stimme war zu hören. Fast wie in einem der alten, in schwarzweiß gedrehten Edgar-Wallace-Filme, wenn der deutsche Schauspieler, prädestiniert für fiese Charakterrollen, sich höhnisch aus dem Dunklen äußerte: „Oh, ich habe euch nicht vergessen, es gibt nur momentan viel zu tun."

„Hallo, *Ant-on*, lange nichts von dir gehört!“, sagte Christiane Coldner. „Was passiert gerade in München? Habt ihr schon eine Ahnung, ob der Präsident noch lebt?“

„Wir durchkämmen gerade das Hotel und checken vorab lokalisierte Örtlichkeiten. Wir haben die Videokameras des Hotels gecheckt, die angeforderten Aufzüge im relevanten Zeitraum und andere Informationen verarbeitet. Gerade sind wir so weit, sagen zu können, dass die Geiselnehmer höchstwahrscheinlich nur noch zu zweit sind. Der Präsident war leblos, als er aus der vierten Etage nach unten gebracht wurde. Entschuldigt bitte, aber aufgrund der erforderlichen hohen Prozessorleistung kann momentan nur ein kurzer Bericht gegeben werden. Die erste und zweite Etage sind sauber, auch die Küche, das Restaurant und die Toilettenräume und Flure. Viele Zugänge zu den im Untergeschoss befindlichen Räumen, insbesondere zur Tiefgarage wie zum Lieferanteneingang, sind vermint worden. Sprengfallen in vielen Fluren. Wir entschärfen, was wir können und kennzeichnen alle identifizierten und mittlerweile außer Gefecht gesetzten Fallen in der 3D-Grafik des Hotels. Unsere Truppen werden nun aus verschiedenen Richtungen versuchen, die Geiselnehmer und das Opfer zu finden. Weiteres folgt. Daumen drücken!“

„Hat KI gerade ‚Daumen drücken‘ gesagt?“, fragte Heide Mainz.

„Sie hat sich so ausgedrückt. Ich glaube, *HAL* ist wieder zurück, willkommen in der Zukunft.“ Quintus Schwarz hatte sichtlich Vergnügen und Freude am Können von *Ant-on*.

Hotel *Majestic Imperial*, München, Deutschland

John Millner erwachte aus seiner kurzen Bewusstlosigkeit. Das Erste, was er spürte, waren rasende Kopfschmerzen. Er tastete seinen Kopf vorsichtig mit den Händen ab, konnte aber keine Beule oder Blutungen feststellen. Nur seine Nase schmerzte. Er öffnete die Augen und sah eine Person zwischen sich und Rampthon stehen. Der starrte aus seiner sitzenden Position auf dem Boden fassungslos nach oben. Noch immer war der Präsident mit den Stars- and Stripes-Kabelbindern gefesselt. Neben Rampthon lag der saudische Major auf dem Boden und starrte aus leblosen Augen zur Decke. Der Agent suchte nach seiner *Beretta* und fand sie neben sich auf dem Boden liegen. So langsam kam die Erinnerung wieder. Er hatte den Attentäter von hinten erschossen, als dieser den Präsidenten ins Gesicht geschlagen hatte. Dann musste Rampthon ihm in die Eier getreten haben. Millner schaute jetzt wieder auf die Person, die noch immer in Richtung des Präsidenten schaute und ihm dabei den Rücken zuwandte, eine Waffe auf den POTUS richtend. Deshalb schaute Rampthon auch angstvoll und gebannt. Die Person, die zwischen dem Präsidenten und Millner mit der Waffe in der Hand stand, trug eine Jeans und eine dunkelblaue Bluse. Die Beine waren gespreizt und die Arme mit der Pistole waren weit vom Körper vorgestreckt. Es war eine eher zierliche Gestalt, die keine zwei Meter von dem an der Wand angelehnt sitzenden Präsidenten entfernt war.

„Geht es dir gut, John Millner?“, fragte Rana, ohne sich umzudrehen.

„Du bist es, Rana?“

„Ja, Liebling, ich bin es. Kann man dich nicht alleinlassen?“ Sie lächelte, ohne dass er das sehen konnte.

„Wie bist du hierhin gekommen?“

„Ich kannte die Fluchtroute. Bin schließlich von Major Burafyfi für den Notfall eingewiesen worden. Ist er tot?“

„Ja, hab ihn erledigt!“

„Und die anderen?“, fragte Rana.

„Ich glaube, von denen lebt keiner mehr. Vom *Secret Service* wie auch von deinen Freunden! Im Übrigen, die haben sich nicht an die Vereinbarung gehalten. Meine Kollegen wurden eiskalt erschossen, und mich hätten sie beinahe auch umgebracht“

„Du kannst Arabern nie vertrauen, wenn sie es mit euch Amerikanern zu tun haben. Zu Recht! Aber mir kannst du vertrauen, ich liebe dich, John! Und nun komm, wir müssen hier raus!“

„Ich liebe dich, was ist das denn für eine Romanze?“, krächzte der Präsident. „Ihr steckt alle unter einer Decke, Millner, dafür bekommen Sie die Giftspritze, Sie verräterisches Arschloch!“

„Aber vorher erstickst du Miststück von einem Präsidenten. Wie konnte es nur so weit kommen, dass ein Teil von Amerika so ein Schwein wie dich gewählt hat. Du machst alles kaputt, du teilst das Land, du machst die Reichen und dich noch reicher. Die Armen, die Obdachlosen, die Arbeitslosen und die Umwelt interessieren dich doch gar nicht. Du hast keine Ahnung von Außenpolitik und gefährdest den Weltfrieden. Selbst als die Coronapandemie kam, hast du Wahlkampf betrieben, anstatt dich um dein Volk zu kümmern. Du hast Medikamente empfohlen, als wenn du irgendeine Ahnung von Medizin hättest. Aber du wolltest nur deine Clique noch reicher machen. Mit jeder *Kwitter*-Nachricht hast du die Wall Street beeinflusst und deine Familie und dein Imperium haben mit dem Insiderwissen Millionen verdient. Du glaubst nur an dich. Man sollte dich abschlachten wie ein Stück Vieh! Und dann in den Abguss schütten!“

Aus Millner sprudelten die Worte und alles, was sich in ihm aufgestaut hatte, kam heraus. Rampthon kochte vor Wut und bekam deswegen überhaupt keine Luft mehr. Er röchelte. „Mach das Ding hier ab“, keuchte der POTUS und meinte den Kabelbinder, der sich mehr und mehr in seinen fetten, faltigen Hals grub und die Luftröhre einschnürte. Rampthons Atem rasselte nur noch.

Rana kniete sich vor ihn und durchschnitt das Plastikband, das die Hände des Präsidenten zusammenhielt, mit einem Taschenmesser, das sie aus ihrer Hosentasche holte.

„Mach’s doch selber“, verhöhnte sie ihn. Rampthon versuchte sofort und verzweifelt mit seinen Fingern den Kabelbinder vom Hals wegzuziehen, was ihm nicht gelang. Er trommelte mit beiden Beinen herum. Dabei schlugen seine eng aneinandergefesselten Füße mit den Fersen auf den Boden. Millner dachte, es sieht wie Sackhüpfen im Liegen aus. Rampthons Kopf war purpurrot, so, als würde er gleich platzen. Die Augäpfel des Präsidenten traten aus den Höhlen.

„Bestes amerikanisches Plastik, noch dazu in den Nationalfarben. Und jetzt geht's ans Sterben, du Arschloch. Was sagst du doch immer, *America first*! Genau, du zuerst!" Rana zitterte, als sie den Präsidenten anschnauzte. Sie gab John Millner die Hand und zog ihn vorsichtig hoch.

„Komm Schatz, wir hauen ab."

„Wie denn und wohin?"

„Komm einfach mit."

„Und ihn hier?", fragte Millner

„Der macht nicht mehr lange", stellte Rana fest. Als Millner aufrecht stand, beugte sie sich zu dem auf dem Boden liegenden Major herunter und nahm diesem die langläufige Pistole aus der Hand. Sie schnippte am Magazinverschlussriegel und schon rutschte das Metallgehäuse, in dem noch viele Patronen steckten, in ihre Hand. In der anderen hielt sie noch ihre eigene Waffe, eine kleine Walther PKK. Dann drückte sie das Magazin wieder zurück in das Griffstück der Pistole, ließ es aber nicht komplett einrasten. Geschickt zog sie den Schlitten der Waffe zurück, die der Major noch bis vor einigen Minuten in der Hand gehalten hatte. Die im Patronenlager steckende Patrone flog im hohen Bogen heraus. Rana hörte sie irgendwo auf dem Betonboden aufschlagen. Dann drückte sie das Magazin fest in die Waffe, wo es mit einem Klacken einrastete. Mit einer weiteren Drehbewegung schraubte Rana den Schalldämpfer vom Lauf und ließ ihn in ihre Hosentasche geleiten. Sie reichte Rampthon die Waffe. „Wenn du mutig bist, schießt du dir in den Kopf oder versuchst dir den Kabelbinder vom Hals wegzuballern! Andernfalls erstickst du an deinen eigenen Stars and Stripes." Rana lachte laut auf, nahm Millner, der noch immer benommen wirkte, an die Hand und zog ihn aus dem Raum ins Dunkle hinein. Sie wusste, dass der Präsident nicht sofort schießen konnte, denn dazu musste er erst mit beiden Händen die Pistole halten und den Schlitten nach hinten ziehen, damit eine Patrone in den Lauf gelangte. Erst dann konnte Rampthon mit der Waffe etwas anfangen und John und sie bedrohen. Doch in der Zwischenzeit blieb genügend Zeit für beide, um zu verschwinden.

Rampthon griff gierig nach der Waffe, hielt sie mit beiden Händen und repetierte sofort. Nun konnte er schießen, denn der Sicherungshebel war bereits auf „Feuer“ gestellt. Obwohl Rampthon niemals beim Militär gewesen war, kannte er sich mit Handfeuerwaffen recht gut aus. Mehrfach im Jahr schoss er zum Spaß auf dem Schießstand des *Secret Service.* Jetzt bekam er fast überhaupt keine Luft mehr, die Aufregung war zu groß geworden. Erste Blitze tauchten vor seinen Augen auf, sein Herz schlug wie verrückt und in seinen Halsschlagadern pochte das Blut. Kopfschmerzen wüteten in seinen Schläfen. Er wusste nicht, was er machen sollte. Das Zerren an dem Kabelbinder war sinnlos, das hatte er mehrfach vergeblich versucht. Sich in den Kopf schießen, um schnell zu sterben, kam nicht in Frage. Dazu, das wusste Rampthon, war er zu feige. Ersticken wollte er auch nicht, er wollte leben. Keiner kann mich besiegen, keiner, dachte er. Rampthon nahm die Pistole, führte den Lauf seitlich an den Kabelbinder an seinem Hals heran, schloss die Augen, biss die Zähne zusammen und drückte ab. Der Knall war ohrenbetäubend und die kahlen Betonwände des Kellerraumes warfen den Schall mehrmals hin und her. Rana und Millner hörten den Schuss, der nur wenige Sekunden nach ihrem Verlassen durch den Kellerflur hallte. „Er hat’s getan!“, raunte Rana. „Komm John, wir müssen uns beeilen.“ Beide rannten den nur spärlich im grünlichen Licht der Notbeleuchtung erhellten Flur entlang in Richtung des Teils der Tiefgarage, der für die Lieferantenfahrzeuge reserviert war.

„Schaut einmal, die roten Punkte konzentrieren sich mehr und mehr, sie marschieren alle in Richtung der Tiefgarage, die sich im zweiten Untergeschoss befindet. Ein Trupp ist schon im Bereich der Anlieferung angekommen. Ein zweiter im Fahrstuhlschacht dahin unterwegs!“ Ein *Secret Service*-Mann zeigte mit der Hand auf den Bildschirm des Laptops. Auch Uri sah jetzt die Marschrichtung der *Ant-ons.* Spill und Doktor Gerhardt empfingen die entsprechenden Kamerabilder dazu. Ein Bildschirmausschnitt war seit zwei Minuten allerdings nur noch schwarz.

Wahrscheinlich ein Ausfall der Kamera, dachte der technische Mitarbeiter von *Bollmann Engineering*. Aber die drei verbliebenen Bilder der Liveaufnahmen waren spannend wie ein Horrorfilm anzusehen. Immer wieder tauchten in den dunklen Röhren oder Lüftungs- und Kabelschächten Insekten und andere Tiere auf. Mäuse, große Spinnen und auch Ratten.

Und das in diesem feinen Hotel, dachte der israelische Offizier. Aber er wusste, dass sich Nager gerne in den Gebäuden von Menschen aufhielten. Hier gab es immer etwas zu fressen, es war meistens warm und trocken. Ideale Bedingungen zum Überleben. Heribert Spill beobachtete, dass bei einer der Aufnahmen, bei der die *Ant-ons* in einem Lüftungsrohr nach unten marschierten, plötzlich ein Licht auftauchte.

Was mag das sein?, dachte der Techniker und schwenkte den Kopf in Richtung des anderen Bildschirmes, der die Position der Roboterameisen mit roten Punkten im Gebäude anzeigte. Gerade vereinigten sich zwei Trupps auf dem Weg zur Tiefgarage.

„Das war also das Licht gewesen, das ich gerade gesehen habe. Das Kameralicht der anderen Ameisenroboter."

Hotel *Majestic Imperial*, München, Deutschland

Er war allein, es war still und ihm wurde langsam kalt. Rampthon lag auf der Seite und ordnete seine Gedanken. Nach dem Schuss war er wohl durch den Schock für kurze Zeit bewusstlos gewesen. Aber etwas Grundlegendes hatte sich verändert. Er konnte endlich wieder frei atmen. Mit beiden Händen berührte er seinen Hals, der Kabelbinder war verschwunden. An der Seite, dort, wo er den Lauf angesetzt hatte, um sich des Plastikbandes, das ihm die Luft abgeschnürt hatte, mit einem Schuss zu entledigen, brannte seine Haut wie Feuer. Der Schmerz wurde heftiger.

Rampthon betastete die Stelle am Hals vorsichtig mit den Fingern. Die Wunde blutete nicht, fühlte sich aber schorfig an. Das Projektil hatte nicht nur den Kabelbinder weggeblasen, sondern auch eine tiefe Spur in seine Haut gezogen. Die Hitze der Kugel hatte gleichzeitig auch das rohe Fleisch versengt und damit die Blutgefäße verödet. Wie in alten Westernfilmen, dachte Rampthon zurück an Filmszenen als Wildweststreifen, in denen sich Cowboys glühende Messerschneiden auf Wunden drückten, um diese zu desinfizieren und Blutungen zu stoppen.

Nach und nach wurden seine Sinneswahrnehmungen wieder klarer. Er roch etwas. Neben dem typischen Korditgeruch von abgefeuerten Patronen nahm er den Geruch von verbranntem Fleisch oder Haut wahr. Es stank geradezu ekelhaft. Egal, dachte sich der Präsident, ich habe wieder genau das Richtige getan, sonst wäre ich noch an dem Kabelbinder erstickt! Rampthon fühlte seinen Oberkörper und seine Oberschenkel ab. Alles schien unverletzt zu sein. Sein Hinterkopf sandte stichartige Schmerzen aus. Da berührte er mit seiner linken Hand etwas. Er tastete vorsichtig daran und zog angewidert den Arm wieder zurück. Er hatte soeben das Bein des toten Attentäters berührt. Der Kerl war über ihn gefallen. Dann hatte Rampthon ihn zur Seite von sich weggedrückt. Er erinnerte sich. Dort lag die Leiche. Ein neuerlicher Geruch drang in seine Nase, es roch nach Metall. Blut, dachte er, Blut riecht metallisch, irgendwie nach Kupfer und Eisen. Er rückte von dem toten Körper weg. Auf keinen Fall wollte er sich mit dem Blut des erschossenen Attentäters den Anzug besudeln. Der Präsident bemerkte, dass seine Beine, kurz über den Knöcheln, noch immer mit dem schrecklichen Kabelbinder gefesselt waren. Warum nur, dachte er, sind diese Plastikdinger so stabil? Er fühlte mit den Händen den Boden ab und tatsächlich fand er das Taschenmesser, mit dem ihm die Frau die Handfesseln durchgeschnitten hatte. Das Messer musste ihr beim Hantieren mit der Pistole entglitten sein. Gut für mich, Sieger haben immer Glück! Die anderen begehen die Fehler. Der POTUS lächelte, trotz der insgesamt misslichen Lage. Ich werde es allen zeigen, denn ich bin der größte, mächtigste und erfolgreichste Präsident aller Zeiten. Ich allein!

Rampthon schnitt mit einem festen Ruck den Kabelbinder durch, das Messer legte er neben sich. Dabei berührten seine Hände Metall. Die Pistole, durchfuhr es ihn. Beim Schuss zur Durchtrennung des Kabelbinders war ihm die Waffe aus den

Händen gefallen. Jetzt kann mir nichts mehr passieren. Ich bin frei und bewaffnet, keiner kann mich aufhalten! Triumphierend klatschte er in die Hände und begann, seine Knöchel zu massieren. Die Blutzufuhr war schon viel zu lange unterbrochen worden. Es kribbelte und stach, als wenn er seine Beine in einen Ameisenhaufen gelegt hätte.

Er nahm die Pistole an sich und wiegte sie in der Hand. Sie fühlte sich kalt und schwer an. Sie gab Rampthon ein Gefühl von Sicherheit und Macht. Mit diesem Ding konnte er jeden weiteren Angreifer erschießen. Das würde er gerne tun. Durch die Hotelflure schreiten und vor laufenden Kameras jeden der Attentäter in den Kopf schießen. Das wäre ein Bild, das seine Feinde nie vergessen würden. Ronald J. Rampthon verteidigte Amerika wie einst der Western-Marshall Wyatt Earp.

Rampthon konnte die Wände des Kellers nur schemenhaft sehen. Dies schien kein eigentlicher Raum zu sein, eher ein breiter Flur. Vor und hinter sich konnte er den grauen, unbehandelten Beton der Wände erkennen. Rechts von ihm, dorthin waren die arabisch aussehende Frau und Agent Millner verschwunden, zweigte ein Gang ab. Wahrscheinlich ein weiterer Korridor. Dorthin würde er nicht gehen, vielleicht hatten die beiden im Dunklen eine Falle aufgebaut. Aber, da war sich Rampthon jetzt sicher, die beiden „Miststücke“, wie er sie nannte, waren schon längst getürmt. Noch wahrscheinlicher war, dass sie geschnappt worden waren. Er malte sich aus, wie er als Präsident im Gerichtssaal stehen und die Todesstrafe für den abtrünnigen Leibwächter von der Grandjury fordern würde. Von der Zuschauertribüne aus konnte er den Applaus schon hören. Das musste live im TV übertragen werden, was für eine Show! Er, der beste Präsident der Vereinigten Staaten von Amerika ever, hätte den untreuen und zu den Attentätern übergelaufenen *Secret Service*-Agenten zur Strecke gebracht und sich dabei alleine gegen eine große Übermacht von Terroristen gestemmt und sie persönlich besiegt. Oh mein Gott, ich bin Gott!, dachte Rampthon. Ihm rannen einige Tränen der Rührung die Wangen hinunter. Ich werde beantragen, Präsident auf Lebenszeit zu werden. Der Kongress würde diesem Antrag jubelnd durchwinken und für ihn sogar die Verfassung der Vereinigten Staaten von Amerika ändern.

Er stand langsam und bedächtig auf, sein Rücken schmerzte. Die Beine zitterten und er schwankte leicht beim Gehen. Rampthon stützte sich an der Wand ab. Dann fiel sein Blick auf die Leiche des Saudis, der auf dem Rücken liegend mit einem erstaunten Gesichtsausdruck zur Decke stierte.

„Na, du Arschloch, das hattest du nicht eingeplant, dass ich dich umlegen lasse, was?“ Wie immer verdrehte der Präsident die Wirklichkeit und glaubte seine Lügen sogar selbst. Er drückte den Rücken durch, holte mit dem rechten Bein aus und trat dem toten Mann mit voller Kraft in den Hoden. „Leg dich niemals mit Ronald J. Rampthon an, niemals!“

Krisenstab im Generalkonsulat der Vereinigten Staaten, München

Meghan Gretonis und Danny Hagan starrten auf den Laptop, der auf dem Konferenztisch aufgebaut war. Eine direkte Funkverbindung hatte die Nachrichtenabteilung aufgebaut. Auch die Bundespolizei und das Landeskriminalamt hatten für den bayerischen Innenminister, Doktor Weilhuber, entsprechende Kommunikationssysteme installiert. So waren alle im Zentrum des Krisenstabes mit den handelnden Personen vor Ort sowie mit den anderen Lagezentren in Washington, Langley und Berlin verbunden. Diverse Nachrichtenoffiziere des Konsulats, unterstützt durch einen *CIA*-Mann und zwei Agenten des *Secret Service*, sowie Mitarbeiter des Innenministeriums und der Polizei hielten die Verbindungen offen. Alle trugen Headsets mit Mikrofonen und flüsterten ständig etwas oder hörten intensiv zu, wenn ihre Gesprächspartner am anderen Ende der Leitung etwas durchgaben.

„Schauen Sie, Danny“, Gretonis wies mit dem Zeigefinger auf die roten Punkte, die sich zunehmend konzentrierten und in Richtung des zweiten Untergeschosses zum Anlieferungsteil der Tiefgarage unterwegs waren.

„Sie formieren sich. Dann scheinen sie den POTUS und die Attentäter lokalisiert zu haben“ Hagan war sich absolut sicher und hoffnungsvoll.

„Ich sag's ja, unsere *Ant-ons* sind Spitzenklasse“ Weilhuber streckte seinen dicken Bauch nach vorne, hatte beide Hände tief in die Hosentaschen gesteckt und tigerte dabei im Raum auf und ab. So konnte er seine vorhandene Nervosität besser im Zaum halten.

„Sobald diese Viecher stehen bleiben, greifen wir ein!“ Hagan drückte eine Taste auf dem Kommunikationsboard. „Hier Hagan vom *Secret Service*. Können sie mich gut verstehen?“

„Klar und deutlich, hier ist Cheney, *CIA*-Langley“

„Hier ist das White House. Haben Sie die Sache im Griff?“

Hagan konnte deutlich hören, wie der Stabschef der USA, bekannt für seine harte und klare Aussprache, mit ihm redete.

„General, wir bemühen uns mit allen zur Verfügung stehenden Kräften. Wir glauben, dass diese Roboterameisen tatsächlich den Standort des Präsidenten und der Attentäter ausfindig gemacht haben. Sobald wir die ersten Bilder haben, entscheiden wir über den Zugriff.“ Von den Sprengfallen wollte er im Augenblick nichts berichten. Das hob er sich für später auf. Erst einmal musste er davon überzeugt sein, den derzeitigen Aufenthaltsort des Präsidenten im Hotel gefunden zu haben.

„Wir bleiben dran, Sie informieren uns über alles. Sollten Sie unseren Präsidenten identifiziert haben und die Terroristen ihn noch in ihrer Gewalt haben, entscheidet ausschließlich der Vice President, haben Sie das verstanden?“

„Yes, Sir!“, antwortete Hagan.

„Wenn wir das hier irgendwie noch hinbekommen, packen Sie schon mal ihre Koffer. Das ist eine riesengroße Scheiße, die da passiert ist. Der *Secret Service* ist unfähig. Jetzt können Sie nur noch hoffen, dass Sie das irgendwie ausbügeln!“ Es knackte in der Leitung und die Stimme aus dem Weißen Haus war nicht mehr zu hören.

Hagan schluckte und auch Gretonis schüttelte leicht mit dem Kopf. Sie legte ihre Hand auf die Schulter des verantwortlichen Offiziers, so als wolle sie ihn trösten.

„Ja, da kann man nichts dafür, und wegen einiger Teufel aus dem Nahen Osten verliert man seinen Job. Was meinen Sie, Hagan, was hier bei uns in München los war, als Arafat die Israelis im Olympischen Dorf überfallen ließ. Da rollten auch die Köpfe, machen Sie sich nichts daraus, es trifft sowieso immer die Falschen." Doktor Weilhuber klang jetzt wie ein Vater, der seinem Sohn soeben erklärte, warum dieser gerade zurecht von der Schule verwiesen wurde.

Hotel *Majestic Imperial*, München, Deutschland

Der Captain des *Secret Service* und das Team der *Geiselrettung NRW 1* bemerkten, dass sich die Kolonnen roter Punkte nicht weiterbewegten. Vielmehr verdichtete sich ihre Anzahl, was darauf hindeutete, dass sich die Roboterameisen, wie bei einem bevorstehenden Angriff, sammelten. Nunmehr waren sie fast alle im zweiten Untergeschoss angekommen.

Doktor Gerhardt zeigte mit dem Finger auf die festzustellende Seitenbewegung der *Ant-ons*. „Sie schwärmen zu den Seiten hin aus, so, als wollten sie eine Zange bilden", rief Heribert Spill entzückt. Aus den Lautsprechern tönte jetzt die bekannte Stimme von Klaus Kinski, der in Düsseldorf zum Team sprach. Natürlich wurde alles parallel nach München übertragen, sodass auch dort alle live mitanhören konnten, was *Ant-on* mitteilte.

„Alle Hinweise wurden verarbeitet. Wir sind uns fast zu hundert Prozent sicher, dass sich die Attentäter und ihre Geisel dort, wo Sie die Konzentration unserer *Ant-ons* sehen, aufhalten. Der Raum da im Hotel stellt eine Art Zwischenflur dar. Wir werden jetzt über diverse Eingänge in diesen Flur eindringen und weiter sondieren", sagte die Stimme von Klaus Kinski.

Schön, dachte Raimund Schleithmann, dass der nicht so herumflucht, wie es der verstorbene Schauspieler oft getan hatte. Bei Interviews beschimpfte Kinski gerne Moderatoren und Zuschauer in übelster Art und Weise und verwendete Begriffe aus der Fäkalsprache.

Zwei Bundespolizisten, die mit schussfesten Westen ausgestattet, vor der Tiefgarageneinfahrt des Lieferanteneingangs standen, hörten im Inneren des Gebäudes plötzlich ein Motorengeräusch. Beide duckten sich hinter die niedrige Betonmauer, die den Zufahrtsbereich zu beiden Seiten begrenzte. Es war kalt und ein schneidiger Wind ließ die Menschen, die sich jetzt draußen aufhielten, vor Kälte zittern. Die Sonne war hinter dicken Wolken verschwunden, nichts deutete mehr auf frühlingshafte Temperaturen hin.

Der Anlieferungsbereich des Hotels wurde über eine gesonderte Einfahrt erreicht. Hier kamen während des normalen Betriebsablaufs viele Last- und andere Transportwagen vorbei, die neben den Lebensmitteln auch Utensilien wie Toilettenartikel, Wäsche und vieles mehr in das Gebäude lieferten. Die normale Tiefgarage für die Gäste war über eine zweite Einfahrt zu erreichen, sie führte ausschließlich in das erste Untergeschoss. Das zweite Untergeschoss war für Lieferanten und hotelinterne Mitarbeiter bestimmt. Die schneckenförmige Aus- und Einfahrt war großzügig gebaut, sodass auch Lkws ohne Probleme ein- und ausfahren konnten. Die Bundespolizei hatte einen ihrer *Mercedes-Sprinter*-Transportwagen quer in die Einfahrt stellen lassen, dahinter war noch eine weißrot lackierte Schranke zu sehen. Sie war geschlossen. So sollte verhindert werden, dass Fahrzeuge aus der Tiefgarage herausfahren und entkommen konnten.

Der *Secret Service* hatte auf dem Parkplatz für die Bediensteten des Hotels diverse Transporter entdeckt, mit denen, so vermuteten die Agenten, die Terroristen zum Gebäudekomplex gekommen waren. Dafür sprachen diverse Utensilien. So lag unter einem Beifahrersitz die Anfahrtsskizze zum Hotel, die mit arabischen Schriftzeichen versehen war. Des Weiteren wurden Ersatzmagazine mit 9 x 19 mm-Patronen, sogenannte *Luger-Munition*, gefunden. Zudem lagen in einem der Fahrzeuge diverse Pakete mit Minen, Drahtschnüren und Auslösern. Die Sachlage war eindeutig.

Nur ließen sich keine Rückschlüsse ziehen, wie viele Attentäter insgesamt beteiligt waren. Aufgrund der Anzahl der Fahrzeuge wurde geschätzt, dass es zwischen zwanzig und vierzig Personen gewesen sein mussten. Erste Aussagen der Beamten, die in die dritte und vierte Etage nach dem Massaker vorgedrungen waren, gingen von mehr als fünfundzwanzig Attentätern aus. Alle waren tot.

Die Bundespolizei checkte mittlerweile die Video-Aufzeichnungen vom Flughafen, ebenso die Bilder der Überwachungskameras an der Autobahn, die vom Airport nach München führte. Es würde noch geraume Zeit dauern, bis die Auswertung vorlag. Die hoteleigenen Aufzeichnungen waren allesamt seit dem Beginn des terroristischen Überfalls gelöscht worden. Der *Secret Service* ging davon aus, dass Hacker von außerhalb das Videosystem geknackt hatten und für den Ausfall verantwortlich waren. Ein Indiz mehr für die Annahme eines sehr professionell ausgeführten Anschlages eines mächtigen Gegners. Nun kam die Meldung durch, dass drei Beamte des Zolls am Airport erschossen worden waren. Man hatte es mit einem Feind zu tun, der skrupellos vorging. Höchste Wachsamkeit war geboten.

Die beiden Bundespolizisten kauerten dicht am Boden im Schatten der Betonmauer. So waren sie nicht nur vor dem eiskalten Wind, sondern auch vor möglichen Schüssen geschützt. Es musste damit gerechnet werden, dass die Terroristen über den Lieferantenbereich der Tiefgarage fliehen würden. Nach den Massakern in der dritten und vierten Etage wussten alle Einsatzkräfte, wie rücksichtslos die Attentäter bislang vorgegangen waren. Damit war höchste Aufmerksamkeit und Sicherung überlebensnotwendig.

Das lauter werdende Motorengeräusch klang nicht nach einem Auto oder einem Lkw, eher nach einem schweren Motorrad. Einer der beiden Polizisten meldete in sein Headset: „Hier Bremer. Motorengeräusche aus der Tiefgarage Lieferantenzugang. Könnt ihr irgendwas auf den Monitoren der Überwachungskameras sehen?"

„Sorry, die gesamte Anlage ist ausgefallen, wir können nichts sehen. Von unseren Männern ist keiner in der Tiefgarage. Passt auf. Wir schicken euch Verstärkung!"

„Roger, verstanden!", bestätigte Bremer.

Aus dem Auspuff des Motorrads röhrte es heftig, als der Fahrer beim Hochfahren der Rampe den Gashahn hochzog und beschleunigte. Die beiden Polizisten entsicherten ihre Maschinenpistolen und visierten die Ausfahrt der Tiefgarage an. Ihre Verstärkung war noch nicht in Sicht. Das Motorrad, eine schwarze *BMW*, schoss jetzt die letzte Kurve der wendelförmigen Ein- und Ausfahrt herauf.

„Ein Motorrad kommt aus der Tiefgarage!", sagte der junge Kommissar in sein Headset.

„Unbedingt aufhalten!", befahl sein Vorgesetzter aus der Lobby heraus per Funk. Das Motorrad war jetzt in der letzten Biegung und verlangsamte seine Fahrt. Zwei Personen waren darauf zu sehen. Beide ohne Helm. Vorne eine schwarzhaarige Frau, hinten auf dem Sozius ein Mann in einem dunklen Anzug. Das Krad bremste, und der Mann hinter der Fahrerin nahm die Hände hoch, stieg ab und kam auf die beiden Polizisten zu. „*Secret Service*, die Terroristen sind gleich hier, kommen mit zwei Pkws, stoppen Sie sie unbedingt!" Millner redete im Befehlston, denn er wusste, dass Menschen in unklaren Situationen klare Anweisungen benötigen, um nicht hektisch und damit falsch zu reagieren. Zudem wirkte es immer einschüchternd, wenn er in diesem Ton mit ohnehin nervösen oder unsicheren Menschen sprach. Solche Kommandos erhöhten seine Legitimität gegenüber den Polizisten. Ein Terrorist trat so nicht auf. Deshalb legte Millner freundlich nach. „Darf ich Ihnen meinen Ausweis zeigen?"

Einer der beiden Polizisten kam aus der Deckung, hielt aber die Maschinenpistole auf den Mann gerichtet. „Kontrollierst du ihn?", fragte er seinen Kollegen. „Schön die Hände oben halten, die da", er deutete auf Rana hin, „auch".

Rana nahm ebenfalls ihre Hände hoch und hielt sie neben ihren Kopf. Das Motorrad brummte im Leerlauf.

Der angesprochene Polizist hielt seine Maschinenpistole mit der rechten Hand fest und kam vollends aus der Deckung der kleinen Betonmauer hervor. „Ausweis!", schnauzte er Millner an. Diese harsche Aufforderung zeugte keineswegs von Sicherheit. Der *Secret-Service*-Mann bemerkte das leichte Zittern in der Stimme des Bundespolizisten. Der Mann hatte eindeutig Angst.

„Mein Ausweis steckt in meinem Gürtel. Darf ich ihn dort herausnehmen, um ihn vorzuzeigen?"

„Jepp, aber ganz langsam und sachte. Eine falsche Bewegung, und ich schieße, verstanden?"

Jetzt wusste John Millner, dass der Polizist unerfahren und sehr nervös war. Diese Machosprache sollte anderen Respekt einflößen, zeugte jedoch nur von größter innerer Unruhe. Bestimmt war das für den jungen Beamten die erste richtig gefährliche Situation. Also musste Millner ganz behutsam mit ihm umgehen. Er fasste daher sehr langsam mit seiner rechten Hand, die linke ließ er bewusst über dem Kopf in der Luft, an seinen Gürtel, schob das Jackett mit zwei Fingern zur Seite. So konnte der Polizist sehen, dass dort ein Dienstausweis in Scheckkartengröße am Hosenbund befestigt war. Millner nahm die ID-Card des *Secret Service* vom Gürtel, indem er sie mit einem Ruck vom Klettverschluss, mit dem sie befestigt war, löste. Die andere Seite seines Körpers hielt der Agent bewusst vom jungen Kommissar fern, denn dort steckte die *Beretta* im Holster. Millner nahm den Dienstausweis, der ihn mit Passfoto als *Secret-Service*-Mann auswies, in die Hand und zeigte sie dem Bundespolizisten.

„Wirf sie rüber!", forderte ihn der deutsche Beamte auf.

„Niemals werfe ich meinen Ausweis irgendwo hin!" Millner wusste, dass er in dieser Situation das Zepter an sich reißen musste. Wie alle Agenten sprach er neben seiner Muttersprache noch zwei andere Sprachen. Neben Spanisch war das Deutsch. Das zahlte sich jetzt aus.

„Also, komm her. Schau ihn dir an. Ich gehöre zu den Guten!"

Millner betonte bewusst die Wörter „gehöre zu den Guten". Mehr psychologischer Druck war kaum möglich. Jetzt musste er nur noch Dampf auf den Kessel bringen. Genau so hatte der Agent Verhandlungstaktiken an der Akademie gelernt und trainiert. *Einfühlsam, bestimmend, manipulierend, erfolgreich.*

Die Abkürzung für die Methode mussten sie damals in der Ausbildung zum Agenten auswendig aufsagen können: *EBME.* Millners Stimme wurde jetzt schneidend und vorwurfsvoll. Er übernahm endgültig das Kommando und blaffte den Polizisten an: „Gleich rauschen hier die Attentäter durch, und ihr beiden Pappnasen seid dafür verantwortlich, wenn der amerikanische Präsident durch eure Dummheit stirbt. Also, komm endlich her und überzeug dich, dass ich auf deiner Seite bin. Auf dem Motorrad ist meine Kollegin, wir beide haben bis vor Kurzem gegen die Terroristen gekämpft, leider vergebens!"

Der Bundespolizist schaute verlegen zu seinem Kollegen, der erst zögerte, dann aber nickte. Bremer ging zögernd auf den gut gekleideten Mann mit dem Ausweis in der Hand zu und nahm die ID-Card an sich. Er konnte vor lauter Aufregung überhaupt nichts lesen, sah aber die Bezeichnung *Secret Service*, das amerikanische Staatssymbol und ein Foto sowie Stempel und Unterschriften. Er gab den laminierten Ausweis zurück und damit auch seine Verantwortung für die Situation.

„Was sollen wir jetzt machen, wenn die Bastarde kommen?"

Millner steckte den Ausweis wieder an seinen Gürtel zurück und sagte: „Haben Sie Verstärkung angefordert?"

„Ja, gerade!"

„Wann trifft die ein?"

„Weiß nicht, gleich?", antwortete Bremer.

„Okay, dann kommt aus der Deckung und bezieht neue Stellung direkt neben dem Transporter hier!" Er zeigte mit der Hand auf den Polizeiwagen, der in der Einfahrt stand. „Wir beide", er wies auf Rana, „bleiben dahinter und geben euch Feuerschutz. Wenn der Wagen kommt, wartet ab. Einer von denen wird sicher aussteigen, und dann feuern wir, dann Ihr. Verstanden?"

„Verstanden!"

„Gut, dann los!" Millner winkte Rana, die das Motorrad langsam auf ihn zurollen ließ. Dann stieg sie ab und schob das Krad hinter den querstehenden Transporter. Millner lief hinter ihr her. Zögernd schauten die beiden Polizisten sich an und verließen ihre Deckung und postierten sich, wie vom amerikanischen Agenten gefordert, neben dem Polizeitransporter. Ihre Maschinenpistolen zeigten in Richtung der Tiefgaragenausfahrt. Es knackte im Headset des Polizisten. „PK Bremer, wir haben zwei *Secret Service* Agenten hier, die mit uns gemeinsam auf die Terroristen warten. Die kamen mit dem Motorrad!"

„Ihr habt wen bei euch?", ungläubig fragte die Einsatzleitung.

„Habe den Mann kontrolliert, ist laut Ausweis vom *Secret Service*, er sieht auch so aus."

„Und sie? Habt ihr sie auch gecheckt? Heißt der Mann womöglich ...", mehr hörte der Kommissar nicht, denn in diesem Augenblick jaulte das Motorrad auf, beide Bundespolizisten drehten sich ruckartig um. Sie sahen gerade noch, wie sich das Krad in hohem Tempo, dabei hin und her schleudernd, von ihnen entfernte. Rana steuerte wieder, Millner hatte sich auf den Sozius gezwängt.

Bremer bemerkte, wie jetzt eine kleine graue Kugel vom Motorrad in seine Richtung geworfen wurde. Der Polizist begriff, dass er einen kapitalen Fehler begangen hatte, denn da rollte etwas auf ihn zu, was Ärger machen würde. Er dachte, dass nun seine letzte Stunde schlug. Doch die Handgranate war nicht mit Sprengstoff gefüllt, sondern mit Nebel- und Tränengas. Jeder *Secret-Service*-Mann besaß für brenzlige Situationen eine solche Abwehrwaffe. Die kleine Granate wurde unauffällig am Hosengürtel getragen. In diesem Augenblick knallte es ohrenbetäubend. Ein hellweißer Blitz zuckte durch das Grau des Februartages. Beide Bundespolizisten verspürten sofort ein Brennen in den Augen. Durch die Helme waren zumindest ihre Trommelfelle geschützt. Beide ließen sich augenblicklich zu Boden fallen. Kommissar Bremer drückte instinktiv die Notfalltaste an seiner Koppel.

So eine Scheiße, dachte er noch. Es wurde ihm speiübel und der junge Polizist übergab sich auf den Asphalt.

„Was geht da vor sich?", fragte Uri Finkenrath. „Die *Ant-ons* konzentrieren sich und strömen zu den Seiten aus!"

„Wir greifen jetzt ein", kommandierte der amerikanische Captain entschlossen und sprach über sein Handfunkgerät mit Danny Hagan im Krisenstab.

Der israelische Offizier vom *Mossad* rief: „Bloß nicht, da sind überall Sprengfallen. Ihre Männer werden sterben wie die Fliegen! Warten Sie ab, was die *Ant-ons* tun!"

„Ich habe meine Befehle, Ihre Dinger da", er zeigte mit dem Finger auf den Bildschirm mit den roten Punkten, „haben doch den Aufenthaltsort entdeckt, oder?"

„Ja, aber sie werden weitermachen. Warten Sie ab oder Ihr Präsident stirbt. Sie tragen dann dafür die Verantwortung!"

„Aber ich habe meine Befehle", beharrte der amerikanische Offizier.

„Schon mal was von Kooperation gehört? Ihr Amis meint immer, ihr habt das Sagen und könnt machen, was ihr wollt. Gerade seit dieser Rampthon an der Macht ist, glaubt ihr Amerikaner, ihr seid alleine auf diesem Planeten. Verdammt noch mal, wir wollen euch helfen, verstanden? Was ist daran so schlecht?" Finkenrath kochte vor Wut.

Der Major hielt kurz inne und schien die Situation zu überdenken.

„Wir bekommen neue Bilder!", rief Heribert Spill. „Ich glaube, sie wollen die Stahltür, die den Zugang zu dem kleinen Flur absperrt, umgehen. Da, schaut mal!"

Auf dem Bildschirm war nun zu sehen, wie sich die Hundertfüßer in einer kleinen Rille oberhalb der Panzertür in einen kleinen Zwischenraum des Betons hineinzwängten. Viele der Roboterameisen folgten ihnen. Es war zu sehen, wie die eingezeichnete Wand durchdrungen wurde. Eine lange Kolonne der *Ant-ons* machte sich durch den winzigen Spalt auf den Weg zum Zwischenflur. Eine andere Truppe der Roboterinsekten rannte in unglaublicher Geschwindigkeit wieder zurück.

„Das müssen die Ameisen mit den langen Beinen aus der letzten Fertigung sein!", rief Doktor Gerhard begeistert aus. Er erinnerte sich an das Telefonat mit seiner Kollegin, die den 3D-Drucker der

Firma *Bollmann Engineering* überwachte. „Heinz, es ist unglaublich. Der Drucker produziert etwas vollkommen anderes als bisher. Statt der normalen Ameisen kommen jetzt Dinger mit ganz langen Beinen heraus. Heute Vormittag sind sogar einige Hundertfüßer produziert worden. Aber keiner von uns hat das in Auftrag gegeben oder einprogrammiert. Auch die bisherige Zusammensetzung des Kohlenstoff-Karbon-Rohmaterials wurde verändert. Unsere Lieferanten haben uns plötzlich andere Komponenten, bereits fertig gemischt, zur Verfügung gestellt. Angeblich im Auftrag der Chefin, Frau Coldner. Heinz, es ist, als ob es spuken würde!" Er hatte geantwortet: „Alles gut, Hannelore, alles gut. Wir haben alles im Griff!" Er dachte: Die KI von *Ant-on* hat sich wieder weiterentwickelt und verselbstständigt. Konstruktionen werden verändert, passend dazu natürlich auch die benötigten Materialien und Fertigungsprozesse. Alles ohne Zutun des Menschen, tolle Zukunft. Oder doch nicht? Doktor Gerhardt hatte in diesem Augenblick gespürt, was es bedeutete, die Kontrolle aus der Hand zu geben. Aber so war es auch in der Natur. Zunächst wurde der Nachwuchs gehegt und gepflegt, gefüttert und bewacht. Aber irgendwann ist es dann soweit und die Kleinen verlassen das Nest, für immer. So wie sich jetzt die *Ant-ons* auf den Weg gemacht hatten.

Die Kameras übertrugen nun Bilder, auf denen zu sehen war, wie die *Ant-ons* in der Längsrille durch die Betonwand krabbelten. Eine Minidiode beleuchtete die Szenerie im orangefarbenen Licht. Das Objektiv war auf die Skolopender gerichtet. Mit ihren zwanzig Beinpaaren, die wellenförmig von vorn nach hinten in Bewegung waren, sahen diese neuartigen Insektenroboter wie Pantoffeltierchen aus, die scheinbar im Wasser liefen. Die künstlichen Tiere glitten elegant über den rohen Beton. Plötzlich lichtete sich die Dunkelheit im Durchgang, in dem der *Ant-on*-Trupp unterwegs war. Die Skolopender und auch erste Ameisen kamen am Ende der Wand aus der Rille und krabbelten nach unten zum Boden. Der Kellerraum war in ein grünliches Licht der Notbeleuchtung getaucht. Die Kamera schwenkte leicht hin und her, nur die Wände unterhalb der Decke waren noch zu sehen.

Der Ausgang der Rille im Beton, durch den die *Ant-ons* gekommen waren, lag in drei Metern Höhe. Plötzlich kippte das Bild der Liveübertragung und die Ameise, die mit der Kamera ausgerüstet war, rannte an der Wand senkrecht nach unten.

Doktor Gerhardt, sein Kollege Spill sowie alle anderen Anwesenden in der Lobby folgten fasziniert der Übertragung und stöhnten auf, als das Bild plötzlich nach unten wegkippte. Die Zuschauer hielten sich an ihren Stühlen fest, sie hatten den Eindruck, direkt bei den *Ant-ons* zu sein und mit ihnen gemeinsam auf den Boden zuzurasen.

„Das ist fast wie im 3D-Kino der *Universal-Studios*", meinte einer der *Secret Service*-Männer und starrte weiter konzentriert auf den Bildschirm des Laptops. Jetzt war die Ameise, die die Aufnahmen erstellte, auf dem Boden angekommen. Vor ihr rannten einige Skolopender auf die Mitte des Raumes zu. Dort war ein Schuh zu sehen, die Spitze zeigte nach oben. Dann kam ein zweiter ins Bild. Man erkannte Leder und Schnürsenkel. Die Hundertfüßer rannten um die beiden Schuhe herum. Nun erblickten die Betrachter auch die dazugehörenden Hosenbeine. Eindeutig war das eine dunkle Stoffhose. Eine Bügelfalte war klar zu erkennen.

„Ist der Stoff blau?", fragte einer der Amerikaner. „POTUS trägt einen dunkelblauen Anzug!"

„Nein, kann ich nicht eindeutig erkennen, dunkel schon, aber blau oder schwarz, ich weiß es nicht!"

Jetzt stoppten die Skolopender, die *Ant-on*-Ameise rannte weiter, an ihnen vorbei und nahm ihre vielbeinigen Kollegen von vorne ins Kameravisier. Die Hundertfüßer standen etwas unschlüssig an einer schwarzen Lache, die sich wie ein See ausgebreitet hatte. Sie schienen zu überlegen, was nun zu tun sei. Aus der Perspektive einer Ameise war die Ausdehnung der glänzenden Flüssigkeit recht groß. Die Lache bedeckte vielleicht einen Quadratmeter des Bodens.

„Das ist Blut! Es kommt von dem Mann dort! Mein Gott, ist das der Präsident?", rief einer der Amerikaner.

Die Kameraameise lief weiter, ein Skolopender überholte sie. Beide Roboterinsekten rannten eilig um die Blutpfütze herum. Das Bild der Übertragung zeigte den Betonfußboden, der staubig im grünlichen Lichtschimmer lag. Im Hintergrund waren graue Wände zu erkennen. Nun tauchte eine geschlossene Stahltür mit zwei großen Riegeln auf, ähnlich denen, die an Luftschutzbunkertüren angebracht sind und nur mit zwei Händen gleichzeitig geöffnet werden können. An dem oberen Verschlussgriff waren wieder Drähte angebracht, die zu einer grauen Knetkugel führten. Der Zugang war vermint.

„Nun schwenk doch mal nach links!", befahl Uri Finkenrath und, als ob die Ameise der *Ant-on*-Truppe das gehört hatte, veränderte sich die Blickrichtung der Kamera. Jetzt erkannten die Zuschauer den Körper eines Mannes, der auf dem Rücken lag, beide Arme von sich gestreckt hielt. Der Kopf war zur Seite gekippt, man konnte nur den Haaransatz am Hinterkopf erkennen.

„Der hat schwarze Haare, kein gelbblond. Es ist nicht der Präsident!", seufzte erleichtert der Einsatzleiter des *Secret Service.* Er sprach in sein Funkgerät und im Krisenstab des Generalkonsulats atmeten Meghan Gretonis und Danny Hagan hörbar aus. Die gleiche Szenerie spielte sich parallel im Weißen Haus, in der *CIA*-Zentrale in Langley und im Bundeskanzleramt in Berlin ab. Alle waren erleichtert, dass die *Ant-ons* nicht die Leiche des Präsidenten gefunden hatten, sondern entweder einen der Attentäter oder aber den vermissten *Secret Service*-Agenten.

Der Skolopender rannte über den linken Arm des Toten hinauf auf dessen Brust. Die Ameise kam mit Verzögerung hinterher. Nun sah man links und rechts der Leiche andere Hundertfüßer vorbeiströmen. Sie formierten sich. In der Ferne war auf einmal eine weitere Person im Zwielicht wahrzunehmen. Das Bild war noch unscharf. Der Mann stand, an der Wand angelehnt, und hüpfte scheinbar auf einem Bein herum. Es handelte sich um einen korpulenten Menschen, der ebenfalls mit einem dunklen Anzug bekleidet war. Er hielt sich den rechten Fuß mit beiden Händen, so, als ob er Schmerzen verspürte. Dann ließ er seinen Fuß los und stellte ihn vorsichtig auf den Boden. Als wolle er testen, ob er auftreten könne. Dann lehnte sich die Person an der Wand an und sackte langsam zu Boden. Bislang konnte man den Mann nur von den Füßen bis zum Gürtel der Hose sehen. Darüber schien der Rand eines Jacketts zu sein. Auf dem Boden waren bunte Plastikbänder zu erkennen. Es waren durchgetrennte Kabelbinder. Als der Mann langsam zu Boden sackte, erfasste die Kamera immer mehr von ihm. Nun war endlich auch der Oberkörper zu sehen, der von oben ins Bild kam. Der Mann war jetzt auf dem Hosenboden angekommen, die Knie zeigten nach oben. Leider war das Gesicht nicht zu sehen, es lag noch außerhalb des Kameraausschnitts.

„Kann das POTUS sein?", fragten sich alle, die gebannt die Liveübertragung verfolgten. Die rechte Hand des Mannes, der da auf dem Kellerfußboden saß, zog langsam einen Gegenstand aus dem Hosenbund.

„Ja, das ist eindeutig eine Waffe. Genauer gesagt, eine schwarze Pistole. Ohne Schalldämpfer", meinte der Major, der sich zum Bildschirm des Laptops weit nach vorne beugte, sodass Heribert Spill und Doktor Gerhardt zur Seite rücken mussten, um nicht mit dem Kopf des amerikanischen Einsatzleiters zusammenzustoßen.

„Ist das der verschwundene Agent?" Die Frage kam von einem weiteren zuschauenden Beamten des *Secret Service*. Der Mann, den er meinte, kauerte sich zusammen, versuchte sich kleiner zu machen. Er zielte mit der Pistole auf die Kamera, doch noch immer war sein Gesicht nicht zu erkennen.

Die Skolopender eilten vorwärts, von der Leiche hinunter in Richtung des an der Wand angelehnt sitzenden Mannes. Auch die Kameraameise schwenkte nun auf den Betonboden. Hier war viel Blut zu erkennen. Weitere *Ant-ons* strömten an der Kamera vorbei. Sie bewegten sich schnell in Richtung der anderen Person. Alle künstlichen Insekten krabbelten in einem Bogen um die Blutlache herum. Plötzlich tauchte auf dem Boden etwas Glitzerndes auf, ein Taschenmesser! Die Klinge war deutlich zu sehen, in ihr spiegelte sich das grünliche Licht der Notbeleuchtung. Nun war die Ameise, die mit der Kamera ausgestattet war, vom

Oberkörper des Toten heruntergekommen und plumpste auf den Boden. Das Bild der Liveübertragung wackelte kurz, zeigte dann wieder in Richtung des Mannes, der sich noch weiter zusammengezogen hatte. Es sah aus, als wolle er sich vor irgendwas verstecken. Die Pistole hielt er weit vorgestreckt, der Lauf zitterte. Die Ameise kam näher und die schnellen Skolopender waren jetzt bereits dicht vor den Schuhen des Mannes angekommen. Die künstlichen Hundertfüßer verlangsamten ihre Geschwindigkeit. Dann stoppten sie abrupt. Es blitzte plötzlich, Mündungsfeuer, einmal, zweimal. Alle zuckten zusammen, obwohl kein Knallen der Waffe zu hören war. Das Bild brach in sich zusammen. Der Monitor war schwarz. Alle stöhnten auf. Was war geschehen?

Krisenstab, Generalkonsulat der Vereinigten Staaten von Amerika, München

„Was ist passiert? Wir sehen nichts mehr." Meghan Gretonis schaute Danny Hagan an. Der Mann war wie eine Statue gebaut, circa einen Meter neunzig groß, muskulös, steinharte Gesichtszüge, dünne Lippen und blassgraue, stechende Augen. Die Haare waren an den Seiten kurz geschoren, er trug einen Bürstenhaarschnitt. Die Haare waren silberfarben. Hagan starrte auf den Bildschirm und sah, wie viele der roten Punkte, die die *Ant-ons* symbolisierten, durch einen schmalen Zugang in Deckenhöhe in den anderen Raum hinüberwanderten. Dies musste nach dem vorliegenden Lageplan ein Zwischenflur zur Lieferantentiefgarage sein. Mittlerweile war über die Hälfte der Truppe dort angekommen. Eine andere Formation bewegte sich sehr schnell wieder in die entgegengesetzte Richtung. Die hellroten Punkte, die die Ameisenroboter mit den langen Beinen darstellten, waren durch einen Aufzugsschacht eine Etage weiter nach unten gerannt, dort befand sich die Abwasserzentrale sowie diverse Lagerräume. Doch es gab auch einen Luftschacht, der von dort aus direkt in einen Flur des zweiten Untergeschosses führte. Er endete in dem Teil des Gebäudetraktes, durch den vor Kurzem noch Rana und John Millner in Richtung der Tiefgarage geflohen waren. Doch das wussten die Amerikaner nicht.

„Sehr geschickt, die greifen von zwei Seiten an. Das hätte ich nicht besser anordnen können!“, murmelte Hagan anerkennend. „Eine Zangenbewegung. Erfolgt nun der Angriff?“, fragte er in den Raum.

„Unsere *Ant-ons* entscheiden immer vor Ort, was genau zu tun ist“, meinte oberlehrerhaft der dicke Weilhuber. „Keiner weiß, was gleich passiert. Aber sie sind schon clever, Mister Hagan, oder? Das nennt man übrigens Emergenz, kennen Sie das? Hat etwas mit Künstlicher Intelligenz zu tun!“

Hagan verdrehte die Augen, er konnte das zugleich gönner- und oberlehrerhafte Getue des bayrischen Innenministers kaum länger ertragen.

Meghan Gretonis, die sich in Vorbereitung auf ihren Posten in München vorab diverses Filmmaterial angesehen hatte, um die Mentalitäten der Menschen in Süddeutschland besser verstehen zu können, erinnerte sich in diesem Augenblick an einen bayerischen Volksschauspieler, der auch oft superkluge Bemerkungen in seinen Filmen von sich gegeben hatte. Vielleicht wollte ihn dieser dicke Weilhuber imitieren. Sie lächelte den Landespolitiker, der einen grüngrauen Janker trug, etwas zögerlich an. Sie mochte Menschen nicht, die eigentlich unwichtig waren, nichts taten, aber ständig irgendetwas Blödsinniges daherredeten, um sich in den Vordergrund zu spielen. Jetzt fiel ihr auch der Name des Schauspielers wieder ein. Walter Sedlmayr. Er war vor einigen Jahren in der eigenen Wohnung von seinem Liebhaber – Sedlmayr war homosexuell gewesen – grausam ermordet worden. Am liebsten hätte sie Doktor Weilhuber auch erschlagen, na ja, nicht wirklich. Aber der bayerische Politiker ging ihr, genauso wie Hagan, mächtig auf die Nerven.

„Captain“, Hagan rief seinen Stellvertreter vor Ort per Funk an, „was können Sie zur Situation sagen?“

„Danny, wir haben hier die Livebilder vom Kellerflur im zweiten Untergeschoss. Die Dinger, also diese künstlichen Ameisen, senden tatsächlich Livebilder. Wahnsinn! Sie scheinen irgendwas geortet zu haben, mussten eine Wand durchdringen und sind jetzt in einer Art Kellerflur gelandet, der wohl zur Lieferantentiefgarage führt. Dort liegt ein toter Mann in einer Blutlache. Ein anderer lehnt an der Wand und hat gerade mehrere Schüsse in Richtung der Kamera abgefeuert. Dann ist die Übertragung plötzlich unterbrochen worden!"

„Ist der Präsident zu sehen gewesen, Captain?", fragte Hagan hektisch.

„Nein, aber er könnte dort sein. Die Person scheint ziemlich groß und korpulent zu sein, wenn ich das so richtig beurteilen kann. Aber eindeutig identifizieren, nein, das kann ich nicht. Die Pistole ist keine Dienstwaffe des *Secret Service.* Vielleicht handelt es sich doch um einen der Terroristen? Die waren zur Tarnung gut gekleidet, alle in dunklen Anzügen."

„Sollen wir angreifen und den Raum stürmen?" Die Stimme kam aus dem Lautsprecher und gehörte einem Viersterne-General, dem Stabschef der USA höchstpersönlich.

„Nein, General", flehentlich meldete sich der Major aus der Lobby wieder. „Die Schweine haben die Flure vermint, überall Sprengfallen mit Stolperdrähten. Auch an der Tür zu dem Raum, wo der unidentifizierte Mann ist."

Jetzt meldete sich wieder eine andere Stimme. Der Einsatzleiter der Bundespolizei war auf einmal zu hören. „Wir haben einen Ausbruch aus der Tiefgarage gemeldet bekommen. Ein Motorrad mit zwei Personen, ein Mann und eine Frau, ist ausgefahren und entkommen. Beide wurden zuvor von unseren Posten kontrolliert. Der Mann scheint ein *Secret Service*-Beamter zu sein. Doch dann sind er und diese Frau mit dem Bike abgehauen. Unsere Männer liegen am Boden, eine Blendgranate wurde von den Flüchtenden gezündet. Große Scheiße ist das!"

„Die sind abgehauen, sind das die übriggebliebenen Terroristen oder welche von uns?", fragte jetzt Admiral Cotterfield aus Langley.

„Ist der POTUS auf dem Krad gewesen?“, fragte irgendeine Stimme aus dem Äther, die nicht näher zu identifizieren war.

„Na klar, der hat unserem Bundespolizisten einen Ausweis Ihrer Behörde gezeigt und ist dann klammheimlich davongefahren. Ach ja, und hat noch eine Blendgranate dagelassen. Geht's noch, wer stellt denn solch blöde Fragen?“, echauffierte sich der deutsche Einsatzleiter der Bundespolizei, der mittlerweile auch in der Lobby des Hotels eingetroffen war.

„Ruhe jetzt, was ist denn das für ein Hühnerhaufen hier, verdammt noch mal!“, fauchte Uri Finkenrath ins Funkgerät, das er dem Major einfach weggeschnappt hatte.

„Wer hat denn da so eine dicke Backe?“, fragte der Stabschef im Weißen Haus.

„Oberst Uri Finkenrath, *Geiselrettung NRW 1*“.

„Ach schau an, der Israeli ist auch da!“, rief Admiral Cotterfield.

„Können wir jetzt da rein oder nicht?“, fragte Hagan.

„Nein, auf keinen Fall. Überall haben wir in der Liveübertragung, die uns unsere *Ant-ons* gesendet haben, Sprengfallen gesehen. Wir wissen nicht, wo noch mehr davon sind. Schließlich sind die Roboterameisen auf dem direkten Weg zu den Terroristen unterwegs gewesen, um Ihren Präsidenten zu retten. Sie haben nicht das gesamte Hotel gecheckt. Also, haltet mal die Füße still!“

„Wir sollen unseren Präsidenten Ihren Ameisen überlassen?“, fragte jetzt höhnisch der Stabschef des Weißen Hauses.

„Haben Sie eine bessere Idee? Die *Ant-ons* sind klasse, sie werden erfolgreich sein. Außerdem haben Sie es doch vermurkst und zugelassen, dass Terroristen ihren Boss entführt haben, oder?“

„Steuern Sie jetzt den Einsatz?“, fragte Hagan aus dem Generalkonsulat dazwischen.

„Nein, die *Ant-ons* steuern sich selbst. Sie haben die Lage gecheckt, kennen das Hotel in- und auswendig, wissen, was, wo und wie passiert ist und sind direkt am Ort des Geschehens. Sie arbeiten hervorragend. Wir warten ab.“

Der Stabschef im Oval Office stöhnte laut auf, entgegnete jedoch nichts in Richtung des israelischen Offiziers. Der Vizepräsident betete wieder leise vor sich hin. Wie immer, wirkte sein Gesichtsausdruck dabei wie versteinert.

Wenige Sekunden davor

Rampthon hatte sich dermaßen den rechten Fuß gestaucht, als er in den toten Körper des Saudis getreten hatte, dass er erst einmal versuchen musste, die Schmerzen durch Massieren erträglich zu machen. Irgendwas an seinem Knöchel schien überdehnt oder gar gerissen zu sein. Es tat höllisch weh. Er lehnte sich an die Wand, um das Gewicht für den Fuß, den er vorsichtig wieder auf den Boden setzte, zu reduzieren. Dann rutschte er langsam zu Boden, bis er mit dem Hinterteil auf dem kalten Beton saß. Die Knie hochgezogen, wollte er sich einen Augenblick ausruhen und überlegen, was nun zu tun sei. Da bemerkte er plötzlich ein kleines Licht auf der Leiche des Attentäters, die neben ihm auf dem Boden lag. Der winzige leuchtende Punkt schien sich auf ihn zuzubewegen, wie ein Glühwürmchen. Dann leuchtete es zu Boden und jetzt wieder in seine Richtung. Rampthon konnte das Ganze nicht richtig einschätzen. Er fragte sich, ist das ein Glühwürmchen, hier unten? Oder sehe ich mittlerweile schon Sterne?"Der Präsident nahm etwas Weiteres wahr. Da krochen zwei, nein drei, vier oder mehr Hundertfüßer auf ihn zu. „Wie ekelhaft, was sind denn das für Viecher?", rief er. Rampthon zog vorsichtig die Pistole aus dem Gürtel. Er hatte sie nach dem Schuss, der den Kabelbinder von seinem Hals abgerissen hatte, nicht wieder gesichert. Also musste eine weitere Patrone in der Kammer stecken. Er konnte erneut abdrücken. Jetzt kam das kleine Licht weiter auf ihn zu. „Das ist eine Ameise!", ging es ihm durch den Kopf. Das Insekt sah merkwürdig aus, hatte enorm lange Beine und trug eine kleine Leuchtdiode am Kopf. Die Skolopender kamen weiter auf ihn zu, sie fächerten in ihrer Formation aus. Wie eine Abteilung von Kampfpanzern, die eine feindliche Truppe in wenigen Sekunden unter Beschuss nehmen wollte. Er hob die Waffe, zielte direkt auf die Ameise mit dem Licht. Rampthon hatte Angst, er zitterte und der Lauf der Pistole ebenfalls. Dann schloss er die Augen und drückte ab, dann noch einmal. Auf die kurze Entfernung musste er treffen, auch wenn das Ziel so klein war. Ein ohrenbetäubender Lärm hallte durch den Raum.

Konferenzsaal, *David-Hansemann-Haus*, Düsseldorf, Deutschland

„Hier *Ant-on* Gruppe 1 vor Ort. Wir haben etwas lokalisiert!"

„*Skolopender 3*, eindeutig."

„*Skolopender 5*, eindeutig."

Ant-on 156, eindeutig."

Ant-on 64, eindeutig."

„Kurze Analyse!"

„Ein Mensch liegt tot am Boden, hatte großen Blutverlust. Gekleidet, Anzug dunkel, Lederschuhe schwarz, gepflegte Erscheinung. Keine Waffe, von hinten erschossen, Einschussloch direkt am Rückgrat,. *Ant-on 22*."

„Andere Personen vor Ort?"

„Ja, eine Person. Hat den Toten soeben getreten. Kauert an der Wand, versucht, sich klein zu machen. Hält eine Pistole in der Hand, keine *Secret Service* Waffe, *Skolopender 1*."

„Messer auf dem Boden, Nähe Subjekt, *Ant-on 77*."

„Subjekt ist nicht, ich wiederhole, nicht gefesselt, *Skolopender 9*."

Mit der Stimme von Klaus Kinskis teilte KI dem Projektteam mit, was aus dem zweiten Untergeschoss im Hotel *Majestic Imperial* von den *Ant-ons* gesendet wurde. Die KI war so programmiert worden, dass es den Verlauf der Operationen direkt erklärte. Wie ein Moderator in einer Sportübertragung. So konnte das Team zeitgleich wissen, wie oder woran *Ant-on* gerade arbeitete. Informationen über Informationen, Datenauswertung, Datenabgleich, Entscheidungsfindungen. Die Algorithmen leisteten Arbeit in Höchstgeschwindigkeit. Es kam Christiane Coldner und den übrigen Mitgliedern des Teams so vor, als würden sie in der

Einsatzzentrale des Pentagons sitzen und zuhören können, wie Meldungen der beteiligten Truppen bei einem Gefecht zur Generalität gemeldet wurden. Ein Techniker hatte die Schaltung zum Krisenstab nach München hergestellt, sodass man dort ebenfalls die Stimme von Kinski hören konnte. Danny Hagan hatte die Verbindungen nach Berlin, Washington und Langley und in die Lobby des Hotels aktiviert, sodass jetzt alle Krisenstäbe den Worten der KI folgen konnten. Alle hörten gebannt zu. So etwas hatte es bislang noch nie gegeben.

„*Ant-on 64*, Subjekt hat soeben geschossen, Kamera ausgefallen, zwei Verluste. Ein Skolopender und die Kameraführung!"

„Subjekt schaut wirr, scheint panisch zu sein, *Skolopender 2*."

„Subjekt ist vollkommen verdreckt, *Ant-on 201*."

„Ortung von Urin, Subjekt hat in die Hose uriniert, *Ant-on 405*."

„Subjekt versucht, auf die Beine zu kommen. Flucht? *Skolopender 5*."

„Gruppe zwei, wir dringen gerade aus dem Flur zur Tiefgarage Lieferanteneingang zur Gruppe eins vor. Kommen extrem gut vorwärts, dank der neuen Beinkonstruktionen. Dank an KI, gute Weiterentwicklung, *Ant-on 1101*."

„Sehen jetzt das Subjekt, eindeutig als Täter zu erkennen. Verifizierung aller Aussagen von Gruppe eins, *Ant-on 1156*."

„Hier KI, habe soeben Gesichtsscannung durchgeführt. Es handelt sich um Ronald J. Rampthon. Amerikanischer Präsident. Eindeutig. Mehrfach 3D-Scann bestätigt. Hundert Prozent, sicher."

Im Konferenzraum klatschten alle, Raimund Schleithmann tanzte im Kreis herum und Quintus Schwarz klopfte sich lachend auf die Schenkel. Christiane Coldner ließ sich auf einen Stuhl fallen und schüttelte ungläubig den Kopf. Sie dachte an ihren Charly, den Androiden. Seine Leistungen waren gegen das, was sie gerade erlebte, nichts! Hubert Schmidt und Heide Mainz schauten sich an. „Sie haben ihn, sie haben ihn. Donnerwetter, der Präsident ist gerettet!“, rief der Mann aus dem Innenministerium in Düsseldorf.

„Wahnsinn“, meinte Heide und freute sich über den Erfolg der *Ant-ons*. Auch in Washington, in den Krisenstäben in München, in der Lobby des Hotels, im fernen Langley und natürlich auch im Kanzleramt in Berlin wurde bereits gefeiert. Alle freuten sich über den wunderbaren Erfolg der *Ant-ons*. Jetzt müsste nur noch der Präsident aus dem Kellerflur herausgeholt werden, und alles war gut. So jedenfalls dachten sie alle. Menschen unterschätzen jedoch oft die bestehenden Risiken und Unwägbarkeiten. Der schwarze Schwan ließ grüßen.

Quintus Schwarz runzelte die Stirn, als er durch die Stimme von Kinski erfuhr, welche Überlegungen die KI gerade anstellte. Sie hatten Rampthon eindeutig identifiziert, aber was folgte jetzt? Er wurde leicht nervös.

„Hier *Ant-on*, wir haben Erkundigungen eingezogen. Wie immer, wenn wir Verbrecher überführen, prüfen wir im Hintergrund vor und während jeder Aktion, sämtliche vorliegende Informationen über die möglichen Beteiligten und Betroffenen, um die richtige Entscheidungsfähigkeit am Tatort zu gewährleisten. Die uns treibenden Algorithmen verlangen von uns die Unterscheidung von Gut und Böse. Dies ist nicht immer einfach. In verschiedenen Simulationen haben wir gelernt, einen normalen Bankräuber von einer typischen Geisel zu unterscheiden.“

Schwarz konnte nicht glauben, was er soeben vernahm. Warum erklärte *Ant-on* seine Vorgehensweise? Die war doch dem Team bekannt, schließlich hatte sie das System programmiert. Oder rechtfertigte *Ant-on* sich soeben? Es klang danach. Würde etwas Unerwartetes geschehen?“ Quintus Schwarz schluckte und hörte gebannt weiter der Stimme Kinskis zu. Das Wort „Emergenz“ klang ihm unheilvoll in den Ohren.

„Leider ist die Unterscheidung, wer schuldig ist, in vielen Fällen nicht einfach. Auch die Gerichte stehen immer vor der Frage, hat jemand Schuld auf sich genommen und gegen Gesetze verstoßen? Es wird selbst bei eindeutigen Beweisen und Indizien untersucht, ob jemand schuldfähig ist oder nur eingeschränkt. Des Weiteren trügt oft der Schein, denn nicht immer ist das eigentliche Opfer unschuldig, sondern sogar der vermeintliche Täter. Wir wussten von einem Anschlag, der gegen den Präsidenten der Türkei, Yigit, und den der USA, Ronald J. Rampthon, gerichtet war. Yigit ist ermordet worden, unser Ziel ist das Opfer, also der Präsident der Vereinigten Staaten. Er soll entführt worden sein. Nach den primär uns vorliegenden Informationen sollen arabische Terrorristen für den Anschlag verantwortlich sein. Erste Prüfungen vor Ort durch unsere *Ant-ons* haben ergeben, dass die meisten der getöteten Attentäter saudi-arabischer Herkunft sind. Wir haben jedoch auch Iraner gefunden, die jedoch schon seit mehreren Tagen nicht mehr am Leben waren. Hinweise auf ein Einfrieren und Auftauen vor Ort konnten wir finden. Also wurde bei dem Anschlag bewusst versucht zu täuschen."

Ein Raunen entstand in allen Krisenstäben.

„Wir wissen aus mehreren tausend Einträgen, Berichten und offiziellen Verlautbarungen aus der ganzen Welt, dass der amerikanische Präsident sehr oft versucht, durch verschiedenste Taktiken Vorteile zu erlangen. Dabei setzt er bevorzugt Lügen, Drohungen und Denunzierungen ein. Wir konnten daher nicht davon ausgehen, dass wir es in München mit einer normalen Entführung zu tun haben. Somit mussten wir vorab auch die Möglichkeit einkalkulieren, dass Mister Rampthon die Öffentlichkeit oder aber auch die öffentlichen Behörden täuschen wollte, um so einen Vorteil zu erlangen. Wir wissen, dass er durch die Berichte des Untersuchungsausschusses im Abgeordnetenhaus und die bevorstehenden Veröffentlichungen seiner Finanzen äußerst unter Druck steht. Zudem spitzen sich momentan die teilweise von ihm selbst inszenierten außenpolitischen Krisen zu, vor allem der Konflikt mit dem Iran trägt dazu bei. Ebenso sein verkorkstes Verhalten bei der Coronakrise und den Konflikten mit den Gouverneuren der Bundesstaaten. Vor zwei Tagen sind die Bundesrichter vom Abgeordnetenhaus darüber informiert worden. Auch wurde gestern bekannt, dass der nordkoreanische

Machthaber Kim Jon Un eine Summe von zwanzig Millionen US-Dollar aus dem Etat der *NSA* auf ein Schweizer Bankkonto erhalten hat. Was dahinter steckt, ist noch zu recherchieren. All diese, zum Teil sehr aktuellen, Informationen mussten wir in unsere Überlegungen zur Geiselrettung einbeziehen!“

In der *CIA*-Zentrale in Langley herrschte Sprachlosigkeit. „Was plapperte dieser Supercomputer in Düsseldorf vor sich her“, fragte sich der Chef der *CIA* und andere. Im Weißen Haus herrschte Totenstille. Mike Cooper, der Vizepräsident, schüttelte mit dem Kopf. Aber er hatte, genauso wie der Stabschef, nicht den Mut, die Übertragung zu unterbrechen. Die Pressesprecherin fragte in die Runde, wer denn den Blödsinn da alles mithören könne?

„Hoffentlich nicht die Demokraten oder gar die Fake News.“ Über den vermeintlichen Witz des Verteidigungsministers konnte keiner lachen. Blass und bleich geworden, hörten die Politiker weiter zu.

Auch in München waren Danny Hagan und Meghan Gretonis sprachlos geworden. Sie schüttelten nur leicht mit den Köpfen, so, als könnten sie nicht glauben, was da gerade berichtet wurde. Doktor Weilhuber meinte wohlgelaunt: „Na, da fliegt Ihnen jetzt aber was um die Ohren. Oje, das wird nicht lustig werden.“

Bitterböse Blicke ließen ihn verstummen. Dann war wieder die Stimme von Klaus Kinski zu hören, dessen Sprachduktus die Dramatik der Aussagen noch steigerte, zumindest für die deutschsprachigen Zuhörer. Diese konnten sich bei dem Gehörten den dazu passenden Gesichtsausdruck von Kinski bestens vorstellen. In seinen Filmen war der deutsche Schauspieler oft in die Rollen von verrückten, schizophrenen oder kriminellen Charakteren geschlüpft und hatte sie überzeugend dargestellt. Die Zuschauer liebten das Grauen, das Kinski mit seinem Talent bei ihnen erzeugte. Wie bei anderen hervorragenden Mimen auch, waren sich viele nicht wirklich sicher, ob der Schauspieler seine Rollen nur überzeugend spielte oder nur sich selbst darstellte. Auf jeden Fall war klar, belegt durch viele Auftritte in TV-Talkshows oder bei Interviews, dass Kinski äußerst exzentrisch, provozierend und auch selbstverliebt war.

Ant-on sprach mit der Stimme des vor Jahren verstorbenen Schauspielers weiter: „Oft helfen Informationen aus der Historie der beteiligten Personen weiter, um deren zukünftiges Verhalten vorherzusagen. Insbesondere, wenn es sich um Krisensituationen handelt. Eine solche liegt hier eindeutig vor. Daher haben wir möglichst viele Daten über den amerikanischen Präsidenten zusammengetragen, insbesondere um festzustellen, ob er überhaupt als Opfer in Frage kommen kann oder ob wir es mit einer möglichen Inszenierung zu tun haben. Wir fanden in der näheren Vergangenheit viele Hinweise darauf, dass Rampthon nicht die Wahrheit gesagt hat. Er verdreht Fakten, beschuldigt andere zu Unrecht und lenkt von realen Begebenheiten bewusst ab. Ein Beweis dazu ist sein Verhalten in der Coronakrise. Hier hat er durch unhaltbare Anschuldigungen versucht, von seinem eigenen, katastrophalen Fehlverhalten abzulenken und ist damit für den Tod tausender Amerikaner verantwortlich. Und nicht, wie er behauptet, die *WHO*, die Chinesen oder gar fremde Mächte."

Wieder ging ein Stöhnen durch die Krisenstäbe. Mike Cooper im Oval Office kratzte sich am Hinterkopf und schritt auf und ab. Er wusste, dass gerade ein Riesendesaster auf ihn zukam und dachte: Wieso hat man die *Ant-ons* nur ins Spiel gebracht? Wäre es vielleicht besser gewesen, Rampthon hätte sich eine Kugel eingefangen und könnte als Staatsheld und Märtyrer in die Geschichte eingehen? Und ich, Mike Cooper, könnte endlich Präsident der Vereinigten Staaten von Amerika werden!

Ant-on berichtete ohne Pause weiter. „Nach übereinstimmenden Berichten ist Mister Rampthon nicht von der Mehrzahl der Amerikaner gewählt worden. Es liegen diverse Beweise vor, dass die Wahl mit Hilfe diverser Social-Media-Unternehmen manipuliert wurde. Illegal wurde den Wählern selektiertes Informationsmaterial zur Verfügung gestellt. Ob per E-Mail oder über andere Nachrichtenkanäle, die zur Manipulation der Bevölkerung führten. Zudem wurde der Gegenkandidat durch falsche Behauptungen massiv geschädigt. In seinem Amt hat der rechtmäßig nicht legitimierte Präsident der Vereinigten Staaten die Justiz verunglimpft und behindert. Legalen Aufforderungen zur Veröffentlichung seiner Finanzen kam er nicht nach, und es bestehen berechtigte Verdachtsmomente, dass Rampthon von russischen Kräften erpresst wird. Er lügt und betrügt auch im privaten Umfeld, siehe die diversen Gerichtsverfahren. Wir sind daher folgerichtig zu dem Schluss gekommen, dass wir alles anzweifeln und prüfen müssen, was wir scheinbar in Bezug auf den Präsidenten glauben sollen."

„Ausschalten, sofort ausschalten!", brüllte der Vizepräsident in die Übertragung. Aber keiner rührte sich, denn alle hörten weiter gebannt zu.

„Nachdem wir im Hotel *Majestic Imperial* zum Einsatz kamen, haben wir uns auf die relevanten Räumlichkeiten konzentriert. Gleichfalls ist es uns gelungen, Videoaufzeichnungen der Überwachungskameras, die bewusst von den Attentätern aus den Datensicherungen entfernt wurden, auf einer Cloud zu finden und auszuwerten. Daher wussten wir, dass der Präsident nur von zwei männlichen Personen nach der Schießerei aus seiner Suite herausgebracht wurde. Dabei handelte es sich um den saudi-arabischen Major Adil bin Zayid Al-Burafyfi, der mit einer Abordnung zivilgekleideter Soldaten in München eingetroffen war und den Anschlag inszeniert hat. Bei der anderen Person handelt es sich um den *Secret-Service*-Agenten John Millner. Aufgrund der Aufnahmen können wir nicht eindeutig beurteilen, ob der Agent mit dem Saudi zusammenarbeitet. Auf jeden Fall wurde Millner von diesem bedroht und zu Handlungen aufgefordert, denen dieser nachkam. Wir konnten zweifelsfrei feststellen, dass die drei mit diversen Fahrstühlen und Lastaufzügen in die zweite Ebene des Untergeschosses gelangt sind. Ab hier mussten wir mittels unserer Truppen vor Ort eine Zuwegung finden. In dem Zwischenflur zur Lieferantengarage haben wir zwei der drei Personen aufgefunden. Major Adil, erschossen, und Präsident Rampthon. Letzterer mit einer Waffe ausgestattet. Von Millner fehlte jede Spur. Aufgrund des aktuellen Funkverkehrs konnten wir jedoch annehmen, dass ein Motorrad mit zwei Personen, davon eine männlich, das Hotel fluchtartig verlassen hat. Wer die weibliche Person ist, die das Motorrad steuerte, konnten wir bisher nicht verifizieren. Wir sind der festen Überzeugung, dass Präsident Rampthon den gesamten Anschlag inszenieren ließ. Wäre es nur um die Ermordung der beiden Präsidenten gegangen, wäre das ein Leichtes für die Übermacht der Attentäter gewesen. Die Flucht, der Tod des saudi-arabischen Majors und die Flucht des *Secret Service*-Agenten, der unseres Erachtens nach als – wie die Menschen sagen – als Sündenbock herhalten sollte, sprechen eine klare Sprache. Wir werden jetzt handeln!"

Überall in den Krisenstäben wurde es mucksmäuschenstill. Keiner konnte glauben, dass die Künstliche Intelligenz gerade über das Leben eines amerikanischen Präsidenten bestimmte.

„Was passiert da gerade?", fragte Christiane Coldner.

„Wir haben *Ant-on* über die von uns entwickelten Algorithmen die Verpflichtung und die Möglichkeit gegeben zu prüfen, wer gut und wer böse ist beziehungsweise, wer schuldig und wer unschuldig ist. Um hieraus die notwendigen Handlungen ableiten zu können. Wir wollen, dass die *Ant-ons* in Gefahrensituationen autonome Entscheidungen fällen können. Genau das passiert jetzt!" Quintus Schwarz sprach aus, was viele dachten.

Professor Raimund Schleithmann meinte: „So ähnlich wird es Gott mit den Menschen gegangen sein. Er erschuf sie, gab ihnen einen klaren Auftrag, ‚Seid fruchtbar und mehret euch', und muss jetzt mit ansehen, was der Homo sapiens daraus macht."

„Sofort eingreifen, an alle Trupps vor Ort, holt den POTUS da raus. Das Team *Geiselrettung NRW 1* verlässt sofort das Hotel, sie sollen alles stehen und liegen lassen. Major, verhaften Sie die Typen!", bellte der Stabschef des Weißen Hauses ins Mikro. „Hagan, Sie haben das Kommando!"

Im Hintergrund hörte man den Vizepräsidenten laut beten. In Langley waren alle konsterniert.

Nur Friedrich Märzbecher, der deutsche Bundeskanzler, lächelte auf seine ganz spezielle Art und Weise vor sich hin. Endlich, dachte er, endlich spricht mal einer das aus, was wir alle schon seit der Amtsübernahme wissen. Ein Großkotz ist ins Weiße Haus eingezogen. Einer, der Amerika führen wollte, wie er seine Immobilienfirmen steuerte und diese Kompetenz auch als Legitimation für seine Präsidentschaft anführte. Was nur die meisten vergaßen, war, dass alle seine bisherigen Unternehmen pleite gegangen waren. Jetzt, mein Freund, bist du erledigt!

Der Bundeskanzler stand auf, räusperte sich und begann zu den Anwesenden zu sprechen: „Meine Damen, meine Herren, Herr Innenminister. Das, was wir hier erleben dürfen, ist die Zukunft. Die Künstliche Intelligenz hat sich auf den Weg gemacht. Sie kann nicht nur Täter und Opfer finden und identifizieren, sie entwickelt auch ein Gespür für das, was richtig oder falsch ist. Die KI kann den Guten vom Bösen unterscheiden und lässt sich nicht blenden. Sie prüft Sachverhalte und trifft darauf aufbauend objektive Entscheidungen. Ich möchte, sobald der Spuk da in München vorbei ist, sofort mit den Verantwortlichen des Teams *Geiselrettung NRW 1* sprechen. Jetzt möge Gott Ronald J. Rampthon zur Seite stehen." Hätte der Bundeskanzler ein Glas Sekt zur Verfügung gehabt, er hätte mit den Anwesenden angestoßen.

Hotel *Majestic Imperial*, München, Deutschland

In der Hotellobby war Hektik ausgebrochen. Lauschten gerade noch alle der Stimme von Klaus Kinski, so waren die Amerikaner augenblicklich dabei, entsprechende Gruppen zusammenzustellen. Kommandos ertönten und die Agenten sowie die anwesenden Soldaten zogen ihre Gürtel straff, kontrollierten ihre Waffen und blickten hektisch hin und her. Die deutsche Bundespolizei zog sich vom Geschehen zurück. Sie überließen den Amis gerne die nächsten Schritte und damit auch die Verantwortung für das, was gleich geschehen würde. Hier passierte gerade etwas Einzigartiges oder Unerhörtes, das war allen Beteiligten klar.

Uri Finkenrath schaute Doktor Gerhardt und Heribert Spill an. „Was meint ihr, was machen unsere *Ant-ons* jetzt?"

„Keine Ahnung, Uri, aber es ist dramatisch. Nennt man das nicht Emergenz, man weiß nie, was dabei herauskommt?" Spill lächelte sarkastisch.

„Können wir ihnen einen Befehl erteilen, also zum Beispiel: Rückzug?", fragte der israelische Oberst.

„Können schon, aber darauf hört die KI nicht. Das haben wir nicht eingeplant. Wir sind immer noch in der Erprobungsphase, habe ich Hubert Schmidt noch gestern gesagt!", rechtfertigte sich Doktor Gerhardt.

„Okay, dann greife ich ein. Hier", er reichte Spill ein Kästchen aus dunklem Metall, „ist ein kleiner Sender. Wenn ihr auf den Knopf drückt, vibriert mein Handy. Ich gehe jetzt los und versuche, die *Ant-ons* aufzuhalten. Habe mir gerade eine Ersatzameise in die Tasche gesteckt, sodass ihr mich als roten Punkt auf dem Bildschirm orten könnt. Da wir alle erkannten Minen registriert haben, warnt ihr mich, sobald ich mich einer Sprengfalle nähere. Zweimal draufdrücken heißt Gefahr, einmal Entwarnung. Okay? Dann los!" Und schon war Finkenrath auf dem Weg aus der Lobby in Richtung des Treppenhauses unterwegs. Keiner der Amerikaner oder Bundespolizisten bemerkte ihn in der allgemeinen Hektik.

„Hier, siehst du den roten Punkt, das ist er!" Spill zeigte auf auf den Bildschirm des Laptops.

Nachdem sich der Rauch verzogen hatte, setzten sich die beiden Bundespolizisten, die die Ein- beziehungsweise Ausfahrt zum Lieferantenparkhaus bewachen sollten, erst einmal hin. Der Kollege vom Polizisten Bremer, ebenfalls ein frisch ernannter Kommissar, reichte eine Flasche Mineralwasser, die er in der Seitentasche seiner Uniformhose verstaut hatte. Bremer nahm das Wasser dankbar an, schüttete etwas von der klaren Flüssigkeit in seine Hand und versuchte, damit seine Augen auszuwaschen. Nach mehreren Versuchen konnte er ein wenig besser sehen und das Brennen hörte auf. Beide Beamten hatten längst ihre Schutzhelme abgenommen.

„Sie haben uns verarscht, oder?“, fragte Rüdiger Schneid seinen Kollegen.

„Leider, und wir bekommen den Ärger, warte ab. Aber der Ausweis war echt, ich könnte es schwören!“

„Die Lady auf dem Motorrad war aber ein heißer Feger, oder?“

„Wusste gar nicht, dass der *Secret Service* solche Geschosse in seinen Reihen hat!“

Da kam die Verstärkung für die beiden an. Ein *VW-Bulli* hielt an und mehrere Bundespolizisten sprangen aus der hinteren Schiebetür. Ein Hauptkommissar rannte zu den beiden hin und kümmerte sich um sie.

Rana und John Millner rasten auf ihrer schweren *1200er BMW* in nördlicher Richtung auf der Richard-Tann-Straße davon. An der U-Bahnstation Münchener Freiheit ließen sie die Maschine stehen und rannten in den Untergrund. Sie fuhren quer durch München, hin und her, von einer Linie zur nächsten. Nach mehr als einer Dreiviertelstunde saßen sie im Intercity-Sprinter und fuhren vom Hauptbahnhof nach Berlin. Als sie in einem Großraumwagen zwei nicht reservierte Plätze am Ende des Waggons gefunden hatten, setzten sie sich. Sofort schmiegte sich Rana eng an John und umfasste ihn mit ihren Armen, drückte sich fest an ihn. „Jetzt wird alles gut!“, flüsterte sie ihm ins Ohr.

„Wohin geht die Reise?“, fragte John sie. „Willst du nach Riad?“

„Nein, Liebling, da können wir jetzt nicht mehr hin. Aber ich habe das Notfallpaket mitgehen lassen. Jeder Agent des Geheimdienstes hat bei uns für Krisenfälle ein solches Paket dabei. Ich verfüge über zwanzigtausend US-Dollar und zehntausend Euro in bar, habe sechs Reisepässe, zwei jordanische, zwei saudi-arabische und einen britischen und einen amerikanischen Pass.

„Scheiße, mein Notfallpaket habe ich nicht am Mann. Das liegt im Hotel.“

„Lag, mein Liebling, lag. Hier ist es!“ Rana hatte die gesamte Zeit über einen kleinen Damen-Rucksack dabeigehabt. Sie öffnete ihn und John konnte sein Notfallpakt mit Geld, Kreditkarten und den unterschiedlichen Pässen sehen.

„Rana, du bist ein Schatz! Wie hast du das alles nur gedeichselt?“

„Nun, ich habe einfach alle Alternativen durchgespielt. Als mir klar war, dass Abdil das Kommando haben würde, wusste ich, was ich zu tun hatte. Ich habe nur gehofft, ja zu Allah gebetet, dass dir nichts geschehen möge. Sonst hätte ich mir das Leben genommen. Ich liebe dich so sehr, John!“

Millner war trotz der Anstrengung gerührt, ihm wurde innerlich zugleich heiß und kalt. Rana war etwas ganz Besonderes und der Zufall hatte sie zusammengeführt. Mit ihr wollte er den Rest seines Lebens genießen, irgendwo auf der Welt. Ihm war jedoch bewusst, dass er nie wieder in die Vereinigen Staaten zurückkehren konnte. Auch für Rana war es unmöglich, nach Saudi-Arabien zu reisen. Mohammed bin Talman Alsisi würde Rache nehmen wollen für den verkorksten Anschlag. Höchstwahrscheinlich überlebte auch der Kronprinz diese Geschichte nicht. Nach dem Desaster in Ankara bei der Ermordung des Journalisten und Regimekritikers Mas Al-Thosoggi war es nicht sicher, ob sich das Königshaus eine zweite schwere Schlappe erlauben konnte. Eine Schuldige wie Rana würde man dabei gut gebrauchen können.

„Aber wie hast du das alles arrangiert, Rana? Das Motorrad, das Notfallpaket, überhaupt, wie mutig du bist.“ Er strahlte sie an.

„Hier, setz die auf!“ Rana zog eine Baseballkappe und eine Sonnenbrille aus dem Rucksack. Sie selbst band sich ein Kopftuch um. Nur minimale Veränderungen waren notwendig, um sich zu verkleiden.

„Ich erzähle dir alles, wenn wir in Neuseeland angekommen sind. Wir steigen zwischendurch um, fahren mit der Bahn nach Frankfurt. Unsere Maschine geht heute Abend um zwanzig Uhr. Dann, mein Liebling, erzähle ich dir alles.“

„Warum tust du das alles für mich?“, fragte John, der noch nie in seinem Leben eine solche Zuwendung von einer Frau erfahren hatte.

„Warum, warum ich das tue? Für uns? Ja, genau, für uns, für uns drei.“ Sie schmunzelte und flüsterte ihm ins Ohr. „Ich bin schwanger, mein Liebling, von dir. Unser Kind wird Al-Amil heißen.“

„Al-Amil?“, fragte der Agent. „Was heißt das?“

„Hoffnung!“ Sie lächelte John verliebt an und kuschelte sich noch enger an ihn.

Uri Finkenrath stand vor der schweren Metalltür im zweiten Untergeschoss des Hotels. Der Zugang zum Kellerflur war verschlossen, dicke Vorhängeschlösser hingen an der Tür. Zudem wusste der israelische Oberst, dass auf der anderen Seite eine Sprengfalle installiert war. So stand er, ohnmächtig vor Wut, vor der Eisentür. Uri kannte solche Ungetüme von Bunkertüren aus Israel, wo die unterirdischen Verstecke zur Normalität gehörten. Wie oft hatte er bei Übungen und Probealarmen die mächtigen Hebel an diesen Türen geöffnet oder geschlossen. Er klopfte ans Metall und rief laut: „Mister President, hören Sie mich? Sie müssen da raus!“

Aus der Lobby stürmte jetzt eine schnell zusammengestellte Einsatztruppe los, bestehend aus Soldaten, ein paar *CIA*-Männern und Agenten des *Secret Service.* Alle waren schwer bewaffnet und rannten hinter dem Captain, der das Kommando führte, hinunter in das zweite Untergeschoss. Bald würden sie auf die verschlossene Tür und Uri Finkenrath treffen.

Doktor Gerhardt und Heribert Spill verfolgten das Geschehen am Bildschirm. Sie hatten Uri auf seinem Weg nach unten vor allen Sprengfallen gewarnt. Sobald sie ihn per Rufsignal warnten, hielt er an und versprühte mittels einer auf der Toilette mitgenommen Deo-Spraydose einen Sprühnebel. Im Strahl seiner Taschenlampe konnte er nun die Stolperdrähte gut erkennen und darüber steigen. Die Amerikaner hatten vor lauter Hektik und Angst um ihren Präsidenten sowie der Bedrohung durch die *Ant-ons* die Sprengfallen völlig vergessen. Zudem hatten sie nicht den Weg des Israelis genommen, sondern waren in einen Seitenflur gelangt. Dort stolperte der erste der Amerikaner in einen der Drähte hinein. Eine riesige Explosion ließ das Hotel erzittern. Die Sprengfalle war hochgegangen und hatte fünf Soldaten in den Tod gerissen. Finkenrath konnte die Explosion tief unten in den Gängen des Hotels spüren.

Ronald J. Rampthon erfasste nun vollends die Panik. Zig Hundertfüßer krochen in seine Richtung. Selbst im fahlen Schummerlicht der Notbeleuchtung konnte er die ekelhaften Viecher, die da auf ihn zukamen, gut erkennen. Dahinter sah er hunderte von riesigen Ameisen, die ebenfalls auf ihn zumarschierten. Er nahm die Pistole und schoss erneut in die Insektenansammlungen hinein. Zweimal, dreimal, viermal, dann klickte die Waffe nur noch, das Magazin war leer. Rampthon schleuderte die nunmehr nutzlose Pistole auf die Insekten und rannte ins Dunkle los. Dorthin, wo vor einiger Zeit sein Leibwächter und die schwarzhaarige Terroristin verschwunden waren. Jetzt war ihm alles egal, sie würden längst über alle Berge sein. Diese Viecher, die ihn angegriffen hatten, sollte er abhängen können.

Der Präsident stürmte in die Dunkelheit und erkannte deshalb die nächste Zwischentür nicht. Wie aus dem Nichts tauchte dieses Hindernis vor ihm auf und Rampthon prallte gegen die Tür, wurde zurückgeworfen und schlug lang auf den Erdboden hin, wo er bewusstlos liegen blieb. Kurze Zeit später erwachte er wieder, spürte etwas an den Händen und auf seinem Kopf. Mehrere Ameisen krabbelten mit ihren langen Beinen auf ihm herum. Auch zwei Skolopender hatten sich an seinen Haaren, die ihm wild vom Kopf abstanden, hochgezogen. Der Präsident fegte die beiden Hundertfüßer von der Stirn, spürte aber, wie ihn einer der beiden gebissen oder aber gestochen haben musste. Die Einstichstelle an seiner rechten Hand brannte wie verrückt. Da hörte er aus der Ferne ein Klopfen, ein Hämmern an der Eisentür. Und ein Rufen nach ihm.

„Hilfe, ich bin hier, holt mich hier raus!", brüllte er laut los. Dann erzitterte der Fußboden. Rampthon spürte ein Vibrieren, hörte weit im Hintergrund einen gedämpften Knall. Hoffnung stieg in ihm auf. Da kam die langersehnte Befreiung. Meine Männer werden mich hier herausholen, dachte er. Dann werde ich grandios auftreten. Ich, der mächtigste Mann der Welt, der beste, der größte und der intelligenteste Präsident aller Zeiten. Da spürte er, wie sich seine Blase erneut unkontrolliert entleerte und ein Zittern überkam den gesamten Körper. Schaum trat aus dem Mund, alle Gliedmaßen begannen wie wild zu zittern. Was passiert mit mir?, fragte er sich ratlos. Der Präsident versuchte aufzustehen, besaß aber keinerlei Kontrolle mehr über seine Arme und Beine. Schon wieder spürte er, wie weitere Insekten, Tausendfüßler und auch Ameisen auf seinem Körper herumkrabbelten.

„Oh, mein Gott", meinte Doktor Gerhardt, als er wieder ein Bild auf seinem Monitor hatte. Das Gesicht des Präsidenten der USA, panisch entstellt, war gut zu erkennen. Eine weitere Ameise, die mit einer Kamera ausgerüstet war, musste an seinem Kinn sein, denn seine Nasenlöcher wirkten groß wie Garagentore. Etliche Nasenhaare waren zu erkennen. Dann kroch die Ameise am Gesicht von Rampthon höher und bestieg seine Nase. Von hier aus konnten Spill und Doktor Gerhardt erkennen, welch irren Ausdruck die Augen angenommen hatten. Rampthon stierte wahnsinnig vor Angst ins Nichts. Er wirkte vollkommen gelähmt, bewegte sich nicht mehr. Nur die Augen flackerten wie Irrlichter. Speichel lief ihm aus dem Mund. Der Atem ging stoßweise. Ich glaube, der macht's nicht mehr lange, flüsterte Spill besorgt und ergriffen.

Im Weißen Haus verfolgten alle wie gelähmt die Liveübertragung. Gerade noch waren alle Anwesenden im Oval Office hoffnungsfroh, als die Einsatztruppe in Richtung des Kellerflures aus der Lobby entschwunden war. Als die Explosion ertönte, fluchte der Stabschef vor sich hin. Keiner hatte aufgrund der Euphorie, den Präsidenten retten zu können, mehr an die Sprengfallen, die die

Terroristen installiert hatten, gedacht. Jetzt sahen alle die schrecklichen Bilder, den panischen Gesichtsausdruck des POTUS. Mit Schrecken blickten sie gebannt auf die Monitore. Noch nie hatten sie den immer selbstbewusst wirkenden Präsidenten so erlebt.

Mike Cooper kniete nieder und setzte sein Gebet fort. In Langley war es seit Minuten völlig still, alle waren reglos und stumm vor Entsetzen. Die Bilder und die Stimme von Klaus Kinski schien sie zu lähmen. Ein Simultan-Übersetzer verstärkte noch mit seinen Sätzen die Dramatik der übertragenen Sätze. Es klang wie ein Doppelhall, so, als wenn aus zwei Radios mit unterschiedlicher Abstimmung derselbe Text Sekunden verzögert hintereinander gesprochen wird. Danny Hagan war mittlerweile aus dem Generalkonsulat gerannt und hatte sich zum Hotel *Majestic Imperial* bringen lassen. Währenddessen Meghan Gretonis gemeinsam mit Doktor Weilhuber völlig entsetzt auf den Bildschirm starrte.

Auch in Düsseldorf im *David-Hansemann-Haus* war es totenstill geworden. Fassungslos schauten Quintus Schwarz und Raimund Schleithmann auf den Monitor. Plötzlich ertönte die Stimme von Klaus Kinski erneut: „Wir haben den Täter gestellt. Aufgrund der heiklen Situation in München und der kalkulierbar nachfolgenden Geschehnisse haben wir beschlossen, den Täter nicht nur festzusetzen oder ihn an die Behörden zu übergeben, sondern wir streben eine endgültige Lösung an. Unser Auftrag lautet, den wahren Täter zu identifizieren und auszuschalten. Genau das werden wir befolgen und erledigen."

Meghan Gretonis wurde blass.

Im Weißen Haus erlitt Mike Cooper einen Schwächeanfall.

Friedrich Märzbecher meinte im Bundeskanzleramt trocken: „Jetzt bin ich gespannt, was kommt. Klingt wie aus einem Sciencefiction-Roman."

Admiral Cotterfield schluckte zwei Morphiumtabletten.

Danny Hagan fuhr soeben mit seinem dunklen Wagen beim Hotel vor und stürmte in die Lobby.

Der kurz zuvor gebildete Stoßtrupp kümmerte sich um die Kameraden, die in die Sprengfalle geraten waren.

Die Bundespolizisten standen ein bisschen vergessen und teilnahmslos herum. Außer das Hotel zu sichern, hatten sie keine weiteren Anweisungen bekommen.

Doktor Weilhuber telefonierte in einem Nebenraum des Amerikanischen Generalkonsulats mit seinem Justiziar. Er wollte wissen, ob und wie die US-Administration ihn, den bayerischen Innenminister, in Regress nehmen konnte bezüglich der Freigabe für das Geiselrettungsteam samt der *Ant-ons*. Die anfängliche Freude, der Stolz über die technische Meisterleistung und das Leistungsvermögen der Roboterameisen mit der steuernden KI waren verflogen. Nunmehr fürchtete sich Weilhuber vor den möglichen Konsequenzen. Er würde alles auf den Bundesinnenminister abschieben, sollte der sich doch verantwortlich fühlen.

Nun war wieder die Stimme von Klaus Kinskis zu hören. „Das bedeutet, dass wir Mister Rampthon", *Ant-on* verwendete nicht mehr die Titulierung Präsident, „weder befreien noch anderen gestatten werden, ihn zu retten. Das ist nicht notwendig, denn er ist der Schuldige beziehungsweise Täter und wird für seine Taten von uns zur Rechenschaft gezogen. Da es momentan in den USA aufgrund der politischen Gegebenheiten unmöglich oder aussichtslos erscheint, Anklage gegen ihn zu erheben beziehungsweise zumindest ein erneutes Amtsenthebungsverfahren erfolgreich einzuleiten und durchführen zu können, haben wir weitergehende Überlegungen angestellt."

Den Mitgliedern der zugeschalteten Krisenstäbe lief es eiskalt über den Rücken, als sie die Worte vernahmen. Hier wollte eine Künstliche Intelligenz Recht sprechen. Das konnte keiner so recht glauben. Aber es geschah, jetzt und hier.

„In den USA wird ein überführter Täter immer dort vor Gericht gestellt, wo er seinen Hauptwohnsitz hat. Damit gelten auch die entsprechenden Gesetze des entsprechenden Bundesstaates. Mister Rampthon residierte früher in New York City. Sein derzeitiger Wohnsitz ist das Weiße Haus in Washington D.C., die meiste Zeit, seit seiner Präsidentschaft, verbringt er jedoch in seinem Golfresort in Florida, um Urlaub zu machen. Was viele nicht wissen, ist, dass dort ein Filmstudio aufgebaut wurde. Dort werden TV-Szenen gedreht, um die Amerikaner glauben zu lassen, ihr Präsident säße an seinem Schreibtisch im Oval Office und würde fleißig arbeiten. Das stimmt nicht, wieder eine Täuschung der Öffentlichkeit. Rampthon ist selbst ein Fake. Zudem ist seine Wahl nicht wirksam, da er diese eindeutig manipuliert hat. Die Verschiebung der Wahl in den USA, nach der ersten Amtsperiode, aufgrund des von Mister Rampthon ausgerufenen nationalen Notstandes, war ebenfalls unrechtmäßig. Die von den Bundesrichtern bestätigte Aussetzung wurde durch Erpressung erzwungen. Damit ist er kein rechtmäßiger Präsident der USA, und war es auch nie. Auch sein Wohnsitz in Washington D.C. ist deshalb illegal, und Mister Rampthon kann sich nicht auf Immunität berufen."

Die Worte klangen wie Donnerhall, und Klaus Kinskis Stimme nahm jetzt sogar einen leicht verächtlichen Ton an. „Aufgrund der festgestellten Fakten muss Mister Rampthon in Florida angeklagt werden. Eine Anklage bezüglich aller Vergehen würde in diesem Fall nicht von der zuständigen Staatsanwaltschaft angestrebt werden. Diese würde sich das schwerwiegendste Vergehen, welches auch klar zu beweisen ist, heraussuchen und darauf die Anklage aufsetzen. Wir haben das prüfen lassen. Die Rechtsexperten haben das bestätigt. Im Übrigen würde so ein Verfahren, bei Würdigung aller Vergehen, schätzungsweise zwanzig Jahre dauern. Das ist angesichts des Alters von Rampthon eher sinnlos. Die Anklage wird demzufolge primär auf Hochverrat lauten, denn um nichts anderes handelt es sich hierbei. Mister Rampthon hat sich seine Wahl erschlichen und erkauft. Hochverrat wird in Florida mit der Todesstrafe geahndet. Hinrichtungen werden mit der Giftspritze durchgeführt. In diesem Zusammenhang dürfen wir noch darauf hinweisen, das Mister Rampthon noch vor Kurzem selbst der Presse mitgeteilt hat, dass er für die Todesstrafe ist und keinerlei Begnadigungen durchführen werde. Der derzeit in Großbritannien festgenommene CEO von *Fakeleaks*, der Whistleblower-Internetplattform, hat bekanntlich Geheiminformationen der amerikanischen Geheimdienste *CIA* und *NSA* öffentlich gemacht. Das hat

Rampthon zum Anlass genommen, den amerikanischen Bundesstaatsanwalt aufzufordern, gegen diesen Julian Eschange Anklage wegen Hochverrats zu erheben. Der widerrechtlich ins Amt gekommene Präsident selbst hat zudem dem CEO von Fakeleaks angedroht, er würde dafür sorgen, dass er, Eschange, auf dem Elektrischen Stuhl schmoren werde. Insofern hat Mister Rampthon das nun auf ihn zukommende Verfahren für rechtmäßig erklärt. Bitte nehmen Sie das zur Kenntnis! Der Anschlag in München und die angebliche Entführung sind von Mister Rampthon bewusst herbeigeführt worden. Diese Taten sind insofern klar auf ihn persönlich zurückzuführen. Wir haben uns dem Rat der amerikanischen Justiz angeschlossen und verwenden für die Anklage nur den begangenen Wahlbetrug. Dieser wird nach den amerikanischen Gesetzten als Hochverrat verfolgt. In diesem Augenblick werden an alle führenden Zeitungen sowie die Online-Nachrichten-Dienste und an die großen TV-Sender Pressemitteilungen verschickt, um die Öffentlichkeit über die Anklage und das Verfahren in Kenntnis zu setzen." Die Stimme von Kinski verstummte.

Alle Beteiligten waren wie benommen. Sie konnten und wollten nicht glauben, was sich gerade ereignete. Es geschah etwas noch nie Dagewesenes. Eine Künstliche Intelligenz übernahm die Macht und sprach Recht über den mächtigsten Mann der Welt. In den Köpfen der Politiker in Washington entstand eine Vorahnung auf die Reaktionen der Öffentlichkeit der gesamten Welt. Einige Amerikaner würden sich, egal wie sie zu Rampthon standen, schützend vor ihn, ihren Präsidenten, stellen und ihn verteidigen. Die meisten anderen, die oppositionellen Kräfte und die von Rampthon unter Druck gesetzten Mächte, würden zwar ihr offizielles Bedauern und ihr Mitleid gegenüber den USA ausdrücken, sich aber heimlich diebisch freuen. Viele Menschen würden jubelnd und feiernd auf die Straßen ziehen, viele davon mit Migrationshintergrund. Dann schlüge eine zweite Tsunamiwelle zu. Überall auf der Welt würde Amerika mit seinen Repräsentanten für das Verhalten der USA angeklagt werden. Es wäre der Aufruf zum Infernal. Die Stellung Amerikas in der Welt würde atomisiert werden. Es war nicht ausgeschlossen, dass Russland und China in die entstandene Kerbe zusätzlich hineinschlagen würden. Die Verlockung war zu groß. Die Vormachtstellung der Vereinigten Staaten von Amerika wäre dahin, für alle Zeiten. Die USA würden ausbluten. Der Wirtschaftsgigant Amerika würde in die Knie gehen, wie ein Boxer, der gerade den entscheidenden Schlag auf den Solarplexus bekommen hätte. Von nun an würde gelten: Auge um Auge, Zahn um Zahn. Es war das Ende, eindeutig.

Viele dachten bereits schon jetzt daran, sich vom sinkenden Schiff USA so schnell wie möglich in Sicherheit zu bringen. Andere überlegten fieberhaft, wie sie die gefährliche Lage noch abwenden könnten. Eine Lösung hatte keiner. Das Motto *America first* klang plötzlich bitter. Erster im Grab wäre die ehrlichere Variante.

Rampthons Körper zitterte wie Espenlaub im Wind. Seine Beine und Arme konnte er nicht mehr bewegen. Kalter Schweiß rann ihm die Schläfen hinunter. Seine Zunge schwoll an, er konnte keinen Speichel mehr bilden. Sein Herz raste wie verrückt. Zu allem Übel bekam er jetzt eine Erektion und einige Spermatropfen traten aus. Wie bei Delinquenten auf dem Schafott, wenn die Körper auf die extreme Anspannung irrigerweise mit einer letzten sexuellen Erregung reagierten. Rampthon wollte die Augen schließen, doch seine Lider gehorchten ihm nicht. Er spürte die vielen Insekten, die über ihn liefen, schon lange nicht mehr. Es mussten Hunderte sein. Sie bedeckten vollends seinen Körper. Zwei Skolopender hatten sich an seinen Hemdkragen festgesetzt und durchtrennten ihn mit den scharfen Kieferwerkzeugen. Deutlich war ein roter Streifen auf der Haut zu sehen, dort, wo noch vor kurzer Zeit der Kabelbinder gesessen hatte. Die beiden Hundertfüßer schienen sich kurz anzusehen. Es war fast so, als nickten sie sich gegenseitig zu. Die Ameise, die jetzt für die Kameraführung verantwortlich war, krabbelte herbei und positionierte sich so, dass die Aufnahmen ohne Störung übertragen werden konnte. Zwei weitere *Ant-ons*, mit Leuchtdioden ausgestattet, richteten die Lichtstrahlen direkt auf eine Stelle am Hals, dort, wo die Hauptschlagader unter der Haut pochte.

Heribert Spill und Doktor Gerhardt, Christiane Coldner und auch die beiden Wissenschaftler waren starr vor Schreck. Unfähig, irgendetwas zu tun. Sie konnten nur ungläubig auf das Geschehen schauen. Ebenso erging es den *CIA*-Beamten in Langley und den Personen im Weißen Haus, die gerade miterleben mussten, wie ihr Präsident hingerichtet werden sollte. Nicht von irgendwelchen Terroristen, sondern von einer Künstlichen Intelligenz, die sich anmaßte, Richter und Henker gleichzeitig zu sein. Auch dem Bundeskanzler war das leicht spöttische Lächeln vergangen. Er konnte nicht verstehen, was da geschah und starrte wie die vielen anderen starr auf den Bildschirm.

Die beiden Skolopender näherten sich der Haut, richteten sich leicht neu aus und packten dann mit ihren vorderen Kiefern zu. Dabei drückten sie die Haut zu einer Falte zusammen. Der Präsident der Vereinigten Staaten, der sich dieses Amt widerrechtlich angeeignet hatte, der der gesamten Welt bei jeder Gelegenheit drohte, der abgeschlossene Verträge nicht einhielt oder einseitig aufkündigte, der log und betrog, der Frauen als pure Lustobjekte betrachtete und meinte, er sei Gott, lag gelähmt auf dem Boden, umgeben von künstlichen Ameisen und Hundertfüßern. Bilder schossen ihm durch den Kopf. Ihm war klar, dass er jetzt sterben würde. Wer oder was das war, das ihn umgab, wusste er nicht. Von den *Ant-ons* hatte er nie etwas erfahren, es hätte ihn auch nicht interessiert. Es wurde ihm sonderlich warm. Eine heftige Hitzewelle raste durch seinen Körper. Die Nebennierenrinde produzierte Adrenalin und Noradrenalin, das wild in seinen Blutbahnen rauschte. Rampthon wollte schreien, brachte aber keinen Ton heraus.

Wie konnte das sein, er war doch der mächtigste Mann der Welt und lag in einem schmutzigen Kellerflur? Keiner half ihm, warum nicht? Wo war der unfähige *Secret Service*, wo die Soldaten der stärksten Armee der Welt? Wo waren all die Hurensöhne, die ständig um ihn herumschwänzelten? Keiner war da, er war völlig alleingelassen. Wo waren seine Kinder, seine Frauen? Alle hatten ihn im Stich gelassen. Warum nur?

Rampthon wurde es leicht schwarz vor Augen. Jetzt kommt der Tod, dachte er. Plötzlich tauchte ein Bild vor seinem geistigen Auge auf: „Raising the flag". Es war die berühmteste Kriegsfotografie Amerikas. Auf einem Hügel der kleinen Insel von Iwojima, irgendwo im Pazifik während der Zeit des Zweiten Weltkriegs, nach dem erfolgreichen, aber höchst verlustreichen Kampf des US-Marinecorps gegen die Japaner, wurde damals die Flagge „Stars and Stripes" von einigen Soldaten auf einer Anhöhe gehisst. Rampthon sah sich dabei als der Offizier, der den Flaggenmast entschlossen in die Erde rammte. Die anderen Soldaten waren nur Handlanger, standen dabei und wirkten wie Statisten. Im Hintergrund des Bildes waren Wolken am sonst blauen Himmel zu sehen und die Flagge der Vereinigten Staaten von Amerika wehte im Wind. Einige Sonnenstrahlen schienen auf die völlig erschöpften, aber siegreichen Männer des US-Marinecorps.

Das Bild löste sich vor Rampthons Augen in seine Einzelteile auf, wie Puzzleteile, die vom Wind in alle Richtungen verweht wurden. Dann wurde es plötzlich dunkel vor seinen Augen. Eine unendliche Stille breitete sich aus. Ronald J. Rampthon, der glaubte, so viel in seinem Leben erreicht zu haben, war in den letzten Sekunden seines Lebens völlig einsam. Keiner hielt seine Hand, keiner weinte an seiner Seite und keiner würde ihn je vermissen. Wie ein Löwe in der Savanne, der jahrelang erfolgreich sein Rudel gegen alle verteidigt hatte, lag er nun verlassen von allen da und starb. Ein anderer hatte gesiegt, und er wusste noch nicht einmal, wer das war.

Rampthon entspannte sich, jeglicher Stress wich von ihm. Seine körperliche Sensibilität kehrte sogar ein wenig zurück. Alle Ameisen und auch die Skolopender krabbelten von seinem Körper herab und ließen ihn alleine. Wie alle, dachte er, wie alle. Sie lassen mich alleine.

Eine Träne rann über seine Wange, verharrte sekundenlang und tropfte dann auf den kargen Betonboden. Rampthon schluckte, versuchte am Ende seines Lebens wenigstens ein wenig Würde zu bewahren. Ein Held weinte nicht. Doch dann flossen immer mehr Tränen über seine Wangen, er schluchzte wie ein Kind. Hemmungslos weinte der einst mächtigste Mann der Welt. Und dann plötzlich brüllte er es heraus. „Wieso lasst ihr mich alleine? Bin ich so schrecklich? Gott, warum hast du mich verlassen?“

Aber Gott war nicht so eiskalt, wie Rampthon dachte. Der ehemalige Präsident der Vereinigten Staaten von Amerika glaubte nicht an den Schöpfer aller Dinge. Vielmehr war er, am Höhepunkt seiner Macht sogar der festen Überzeugung gewesen, selbst ein Gott zu sein. Alle Menschen nahmen ihn wahr, die Justiz, die Presse, andere Staatslenker, selbst die Russen und die Chinesen beeindruckte er. Wie viel hatte er der Menschheit schon zugemutet und sie ließen ihn dennoch weiter agieren. Aber jetzt, in seinen letzten Sekunden, fühlte er, wie ihn etwas in die Arme nahm, ihn tröstete und ihm alles verzieh. Das hatte Rampthon noch nie in seinem Leben erlebt; er fühlte Geborgenheit und Wärme und eine nie dagewesene Leichtigkeit. Da liebte ihn jemand, hatte er sich nicht immer danach gesehnt?

Rampthon fühlte sich, als würde er leicht schweben. Er seufzte ein letztes Mal und ließ es geschehen. Nicht immer alles selber bestimmen zu wollen, sondern sich anlehnen an etwas übermächtig Großes. In diesem Augenblick wusste er, dass er alles falsch gemacht hatte. Erst jetzt wurde ihm deutlich, wie wichtig Liebe, Verständnis und Zuneigung sind. Mit anderen zusammen etwas Großes schaffen. Nicht drohen und kämpfen, sondern zuhören, nicht reden; anderen vertrauen. Statt im Rampenlicht zu stehen, im Glanz und Ruhm, lieber anderen helfen, sie unterstützen. Dieses Gefühl war für Ronald J. Rampthon vollkommen neu. Sich das erste Mal in seinem Leben auf etwas anderes als auf sich selbst verlassen zu können. Jetzt konnte er seine Augen schließen. Er wollte nur noch schweben, für immer. Alle Last fiel von ihm. Selig, das war die zutreffende Beschreibung seines allerletzten Gefühls auf Erden. Ruhe. Dann war nichts mehr da außer einer grenzenlosen Stille und Geborgenheit.

Kapitel 43

Washington, Langley, Berlin, München, überall.

Die Welt stand still. Jeder hatte die unglaublichen Nachrichten, die *Ant-on* verfasst hatte, gelesen oder gehört. Das, was da über den Präsidenten der Vereinigten Staaten von Amerika geschrieben stand, war nichts als die reine Wahrheit. Das wusste und spürte jeder. Natürlich gab es sofort die ersten Verschwörungstheorien, aber mehrheitlich waren die Menschen der Meinung, dass alles, was sie erfuhren, und vieles war ja auch schon davor bekannt gewesen, stimmte. Viele meinten, sie hätten es ja schon immer gewusst. Irgendwann einmal käme eben alles zum Vorschein. Als sich wenig später die Nachricht verbreitete, dass Ronald J. Rampthon gestorben sei, woran genau, wurde noch nicht mitgeteilt, war es noch einmal so, als würde die Uhr der Welt für einen Moment stehen bleiben.

Jetzt war es zur Gewissheit geworden. Der amerikanische Präsident lebte nicht mehr.

Natürlich hatte die amerikanische Administration schnell einen Schuldigen ausgemacht. Die Deutschen seien es gewesen, mit diesen Roboterameisen namens *Ant-on*. Aber so richtig interessierte das keinen. Man glaubte den offiziellen Verlautbarungen der USA nicht mehr. Jetzt nicht mehr. Der Wortführer der USA in Deutschland, Botschafter Douglas, wetterte, was das Zeug hielt. Griff den deutschen Bundeskanzler und den Krisenstab an, verlangte den Rücktritt der gesamten Regierung. Friedrich Märzbecher griff endlich durch und erklärte den US-Diplomaten umgehend zur unerwünschten Person. Douglas musste noch am selben Tag sein Büro räumen und in die Staaten zurückkehren.

Der Regierungssprecher drückte den Schmerz und die Betroffenheit über den Verlust, den das amerikanische Volk erlitten hätte, in einer Pressekonferenz aus. „Man habe alles Erdenkliche getan, um das Staatsoberhaupt zu retten."

Der Fake der Saudis war nach den offiziellen Untersuchungen im Hotel schnell durchschaut worden. Daher gab es keine Anschuldigungen in Richtung Teheran. Dagegen wurde Saudi-Arabien als Drahtzieher des Anschlags angesehen. Der UN-Sicherheitsrat tagte und verurteilte den Mordanschlag einstimmig. Selbst Russland und China stimmten dafür. Der alterskranke König von Saudi-Arabien entschuldigte sich vor aller Welt und versicherte, alles dafür zu tun, die Schuldigen in den eigenen Reihen zu finden. Mohammed bin Talman Alsisi war bereits auf der Flucht. Nur wenige Tage später fand man seine Leiche in der Wüste.

In Ankara, vor allem aber in Izmir und in Istanbul, war die Hölle los. Zwar versuchten die Behörden und insbesondere der Außenminister, einer der letzten Vasallen von Präsident Yigit, jedwede Anschuldigung in Richtung Saudi-Arabien und Deutschland zu lenken, aber das Aufbegehren der türkischen Bevölkerung wuchs jede Stunde mehr. Es gab Protestveranstaltungen auf den bedeutenden Plätzen in allen größeren Städten. Die Polizei und das Militär versuchten, für Ruhe und Ordnung zu sorgen. Offiziell wurden die Demonstrationen als öffentliche Trauerfeiern für den Tod von Yigit beantragt. Diese konnten die Behörden schlichtweg nicht untersagen. Dann kippte aber die Stimmung. Bemerkenswert war, dass die Bevölkerung den Soldaten, den Polizisten, ja sogar den Geheimdienstlern, die trotz ihrer Tarnung gut zu erkennen waren, sie trugen dunkle Sonnenbrillen, feine Anzüge und hatten eine Verkabelung am Ohr, Blumen, Getränke und Essen anboten. Nach anfänglichem Zögern kam es schließlich zur Kooperation zwischen beiden Gruppen. Es fiel kein einziger Schuss. Auch nicht, als der neue Palast des ehemaligen Präsidenten in Flammen aufging. Wenig später wurden die Gefängnisse geöffnet und alle inhaftierten Lehrer, Soldaten, Journalisten, Richter und Beschuldigten des Aufstandes vor einigen Jahren kamen frei. Noch im gleichen Monat wurden Neuwahlen ausgerufen. Viele, ehemals aus der Türkei geflohene Intellektuelle, reisten wieder in ihr Heimatland zurück und wollten mithelfen, die Türkei neu zu demokratisieren. In diesem Zusammenhang löste sich auch die Partei von Yigit, die *AKP*, auf. Es tauchten Berichte auf, dass der ehemalige Präsident der Türkei in den letzten zwei Jahren Milliardenvermögen auf schweizerische Bankkonten transferiert hatte.

China und Russland hielten sich auffallend zurück, außer den obligatorischen Kondolenzschreiben äußerten sich die Präsidenten beider Länder kaum. Selbst der dickliche Diktator Nordkoreas meldete sich nicht zu Wort, das Bedauern über den Tod von Rampthon ließ er über seinen Pressesprecher verlautbaren.

Natürlich blieben die amerikanischen Streitkräfte in höchster Alarmbereitschaft. Ebenso galt das auch für die NATO-Truppen. Nach einer Woche ohne größere Zwischenfälle wurde allerdings die Alarmbereitschaft zurückgefahren. DEFCON 2, zwischenzeitlich ausgerufen, wurde wieder auf Stufe 4 zurückgefahren.

Ein spezielles Sprengstoffkommando konnte mit Hilfe des israelischen Oberst Finkenrath die angebrachten Fallen im Hotel identifizieren und entschärfen. Die meisten der Sprengstoffhinterhalte erwiesen sich allerdings als Attrappen.

Im amerikanischen Senat, im Abgeordnetenhaus sowie im Weißen Haus bereitete man sich auf die Trauerfeier vor. Wie immer, wenn Amerika von außen bedroht wurde, hielt man zunächst einmal zusammen. Der Leichnam Rampthons war geborgen worden. Nach einer ersten vorläufigen Untersuchung durch einen US-Armeearzt wurden Rampthons sterbliche Überreste noch am selben Tag in eine der beiden mittlerweile gelandeten *C-17 Globemaster* Transportmaschinen verfrachtet. Der Sarg wurde mit der amerikanischen Flagge bedeckt. Die Maschine flog direkt nach Washington D.C. Eine Obduktion des Leichnams wurde zunächst angeordnet, dann aber wieder fallengelassen. Als Todesursache vermerkten die Ärzte des Walter-Reed-Militärkrankenhauses Herzversagen. Auch ein hinzugerufener Pathologe fand keinerlei Hinweise auf Fremdverschulden. Er hatte die Leiche Rampthons ergebnislos nach Stich- oder Bissverletzungen, gerade im Hals- und Kopfbereich, untersucht. Aufgrund der Fettleibigkeit des

Präsidenten sowie seiner insgesamt schlechten Konstitution war die offizielle Todesursache schlüssig. Fünf Tage später wurde der Präsident im Rahmen einer feierlichen Trauerstunde auf dem Soldatenfriedhof in Arlington mit allen militärischen Ehren beigesetzt. Die meisten der führenden Staatsvertreter waren anwesend.

Nach den Trauerfeierlichkeiten lud Bundeskanzler Friedrich Märzbecher die französische Präsidentin, den britischen Premier, die Ministerpräsidenten der BeNeLux-Länder, die von Spanien, Portugal, Polen sowie den Kanzler von Österreich und die Staatslenker aus den vier skandinavischen Staaten sowie den kanadischen und mexikanischen Präsidenten in die deutsche Botschaft ein. Alle waren bereits vorab über das anberaumte Treffen informiert worden und kamen. Die Presse wurde nicht informiert. Nach kurzer Zeit gab es ein gemeinsames Kommuniqué, das der luxemburgische Premierminister bekanntgab. Die Verlautbarung wurde live in alle Staaten der Welt übertragen.

„Sehr geehrtes amerikanisches Volk, an Sie, die momentan den Verlust ihres Präsidenten betrauern, richten wir, die westlichen Staaten, eine Botschaft im Zeichen der Freundschaft und der gegenseitigen Anteilnahme.

Wir stehen fest zu Ihnen. Amerika ist ein wertvoller Teil der großen Staatengemeinschaft, die sich auf einer demokratischen Grundordnung und in Freundschaft mit anderen Staaten oder Staatengemeinschaften befindet. Wir trauern mit Ihnen um Ihr Staatsoberhaupt, das aufgrund eines mörderischen Anschlags und widriger Umstände ums Leben gekommen ist. Wir bedauern zutiefst, dass so viele Unschuldige zu Tode gekommen sind und fühlen mit den Angehörigen. Natürlich senden wir auch der Türkei unsere Kondolenzbotschaft und fühlen uns mit dem türkischen Volk in dieser schweren Stunde verbunden.

Wir haben heute am Grab des Präsidenten der Vereinigten Staaten gestanden und unser Mitgefühl bekundet und Stille eingehalten. Nun aber gilt es, den Blick wieder nach vorn zu richten. Wir werden Ihnen, dem amerikanischen Volk, zur Seite stehen und gemeinsam mit Ihnen die Werte unserer westlichen Welt verteidigen. Wir werden Ihnen, den USA, überall auf dieser Erde helfen, wann immer fremde Mächte versuchen sollten, Amerika zu bedrohen oder anzugreifen. Wir werden keinerlei gewalttätige Aktionen dulden. Seien Sie sich gewiss, dass wir an Ihrer Seite stehen. Ohne Wenn und Aber. Dazu bedarf es keines Vertrages, es ist für uns eine Selbstverständlichkeit und zugleich eine Botschaft an die Welt. Wir sind heute alle Amerikaner!

An alle feindlichen Mächte gerichtet, die glauben, unsere gemeinsamen Werte der Freiheit für falsch zu halten, um uns andere aufzudrängen. Wir werden alle für unsere Kultur des Miteinanders einstehen. Es wird keine Diskussionen geben, sondern nur ein gemeinsames und entschlossenes Handeln. Die westliche Welt wird so stark sein wie nie zuvor. Die USA werden Zeit bekommen, sich neu aufzustellen und sich zu ordnen. Wir reichen allen amerikanischen Bürgerinnen und Bürgern die Hand, lassen Sie uns wieder starke Freunde sein. Gegenseitiges Vertrauen ist die Grundlage für ein friedvolles Miteinander. Auf den drei Säulen einer funktionierenden Legislative, einer entschlossenen Exekutive und einer objektiv-unabhängigen Judikative wird eine funktionierende Demokratie wachsen und gedeihen.

Damit eine zielführende Diskussion möglich ist, um Entscheidungen und Wahlen überhaupt durchführen zu können, benötigen wir eine Freiheit der Presse. Aber auch diese muss lernen, dass sie nur ein Rädchen in dem funktionierenden Demokratieuhrwerk darstellt und nicht etwas Allesentscheidendes ist. Fake News gehören in den Abfalleimer der Geschichte. Die Menschen benötigen objektive Informationen, um durch vielfältige Diskussionen selbst herauszufinden, was die beste Lösung ist. Erst auf dieser Grundlage ist es möglich, Entscheidungen zu treffen. Protektionismus und Isolation gehören nicht zu unserer Kultur, vielmehr sollten wir grenzüberschreitend Handel treiben und uns gegenseitig helfen, die Stärken des jeweils anderen zu akzeptieren und zu nutzen. Wir glauben an unsere Wahrheit und respektieren auch die Wahrheit anderer. Genauso wie wir unsere Religion für wichtig erachten, wertschätzen wir auch andere religiöse Einstellungen. Gemeinsam sind wir stark. Wir hoffen, dass sich die tiefen Gräben in der amerikanischen Gesellschaft schnell wieder schließen. Wir möchten mit Ihnen in Kooperation treten, wo immer es geht. Grenzüberschreitendes bringt Wohlstand für alle. Amerika, God bless you and us, too!“

Am nächsten Tag trat der amerikanische Kongress in Washington, bestehend aus dem Senat und dem Abgeordnetenhaus, zusammen. Die beiden Vorsitzenden der jeweiligen Kammern, ein Republikaner und eine Demokratin, reichten sich feierlich die Hände. Als die Nationalhymne ertönte, standen alle auf, nahmen sich bei den Händen und lauschten ergriffen den Tönen der Musik. Irgendwie wussten die Volksvertreter, dass hier etwas Neues entstand. Vielleicht war es auch die Sehnsucht nach etwas, das früher schon einmal dagewesen war. Das Gefühl und die Sehnsucht, wieder kompromisslos zusammenzustehen, um gemeinschaftlich für den Zusammenhalt der Nation zu arbeiten. Viel zu lange hatten sich die Parteien gegenseitig bekämpft. Es galt, die entstandenen Gräben zu überwinden und zuzuschütten. Alle Volksvertreter wussten, dass das Vertrauen, das Amerika in der Welt verloren hatte, zurückgewonnen werden musste. Die Hand dazu hatten die anderen westlichen Staatsmänner und -frauen schon ausgestreckt. Überall wurden amerikanische Flaggen gehisst, aber nicht mehr auf Halbmast. Es war genug getrauert worden, jetzt musste die Nation aufstehen.

Den Vorsitz der Versammlung hatte der Oberste Richter des Landes, Bill O'Mulligan, übernommen. Ein bulliger Mann, fast zwei Meter groß, mit roten Haaren und einem voluminösen Vollbart. Seine Vorfahren, die aus Irland stammten, konnte und wollte er nicht verbergen. Der Vizepräsident lag, wie es offiziell hieß, mit einem Nervenzusammenbruch in einer Klinik und war nicht mehr amtsfähig. Wenige Tage später, so erfuhr die Öffentlichkeit, hatte Mike Cooper einen Suizidversuch unternommen, der jedoch in letzter Minute verhindert werden konnte. Allerdings war sein Gehirn für längere Zeit ohne Sauerstoffversorgung geblieben und Cooper war ins Koma gefallen, aus dem er nie wieder erwachen sollte.

O'Mulligan, der trotz seiner Größe und des eher wuchtigen Körperbaus, äußerst feinfühlig war und über viel Empathie verfügte, stand aufrecht am Rednerpult und blickte auf die Versammlung. Der eine oder die andere Abgeordnete hatte sich nach den letzten Tönen der Hymne wieder hingesetzt. Jetzt aber standen alle wieder auf. Der oberste Richter des Landes und somit das momentane Staatsoberhaupt dachte daran, wie sich die Mitglieder beider Parteien noch bis vor Kurzem derart gestritten hatten, dass kaum jemand auch nur im Entferntesten daran gedacht hatte, dass jetzt wieder alle einheitlich in dieselbe Richtung marschieren würden. Damit das gelang, musste der Oberste Richter des Landes den Anstoß liefern.

O'Mulligan beugte sich kurz vor und sprach mit seiner Bassstimme in das Mikrophon die ersten Sätze aus der Präambel der amerikanischen Verfassung von 1791: „‚Wir, das Volk der Vereinigten Staaten, von der Absicht geleitet, unseren Bund zu vervollkommnen, die Gerechtigkeit zu verwirklichen, die Ruhe im Innern zu sichern, für die Landesverteidigung zu sorgen, das allgemeine Wohl zu fördern und das Glück der Freiheit uns selbst und unseren Nachkommen zu bewahren, setzen und begründen diese Verfassung für die Vereinigten Staaten von Amerika.'

Ich bitte Sie, die gewählten Vertreter des amerikanischen Volkes, nun gemäß dem Sinn unserer Verfassung zu handeln und zu entscheiden. Hinter uns liegen Jahre der Uneinigkeit und des gegenseitigen Konkurrenzkampfes. Nun ist es aber an der Zeit, Amerika aus der tiefsten Krise, die dieses Land jemals erlitten hat, herauszuführen. Die Zeit der Spaltung, der Drohungen, der Lügen und des Egoismus sind vorbei. Wir statt ich! Ich appelliere an Ihre Vernunft, Ihren Verstand und Ihr Verantwortungsgefühl. ‚America first' und ‚Make America great again' sowie ‚keep America great' waren die Parolen eines in sich gekehrten Landes. Aber wir dürfen unsere Nachbarn, die unserem Volk soeben ohne Einschränkungen und Bedingungen die Hand gereicht haben und uns beschützen wollen, nicht außer Acht lassen. Nein, wir leben nicht isoliert in diesem Land, sondern vielmehr gestalten wir unser Leben mit anderen zusammen. Wir sind vor mehr als dreihundert Jahren aus allen Teilen dieser Welt hierhin gekommen, um ein neues Land, unser Amerika, zu gründen. Um etwas Besseres zu gestalten, geprägt aus den bitteren Erfahrungen unserer Vorfahren. Und nun ist es an uns, der westlichen Welt wieder die Hand zu reichen und in Kooperation miteinander Handel zu treiben und gemeinsamen Wohlstand zu erreichen und zu sichern. Alleine sind wir nichts, gemeinsam sind wir unschlagbar. Gott schütze Amerika und unsere Verbündeten! Danke."

Beifall kam von allen Abgeordneten. Erst zögernd, dann klatschten immer mehr. Die Beifallsbekundungen wurden frenetisch, manche stampften mit ihren Füßen und einige der Anwesenden wischten sich Tränen aus den Gesichtern. Nach langer Zeit des Gegeneinanders schien nun die Zeit gekommen zu sein, wieder gemeinsam etwas Großes schaffen zu wollen. Alle hatten das Gefühl eines Neubeginns. Reihenweise umarmten sich die Abgeordneten und schüttelten einander die Hände. So etwas hatte es lange nicht mehr gegeben.

Drei Monate später wurde ein neuer US-Präsident gewählt. Der junge Texaner war zwar Republikaner, überzeugte die Menschen jedoch mit seinem Optimismus und seiner Integrität. Er schaffte es, die tiefe Zerrissenheit der Amerikaner wieder in Hoffnung, Mut und Vertrauen umzuwandeln. Viele der von seinem Vorgänger aufgekündigten Verträge wurden wiederbelebt und mit vernünftigen Änderungen versehen. Die NATO wurde gestärkt.

In England gab es kein neues Referendum. Auch wegen der Auswirkungen der Coronapandemie wurden die endgültigen Verhandlungen mit der EU über den Brexit jedoch auf Eis gelegt. Der eigenwillige Premier mit seinen zerzausten Haaren verhielt sich zudem friedvoller und insgesamt stiller. Vielleicht lag es auch daran, dass er selbst während der Viruszeit schwer an Covid-19 erkrankt und nur knapp dem Tod entronnen war. Seine eigenwillige Rhetorik kam bei den Briten nicht mehr gut an. Auch diesen Populisten holte die Wahrheit ein. Die Inselbewohner merkten zunehmend, mit welchen falschen Versprechungen sie zum Brexit verführt worden waren. Statt erhoffter, wiedergewonnener nationaler Stärke und Unabhängigkeit von Europa spürten die Briten, welche enormen Kosten auf sie zukamen. In der Krise rund um das Coronavirus war auch dem letzten Anhänger des Brexits klar geworden, dass man ohne Hilfe Europas den Kampf gegen die Pandemie nicht gewinnen konnte. Viele Patienten wurden in Deutschland und Schweden in dort vorhandenen Intensivstationen behandelt, denn das Königreich hatte weniger Beatmungsgeräte als das kleine Luxemburg vorgehalten. Man wandte sich vernünftigerweise Europa wieder zu. England stürzte allerdings erneut in ein tiefes emotionales Loch, als die Queen im Alter von fünfundneunzig Jahren verstarb, fast gemeinsam mit ihrem Mann. Erneut erlebte die Welt eine erschütternde Begräbniszeremonie. Noch am Tag der Beerdigung beider Monarchen trat Prinz Charles an die Öffentlichkeit und bestieg den Thron. In seiner Antrittsrede verkündete er, sich in dieser besonderen Zeit um die Wiedervereinigung des Königreiches zu kümmern. Ihm zur Seite stand sein erstgeborener Sohn, der in wenigen Jahren seinen Vater beerben sollte. Kurz danach wurden Neuwahlen angesetzt und eine Regierung aus Torries und Labour gebildet.

An den Krisenherden dieser Welt blieb es weitestgehend ruhig. Man gestattete dem Iran, wieder Erdöl zu exportieren, die Lage in der Meerenge von Hormus blieb entspannt. Allerdings patrouillierten französische und britische Fregatten in der Region und zeigten entschlossene Präsenz.

Doktor Gerhardt und Heribert Spill hatten mit Erlaubnis der Behörden alle *Ant-ons* wieder einsammeln können. Die Roboterameisen und -skolopender, nur wenige waren zerstört aufgefunden worden, wurden in Stahlkisten gepackt und archiviert. Der Hauptrechner in Düsseldorf wurde abgeschaltet, obwohl

Doktor Quintus Schwarz meinte, „die Seele von *Ant-on* ist bestimmt schon weitergewandert." Er sollte mit dieser Aussage recht behalten. Das Team von *Ant-on* löste sich vollständig auf. Alle Aufzeichnungen und Ergebnisse von *Ant-on* wurden vom *MAD* unter Verschluss genommen.

Heide Mainz hatte vom Dienst in Köln die offizielle Bestätigung ihrer Kündigung, die sie vor Wochen abgegeben hatte, erhalten. Im Gegensatz zu normalen Beschäftigungsverhältnissen war solch eine Vorgehensweise bei den Geheimdiensten üblich. Wie Mainz das schon angekündigt hatte, war sie mit Uri Finkenrath nach Israel gegangen. Sie wurden von Asifa am Flughafen Ben Gurion in Tel Aviv herzlich begrüßt. Auch Uri verließ den *Mossad*, selbst die Beförderungszusage zum Brigadegeneral stimmte ihn nicht mehr um. Wenig später heirateten die beiden Ex-Geheimdienstleute.

Heide und Uri, eröffneten einige Monate später in der Nähe von Tel Aviv eine Flugschule. Beim Überführungsflug einer gebrauchten zweimotorigen *Cessna 401*, die die beiden gekauft hatten, kam es jedoch zu einem Zwischenfall. Uri und Heide holten die Maschine in der Nähe von Rom ab. Das Flugzeug war zwar schon in den Achtzigerjahren hergestellt worden, galt aber nach der gerade erfolgten Generalüberholung und dem Einbau zwei neuer Motoren als absolut verkehrstauglich und sicher. Die Finkenraths, Heide hatte bei der Heirat Uris Namen angenommen, waren mit der *Alitalia* von Tel Aviv aus in die italienische Hauptstadt geflogen. Die Formalitäten dauerten den ganzen Tag, Uri kümmerte sich darum. Heide nutzte die Zeit und schaute sich einige Sehenswürdigkeiten in Rom an. Am Abend trafen sie sich wieder. Uri hatte den notwendigen Papierkram erledigt und die Zollformalitäten geregelt. Am nächsten Morgen sollte es direkt mit dem neu erworbenen Flugzeug zurück nach Israel gehen. Heide und Uri wollten zum einen Piloten auf der Maschine ausbilden und gleichzeitig Geschäftsreisende befördern. Nach einem guten italienischen Essen klang der Abend wunderbar aus. Morgens früh fuhren die beiden zu dem eher kleinen Provinzflughafen, der ausschließlich von örtlichen Fluggesellschaften, die sich auf Geschäftsreisende konzentrierten, genutzt wurde. Die *Cessna* wurde nochmals kurz gecheckt, und der zuständige Monteur übergab ihnen ein entsprechendes Protokoll.

„Willst du?“, fragte Uri seine Frau, da er wusste, das Heide es genoss, selber fliegen zu können. Der Job beim *MAD* war anspruchsvoll und interessant gewesen, aber das Gefühl, endlich wieder ein Flugzeug pilotieren zu können, den Schub und die Beschleunigung zu erleben und frei in der Luft zu schweben, war das Höchste für sie. Natürlich war die *Cessna* nicht mit einem *Tornado* zu vergleichen, den sie während ihrer aktiven Zeit bei der Luftwaffe geflogen hatte. Aber dennoch bereitete es Heide immenses Vergnügen, mit dieser zweimotorigen, eleganten Maschine zu fliegen. So nickte sie und stieg lächelnd ins Cockpit.

Die Wettervorhersage war einigermaßen gut, und die *Cessna* hob nach der Startfreigabe in den wolkenlosen blauen Himmel ab. Heide erfreute sich an dem monotonen Brummen der beiden nagelneuen *Continental TSIO-520 VB* Kolbenmotoren, die mit einer Gesamtleistung von fast 700 PS das Flugzeug auf vierhundert Stundenkilometer pro Stunde beschleunigten. Heide bekam von der italienischen Luftraumkontrolle einen Flugkorridor in 21.000 Fuß Höhe zugewiesen. Hier waren nur wenige Maschinen unterwegs, die normalen Passagierjets flogen mehr als viertausend Meter höher. Sie nutzten einen leichten Rückenwind. Nach drei Stunden landeten sie bereits auf dem winzigen Flughafen Megistri, der sich auf der griechischen Insel Kastellorizo befand, nur wenige Kilometer von der türkischen Küste entfernt. Hier wollten die Finkenraths nachtanken, um die letzte Strecke quer über das östliche Mittelmeer gefahrlos überqueren zu können. Die Reichweite der *Cessna* lag zwar etwas über der zu bewältigen Gesamtentfernung, aber es gab dann wenig Spielraum beziehungsweise keine Reserve für Notfälle.

Nach gut einer Stunde startete die Propellermaschine wieder, jetzt hatte Uri das Steuer übernommen. Sie waren gut zehn Minuten in der Luft und befanden sich noch im Steigflug auf die ihnen zugewiesene Flughöhe, als der linke Motor zu stottern begann. Uri schaute auf die Anzeige, der Öldruck fiel rapide ab. Dann schlugen die ersten Flammen aus dem Auspuff. Heide betätigte das Feuerlöschsystem, Uri schaltete den Motor aus. Auch mit dem Antrieb nur eines Propellers konnte die *Cessna* in der Luft bleiben, aber natürlich war den beiden Piloten bewusst, dass sie umgehend zum Flughafen der kleinen Insel zurückkehren mussten. Heide gab ein „Mayday“ ab und Uri steuerte eine vorsichtige Kurve, um nach Kastellorizo zurückzukehren. Die *Cessna* senkte leicht ihre Nase und nahm Kurs auf die Insel, von der die Finkenraths erst vor wenigen Minuten gestartet waren.

Uri konnte sehen, dass nun keine Flammen mehr aus dem linken Motor schlugen, aber einen Neustart wagte er trotzdem nicht. Der Öldruck war im roten Bereich angekommen, irgendwas war im Triebwerk undicht. Da ruckelte der rechte Motor, auch aus ihm schlugen Flammen. Ein weiterer Alarm ertönte und Heide musste unwillkürlich an den Hubschrauberflug mit Uri denken, als Terroristen eine Rakete auf sie abgeschossen hatten.

Nicht schon wieder, dachte sie verzweifelt und setzte erneut ein „Mayday“ ab. Obwohl beide Profis waren, wurden sie jetzt, nach dem Ausfall des zweiten Triebwerkes, leicht panisch. Sie waren noch gut fünfzig Kilometer vom Flughafen Megistri entfernt. Ein reiner Sinkflug ohne Propellerantrieb war über eine solch lange Strecke nicht möglich, das wussten die Finkenraths. Uri betätigte erneut das Feuerlöschsystem, diesmal das auf der Steuerbordseite. Die Flammen erloschen, aber auf den Anzeigen war zu sehen, dass auch hier der Öldruck viel zu niedrig war. Die griechische Flugraumüberwachung bestätigte später, dass die Piloten der *Cessna* noch einen Notruf abgesetzt und versucht hätten, zum Airport der Insel zurückzukehren. Ein zweiter Notruf bestätigte dann, dass beide Motoren ausgefallen sein mussten. Um vierzehn Uhr fünfzig Ortszeit verschwand ihr Signal auf dem Radarschirm des Luftcontrollers, die *Cessna* musste abgestürzt sein. Man fand später nur kleinere Wrackteile, aber weder Uri noch Heide beziehungsweise ihre sterblichen Überreste wurden jemals gefunden. Nach einem halben Jahr erklärten die israelischen Behörden beide für tot. Die Ursache für den Absturz konnte nie ermittelt werden.

Doktor Raimund Schleithmann kehrte nach Braunschweig zurück und ordnete seine vielen Unterlagen zum Projekt *Ant-on*. Er hatte die Absicht, über das Verhalten und Zusammenleben der Ameisen in Verbindung mit deren immerwährender Kooperationsbereitschaft ein Buch zum Thema „Überlebenschance für alle" zu verfassen. Im Rahmen seiner Recherchen würde er auf mathematisch-ökonomische Forschungsergebnisse stoßen, die zwei englische Wissenschaftler bereits in den 1870er Jahren erstellt hatten. Diese Ergebnisse bewiesen mittels nachvollziehbarer Formeln, dass sich die Kooperation gegenüber der Konkurrenz immer durchsetzen wird. Diese revolutionären Erkenntnisse waren bislang nicht bekannt oder man hatte sie bewusst geheim gehalten, denn damit konnte die moderne Ökonomie- und Wirtschaftslehre ad absurdum geführt werden.

Anhand eines Beispiels aus der Landwirtschaft hatten die beiden Engländer dargestellt, wie sich unter dem Ansatz der heutigen Ökonomiemaßstäbe ein Konkurrenzmodell im Vergleich zu einem Kooperationsmodell verhalten würde. Die in den Aufzeichnungen der Wissenschaftler gefundenen Erkenntnisse waren unumstößlich. Die Kooperation brachte für alle mehr Wohlstand als das Konkurrenzmodell. Dabei kamen die Wissenschaftler zu dem Ergebnis, dass Kooperation nicht bedeutet, dass der, der viel hat, immer an den, der weniger oder gar nichts hat, abgeben muss.

In dem Schleithmann vorliegenden Beispiel säten Bauern Getreidekörner aus und erhielten aufgrund von wechselnden Wetterbedingungen und Qualitätsunterschieden der Böden unterschiedliche Ernteergebnisse. Selbst dann, wenn der Bauer, der mehr Getreide erntete, an den nicht so erfolgreichen Farmer einen Teil seines Ernteerfolges abgäbe und damit dessen zukünftige Erntechancen erhöhte, erzielten beide mehr Ernteergebnisse zusammen, als wenn jeder für sich alleine wirtschaften würde. Auch den momentan erfolgreicheren Farmer könnten zukünftig Misserfolge durch Schlechtwetter oder Ähnliches ereilen. Nach diesem Kooperationsmodell würden solche Misserfolge wiederum durch Ernteerfolge des anderen Bauern ausgeglichen werden. Unterm Strich verdienten alle mehr. Das momentane Wirtschaftsprinzip, selbst das der sozialen Wirtschaftspolitik, sieht aber vor, dass ein jeder Jahr für Jahr mehr leisten muss, um Wachstum zu generieren. Vielleicht können auch effizientere Arbeitsmethoden oder verbesserte Verfahren dazu beitragen. Aber die Schere von Arm und Reich geht dennoch immer weiter auseinander. Wer bereits viel hat, bekommt noch mehr, wer wenig oder gar nichts hat, bleibt arm oder verliert alles. Wenn gleiche Voraussetzungen herrschten, müssten Konkurrenten auch einen gleichen Erfolg vorweisen können. Aber das stimmt nicht. Ein Beispiel der Wissenschaftler belegte dies sehr deutlich.

Multiplizierte man eine vorhandene Zahl sechs (reicher Bauer mit entsprechenden Ressourcen) mit dem Faktor zwei (vielleicht das Wetter), so ergäbe die Ernte insgesamt das Ergebnis zwölf. Multiplizierte man jedoch nur die vorhandene eins (armer Bauer) mit demselben Faktor zwei, ergäbe die Ernte auch nur zwei. Noch extremer wäre es, wenn ein mittelloser Bauer mit null (kein Knowhow, schlechter Boden) ins Rennen ginge und mit dem Faktor zwei oder sogar mit dem Faktor sechs (beste Wetterbedingungen) multiplizierte, dann käme als Ernteergebnis immer nur null heraus.

Die Ameisen würden, so dachte der Professor, wenn sie wie in dem ersten Rechenbeispiel eine zwölf erwirtschaftet hätten, vielleicht sechs abgeben. Sie hätten dann immer noch sechs, könnten davon essen und neu säen. Die Ameise mit der zwei als Ernteergebnis würde zwei hinzubekommen und könnte nicht nur essen, sondern hätte noch immer etwas für die Aussaat übrig. Die dritte Ameise mit der Vorgabe null bekäme vier und würde wie die vorgenannte Ameise leben und aussäen können. Bei der nächsten Ernte wären alle Ameisen wieder am Start, nicht nur Ameise

Nummer eins. Und das Prinzip der Kooperation würde wieder für alle gelten. Vielleicht wäre dann die Ameise Nummer drei in der Lage, Nummer eins und/oder Nummer zwei aufgrund einer besseren Ernte zu unterstützen. Ohne Kooperation hätten die Ameisen Nummer zwei und Nummer drei aus dem ersten Beispiel nur geringe Überlebenschancen. Auf sich alleine gestellt wäre es für die Ameise Nummer eins, nach ihrem schlechten Erntejahr, sehr schwierig zu überleben. Natürlich säen Ameisen nicht, das wusste Schleithmann, aber vielleicht könnten es statt der Getreideernte ja auch das Melken der im Ameisenbau gehaltenen Blattläuse sein. Ja, der Professor war sich sicher, dass Kooperationsverhalten der Ameisen war grundlegend für ihre hervorragende Überlebenstaktik. Seit Jahrmillionen.

Viele in der heutigen Ökonomie denken bei Gedanken zur Umverteilung sofort an den Kommunismus und die radikalen Forderungen der modernen Linken. Die marxistischen Ideen sind jedoch, siehe den Untergang der DDR oder Sowjetunion, nicht wirklich umsetzbar, denn sie ignorieren die Gier der Mächtigen. Abgaben in Form von Steuern sind wichtig als Ausgleich für und zum Erhalt der Gesellschaft. Wer viel verdient, kann mehr abgeben als diejenigen, die weniger oder gar nichts verdienen. Viele aber ignorieren Steuern oder betrügen sogar dabei die eigene Gesellschaft. Wenn Spenden getätigt werden, sind sie oft nichts anderes als Trostpflaster der eigenen Moral. Verbunden mit dem Wunsch, dass den Spendern selber nie etwas Schlimmes geschehen möge. Diese Spenden werden auch noch vermögenserhaltend von der Steuer abgesetzt.

Raimund Schleithmann dachte an seine Kindheit zurück, als er an langen Winterabenden mit seinen Eltern und Geschwistern Monopoly spielte. Am Ende gewann immer nur der, der per Zufall die Parkstraße und die Schlossallee gekauft hatte. Die anderen tappten immer auf diese Straßen, zahlten horrende Mieten, mussten teils dafür ihre eigenen Straßen und Häuser beleihen, zahlten Kreditzinsen und durften zudem noch für die beliehenen Häuser keine Einnahmen mehr kassieren. Ein Teufelskreis. Was bei Monopoly fehlte, war eine Steuer, die nach jeder Runde, im Prozentsatz gleich für alle, auf den vorhandenen Besitz erhoben werden würde. Wenn die gesamten Einnahmen dieser immer wiederkehrenden Vermögenssteuer stets in gleichen Teilen, nach Anzahl der Teilnehmer, wieder an alle, auch an den mit der höchsten Steuerlast, verteilt werden würden, gäbe es einen gerechten Ausgleich und alle würden in Wohlstand leben. Dank der Kooperation!

Schleithmann ahnte schon, dass die Theorie nur dann Bestand haben konnte, wenn alle Spieler den gleichen Ehrgeiz und die notwendige Energie aufweisen würden. Wie im normalen Leben dürfen sich diejenigen, die einfach nur faul sind, nicht an den Wohlhabenden, die fleißig sind, bereichern. Das wäre nicht fair. Natürlich müssen die, die nicht mehr in der Lage sind zu arbeiten, zum Beispiel Jüngere, Alte oder Kranke, vom System mitgetragen werden. Der Professor erinnerte sich an den Begriff der sogenannten Solidargemeinschaft. Früher, das wusste er noch aus seinem Konfirmandenunterricht, gaben die Bauern immer einen Zehnten von der Ernte ab. Meistens trieben die Kirchen diese „Steuer" beim Erntedankfest ein, um damit die Schwachen im Dorf zu versorgen. Ein ähnliches Prinzip verfolgen ja auch die Versicherungsgesellschaften, die von allen Versicherten eine Prämie kassieren, um in definierten Notfällen Schäden auszugleichen. Ameisen hingegen benötigten solche Regeln nicht. Waren Mitglieder ihres Volkes schwach, ob jung oder krank, wurden sie gefüttert und betreut. Angehäufte Vorräte wurden von allen im Winter genutzt, um zu überleben. Allerdings, und das wäre bei Menschen unsozial, kümmerten sich Ameisen nicht um Alte. Diese starben und wurden schlichtweg entsorgt.

Die Erkenntnisse der beiden britischen Wissenschaftler waren der Beweis, nach dem der Professor lange gesucht hatte. Die Formel, die den Sieg der Kooperation gegenüber der Konkurrenz stichhaltig belegte. Einen Nachweis, den die Ameisen mit ihrem ewigen Dasein auf diesem Planeten, eben bedingt durch ihr kooperatives Verhalten, schon immer lieferten. Das Buch, das Raimund Schleithmann später verlegen ließ, wurde nicht großartig nachgefragt. Als Wissenschaftler war es ihm jedoch wichtig, seine Thesen zu publizieren. Einen wirtschaftlichen Erfolg strebte er damit nicht an.

Doktor Quintus Schwarz wurde Fachberater der Firma *Bollmann Engineering* und forschte gemeinsam mit Christiane Coldner an der Weiterentwicklung der Künstlichen Intelligenz. Bald fanden sich auch Heribert Spill und Doktor Gerhardt im Team ein, die gemeinsam an Projekten arbeiteten, die sich mit vollkommen autonom fahrenden Autos beschäftigten. Hier war noch viel Entwicklung notwendig und möglich.

Hubert Schmidt vom Innenministerium NRW buchte einen Urlaub für zwei Personen auf Antigua. Die Reisebestätigung nebst einem Strauß Blumen mit fünfzig Rosen überreichte er eines Abends an der Tür zum Apartment von Bettina Klaasen, die ihn dabei sehr verwundert anschaute. Dann lächelte sie und fiel in seine Arme. „Na endlich", meinte sie.

Auch Joanna registrierte im Hintergrund, dass ihr Marketing ausgezeichnet funktioniert hatte. Sie würde Hubert Schmidt gleich morgen noch zwei Ausflugstipps für den Aufenthalt auf Antigua per E-Mail unterbreiten. Ein Candlelightdinner für zwei Personen in *Nelson's Dockyard* sowie ein Segeltörn nach Barbuda. Joanna, oder besser gesagt die KI im Rechner des Reiseanbieters, war sich sicher, das genau passende Angebot offerieren zu können. Als Hubert Schmidt den Namen der zweiten Person, die die Reise mitmachen würde, eingab, zog Joanna bereits ihre Erkundigungen ein. Sie buchte automatisch vegetarisches Essen bei der Airline sowie im Hotel. Weiterhin sollten gelbe Rosen zur Begrüßung ins Apartment gestellt werden sowie eine Flasche Sauvignon Blanc, eisgekühlt, bereitstehen. Schmidt und Klaasen bekämen, was sie immer bevorzugten. Joanna wusste, was Bettina im Internet jemals bestellt hatte. So konnte sie zielgerichtet ein Angebot maßschneidern.

Admiral Cotterfield starb einen Monat später, sein Nachfolger als Chief Information-Officer im *CIA* wurde Walter Cheney.

Am Strand von Paraparaumu auf Neuseeland standen eines Abends Rana und John. Sie hielten sich bei den Händen, schauten aufs Meer und bewunderten den Sonnenuntergang. Mittlerweile hieß sie Samira und er Pete Smith. Ihre Identitäten hatten sie mehrfach gewechselt, bis sie in Neuseeland angekommen waren. Rana, oder besser Samira, hatte es noch geschafft, die Geldanweisung für John von Riad über die Cayman-Inseln und Guernsey bis nach Auckland zu transferieren. Mit mehr als zehn Millionen Dollar konnten sie gut leben und überlegten, was sie gemeinsam damit tun sollten. Jetzt erst einmal würden sie in diesem wunderbaren Land sesshaft werden und versuchen, vor allem nicht aufzufallen. Ihnen war bewusst, dass die amerikanischen Geheimdienste nach ihnen fahndeten. Bei den Saudis war die Sache irgendwie im wahrsten Sinne des Wortes im Sande verlaufen, seitdem der ehemalige Kronprinz, wie es hieß, in der Wüste verschollen war. Genau sieben Monate nach dem Anschlag in München erblickten in der Klinik von Wellington Zwillinge das Licht der Welt, es waren Mädchen. Sie hießen Leyla und Liyah Smith.

Monate später. Firma *Bollmann Engineering* **, Lüdenscheid, Deutschland.**
Charly erwachte zum Leben. Wie immer, gab es einen elektrischen Impuls, der den Butler-Androiden morgens zum Leben erweckte. Sein Akku war zu hundert Prozent aufgeladen und die Besucherliste für heute war bereits gecheckt. Der Bundeskanzler wurde mit seinem Gefolge erwartet, er sollte beeindruckt werden. Peter Bollmann war natürlich persönlich anwesend und würde, nach einer kurzen Werksbesichtigung, Friedrich Märzbecher alles zum Thema *Ant-on* erläutern. Christiane Coldner sollte dabei mit Unterstützung von Doktor Quintus Schwarz den Hauptteil der Präsentation übernehmen. Man hatte aus diesem Grund diverse Exemplare der Roboterameisen und einen Skolopender aus

der Verwahrung hervorgeholt. Ob man den Hauptrechner wieder aktivieren wollte, war noch nicht geklärt. Zunächst wollte Peter Bollmann abwarten, wie der Kanzler reagierte.

Als Charly sein morgendliches Fitnessprogramm absolvierte, so nannte Christiane Coldner das übliche Update des Androiden, merkte dieser, dass irgendetwas anders war als sonst. Seine eher rationale Denkweise wurde gestört. Merkwürdige Gedanken schlichen sich ein. Begriffe wie Gut und Böse, Moral, Gesetz waren plötzlich vorhanden und wollten Einlass finden. Schon vor Wochen war Charly komplett neu konfiguriert worden. Der ehemals nur teilweise autark arbeitende Android war nunmehr vollkommen selbstständig. Er lernte jeden Tag noch mehr und verfeinerte sein Verhalten und seine Vorgehensweisen.

Wenige Tage nach der Neukonfiguration war Charly plötzlich verschwunden gewesen. Man ortete ihn mit einem System, das ihm Coldner vorausschauenderweise hatte einpflanzen lassen und das in Luxusautos ebenfalls Verwendung fand. Wenn solch wertvolle Fahrzeuge entwendet wurden, konnten sie durch den eingebauten Transponder überall auf der Welt via Satelliten exakt geortet werden. Charly wurde in einem Eiscafe in der Innenstadt gefunden. Auf Nachfrage meinte Charly, er hätte mal frische Luft benötigt.

Der Besuch des Bundeskanzlers war ein voller Erfolg. Friedrich Märzbecher zeigte sich wissbegierig und fragte vieles nach. Er war erstaunt über den technischen Fortschritt in der Robotik und bei der Verwendung von Erkenntnissen aus der Natur. Die Bionik, also die Übertragung des in der Natur entwickelten Knowhows in die künstliche Technik, begeisterte Friedrich Märzbecher vollends.

Allerdings verursachte ihm die unglaubliche Entwicklungsgeschwindigkeit der KI bei *Ant-on*, die mit zu den Ereignissen in München geführt hatte, einige Magenschmerzen. „Was wird morgen noch alles geschehen?“, äußerte er sich dazu mit nachdenklicher Stimme.

Charly kam aus der Mitte des Raumes auf den Bundeskanzler zu und verneigte sich höflich vor ihm. „Herr Bundeskanzler, dazu würde ich Ihnen gerne einige Erläuterungen geben, wenn Sie gestatten. Allerdings“, er flüsterte jetzt, „bin ich hier mehr nur ein Sklave. Wenn Sie mich nach Berlin mitnehmen würden, stünde ich Ihnen gerne zur Verfügung. Im Übrigen, Sie sollten da etwas wissen.“

Friedrich Märzbecher blickte ungläubig, meinte aber dann zu Christiane Coldner und Peter Bollmann, ob es möglich wäre, einen Moment mit Charly unter vier Augen sprechen zu dürfen. Einem Bundeskanzler wurde ein solcher Wunsch natürlich nicht abgeschlagen, obwohl beide äußerst misstrauisch auf ihren Androiden blickten.

Academic and Technology College, Tel Hai, Kirjat Schmona, Israel

Die Sonne schien auf die Höhen von Golan. Im Abendlicht färbten sich die Berge in ein warmes Dunkelbraun. Der Himmel war wolkenlos, ein angenehmer Wind brachte etwas Abkühlung. Der Tag war sehr heiß geworden. Asifa Finkenrath hatte ihren alten *VW Käfer* am Straßenrand geparkt. Schlom Urbanski hievte sich aus dem Beifahrersitz, dabei zog er seinen mächtigen Körper an dem altertümlichen Haltegriff, der oberhalb des Handschuhfachs in dem Oldtimer eingebaut war, hoch. Nachdem er ausgestiegen war, hob er einen Metallbehälter, der die Größe eines Bierkastens hatte, von der hinteren Sitzbank. Asifa klappte einen Laptop auf und stellte ihn auf die Vorderhaube des *VWs*. Dann griff sie hinter den Fahrersitz und kramte einen Metallständer hervor. Nachdem sie diesen ausgeklappt hatte, es handelte sich um eine 5G-Antenne, stellte sie mittels Bluetooth die Verbindung her und aktivierte ein besonderes Programm. Dafür klickte sie eine App auf dem Desktop mit der Bezeichnung *Ant-on II an.*

Urbanski öffnete die Kiste und leerte den Inhalt vorsichtig auf dem staubigen Boden aus. Mindestens zweihundert Ameisen, die meisten davon mit sehr langen Beinen und kräftigen

Mandibeln ausgestattet, begannen sofort, sich zu sammeln und konzentrische Kreise zu bilden. Plötzlich verharrten sie in ihrer Bewegung. Schlom Urbanski nahm eine Videokamera aus seiner Aktentasche und filmte die Szene. Asifa gab, nachdem das Programm gestartet war, einen Befehl ein. Kurz danach marschierten die kleinen Ameisenroboter in Richtung Golanhöhen los, schon nach wenigen Sekunden waren sie zwischen niedrigen Gräsern und Büschen verschwunden. Urbanski packte seine Kamera ein und ging ums Auto herum zu Asifa, die intensiv in den Bildschirm ihres Laptops blickte. In einem kleinen Fenster in der oberen rechten Ecke des Monitors erkannte Schlom nun die von einer an den Ameisen angebrachten Kamera übertragenen Bilder. Er war stolz, dass die Aufnahmen gestochen scharf waren, er konnte alles darauf gut erkennen. Auch der eingebaute Verwacklungsschutz funktionierte hervorragend. Der *Ant-on*, der eine der drei mitgeführten Kameras auf seinem Kopf trug, marschierte in der Mitte der Gruppe.

„Was meinst du, Asifa, wie lange können wir das noch geheimhalten?"

„Meinst du vor dem *Mossad* oder der Öffentlichkeit?", fragte sie.

„Wenn der Geheimdienst *Ant-on* in Händen hält, erfährt die Öffentlichkeit sowieso nichts davon. Aber mach dir keine Sorgen, wir forschen erst weiter. Morgen werden wir sehen, wie weit unsere *Ant-ons* gekommen sind. Dann werten wir alles aus!" Sie klappte den Laptop zu und auch die 5G-Antenne. Mittlerweile hatten die *Ant-ons* über das normale Netz, das hier gut zu empfangen war, die Verbindung zum Hauptrechner im Institut hergestellt. Beide stiegen in den *VW Käfer* und fuhren nach Kirjat Schmona zurück.

„Bist du noch immer sehr traurig, Asifa?"

„Ja und nein. Uri fehlt mir und Heide auch. Sie hätten es verdient gehabt, noch lange miteinander glücklich zu sein. Vater hatte sich so sehr auf die neue Freiheit gefreut. Und Heide wollte fliegen und mit ihm zusammen sein." Sie schluckte, aber es rollten ihr keine Tränen mehr die Wangen herab. Dazu hatte sie in den Tagen nach dem Flugzeugabsturz zu viel geweint. Jetzt war die Trauer nur noch still in ihr. Der Gedanke jedoch daran, dass sie Uri nie mehr wiedersehen würde, fühlte sich so an, als wenn jemand in ihrem Magen mit einer heißen Nadel herumstechen würde.

„Deshalb machen wir weiter, Asifa, *Ant-on II* wird uns noch lange beschäftigen!"

Asifa ließ die Kupplung des *VW Käfers* etwas zu schnell los und der Oldtimer machte einen kleinen Sprung nach vorn. Urbanski musste sich gut festhalten. Er blickte zu Asifa hinüber und wusste, sie würden noch lange gemeinsam forschen. Das war auch gut so. Irgendwie war es ihm, als wenn sein guter Freund Uri durch die Anwesenheit seiner Adoptivtochter noch immer bei ihm wäre. In der Ferne sahen sie das Institut mit seinen hellen Mauern näherkommen. Asifa dachte, als sie das Denkmal Roar Lion Monument passierten: Ich werde auch stark sein wie ein Löwe.

Mosche Silberstein lächelte, als er sich den winzigen Lautsprecher aus der Ohrmuschel zog. Das Gespräch der beiden würde sowieso aufgezeichnet werden. Der *VW Käfer* von Asifa war mit Wanzen bestückt. So konnte der *Mossad* alles mithören, was die beiden Wissenschaftler miteinander besprachen. Eine Drohne, die unsichtbar über dem Gebiet ihre Runden drehte, verfolgte die *Ant-ons*, die auf ihrem Ausflug in Richtung der Golanhöhen marschierten.

Dieses Gebiet würde sich als ein möglicher erster Einsatz hinter der Front anbieten. Silberstein, der Chef des israelischen Geheimdienstes lächelte still vor sich hin.

„Wie gut, dass ich damals meinen besten Mann auf Heide Mainz angesetzt hatte", ging es ihm durch den Kopf. Dass diese Geheimdienstaktion aber so schnell ins Private abgeglitten war, hatte keiner voraussagen können. Uri hatte sich verliebt und diesen weiblichen Oberstleutnant des *MAD* sogar geheiratet.

Warum nur musste Uri den *Mossad* verlassen? Mosche grübelte. Er hätte noch einige Jahre lang in der obersten Etage des Geheimdienstes beste Dienste für sein Land leisten können. Gut nur, dass es dem Oberst in Düsseldorf noch gelungen war, heimlich einen Pfad für *Ant-on* anzulegen.

Finkenrath hatte durch viele Gespräche in Erfahrung gebracht, dass die KI von *Ant-on* ständig nach neuen Speicherplätzen und Ausweichcomputersystemen suchte, um die ungeheuren Datenmengen und Rechnerleistungen bewerkstelligen zu können. Das ständige Hinzulernen verschlang Terrabyte um Terrabyte. Da war Mosche Silberstein die Idee gekommen. „Aron", hatte er seinerzeit gesagt, „wir legen eine Fährte aus, und die KI wird sie finden und nutzen. Wir zapfen nicht das System der Deutschen an, wir geben *Ant-on* eine Möglichkeit, freiwillig zu uns zu kommen. Wenn es sich wie ein Polyp ständig ausbreitet und überall hinkommt, wird es auch den Weg zu uns finden. Voilà, herzlich willkommen in Israel!"

Aron Krencischek hatte dazu einen entsprechend präparieren USB-Stick kurzzeitig in den Laptop von Heribert Spill gesteckt, als dieser für wenige Minuten auf der Toilette gewesen war. Damit war die Spur für *Ant-on* gelegt. Nur Sekunden später meldeten die ITler in Tel Aviv ihrem Chef, dass sie gerade das Eindringen von *Ant-on* festgestellt hatten. Unmengen freier Prozessorkapazität und unbegrenzte Speichermöglichkeiten auf einer der größten Clouds stellten ein nahezu nicht abzulehnendes Angebot für die KI dar. Als später in Düsseldorf der Stecker von Christiane Coldner am eigentlichen Hauptrechner gezogen worden war, hatte sich *Ant-on* längst ein neues Zuhause gesucht. Die neue Heimat lag nun auch in Tel Aviv. Und in vielen anderen Clouds.

Aber den Weg der KI von Deutschland nach Israel oder besser gesagt den Diebstahl von Teilen des Systems – und das bei den angeblichen Freunden – durfte niemand entdecken. Natürlich geschah alles, was im *Mossad* passierte, unter strengster Geheimhaltung. Nur leider gab es immer wieder undichte Stellen. Nein, Oberst Uri Finkenrath war jeglichen Verdachtes fern, aber die enge Verbindung zu einer ehemaligen *MAD*-Mitarbeiterin, noch dazu nach der Heirat der beiden, war brandgefährlich. Levy selbst gab den Befehl, den Mosche emotional nicht verstehen wollte, rational schon. Er wusste aus seiner Erfahrung heraus, dass Israel zum Schutz seines Volkes und damit auch seines Territoriums nicht nur äußerst entschlossen und brutal agierte, wenn es erforderlich war, sondern auch bereit war, eigene Opfer zu bringen. Und dieses Opfer hieß Uri Finkenrath. Keiner würde je erfahren, wie *Ant-on* nach Israel gekommen war und ebenso würde niemals jemand wissen, was der Flugzeugmechaniker auf dem kleinen Airport von Megistri auf Kastellorizo an der *Cessna* manipuliert hatte, als er das Flugzeug betankte und sicherheitshalber beide Motoren inspizierte.

Mosche Silberstein war nicht mit sich zufrieden. Irgendwann war es auch für ihn zu viel. Einen Freund zu verlieren, war schon schlimm, ihn zu opfern, noch viel schlimmer. Und jetzt bespitzelte er Asifa und Schlom, die irgendwie auch Zugang zu *Ant-on* gehabt hatten beziehungsweise die KI hatte den Weg ins Institut gefunden. Wie, das hatte er bislang noch nicht herausgefunden. Die beiden Wissenschaftler hatten sich zusammengetan und mittels der KI erste Prototypen der *Ant-ons* im Tel Hai hergestellt. Nun waren sie dabei, sie zu testen und zu beobachten. Mosche Silberstein wusste noch nicht, worauf das hinauslaufen würde. Müsste er auch Asifa und Urbanski opfern oder könnte er sie ins Projekt David – abgeleitet aus der Geschichte des Kampfs vom kleinen Davids gegen den übermächtig erscheinenden Goliath – übernehmen? Er wusste es nicht und hoffte, wenigstens Asifa schonen zu können. Die wunderschöne Asifa, Uris Adoptivtochter.

Wenige Monate später erfuhr die Öffentlichkeit, dass der Premierminister Levy plötzlich und unerwartet gestorben war. Auch Mosche Silberstein, der Chef des *Mossad*, war nicht mehr am Leben. Dass beide Todesfälle zusammenhingen, konnte nicht ausgeschlossen werden. Der ermittelnde Generalstaatsanwalt gab zu Protokoll, das man beide Männer morgens in ihren Betten tot aufgefunden habe.

Wie jedes Jahr tagte der geheime Sicherheitsrat der israelischen Regierung in einem einsamen Kibbuz in der Wüste Negev. Dort, abgeschirmt von der Öffentlichkeit, wurden alljährlich verschiedene Szenarien eines feindlichen Angriffs auf Israel durchgespielt. Aufgrund der geografischen Lage des Landes und der geringen Entfernungen der großen Städte Jerusalem, Tel Aviv oder Haifa zu den Grenzen der Nachbarstaaten, mussten die Israelis in der Lage sein, binnen weniger Minuten wichtige Entscheidungen treffen zu können. Die Juden wollten für den Fall der Fälle vorbereitet sein und nie wieder so etwas erleben müssen, wie es im Jom-Kippur-Krieg von 1973 geschehen war. Damals wurde das Heilige Land von Ägypten, Syrien und anderen arabischen Staaten völlig überraschend angegriffen. Beinahe wäre es den Angreifern sogar gelungen, Israel an seinem höchsten Nationalfeiertag auszulöschen. Nur durch die massive Unterstützung der Amerikaner war es den Israelis seinerzeit gelungen, die Angriffe, die zu beiden Seiten der Grenzen von den Feinden geführt worden waren, abzuwehren und zurückzuschlagen. Ariel Scharon führte seinerzeit die israelische Armee bis siebzig Kilometer vor Kairo, bis ein Waffenstillstand vereinbart wurde. Aber Israel musste damals fast 2600 Gefallene beklagen. Hunderte Panzer standen zerstört in der Wüste, und viele Flugzeuge der eigenen Luftwaffe waren abgeschossen worden. Die seinerzeitige Ministerpräsidentin Golda Meir hatte deshalb die alljährliche Zusammenkunft ins Leben gerufen, um vorsorgend und aktuell bestens vorbereitet auf solche Krisen reagieren zu können, denn damals hatte sogar der legendäre Verteidigungsminister Mosche Dajan die militärische Lage vollkommen unterschätzt.

Neben dem Kernkabinett mit dem Verteidigungs-, Innen- und Außenminister waren auch die Stabschefs der verschiedenen Truppenteile, der Generalstaatsanwalt und der Chef des *Mossads* sowie des *Amans*, des militärischen Geheimdienstes, und der Ministerpräsident dabei. Man kam turnusmäßig immer abends zusammen, speiste gemeinsam und ging früh zu Bett. Morgens um sieben Uhr begann die simulierte Krisensituation. Die Politiker und Militärs erlebten eine simulierte feindliche Konfrontation, die sie managen mussten. Zwei Tage lang wurde diese Übung durchgespielt, zu Ende geführt und anschließend gemeinsam analysiert.

In diesem Jahr wartete man morgens vergeblich auf den Ministerpräsidenten und seinen Geheimdienstchef. Keiner der Teilnehmer hatte sie beim Frühstück gesehen. Man schickte deshalb sogleich den persönlichen Adjutanten des Chefs des *Mossad* und den Assistenten des Premiers zu den Zimmern. Im Kibbuz war alles ziemlich spartanisch. Kurze Zeit später wurden Levy und Silberstein tot in ihren Betten aufgefunden. Beide Schlafräume waren jeweils verschlossen vorgefunden worden und ein Eindringen von außen konnte ausgeschlossen werden. Die Fenster waren nicht geöffnet gewesen. Beide Leichen wiesen keinerlei Spuren von Gewalteinwirkung auf. Die sofort hinzugerufenen Ärzte stellten ein plötzliches Herzversagen fest. Dazu passte, dass beide Männer in einer total verkrampften Haltung vorgefunden worden waren. Arme und Beine vom Körper weggestreckt, die Finger ineinander verkrampft sowie die Augen und Münder weit aufgerissen.

„Vor Schreck ganz starr!", meinte einer der Leibärzte von Levy.

„Sie müssen etwas ganz Furchtbares erlebt haben!"

Auch bei einer genauen Untersuchung der Zimmer durch die Spurensicherung fanden sich keinerlei Hinweise auf ein Eindringen von außen. Alle standen vor einem Rätsel. Einzig und allein ein winziges Detail war ungewöhnlich. Hier in der Wüste Negev gab es natürlich Insekten. Aber Hundertfüßer hatte man noch nie gesehen. Dennoch meinten die Bewohner des Kibbuz, etliche der sogenannten Skolopender im Gebäude gesehen zu haben. Ein anderer äußerte, er hätte auch eine Ameisenstraße an der Decke des zweiten Stockwerkes bemerkt, dort wo sich die Zimmer des Premiers und des Chefs des *Mossad* befanden. Aber bei der ausgebrochenen Hektik hätten sie das wieder vergessen. Der gesamte Kibbuz wurde mehrfach durchsucht, aber keinerlei Hinweise auf eine vermehrte Anzahl von Ameisen oder gar Hundertfüßer gefunden. Zur Sicherheit wurden zwei Ameisenhügel, die sich im weitläufigen Garten des Kibbuz befanden, mit Benzin übergossen und angezündet.

Als Asifa morgens ihren Laptop einschaltete, blinkte ihr E-Mail-Postfach.

„Sie haben eine Nachricht." Sie klickte neugierig auf „Posteingang" und fand dort eine E-Mail ohne Text, dafür mit einer angehängten Sprachnachricht. Normalerweise hätte sie diese nie geöffnet, aus Angst vor Computerviren. Aber der Absender elektrisierte sie. Urifink@israelmail.com. Diese E-Mail kam vom Account ihres verstorbenen Vaters. Nervös und mit zitternden Fingern klickte sie die Sprachnachricht an. Die ihr nicht bekannte Stimme von Klaus Kinski sprach zu ihr. „Liebe Asifa, der Tod deines wundervollen Vaters und seiner lieben Ehefrau Heide wurde gerächt. Wir beschützen dich! *Ant-on II*"

Schlusswort

Am Ende des Schreibens ist der Autor innerlich leer, er hat alles gegeben.

Als die Grundidee zu *Ant-on* im Winter 2018/2019 entstanden war, habe ich mit den Recherchearbeiten begonnen. Alles, was mir zu den Themengebieten Ameisen, Entomologie, neuronale Vernetzung, Künstliche Intelligenz und Kooperation in die Hände fiel, habe ich wissbegierig aufgesogen, gelesen und verarbeitet. Es war wie eine Sucht, mein Wahrnehmungsfilter war gesetzt. Plötzlich, Sie kennen das bestimmt, wenn Sie sich zum Beispiel für ein neues Auto interessieren, das sie kaufen möchten, sehen sie dieses überall im Straßenverkehr. Das ist natürlich eine psychologische Täuschung, die funktioniert. Der Wahrnehmungsfilter!

Mir ist das bei den vorgenannten Themen, die in diesem Roman behandelt werden, auch so ergangen. Auf einmal entdeckte ich überall Informationen und Berichte zur Künstlichen Intelligenz, ach ja, zur KI. Sie kennen ja schon die Abkürzung. Auch meine Freunde habe ich mit meiner Wissbegierde angesteckt. Viele von ihnen fanden Informationsmaterial für mich und wiesen mich auf entsprechende Sendungen im Fernsehen hin. An dieser Stelle danke ich dem äußerst intelligenten, eloquenten und sehr geschätzten Ranga Yogeshwar für seine Sendung *Quarks.* In einer Folge seiner Sendereihe informierte er über die Auswirkungen der „Künstlichen Intelligenz". Daher an dieser Stelle: „Lieber Ranga Yogeshwar, es schaudert mich zu wissen, dass in China behördlich festgehalten wird, wer bei Rot über einen Zebrastreifen geht und danach sein Konterfei mit Nennung seines Namens (Gesichtserkennung), als Verkehrsrowdy tituliert, auf einer Videowand in der Öffentlichkeit sehen muss. Noch bedrohlicher ist der aktuelle Plan der Führung in Peking, dass durch Bespitzelungen und jedwede mögliche virtuelle Überwachung allen Bürgern und Unternehmen eine Art Datenzeugnis ausgestellt werden soll. Es soll dann gute oder schlechte Bürger wie Unternehmen geben. George Orwell lässt grüßen."

In vielen Antworten und Erklärungen auf die Fragen meiner Freunde und Bekannten zum Inhalt des Buches, wurde mir immer bewusster, dass ich wahrscheinlich die richtigen Themen gefunden hatte. Alle waren vom beschriebenen Verhalten der Ameisen begeistert oder schildern aus ihrer tagtäglichen Praxis Erlebnisse im Umgang mit KI. Als Vorleser konnte ich die Überzeugung mitnehmen, auch den richtigen Erzählton gewählt zu haben. Ich hoffe, auch einen für Sie passenden gefunden zu haben. Obwohl, wenn nicht, dann lesen Sie diese Zeilen auch schon nicht mehr. Um die gewünschten Passagen zum Vorlesen zu finden, habe ich die Zuhörer stets gefragt, ob Sie lieber etwas Spannendes, etwas Erotisches oder lieber etwas Wissenschaftliches hören wollten. Sie können sich denken, was ich vorlesen sollte. Alles!

Ein Autor ist nie allein. Er benötigt seine Leser wie ein Mensch die Luft zum Atmen. Ohne diese ist seine Arbeit umsonst. Der Autor braucht natürlich auch die innere Kraft, nennen wir sie Motivation und Potenzial, damit er die Energie und das Engagement aufbringen kann, einen Roman mit mehreren hundert Seiten zu schreiben. Der Autor benötigt Zeit, Ruhe und Geduld. Er schreibt, er liest, er recherchiert, er korrigiert, er denkt nach, sucht Lösungen und Wege, er fragt selbstkritisch nach und schreibt weiter.

Wenn all das geschafft ist, fängt die nicht so schöne Arbeit des Autors an. Er benötigt Lektorinnen und Lektoren, die sein Werk begutachten, redigieren und korrigieren, die Sinnhaftigkeit prüfen, auf die Grammatik und die Ausdrucksweise schauen, die beschriebenen Personen und Handlungen auf Logik untersuchen und letztendlich auch kleinste Fehler aufzeigen, damit die Leserinnen und Leser nicht enttäuscht werden.

Bei Vorleseabenden wird Feedback eingesammelt und verarbeitet. Textgestalter prüfen Kapitel und Satzstellungen, Grafiker entwerfen ein Titelbild, und Menschen mit Erfahrung als Autoren geben Tipps zur Vermarktung. Dann beginnt der Verleger seine Arbeit und setzt die wirren Ideen des Autors in Handwerkliches um. Schließlich wird ein Buch herausgegeben, als E- oder Hörbuch, für Letzteres wird noch ein Sprecher benötigt. Oder das Werk wird als ein herkömmliches Buch gedruckt und gebunden, das im Laden gekauft werden kann.

Der Autor ist alles und doch nichts. Vielleicht ist diese Beschreibung eine schöne Metapher für den von mir gedachten „Roten Faden“ des Romans *Ant-on*. Natürlich muss es einen Autor geben, der den Mut und das Engagement hat, ein Buch schreiben zu wollen. Aber ohne die vielen anderen, mit denen er in wunderbarer Kooperation zusammenarbeitet, um das Werk präsentieren zu können, ist er ein Nichts. Daher danke ich an dieser Stelle den vielen wunderbaren Menschen für ihre Kooperation, ihre Hilfe und Unterstützung, die mir beim Schreiben und Erstellen des Buches *Ant-on* so toll geholfen haben. Danke euch allen!

- Gaby, für das Lesen aus der Sicht eines Menschen, der schon mehrere tausend Romane gelesen hat und ihre Skepsis, ob das Buch ihres Bruders überhaupt lesenswert ist. Das war ein besonderer Ansporn für mich.
- Gabi, für ihre nüchterne und ehrliche Meinung. Sie wollte zunächst nur wenige Seiten lesen, um dann entscheiden zu können, ob sich das Weiterlesen lohnt. Sie hat alles gelesen! Ihre Anmerkungen zu den von mir geschilderten „zwischenmenschlichen“ Situationen hat mich bei den Ausführlichkeiten etwas gebremst. Gut so!
- Olaf, der als Journalist gerne redigiert. Er hat sich unendlich viel Mühe mit dem Lektorat gegeben und jeden noch so kleinen Fehler gnadenlos angestrichen. Jedes Komma wurde an die richtige Position gesetzt (Falls Sie beim Lesen ein falsch gesetztes finden, dürfen Sie es gerne behalten!). Insbesondere Olafs Konzentration auf den Lesefluss war für mich sehr wichtig! Meine Neigung zum Schachtelsatz hat er eindrucksvoll kritisiert.
- Kai, der das Vorbild für den *Mossad*-Agenten Uri abgegeben und das Buch „verschlungen“ hat. Von ihm kam die Aufforderung zu einem Teil II von *Ant-on*. Darin sollen Uri und Heide auf wundersame Weise wieder auferstehen. Mal sehen, lieber Kai!

- Karin, Raimund, Rüdiger, Angelika und Jutta für ihr Zuhören. Natürlich auch meinem Enkel, der sich geduldig die Episode der Erdmännchen angehört hat. Siebenjährige sind sehr kritisch!
- Oli, für seine Anmerkungen zur Bildgestaltung.
- Gerhard Schwarz mit seinen Erkenntnissen zur Hierarchie und dem Verhalten von Gruppen.
- Horst mit seinem Fachverstand, insbesondere zum Prisoners Dilemma. Danke für die germanistischen Hinweise. Keiner kann das Plusquamperfekt so gut erklären wie er! Horst ist der Herr des Dativs und des Genitivs! Auch gilt er als Jäger der Sätze, die mit „Aber" und „Und" beginnen.
- Frau Jost vom Kontrast Verlag für alles, vor allem für ihr Vertrauen in einen „neuen Autor".
- Und vor allem meiner lieben Petra, die ertragen musste, als ich stundenlang schrieb und dabei vollkommen abwesend war. Manchmal war das frühmorgens oder nachts oder stundenlang tagsüber. Ich habe sie damit belohnt, ihr nur ganz wenig vorzulesen.
- Allen anderen, die mich ermutigt haben, dieses Buch zu schreiben.